国家社会科学基金重点项目
"欧美跨艺术诗学研究"
结项成果

文 | 学 | 论 | 丛

语词博物馆：
欧美跨艺术诗学研究

欧荣 等著

Museum of Words:
European and American Interart Poetics

图书在版编目(CIP)数据

语词博物馆:欧美跨艺术诗学研究/欧荣等著.—北京:北京大学出版社,2022.12
(文学论丛)
ISBN 978-7-301-33706-6

Ⅰ.①语… Ⅱ.①欧… Ⅲ.①诗歌研究—欧洲 ②诗歌研究—美洲 Ⅳ.①I106.2

中国国家版本馆CIP数据核字(2023)第020191号

书　　　名	语词博物馆:欧美跨艺术诗学研究 YUCI BOWUGUAN: OUMEI KUA YISHU SHIXUE YANJIU
著作责任者	欧　荣　等著
责 任 编 辑	李　颖
标 准 书 号	ISBN 978-7-301-33706-6
出版发行	北京大学出版社
地　　　址	北京市海淀区成府路205号　100871
网　　　址	http://www.pup.cn　新浪微博:@北京大学出版社
电 子 信 箱	evalee1770@sina.com
电　　　话	邮购部 010-62752015　发行部 010-62750672　编辑部 010-62754382
印 刷 者	北京溢漾印刷有限公司
经 销 者	新华书店
	720毫米×1020毫米　16开本　30.25印张　538千字 2022年12月第1版　2022年12月第1次印刷
定　　　价	138.00元

未经许可,不得以任何方式复制或抄袭本书之部分或全部内容。
版权所有,侵权必究
举报电话:010-62752024　电子信箱:fd@pup.pku.edu.cn
图书如有印装质量问题,请与出版部联系,电话:010-62756370

本书作者及分工

欧　荣　全书设计、定稿、校对；撰写前言、第二章至第四章、第六章第二节至第四节、第七章第二节至第三节、后记、参考文献

章　燕　撰写第一章和第五章、协助校对

张远帆　协助撰写第四章

杨　柳　撰写第六章第一节

梁　晶　撰写第七章第一节

郭景华　撰写第七章第四节

王高桂　协助撰写第六章第二节

王　豪　协助撰写第七章第三节

目 录

绪论　跨艺术诗学：语词博物馆 …………………………………… 1

上编　理论爬梳

第一章　欧美跨艺术诗学的历史沿革 …………………………… 3
　　第一节　古典主义时期：从亚里士多德到贺拉斯 ………………… 8
　　第二节　新古典主义时期：从温克尔曼到莱辛 …………………… 35
　　第三节　浪漫主义的艺术融合与白璧德 …………………………… 69
　　第四节　现代主义艺术观与格林伯格 ……………………………… 92

第二章　当代欧美跨艺术诗学 …………………………………… 112
　　第一节　诗歌与绘画 ………………………………………………… 112
　　第二节　语词与图像 ………………………………………………… 127
　　第三节　诗歌与音乐 ………………………………………………… 145
　　第四节　诗歌与新媒体/多媒体 …………………………………… 159

第三章　中西跨艺术诗学比较研究 ……………………………… 169
　　第一节　中国古代跨艺术诗学 ……………………………………… 170

第二节　中国近现代跨艺术诗学 …………………………………… 185
　　第三节　赋与艺格符换的比较研究 ………………………………… 203

下编　批评实践

第四章　跨艺术诗艺的滥觞与承继 …………………………………… 223
　　第一节　从荷马到彼特拉克 ………………………………………… 225
　　第二节　《维纳斯与阿多尼斯》中的"视觉艺术" ……………………… 244
　　第三节　《鲁克丽丝受辱记》中的"画中画" ………………………… 255

第五章　浪漫主义诗歌中的艺术画廊 ………………………………… 268
　　第一节　布莱克的诗画合体艺术 …………………………………… 268
　　第二节　济慈：让无声之瓮发声 ……………………………………… 293
　　第三节　华兹华斯诗歌中的视觉意识与想象 ……………………… 308

第六章　现代派诗人的跨艺术书写 …………………………………… 322
　　第一节　里尔克诗歌中的绘画艺术 ………………………………… 323
　　第二节　克兰的诗画之桥 …………………………………………… 336
　　第三节　超越疲倦的布鲁斯 ………………………………………… 345
　　第四节　舞动的艺格符换诗 ………………………………………… 356

第七章　当代诗歌的跨艺术转换 ……………………………………… 367
　　第一节　《帕特森》与城市书写 ……………………………………… 368
　　第二节　缪斯为何"令人不安"？ …………………………………… 379
　　第三节　西诗东传：从叶芝到赵照 ………………………………… 392
　　第四节　中诗西游：《花木兰》之旅 ………………………………… 408

参考书目 ………………………………………………………………… 420
后　记 …………………………………………………………………… 447

绪 论

跨艺术诗学:语词博物馆

  虽然老子很早就说过,"道,可道,非常道;名,可名,非常名。"①但孔子强调:"名不正则言不顺"②。自古以来学界对孔子之言有不同的解读和争论,笔者则把这句名言理解为命名的重要性,故在"论道"之前,需先"正名"。

  中文"诗学"一语常对应着英文"poetics"一词,而英文"poetics"释义有二,一为"诗艺",二为"诗学"。当其释义为"诗学"时,既可指狭义的"诗歌研究"也可指广义的"文学研究"③。在中国文学和学术语境中,"诗学"既可指作诗论诗的学问,对诗歌的理解与鉴赏,④也可泛指文艺理论,范畴比英文的"poetics"更广。我们的选题是欧美跨艺术诗学,故所用"诗学"概念相当于英文"poetics"的第二个释义,偏重诗歌研究。跨艺术诗学(Interart Poetics)广义上就

---

① 老子:《道德经》,李正西评注,合肥:安徽文艺出版社,2003年,第1页。
② 孔子及其弟子:《论语精解》,刘建生主编,北京:海潮出版社,2012年,第280页。
③ 《新牛津英汉双解大词典》(*New Oxford English-Chinese Dictionary*),上海:上海外语教育出版社,2007年,第1636页。
④ 参见朱自清《论诗学门径》:本文"所谓诗学,专指关于旧诗的理解与鉴赏而言"。载《朱自清说诗》,北京:东方出版社,2007年,第163页。

是指打破文学和其他艺术界限,研究文学和其他艺术之间的相互关系、相互影响及相互转化;在诗歌批评领域,跨艺术诗学关注诗歌与绘画、音乐等非语言艺术的相互影响以及诗歌文本与绘画、音乐等非诗歌文本之间的转换或改写。本研究侧重于以诗歌批评为核心的跨艺术诗学范畴,有时也会涉及广义的跨艺术诗学或更广泛的跨艺术研究(Interarts Studies)。

诗歌从诞生之日起,就与其他艺术密不可分。朱光潜先生在《诗论》中指出,从人类学和社会学的证据看,"诗歌与音乐、舞蹈是同源的,而且在最初是一种三位一体的混合艺术"。① 如古希腊的诗舞乐起源于酒神祭典,中国古代的颂诗也是歌舞乐的融合。在西方,诗与画很早便被视为姊妹艺术,公元前6世纪的古希腊诗人西蒙尼德斯(Simonides)曾言"画是无声诗,诗是有声画"②;西方最早的文艺理论著作亚里士多德的《诗学》便言及诗与剧以及诗与画的关系,贺拉斯的《诗艺》开启了"诗如画"(ut pictura poesis)的创作传统和批评传统。中国南朝文人刘勰所谓"文心雕龙",宋代文人苏轼赞王维"诗中有画,画中有诗"③,均有如是之论。可以说诗歌的本质便是跨艺术的,诗学的本质也是跨艺术的。

英语"博物馆"(museum)一词,源于拉丁语"mūsēum",更早可追溯到希腊语"mouseion",而希腊词源则与"缪斯"(mousa)有关,"mouseion"即指"缪斯之所"(Seat of the Muses)④。在罗马时期,九位缪斯界限分明地置身于九种艺术之列,每一位女神对应一种艺术。但在古希腊时期,每位缪斯的统辖范围并不是很明确,时有重合。擅长神话思维的希腊人往往将各类艺术混杂合一,在他们看来,艺术的载体并非自成一体,而是在总的艺术领域内稍有偏向。美国学者赫弗南(James Heffernan)以"语词博物馆"作为其跨艺术

---

① 朱光潜:《诗论》,北京:中华书局,2012年,第13页。
② "姊妹艺术"一说在18世纪被英国文人德莱顿(John Dryden)引入英国,他在1695年翻译发表法国画家杜弗雷斯诺(Charles Alphonse du Fresnoy)《论绘画艺术》(De arte graphica, 1668)一文。在译者序中,德莱顿声称"诗画为姊妹,它们彼此相像,故常名实互鉴。画为无声诗,诗为有声画"。https://quod.lib.umich.edu/e/eebo/A36766.0001.001/1:3?rgn=div1;view=fulltext (accessed 2019/12/1).
③ 苏轼在《书摩诘蓝田烟雨图》中云,"味摩诘之诗,诗中有画。观摩诘之画,画中有诗",见《东坡题跋》,屠友祥校注,上海:上海远东出版社,1996年,第261页。
④ 《新牛津英汉双解大词典》,第1399页。

诗学论著(*Museum of Words*,1993)的主标题,着实别具匠心①。从跨艺术批评的视角进行诗歌研究,就是回到"博物馆"的本意,回到诗歌的原生状态——诗乐舞合体,诗画交融,就像现代博物馆通过声色光影达到多模态、多媒介的传播效果。读者在欣赏诗歌的时候,学者在进行诗歌研究的时候,可以像在博物馆参观一样,调动视听多种感觉,充分发挥想象力,获得更丰富的审美体验和研究成果。

一、历史回顾

欧美跨艺术诗学的源头可追溯到亚里士多德的《诗学》和莱辛的《拉奥孔》,但深入的批评实践和理论研究是随着文化研究和比较文学美国学派的兴起而发展的。

比较文学美国学派的奠基人韦勒克(René Wellek)虽然在《文学理论》(*Theory of Literature*, 1948)中把"文学和其他艺术"的研究视为外部研究,但肯定了文学和其他艺术之间"包含着偶合与分歧"的复杂辩证关系。② 其后,雷马克(Henry Remak)批评"法国学派"基于实证主义的影响研究过于狭隘,对比较文学的研究范畴进行了重新界定,倡导"美国学派"的平行研究。他在《比较文学的定义和功用》("Comparative Literature, Its Definition and Function",1961)一文中确立了跨艺术批评的学理基础:"比较文学超越一国范围的文学,并研究文学跟其他知识和信仰领域,诸如艺术(如绘画、雕塑、建筑、音乐),哲学、历史、社会科学(如政治学、经济学、社会学),其他科学、宗教等之间的关系。"③玛丽·盖塞(Mary Gaither)在《文学与艺术》("Literature and the Arts",1961)一文中高度肯定了跨艺术批评的意义和价值,她提醒学者注意文学与艺术比较研究的复杂性,如术语的共通性问题;她归纳了文学与艺术的比较研究的三种基本途径:"形式与内容的关系

---

① 赫弗南对论著标题进行了阐释:某种程度上,书中收入的艺格符换诗歌就组成"一个语词博物馆,一个仅由语言建构的艺术馆",James Heffernan, *Museum of Words*: *The Poetics of Ekphrasis from Homer to Ashbury*, Chicago: U of Chicago P, 1993, p. 8.

② 勒内·韦勒克、奥斯汀·沃伦:《文学理论》,刘象愚等译,南京:江苏教育出版社,2005年,第152页。

③ Henry H. H. Remak, "Comparative Literature, Its Definition and Function", in *Comparative Literature*: *Method and Perspective*, eds. N.P. Stallknecht and H. Frenz, Carbondale: Southern Illinois U P, 1961, p. 3.

研究、影响研究以及综合研究"①,对跨艺术批评实践具有指导性意义。

与此同时,越来越多的欧美学者开始关注文学与其他艺术之间的比较、影响和转换,跨艺术批评成为人文学科的一个新视角。受此影响,美国现代语言学会(MLA)在跨学科研究分会下设立了"文学与其他艺术"研究小组,1968年出版了《文学与其他艺术关系的参考书目》(*A Bibliography on the Relations of Literature and the Other Arts*),对1952—1967年文学研究的跨艺术批评成果进行汇总。

1965年在美国爱荷华大学召开的学术会议上,默里·克里格(Murray Krieger)宣读了题为《艺格符换与诗歌的静止运动:〈拉奥孔〉再探》("Ekphrasis and the Still Movement of Poetry; or Laocoon Revisited")的论文,引起极大反响。该文于1967年发表,从此"艺格符换"(ekphrasis)成为当代跨艺术批评的一个核心概念。1986年第十届国际诗学研讨会在哥伦比亚大学召开,"艺格符换"成为会议的主题。同年,首届"语词与图像"国际学术研讨会在荷兰召开,"艺格符换"是分会的议题。1987年语词与图像国际研究学会(The International Association of Word and Image Studies,简称IAWIS)在荷兰成立,学会"致力于在广阔的文化语境中,促进广义的艺术领域内语图关系的研究",把跨艺术研究拓展到跨媒介研究。学会定期举办国际研讨会,出版会议论文集,并与《语词与图像》(*Word & Image*)期刊联系紧密,该期刊1999年第15期成为"艺格符换"诗学研究专刊。②

1995年瑞典隆德大学比较文学系举办了一场声势浩大的国际研讨会,会议的主题是"跨艺术研究:一个新视角"("Interart Studies: A New Perspective"),提倡跨艺术/跨媒介视角的开拓性研究,艺格符换也是重要的议题。会议期间,来自22个国家的200多位学者齐聚一堂,就文学史、音乐学、舞蹈学、戏剧影视、传播学等领域如何开展跨艺术研究展开热烈的讨论,

---

① Mary Gaither, "Literature and the Arts", in *Comparative Literature: Method and Perspective*, eds. N. P. Stallknecht and H. Frenz, Carbondale: Southern Illinois U P, 1961, pp.153—154.

② 学会的法语名称为Association Internationale pour l'Etude des Rapports entre Texte et Image (AIERTI),该学会的工作语言是中英双语。学会每三年举办一次国际研讨会,至2021年已举办12届国际研讨会,出版相关会议辑刊10部。参见学会网站 https://iawis.org (accessed 2021/12/23)。

并酝酿成立跨媒介研究学会。① 美国学者格林布莱特(Stephen Greenblatt)在会上指出,文学批评已经到了"跨艺术转向"的时刻,他呼吁文论家、艺术史家、音乐学研究者和媒体研究者之间要加强合作。② 1996年北欧跨媒介研究学会(Nordic Society of Intermedial Studies)在瑞典成立,学会定期举办国际研讨会,并出版论文集刊。2011年北欧跨媒介研究学会更名为国际跨媒介研究学会(International Society for Intermedial Studies,简称ISIS)。学会章程明确提出,"跨媒介研究关注艺术形式和媒介/媒体之间的相互联系,这些联系在广阔的文化语境中被加以研究,并应用于更为广泛的艺术形式上",学会宗旨是"通过举办会议、讲座及项目合作促进跨媒介研究及研究生教育"。③ 之后学会在欧洲、北美洲和亚洲成功举办了五届学术会议(罗马尼亚,2013年;荷兰,2015年;加拿大,2017年;中国,2018年;法国,2020年)。④

1997年奥地利格拉茨大学召开首届"语词与音乐研究"国际研讨会,探讨和确立该领域的研究范畴、研究重心、研究目标、研究方法和核心概念等。会议期间成立国际语词与音乐研究学会(The International Association for Word and Music Studies,简称WMA),学会提倡跨越文化边界,拓展学科范畴,致力于文学/语言文本与音乐互动关系的研究,为音乐学家和文学研究者提供跨媒介研究的交流平台。⑤ 学会成立后每两年举办一次学术会议,至2019年在欧美和澳大利亚共举办了12届国际研讨会,出版集刊和论著17部,成果丰硕,在欧美影响力很大。

据笔者了解,欧美现有20多个跨艺术/跨媒介研究学会和研究院所。这些研究团体通过创办学术刊物、举办国际研讨会和工作坊、出版会议论文

---

① 1997年该会议的部分论文结集出版,编者在前言中介绍了此次会议的盛况。参见 *Interart Poetics: Essays on the Interrelations of the Arts and Media*, eds. Ulla-Britta Lagerroth, Hans Lund and Erik Hedling, Amsterdam: Rodopi, 1997.

② Stephen Greenblatt, "The Interart Moment", in *Interart Poetics: Essays on the Interrelations of the Arts and Media*, eds. Ulla-Britta Lagerroth, Hans Lund and Erik Hedling, Armsterdam: Rodopi, 1997, p.13.

③ 参见学会章程 *Statutes of the International Society for Intermedial Studies*,http://isis.digitaltextualities.ca/about/statutes/ [accessed 2021/5/23]。

④ 笔者从2014年成为国际跨媒介研究学会会员,2015年起参加了三届国际研讨会,2018年带领团队承办了国际跨媒介研究学会在亚洲的第一个学术会议。详见欧荣、楼芸:《"第四届跨媒介研究国际研讨会"会议综述》,载《比较文学与跨文化研究》,2020年第1辑,第3—5页。

⑤ 第13届WMA年会因疫情影响,推迟到2022年6月举办,参见学会网站 http://www.wordmusicstudies.net/wma_book_series.html (accessed 2021/5/23)。

集,为国际跨艺术/跨媒介研究提供了广阔的交流平台,不但顺应了跨艺术/跨媒介研究全球化和多元化发展的趋势,还吸引了越来越多的学者加入跨媒介研究的学术盛会中。20世纪下半叶相继出版的一些开拓性著述,如哈格斯特鲁姆(Jean H. Hagstrum)的《姊妹艺术》(*The Sister Arts*,1958)、伦德(Hans Lund)的《作为图像的文本》(*Texten Som Tavla*,1982)、斯坦纳(Wendy Steiner)的《图画罗曼司》(*Pictures of Romance*,1988)、米切尔(W. J. T. Mitchell)的《图像学》(*Iconology*,1986)和《描绘理论》(*Picture Theory*,1994)、克里格的《艺格符换》(*Ekphrasis*,1992)、赫弗南(James Heffernan)的《语词博物馆》(1993)、潘惜兰(Siglind Bruhn)的《音乐艺格符换》(*Musical Ekphrasis*,2000)等为跨艺术诗学奠定理论基础,提供批评范例,有力地推动了跨艺术诗学的发展。

二、核心概念辨析:艺格符换

在当代欧美跨艺术诗学论述中,艺格符换是个频繁出现的关键词,对这个术语的界定和汉译,学界争议很大,故有必要在此交代清楚。

古希腊智者(sophist)把文法、修辞学、辩证法确立为教育三艺,其中修辞学是非常重要的教学内容。艺格符换这一概念源于希腊语 ekphrazein,意为"说出来",是智者很强调的一种修辞手段,指语言表述中生动而又逼真的敷陈,"对人物、地点、建筑物、艺术作品的细致描绘,在古代晚期和中世纪诗歌中所用极多"[①],相当于中国文学中图物写貌、穷形尽相的"赋"的表现手法,如荷马史诗《伊利亚特》第18篇中对"阿基里斯之盾"的细致描述,大菲洛斯特拉托斯(Philostratus the Elder)和小菲洛斯特拉托斯(Philostratus the Younger)都写过《画记》(*Images*),对许多神话题材的艺术品做出诗意性描述,卡利斯特拉托斯(Callistratos)以 Ekphrasis 冠名其描述 14 座雕像的文字。[②] 也有学者强调罗马帝国时期的《修辞学初阶训练》(*Progymnasmata*)的口头文化语境,艺格符换修辞追求话语"生动逼真的效果"(*enargeia*),以

---

① E. R. Curtius, *European Literature and the Latin Middle Ages*, tran. W. R. Trask. New York: Pantheon Books, 1953, p. 69.
② Ibid. 卡氏作品英文译本题名为 *Description*,参见本书第四章第一节第二部分。

激发听众的想象，"把描摹对象带至听众的眼前"。① 这一修辞传统在拜占庭时期得到进一步的发展，于文艺复兴时期在欧洲传播开来，演化为以艺术品为描摹对象的诗歌体裁，也是艺术史中常用的文体，如彼特拉克（Francisco Petrarch）的肖像画诗和瓦萨里（Giorgio Vasari）的《名人传》。② 18 世纪晚期之后，艺格符换作为修辞学术语逐渐淡出人们的视野。

20 世纪中后期，艺格符换重新引起西方学人的关注，但自此学界对艺格符换的讨论不再仅限于修辞学研究，而是被放到更广阔的跨艺术诗学的语境中来考察，艺格符换的内涵变得更为丰富和繁杂。潘惜兰曾把西方学者对艺格符换的界定按照从狭义到广义的理解进行了梳理：斯皮策（Leo Spitzer）在对济慈的《希腊古瓮颂》的解读中，将其看作文学领域中对"一幅画或一件雕塑作品的诗性描绘……通过语言媒介，对诉诸美感的艺术品的再现"；塞因茨伯里（George Saintsbury）将其定义为"意在把人物、地点、图画等形象地呈现在（读者/听众）脑海里的惯用描写"；哈格斯特鲁姆在此基础上，把艺格符换置于"图像诗"（iconic poetry）的语境中，将其界定为"赋予无声艺术品以声音及语言的特质"；克里格的视角有所不同，他强调艺格符换是"文学对造型艺术的模仿"，体现诗歌语言的空间性，是"诗歌在语言和时间里模仿造型艺术品，并使该艺术品以其空间的共时性成为其自身和诗歌原则（ekphrastic principle）的一个确切的象征"③；沿着克里格的思路，瓦格纳（Peter Wagner）指出，作为诗歌创作手法、修辞手法和文学体裁，艺格符换就像罗马双面神，"作为一种模仿，它体现了悖论性，它承诺为沉默的图像说话，但同时又通过改变和改写图像，试图战胜图像的威力"；司各特（Grant Scott）、米切尔和赫弗南把艺格符换理解为"对视觉表征的语言再现（the verbal representation of visual representation）"。④ 不同于以上学者把艺格

---

① Ruth Webb, *Ekphrasis, Imagination and Persuasion in Ancient Rhetorical Theory and Practice*, Farnham: Ashgate, 2009, p. 5. 该书很详尽地考察了"艺格符换"概念从古代修辞学术语到现代意义的演变。

② 李宏：《瓦萨里〈名人传〉中的艺格敷词及其传统渊源》，《新美术》，2003 年第 3 期，第 39 页。

③ 斯坦纳将艺格符换界定为"造型艺术中'富于包孕的时刻'在语词中的对等"，其追求的是"处于这一时刻的造型艺术超越时间的永恒性"，与克里格的观点有相通之处。Wendy Steiner. *Pictures of Romance: Form against Context in Painting and Literature*, Chicago: U of Chicago P, 1988, p. 13.

④ Qtd. in Siglind Bruhn, "'Musical Ekphrasis' in the Twentieth Century", *Poetics Today*, 3 (2001), pp. 552—553.

符换概念局限于诗画关系和语图关系,克卢弗(Claus Clüver)提出:"艺格符换是对一个由非语言符号系统构成的真实或虚构文本的语言再现"(Ekphrasis is the verbal representation of a real or fictious text composed in a non-verbal sigh system),并补充说明该定义中的"文本"(text)为符号学中所指,"包括建筑、纯音乐和非叙事性舞蹈"。① 由此,潘惜兰提出了"音乐艺格符换"(musical ekphrasis)的概念,她认为:

> 诗人可以凭借语言媒介的创造性对视觉艺术品做出反应,把摹本的风格、结构、意义和隐喻从视觉转换为语言;在本世纪,越来越多的作曲家也致力于探索这种跨艺术模式的转换。音乐媒介看似抽象,但作曲家就像诗人一样,能以多种方式对视觉表征作出反应。②

潘惜兰将艺格符换概念拓展到音乐研究,她关注音乐与语言、视觉艺术的联姻,提出艺格符换从广义上可以理解为"用甲媒介创作的一个真实或者虚构的文本在乙媒介中的再现"。③

虽然以上表述均涉及不同艺术文本之间的转换或改写、互动与交织,但这个古老的概念还在不断引发新的阐释。2008年罗马尼亚巴比什-波雅依大学创办了名为《艺格符换》的网上期刊,已不限于语言与图像研究,而是涵盖"图像、电影、理论、媒介研究"。④ 如有学者指出,"有别于传统艺术品的独一性与静止性,摄影作品的广泛传播和无限复制的可能性……为艺格符换模式增加了一个新的维度",路易莎·泽尔纳(Louisa Söllner)称之为"摄影艺格符换"(photographic ekphrasis),并深入研究古巴裔美国文学中照片叙事和语言叙事之间的对峙、转换和互补。⑤罗马尼亚电影和媒体研究学者艾格尼斯·佩特(Ágnes Pethő)借用米切尔的艺格符换理论,探讨法国导演让-吕

---

① Claus Clüver, "Ekphrasis Reconsidered:On Verbal Representations of Non-Verbal Texts", *Interart Poetics: Essays on the Interrelations of the Arts and Media*, eds. Ulla-Britta Lagerroth, Hans Lund and Erik Hedling, Armsterdam: Rodopi, 1997, p.26.
② Bruhn, "'Musical Ekphrasis' in the Twentieth Century", p.551.
③ Ibid., p.559.
④ 该刊物于2008年创立,为半年刊,至今已在线出版24期,详见该刊物网站 http://www.ekphrasisjournal.ro(accessed 2021/5/23)。
⑤ Louisa Söllner, *Photographic Ekphrasis in Cuban-American Fiction: Missing Pictures and Imagining Loss and Nostalgia*, Leiden: Rodipi, 2014, p.24.

克·戈达尔(Jean-Luc Godard)的"电影艺格符换"(cinematic ekphrasis)。①《艺格符换》期刊的主编多鲁·波普(Doru Pop)在创刊号中指出:"艺格符换应该包括所有形式的视觉叙事(再现无止尽),它不仅是描述,也是一种叙述,使事物'可见'";波普提倡把艺格符换作为一种方法,应用到摄影、电影、戏剧、视频等所有视觉艺术中,"制造影像,描述、阐释现实和人类行为",然后这些影像会转换为另一层次的阐释,成为记录历史的"视觉人类学"(visual anthropology)。② 美国学者格拉维(Brian Glavey)提出了"同性艺格符换"(queer ekphrasis)的说法,使艺格符换得以摆脱赫弗南的观与被观的性别对峙模式:艺格符换不仅"有关观看(seeing),还涉及展示(showing)与分享(sharing)"。③ 还有学者将艺格符换概念引入建筑史的研究中;此外,艺格符换也成为跨媒介研究的核心概念之一。④

简而言之,在历史的长河中,艺格符换经历了由修辞学术语演变为文学体裁/艺术史写作,再成为文艺批评术语的一个衍生过程。它的内涵和外延曾经非常宽泛,在中世纪和文艺复兴时期逐渐变窄,主要指人物发声或对视觉艺术的描绘和评论,近半个世纪以来,随着跨艺术研究的发展,又变得很宽泛,如鲁斯·韦伯(Ruth Webb)所指出的:"古代修辞学意义上的艺格符换可以是任意篇幅,任何主题,诗歌或散文体,使用任何话语策略,只要'能把描摹对象带至听众的眼前'……'把听众变为观众';话语被赋予魔力,主导听众的想象,使缺席之物如在眼前",而"其现代用法经历了一系列渐进或跳

---

① Ágnes Pethő, "Media in the Cinematic Imagination: Ekphrasis and the Poetics of the In-Between in Jean-Luc Godard's Cinema", in *Media Borders, Multimodality and Intermediality*, ed. Lars Ellerström, London: Palgrave Macmillan, 2010, p. 212. 研究电影艺格符换的还有 E. Arva, "Word, Image and Cinematic Ekphrasis in Magical Realist Trauma Narratives", in *Magical Realism and Literature*, eds. C. Warnes & K. Sasser, Cambridge: Cambridge U P, 2020: 262—281; Dierdra Reber, "Visual Storytelling: Cinematic Ekphrasis in the Latin American Novel of Globalization", *Novel: A Forum on Fiction*, 1(2010), pp. 65—71.

② Doru Pop, "For an Ekphrastic Poetics of Visual Arts and Representations", *Ekphrasis*, 1 (2018), https://5metrosdepoemas.com/index.php/poesia-y-cine/56-el-cine-en-las-artes/603-for-an-ekphrastic-poetics-of-visual-arts-and-representations (accessed 2019/11/5)

③ Brian Glavey, *The Wallflower Avant-Garde: Modernism, Sexuality, and Queer Ekphrasis*, New York: Oxford U P, 2016, p. 7.

④ 参见 Dana Arnold, *Architecture and Ekphrasis: Space, Time and the Embodied Description of the Past*, Manchester: Manchester U P, 2020; Gabriele Rippl, ed. *Handbook of Intermediality*, Berlin: De Gruyter, 2015。

跃的演变,结果是同一时期的学者可能用其指代不同的意义"。①

国内学者因研究领域的不同,对 ekphrasis 的理解和翻译也各有不同。在艺术史研究领域以范景中先生的"艺格敷词"为主②;在符号学和图像学研究领域,胡易容译为"符象化"、沈亚丹译为"造型描述"、王东译为"图说"③;在小说批评领域,王安、程锡麟译为"语象叙事"④;在诗歌批评领域,刘纪蕙译为"读画诗"、谭琼琳将其译为"绘画诗"⑤等。但如国外研究现状所示,随着现代跨艺术、跨媒介、跨学科研究的兴起,ekphrasis 的范畴也在不断扩大,已经不局限于"对艺术作品的语言描述"或语图之间的关系。钱兆明提出,在当代跨艺术研究中,ekphrasis 的创作不仅包括"跨艺术诗"(ekphrastic poetry),还包括"跨艺术画""跨艺术舞蹈""跨艺术音乐"等,因此他把 ekphrasis 译为"艺术转换再创作"。⑥

我们同意钱兆明和潘惜兰的看法,现代意义上的 ekphrasis 可以用来指代不同艺术媒介和不同艺术文本之间的转换或改写,在不同艺术符号转换的过程中,必然加入新作者的再创作。从这个意义上来理解,再参考范景中先生的译法,我们把 ekphrasis 译为"艺格符换",指不同艺术文本、不同符号系统之间的动态转换,而上述译法则无法涵盖不同艺术文本之间相互影响和转换以及持续、动态的双向/多向影响的内涵,"艺格符换"的译法可以避免因译名不当导致的意义偏颇,比"绘画诗"或"艺格敷词"的范畴都宽广得多,可以涵盖从图像文本转换为语言文本的"艺格符换诗"(艺格符换的传统和主流范畴)、把语言文本转换为图像文本的"艺格符换画"(如源于希腊神话的达·芬奇的名画《丽达与天鹅》)、把语言文本转换为音乐文本的"艺格

---

① Webb, *Ekphrasis, Imagination and Persuasion*, p. 6, p. 8.
② 参见李宏:《瓦萨里〈名人传〉中的艺格敷词及其传统渊源》。
③ 参见胡易容:《符号修辞视域下的"图像化"再现——符象化(ekphrasis)的传统意涵与现代演绎》,《福建师范大学学报(哲学社会科学版)》,2013 年第 1 期;沈亚丹:《"造型描述"(Ekphrasis)的复兴之路及其当代启示》,《江海学刊》,2013 年第 1 期;王东:《抽象艺术"图说"(Ekphrasis)论——语图关系理论视野下的现代艺术研究之二》,《民族艺术》,2014 年第 3 期。
④ 王安、程锡麟:《西方文论关键词:语象叙事》,《外国文学》,2016 年第 4 期,第 77—87 页。
⑤ 参见谭琼琳:《重访庞德的〈七湖诗章〉——中国山水画、西方绘画诗与"第四维—静止"审美原则》,《外国文学评论》,2010 年第 2 期,第 18—29 页。刘纪蕙:《故宫博物院 vs 超现实拼贴:台湾现代读画诗中两种文化认同建构之模式》,《中外文学》,1996 年第 7 期,第 66—96 页。
⑥ 钱兆明:《艺术转换再创作批评:解析史蒂文斯的跨艺术诗〈六帧有趣的风景〉其一》,《外国文学研究》,2012 年第 3 期,第 104—110 页。

符换乐"(如柴可夫斯基创作的《胡桃夹子》组曲即源于德国童话故事)以及从语言文本转换到舞蹈艺术的"艺格符换舞"(如源于安徒生童话的芭蕾舞《天鹅湖》)等。

裘禾敏从术语翻译批评的角度提出,学术概念的翻译有多重维度的考量,通过反复比较分析,他认为"艺格符换"译名更为妥帖,"更符合当今图像转向时代对于语图关系的研究趋势","它不但兼顾了文学、艺术史、艺术评论等领域,而且容纳了影视作品、广告设计等不同艺术门类。这样,涉及的领域可以大大地拓宽";他进而分析道:

> 从符号学的角度看,"艺格符换"一词可以这样理解:"艺"表示各类媒介、艺术,有文字媒介、造型艺术、绘画艺术等可视艺术,也有音乐、说唱等可听艺术,同时也有影视等可视可听的综合艺术;"格"表示格范(典范、标准)、格尺(标准)、格令(法令)、格法(成法、法度)、格样(标准、式样、模样);"符"表示语言、线条、图画、声音等各种符号;"换"表示"转换、转化、变换"等。合在一起就表示"不同艺术媒介通过一定的形式可以互相转换",这在当今人文艺术界,无论是借助人脑的智力转化,还是凭借高新技术的机器转换,还是通过人脑技术的合成转变,都是司空见惯的现象。①

虽然任何术语的产生和界定都有其局限性,但笔者对 ekphrasis 的界定和中文翻译进行如此追索,并非小题大做,因为对这个概念的不同理解必然影响到对"艺格符换诗学"(poetics of ekphrasis)的理解和应用。当我们把 ekphrasis 看作"艺格符换",那么 poetics of ekphrasis 就会关注不同艺术媒介之间的互动和不同艺术文本之间的互文性,可以应用于更广泛的跨艺术和跨学科研究中。

"艺格符换诗学"还让我们超越了由视觉艺术到语言艺术的单向联系,注意到不同艺术媒介之间持续、动态的相互影响。罗沙德(David Rosand)提出诗画之间的"交换是互惠的,因为诗歌文本又通过画家的视觉化艺术找到了新的现实",西方的艺术史就是这种交换的循环,"诗歌和绘画在时间的螺旋结构中互嵌——形象生产形象(image begetting image)",所以文艺复兴

---

① 裘禾敏:《〈图像理论〉核心术语 ekphrasis 汉译探究》,《中国翻译》,2017 年第 2 期,第 91 页。

时期的艺术家能通过前人对艺术品的逼真描述复原一些已然湮灭的古希腊、罗马的艺术品,如大菲洛斯特拉托斯的很多文学创作是源于视觉艺术品的"艺格符换",提香则根据其作品对艺术品的逼真描述创作了《爱神节》("Cupids")和《酒神祭》("The Andrians")等"艺格符换画",①而提香美妙绝伦的画作又何尝没有激发后来的文人和艺术家进行"艺格符换"创作呢?如此看来,"艺格符换"的确体现了艺术的"永恒运动"(the still movement)(借用克里格对"艺格符换原则"所作的著名表述)。

如此看来,"艺格符换"的确体现了艺术家之间、文艺作品之间的持续互动,由绘画、雕塑、音乐、舞蹈等艺术蓝本转换而成的艺格符换诗就组成一个语词博物馆,一个由语言建构的艺术博物馆,而跨艺术诗学研究就是揭示这个语词博物馆的奥秘。

三、国内外研究现状

半个多世纪以来,欧美跨艺术诗学研究成果丰硕。截至2021年5月笔者在加州大学伯克利分校图书馆网站以"ekphrasis"为关键词查找到用英、法、德、西等语言撰写的书籍有339部,期刊论文有16014篇;在剑桥大学图书馆网站以"ekphrasis"为关键词,查到各种语言的书籍389部,期刊论文6100篇,分布于艺术史研究、修辞学研究、音乐学研究、影视研究、小说研究和诗歌批评等各个领域,足见"艺格符换"已成为西方现代文艺批评的核心概念。② 除了笔者前面提到的一些奠基性理论著作,跨艺术诗学已在诗歌批评领域得到广泛的应用,如鲁宾斯(Maria Rubins)对俄罗斯和法国诗歌的"艺格符换"分析(2000)、鹫见朗子(Akiko Motoyoshi Sumi)对阿拉伯古典诗歌的"艺格符换"解读(2004)、巴尔贝蒂(Claire Barbetti)对欧洲中世纪诗歌作为"艺格符换"之源的考察(2011)、格雷马(Teresa Keane Greimas)对西班牙诗歌的"艺格符换"阐释(2010)、卢瓦佐(Bergmann Loizeaux)对20世纪英国诗歌与视觉艺术之关联的探讨(2008)、米勒(Andrew D. Miller)对19世纪以来摄影艺术与欧美诗歌创作之间互动关系的分析(2015)、艾森德拉思

---

① David Rosand, "Ekphrasis and the Generation of Images", *Arion*, 1(1990), pp.61—64.
② 2013年笔者在加州大学伯克利分校访学,在其图书馆网站以"艺格符换"为关键词查找到专著、论文集和博士论文只有140多部。时隔8年多,艺格符换研究成果已经蔚为大观。2021年5月笔者在Google scholar搜索"ekphrasis",找到45100条结果。

(Rachel Eisendrath)从审美和经验主义的角度重新解读文艺复兴艺格符换诗(2018)等。

美国学界跨艺术诗学研究成果最为丰富，尤其在现代派诗歌批评领域。美国现当代诗歌研究的泰斗玛乔瑞·帕洛夫(Marjorie Perloff)在《智力的舞蹈》(*The Dance of the Intellect*，1984)中探讨现代主义艺术对庞德(Ezra Pound)等现代主义作家创作的影响，并在《未来主义运动》(*The Futurist Movement*，1986)和《激进的技巧》(*Radical Artifice*：*Writing of Poetry in the Age of Media*，1991)中进一步展现了跨艺术诗学对现当代诗歌和艺术作品的阐释力度，尤以约翰·凯奇(John Cage)的创作为例分析诗歌与新媒体/多媒体的关系。她在《非原创性天才》(*Unoriginal Genius*：*Poetry by Other Means in the New Century*，2010)中从历史和科技发展的角度追溯了"非原创性"的诗学传统，并继续关注媒体革命，即"在超信息化的环境中，一种新的引文型、受限诗歌的写作"(a "new citational and often constraint-bound poetry")。①

从事现代主义跨艺术批评的还有查尔斯·阿尔铁里(Charles Altieri)、麦克劳德(Glen MacLeod)、琳达·莱维尔(Linda Leavell)等，他们把现代主义诗歌创作置于同时代的文化语境中加以考察，分析了美国现代派诗歌与先锋派艺术之间的互动关系，论证了现代派诗人吸收视觉艺术的创作原则以实现诗歌艺术新突破②；比尔曼(Emily Bilman)在《现代艺格符换》(*Modern Ekphrasis*，2013)中借鉴神经科学的理论从认知的视角深入分析了美国现当代诗人创作的"艺格符换诗"。钱兆明在《中国美术与现代主义》(*Modernist Response to Chinese Art*：*Pound*，*Moore*，*Stevens*，2003)中论证美国现代派诗人从中国美术作品中领略儒释道精神并运用于现代派诗歌创作③，后又发表《东西交流与后期现代主义》(*East-West Exchange and Late Modernism*：*Williams*，*More*，*Pound*，2017)通过考察解读威廉斯(William

---

① Marjorie Perloff, *Unoriginal Genius*：*Poetry by Other Means in the New Century*, Chicago：U of Chicago P, 2010, p. xi.

② 详见 Charles Altieri, *Painterly Abstraction in Modernist American Poetry*：*The Contemporaneity of Modernism*, Cambridge：Cambridge U P, 1989；Glen MacLeod, *Wallace Stevens and Modern Art*：*From Armory Show to Abstract Expressionism*, New Haven：Yale U P, 1993；Linda Leavell, *Mariaane Moore and the Visual Art*. Baton Rouge：Louisiana State U P, 1995。

③ 此书中译本已出版，见钱兆明：《中国美术与现代主义》，王凤元、裘禾敏译，欧荣校译，北京：中国社会科学出版社，2020年。

Carlos Williams)、摩尔(Marianne Moore)与庞德晚期作品的再突破、再创新,论证了文字(东方文化译著或专著)、图像(水墨画等东方美术品)和"相关文化圈内人"都能作为东西文化交流的媒介。这两部论著都是跨艺术、跨文化批评实践的典范。奥尔布赖特(Daniel Albright)的批评视野更宽广。他在《解开盘蛇》(*Untwisting the Serpent*:*Modernism in Music*,*Literature*,*and Other Arts*,2000)及《泛美学研究》(*Panesthetics*:*On the Unity and Diversity of the Arts*,2014)等力作中,深入探讨了现代派音乐、绘画、戏剧、电影和诗歌之间的相互影响。

语言派诗学的理论家和创作者查尔斯·伯恩斯坦(Charles Bernstein)在编著《细听:诗歌与表演之词》(*Close Listening*:*Poetry and the Performed Word*,1998)里着重探讨了诗歌朗诵和表演。在前言中,伯恩斯坦指出,诗歌表演与诗歌本身一样历史久远,就现当代诗歌的实践而言,表演非常重要,但评论界对此有所忽略。① 通过伯恩斯坦、帕洛夫、苏珊·豪等16位学者的深入论述,文集梳理了诗歌表演的历史,反思了现代诗歌朗诵、口头诗学和抒情诗的历史,考察了20世纪诗歌中语言媒介的建构性原则以及个体诗人的表演风格,以此论证诗歌实在是门表演艺术,鼓励读者不仅要"细读"诗歌的印刷文本,也要"细听"诗歌的录音和表演。②

刘纪蕙较早把欧美跨艺术研究与文化批评相结合,并用于分析台湾先锋派诗歌(1994,1999)。吴笛较早关注到欧美诗歌与音乐、美术等其他艺术形式的跨艺术比较③。近年来学界翻译引进了少量的国外著述,如米切尔的《描绘理论》(2006)④、帕洛夫的《激进的艺术》(2013)、钱兆明的《中国美术与现代主义》(2020)、奥尔布赖特的《泛美学研究》(2021)等。刘剑就创作实践层面对19世纪初至20世纪中叶的西方诗画关系进行了断代研究(2016)⑤。

---

① Charles Bernstein,ed,*Close Listening*:*Poetry and the Performed Word*,Oxford:Oxford U P,1998,p.3.
② Ibid.
③ 参见吴笛:《比较视野中的欧美诗歌》,北京:作家出版社,2004年。
④ 陈永国、胡文征译为《图像理论》(北京大学出版社,2006)。我们认为书名翻译不太确切,故译为"描绘理论",详见本书第二章第二节。
⑤ 参见刘剑:《西方诗画关系研究:从19世纪初至20世纪中叶》,北京:中国文联出版社,2016年。作者将西方浪漫主义到超现实主义时期的诗画关系总结为"看得见""看不见"和"看得见"三个阶段,如从题画诗到诗画渗透再发展到诗画合体的"画诗"(第179页),我们以为这种总结有失简单化,三种诗画关系并非三阶段,而是并存的三种形式。

但就欧美跨艺术诗学的历史沿革和当代发展而言,学界至今未有系统的专题研究。截至 2021 年 5 月,笔者在中国知识资源总库(CNKI 跨库检索)中以"跨艺术"为主题和关键词检索到 20 篇文献,以 ekphrasis(因中文翻译不同)为主题和关键词检索到 90 篇文献,去除重复和无关文献,有效文献 86 篇,其中期刊论文 61 篇,硕士论文 20 篇,博士论文 4 篇,会议论文 1 篇。① 文献可视化分析图如下:

图 1　CNKI 检索文献指标分析和总体趋势

如上图所示,2010 年之前只检索到两篇文献,2010 年之后有逐渐增加、缓慢上升的趋势,2016 年发表文献显著增加,2019 年达到峰值(19 篇)。虽然总体成果不多,但从被引数和下载数来看,影响力比较显著。论文中有涉及艺术史研究的,如李宏的《瓦萨里〈名人传〉中的艺格敷词及其传统渊源》(2003)、王东的《抽象艺术"图说"(Ekphrasis)论》(2014)、李骁的《艺格敷词的历史及功用》(2018)等。② 有从修辞学角度研究的,如段德宁的《试论语图修辞研究——兼谈两种语图互文修辞格》(2017);有用于小说批评的(多译为"语象叙事",如王安,2012;龙艳霞、唐伟胜,2015)。大部分论文还是关于跨艺术诗歌批评的,如笔者和团队成员近年来发表期刊论文 15 篇,指导硕士论文 4 篇,是国内跨艺术诗学研究的主力军。

---

① 为方便后人研究,我们在本书参考书目第三部分列出了目前能查到的国内跨艺术批评文献,包括中国台湾学者在台湾期刊发表和国外学者在中国大陆期刊上发表的文章。

② 未收入 CNKI 和超星数据库的相关艺术史文章有葛加锋:《艺格敷词(ekphrasis):古典修辞学术语的现代衍变》,范景中、曹意强主编:《美术史与观念史》(第 6 辑),南京师范大学出版社,2007 年。

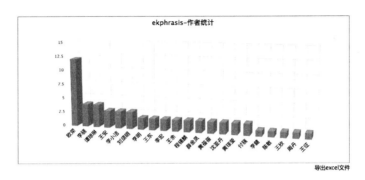

图2　超星发现数据库 ekphrasis 批评领域作者统计

　　谭琼琳、钱兆明是较早把跨艺术诗学引介到国内并进行批评实践的学者,如谭琼琳的《西方绘画诗学:一门新兴的人文学科》(2010)、钱兆明的《艺术转换再创作批评》(2012)等。威廉斯的跨艺术诗歌创作引起不少学者的关注(如李晓洁、王余,2016,2018)。王华伟将跨艺术批评用于分析"贾平凹的语象叙事",孔德馨将艺格符换诗学用于分析有关音乐主题的中国古代文学作品,都是西学中用的有益尝试。① 也有学者虽然没用跨艺术诗学或艺格符换的概念,也在进行跨艺术诗学研究,如张跃军、周丹解读叶芝的《天青石雕》一诗对中国山水画及道家美学思想的表现(2011)、罗良功建构美国非裔诗歌中的"声音诗学"(2015),王卓关注诗歌中舞蹈的多重文化功能(2017),龚晓睿有关奥登诗歌中的绘画艺术研究(2018)等。

　　数字人文技术的发展,让我们可以对国内外跨艺术诗学成果进行更直观的比较。笔者以 ekphrasis 为关键词,通过超星发现数据库的中外文搜索文献对比,差异更加明显。截止到 2020 年 5 月,在超星发现数据库中,笔者搜索到中文文献 100 条,外文文献 5656 条。② 中外文献的学术发展趋势、期刊论文分布、学位论文数、学科分类、刊种统计、发表渠道对比图如下:

---

① 孔德馨:《中国古代文学作品中的音乐艺格敷词》(硕士论文),上海师范大学,2017 年。
② 笔者把超星发现和 CNKI 数据库检索到的文献比对了一下,大部分文献两个数据库都有,有少量文献各有出入,如 CNKI 检索到硕博士论文 10 篇,超星只检索出 4 篇,但中山大学钟碧莉的硕士论文《但丁的视觉之旅:论〈神曲〉中的 Ekphrasis》CNKI 数据库却没有收入,《大观》《山花》等刊物上的论文 CNKI 也没有收入。虽然超星发现的数据统计并不完全准确,但以下的可视化分析还是能体现总体的研究状况。

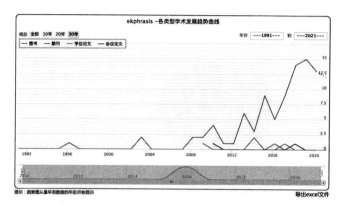

图 3　中文学术发展趋势曲线图

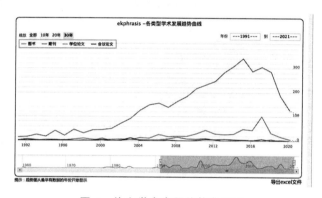

图 4　外文学术发展趋势曲线图

将图 3 和图 4 对比可以看出，国内文献以期刊论文为主，每年发表量多在个位数，最多不超过 15 篇；外文文献也以期刊论文为主，2003 年以来年发表量均在上百篇；国外学位论文数也远超国内。

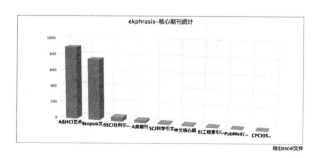

图 5　核心期刊发文量统计

图 5 更加直观地显示国外期刊发文量与中文期刊发文量的悬殊。

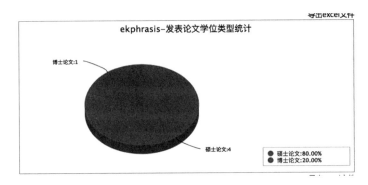

图 6　国内硕博士论文统计图①

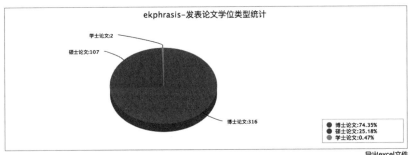

图 7　国外硕博士论文类型及数量统计图

图 6 和图 7 比较来看,国外博士论文在学位论文中占比 74%,而国内以硕士论文为主,占比 80%;此外,国外博士论文数远远超出国内博士论文数。

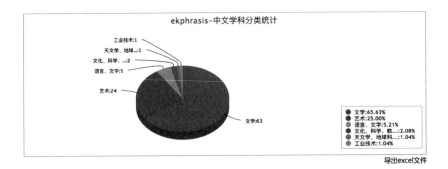

图 8　中外文献所属学科分类统计

---

①　CNKI 检索到硕博士论文 24 篇,超星只检索出 5 篇,此处数据虽不完全准确,但与国外硕博士论文量的差距是显而易见的。

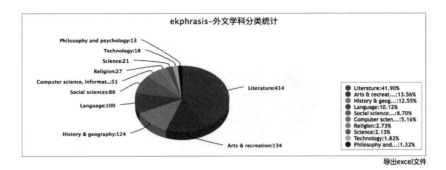

图8 中外文献所属学科分类统计(续)

从 ekphrasis 研究学科分类来看,文学研究在国内外学界都几乎占"半壁江山",国内其次是艺术史领域的研究,占到25%,而国外只占到13%。比较而言,国外研究学科分布更广。

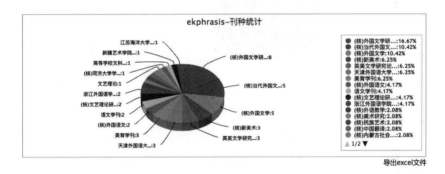

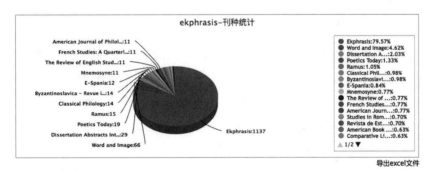

图9 国内外发表艺格符换论文的刊种统计

从刊种统计来看,国外主要有 *Ekphrasis* 专刊,发文量占到79%,其次是《语词与图像》(*Word and Image*)等。国内发文还是以外国文学研究刊物为主,其次是艺术类期刊。

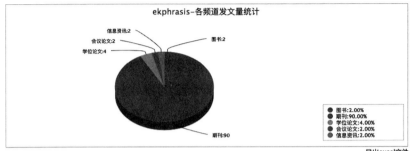

图 10　中文发表渠道

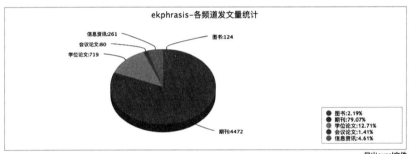

图 11　外文发表渠道

从发表渠道来看,国内外学界发表都以期刊论文和学位论文为主,但国外图书发表占 2%,国内尚没有专题论著①。

四、研究内容简介

当代欧美跨艺术诗学发展已有半个多世纪,据笔者所知,国内外学界尚未有人对此进行梳理和系统研究。本专著力图对欧美跨艺术诗学进行综合研究,包括梳理学术史,探讨学术热点,总结借鉴欧美文艺理论,观照中国诗学,并进行批评实践,这对于我国的外国文学研究、文艺学研究和艺术史研究与教学,具有显著的理论价值和现实意义。

具体而言,我们首先对欧美跨艺术诗学的发展历程进行梳理,对具有代表性的流派进行分类评析,对中西跨艺术诗学做出比较研究,然后运用相关理论对欧美代表性诗歌进行深入解读。除绪论之外,研究内容分成"理论爬

---

①　虽然示意图中显示有两部中文图书,但打开链接,仍是英文图书,此处数据库有误。

梳"和"批评实践"上下两编。

在理论爬梳部分，我们对欧美跨艺术诗学进行学术史的梳理，并对中西跨艺术诗学进行比较观照，探究欧美跨艺术诗学的理论渊源及其特质。

第一章"欧美跨艺术诗学的历史沿革"，主要梳理欧美跨艺术诗学从亚里士多德到莱辛、从白璧德到格林伯格的发展变化，勾勒西方跨艺术诗学的理论渊源和发展脉络。第一节追溯古希腊罗马时期对各艺术门类之间关系的理论探讨，尤其是文学与视觉艺术之间关系的演变；第二节分析德国启蒙时期温克尔曼的诗画一体论以及从新古典主义向浪漫主义转化时期以莱辛的《拉奥孔》为代表的诗画异质论；第三节探讨白璧德在《新拉奥孔》中所论述的浪漫主义时期的艺术混同现象；第四节讨论20世纪以格林伯格为代表反叛艺术再现、走向抽象艺术的艺术观及其对现代主义艺术的反思，并分析由此建立起来的现代主义向后现代主义转化的跨艺术诗学。

第二章"当代欧美跨艺术诗学"对当代研究热点进行分类考察。第一节"诗歌与绘画"评析哈格斯特鲁姆、克里格、赫弗南等学者的跨艺术理论和诗学主张；第二节"语词与图像"阐释斯泰纳、伦德、米切尔等学者的跨艺术研究成果；第三节"诗歌与音乐"，探讨舍尔、克莱默、潘惜兰、奥尔布赖特等学者的跨艺术思想；第四节"诗歌与多媒体/新媒体"，考察兰哈姆、帕洛夫、伯恩斯坦等学者在多媒体/新媒体时代的跨艺术诗学和创作实践。

第三章"中外跨艺术诗学比较研究"，梳理了陆机、钟嵘、刘勰、严羽、王士禛等古代文人的文艺批评以及王国维、朱光潜、宗白华、钱锺书等近现代学者的文艺美学思想，追溯中国诗歌中"赋"的发展以及题画赋传统，比较中西跨艺术诗学的差异性与相通性，探索中西跨艺术诗学的互补互识。

在批评实践部分，我们结合中西方跨艺术诗学理论，深入解读从荷马史诗到现当代欧美代表性诗歌文本，揭示出诗歌文本与潜在的绘画、音乐、舞蹈、建筑等艺术蓝本之间的关联和相互影响，为研究欧美诗歌乃至当代文艺现象提供新视角和新方法。

第四章"跨艺术诗艺的滥觞与承继"阐释从荷马史诗到彼特拉克的肖像诗中艺格符换从插叙文体到独立诗歌体裁的衍变，然后以莎士比亚的两首长诗为范本，解读文艺复兴时期诗歌中的跨艺术性。第五章从跨艺术批评的视角解读浪漫主义时期的诗作。第六章、第七章对现当代欧美诗歌进行跨艺术的解读，分析文本涵盖诗歌与绘画、诗歌与音乐、诗歌与舞蹈、诗歌与建筑之间的关联与互动。在第七章最后两节,我们分别以叶芝诗作的"东传"以及《木兰诗》的"西游"为例,探讨了多媒体和互联网时代文艺创作的跨文化跨媒介传播,弥补当代欧美跨艺术诗学在东西文学、文化互鉴维度的不足。

本书采用多学科研究方法,融合文艺学、语文学、哲学、历史学等学科的研究视野,重点将文学同艺术学这两个学科门类结合起来进行研究,在梳理文学与艺术融会传统的基础上,通过分析当代欧美相关诗学著作,深入阐释文学对艺术传统的承袭及其演变,以期开拓当代文学研究的新视角。具体而言,我们主要采用三种研究方法:(1)用文学史研究的方法,对欧美跨艺术诗学的源流和演变进行梳理;(2)用平行研究和影响研究的方法,探讨同一主题或情感在不同文化以及不同艺术门类中的再现与相互影响;(3)用跨艺术的批评方法,将诗歌文本与其绘画、音乐、舞蹈、建筑等蓝本并置对读,考察文本之间的跨媒介转换,如何更加视觉化、流动性地呈现文学的复杂特性。

本书的创新之处主要体现在三个方面:(1)对欧美跨艺术诗学进行整体梳理、系统考证、专题探究,弥补这一研究领域的不足;(2)本书既有学术史的纵向梳理,也有学术热点的横向评析,兼顾中西跨艺术诗学话语的比较观照,在国内外学界均属开拓性的尝试;(3)在文学与艺术的关系上,本书不再局限于文学文本展开研究,而是将视角触及绘画、音乐、舞蹈、行为艺术等,探寻"跨艺术转换",拓展研究范畴。

本书可用于高等院校和研究院所在外国文学、比较文学、艺术学理论和文艺批评等领域的教学与研究。

与欧美学界相比,国内的跨艺术研究还在起步阶段,究其原因,主要存在学科壁垒尚未打破、个人学养有所不足等障碍。欧美跨艺术诗学研究也存在明显的不足,即缺乏对亚非跨艺术诗学和创作的了解和观照,如伦德提出的影响甚广的"组合型、融合型和转换型"的跨艺术研究范式并非完全适用于中国诗书画印合一的文艺现象。要推动跨艺术诗学的发展,既需要学者综合素养的加强,也需要跨院系、跨学科甚至跨国界的合作研究。欧美跨艺术诗学内容庞杂,方法多样,向跨媒介、跨学科方向的发展趋势明显加快,表现出与人工智能、数字人文、生态批评、新闻传播等研究领域的结合。中西跨艺术诗学的比较研究也是一大空白。我们因精力和时间所限,无法面面俱到,只能为国内学界提供较有代表性的理论图景和研究范例,期待后来者在具体的研究领域深入探究,共同促进跨艺术诗学研究的国际化和多元化的发展。

上 编

理论爬梳

第一章

欧美跨艺术诗学的历史沿革

从中西美学发展史来看,人们对各艺术门类的探讨在古代就已经开始了。成书于约公元前5世纪的《尚书·虞书》中提出了"诗言志"的思想:"诗言志,歌永言,声依永,律和声",这是"诗言志"最早的出处。① 这一思想在先秦的典籍中也有所记载。志为心声,内心所想所感通过言语表达出来,所以"言志"的本义,无非就是言情、言意。②在这个时期,诗、乐、舞是三位一体,互不分离的。而先秦时期的《乐记》中有这样的阐述:"诗,言其志也;歌,咏其声也;舞,动其容也。三者本于心,然后乐器从之。故歌之为言也,长言之也;说之故言之,言之不足,故长言之;长言之不足,故嗟叹之;嗟叹之不足,故不知手之舞之,足之蹈之也。"③这一阐述不仅表达出诗、乐、舞都是心声的表达,而且进一步指出三者的作用及相互之间的关系。同时,这三种相互关联的艺术门类也各有其特点,且各自存在一定的局限。这应该是中国最早的对不同艺术门类之间相

---

① (清)阮元:《十三经注疏》(上),上海:上海古籍出版社,1997年,第131页。
② 袁行霈、孟二冬、丁放:《中国诗学通论》,合肥:安徽教育出版社,1994年,第19页。
③ 同上书,第57页。

互关系和相互区别的阐述。在此后的中国文艺发展进程中有关文学,尤其是诗歌与其他门类艺术之关系的阐述不断涌现,特别是唐代之后,随着诗歌、书法、绘画、音乐、舞蹈的飞速发展,不同艺术门类之间的关系开始为历代的批评所关注。诗画之间的比较更成为各艺术门类之间关系研究的重点。宋代苏轼的诗论尤其重视诗、文、书、画之理的相通之处。他提出了诗书画中的意境和神似,认为艺术创作不应追求细节的相似,而应心随意动,信手拈来。在诗画关系的论述方面,他在《书摩诘蓝田烟雨图》中提出了"诗中有画,画中有诗"这一著名的论断:"味摩诘之诗,诗中有画。观摩诘之画,画中有诗。"①这说的是诗歌与绘画有着共同的追求和意境,二者有着共同的题材和内容,在艺术手法上是可以互相渗透的,同时,"他所重的不仅在形迹、色相,更在神理与意趣",二者是"异体同心"的。这是他"诗画同一论的内在的、更高的层次"。②其诗画同一论对中国诗论以及诗画关系的研究产生极大影响。诗画之间的相通相融,不仅在表现内容上有共通之处,即二者均源于对人的内在情感和精神气韵方面的传达,二者的艺术表现形式亦存在一定相通之处。中国象形文字中的表意性与绘画有着天然的关联,中国古典诗论中对诗歌中的"象"有着更为深刻的领悟,这使得诗画之间存在着密不可分的交融关系。因而,诗、乐、画之间的跨界在中国艺术理论中有着很深的渊源。

纵观西方文艺理论的发展历程,各艺术门类之间的区分早在古希腊时期就已出现。古罗马诗人普鲁塔克③曾转引古希腊诗人西蒙尼德斯④有关诗画关系的著名论断:"画是无声诗,诗是有声画"。这应该是西方跨艺术批评史中有关诗画关系的最早论述了。我们或许可以将这句断言与苏轼评王摩诘的话做一个比较,初看上去,它们似乎有着异曲同工之妙,但仔细揣摩不难发现,苏轼所言说的是观摩诘之画,画中包含着诗的意境,体味摩诘之诗,诗中饱含着画意,二者之间的关系重在相通相同,而西蒙尼德斯的断言则暗含了两个层面。一方面,诗画之间有着某种相通之处,因为画中包含着

---

① 袁行霈、孟二冬、丁放:《中国诗学通论》,第525页。
② 同上书,第528页。
③ 普鲁塔克(Plutarch,约46—120),罗马帝国时代的希腊作家,哲学家,历史学家,以《希腊罗马名人传》一书闻名后世。
④ 西蒙尼德斯(Simonides,约前556—前468),古希腊著名抒情诗人。国内对Simonides的翻译有多种,如"西摩尼德斯""赛门尼德斯""西蒙尼德斯"等。

诗的意蕴,而诗则在其形象的表现方面与画有相似之处,二者都注重形象的传达。但是,另一方面,二者之间却有着表现形式上的差异,画是无声的,而诗是有声的。二者之间的相似与差异均可在这一断言中找到源头。

应该说,西方在古希腊时期就已经开始了文学与视觉艺术之间的比较与区分。"西方人从希腊、罗马时期开始就致力于艺术门类的划分工作"。① 尽管那时的艺术尚未完全与技艺、工艺等概念分开,但在古希腊抒情诗人的诗作中,我们已经可以看到他们将诗歌与雕塑或建筑进行比较的例子。在古希腊的颂诗中,诗人往往对在战争或比赛中的获胜者进行歌咏,而当时的雕塑家也为这样的获胜者塑像。他们表现的题材和内容有相似或相同之处,这引发了诗人们在其作品中对不同艺术门类进行比较。然而,这种比较更多地在于发现和探讨它们之间的区分。直至柏拉图②提出了影响巨大的模仿论,诗歌和视觉艺术同属于模仿,诗画之间的比较此时才在模仿论的影响下从区分走向同一。亚里士多德③的模仿论发展了柏拉图的学说,他在推进柏拉图文艺模仿论的同时,提出了诗歌与绘画在模仿媒介、模仿对象和模仿方式方面的不同。虽然其《诗学》主要在于进一步阐述模仿论,但他的讨论有多处拿绘画与诗歌或戏剧进行比较。这一方面强化了不同艺术同属模仿的观念,另一方面在客观上深化了该时期有关各艺术门类之间具有不同表现形式和媒介的探讨,为西方跨艺术研究,尤其是文学与视觉艺术关系的研究奠定了基础。可以说,这一时期有关不同艺术门类关系的探讨,尤其是有关诗歌与视觉艺术之间差异的探讨在二者关系的论说中占据了主导地位。与中国传统诗画观的不同在此可见一斑。然而,我们"却不能说西方文艺观中不存在诗画相合的思想"。④古罗马时期最有影响的诗画观莫过于贺拉斯⑤的"诗如画"说,虽然后世之人对这一概念的分析和批评未必体现出作者的原意,但这并不妨碍该观念在后世被视为诗画同一论的集中代表,以至

---

① 刘石:《西方诗画关系与莱辛的诗画观》,《中国社会科学》,2008年第6期,第160页。
② 柏拉图(Plato,前427—前347),古希腊伟大的哲学家,也是整个西方文化最伟大的哲学家和思想家之一。
③ 亚里士多德(Aristotle,前384—前322),古希腊伟大的哲学家、科学家和教育家之一,堪称希腊哲学的集大成者。他是柏拉图的学生,亚历山大的老师。朱光潜、罗念生等翻译家将Aristotle译为"亚里斯多德",国内学界也将其译为"亚里士多德",本书采用后者。
④ 刘石:《西方诗画关系与莱辛的诗画观》,第165页。
⑤ 贺拉斯(Horace,前65—前8),罗马帝国奥古斯都统治时期著名的诗人、批评家、翻译家。

于到了17、18世纪几乎被奉为文艺理论中的圭臬。按照白璧德的说法,"要读到一篇写于16世纪中叶至18世纪中叶的有关艺术或文学的批评文章,而其中却找不到对贺拉斯的'诗如画'论表示认同的说法,这的确是罕见的"①。

虽然西方自古希腊罗马时期以来直至文艺复兴时期,有关各艺术门类的划分及其关系的探讨层出不穷,且不同艺术门类之间的比较甚为活跃,但从理论上首次专门探讨诗歌与视觉艺术关系的著作则出现于18世纪中叶的新古典主义时期,这便是德国文艺理论家莱辛于1766年出版的《拉奥孔,或称论画与诗的界限》②。作品围绕古代群雕艺术品"拉奥孔"这一题材,从艺术媒介、作品的题材和艺术效果等方面论证了诗歌与造型艺术之间在质性上的区别。莱辛继承了亚里士多德的模仿论,阐述了语言艺术与造型艺术均模仿自然这一共同规律,同时,他着重分析了二者的特殊性和相异性,认为诗歌的媒介是语言,是属于时间的艺术,是动态的、有声的,而造型艺术的媒介不同于语言,是属于空间的艺术,是静态的、无声的。诗可模仿人物的性格和行动,而造型艺术模仿的是对象的美。其诗画异质说对后世产生了深远影响,对认识语言艺术和造型艺术的独特性及其所带来的不同的审美感受有积极的意义,极大地推进和深化了跨艺术诗学,尤其是语言艺术与造型艺术之间关系的研究。虽然一些学者认为他将不同艺术门类的区分推到了一个极端,忽视了二者间既相异又相通相融的辩证关系,为后世跨艺术论者所诟病,但莱辛在《拉奥孔》中也认识到诗歌与造型艺术之间的区分亦非绝对。

实际上,在古希腊罗马时期就存在着诗歌对视觉艺术的描绘,也存在着视觉艺术凭借文学作品的叙述而制作的作品,二者之间久已存在着互为借鉴,甚至互为依存的关系。文学作品用语言讲述视觉艺术的现象普遍存在,尽管二者的表现媒介不同,但二者均注重作品中"栩栩如生"的艺术效果。这不仅在于与模仿对象外在形体方面的相似性,也在于表现模仿对象的性格和神韵,而这就超越了对物象外表形式的模仿而走向了虚构和想象。在

---

① Irving Babbitt, *The New Laokoon: An Essay on the Confusion of the Arts*, Boston: Houghton Mifflin Company, 1910, p. 3.

② 莱辛(Gotthold Ephraim Lessing, 1729—1781),德国戏剧家、文艺批评家和美学家。莱辛《拉奥孔》中"诗"的概念包括"诗歌和戏剧"以致"一般性的文学","画"的概念包括"绘画和雕塑"等造型艺术或视觉艺术。在我们以下的论述中"诗画"概念多是如此,作为文学和视觉艺术的概称。

模仿论的主导下，古希腊罗马时期的不少诗人、修辞学家和文艺批评家都认识到艺术模仿的背后潜隐着内心的幻想或想象力的作用。在想象力的作用下，各不同艺术门类之间的区分渐趋淡化和消融。浪漫主义时期的美学观继承并发展了这一传统，注重想象力的作用，虽然诗歌与视觉艺术之间的区分仍然被强调，但不同艺术门类渐趋混杂、不同艺术之间的混同现象开始引起关注。这在白璧德的《新拉奥孔》中有较详尽的分析。

西方自古希腊以来的哲学注重对外在客观物象的再现，对各艺术门类在形式上，无论是媒介、形式、表现方法等方面的考察多注重对各艺术本身的客观认识和阐述，模仿论成为这一哲学观的基础。但19世纪以来的艺术开始全面转向对内心情感、心灵、直觉等的表现，艺术的表现方式从对外在世界的模仿走向对内在精神的启悟。各艺术门类的表现方式尽管有所不同，但它们在想象和直觉感悟的作用下越来越趋于相互之间的交融，西方重客观分析的思维方式逐渐接近东方传统的感悟性思维。各艺术门类之间的跨越和混杂在19世纪之后的文学艺术理论中愈发得到关注。古希腊时期就在修辞术中得到探讨的艺格符换在20世纪中叶重新引起评论界的极大兴趣，不少学者开始研究文学作品中对视觉艺术的表现，无论是对视觉景象的描述性叙述，还是对内心想象构造的心灵图景的抒写，都成为跨艺术研究的焦点。艺格符换成为跨越艺术边界的一座桥梁，将跨艺术诗学研究带到当下。

本章将梳理古希腊罗马时期跨艺术文艺批评思想，尤其是有关诗画关系的理论探讨，考察德国启蒙时期温克尔曼[①]的诗画一体论以及从新古典主义向浪漫主义转化时期以莱辛的《拉奥孔》为代表的诗画异质论，探讨白璧德《新拉奥孔》[②]中所论述的浪漫主义时期的艺术混同现象，并讨论以格林伯格[③]为代表的20世纪反叛艺术再现、走向抽象艺术的艺术观及其带来的对现代主义艺术的反思，并分析由此建立起来的现代主义向后现代主义转化的跨艺术诗学。通过上述分析和探讨，本章期待能大致厘清西方跨艺术诗学的理论渊源和发展脉络。

[①] 温克尔曼(Johann Joachim Winckelmann, 1717—1768)，德国考古学家，艺术史家。
[②] 白璧德(Irving Babbitt, 1865—1933)，美国文学批评家，新人文主义美学创始人之一。
[③] 格林伯格(Clement Greenberg, 1909—1994)，是20世纪下半叶美国最重要的艺术批评家，也是该时期整个西方最重要的艺术批评家之一。

第一节　古典主义时期:从亚里士多德到贺拉斯

在西方的诗画关系论述中,古罗马时期的诗人和文艺批评家贺拉斯的"诗如画"(ut pictura poesis)观影响深远。该表述出现在他的《诗艺》中,原话可以被译作"画如此,诗亦然"(as is painting, so is poetry)。这一观念给人们造成一种深刻的印象,即诗与画有着极为密切的,甚至是相互等同的关系。在文艺复兴和新古典主义时期,这一"诗如画"观成为人们肯定西方文艺理论中将诗歌与绘画或文学与视觉艺术等同起来的理论基础。但实际上,人们对该术语的理解含有一些模糊,甚至是误解的成分。我们应对其出现的背景以及上下文进行更为细致的分析,以得到更清晰、准确、深入的理解。此外,古希腊罗马时期诗画关系的探讨本身比该表述要复杂得多,其中至少包含如下方面:1.古希腊抒情诗人有关诗画的类比;2.柏拉图与亚里士多德模仿论中的诗画关系;3.古希腊智者和古罗马修辞学家对演讲术与视觉艺术的类比;4.古罗马时期的学者,包括贺拉斯、普鲁塔克、朗吉努斯等对文学与视觉艺术的比较;5.古希腊罗马时期想象观念的出现与文学及视觉艺术的融合关系。古希腊罗马时期的批评家虽大都遵循亚里士多德的模仿论,但有些已开始认识到文学艺术对客观模仿的超越和虚构的作用,提出了文学艺术中的幻想和想象。在这个观念的引导下,文学与视觉艺术之关系的探讨不再单纯局限于各艺术媒介和形式的差异。他们对各艺术门类之间关系的探讨仍然依据模仿论,主张艺术均为模仿,或是对绝对理念的模仿,或是对自然法则的模仿,这是各艺术门类的相同之处。但在模仿论的基础上,批评家们又注重各类艺术的独特性,并在一定程度上认识到模仿论本身的局限和文艺创作中想象的作用,体现出该时期艺术探讨的丰富性和复杂性。因此,单凭对贺拉斯"诗如画"观的简单理解是难以认清这些复杂现象的。然而,正是贺拉斯的"诗如画"观带动了整个西方文艺复兴时期以来直至20世纪的诗画一体论,以及各艺术门类之间的相交相融,启发了后世的跨艺术诗学的研究。因此,无论人们对该术语的阐释有多么不同,甚至在一定程度上偏离了其原初的意思,"诗如画"观在跨艺术诗学发展史中所起到的重要作用仍是不容忽视的。

在古希腊罗马时期,尽管诗人、修辞学家和批评家对文艺关系的探讨众说纷纭,甚至有相互抵牾之处,但同期诗文中有大量对图像的描绘,或有关视觉艺术的指涉,这成为跨艺术诗学研究的源头。

一、古希腊抒情诗人的诗画类比

在柏拉图提出模仿论之前的一个世纪左右,古希腊诗人和修辞学家就已经对文学和视觉艺术进行了比较。提出"画是无声诗,诗是有声画"的西蒙尼德斯生于凯奥斯岛,是雅典的宫廷诗人,写过抒情诗、挽歌和讽刺诗等,而他最擅长的是碑铭体诗,在当时影响很大。古罗马传记作家普鲁塔克在《雅典人在战争抑或在智慧方面更为有名?》(De gloria Atheniensium)一文中转述了西蒙尼德斯有关诗画关系的论述:"赛门尼德斯曾经表示'画是无言之诗而诗是有声之画'。"①

虽然西蒙尼德斯的原话已经遗失,但人们对普鲁塔克转述的这段话是持信任态度的。在西方文艺批评史上它一般被看作有关诗画关系的最早论述。如前所述,这段话表达出两层意思,一方面,它指出诗歌这种文学体裁与绘画这种视觉艺术之间存在着一定的相通之处。正是基于这一点,不少学者认为这应该是西方诗画一体论的起源。朱光潜先生在《拉奥孔》的《译后记》中说道:

> 诗和画的关系在西方是一个老问题。希腊诗人西摩尼德斯所说的"画是一种无声的诗,诗是一种有声的画",已替诗画一致说奠定了基础。接着拉丁诗人贺拉斯在《诗艺》里所提出的"画如此,诗亦然",在后来长时期里成为文艺理论家们一句习用的口头禅。在十七、十八世纪新古典主义的影响之下,诗画一致说几乎变成一种天经地义。②

在西方学界,也有不少学者十分崇尚西蒙尼德斯诗歌中的视觉性,比如,朗吉努斯在《论崇高》(On the Sublime)③中就十分推崇西蒙尼德斯的视觉性。甚至有研究者认为柏拉图在《理想国》中或在其他论著中批评诗歌的

---

① 普鲁塔克:《普鲁塔克全集》(第 5 卷),席代岳译,长春:吉林出版集团股份有限公司,2017 年,第 806 页。
② 朱光潜:《译后记》,载莱辛:《拉奥孔》,朱光潜译,北京:商务印书馆,2013 年,第 235 页。
③ 《论崇高》被认为是公元 1 世纪古罗马时期传下来的古希腊文艺批评作品。作者不详,现存最古老的 10 世纪的手稿表明其原作者被称为"狄奥尼修斯或朗吉努斯",后来被误读为"狄奥尼修斯·朗吉努斯"。后根据考证认为该作也有可能是古罗马修辞学家和哲学批评家凯修斯·朗吉努斯(Cassius Longinus,213—273)的作品,但学界未有定论。该作对欧洲古典主义和 17、18 世纪新古典主义的文艺理论产生重大影响。

时候心里一定想着西蒙尼德斯的模仿的视觉观。①

另一方面,尽管西蒙尼德斯在这句话中的确论及诗画的相似性,但实际上西蒙尼德斯此话的上下文并不清楚,从中简单推断出其诗画一致论似乎过于武断,且这段话仍然暗指了二者分属无声的和有声的艺术,各有不同,这也预示了莱辛在18世纪明确提出的诗画分属有声和无声两个范畴的观念。刘石认为:

> 讲"诗是有声画,画是无声诗"的人不一定就是诗画一致论者,他完全可能只是站在某个特定的角度将诗画做类比,而不是着眼于诗画作为两种艺术门类的品质的相同或类似。不止于此,这两句话甚至还可以在表达诗画差异的观点时使用,如普氏在另一文中说的那样:"西摩尼得斯把绘画称为无声的诗,把诗称为有声的画,因为绘画把事情当时的状况描画出来,文学在这事情完成之后,把这事描叙出来。"②

尽管后半句话可能是普鲁塔克对西蒙尼德斯断言的解读,反映出他继承了亚里士多德诗画同为行动的模仿这一观念,并认识到二者在表现方式上的差异,但批评家本尼迪克森(D. Thomas Benediktson)认为,西蒙尼德斯有可能表达过字词是行动的意象这样的观念。③ 可以说,无论西蒙尼德斯的断言是启发了诗画一致论,还是引导了诗画差异论,它反映出在柏拉图提出模仿论之前,古希腊诗人们就已经有了活跃的对不同艺术关系的思考。

事实上,我们可以确定的是,西蒙尼德斯以及当时的一些抒情诗人的诗作中具有很强的视觉性。西蒙尼德斯曾经给同时代的古希腊雕塑家斯珂帕斯④写过一首诗,苏格拉底在《普罗泰戈拉》(*Protagoras*)中讨论过这首诗。诗的开篇写道:

> Hard is it on the one hand to become
> A good man truly, hands and feet and mind

---

① 见 D. Thomas Benediktson, *Literature and the Visual Arts in Ancient Greece and Rome*, Norman: U of Oklahoma P, 2000, p.14。
② 刘石:《西方诗画关系与莱辛的诗画观》,第164页。
③ 见 Benediktson, *Literature and the Visual Arts*, p.15。
④ 斯珂帕斯(Scopas,生卒年代不详),希腊古典后期著名的雕塑家、建筑师,巴罗斯岛人,主要生活年代是在公元前4世纪。作为当时最著名的雕塑家之一,他曾经参加过许多神庙等建筑装饰性雕刻的创作。

Foursquare, wrought without blame.①

评论家斯文布罗(Jesper Svenbro)认为西蒙尼德斯在此用来描绘一个理想人物的字词(比如：四方形,foursquare)是一个源于视觉艺术的术语。② 他的作品中充满了视觉意象,如在《俄耳甫斯》一诗中他有这样的诗句："那儿禽鸟无尽/翻飞在他头顶,群鱼直跃/出碧水,追随他美妙歌声。"③据希腊罗马神话传说,俄耳甫斯是古希腊的一位诗人,他抚琴歌咏,能引来飞禽走兽,感动石木。这里,西蒙尼德斯的笔下出现了飞鸟鱼儿受诗人感召的情形,一幅生动活泼的画面出现在我们的眼前。值得注意的是,古希腊抒情诗人品达的作品中曾出现了文学与视觉艺术之间的比较。他在《尼米亚颂诗之五》(*Nemean Ode* 5)开篇的诗行十分引人注目：

> I am no maker of images, not one to fashion idols
>   standing quiet
> on pedestals. Take ship of burden rather, or boat,
>   delight of my song,
> forth from Aigina, scattering the news
> that Lampon's son, Pytheas the strong,
> has won the garland of success at Nemea, pankratiast,
> showing not yet on his cheeks the summer
> of life to bring soft blossoming.④

品达在诗一开场便声明自己不是意象的创造者,不会塑造静立不动的雕像。他要乘上一艘艘船只,漂荡在大海之上,将皮西亚斯⑤的威名四处颂扬。从这节诗中可以看到,品达认为雕塑艺术是受到空间的限制的,而诗歌则不受时空的限制,可以穿越时间和空间,是更为自由的。诗歌还可以运用比喻,就像是漂洋过海的水手,能够周游四方,而雕塑却无法做到这些。在这一点

---

① Qtd. in Benediktson, *Literature and the Visual Arts*, p. 16.
② Ibid.
③ 西摩尼德斯：《俄耳甫斯》,水建馥译,载飞白主编：《世界诗库》(第1卷),广州：花城出版社,1994年,第87页。
④ Qtd. in Benediktson, *Literature and the Visual Arts*, 19. 品达(Pindar,前518—前438),古希腊抒情诗人,他的合唱歌对后世欧洲文学有很大影响。
⑤ 皮西亚斯(Pytheas of Massalia),生活在公元前4世纪的古希腊地理学家。

上,品达认为诗歌要优于雕塑艺术。尽管如此,他的诗歌仍然充满跃动的视觉形象。古希腊时期的诗人、散文家希俄斯的伊翁①曾在他的作品中记录了索福克勒斯②谈论文学描述与视觉艺术描绘之差异的一件趣闻。曾经有一次索福克勒斯对他的邻居夸赞诗人普律尼科司③的诗句"爱情的红面颊闪烁着爱情的光彩"十分准确。而对方对索福克勒斯说,将下巴描绘成红彤彤的样子是错误的,因为,如果画家真的画出那男孩红彤彤的下巴就不会好看。索福克勒斯笑道:如果那样的话,荷马描绘的"金头发的阿波罗"也不会被对方认为是好的描写了。假如画家将神的头发画成金色的而不是黑色的,那幅画一定更糟!这个例证可以说明,诗的描绘可以不受限制,而绘画则需真实,文字描绘与图像描绘是不同的。④

古希腊时期的诗人对诗画之间的异同多有探讨,这种比较多在于强调二者之间的差异和各自的特征,虽然不同艺术所表现的题材可以是一样的,比如雕塑和诗歌都可以表现对其描绘对象的赞颂,诗中也可以表现视觉的形象,但它们的表现方式和特征却是不同的。尽管这些类比尚为粗浅,在比较的基础上对不同艺术进行高低优劣的判断则更为幼稚,但这些探讨却成为西方跨艺术诗学研究的先声。

二、柏拉图与亚里士多德模仿论中的诗画关系

古希腊时期的诗人注重文学与视觉艺术关系的比较,这种比较多注重二者的不同,且诗人们大都倾向于文学要高于视觉艺术。这一情况因柏拉图提出的文艺模仿论而发生了转变。按照柏拉图模仿论的观点,诗歌与视觉艺术都起于模仿,在模仿这个问题上,二者存在同一性。

柏拉图在《伊安篇》(Ion)中提出了艺术要依赖于神授的灵感,而非技艺。在谈到这个问题时,柏拉图借苏格拉底之口⑤阐述了该问题的两个方面:

---

① 希俄斯的伊翁(Ion of Chios,?—前420):古希腊诗人与散文作家,一生的大部分在雅典度过。
② 索福克勒斯(Sophocles,前496—前406),雅典三大悲剧作家之一。
③ 普律尼科司(Phrynichus),约活动于公元前6世纪至公元前5世纪的古希腊雅典的悲剧诗人。
④ 参见 Benediktson, *Literature and the Visual Arts*, 38.
⑤ 柏拉图《文艺对话集》中的主角和观点的阐述者均为苏格拉底(Socrates,前469—前399)。人们认为柏拉图是借苏格拉底之口来表达他自己的观点,但并不排除他作为苏格拉底的学生,也接受了苏格拉底的某些观点。实际上,苏格拉底一生不著一字,他的很多思想是通过学生的记载流传下来的。关于模仿论和理式论,学界一般认为这是柏拉图的思想。

> 首先，要了解一门艺术，就必须了解它的全部。其次，要使一门艺术有资格成为艺术，它的形式原则一定能与另一门艺术的形式原则相类比。也就是说，诗学的原则应该可以类比为雕塑或弹奏竖琴的原则。①

本尼迪克森指出，柏拉图认为，一门艺术必有其共性。如果拿一门艺术与另一门艺术相比可以发现，各门艺术本身有其共性，而不同艺术之间也存在共性。"一个人把一种技艺看成一个有共同一致性的东西，就会对它同样判别好坏。"②同时，他也指出"每种技艺都必有它的特殊知识"③。在柏拉图的时代，艺术和技艺的概念尚未有明确的区分，art 一词可以指技艺也可以指艺术。柏拉图说明了各艺术门类或技艺之间在形式和技巧方面是有特殊性的。但柏拉图对这个问题并未深入探讨下去。在《斐德若篇》(*Phaedrus*)中，柏拉图笔下的苏格拉底将文字比作图画，认为二者都是沉默、静态的和被动的。

> 图画所描写的人物站在你面前，好像是活的，但是等到人们向他们提出问题，他们却板着尊严的面孔，一言不发。写的文章也是如此。你可以相信文字好像有知觉在说话，但是等你想向它们请教，请它们把某句所说的话解释明白一点，它们却只能复述原来的那同一套话。④

这里，文字被类比为图画，目的在于说明文字与图画一样是逊于言语的，因为它们二者都静默无声，不如言语可以发声，可以直接并即刻表达思想和心声。解构主义理论家德里达将西方语音中心主义的源头归于柏拉图对文字的贬低，认为文字与图画一样，是附属于言语的，是被动的，第二性的。柏拉图这里贬低的主要是文字，他将文字与图画置于同一低下的地位。古希腊抒情诗人将诗歌视为高于视觉艺术的看法在柏拉图这里被逆转了。他们所说的诗歌可以表现为口头的，也可以表现为文字的。在柏拉图看来，文字与图画一样，都是附属于言语的，都不是真理的表达。两种艺术具有同一性，均受到柏拉图的贬斥。

柏拉图对诗歌与视觉艺术的贬斥在《理想国》(*Republic*)第十卷中表达

---

① Benediktson, *Literature and the Visual Arts*, p. 42.
② 柏拉图：《文艺对话集》，朱光潜译，北京：人民文学出版社，1963年，第6页。
③ 同上书，第13页。
④ 同上书，第170页。

得最为清楚。在这篇对话中,柏拉图提出了理式的概念,认为现实中一切个体的存在都是对一个超越现实个体的最高理式的模仿,工匠制造的每一样东西,无论是床还是桌子,或是其他东西,都是模仿最高的理式制造出来的,他可以在外形上制造这些东西,却不是真实体。他制作的床只是对床的理式的模仿。画家也是一样,他也是一个模仿者,他模仿木匠制作的床来描绘一张床。如果理式的床是第一层,木匠模仿理式制作的床就是第二层,画家模仿木匠制作的床而画出的床就与最高理式,也就是真理隔着两层。剧作家、诗人与画家相同,都是现实中的个别事物的模仿者,都与真理隔着两层。而且,画家、艺术家、诗人都是外形的模仿者,并不了解所模仿的事物的真知识,他们所得的只是事物的影像,并不曾抓住真理,因而他们的模仿具有很大的欺骗性。在此,柏拉图将诗人和艺术家视为真理的伪造者和欺骗者。不过,柏拉图在《理想国》第2卷中谈到诗歌的时候,区分了两种类型的诗歌,一种是能用言辞描绘出诸神与英雄的真正本性的诗歌,是宣扬美德和善的诗歌。如果诗人做不到这一点,这就像"画家没有画出他所要画的对象来一样"。① 另有一种是假的、坏的诗歌。他认为诗歌应该给年轻人讲好的和善的故事。但总体来说,柏拉图是将文学与视觉艺术放在同一个层面进行评价的,他"抓住诗人,把他和画家摆在一个队伍里",②这看似是将文学和艺术等同起来,但实际上他是在探讨文学艺术均为真理的模仿这一观念,且他的用意多为对艺术在伦理道德层面的考量。因此,很难说柏拉图的模仿论是西方诗画同一论的起源。然而,尽管柏拉图旨在阐述模仿论,其目的不在探讨诗歌与视觉艺术这两种艺术门类之间的关系,但他首次将诗人和画家置于同一模仿框架之内进行考查。在这一层面上,文学与视觉艺术有其共通性。与此同时,柏拉图的模仿论也隐含着二者在表达方式上的区别,即画家凭借颜色和形状,诗人凭借文字以及文字所表现出的韵律、节奏和曲调来模仿。③ 并且,柏拉图对诗人的态度也存在一定的矛盾之处,这在学界亦引发了不同看法。

值得注意的是,柏拉图在其著作中着重强调了视觉、光和人的精神及灵魂有着密切的关联。在《理想国》第六卷中他对这一问题有较详尽的论述。

---

① 柏拉图:《理想国》,郭斌和、张竹明译,北京:商务印书馆,2015年,第72页。
② 柏拉图:《文艺对话集》,第84页。
③ 同上书,第76页。

"在所有的感觉器官中,眼睛最是太阳一类的东西。……人的灵魂就好像眼睛一样,当他注视被真理与实在所照耀的对象时,它便能知道它们了解它们,显然是有了理智。"①柏拉图贬低绘画艺术,认为它是对真理的影像的模仿,与真理隔着两层,但是他同时又肯定视觉和眼睛的作用,认为人在注视被真理照耀的对象时,就能获得理智。这对推进人们认识视觉艺术的神性和精神高度有所启迪。

关于各门艺术均为模仿,但它们在模仿媒介、模仿对象和模仿方式方面存在差异这一问题,亚里士多德在他的《诗学》(*Poetics*)中做了集中而详尽的论述,这成为西方学界对各艺术门类之关系的首次探讨。亚里士多德继承了柏拉图的模仿论,认为文学艺术都是模仿,但他认为二者不应该是对最高理式的模仿,而认为自然现实的法则就是最高真理,文学艺术的模仿就应该是对这一最高真实的模仿。他摒除了柏拉图对文学艺术在道德上的贬斥和挞伐,提出了文学艺术模仿的美学价值,认为它们的模仿具有真实性,而且这种真实要高于个别事物的真实,是符合自然法则的真实。尤其在谈到历史家与诗人的差别时他认为,二者的"差别不在于一用散文,一用'韵文'",而"在于一叙述已发生的事,一描述可能发生的事。因此,写诗这种活动比写历史更富于哲学意味……因为诗所描述的事带有普遍性,历史则叙述个别的事"②。这就将柏拉图对诗和艺术大加挞伐的局面彻底扭转过来,将诗放置在比历史更高的地位。

模仿论在亚里士多德的时代已经得到了较为普遍的认可,因而,亚里士多德在《诗学》的开篇开门见山地提出"史诗和悲剧、喜剧和酒神颂以及大部分双管箫乐和竖琴乐——这一切实际上是摹仿"③,然而,不同于柏拉图的是,他紧接着就指出不同艺术的模仿有三点差别:"摹仿所用的媒介不同,所取的对象不同,所采的方式不同。"④这是西方文艺批评史上首次在模仿论的基础上明确提出了各艺术门类之间的差别。亚里士多德阐明了各艺术之摹仿媒介的不同。

---

① 柏拉图:《理想国》,第269页。
② 亚里斯多德:《诗学》,罗念生译,贺拉斯:《诗艺》,杨周翰译,北京:人民文学出版社,1962年,第28—29页。
③ 同上书,第3页。
④ 同上。

> 有一些人(或凭艺术,或靠经验),用颜色和姿态来制造形象,摹仿许多事物,而另一些人则用声音来摹仿;同样,像前面所说的几种艺术,就都用节奏、语言、音调来摹仿,对于后二种,或单用其中一种,或兼用二种,例如双管箫乐、竖琴乐以及其他具有同样功能的艺术(例如排箫乐),只用音调和节奏(舞蹈者的摹仿则只用节奏,无需音调,他们借姿态的节奏来摹仿各种"性格"、感受和行动),而另一种艺术则只用语言来摹仿,或用不入乐的散文,或用不入乐的"韵文",若用"韵文",或兼用数种,或单用一种……①

亚里士多德在此探讨了绘画、诗歌、音乐、舞蹈等各门艺术的不同媒介,其中绘画用颜色和姿态、诗歌用语言和节奏、音乐用音调和节奏、舞蹈则只用节奏,散文只用语言。它们有的只用一种媒介,有的可以用多种媒介,形成不同的艺术种类。在《诗学》第二章中,亚里士多德探讨了模仿的对象问题,认为模仿的对象应该是"在行动中的人,而这种人又必然是好人或坏人,——只有这种人才具有品格"②。在他看来,所模仿的人物要么比一般人好,要么比一般人坏。在论述这一问题时,亚里士多德运用了画家所描绘的人物作为例证。在他眼中,擅长画古代英雄人物的波吕格诺托斯③笔下的肖像比一般人好,而擅长讽刺画的泡宋④笔下的肖像比一般人坏。他认为,各种艺术都会因模仿的对象不同而形成差别,无论是舞蹈、音乐、散文、诗歌,莫非如此,悲剧和喜剧有同样的差别,喜剧总是模仿比我们今天的人更坏的人,悲剧总是模仿比我们今天的人更好的人。关于模仿的形式,亚里士多德谈到"可以像荷马那样,时而用叙述手法,时而叫人物出场(或化身为人物),也可以始终不变,用自己的口吻来叙述,还可以使摹仿者用动作来摹仿。"⑤也就是说,不同种类的艺术在模仿方式上可以用叙述、表演来进行模仿。在第一章中探讨不同艺术的媒介时,他谈到绘画用颜色和姿态来模仿,此处的颜色是绘画的媒介,而姿态则指绘画的模仿方式。亚里士多德通过这三个方面对不

---

① 亚里斯多德:《诗学》,贺拉斯:《诗艺》,第4页。
② 同上书,第7页。
③ 波吕格诺托斯(Polygnotos),公元前5世纪中叶的希腊名画家。
④ 泡宋(Pauson),古希腊画家,因亚里士多德在《诗学》中提到他而为人们所知。根据罗念生的注释,他被古希腊喜剧家阿里斯托芬称作讽刺漫画家(《诗学》,第7页)。
⑤ 亚里斯多德:《诗学》,贺拉斯:《诗艺》,第9页。

同艺术的种类进行了科学而理性的分析,尽管它们都遵从模仿的观念,在模仿这个基本论点上各门艺术具有同一性,但不同艺术的模仿在模仿媒介、对象和方式上均有其独特性、有所差别。这对后来莱辛在《拉奥孔》中论述诗与造型艺术的关系产生影响。

虽然亚里士多德在《诗学》中论述了各门艺术之间的差别和特性,但他在该作中多次运用绘画与诗歌或戏剧进行类比,这对不同艺术之间的融合与跨越又产生深远的启迪作用。在《诗学》第六章中亚里士多德谈到悲剧中的行动和性格,他指出:"悲剧中没有行动,则不成为悲剧,但没有'性格',仍然不失为悲剧。"继而他又说:"许多诗人的作品中也都没有'性格',就像宙克西斯的绘画跟波吕格诺托斯的绘画的关系一样,波吕格诺托斯善于刻画'性格',宙克西斯的绘画则没有'性格'。"①在亚里士多德谈论诗人的作品中没有'性格'的时候,他将绘画和诗歌创作进行类比:许多诗人的作品中没有"性格",就像画家波吕格诺托斯的画善于刻画"性格",而宙克西斯的画作则没有"性格"一样。此处暗含的逻辑是,有些诗人的作品中刻画了"性格",有些则没有刻画"性格",这就像两位画家一样。亚里士多德明确表达出绘画是能够刻画人物的性格的,就像悲剧和诗歌一样。有批评家认为,两位画家在亚里士多德的笔下都是理想的画家,只是他们对"性格"的刻画不同,波吕格诺托斯刻画的是人物的内在美,而宙克西斯刻画的是人物的外在美。②

在谈到悲剧的情节和布局时,亚里士多德指出,"突转"与"发现"是情节布局的核心,而他在此又以绘画中的色彩和线条进行比喻:"用最鲜艳的色彩随便涂抹而成的画,反不如在白色底子上勾出来的素描肖像那样可爱。"③最鲜艳的色彩虽然能吸引人的目光,但如果随便涂抹,它造成的视觉印象就是杂乱的,而在白色底子上勾勒出的线条,虽然没有丰富的色彩,却布局明晰、结构分明,给人愉悦而强烈的感受。在《诗学》第15章,亚里士多德探讨了悲剧是对于比一般的人更好的人的模仿,认为诗人在这点上应该向优秀的肖像画家学习,因为"他们画出一个人的特殊面貌,求其相似而又比原来的人更美"。④亚里士多德在这里表明,肖像画家的作品要求其与模仿的对象

---

① 亚里斯多德:《诗学》,贺拉斯:《诗艺》,第21、22页。
② 见 Benediktson, *Literature and the Visual Arts*, p. 63.
③ 亚里斯多德:《诗学》,贺拉斯:《诗艺》,第22页。
④ 同上书,第50页。

相似,而又不仅如此,在相似的基础上还要比原来的人物更美。据此,在模仿的问题上,亚里士多德又往前走了一步,模仿不再是对模仿对象亦步亦趋的仿造,而要在模仿的基础上进行创造性的美化。画家如此,诗人亦然。"诗人摹仿易怒的或不易怒的或具有诸如此类的气质的人(就他们的'性格'而论),也必须求其相似而又善良,……例如荷马写阿喀琉斯为人既善良而又与我们相似。"①在亚里士多德看来,诗人应该将如我们一样的人物刻画得更加善良。阿基里斯是易怒的,刻画这样的人物,既要像他又要更为善良。此处,亚里士多德所做的画家与诗人的类比意在说明文艺应该在依据模仿原则的同时做有倾向性的描绘,创作向善的作品,甚至允许一定程度上的虚构。在谈到艺术本身在模仿时可能会发生错误这个问题上,亚里士多德认为,如果艺术描绘了不可能发生的事情,但是,这种描绘"达到了艺术的目的……能使这一部分或另一部分诗更为惊人,那么这个错误是有理由可辩护的"。这就像"不知母鹿无角而画出角来,这个错误并没有画鹿画得认不出是鹿那样严重"。②画母鹿不知其无角而画出角来,这是知识性的错误,而画鹿却画得根本不像是鹿,这就完全脱离了艺术的创造,错误要严重得多。可见,亚里士多德更为注重的是艺术的创作,哪怕这种创造有一种不合理的成分,只要能打动人,令人信服,这就达到了艺术的目的。实际上,亚里士多德在此已经对机械的模仿有所警惕和批评了。

亚里士多德在探讨文学,包括悲剧和史诗的创作时不断运用绘画作为类比。可以说《诗学》是一部有着高度视觉化倾向的文艺批评著作,而在他论述不同文艺门类的模仿方式、媒介、对象的过程中多次将文学与视觉艺术进行类比,表现出他对文艺相通性的高度敏感,对各艺术门类之间关系的高度敏感。各艺术之间既各有特殊性和不同,也存在相互之间的联系和互通,这是亚里士多德在跨艺术诗学方面带给我们的启迪。

三、古希腊智者和古罗马修辞学家有关演讲术与视觉艺术的类比

智者(sophist)是公元前5世纪至前4世纪的古希腊教师,他们通常熟知哲学和修辞术,也有些人教授音乐、数学和体育。《对比辩论术》(*Dissoi*

---

① 亚里斯多德:《诗学》,贺拉斯:《诗艺》,第50页。阿喀琉斯(Achilles):希腊神话中的英雄。现多译为阿基里斯。
② 同上书,第93页。

Logoi)是出现在公元前400年左右的一本修辞术教材,据说书中就有将文学和视觉艺术进行类比来说明艺术具有欺骗性而又能使人信以为真的例子。高尔吉亚①认为文学艺术具有欺骗性,该书将其有关文学与视觉艺术的观点纳入进来。伊索克拉底②在他的演讲《艾瓦格拉斯》(*Evagoras*)中谈到了文学和视觉艺术,认为文学和视觉艺术都创造意象,但二者创作的目标不同。文学意象创造的是与行为和性格的相像性,赋予其创造的行为和智慧一种"荣耀"(honor),而视觉艺术创造的是与身体形象的相像性,表现出视觉艺术的"美"的一种"高傲"(pride)。文学是能够四处游走的,而雕塑则是被限制在时间和空间中的。因而,文学更具有活跃的性能,也更为持久。③

古罗马时期的修辞学家有关演讲与视觉艺术的比较十分丰富,西塞罗、狄奥尼修斯等都对二者进行过类比或对二者的关系进行过论述。西塞罗④遵循亚里士多德的模仿论,认为文学和视觉艺术都是模仿,绘画和演讲可以模仿同样的内容,其不同在于模仿的方式。视觉艺术用形状和色彩来模仿,比如绘画用的是颜色,雕塑家用的是形态,而文学和演讲家用语词。在这一点上西塞罗并未对亚里士多德的观点有多少突破。但他在讲解演讲术时常常以画作比,尤其强调词语恰当得体的重要性。他用画家的色彩和线条来比喻演讲术中的修辞和比喻,将演讲的文体与视觉艺术进行类比,认为演讲需要修辞予以装点,不能过于平实,但过度装点的文风会使其失掉令人愉悦的感受。好的演讲辞在于适度。这种适度能使文辞产生视觉的直观效果。

> 所有转义表达只要使用合适,都是直接作用于感觉本身,特别是视觉,那是最敏锐的感觉。此外还有高雅的"芳香",富有亲切感的"温柔",大海的"低语",语言的"甜美",这些转义都来自其他感觉。但是视觉的转义要远为敏锐,它们差不多是把我们凭视觉不能看见和判断的东西置于心灵的视野中。⑤

---

① 高尔吉亚(Gorgias,前483—前375),希腊智者派学者、前苏格拉底时期的哲学家及修辞学家。
② 伊索克拉底(Isocrates,前436—前338),古希腊雅典著名的演说家之一,一生多次替人撰写演说辞,以此在法庭上为他人辩护。公元前392年在雅典建立了修辞学校。艾瓦格拉斯是公元前4世纪的塞浦路斯国王。本篇演讲辞是其第三篇塞浦路斯演讲辞。
③ Benediktson, *Literature and the Visual Arts*, pp.39—40.
④ 西塞罗(Cicero,前106—前43),古罗马时期的政治家、哲学家、演讲家和修辞学家。
⑤ 西塞罗:《论演说家》,王焕生译,北京:中国政法大学出版社,2003年,第625页。

西塞罗不仅拿演讲和视觉艺术的特性进行类比,而且认为演讲中的比喻本身就具有作用于感觉,特别是视觉感官的效果。听觉中的言辞此时具有了生动的视觉意象。比喻能产生视觉感官的效果,使得演讲的内容具有很强的视觉性。而且,视觉的转义还能将眼睛无法看见的东西置于心灵的视野中,这个观点在有关视觉与想象之关系的论述中给人以巨大的启迪。在他的演讲《布鲁图》(*Brutus*)中他谈到凯撒①的演讲,说凯撒的演讲具有"高贵的气质",善于"加上富有特点的演讲风格上的装饰,他的演讲产生的效果就好像把一幅精美的图画置于充足的光线之下。……它们就像裸体塑像那样直率和雅致。"②有批评家认为,"凯撒(的演讲)使得行动得以视觉化,就好像他画出了那个场景一般。"③西塞罗对于演讲术中光的效果的阐述对后世产生了不小的影响,直到18世纪新古典主义时期还有批评者指责他"混淆了各不同艺术门类"(confusion of the arts)。可以看到,他有关演讲术能够产生视觉艺术效果的论述对后来的跨艺术诗学有所启迪。

与贺拉斯同时代的狄奥尼修斯④是古罗马修辞学家,他在其专论《论词的搭配》(*De Compositione*)和传记作品中肯定了文学与视觉艺术间存在着相似性。有评论家指出,"狄奥尼修斯相信各种感官的美学感知是相似的。耳朵就如同眼睛,能够感知'美和魅力',即文学与视觉艺术中的最佳品质,人们可以在两种艺术中分别找到这两种品质。"⑤也就是说,在感知"美和魅力"这个方面,听觉和视觉有着同样的能力。狄奥尼修斯在《论词的搭配》中还进一步指出:"诗人和散文家将他们的眼睛依次落在每一个客观物上,拟定蕴含着事物、并似乎为那些事物而塑造的词语,而那些词语就是事物的图像。"⑥可以看到,狄奥尼修斯非常重视词语在读者头脑中引起的视觉形象,强调其视觉效果。他还将词语搭配与建筑比较,比如他说词语的搭配就应该像树立起来的柱子,坚固而强壮,每个词语应该从各个角度去观看,要放

---

① 凯撒(Gaius Julius Caesar,前100年—前44年),罗马共和国末期杰出的军事统帅、政治家,罗马帝国的奠基者。
② 西塞罗:《西塞罗全集·修辞学卷》,王晓朝译,北京:人民出版社,2007年,第743—744页。
③ Benediktson,*Literature and the Visual Arts*,p.101.
④ 狄奥尼修斯(Dionysius of Halicarnassus,公元前60年—前7年之后),古希腊历史学家和修辞学家。
⑤ Benediktson,*Literature and the Visual Arts*,p.108.
⑥ Qtd. in Benediktson,*Literature and the Visual Arts*,p.108.

置在合适的位置和距离,等等。从狄奥尼修斯对感官相通性的论述可以看出他与西塞罗所暗示的艺术之间的混杂较为相似,而他有关文词搭配的空间感则与贺拉斯"诗如画"观的原意较为接近。狄奥尼修斯的论述从美学角度发现了不同艺术之间对美的感受存在共通之处,对跨艺术诗学研究有一定启发作用。

尽管古希腊罗马时期的智者和修辞学家并没有专门探讨不同艺术门类之间的融合关系,但无论是借鉴视觉艺术来对修辞术和演讲术进行讲解或阐述,还是将不同艺术门类打造的艺术效果置于相似甚至相通的美学感悟之中,他们的论述都不是对艺术模仿论的简单和机械的接受,而是推进了模仿论基础上的艺术创造性,关注到这种创造在不同艺术门类的美学效果上的相通相融。不少研究者认为,古希腊罗马的批评家在文艺关系上更关注二者之间的分离性和相异性,且常常对二者进行高低优劣的比较。刘石指出,在西方文艺史上对诗画关系的看法在于"艺术类别是划分而不是混同,不同艺术门类之间的地位是相争而非和平共处",而且"艺术门类的划分中天然地包含着对不同类别的轩轾,就是说,分别艺术门类间的地位高下和功能优劣也是西方文艺学的传统。这种高下优劣之分或受制于时代文学思潮,或基于某些特殊背景甚至个人因素,在今天看来有些仍可成立,有些虽然正确却不具有意义,有些已是不正确甚至荒谬的了"[①]。刘石对西方文艺传统中有关诗画关系的总体把握或许不错,虽然如此,我们在古希腊罗马批评家的有关论述中看到的却更多的是不同艺术门类之间的类比,并在相关的类比中探查到不同艺术间相互跨越的潜在性和可能性。

四、贺拉斯的"诗如画"观及普鲁塔克的诗画比较

在从古希腊罗马延续下来的文艺美学传统中,恐怕没有哪一个观念比贺拉斯的"诗如画"观对后世产生的影响更为深远了。在西方的文艺传统中,这一观念被认为承续了西蒙尼德斯有关"画是无声的诗,诗是有声的画"这一诗画一致观的基调,为诗画一致论奠定了基础。尽管人们对西蒙尼德斯诗画观以及贺拉斯"诗如画"观的认识和理解多少偏离了两位作者的原意,但这并不妨碍它们在后世成为批评家建构诗画一致论的理论基础。尤

[①] 刘石:《西方诗画关系与莱辛的诗画观》,第163、160—161页。

其在17、18世纪的新古典主义时期,贺拉斯的"诗如画"论影响下的"诗画一致说几乎变成一种天经地义"①,被新古典主义理论家奉为圭臬。然而,简单地从字面去理解贺拉斯的"诗如画"观,将这一观念视为诗歌或文学与绘画或视觉艺术之间的等同或同源关系毕竟会遮蔽许多复杂的问题。这不仅无助于诗画关系或不同艺术门类关系的研究,还可能对诗画关系产生过于简化的判断。实际上,将"诗如画"观看作西方诗画同源的理论渊源的做法是后世理论家对这一观念的扩展,或是他们根据自身的需要而为之,与贺拉斯的原意有一定距离。

贺拉斯是罗马帝国奥古斯都统治时期的著名诗人、批评家。《诗艺》是其文艺思想的代表作。该作原为一封诗体信笺,杨周翰先生将该作大体分为三个部分,其一为谈论文艺创作的总原则,即创作要合乎"情理",首尾一致,恰到好处;其二为谈论戏剧的创作,一方面戏剧创作应该有生活的感受,同时应该按照一定的程式来创作;其三为一般性地谈论文学创作,包括文学的教化作用,要寓教于乐等。"诗如画"的提法出现在该作的后半部分。与同时代的其他批评家相似,该作中有多处拿绘画类比写作以说明贺拉斯的文艺观。作品一开篇就给读者展示了一幅画像:"上面是个美女的头,长在马颈上,四肢是由各种动物的肢体拼凑起来的,四肢上又覆盖着各色羽毛,下面长着一条又黑又丑的鱼尾巴。"这幅古怪而不和谐的画面令人印象深刻,有着极强的视觉冲击力。看到这样一幅画像,贺拉斯提醒他的书写对象皮索,"能不捧腹大笑么?"而"有的书就像这种画,书中的形象就如病人的梦魇,是胡乱构成的,头和脚可以属于不同的族类"②。这里的观点十分清楚,贺拉斯用一幅不和谐,甚至有些疯狂的画来探讨和说明文艺作品不应该是杂乱无章、无序无规则的。绘画和写作都可以有其大胆的创造,但是应该是和谐统一、合理自然的。同时,在描写的时候他反对用不得体的五彩缤纷的华丽辞藻,比如在庄严的文体中插进绚烂的辞藻,尽管这些辞藻很好,但放在这样的文体中就不得其所了。就好比"也许你会画柏树吧,但是人家出钱请你画一个人从一队船只的残骸中绝望地泅水逃生的图画,那你会画柏树又有什么用呢?"或者,"在一个题目上乱翻花样,就像在树林里画上海豚,在

---

① 朱光潜:《译后记》,载莱辛:《拉奥孔》,第235页。
② 亚里斯多德:《诗学》,贺拉斯:《诗艺》,第137页。

海浪上画条野猪",①这些都是不合情理的,没有做到统一、一致,未能体现"恰到好处",平易贴切,结果则是十分"晦涩",或是过分"臃肿"。绘画如此,写作也是一样。

贺拉斯在此所做的种种类比都旨在说明文艺创作要依据合情合理、清晰准确、条理分明等创作规律。这些以绘画来比喻性地阐明文艺创作原则的内容与该作后文提出的"诗如画"的观念没有直接关系,但以绘画类比写作或文艺创作的普遍规律,使读者印象更为深刻,对问题的认识更清晰明了。在提出了绘画中的此类问题后,他将对绘画的观察转移到诗歌或写作上,"有的书就像这种画",因此,这也可以说是诗画在创作原则方面的一种相通之处。值得注意的是,哈格斯特鲁姆在贺拉斯的文艺观中发现了一种不同于柏拉图和亚里士多德的模仿观,那就是对自然的模仿。这种模仿在绘画中比在文学作品中更为生动。哈格斯特罗姆认为:"对于贺拉斯来说,模仿意味着对其他作家的模仿,对现实的生活状态和习俗的模仿,或是对客观对象在自然中存在的样态的模仿。"②而对生活和自然的重视和模仿则是贺拉斯最为关切的。"这一美学理想——对现实的生动再现——在绘画中比在诗歌中能得到更好的实现。"③因而,诗歌的描绘要做到生动地再现现实,就应该像绘画那样对现实做如实、恰切、得体并栩栩如生的描绘。"诗如画"观在这个意义上是涉及诗画等同观念的。

然而,"诗如画"这一说法真正的出现却不在这样的背景之下。贺拉斯在探讨人们该如何欣赏诗歌时提出"诗歌就像图画"。其原话是这样的:

> 诗歌就像图画:有的要近看才看出它的美,有的要远看;有的放在暗处看最好,有的应放在明处看,不怕鉴赏家锐敏的挑剔;有的只能看一遍,有的百看不厌。④

根据"诗如画"这一概念提出的上下文背景我们可以看到,贺拉斯在此提出了三个欣赏诗歌或观赏艺术的层面:1. 诗歌读者和绘画观者的观看距离,或者近或者远;2. 诗歌和绘画的展示方式,或者放在暗处,或者放在明

---

① 亚里斯多德:《诗学》,贺拉斯:《诗艺》,第 137—138 页。
② Jean H. Hagstrum, *The Sister Arts: The Tradition of Literary Pictorialism and English Poetry from Dryden to Gray*, Chicago: U of Chicago P, 1958, p. 10.
③ Ibid.
④ 亚里斯多德:《诗学》,贺拉斯:《诗艺》,第 156 页。

处;3. 诗歌和绘画产生的愉悦效果,阅读或观看一次或者多次。贺拉斯并没有说明两种观看的距离、展示的方式、产生愉悦的效果中的哪种更好,他只是客观地阐明了有两种可选项,两种都可产生艺术效果。有批评家认为,他实际上只赞赏了一种,比如他更赞赏放在明处的、近处的、能够被反复观看的作品。但也有研究者对此存有异议,认为荷马的史诗在贺拉斯看来就宜于放在远处看。放在近处看它会显出不少毛病,而放在远处看,这些毛病就消失了。这说明不同风格的作品适宜于不同的观看方式。关键的问题在于"适宜"。贺拉斯的这段话阐述的核心在于不同的艺术有不同的观看方式,会产生不同的艺术效果。其最终之意在于阐明诗歌的欣赏方式,说明有些诗歌应该"放在远处"读,有些应该"放在近处"细读,有些读一遍就够,有些是百读不厌的,在这个问题上诗歌就如同绘画,其阐述的出发点并不在于诗歌与绘画在本质上是否同根同源,因此,将"诗如画"看作诗画一致论的理论基础并不可靠。

  贺拉斯所说的"诗歌就像图画",(即朱光潜所译的"画如此,诗亦然",又有人译作"诗如画"),也完全是从一个特别角度出发的。硬要说他指的是诗画间的某种一致性,那就只能如塔达基维奇所说的意味深长的隽语:"贺拉斯在绘画与诗之间所看到的,是一种相当悬殊的近似。"①

塔达基维奇认为,诗在古希腊人设定的艺术概念中不曾出现过,诗不是技艺而是灵感,与占卜的巫术相关,因而,诗与艺术在古希腊人那里是完全不同的。他的观点在我们看来似乎走向了另一个极端。② 更为实际的情况是,贺拉斯以画喻诗比前人更为明确,"诗如画"这一提法更为明朗,在诗歌和绘画的艺术创作规律和呈现方式以及所达到的效果的相似性方面表达得更为凸显,这进一步启发了世人对诗画关系的思考,为文艺复兴和新古典主义时期的诗画一致论提供了一个可追溯的源头,而且这个源头的确源远流长,影响深远。

  实际上,柏拉图在他的《理想国》中也曾说过"诗人就像画家"这样的话,

---

① 刘石:《西方诗画关系与莱辛的诗画观》,第 164 页。
② 塔达基维奇(W. Tatarkiewicz, 1886—1980),波兰学者,艺术史家。他的观点见其《西方美学概念史》,褚朔维译,北京:学苑出版社,1990 年,第 112 页。

亚里士多德在《诗学》中也有"在绘画中也是一样的"这一说法,①但这些说法各有其语境和意图。贺拉斯的"诗如画"观也应该放在其语境中去考察。事实上,他们都没有在学理上对诗画或不同艺术门类之间的关系做专门的研究,他们所做的都是拿诗画做类比,有时还是想象性的类比,意在阐述其文艺观。但亚里士多德首次区分了二者在模仿媒介、对象和方式上的特性,而贺拉斯着意强调了二者在艺术创作规律、呈现方式及艺术效果上的类似,这可以说大致反映出古希腊罗马时期看待不同艺术门类的两种路径,对后世均产生了不可忽视的影响。

在论述诗的叙述与视觉的关系时,贺拉斯提出了自己的见解。他说:"情节可以在舞台上演出,也可以通过叙述。通过听觉来打动人的心灵比较缓慢,不如呈现在观众的眼前,比较可靠,让观众自己亲眼看看。"②这里,他对听觉与视觉引起的审美感受进行了对比,并表达出视觉冲击的强度要大于听觉,而且视觉的感知也更为牢靠。但这并不意味着他贬低诗在刻画人物时的作用。在《给奥古斯都的信》中,他提出:"在描绘名人的性格和心智时,诗人的作品可以和铜像在再现他们的外貌特征时做得一样令人满意。"③他在《颂诗集》第三部第三十首的开篇这样写道:"我完成了这座纪念碑,它比青铜/更恒久,比皇家的金字塔更巍峨。"④这座纪念碑指的是他的诗歌。贺拉斯一方面对诗歌和视觉艺术做了比较,另一方面也暗指诗歌具有视觉艺术的特征,不仅比视觉艺术更为持久,而且也具有金字塔般的巍峨,包含着丰满的视觉形象。

与贺拉斯同时期或稍晚的一些学者和批评家也都对诗画关系发出了自己的声音。比如公元 1 世纪的罗马传记作家和批评家普鲁塔克。他在文艺思想上同样尊崇亚里士多德的模仿论,但他有关文学与视觉艺术关系的探讨却在一定程度上对亚氏的模仿论有所突破。在《道德论丛》中他提出绘画与诗歌艺术之目的相平衡的观点,认为诗歌作为模仿的艺术可以类比为绘画。在《年轻人何以应该学诗》中他说道:"年轻人开始踏入诗和戏剧的领

---

① 柏拉图和亚里士多德的话转引 Hagstrum, *The Sister Arts*, p. 3。
② 亚里斯多德:《诗学》,贺拉斯:《诗艺》,第 146 页。
③ Benediktson, *Literature and the Visual Arts*, p. 136。
④ 贺拉斯:《贺拉斯诗选:中拉对照详注本》,李永毅译注,北京:中国青年出版社,2015 年,第 51 页。

域,要让他们保持稳重的态度,我们对诗艺有深入的看法,说它非常类似绘画,完全是模仿的技术和才华。"① 然而,对于普鲁塔克来说,这种类比并非意味着二者在描绘对象的外貌上有相似之处,而在于人物性格和灵魂上的近似。在他所撰写的传记作品《亚历山大》的开篇,他就对人物传记的写作方式和绘画的描绘方式进行了比较,认为人物传记的描绘需要抓住的是"迹象和朕兆"(the signs and tokens),就"如同一位人像画家进行细部的绘制,特别要捕捉最能表现性格的面容和眼神,对于身体的其他部位无需刻意讲求。因之要请各位容许我就人们在心理的迹象和灵魂的朕兆方面多予着墨,用来追忆他们的平生,把光荣的政绩和彪炳的战功留给其他作家去撰写"。② 普鲁塔克这里讲到对人物的传记描写要注重人物的"心理迹象"和"灵魂的朕兆",这如同画家只抓住最能体现人物性格的面容和眼神一样。而这种"心理迹象"和"灵魂朕兆"却不是直接表露于外形的。有英译家将其译为"the signs of the soul",即"心灵的符号"。③ 亚里士多德在《诗学》中指出悲剧重在描写行动,可以刻画"性格",也可以没有"性格",但普鲁塔克这里却着意指出传记中突出人物性格和"心理迹象"的重要性,类比绘画通过对面容和眼神的刻画来凸显性格。普鲁塔克提出心灵的符号,这十分耐人寻味,因为这个符号不是客观物象本身,而是一种象征性的标志物,这就在一定意义上超越了模仿而带有想象的成分。

学界公认西蒙尼德斯提出的"画是无声诗,诗是有声画"是西方有关诗画关系问题的最早论述,而这正是通过普鲁塔克的转述为世人所知。这表明普鲁塔克认同西氏提出的诗画之间存在着密不可分的关系,但这并不说明普鲁塔克就直接认同诗画之间是完全一致和同一的。在《雅典人在战争抑或在智慧方面更为有名?》中他这样说道:

> 赛门尼德斯曾经表示"画是无言之诗而诗是有声之画";画家的描绘和写生像是与参加的行动同时进行,文学的叙述和记载则是时过境迁以后的补充。画家运用色彩和构图而作者运用文字和语句,所要表达的主题并没有不同,差异之处在于临摹的材料和方法,然而两者根据

---

① 普鲁塔克:《普鲁塔克全集》(第4卷),席代岳译,长春:吉林出版集团股份有限公司,2017年,第34页。
② 同上书,第2卷,第1195页。
③ Benediktson, *Literature and the Visual Arts*, p.151.

的原则和目标可以说完全一致,给人印象最为深刻的历史家,对于史实的记载如同绘制一幅工笔画,能将行动和特性极其鲜明生动地呈现在众人的眼前。①

这段话至少有三点值得注意,第一,普鲁塔克借西蒙尼德斯之言表达他对诗画之间存在紧密关系的认同。第二,这种紧密关系一方面指二者存在相通性,另一方面指二者存在不同,因为画家描绘的是与行动同时发生的事情,而文学讲述的是已经过往的事情。他认为时间可以被用于区分文学和视觉艺术,这个观点甚至可预见莱辛在《拉奥孔》中对诗画分界的分析——诗歌是时间性的,造型艺术是空间性的。这也说明,普鲁塔克并未主张诗画一致,且明确指出诗画在表现方法上和材料运用上的不同。第三,诗画可以表现相同的主题,依据相同的原则,它们的目标是一致的,尤其是历史家,他们通过对人物行动和性格的描绘,使其叙述如绘画般鲜明生动而逼真。

关于文学书写应该如绘画一般生动逼真的论述,普鲁塔克在接下来评论修昔底德②时用到了 *enargeia* 一词,在巴比特(Frank Cole Babbitt)对普鲁塔克作品的翻译中该词被译为"pictorial vividness"(如绘画般的生动):"当艺术模仿被理解为对自然对象、社会现实的细节、心理效应的表现时,*enargeia* 一词在文学批评中就成为一个重要的术语。……它被用于描绘词语的视觉意象所拥有的力量,能够在听者的眼前呈现其所描绘的对象或景象。"③文字或言语可以呈现出视觉意象,使描述的对象生动逼真、栩栩如生,这就是 *enargeia* 的所指之意。"创造出 *enargeia* 的效果就是运用文辞进行极为生动的描绘,以至于这些文辞……将所再现的对象置于读者(听者)的脑海中。"④普鲁塔克在评论修昔底德的作品时赞扬他的叙述如绘画般生动,就好像所描述的事情正在发生一样:"修昔底德的作品用力最深之处,在于描述人物和情景的栩栩如生,使得他的读者如同亲临现场的观众,特别是有这方面经验的人士,见过类似的实况,等到阅读他撰写出来的情节,心中浮

---

① 普鲁塔克:《普鲁塔克全集》第 5 卷,第 806 页。
② 修昔底德(Thucydides,前 460—前 400 年):古希腊历史学家、思想家,以《伯罗奔尼撒战争史》传世。
③ Hagstrum, *The Sister Arts*, p. 11.
④ Murray Krieger, *Ekphrasis*: *The Illusion of the Natural Sign*, Baltimore and London: Johns Hopkins U P, 1992, p. 14.

现生动的画面,自然会表现惊愕和气愤的情绪。"①可以看出,他赞赏的是修昔底德作品中的视觉性。按照本尼迪克森的看法,普鲁塔克"不仅认为文学和视觉艺术是行动的模仿,而且强调文学的视觉本质"②。

在《年轻人何以应该学诗》中普鲁塔克谈到视觉艺术对丑的事物的描绘,"每当看到画中的一条蜥蜴、一只人猿或者瑟西底那副残破的面孔,要是感到非常愉快加以赞赏,并非因为这是美丽的东西,而是出于所绘之物的惟妙惟肖。"③此处对于艺术的评判不在于其模仿的主题,而在于其与模仿对象的相似性,因而,艺术技巧与艺术对象就被区分开来。艺术的描绘令人感到艺术形象的生动逼真、栩栩如生,使人产生美的感受,这是更为重要的。而诗歌艺术的表达也应该具有这样的效果。enargeia 原本是一个修辞术语,这里被普鲁塔克拿来用作对艺术描绘的评判。普鲁塔克认为,如画般的栩栩如生(enargeia)的描绘是希腊化时期④文学艺术的典型特征,那时的艺术在听觉和视觉方面都力图实现这样的效果。也有批评家认为此前的亚历山大大帝时期已经是一个诗歌的视觉化特征凸显的时代。⑤本尼迪克森认为,*enargeia* 与当时在修辞术中常用的 ekphrasi 一同构成了希腊化时期诗歌作品中的视觉艺术特质。"艺格符换"在希腊语中其意思是"说出来"(speak out)、"详细告知"(敷陈),在古希腊时期用于修辞术,到古罗马时期该修辞术盛极一时。约在公元 1 世纪,当时的修辞学教科书《初阶训练》(*Progymnasmata*)将其定义为"能把事物生动地带到眼前的描述性话语"⑥。《牛津古典词典》(*The Oxford Classical Dictionary*)将其定义为"对艺术品的修辞性描述",并认为这种对艺术再现的风行在公元 2 世纪促成了一种描

---

① 普鲁塔克:《普鲁塔克全集》第 5 卷,第 806—807 页。
② Benediktson, *Literature and the Visual Arts*, p.158.
③ 普鲁塔克:《普鲁塔克全集》第 4 卷,第 34 页。瑟西底(Thersites)是希腊神话中特洛伊战争期间希腊军队的一名士兵,相貌丑陋。
④ 希腊化时期:从公元前 323 年亚历山大大帝逝世到公元前 30 年罗马征服托勒密王朝为止,这一时期的地中海东部地区原有文明区域的语言、文字、风俗、政治制度等逐渐受希腊文明的影响而形成新的文明特点的时期,该时期在 19 世纪 30 年代以后逐渐被西方史学界称为"希腊化时期"。
⑤ Hagstrum, *The Sister Arts*, pp.24—25. 亚历山大大帝时期指公元前 356 至前 323 年亚历山大从出生到死亡这段希腊文化最辉煌的时期。
⑥ Ruth Webb, *Ekphrasis, Imagination and Persuasion in Ancient Rhetorical Theory and Practice*, Farnham: Ashgate Publishing Limited, 2009, p.51.

写方式。① 20 世纪中叶以来，随着图像理论等一系列后现代理论的出现，"艺格符换"重新引起学界重视，批评家给予这一古老的概念以新的阐释。虽然他们的表述各有不同，但均涉及诗歌或文学与视觉对象的关系。从一定意义上说，ekphrasis 指的是使无声的视觉对象转化为诗歌语言的描绘。当代批评家默里·克里格（Murray Krieger）认为早期的"艺格符换"有一种以语言的听觉效果来激发眼前的视觉效果的作用：

> 希腊化的修辞学（主要是公元3世纪至4世纪的第二代智者）赋予"艺格符换"的早期意义是完全不受限制的。在最广泛的意义上，它指的是一种关于生活或艺术中的某个对象，或几乎任何对象的语言描绘。无论描绘的对象是什么，无论是在修辞术中还是在诗歌中，它总是带有一套言辞的表达手段，激发出一种过度的细节描绘和栩栩如生的再现，以使得……我们的耳朵能够如同我们的眼睛一样，因为"ekphrasis 一定是通过倾听带来观看的感受"。②

克里格这里说的 ekphrasis 指的是修辞术或诗歌的有声语言向生动的视觉画面的转换，使得人们的注意力集中于所描绘的视觉对象。

朗吉努斯（Longinus）在《论崇高》的第 30 章中讲到措辞的力量。他提出，选择合适和雄浑的措辞能吸引听者，这样的措辞有一种强大的魅力，"它构建了雄浑、壮美、古雅、厚重、强劲而充满力量的文风，将一种光耀照射在我们使用的词语上，如同照射在雕塑上的光耀一般。它给予事物生命力，让它们说话"③。正如西蒙尼德斯所暗示的，绘画是无声的，而诗是有声的。在这里朗吉努斯认为恰当的措辞能使表达产生明亮的光，仿佛照射在雕塑上的光一般，这样的光能使不能发声说话的沉默之物，或是视觉艺术形象，或是文词所描绘的事物，发出声音来，进行自我表达。这显然在暗示一种让视觉形象从无声到有声的转换。这一点在亚里士多德等古希腊学者的论述中都没有提及。

---

① *The Oxford Classical Dictionary*, ed. by M. Cary and others with the assistance of H. J. Rose, H. P. Harvey and A. Souter, Oxford: Clarendon Press, 1953, p. 310.

② Murray Krieger, *Ekphrasis: The Illusion of the Natural Sign*, p. 7. The quotation is from Hermogenes, "Ecphrasis", *The Elementary Exercises*（*Progymnasmata*）, in Charles S. Baldwin, *Medieval Rhetoric and Poetic*, Gloucester: Peter Smith, 1959, pp. 35—36.

③ Qtd. in Benediktson, *Literature and the Visual Arts*, p. 140.

五、想象在诗画关系中的出现

自柏拉图提出文艺的模仿论以来,古希腊罗马时期的批评家在总体上大多遵循文艺创作的模仿论原则,但他们也在一定程度上认识到模仿论的局限性,对机械的模仿有所警惕,并提出了虚构和心灵的想象在文艺创作中的作用。前文讲到,亚里士多德的《诗学》认识到悲剧是对于比一般的人更好的人的模仿,认为诗人在这点上应该向优秀的肖像画家学习,因为"他们画出一个人的特殊面貌,求其相似而又比原来的人更美"。悲剧是对现实的模仿,但应该高于现实,刻画比现实中的人更美或更好的人。这已经暗示出文艺,包括诗歌、悲剧和绘画,应该表现理想美。在他的《论灵魂》中,亚里士多德探讨了想象(phantasia)①与感觉、意象(影像)的关系问题。他提出,"思维与知觉不同,被认为是部分的想象,部分的判断"。在他看来,"想象是一种运动,不能脱离感觉(sensation)"。②但他又认为,想象与感觉是不同的,感觉是真实的,而想象则可能是幻觉,是假的。③在谈到思维与意象(影像)时他指出"对思维灵魂而言,影像所起的作用就好比它们是感知的内容(而且一旦思维灵魂肯定或否定它们为善或恶时,它就回避或追求之)。这便是离开了影像灵魂就根本无法思维的原因"④。灵魂与意象有着密切的关系。对亚氏来说,思考的灵魂借助意象来实现的活动便是想象。诗歌是一种想象的活动,而这个活动需要借助意象来完成。在这里我们探查到亚里士多德肯定了文学与视觉艺术之间都需要形象化的想象这一相似性。

西塞罗则提出"视觉的转义……差不多是把我们凭视觉不能看见和判断的东西置于心灵的视野中"⑤。在他看来,修辞术中应该使用合适的转义

---

① Phantasia:在希腊化时期的哲学中,该词指一种基于感觉经验的洞察。柏拉图认为它表达了知觉和观念的混合,亚里士多德将其置于知觉和思想之间,认为它指一种感觉的认知,包括精神的意象、梦境和幻觉。

② Qtd. in Benediktson, *Literature and the Visual Arts*, pp. 167, 168.

③ 见亚里士多德:《论灵魂》(*On the Soul*),王月、孙麒译,曾繁仁、章辉审校,北京:外语教学与研究出版社,2012年,第185页。

④ 亚里士多德:《论灵魂》,第209页。该段英文为:"To the thinking soul images serve as if they were contents of perception (and when it asserts or denies them to be good or bad it avoids or pursues them). That is why the soul never thinks without an image." 见 Benediktson, *Literature and the Visual Arts*, 168.

⑤ 西塞罗:《论演说家》,第625页。

(比喻),构造词语唤起的视觉形象,而这种形象能够引发心灵的想象。它不仅是视觉感官感觉到的形象,而且是能在内心唤醒的想象性的形象。他在《论修辞学的发明》(*De Inventione Rhetorica*)中讲到了宙克西斯做海伦画像的故事。① 宙克西斯被人请求画一幅海伦的画像,他选了五位美女来做他的模特儿。因为他认为现实中的人身上不可能聚集所有美的形象,需要将每个个体的美集合起来才能创造出理想的美。色诺芬和高尔吉亚都讲过这个故事。西塞罗认为,在宙克西斯看来,理想美是超越了现实的,它源于现实,但不拘泥于现实,同时又带有想象的性质。在西塞罗的《论演说家》中,他讲到:

> 我坚定地认为,没有任何东西能够美到不能被模仿它的东西超越,就好比面具是对脸孔的模仿。这种理想化的东西虽然不能被眼睛或耳朵察觉,也不能被其他感官察觉,但我们毕竟还能用心灵和想象来把握它。例如,斐狄亚斯的雕像是我们见过的雕像中最完善的,我提到过的那些画像尽管很美,但我们还能想象其他更美的画像。伟大的雕像家在创作朱庇特或密涅瓦的雕像时并不观看他的模特儿,而是在自己的心中有了精妙绝伦的美的景象。在创作时,他凝视着心中的美景,用心指引着他的艺术家之手,把美丽的神像塑造出来。②

来源于心灵的美不依赖于感官的察觉,而凭借心灵的感悟和直觉来获得。

朗吉努斯在《论崇高》中认为文学的目的是要创造雄浑的和崇高的风格和精神。它是一种自然的产物,相比视觉艺术更少限制,更为自由,它更依赖于天然的才气,不必刻意地体现模仿的准确性。而视觉艺术更依赖于技巧,必须求其模仿的准确性,因而受到较多的限制。朗吉努斯对文学创作的认识在一定程度上突破了模仿的局限性,这种突破更多表现为想象力作用下的文学视觉化倾向。《论崇高》中的第15章专门探讨了意象和想象的力量。他认为,诗歌和演讲中都需要有视觉化的形象(visualization),即一种幻想或想象的意象,是一种精神的意象。在第15章的开篇他说道:"亲爱的朋友,说服的庄严、雄浑和力量在某种程度上源于意象,因为有些人说,意象就是精神画面的表现。通常'意象'是指一种精神概念,来源各异,体现于语言

---

① Benediktson, *Literature and the Visual Arts*, pp.170—171.
② 西塞罗:《西塞罗全集·修辞学卷》,第773—774页。

表达之中。但现在,'意象'却有了这样的概念:即在感情的作用下,你仿佛亲眼看到了所描绘的事物,同时也将它呈现于你的听众眼前。"①所谓"精神的画面"就是 phantasia,即想象中的意象。在朗吉努斯看来,这是一种心灵中的视觉形象。在此,他运用语言的表达来打造一种带有视觉意象的幻想,这一幻想能使人眼前出现视觉意象。接下来他又指出:"尽管都是力求激发情感,意象对于演讲者和诗人来说却有不同的意义:诗歌中,意象旨在撩拨感情;而演讲中的意象则是要使描述更加生动。"②演讲中意象的运用产生了栩栩如生的生动效果,仿佛语言描绘的形象逼真地出现在人们的眼前。此处,朗吉努斯主张用话语将形象带到听众的眼前,这不仅是客观描摹的结果,更需要想象、幻想或精神力量的作用。

对想象最为明确肯定的是菲洛斯特拉托斯③。在其著作《亚波罗琉斯传》中,亚波罗琉斯提出,有一种不同于模仿的东西,它比模仿更为高超,这就是想象。亚波罗琉斯与人探讨神像的制作,别人问他希腊的艺术家,比如菲狄亚斯,如何能在未见到神的情况下制作出栩栩如生的神像,因为除了模仿之外别无他途。亚波罗琉斯就做了如下一番回答:

> "想象造就了这些作品",亚波罗琉斯答道,"它是比模仿更为精巧的艺术家。模仿将创作它所知的东西,但想象会制作其所不知的东西,根据现实来构造艺术品。模仿常常受到阻隔,而没有什么东西能阻碍想象,因为,想象能沉着地走向它给自己设定的目标。"④

在此,亚波罗琉斯提出想象会制作其并不知道(know)的东西,而这个"知"则来源于眼见,通过眼见才能获得"知"。在另一个英译本中,这个"知"直接就被译作"见":"想象造就了这些作品",亚波罗琉斯答道:"它是比模仿远为更

---

① 朗吉努斯、亚里士多德、贺拉斯:《美学三论:论崇高 论诗学 论诗艺》,马文婷、宫雪译,北京:光明日报出版社,2009年,第30页。
② 同上。
③ 菲洛斯特拉托斯(Lucius Flavius Philostratus,170—247/250),罗马帝国时期的希腊语作家、批评家。主要著作为《亚波罗琉斯传》(*The Life of Apollonius of Tyana*,完成于217—238)。他可能生于兰诺斯岛,后到雅典教学,因而也被称作"雅典的菲洛斯特拉托斯",以区别于他的两位亲戚"兰诺斯岛的菲洛斯特拉托斯"(即老菲洛斯特拉托斯和小菲洛斯特拉托斯),后两位作家完成了著名的《画记》(*Imagines*)。
④ Philostratus, *The Life of Apollonius of Tyana*, Vol. 2, ed. and trans. Christopher P. Jones, Cambridge: Harvard U P, 2005, pp.155—157.

有智慧更为细腻的艺术家,因为模仿只能创造眼睛能看到的制品,而想象同样能创造出眼睛无法见到的作品。"①

无论是想象能创作其不"知"的作品还是其"未见"的作品,它都不是在模仿基础上的创作,而是超越了模仿的创作。在朗吉努斯的论述中我们可以感受到他对诗歌和演讲中的内在想象的重视,认为诗歌中的想象和演讲中的想象能造就栩栩如生的视觉形象,使得叙述生动而逼真。但他认为视觉艺术囿于对具体形象的描摹,无法脱离客观现实世界,无法走进想象的世界。然而,菲洛斯特拉托斯的论述则让想象从客观现实世界中解放出来,无论是在语言的、文本的还是在视觉形象的方面,想象使内心得到了全面自由。如本尼迪克森所言:"我们可以说,在古希腊罗马时期,这是'内在的眼睛'和'内在的耳朵'被首次从'外在的眼睛'和'外在的耳朵'的暴政中解放出来。创造性的智慧在思考'现实'的时候是自由的,不必通过感官对现实进行感知。"②这对于模仿论来说是一次巨大的解放。朗吉努斯的崇高和菲洛斯特拉托斯的想象一同对模仿论提出了质疑,甚至是反叛。在这一反叛中,文学与视觉艺术联手冲击了柏拉图和亚里士多德的模仿论。不过,从实践的角度来看,想象说的冲击更多地落在了文学方面。这位雅典的菲洛斯特拉托斯的两位亲戚——来自兰诺斯岛的老菲洛斯特拉托斯和小菲洛斯特拉托斯——先后所写的《画记》(Imagines)收入了 64 篇对视觉艺术品的描绘,这是文学作品对视觉艺术品或想象的图景所做的集中再现,成为该时期最为引人注目的艺格符换作品之一。小菲洛斯特拉托斯说:"如果人们对这个问题进行思考,就会发现绘画艺术与诗歌有某种血缘关系,还会发现虚构的想象(幻想)是两者共同具有的。因为诗人描写出众神各自的真实情景,描写出他们所有的尊贵、神圣和贯注于其中的灵魂的欣悦。绘画也同样表现出所有的这一切,只不过它运用的是线条,而诗歌运用的是语言。"③小菲洛斯特拉托斯承认诗歌与绘画的不同在于二者运用的表现媒介不同,但将二者的共性归于虚构的想象。文学与视觉艺术在此走向了合一。

古希腊文学中以诗歌表现视觉艺术最为典型,也最引发后人评论的作

---

① Qtd. in Benediktson, *Literature and the Visual Arts*, p. 186.
② Ibid., p. 187.
③ 迟轲主编:《西方美术理论文选:古希腊到 20 世纪》(上册),邵宏等译,南京:江苏教育出版社,2005 年,第 37 页。

品当属荷马史诗《伊利亚特》第 18 章描写阿基里斯之盾的段落。在荷马的笔下,火神赫法伊斯托斯为阿基里斯打造了一幅精美绝伦的战盾,上刻一组组奇美的画面,有大地、天空、海洋、太阳、月亮和众多的星宿;有城市、欢庆的婚宴场面、集市上争吵的人群;也有攻城的士兵、城内的百姓、两军的对阵、交战双方的厮杀;还有"一片深熟的原野,广袤、肥沃,/受过三遍犁耕的良田;众多的犁手遍地劳作,/驭使着成对的牲畜,来回耕忙"。① 这一幅幅生动的画面在诗人的精心描绘下如同真实的场景被呈现在读者的眼前。然而,这显然又不是真实的战盾上的画面,因为没有任何一副盾牌上能够容纳下如此之多样而丰富的场景。克里格指出,荷马史诗中的这个场景是通过语词来表现的,它企图实现一种视觉的再现,创造文字的"图景",而这种用文字创造的图景十分复杂,"完全不能再将这些图景按文字表述呈现其视觉的画面,"我们所面对的"是文字对虚构的视觉描绘的再现"。② 因而,诗人笔下的这些画面必然是他心中的画面和场景,是他在想象力的驱使下描绘出的当时人们生活、劳作、征战的象征性图景。在他的笔下,诗歌与视觉艺术实现了交融。按照哈格斯特鲁姆的看法,古希腊时期伟大的视觉艺术品大部分都已经无从寻觅,而我们之所以能获知它们的存在和状况主要是通过文学作品中的描述。据传菲狄亚斯③伟大的宙斯雕像就是根据《伊利亚特》中的描写通过想象制作而得。④哈格斯特鲁姆将这类描写视觉艺术品的诗称作"图诗"(iconic poetry),在西方诗歌中有着悠久的历史和传统,最早渊源正是荷马史诗《伊利亚特》第 18 章对阿基里斯之盾的描述。⑤就诗歌创作而言,"诗如画"观所隐含的诗画交融的情况在贺拉斯提出这一说法的多年前就已经存在了,而这种诗中描绘出栩栩如生的视觉场景的情形在古罗马时期的

---

① 荷马:《伊利亚特》,陈中梅译,上海:上海译文出版社,2016 年,第 453 页。
② Krieger, *Ekphrasis: The Illusion of the Natural Sign*, pp. xiv, xv.
③ 菲狄亚斯(Pheidias,公元前 480—前 430)被公认为最伟大的古希腊雕刻家,雅典人。其著名作品为世界七大奇迹之一的宙斯巨像和巴特农神殿的雅典娜巨像。根据狄奥·克里索斯托(Dio Chrysostom)在其《演讲集》中的记载,其宙斯巨像在公元 475 年被移至君士坦丁堡,后被一场大火焚毁。
④ Hagstrum, *The Sister Arts*, pp. 17—18.
⑤ Hagstrum, *The Sister Arts*, p. 19.

诗人笔下比比皆是。从众多诗人如维吉尔、奥维德、卡图卢斯、普罗佩提乌斯①等的诗作中都可以看出当时的绘画对诗歌创作的影响。在哈格斯特鲁姆看来:"自荷马到阿基琉斯·塔提乌斯,语言艺术中的图画性跨越了文类的界限,出现在史诗、戏剧、格言、抒情诗、传奇和寓言中。在如此之丰富多样的文学画境主义的表现中,未来发展的种子在此时都已呈现在实际的作品中。"②

　　古希腊罗马时期的诗人、修辞学家、批评家等对诗画关系的探讨丰富而复杂。从文艺理论的主导思想来看,这一时期的主导诗学是柏拉图和亚里士多德的模仿论,各艺术均为对最高真实或现实中的真实的模仿。诗画一致的思想在该时期有所显露,从西蒙尼德斯的"画是无声诗,诗是有声画"到贺拉斯的"诗如画",其中包含的这一观念对后世产生了很大影响,但其理论的建构并不牢固。同时,批评家认识到各艺术之间亦存在特殊性和诸多不同,对诗画之间的差异也多有探讨。在模仿论提出的同时,亦有不少批评家对机械的模仿有所警惕。古罗马时期,批评家在模仿论的基础上进行了拓展,提出了文艺的虚构和想象。这一时期的文学作品中存在着对生动逼真的画面或场景的描绘,视觉艺术品的制作也表现出与文学描写的关系,显示出诗画之间存在着相互影响和交融。这为西方跨艺术诗学奠定了基石。

第二节　新古典主义时期:从温克尔曼到莱辛

　　古希腊罗马的文艺思想在中世纪基督教神学的全面渗透下逐渐走向衰落。模仿论这一主导古代文艺思想的学说在此时期受到冷落和排斥,所有艺术均成为服务于宗教的工具。然而,在这一时期,文艺在受到打压的同时,又以隐喻的形式进入人们的生活中,与宗教神学观念发生了密切的联系。各艺术之间也在这样的背景下产生了特殊的关系。在经过了漫长的中

---

　　①　上述均为古罗马的著名诗人。维吉尔(Virgilius,前70—前19),古罗马时期的伟大诗人,开创了一种新型的史诗。奥维德(Ovid,前43—17),古罗马最有影响力的诗人之一。卡图卢斯(Catullus,约前87—约前54),古罗马抒情诗人。普罗佩提乌斯(Sextus Propertius,约前50—约15),古罗马诗人,擅长写爱情哀歌。
　　②　Hagstrum, *The Sister Arts*, p.34. 阿基琉斯·塔提乌斯(Achilles Tatius),公元2世纪古罗马时期的希腊语作家。其唯一流传下来的作品是古希腊浪漫传奇《卢西帕和克里托芬历险记》(*The Adventures of Leucippe and Clitophon*)。

世纪之后,西方终于在 14 世纪迎来了文艺复兴的曙光。文艺复兴所彰显的正是古希腊罗马的文化精髓,并借复兴古代的文化来推进该时期文化和思想的进一步发展和繁荣,跨艺术诗学也得到了全面的推进。但实际上,文艺复兴时期的跨艺术诗学,正如古代的文艺批评一样,重在借文艺关系研究来探讨艺术的本质和文艺再现自然现实的崇高目的。18 世纪的新古典主义文艺思想正是依文艺复兴时期诗画关系研究的思路延续下来,并将这一思路推到了极致。新古典主义时期的批评家极力推崇诗画一致说,将贺拉斯"诗如画"说推向至高的地位。德国美学家温克尔曼对古希腊艺术进行了高度评价,推进了诗画一致论。可以说,直至温克尔曼,西方的诗画批评都是在文艺理论的框架下展开的,真正从跨艺术的理论角度对诗画关系展开研究的是德国批评家莱辛。他继承了亚里士多德《诗学》中有关文学与视觉艺术在模仿媒介、模仿对象、模仿方式方面有所差异的观念,对诗歌与造型艺术各自的美学特性及相互关系进行了全面考察。他的著作《拉奥孔》成为诗画关系研究的集大成之作,对西方后世的艺术和美学发展产生了深远影响。

一、中世纪宗教神学主导下的跨艺术诗学

随着西罗马帝国在 476 年的灭亡,整个西方世界结束了其古代时期,开始进入了漫长的中古时期,即一般历史家所称的中世纪。古希腊罗马时期的文化在这一时期全面衰落了,主导这一时期的西方文化是基督教神学。西方的中世纪延续了大约一千年的时间,直至 14 世纪迎来了辉煌的文艺复兴运动。

古希腊罗马时期的学者开启了对各门艺术的分类,并对各艺术门类之间的关系——无论是它们之间的类比,还是它们之间的相似或相异——从不同角度展开了探讨。这一探讨的理论基础是文艺的模仿论,即文艺或是对最高真实——理式,或是对现实的真实世界的模仿。而这种模仿在很大程度上依赖于模仿的生动逼真,无论是视觉艺术还是文字表达、口头演讲,都要做到"栩栩如生"。这意味着古代的批评家认同文艺是与真实发生密切关系的。即便古代的一些学者在模仿论的基础上发展了想象的学说,但虚构与想象都不曾跨越与真实的内在联系。在各种模仿真实或表现真实的艺术中,一些古希腊时期的学者认为视觉是最能逼真地反映真实的,因为,眼睛是人的各种感官中最为可靠的。因而,视觉艺术被认为与真实的关系更为密切。卢奇安曾说:"希罗多德先生认为视觉更有力量,这是正确的。因为语言有翅膀,'一言既出,驷马难追'。但是视觉的快感是常备的,随时可以吸引观众。所以,可以断言,演讲家要同这间斑斓夺目的华堂争夺锦标,就难乎其难了。"① 可见逼真地模仿、表现真实成为古代文艺理论的要义。这种模仿在视觉艺术上体现为与被模仿对象的相似,看到这样的视觉艺术就好像看到了真实的对象,在文字艺术中则表现为描绘得"栩栩如生",阅读这样的文字,或聆听这样的演讲就好像眼前出现了真实的场景一般。而这一切在中世纪神学教义的主导之下发生了全面的转变,艺术不再与现实真实发生关系,至少不再与自然界中的真实产生关联。西塞罗曾经说:"属于人性的所有艺术都拥有共同的联系;它们就好像是被血缘关系所连接在一起。"② 西塞罗肯定了艺术之间有共性,而这种共性因为人性而联系在一起。与他几乎同时期的德尔图良也说过:"没有任何艺术与另一种艺术不存在母子关系或一种非常亲密的亲属关系。"③ 表面上看,德尔图良和西塞罗都认同各艺术之间的亲密关系,但德尔图良对艺术的抨击却让这种关系蒙上阴影。因为,用他的话说,"艺术的血脉多如人类强烈的淫欲"④。在他看来,艺术鼓动起人类低级的、本能的欲望,应该予以否定。基督教的教义认为,欲望是人的原罪,应该通过禁欲的方式涤除本能的欲望,消除感官的愉悦,禁止享乐。艺术依从于感官,是虚假的再现,是对神的亵渎。宗教神学家提出,如果艺术都是对自然的模仿,那么为何不直接到自然中去呢?托马斯·阿奎纳承认艺术是对自然的模仿,但他又补充说:艺术"以它自己的运行方式"去模仿自然,⑤ 这似乎就是对艺术镜像式地模仿自然的一种质疑和否定。对于阿奎纳而言,自然是揭示真理的寓言化身,它不是由眼睛捕捉的,而只能由心灵来捕捉。应该看到,在中世纪的思想家看来,艺术的典范不在自然中而

---

① 卢奇安:《华堂颂——谈造型艺术美》,《缪灵珠美学译文集》第 1 卷,缪灵珠译,章安祺编订,北京:中国人民大学出版社,1998 年,第 141 页。卢奇安(Lucian of Samosata,约 125—180 之后),罗马帝国时期的古希腊散文家、哲学家。希罗多德(Herodotus,约前 484—前 425),古希腊伟大的历史学家。

② Qtd. in Hagstrum, *The Sister Arts*, p. 37.

③ Ibid. 德尔图良(Tertullian,155—约 240),著名的基督教神学家和哲学家。他生于迦太基,因其理论贡献被誉为拉丁西宗教父和神学鼻祖之一。其思想在神学历史上影响深远。

④ Ibid.

⑤ Qtd. in Hagstrum, *The Sister Arts*, p. 46. 托马斯·阿奎纳(Thomas Aquinas,约 1225—1274),中世纪经院哲学的哲学家、神学家。他把理性引进神学,用"自然法则"来论证"君权神圣"说。

是由上帝根植于艺术家心中的。实际上,中世纪与神学结合的艺术遵从的是基督教化了的新柏拉图主义,主张对超越现实的绝对理念的传达,而这个绝对理念就是神的精神和教义。

中世纪的艺术服务于宗教,符合基督教教义的文艺得到认可。反之,文艺就受到抵制和排斥。在基督教中上帝有着至高无上的权力,而上帝的精神是超越一切世俗现实的,是一种纯粹精神世界的存在。艺术,尤其是视觉艺术在中世纪的神学家看来只能反映事物的表面现象,脱离了精神世界的本质,因而,在中世纪神学家看来,艺术是虚假的,是仿造的,是不真实的。由于中世纪艺术要求彰显基督教教义和精神,而非现实世界中的生活和形象,文艺对现实的模仿被全面抛弃。文艺表现现实的逼真性也被认为是荒谬的。在这样的文化背景下,早期的基督教神学表现出鲜明的反图像观念。《圣经》中将偶像崇拜看作是一种原罪,"没有给予视觉位置,通篇几乎都是在否定通过视觉通达真理的可能性。中世纪曾掀起轰轰烈烈的反图像崇拜运动,视觉图像更是成为一种禁忌"[1]。奥古斯丁曾多次讲到眼睛的诱惑,认为"图像会导致人们对宗教教义的歪解,导致信仰变得不纯"[2]。他在《斥伪造信件》中说:"人们不是从圣书资料中了解耶稣和他的圣徒们,却相信那些壁画。毫不奇怪,这些伪造信件的人是被画家领入了歧途。"[3] 可见,在奥古斯丁看来,在获得上帝的精神,通达真理的途径问题上,视觉往往是虚假的,会使人走入迷途,而要进入超越现实的精神世界只能依靠圣书。

但实际上,视觉艺术在中世纪并未完全泯灭或受到彻底消除。随着基督教吸引了大批异教徒,越来越多的普通人转向了基督教。"许多没有受过教育的下层阶级必须依靠偶像的指引才能理解抽象的教义,坚定他们的信仰。"[4] 一些图像或圣像作为一种传达宗教精神的手段而得以存在,但其中的世俗性和现实性必须铲除。于是,"一种纯粹的精神等级观念代替了事物的物质性秩序"[5]。在这样的情形下,图像中自然生动的形象消失了。实际上,

---

[1] 杨向荣:《图像的话语深渊——从古希腊和中世纪的视觉文化观谈起》,《学术月刊》,2018年第6期,第115页。

[2] 同上。奥古斯丁(Saint Aurelius Augustinus,354—430),古罗马帝国时期天主教思想家,欧洲中世纪基督教神学、教父哲学的重要代表人物。

[3] 迟轲主编:《西方美术理论文选:古希腊到20世纪》(上册),第41页。

[4] 王宏建主编,李建群著:《欧洲中世纪美术》,北京:中国人民大学出版社,2010年,第25页。

[5] 同上书,第26页。

就在反图像崇拜运动声势浩大的同时,也发生了挺图像崇拜的运动,圣像画在 6 世纪至 7 世纪的拜占庭文化中尤为兴盛。反图像运动与挺图像运动之间的争论长达百年。挺图派认为,圣像与神的原型在视觉上存在相似性,观看圣像的人们可以了解《圣经》的教义,认识基督的肉体和他的受难。观看圣像也可以使人们更好地认识神的原型并对之表达敬意和敬仰之情。不过,杨向荣指出,即便是挺图像崇拜,这也并非"对图像形式的崇拜",而是一种隐喻,它"隐喻了视觉图像背后的信仰意义:通过视觉形象,教义信仰可以传达到上帝那里"。①应该说,无论是反图像崇拜还是挺图像崇拜,二者的最终意图均不在于表现图像本身所刻画的逼真形象,而在于表现其背后的精神世界。反图像运动意在铲除图像的形式对抽象精神的物质化压制,挺图像运动则意在通过图像的表面形式来达到超越这一形式的目的。奥古斯丁虽然把眼睛看作一种感官的诱惑,但他对色彩和光的隐喻力量却是持肯定态度的。在他看来,色彩和光仿佛是充满情感的召唤,通过这种隐喻信徒可以实现与神的沟通。阿奎纳也强调光之美的本性,因为光代表上帝和绝对的真理。对于支持图像崇拜的信徒而言,人们通过圣像和宗教艺术也可以将视觉艺术引发的精神领悟与语言的诉说联系起来。人们观看圣像或视觉艺术作品时会引导他们向神诉说内心的感悟。"雕塑或绘画……成了沟通神和人的一种中介,人们向它诉说、哀求,它们就反过来对人们诉说。"②这种图像与语言的混合形式能够更好地帮助人实现与神的沟通。图像如此,文学文本在其艺术本质上也依从超越世俗现实的宗旨。此时的诗歌、格言等文学形式也同样不再具有视觉形象的"栩栩如生"、生动逼真的描写。虽然有些学者认识到文学与图像之间存在相似性,但这种相似性却不同于古代学者对这种关系的认识。语言艺术,无论是诗文、格言等,都被用来表现神的荣耀和权威,是与上帝进行沟通的手段。其表现的不是现实世界的现象,而是对宗教教义的隐喻性传达。

值得注意的是,在漫长的中世纪历史进程中,古代的文化艺术仍有几次得到复兴,其中最引人注目的是中世纪的加洛林文艺复兴,它被认为是"欧洲的第一次觉醒"。加洛林文艺复兴发生于 8 世纪中叶至 10 世纪统治法兰

---

① 杨向荣:《图像的话语深渊》。第 116 页。
② Hagstrum, *The Sister Arts*, p.50.

克王国的加洛林王朝,在查理曼大帝时期达到鼎盛。在加洛林文艺复兴时期,基督教文化首先得到全面复兴,在此背景下,古典文化也得以传承,这是加洛林文艺复兴最重要的成就。学者们认识到重新学习和继承古典文化的必要性,他们花费了巨大的精力致力于恢复即将失落的古代文献和文化思想,整理古籍、著书立说。西蒙尼德斯的"画是无言诗,诗是有声画"常被引用,贺拉斯的《诗艺》以及他的"诗如画"观为人们所广泛研习,修辞术中的艺格符换和诗歌中的图像描绘及其"栩栩如生"的叙述效果也是人们力求达到的艺术目标。奥维德的《变形记》在当时产生了很大影响,他那如画般的描写更是受到人们的推崇,以至于不少人都效仿他的写作手法。[①] 当时盛行一种手抄本书籍,促进了书籍插图艺术的发展。这些抄本书籍大多具有宗教主题或宗教内容,用于祈祷,而其中的绘画多用墨水、水彩或水粉画于羊皮纸上,成为精美的艺术品。抄本书籍中的插图画在风格上力图恢复古代的写实技巧,不再采用抽象的装饰性手法,体现出一种中世纪加洛林时期的绘画语言,有一种生动的活力。这种生动融合了宗教的情绪,是对古代艺术逼真性在基督教文化中的重新阐释。抄本绘画在中世纪晚期,即12世纪的英格兰得到了最完整的保留。中世纪拜占庭文化虽然与古典的异教文化存在很大不同,但在传承古代文化方面做出了贡献。人们追随卢奇安、菲洛斯特拉斯等人的作品,学习希腊的浪漫传奇故事等作品中的生动描写,在文学的视觉化描写方面有独到之处。比如在当时的格言诗中就有对于色彩的描写,认为色彩能传达出灵魂的祈祷。诗中对现实物象的描写带有很强的象征性,引导人们去思考超自然神性的存在。

中世纪的一些文学作品虽然注重对宗教精神的传递,但宗教精神又往往与现实生活联系在一起。古代作品中那种如画般逼真的叙事传统在中世纪的文学作品中仍有承袭。但丁的《神曲》中描写的世界如同一个图像的世界,充满视觉的想象,这种想象包含了宗教精神和古典的如画性。乔叟《坎特伯雷故事集》中的描写也表现出"如画"传统。哈格斯特罗姆认为,乔叟很有可能亲眼见过他同时期的绘画艺术品,并受到其影响。他的作品一方面沿袭了维吉尔、奥维德注重视觉形象的描绘方式,另一方面,他又将自己眼

---

① Hagstrum, *The Sister Arts*, p.40.

见的现实生活的图景融汇在作品中，产生出了生动逼真的艺术效果。①

应该看到，在西方漫长的中世纪，文艺创作受到宗教神学的全面制约，对于艺术本身的探讨也处于宗教神学的笼罩之下。在浓厚的宗教背景影响下，中世纪的文学艺术表现出强烈的隐喻色彩，力图超越表面的形式去喻指其背后的精神存在。正如古希腊罗马时期的情形，中世纪的视觉艺术与文学之间的类比与这二者的本质并无关联。文艺关系的探讨在理论上未能表现出活跃的态势，古典文艺思想在此时得以部分传承，但并未得到积极的推动和发展。尽管存在着诗画交融的抄本书籍，也有宗教诗歌中对自然物象生动的描写，但无论是视觉艺术还是文学文本，它们均以宗教的象征性隐喻方式出现。作为奏响中世纪文艺挽歌、迎来文艺复兴曙光的代表性作家，但丁和乔叟在作品中融合了宗教精神、世俗世界、超自然的崇高理念与古典自然主义精神，预示着辉煌的欧洲文艺复兴时期的到来。

二、欧洲文艺复兴时期的跨艺术诗学

文艺复兴是发生在欧洲14至16世纪的思想文化运动，给整个欧洲带来了科学与文化的全面革命。它首先发生在意大利，此后扩展到欧洲各国，最终在与欧洲大陆隔海相望的英国落脚，并在英国达到了这一思想文化运动的顶峰。随着11世纪之后欧洲经济的发展、城市的兴起、生活水平的提高，人们开始追求世俗化的生活，对中世纪神权压制人性的禁欲主义以及教会的绝对权力有所不满。此时，人们主张借助复兴古希腊罗马的思想和文化来表达他们希望冲破神权的全面制约，回到人的自然本性的愿望。古代的文艺思想主张对真理和现实中的自然和真实的模仿，而这正与文艺复兴时期思想家所追寻的现实主义文艺观相契合。柏拉图、亚里士多德、贺拉斯等古代一大批思想家的理论在文艺复兴时期得以研习和探讨，在此基础上，文艺复兴时期的思想家提出并发展了他们自己的文艺观和各艺术之间关系的理论。

随着文艺复兴时期人们对现实生活的关注以及对科学的崇尚，文学艺术更倾向于对自然现实的再现和模仿。中世纪艺术中对神性精神的象征性隐喻在这一时期逐渐被对现实世界自然的、客观的、现实的描绘和再现所取

---

① Hagstrum, *The Sister Arts*, pp. 42—43.

代。艺术家根据透视法、空间感、解剖学、光影学等着力在视觉艺术中反映人物或自然中的真实形象。古代艺术理论认为艺术是对真实的现实世界的模仿,具有再现现实的功能,要表现出模仿对象"栩栩如生"的逼真性,这一思想在文艺复兴时期得以接受和传承,较为突出地表现在达·芬奇的绘画理论中。

达·芬奇(Leonardo da Vinci,1452—1519)是意大利文艺复兴时期的巨匠。他不仅是那个时代杰出的艺术家,还是多才多艺、学识渊博的科学巨人,在数学、力学、物理、工程学、医学、光学、地质水文学等方面都有深入的研究或重要的发现。仅从这一点就可以说明,文艺复兴这个伟大时代所塑造的绝不仅仅是某一方面的杰出人才,而是能够在文艺与科学方面相互跨越的时代巨人。个人才能的综合发展在达·芬奇、米开朗基罗(Michelangelo,1475—1564)等人的身上有着充分的体现。达·芬奇的绘画实践就融合了他关于解剖学、透视学、光学等科学的理论,他的作品是艺术与科学完美结合的产物。在长期的艺术实践中,他记录下自己对艺术的思考和看法,后人根据他的笔记整理成《画论》和《笔记》发表,对后世产生了重要影响。在艺术理论方面,达·芬奇提出艺术应该忠实地反映自然。柏拉图提出了文艺的模仿论,而亚里士多德将模仿的对象落在现实世界中。文艺复兴时期的艺术家继承了艺术模仿现实和自然的思想,达·芬奇即是这方面的杰出代表。他认为,真正的科学必须"以感性经验为基础",因为"一切真科学都是我们感官经验的结果"[1]。他对绘画的看法也是如此。在他看来,绘画就是一门科学,它以视觉这一最高贵的感觉为基础,是"自然界一切可见事物的唯一模仿者",[2]是自然的一面镜子。艺术必须师法自然,再现现实,达·芬奇的这一绘画理论"形象地概括了艺术必须反映现实的普遍创作规律"。[3]绘画如此,文学亦然。这一创作观念在文艺复兴时期许多作家的作品中有所体现。其中最广为人知的是莎士比亚(William Shakespeare,1564—1616)悲剧《哈姆雷特》中主人公哈姆雷特对戏班的伶人所说的一段话。他说:"演戏的目的,从前也好,现在也好,都是仿佛要给自然照一面镜

---

[1] 戴勉编译:《达·芬奇论绘画》,桂林:广西师范大学出版社,2003年,第2、4页。
[2] 同上书,第5页。
[3] 胡经之主编,王岳川、李衍柱副主编:《西方文艺理论名著教程》(上),北京:北京大学出版社,2016年,第143页。

子;给德行看一看自己的面貌,给荒唐看一看自己的姿态,给时代和社会看一看自己的形象和印记。"①

然而,师法自然并非对自然的机械抄袭和照搬。艺术要反映现实,但单凭感官去认识现实是不够的,还需要凭借理性去理解世界。达·芬奇批评"那些作画时单凭实践和肉眼的判断,而不运用理性的画家,就像一面镜子,只会抄袭摆在面前的一切东西,却对它们一无所知"②。由此可见,师法自然只是艺术创作的源泉和动力,在创作的实践中不能仅做仿造而不进行艺术的再创作。因而,艺术既要师法自然又要高于自然,"画家与自然竞赛,并胜过自然"③。艺术对现实的再现在达·芬奇看来有如艺术创造的"第二自然"。这种对"第二自然"的打造实际上涉及艺术创作中的虚构和想象。达·芬奇认为画家能够创作出心中所想到的形象,具有创造的主观能动性和超越自然表象的能力。文艺复兴时期的英国诗人兼批评家菲利普·锡德尼(Philip Sidney,1554—1586)的批评论著《为诗辩护》(*An Apology for Poetry*,1595)中也有类似的阐述。他继承了亚里士多德的文艺模仿观,说"诗,因此是个模仿的艺术,正如亚里士多德用 *mimesis* 一字所称它的,这是说,它是一种再现,一种仿造,或者一种用形象的表现;用比喻来说,就是一种说着话的画图,目的在于教育和怡情悦性"④。但诗歌的模仿不是照搬,不是记录下大自然所采取的秩序,依靠它,遵循它,因为诗人

> 不屑为这种服从所束缚,为自己的创新气魄所鼓舞,在其造出比自然所产生的更好的事物中,或者完全崭新的、自然中所从来没有的形象中,……实际上,升入了另一种自然,因而他与自然携手并进,……而自由地在自己才智的黄道带中游行。自然从未以如此华丽的挂毯来装饰大地,如种种诗人所曾作过的;……它的世界是铜的,而只有诗人才给予我们金的。⑤

---

① 莎士比亚:《哈姆雷特》第三幕第二场,载《莎士比亚悲剧四种》,卞之琳译,北京:人民文学出版社,1988年,第89页。
② 戴勉编译:《达·芬奇论绘画》,第28页。
③ 同上书,第30页。
④ 锡德尼:《为诗辩护》,钱学熙译;扬格:《试论独创性作品》,袁可嘉译,北京:人民文学出版社,1998年,第12页。
⑤ 同上书,第10页。

在锡德尼看来,诗人的创作绝不是刻板地对自然的仿造,而是充满自由的想象与创造力,它依自然而前行,与自然携手并进,并造出高于自然的美。马洛(Christopher Marlowe,1564—1593)也运用镜子的比喻来阐述文艺对人类的最高智慧的传达。他在《帖木儿大帝》(Tamburlaine the Great,1590)中运用了镜子的意象,但他所表达的并非艺术要像镜子一样模仿现实,而应该象征人类不朽的最高智性,因为文艺应该超越事物的表象,去洞见真理。① 古典学者提出的超越机械模仿的想象在这里得到了明确的肯定。尽管如此,依自然的模子而进行创造仍是这一时期文艺创作的主旨。

可见文艺复兴时期的文艺理论对古典文艺思想的继承主要在于对现实进行模仿和再现的现实主义或自然主义的文艺观。贺拉斯的"诗如画"观在此时期得到了大力的推崇,这从根本上说也是推行文艺再现现实、师法自然的文艺观的结果。而且,正是文艺复兴时期再现现实的文艺观将贺拉斯的"诗如画"观进行了扩展。根据哈格斯特鲁姆的考证,文艺复兴时期的学者有可能从公元3世纪的罗马学者阿克隆(Helenius Acron)②那里获得了对"诗如画"这一观念的最早评论。他的评论记载于5世纪的文献中。贺拉斯的"画如此,诗亦然"的表述在他的评论中被解读成"诗歌就如同绘画一样",这个解读实际上扩展了贺拉斯的本意,成为将诗画在艺术本质上等同起来的一个源头,而阿克隆对于"诗如画"的这种认识在文艺复兴时期获得了广泛的认同,甚至成为一种信条。③实际上,这种接受是应和了文艺复兴时期人们对文艺创作认识的需要的。绘画是对自然现实的再现,诗亦如此,文艺的创作法则均为对自然的模仿和对现实的再现。因此,"诗如画"观再次成为跨艺术诗学的基本原则。

与此同时,文学作品中生动逼真的绘画性受到普遍重视。彼特拉克(Francesco Petrarca,1304—1374)曾把荷马看作一个画家,因为在荷马的笔下,不管什么主题内容,无论是自然的景色、战争的场面,还是人物或动物,

---

① 马洛,英国文艺复兴时期剧作家、诗人。他在剧作《帖木儿大帝》第一部第二幕第三场中有这样的诗句:"Wherein as in a mirror we perceive/The highest reaches of a human wit"(在此间如在镜子中,我们/洞见人类的最高智慧),此处的镜子所映照出的是人类的智性。见 Christopher Marlowe, *Tamburlaine the Great in Two Parts*, ed. U. M. Ellis-Fermor, London: Routledge, 2012, 163。
② 阿克隆,生卒年代不详,古罗马批评家和语法学家。
③ 参见 Hagstrum, *The Sister Arts*, pp.59—60。

他的描写都是如此之生动,令人好像亲临现场一般。① 意大利艺术家阿尔贝蒂在他的《论绘画》(*De Pictura*,1435)中提出,"诗人和演说家喜欢用绘画丰富他们自己"②。绘画中的美丽构思可以通过叙述来实现,产生感人的力量,因为语言和绘画都具有装点(即描述或比喻)的能力。西蒙尼德斯的"画是无言诗,诗是有声画"的原出处虽未得到证实,但这一诗画观念在达·芬奇的论述中得到了回应:"如果你称绘画为哑巴诗,那么诗也可以叫做瞎子画。"③锡德尼在《为诗辩护》中探讨诗的模仿问题时也以画作比,如上文所引的那段话:诗"用比喻来说,就是一种说着话的画图,目的在于教育和怡情悦性"。他把诗人与历史家、道学家进行比较,认为历史家和道学家能做到的,诗人也都能做到,"因为无论什么,道学家说应该做的事情,他就在他所虚构的做到了它的人物中给予了完美的图画;如此他就结合了一般的概念和特殊的实例。我说,一幅完美的图画,因为他为人们的心目提供一个事物的形象,而于此事物道学家只予以唠叨的论述,这论述既不能如前者那样打动和透入人们的灵魂,也不能如前者那样占据其心目"④。历史家只能给出实例,道学家只能用说教去达到他们的目的,而诗人却能用生动的形象创作出完美的图景将其思想表达出来。

视觉艺术与文学在文艺复兴时期均为对自然现实、对人的本真、对真理的表达和再现。在这一点上,不同的艺术有着共同的创作原则。然而,这一时期也出现了对不同门类的艺术进行比较、分析和探讨的论述,甚至出现了不同艺术之间一争高低的情形。这种竞争不仅出现在诗画之间,也出现在绘画与雕塑、不同绘画派别之间。其中最有影响的当数达·芬奇对不同艺术的比较和分析。尽管古代批评家经常拿诗歌与视觉艺术进行类比,也有批评家认为视觉艺术在反映自然方面高于诗歌和演讲,正如此前所引的卢

---

① 参见 Hagstrum, *The Sister Arts*, p.57。
② 阿尔贝蒂:《论绘画》,载迟轲主编:《西方美术理论文选》,邵宏等译,第67页。阿尔贝蒂(Leon B. Alberti,1404—1472),西方美术史上第一个将透视法系统化、理论化的艺术家。其《论绘画》早于达·芬奇,是文艺复兴早期的重要绘画理论著作。
③ 戴勉编译:《达·芬奇论绘画》,第9页。
④ 锡德尼:《为诗辩护》,第18—19页。这段引文中的"他就在他所虚构的做到了它的人物中给予了完美的图画"一句,其英文为"he gives a perfect picture of it in some one by whom he presupposes it was done",意思为"他将这件事情的一个完美图画寓于某个人物中,借助这个人物,他假定这件事情完成了"。

奇安的论述,但总体来说,诗歌、音乐的地位要高于视觉艺术。品达就说过诗歌如同水手可以航行四海,自由自在,不受限制,而视觉艺术要受制于时空的禁锢。因而,视觉艺术的地位在各门艺术中是较为低下的,有时甚至被等同于一门技艺。达·芬奇极力扭转这一局面,抬高绘画的地位,在他看来绘画对自然的模仿和再现最为真实、直接,也最符合科学的原则。他将绘画和音乐、诗歌、几何、天文等所谓的"自由艺术"进行逐一比较,证明绘画"绝不是什么'机械的手工劳动',而是一门科学,是自然的合法的儿子"①。

在诗画的比较方面,达·芬奇较为系统地论述了二者之间的区别,认为

> 在表现言词上,诗胜画;在表现事实上,画胜诗。事实与言词之间的关系,和画与诗之间的关系相同。由于事实归肉眼管辖,言词归耳朵管辖,因而这两种感官之间的相互关系也同样存在于各自的对象之间,所以我断定画胜过诗。只因画家不晓得替自己的艺术辩护,以至于长久以来没有辩护士。绘画无言,它如实地表现自己,它的结果是实在的;而诗的结果是言词,并以言词热烈地自我颂扬。②

达·芬奇指出了二者之间表现手段的不同,各自有其表现的对象,但因为绘画对自然的表现更为直接,不需要言词的表达和转述,因而,绘画比诗歌更实在地表现了自然和自我。在诗画之间他明确地表达了画优于诗的观点:

> 绘画替最高贵的感官——眼睛服务。从绘画中产生了谐调的比例,犹如各个声部齐唱,可以产生和谐的比例,使听觉大为愉快,使听众如醉如痴,但画中天使般脸庞的谐调之美,效果却更为巨大,因为这样的均匀产生了一种和谐,同时间射进眼帘,如同音乐入耳一般迅速。
>
> 诗就及不上它们美妙。它在表现十全的美时,不得不把构成整个画面谐调的各部分分别叙述,其结果就如同听音乐时在不同时刻分听不同声部,毫无和声可言。③

达·芬奇认为,绘画构图上有着和谐的比例,是对一个形象的完整和谐的表现。而诗歌则只能逐个叙述,这破坏了艺术的和谐匀称。而在比较诗

---

① 戴勉编译:《达·芬奇论绘画》,第2页。
② 同上书,第7—8页。
③ 同上书,第11页。

歌与绘画时,达·芬奇又拿音乐做类比。在他看来,诗歌虽然是诉诸听觉的,因为言词归听觉管辖,但是诗歌与音乐不同。音乐具有和谐的声音比例,就如同绘画在构图上有和谐的视觉比例一样,因而,绘画和音乐都优于诗歌。而如果拿音乐和绘画作比较的话,音乐又比不上绘画,因为绘画的协调之美效果更佳。达·芬奇注重对自然的整体性再现,在他看来这种再现更为直接,但他扬画抑诗,或扬画抑乐的观点并未顾及文艺门类有着各自不同的特点和优势,而仅从再现自然的直接性与和谐性的角度去判定优劣,有很大的局限性。

戴勉从三个方面总结了达·芬奇对诗画的比较:第一,诗是听觉的艺术,画是视觉的艺术;第二,诗的表现手段是语言文字,画的手段是逼真的形象,因此诗擅长表现辞藻和对话,绘画表现有形物体之精确和快速非文字能比;诗的领域是伦理哲学,绘画的领域是自然科学;第三,诗的辞藻按先后次序排成一维的时间序列,完全不能描写形态美。绘画是二维平面上的艺术,加上透视和明暗就可以描绘三维空间和形体美,而且是同时呈现在眼前,使眼睛看到一幅和谐匀称的景象,如同自然景物一般。① 达·芬奇对诗画关系的分析上承亚里士多德《诗学》中对诗歌与视觉艺术在表现媒介、对象、方法上的分析以及古代批评家对诗画关系的评论,下启18世纪莱辛《拉奥孔》对诗画界限的研讨,对文艺复兴时期跨艺术批评有深远的影响。而他所做判断的总的原则在于艺术对自然的再现和模仿。虽然他的一些论点或结论在今天看来不具有太大的意义,② 比如绘画表现物体相较诗歌更为精确和快速,但毕竟他指出了两种艺术类型的各自特征,尤其是诗在时间上的展开和绘画在空间维度上的呈现等观点,预示了莱辛对诗画关系的论述。

文艺复兴时期的文艺创作体现出很强的跨艺术交融性。与达·芬奇同为文艺复兴三杰之一的米开朗基罗不仅是伟大的雕塑家、画家、建筑家,还是一位杰出的诗人,一生创作了几百首十四行诗和狂想曲。他在诗歌中表达他的艺术观,作品也体现出明显的视觉艺术性。在《致瓦沙里》("Poem

---

① 上述三点总结见戴勉编译:《达·芬奇论绘画》,第7页。
② 刘石在《西方诗画关系与莱辛的诗画观》一文中指出了一些早期批评家对诗画关系的比较或对各艺术之间一争高低的论述虽然正确却不具有意义。比如意大利画家与雕刻家贝尼尼说:"画可以改正画幅中的错误,但雕刻家不能。因为绘画就是增加,而雕刻则是减缩。"达·芬奇认为绘画在表现物体时比诗歌更为快速,这或许正确,但这是两种艺术本身的特点造成的,说明不了两种艺术孰高孰低的问题,因而这样的比较不具有太大的意义。

277：Sonnet Dedicated to Giorgio Vasari")一诗中他写道："凭着画笔和各种颜料，/你使艺术和自然融为一体，/你还汲取了自然的珍奇，/使原来秀丽的形象更加美妙。"①这是对艺术与自然之关系的阐述，艺术不仅与自然融合为一，而且"艺术战胜自然，显得更加辉煌"②。在献给诗人但丁的诗作中他说："在瞎子面前，他显得过分光辉灿烂；"③诗人虽然不是通过视觉去描绘，但诗却显示出更耀眼的光芒。他没有像达·芬奇那样将诗置于绘画之下。在他完成圣西斯廷教堂天顶画时他在诗中为自己画了一幅自画像，用诗笔做画笔，给人以极强的震撼力。

> 我的胡子向着天，
> 我的头颅弯向着肩，
> 胸部像头枭。
> 画笔上滴下的颜色，
> 在我脸上形成富丽的图案。
> 腰缩向腹部的地位，
> 臀部变成秤星，压平我全身的重量。
> 我再也看不清楚了，
> 走路也徒然摸索几步。
> 我的皮肉，在前身拉长了，
> 在后背缩短了，
> 仿佛是一张 Syrie 的弓。④

这完全是由诗歌打造的一尊给人以强烈震撼的雕像。

莎士比亚在他的长篇叙事诗《鲁克丽丝受辱记》中描写了女主人公在受到强暴之后面对挂在墙上的一幅描绘特洛伊战争的巨型画作所做的倾诉。这一部分在诗中有200多行，是诗中的重点篇章。画中场面宏大、人物众多，

---

① 米开朗基罗：《致瓦沙里——为〈艺术家的生活〉而作》，钱鸿嘉译，载飞白主编：《世界诗库》（第1卷），第401页。瓦沙里（又译瓦萨里，Giorgio Vasari, 1511—1574），16世纪意大利著名画家及作家，对文艺复兴时期的画家影响很大。《艺术家的生活》（又译作《文艺复兴艺苑名人传》《意大利艺苑名人传》）是其著名的美术史作品。
② 同上书，第402页。选自米开朗基罗的诗《艺术家的工作》。
③ 同上书，第403页。选自米开朗基罗的诗《献给但丁》。
④ 傅雷：《世界美术名作二十讲》，北京：北京大学出版社，2017年，第52—53页。诗作为傅雷翻译。最后一行中的"Syrie 的弓"英文原文是"Syrian bow"意为"叙利亚的弓"。

所表现的情节繁杂,令人想起荷马史诗《伊利亚特》中对阿基里斯之盾的描写。画面引发了女主人公的想象,她在观看画面的时候将自己心中的苦痛倾诉出来,画中的场景与她的现实处境和她内心的感悟相互激发、交融,形成了诗与画的互动,成为文艺复兴时期艺格符换的经典之作。①

总而言之,文艺复兴时期的跨艺术诗学继承和发展了古希腊罗马时期的文艺思想,尤其是贺拉斯的"诗如画"观,推进了艺术模仿自然的理论,并认为在模仿和再现自然的同时应进一步开拓艺术创作的自由和想象,使得艺术源于自然而又高于自然。该时期的艺术家、诗人和学者在总体上认同诗画同质说并发展了共同的艺术创作原则,认为诗画之间存在着相互的融合、沟通,甚至转换。在文学创作中视觉性以及对视觉艺术的生动逼真的描绘极为凸显。这在莎士比亚的诗作、锡德尼的诗体散文《阿卡迪亚》(Arcadia,约1585)、斯宾塞(Edmund Spenser,1552/1553—1599)的诗作中均有鲜明的表现。但同时,人们也进一步认识到不同艺术之间的区别。达·芬奇的画论对此做了较详尽的分析。尽管因时代的局限,他的思想存在着一定的偏颇,但其中的不少观点对后世的跨艺术研究产生了积极影响。

三、从巴洛克时期到温克尔曼的文艺观

在欧洲的文艺复兴及新古典主义时期之间是17世纪的巴洛克艺术时期。与文艺复兴时期有所不同,巴洛克时期的艺术突破了前期艺术注重写实、理性、匀称、典雅的特征,它热情、繁复而华丽,且更加注重艺术的感性。T. S. 艾略特(T. S. Eliot,1888—1965)十分推崇英国诗人多恩(John Donne,1572—1631)的诗作,专门做了《玄学派诗人》("The Metaphysical Poets")一文,成为推进英美现代主义诗歌的美学名篇。他认为玄学派诗歌中具有强烈的感觉主义,是一种思想与感觉的合一,而这一点使得该时期的绘画与诗歌发生了密切的联系。有批评家认为,正是在这样的情形下视觉艺术和文学这两种艺术获得了感觉和智性方面的融合。"在世上再没有比诗歌和绘画关系更密切的两样东西了。"②绘画向文学的寓言靠拢,而文学则具有绘画的性质,甚至出现了具有很强象征意味和鲜明形象性的图像诗。

---

① 详见本著第四章第三节。
② Robert Worseley, "Preface to Rochester's *Valentinian*", *Critical Essays of the Seventeenth Century* (Vol. III), ed. J. E. Spingarn, Oxford: Clarendon P, 1909, p.16.

英国诗人乔治·赫伯特(George Herbert,1593—1633)的诗作中常常运用具体的意象,如"教堂""地板""窗"等,这些意象在诗中不仅是物象的呈现,而且带有强烈的隐喻色彩,旨在表达物象背后所代表的宗教寓意,重在连接上帝、人、物象之间内在的象征性关系。他的笔下甚至出现用文字建构起来的图形,如《圣坛》("Altar")一诗用词语的排列建构了圣坛的造型,《复活节之翼》("Easter Wings")则用词语呈现出羽翼的形状,在西方的诗歌史上首创了图像诗。他的诗歌在宗教寓意性方面仿佛又回到中世纪表现宗教情感和传达宗教精神的宗旨,但不同的是,他诗中的视觉性和丰富的意象带来了极强的感性色彩,是与人的感觉和心灵感受融合在一起的。这一时期的艺术极为重视文学、诗歌中的感性和视觉性,而视觉艺术则进一步彰显人的内心情绪和文学的寓意性。文学艺术本身在此时是愉悦感官和心灵的,又带有象征的意味。应该说,17 世纪的文艺传承了从古代和文艺复兴时期延续下来的注重真实反映客观世界的传统,但这种传统又与感觉经验密切相关。它来自感官,又传递到内心,让内心的情感与感觉经验相互交织融合。

意大利诗人马里诺(Giovan Battista Marino,1569—1625)在作品中追求绮丽华美的风格,常运用典故、比喻、象征的手法,且用词刻意雕琢。在当时,他的文风甚至影响到普桑的绘画,被西班牙剧作家德·维加称为文学中的鲁本斯。[①] 他的诗作在当时风靡一时,受到追捧,产生很大影响。马里诺的《画廊》(*La galeria*)是用诗体写成的对著名绘画和雕塑艺术作品的描绘,其中有拉斐尔、提香等大师的画作。然而,按照他的说法,他的写作不是去展示一个美术博物馆,亦非写一部绘画史,而是要"让心灵用产生于诗歌奇想中的诗意与绘画作品嬉戏"[②]。他要让诗歌与视觉艺术进行相互的交融和激发,写出被艺术品所激发和唤醒的诗作,让诗歌在视觉艺术的感官冲击力的调动下去自由地想象,用语词来回应视觉图像的召唤,这在 17 世纪的文艺中是颇为独特的。

[①] Hagstrum, *The Sister Arts*, p.102. 德·维加(Lope de Vega,1562—1635),西班牙剧作家、诗人,西班牙黄金时代最重要的作家之一。鲁本斯(Peter Paul Rubens,1577—1640),17 世纪佛兰德斯画家,巴洛克画派早期的代表人物。普桑(Nicolas Poussin,1594—1665),17 世纪法国巴洛克时期重要画家、法国古典主义绘画的奠基人。

[②] Qtd. in Hagstrum, *The Sister Arts*, p.103. 原文出自马里诺为《画廊》所做的序。拉斐尔(Raphael,1483—1520),意大利著名画家,"文艺复兴后三杰"中最年轻的一位。提香(Titian,约 1488/1490—1576),意大利文艺复兴后期威尼斯画派的代表画家。

然而，这种对感觉主义的崇尚及华丽、夸张的艺术风格很快就受到新古典主义文艺观的排斥，被认为是怪诞而不自然的。新古典主义的文艺观兴起于17世纪的法国，后迅速在欧洲各国扩展开来，延续至18世纪末、19世纪初。新古典主义文艺观继承了文艺复兴时期的文化传统，打着复兴古典主义文学艺术的旗号，力图效仿古罗马时期的艺术风格，恢复古代文化的辉煌，"新古典主义"也因这一文艺原则而得名。这一时期，欧洲的科学得到迅猛发展，理性主义至上，人们把目光又开始投向了外部的现实与自然的世界。"在对自然的理想化及其本质上的现实主义方面，18世纪与普鲁塔克、西塞罗以及人文主义者产生了深刻的关联。"① 然而，新古典主义内部亦存在分歧。法国的新古典主义虽然继承了文艺复兴的传统，在文艺上崇尚古罗马的模仿论，但他们所推崇的是一种刻板教条的模仿，为文艺制定了一整套清规戒律，如布瓦洛（Nicolas Boileau，1636—1711）的《诗的艺术》（L'Art Poétique，1674）模仿贺拉斯的《诗艺》，强调理性，制定出戏剧中的"三一律"。他的一些观点使得文艺创作过于模式化，失去了鲜活的生命力。在诗画关系上，他们将"诗如画"观奉为圭臬。英国的斯彭司、法国的克路斯②等都宣扬诗画一致说，"目的是要为当时宫廷贵族所爱好的寓意画……和历史画……做辩护"③，以此来彰显伟大人物的功绩。从艺术角度来说，该时期的诗画一致说较注重二者在表面上的相似，比如文学中"如画般"的色彩和形象的渲染，使得当时的文艺更符合宫廷贵族的审美趣味。④ 法国的启蒙运动正是针对当时的封建贵族和宗教势力所展开的。当法国的新古典主义文艺观传到德国之时，德国正处于政治上四分五裂，经济发展缓慢的时期。当时的德国还存在着300多个封建城邦，未能实现民族统一。新兴的资产阶级知

---

① Hagstrum，*The Sister Arts*，p.129.
② 斯彭司（Joseph Spence，1699—1768），英国牛津大学的诗学教授。他的《泡里麦提斯》的副标题为《关于罗马诗人作品与古代艺术家遗迹之间的一致性的研究，拿二者互相说明的一种尝试》。克路斯（Count Caylus，1692—1765），法国文艺批评家，著有《从荷马的〈伊利亚特〉和〈奥德赛〉以及维吉尔的〈伊尼特〉中所找出的一些画面，附载对于服装的一般观察》（1757），他的企图是从古诗中找绘画的题材。莱辛在《拉奥孔》中针对斯彭司和克路斯的观点进行了批判。本注释参见莱辛：《拉奥孔》，第50、69页注释。维吉尔的《伊尼特》又译作《埃涅阿斯纪》。
③ 胡经之主编：《西方文艺理论名著教程》（上），第240页。
④ 17世纪的法国存在着一种与巴洛克艺术相结合的古典主义，很合路易十四君主政体的口味，常被人们称作"伪古典主义"。见邵大箴：《温克尔曼及其美学思想——〈希腊人的艺术〉中译本前言》，载温克尔曼：《希腊人的艺术》，邵大箴译，桂林：广西师范大学出版社，2001年，第3页。

识分子较为软弱,无力抵抗大贵族的统治。知识分子最首要的任务是实现民族统一和整个国家的发展和振兴,并希望通过文化的复兴来实现这一目标。以高特舍特(Johann Christoph Gottesched,1700—1766)为代表的莱比锡派主张将法国的新古典主义移植到德国以促进德国民族文学的发展,但法国的新古典主义并不适应德国资产阶级和民众的需求。高特舍特的主张受到瑞士的屈黎西派的抵制,他们强调学习中世纪的德国民间文学和英国文学,具有较强的平民色彩。与此相呼应的是回归古希腊的文化,从中寻找崇高、纯美、静穆的文化元素,扫除法国新古典主义的刻板形式和贵族习气,推进德国民族文化的发展。这一美学的代表是德国美学家温克尔曼(J. J. Winckelmann,1717—1768)。"温克尔曼理论的出发点与法国伪古典主义有所区别,他提倡复兴古代文化,不只是出于教学的考虑……"也"并非仅仅因为这种艺术经受了千百年的历史的考验,……而是因为,他认为古典艺术是人类文明的最高成就,是真正健康的、人民的艺术,是自由的人们在自由的土地上培育出来的花朵。正因为如此,温克尔曼的理论具有资产阶级的革新倾向"。[①]在西方文艺批评史上他是首次专门从艺术的角度来深入探讨文艺美学以及诗画关系的美学家,他的理论对整个西方文艺理论的推进有重要意义。

18世纪的欧洲,随着考古发现,一些古代的遗迹被挖掘出来,人们对古代遗迹产生了极大的兴趣和热情,引发了人们对古代文化的向往和研究。温克尔曼就是在这一环境中成长起来的学者。他对古希腊艺术抱有极大的热情,崇尚古典艺术的崇高、静穆、和谐之美。朱光潜先生认为:"过去新古典主义所推崇的只是拉丁古典主义,文克尔曼引导欧洲人进一步追寻拉丁古典主义的源头,即希腊古典主义,从而对真正的古典主义逐渐有较深广的理解。"[②]他的重要美学观以及"诗画一致"观主要体现在两篇重要文献中:《关于在绘画和雕刻中模仿希腊作品的一些意见》(1754)(以下简称《意见》)和《对〈关于在绘画和雕刻中模仿希腊作品的一些意见〉的解释》(1755)(以下简称《解释》)。他的美学观点在著作《古代艺术史》(1764)中得到了进一步发展。在《解释》中,他集中探讨了诗画关系。用他的话来说:"有一点是

[①] 邵大箴:《温克尔曼及其美学思想》,第12页。
[②] 朱光潜:《西方美学史》(上卷),北京:人民文学出版社,1981年,第307页。拉丁古典主义即古罗马时期的古典主义。

毫无疑义的,即:绘画和诗一样都有广阔的边界。自然,画家可以遵循诗人的足迹,也像音乐所能做到的那样。"①这是他对不同艺术门类具有共同的模仿、再现现实的功能的认识。具体来说,他认为在诗画之间存在着如下的一致性。

首先,诗歌与绘画在艺术创作的本质上都遵循模仿的原则。在这点上,温克尔曼沿袭了亚里士多德的模仿论,坚持模仿是艺术创作的根本要义。"诗歌不亚于绘画以模仿作为自己的最终目的"②。

其次,在模仿的对象和题材方面,二者都有着广阔的边界,画家可以遵循诗人的足迹,"这点明了诗与画在选材上是一致的,可以互相借鉴、互相通用,诗歌的题材可以作画,绘画的题材也可以入诗,这是诗画一致观最明显、最具总结性的一点"③。

最后,二者的模仿并非机械刻板的模仿,因为模仿本身并不能离开虚构。虚构是艺术的灵魂,能使艺术作品更为生动有灵气。"色彩与素描在绘画中所起的作用,大致如同诗格、真实性或题材在诗歌中的作用。常常是躯体有了,灵魂不够。虚构是诗的灵魂——亚里士多德是这样认为的;荷马最早激发起诗的灵魂。画家也用虚构来使作品增添生气。"④这里,温克尔曼认识到了诗画之间在使用媒介和材料方面的不同,一个用色彩和素描,一个用诗格。但这些只是艺术创作的媒介材料,不是构成艺术的关键。诗歌的灵魂在于虚构,而在这点上,绘画也一样,它向诗歌靠拢,也像荷马一样用虚构激发灵魂。同时,虚构能给画作增添生气。此处的"增添生气"可以指使作品生动活泼,栩栩如生。

从这里温克尔曼又引申出诗画相通的第四个层面,即虚构的目的不是为了单纯的想象和幻想,或不仅是为了给作品增加生动性,而主要是为了传达隐含在艺术作品中的寓意。"但毕竟只靠模仿,没有神话,不可能有诗的创作。"⑤神话是古希腊人对神、自然和人的生命形态之间各种关系的想象性创造。在温克尔曼看来,"神话在绘画中一般被称作寓意"⑥,具有某种隐含

---

① 温克尔曼:《希腊人的艺术》,第51页。
② 同上书,第50页。
③ 杨向荣、龙泠西:《温克尔曼的"诗画一致"论及其反思》,《阅江学刊》,2014年第1期,第99页。
④ 温克尔曼:《希腊人的艺术》,第51页。
⑤ 同上书,第50页。
⑥ 同上。

的意思。没有神话的寓意便无法构建诗歌。同时,绘画也与诗歌一样具有寓意的性质,即便是历史画也是如此。"没有任何的寓意,历史画在一般的模仿中也只能显示出平淡无味。"①温克尔曼在文中对寓意进行了较为细致的分析,认为古代的艺术中存在着两种寓意:"古代的寓意形象可以划分为两类:一类是较为崇高的寓意形式,另一类是较为纯朴的寓意形式;类似的划分也同样见于绘画。……第一类型的形象赋予艺术作品的乃是史诗般的宏伟感。产生这种宏伟感的可能是某一个形体,这一形体所包容的概念愈多,它便愈加崇高。"②与这类寓意不同的是"许多古代寓意描绘的立意是以朴素的想象作为依据的,……一个思想常常通过几个形象来表现。凡是可以看到的寓意性的讽刺作品,也属于寓意的第二类型"③。温克尔曼在此运用了较多篇幅来探讨史诗与绘画中的寓意问题,它成为两种艺术都需具备的元素。由此可见,在温克尔曼看来,诗歌和绘画对现实的再现并非刻板僵化的摹写,而是带有想象和虚构的创造,能给艺术添加生动的气息,而且,艺术还必须通过其寓意性给人以深刻的启迪,体现其道德价值和教育功能。

进一步说,就诗歌与绘画模仿现实的美学价值而言,温克尔曼主张史诗和绘画都应该达到超越现实的最高的美。这是诗画一致性的第五个方面。在他看来,"画家能够选择的崇高题材是由历史赋予的,但一般的模仿不可能使这些题材达到像悲剧和英雄史诗在文艺领域中所能达到的高度"④。画家的题材可以是历史的,是表现现实世界的,但是这并非一般的模仿。画家须努力达到超越现实的最高的美,而在英雄史诗和悲剧中,诗人和剧作家就是这样做的。可见,无论是绘画艺术还是史诗或悲剧,它们都以超越现实的模仿去实现最高的美。"西塞罗说,荷马从人群中提炼出神。这意味着,他不仅仅放大了真实,而且赋予自己的诗篇以崇高的特点,他认为表现不可能的、或许的,比一般可能的要好。亚里士多德在这当中看到了诗的艺术的本质,并且告诉我们,宙弗克西斯的画具有这些品格。"⑤在温克尔曼看来,艺术对于现实的模仿应该达到超越现实的理想美,要比现实的真实更好。荷马

---

① 温克尔曼:《希腊人的艺术》,第51页。
② 同上书,第53页。
③ 同上书,第54页。
④ 同上书,第51页。
⑤ 同上书,第51—52页。

史诗中的神是被放大了的真实,这种超越现实真实的美是崇高的。一般认为,视觉艺术是对客观现实对象的模仿,就像温克尔曼所说:"隆京要求画家画可能的与真实的,这是与要求诗人写不可能的正好相反,不过无疑仍然是有力量的。"①这里,隆京②要求画家的模仿要更靠近真实,这与诗歌是不同的。虽然绘画对真实的模仿仍然是有力量的,但温克尔曼却主张,画家要让自己的作品达到理想的美的高度,就不单纯要依靠真实的描摹,"因为对一个智慧的肖像画家也是这样要求的,他有可能在不损害被描绘对象相似性的情况下达到这两方面的要求……甚至在凡·代克③的肖像中,过分细致地表现对象被认为是不尽完善的,而在所有历史画中这种表现就变成一种谬误了"④。细节和相似性在肖像画中是重要的,但是,过分注重细节就会削弱艺术的表现力,历史画如果过分描绘细节,就会成为一种谬误。因而,无论是对诗歌,还是对绘画,超越现实去表现理想的美才是它们达到的创作高度。

此外,有评论者注意到温克尔曼"还提到了诗画的互释性"⑤,因为他说:"假如用知识的宝库去丰富艺术,那么这样的时刻将会到来:画家有能力像描绘悲剧那样,出色地描绘颂诗。"⑥画家可能用画笔去描绘诗歌,而诗歌的知识可以丰富绘画艺术,二者能够相互构成,互为阐释。

不过,在温克尔曼坚持诗画一致说的同时,我们也可以感受到,在他眼中,诗的地位似乎要高于画。在二者的表现领域方面,画要遵循诗的足迹,在模仿理想的美的方面,英雄史诗和悲剧都达到了文艺领域中所能达到的高度,而画家要向诗人学习,也做到这一点,画应紧随诗的脚步去追寻同样的目标和高度。他的这一观点可能和古希腊人认为诗总体来说要高于画相关。

综上所述,在温克尔曼看来,诗画有着鲜明的共性,而二者所追求的艺术目标均为表现理想的美。这与温克尔曼的美学思想有着密切的关联。在

---

① 温克尔曼:《希腊人的艺术》,第52页。
② 此处所说的隆京指的是《论崇高》的作者朗吉努斯。
③ 凡·代克(Anthony van Dyck,1599—1642),比利时画家,英国国王查理一世时期的英国宫廷首席画家。
④ 温克尔曼:《希腊人的艺术》,第52页。
⑤ 杨向荣、龙泠西:《温克尔曼的"诗画一致"论及其反思》,第99页。
⑥ 温克尔曼:《希腊人的艺术》,第57页。

《意见》中他明确表达出对古希腊艺术的崇尚,因为,模仿古代,从这个源流中汲取高雅的趣味,这是使欧洲人变得伟大的唯一途径,而米开朗基罗、拉斐尔、普桑们正是这样做的。他说:"在他们成熟的创造中发现的不仅仅是美好的自然,还有比自然更多的东西,这就是某种理想的美。"①这种理想的美一方面依赖于理性,同时,它又是对"古代自然中的整体性和完善性的理解……在揭示我们自然中美的同时,他善于把它们与完善的美相联系,并借助于经常出现在眼前的那些崇高形式,建立起艺术家个人的法则"②。在温克尔曼看来,美不仅是对自然美的理解和把握,更是对其从整体上进行的完善理解和再现,使之达至崇高,从而建立艺术家的艺术原则。这个原则在温克尔曼看来,就是"高贵的单纯和静穆的伟大"③。他认为,这是古希腊艺术的最高理想,它表现出的是一种伟大而平和的心灵:"正如海水表面波涛汹涌,但深处总是静止一样,希腊艺术家所塑造的形象,在一切剧烈情感中都表现出一种伟大和平衡的心灵。"④在古希腊雕刻艺术品《拉奥孔》群雕⑤中,这种平和的伟大表现得最为突显。它显现于拉奥孔的面部,又不仅限于其面部表情。雕刻中的拉奥孔正处于极度的痛苦之中,这在他周身的肌肉和筋脉上都有所显现,只要看他那抽搐的腹部,就可以感受得到他的痛苦。但这种痛苦并未使他的面孔表现出狂烈的痛苦表情,而更多的是惊恐和叹息。这是因为,"身体感受到的痛苦和心灵的伟大以同等的力量分布在雕像的全部结构,似乎是经过平衡了似的"⑥。在温克尔曼心中,用这样的方式去刻绘拉奥孔的痛苦,可以表现"一个伟大的心灵远远超越了描绘优美的自然。"⑦温克尔曼就是依据这样的美学原则和诉求去寻得诗画统一的。按照他的看法,诗歌和造型艺术所追寻的都是理想美。"他对画和雕塑要求克制张力,表现淡然与宁静;对诗要求避免描写激烈的动作冲突场面,以静衬动。

---

① 温克尔曼:《希腊人的艺术》,第3页。
② 同上书,第11页。
③ 同上书,第17页。
④ 同上。
⑤ 《拉奥孔》雕像是一座著名的雕像群,原藏在罗马皇帝提图斯的皇宫里。这座雕像群长期埋没在罗马废墟里,一直到1506年才由一位意大利人弗列底斯(Felix de Fredis)在挖葡萄园(即在提图斯皇宫旧址)时把它发掘出来,献给教皇朱里乌斯二世。本注释参见莱辛:《拉奥孔》,第4页注释。
⑥ 温克尔曼,《希腊人的艺术》,第17页。
⑦ 同上。

总的来说,他不强调诗画对立,也不研究诗画的差异特长,而是以同一的审美诉求对待诗画,强调诗与画都要以追求美、表现美为艺术理想。"①此外,温克尔曼还看到了古希腊艺术对崇高而静穆的理想美的追求本质上是由于古希腊人对自由的崇尚。虽然这不免对当时的社会现实有所美化,但这表现出温克尔曼对法国新古典主义中刻板僵硬的艺术规范的不满和他对艺术创作自由以及精神自由的渴望。

四、莱辛论诗画的界限及二者之间的互动关系

温克尔曼关于诗画关系的探讨直接引发了莱辛《拉奥孔,或画与诗的界限》(*Laokoön oder Über die Grenzen der Malerei und Poesie*,1766)②一书的诞生。莱辛生长于德国启蒙运动发展的繁盛时期,他的启蒙思想的核心就是反对贵族和封建专制的统治,主张文艺应该着眼于平民和市民阶层而不是王公贵族。他"坚决反对把法国的新古典主义奉为金科玉律,反对亦步亦趋地对法国新古典主义作品的抄袭和模仿"③。这与温克尔曼的文艺思想有相似之处。然而,莱辛对温克尔曼推崇的静穆的理想美也提出了异议:"他又不赞成温克尔曼的静穆理想,特别反对把静穆理想应用到诗里去。……静穆是一种忍耐克制的精神在艺术上的表现。这种精神或者是在恶劣环境中能耐劳耐苦不怒不怨的忍受能力,或是对于现实苦乐无动于衷的冲淡态度。"④在启蒙主义运动反封建专制的思想风起云涌的时期,这一静穆的忍耐被认为是不利于德国民族精神和民族文学的向前发展的。因而,有批评家认为,莱辛的《拉奥孔》首先是政论性的著作,带有鲜明的意识形态倾向。然而,这部作品对文艺思想的贡献同样巨大,对认识和理解文艺的规律有着重要的意义。此前的西方诗画关系理论大多重在诗画一致说,尤其在新古典主义时期,"诗如画"观以及诗画一致说被奉为文艺理论中的最高教义。莱辛在肯定诗画之间存在共同规律的同时,针对诗画一致说提出诗歌有别于造型艺术,并通过严谨而细致的分析、比较和论证详尽探讨了二者

---

① 杨向荣、龙泠西:《温克尔曼的"诗画一致"论及其反思》。第 101 页。
② 莱辛在该著作中多用"画"专指造型艺术,特别指绘画,用"诗"指一般文学,见《拉奥孔》,第 4 页注释。
③ 胡经之主编:《西方文艺理论名著教程》(上),第 235 页。
④ 同上。

各自的特殊规律和不同的审美诉求。同时,他又对二者的相互关系和交互影响进行了分析论述,这在西方诗画关系研究史上具有里程碑式的意义,对后世的跨艺术诗学批评产生了深远影响。

《拉奥孔》出版于 1766 年。在书的前言中莱辛指出,古希腊人提出"画是一种无声的诗,而诗则是一种有声的画",这一论断很容易使人忽视其中所包含的不明确的概念,甚至引起人们对诗画关系的错误认识。古代的人们更多地将这一论断看成是诗画在效果上的相似,而并非是在模仿对象和模仿方式上的相似。这说明,古代的批评家并不完全认同二者在本质上是相同的。然而,新古典主义的批评家却得出二者一致的粗疏结论,"他们时而把诗塞到画的窄狭范围里,时而又让画占有诗的全部广大领域。在这两种艺术之中,凡是对于某一种是正确的东西就被假定为对另一种也是正确的;凡是在这一种里令人愉快或令人不愉快的东西,在另一种里也就必然是令人愉快或令人不愉快的……只要看到诗和画不一致,就把它说成是一种毛病,至于究竟把这种毛病归到诗还是归到画上面去,那就要看他们所偏爱的是画还是诗了"①。莱辛正是针对当时诗画一致说在思想上的保守和在文艺观上并非严谨客观的态度提出诗画的不同及其特殊艺术规律的。他明确表示:"诗和画固然都是模仿的艺术,出于模仿概念的一切规律固然同样适用于诗和画,但是二者用来模仿的媒介或手段却完全不同,这方面的差别就产生出它们各自的特殊规律。"②在莱辛看来,模仿是艺术创作的最根本和普遍的规律。但是,虽然诗画都遵从模仿这一普遍原则,但它们在模仿的媒介、手段,以至于模仿的对象、范围及其审美诉求等方面存在诸多不同,两种艺术形式在本质上是不同的。同时,二者间的关系也并非绝对互不相容,它们之间亦存在着互相沟通和互相影响的层面,这在《拉奥孔》中也有较细致的分析。

首先,诗歌与造型艺术所诉诸的审美诉求不同。莱辛在《拉奥孔》的开篇就指出,温克尔曼所说的古希腊绘画和雕刻艺术中以高贵和静穆的美为其追求的目标,这在造型艺术中或是值得肯定的,但在古希腊的诗中情况却大不一样。温克尔曼说拉奥孔"像索福克勒斯描写的斐洛克特提斯的痛苦一样"③。莱辛就从这一点入手,分析了索福克勒斯剧中的菲罗克忒忒斯的

---

① 莱辛:《拉奥孔》,第 3 页。
② 同上书,第 199 页。
③ 温克尔曼:《希腊人的艺术》,第 17 页。

形象,以此来说明索福克勒斯笔下的菲罗克忒忒斯并非如温克尔曼所说的,与拉奥孔相同,表现出的是带有静穆之美的平和形象。相反,"他由痛苦而发出的哀怨声,号喊声和粗野的咒骂声响彻了希腊军营,搅乱了一切祭祀和宗教典礼,以致人们把他抛弃在那个荒岛上。这些悲观绝望和哀伤的声音由诗人模仿过来,也响彻了整个剧场"①。莱辛用这个具体的实例论证了古希腊造型艺术中的人物形象和悲剧中的人物形象是不同的。接着,他又说:"荷马所写的负伤的战士往往是在号喊中倒到地上的。女爱神维纳斯只擦破了一点皮也大声叫起来。"②这完全不是温克尔曼所称赞的崇高而静穆的理想美的表现。那么,古希腊诗歌与造型艺术中表现人物形象如此不同的原因是什么呢?在莱辛看来,人在痛苦中发出哀号,这是人的本性使然。而"荷马的英雄们却总是忠实于一般人性的。在行动上他们是超凡的人,在情感上他们是真正的人"③。由此可见,莱辛认为,诗歌在情感上所表现的是普通人的人性,这种普通人的人性与英雄的行为和气概并不矛盾,因为,"身体上的苦痛的感觉所产生的哀号……确实是和伟大的心灵可以相容的"④。那么,在造型艺术中不描绘这种苦痛,而诗歌中却真实地描绘了这种苦痛,这是因为造型艺术和诗歌的审美诉求不同。造型艺术诉诸视觉,它的审美追求在于表现美。《拉奥孔》雕像中拉奥孔在忍受痛苦时表现出的节制是造型艺术的审美诉求决定的,因为"在古希腊人看来,美是造型艺术的最高法律"⑤。

在对待造型艺术的审美诉求这一点上,莱辛与温克尔曼的观点是相近的。他认为"凡是为造型艺术所能追求的其他东西,如果和美不相容,就须让路给美;如果和美相容,也至少须服从美"⑥。莱辛排斥视觉艺术对现实中的丑的事物的模仿,认为虽然古希腊存在这样的画家,他们却是低人一等的。可以说,莱辛在这个问题上仍然未能摆脱新古典主义文艺观的影响。

---

① 莱辛:《拉奥孔》,第 7 页。菲罗克忒忒斯(即斐洛克特提斯,Philoctetes)是希腊悲剧作家索福克勒斯(Sophocles,公元前 496—前 406)的悲剧《菲罗克忒忒斯》中的主角。他是神箭手,参加了希腊征战特洛伊的战争,途中遭毒蛇咬伤,生恶疮,痛苦哀号,被希腊大军抛弃在一个荒岛上。——见莱辛:《拉奥孔》,第 6 页注释。
② 同上书,第 8 页。
③ 同上。
④ 同上书,第 11 页。
⑤ 同上书,第 15 页。
⑥ 同上。

普鲁塔克在《年轻人何以应该学诗》中曾经指出,尽管模仿的对象可能是丑的,但模仿的艺术却不同于模仿的对象,模仿艺术本身可以给人带来愉悦。新古典主义文艺观在这个问题上却较为刻板僵化,而莱辛在此尚未跳出新古典主义的藩篱。然而,他对诗歌这一模仿艺术的认识却向前迈进了一大步。他从新古典主义的清规戒律返回到真实的人本身,认为丑的事物可以入诗,主张诗歌所刻画的是"有人气的英雄"①。诗人笔下的英雄应该具有英雄的行为,而他的痛苦和哀怨却是人的自然情感。不仅英雄如此,就连神也是如此。因而,造型艺术追求的是形象的美,这是一种静态的美,而诗歌要表现的则是人的真实的情感,它是现实的真、自然的真。可见,对莱辛来说表现真实的人性是诗歌的第一要义。

然而,莱辛所推崇的真也并非仅仅局限于诗歌,他也针对所有艺术提出真实的重要性:"真实与表情应该是艺术的首要的法律,……不能超过真实与表情所允许的限度去追求美。"②造型艺术同样需要依据真实的原则去模仿对象,进行艺术创造,只是造型艺术更多地体现为静态的美、整体效果上的美,"只有绘画,才能模仿物体美"③。但这种美同样不能超越真实的原则。同时,诗歌也可以并能够刻画美,但诗歌中的美不是静态的美,它更体现为美的效果。"诗人啊,替我们把美所引起的欢欣,喜爱和迷恋描绘出来吧,做到这一点,你就已经把美本身描绘出来了。"④诗人笔下的美并非单纯对美的具体形貌和细节的描绘,而在于对美所引起的情感效果的表达。奥维德写他的莱斯比亚不仅将他身体的美逐一展现给读者,更在于这种美使人感到销魂、令人陶醉。⑤荷马写海伦的美表现出的是一种动态的美,体现为化美为媚的艺术特征,"它是一种一纵即逝而却令人百看不厌的美。它是飘来忽去的"⑥。因而,绘画和诗歌都离不开真实,而且二者也都表现了美,但二者表现的特点和方式不同,有其独特的艺术规律,这就引出了莱辛论诗画界限的第二个重要观点,即诗歌与造型艺术在表现的媒介和方式上存在着差异。

亚里士多德在《诗学》中指出,画家、雕刻家"用颜色和姿态来制造形象,

---

① 莱辛:《拉奥孔》,第32页。
② 同上书,第19页。
③ 同上书,第121页。
④ 同上书,第132页。
⑤ 同上。
⑥ 同上书,第132—133页。

模仿许多事物",而诗人、演员、歌唱家"用声音来模仿"①,具体到诗歌则是用语词来进行模仿。这已经明确指出了不同艺术门类有着不同的模仿媒介和手段。莱辛继承并进一步发展了这一观点。他提出,绘画运用形状和颜色,而诗歌运用声音。他还认为,绘画中的颜色和形状呈现于空间之中,而诗歌中的声音则呈现于时间之中;颜色和形状是一种自然的符号,而诗歌中的声音,即词语,是一种人为的符号。"绘画运用在空间中的形状和颜色。诗运用在时间中明确发出的声音。前者是自然的符号,后者是人为的符号,这就是诗和画各自特有的规律的两个源泉。"②莱辛的这段话可以从三个层面去考察:第一,两种艺术运用的具体手段和媒介不同,一种用形状和颜色,另一种用声音;第二,两种艺术运用的符号不同,一种是自然的符号,另一种是人为的符号;第三,由于它们使用的媒介和手段不同,两种艺术分属不同的领域,一种属于空间艺术,另一种属于时间艺术。就第一个层面来说,莱辛的主张与亚里士多德以降的诗画关系研究所论没有太大差别,但就第二和第三个层面来说,莱辛的观点则不同于以往。

　　首先,他从符号的角度来认识这两种艺术,这在西方文艺理论中是第一次。绘画运用颜色和形状,这是自然的符号,也就是说,颜色和形状都是源于现实世界的,是现实世界中原本存在的。诗歌运用语言,这是人为的符号。语言是人在生活中逐渐构建起来的社会生活中的交际手段。自然界中虽然存在非人类的语言,但远不如人类的语言复杂而多样。绘画运用自然的符号来模仿和再现现实世界,相较诗歌运用人为的符号来表现世界,要更为直接;而诗歌运用人为的符号来表现世界,其表现的范围可以更加广阔和多样。符号概念的运用将文艺理论的研究视角进行了扩展,它将具体的媒介进行了抽象,使之可以运用于更为广泛的跨艺术研究。其次,莱辛提出了两种艺术在运用符号上的差别,而这两种不同的符号在运用时是分属空间与时间的:"绘画所用的符号是在空间中存在的,自然的;而诗所用的符号却是在时间中存在的,人为的。"③颜色、形状、线条是在空间中呈现出来的,不在时间的延展中来表现,而语言的叙述则需要时间的延续才得以表现。因而,运用自然符号的绘画或造型艺术是空间的艺术,而运用语言的诗歌或文

---

① 亚里斯多德:《诗学》,贺拉斯:《诗艺》,第 4 页。
② 莱辛:《拉奥孔》,第 199 页。
③ 同上书,第 188 页。

学是时间的艺术。

最后,由于诗画分属时间和空间艺术,它们适于表达的对象或内容便存在差异。莱辛在《拉奥孔》第 15 章中举了荷马史诗《伊利亚特》第四卷中对潘达洛斯搭弓射箭的情景进行细致描绘的例子,以此来说明,尽管荷马在诗中对这一情景做了十分精彩的描绘,但这样的情景却不易于画家进行刻画。对于画家来说,众神宴会的场面更适宜他们去描绘。其中的原因就在于"前者(潘达洛斯射箭)是一套可以眼见的动作,其中各部分是顺着时间的次序,一个接着一个发生的;后者(众神饮宴会议)却是一个可以眼见的静态,其中各部分是在空间中并列而展开的。绘画由于所用的符号或模仿媒介只能在空间中配合,就必然要完全抛开时间,所以持续的动作,正因为它是持续的,就不能成为绘画的题材。绘画只能满足于在空间中并列的动作或是单纯的物体,这些物体可以用姿态去暗示某一种动作。诗却不然……"①诗作为语言的艺术依照时间的顺序将所描绘的对象一一展现在读者的眼前,因而,诗宜于表现的是人物的行为和动作,如同潘达洛斯射箭的动作,是连贯的,按次序依次展开。而绘画作为空间的艺术将所描绘的对象凝聚于一个时间点。如果它描绘的是一个人的动作,那么,这个动作是凝固在一个瞬间中的,因而,绘画或造型艺术宜于表现一个空间中的并列的动作或静态的物体,而不是连贯的动作:"时间上的先后承续属于诗人的领域,而空间则属于画家的领域。"②莱辛在《拉奥孔》第 18 章的一开篇就总结道:

> 既然绘画用来模仿的媒介符号和诗所用的确实完全不同,这就是说,绘画用空间中的形体和颜色而诗却用在时间中发出的声音;既然符号无可争辩地应该和符号所代表的事物互相协调;那么,在空间中并列的符号就只宜于表现那些全体或部分本来也是在空间中并列的事物,而在时间中先后承续的符号也就只宜于表现那些全体或部分本来也是在时间中先后承续的事物。
>
> 全体或部分在空间中并列的事物叫做"物体"。因此,物体连同它们的可以眼见的属性是绘画所特有的题材。
>
> 全体或部分在时间中先后承续的事物一般叫做"动作"(或译为"情

---

① 莱辛:《拉奥孔》,第 89 页。
② 同上书,第 106 页。

节")。因此,动作是诗所特有的题材。①

由于绘画运用自然符号来表现空间中以并列的形式呈现出来的物体,因而,绘画表现出的是一种静态美、整体美,而诗歌则通过情节和动作带来想象。它依靠想象来唤起读者的视觉形象,传达出更为丰富和复杂的内容,且不以形象的外部形式来吸引读者。因而,诗歌对动作和激烈情感的描绘可以给人更为深刻和更为有力的印象,使人们切身感受到艺术形象的处境和人格。

然而,虽然莱辛认为诗歌与造型艺术之间在表现的媒介、方式和对象方面均存在特殊的艺术规律,但他并不认为二者是相互分割、毫无关联的。相反,他在探讨两种艺术的独特性的过程中,也充分认识到二者之间的密切联系。

首先,莱辛认为,绘画运用的是自然的符号,诗歌运用的是人为的符号,一个存在于空间中,另一个存在于时间中。但是,他又说:"这两种符号都同样可以是自然的或是人为的;因此,绘画和诗都有两种,高级的和低级的。绘画所用的符号是在空间中存在的,有自然的也有人为的;这种差别在诗所特有的在时间上先后承续的符号中也可以看到。说绘画只能用自然的符号,和说诗只能用人为的符号,都同样是不正确的。但是有一点却是确凿无疑的:绘画脱离自然的符号愈远,或是愈把自然的符号和人为的符号夹杂在一起,它离开它所能达到的完美也就愈远;而就诗方面来说,它愈使它的人为的符号接近自然的符号,也就愈接近它所能达到的完美。"②从这段话中可以看出,莱辛认识到自然的符号与人为的符号并非完全分割并绝对分属于绘画和诗歌的。这两种符号存在着相互混杂的情况,即在绘画中也可能会有人为的符号,在诗歌中也可能会有自然的符号。当然,对莱辛而言,情况又有不同,绘画如果脱离自然符号愈远,而更多地运用人为的符号,这样的绘画属于低级的绘画,就离完美的绘画愈远。但诗歌中的情形却是,诗歌中越是使得人为的符号接近自然的符号,也就使得诗歌越发完美。也就是说,虽然莱辛反对绘画中的寓意性,也认为较高级的诗主要运用的是人为符号,但他的思想在此处有一定矛盾性。因为他明确指出,诗歌的语言越是接近自然的符号,即语言的绘画性,就越接近完美。换句话说,他肯定了诗歌中

---

① 莱辛:《拉奥孔》,第90页。
② 同上书,第223—224页。

的绘画性特征,而且诗歌越是接近绘画所用的自然符号——色彩、线条、形状就越完美。

莱辛在《拉奥孔》中所分析的诗作几乎全部是史诗或叙事诗,而非抒情诗。有学者对这点是持批评态度的,认为莱辛对诗歌的认识有其局限性①,因为只有史诗和叙事诗在诗歌的艺术特征方面更符合莱辛提出的"诗是时间的艺术"这一规律,在抒情诗中这一特征并不显著。然而,即便是在史诗中,诗中的绘画般的描绘性和栩栩如生的形象也是屡见不鲜的。在《拉奥孔》的第 18 章中,莱辛分析了荷马史诗《伊利亚特》第 18 卷中阿基里斯之盾的描写。荷马在《伊利亚特》中"用一百多行的辉煌的诗句描写了这面盾,描写了它的材料、形式和上面一切人物形象,把这些都塞进盾的巨大面积里,而且描写得精确详细,使得近代画家不难照样把其中一切细节都复制出来"②。由此,人们自古以来就将荷马尊为画家的典范。然而,莱辛不是认为诗歌不能描写并列的事物吗?那么,荷马又是怎样描写这面盾及其表面图像的呢?在莱辛看来,荷马描写这面盾,"不是把它作为一件已经完成的完整的作品,而是把它作为正在完成过程中的作品"③来进行描述的。荷马"把题材中同时并列的东西转化为先后承续的东西,因而把物体的枯燥描绘转化为行动的生动图画"④。因而,在莱辛看来,并列的场景在诗中可以转化为一幅幅先后承接的画面,转化为对动作画面的表现,并将其一一展现在读者眼前。同时,他也认为,诗歌可以描绘物质的绘画,即静态的绘画。然而,如果诗歌描写静态的物体,就必须将潜在的东西和现实中眼见的物体结合起来。潜在物体就是眼睛未见的,却在想象中存在的物体。此时,诗人眼见的物体和他对物体的想象须结合在一起,这样才能在诗中创造出物体的画面并使之栩栩如生。他说:"如用文字来模仿一幅物质的绘画,只有一个正确的办法,那就是把潜在的东西和实际可以眼见的东西结合在一起,不让自己困守在艺术的局限里;如果困守在艺术的局限里,诗人固然也能罗列一幅画中的细节,但是却绝不能画出一幅画来。"⑤潜在的东西实质上就是通过文字

---

① 见刘石:《西方诗画关系与莱辛的诗画观》,第 166 页。稍晚于莱辛的德国批评家赫尔德也对莱辛将荷马史诗看作诗这一文类的代表提出不同看法,见后文。
② 莱辛:《拉奥孔》,第 110 页。
③ 同上。
④ 同上。
⑤ 同上书,第 117 页。

或画面引发读者或观者想象的东西。换句话说,诗歌虽然用的是语言这一人为符号,但它越是具有绘画性就使得诗歌越是完美,但这种绘画性不是对物体细节的刻意描绘,而是将对物体的想象与实际眼见的物体形象结合起来的描绘,且这样的语言绘画性能够引起读者的想象,产生美的效果。此外,莱辛还认为,诗所运用的词汇处于一定的先后承续系列中,它们虽然不是自然符号,但"它们所组成的系列却具有自然符号的力量……就像它们所表达的事物本身那样"①。据此,人为的符号同样可以在词语的系列组成中实现自然符号的某些功能,在描绘的效果上达到与真实的人物相同的栩栩如生的效果。在莱辛看来,这"足以证明诗并非绝对不用自然的符号",而且,"诗还另有一种办法,把它的人为的符号提高到自然符号的价值,那就是隐喻。自然符号的力量在于它们和所指事物的类似,诗本来没有这种类似,它就用另一种类似,即所指事物和另一事物的类似,这种类似的概念可以比较容易地,也比较生动地表达出来"②。莱辛肯定了语言这一人为的符号可以运用其特殊的修辞手段——隐喻来使所描绘的对象生动地表现出来,达到自然符号——颜色、形状——所能达到的效果。由此,诗相较绘画来说就占了很大的便宜,"因为诗因此可用一种符号,这种符号同时具有自然符号的力量,只是它还要通过人为的符号把这类符号本身表达出来"③。诗运用语言艺术的一些特殊手段来实现造型艺术描绘形象的生动效果,在这里莱辛找到了诗歌与造型艺术的交汇点。

莱辛关于造型艺术的自然符号与诗歌的人为符号的划分对后世产生很大影响,当代的跨艺术研究学者也多对这点进行反思与批判。克里格就在他的著作《艺格符换:自然符号的幻象》(*Ekphrasis*:*Illusion of Natural Sign*,1992)中开宗明义地指出,他在这部著作中所要思考的就是作为人为符号的语词如何才能试图从事"自然符号"所作的工作。也就是说,他要思考的就是语词在绘画性十分明显的诗作中再现了什么,能够再现什么,反过来,语词在一首诗作中怎样才能表现出其绘画性。④ 他认识到人们对语言存在着两种对立态度,一种是对语言的绘画性,也就是其在空间中呈现的自然

---

① 莱辛:《拉奥孔》,第 206 页。
② 同上书,第 207 页。
③ 同上。
④ Krieger,*Ekphrasis*:*The Illusion of the Natural Sign*,p. 2.

符号的渴望,另一种是对语言作为人为符号的流动性的追求。这种对立的态度也表明了语言本身具有的双重性。然而,他相信:"由于西方人的想象力已经捕捉到并运用了艺格符换原则,语言已经通过其作为文字艺术媒介的两面性寻找到这种艺术中同时并存着既凝固又流动的情形。"①在克里格看来,人们要么对语言于空间中存在的自然符号形态有所渴望,要么追寻语言的人为符号的流动性,这两种态度相互矛盾,而想象力所呼唤的艺格符换使我们认识到语言本身同时存在着自然符号的元素和人为符号的元素。莱辛对两种符号的划分将诗画的表现媒介推向了两极,但他的思想又是复杂的,对诗歌向自然符号的贴近也有所肯定,而且莱辛在他的《汉堡剧评》中也谈到过戏剧中自然符号美学的问题,认为在戏剧中人为符号的诗歌可以转换为自然符号的艺术。他还指出:"诗歌中的最高类别就是那种将人为符号完全转换为自然符号的诗,这就是戏剧诗。"②莱辛的这些思想对当代跨艺术诗学是有所启迪的。③

其次,在造型艺术和诗歌分属空间和时间的艺术这个问题上,莱辛的思想也不是绝对的。他认为二者的界限只是相对的。在分析了各自的独特艺术规律之后,"他重点阐明了在造型艺术中如何寓时于空,在诗中又如何寓空于时,提出了选择最富有包孕性的顷刻的艺术规律"④。莱辛在《关于〈拉奥孔〉的笔记》中明确指出:"一切物体不仅在空间中存在,而且也在时间中存在。物体持续着,在持续期中的每一顷刻间可以现出不同的样子,处在不同的组合里。每一个这样顷刻间的显现和组合是前一顷刻的显现和组合的后果,而且也能成为后一顷刻的显现和组合的原因,因此仿佛成为一个动作的中心。因此,画家也能模仿动作,不过只是通过物体来暗示动作。"⑤造型艺术作为空间艺术,只能塑造出时间中的那一瞬间的、凝固了的情节或动作,而不能将这个情节或动作在时间中进行推延。然而,因为这个情节或动作是存在于时间的前后承续过程中的,因而,凝固的画面可以暗示出此前或此后的情节或动作,而能够最充分地暗示出这个情节或动作的最激烈的顶

---

① Krieger, *Ekphrasis: The Illusion of the Natural Sign*, p.11.
② Qtd. in Krieger, *Ekphrasis: The Illusion of the Natural Sign*, p.50.
③ 有关克里格所谓艺格符换的特性——自然符号和人为符号联姻的论述详见本卷第二章第一节。
④ 胡经之主编:《西方文艺理论名著教程》(上),第245页。
⑤ 同上书,第199页。

点的那一顷刻,就是最富于包孕性的那一顷刻。"最能产生效果的只能是可以让想象自由活动的那一顷刻了。我们愈看下去,就一定在它里面愈能想出更多的东西来。"①由于这一顷刻在时间的流动中暗示出此前的情形和此后的结果,因而,这一顷刻往往是最富暗示性和启发性的那一顷刻,那么,它就不能是情节或激情到达顶点的那一顷刻,因为,情节或激情如果到达了顶点就无法给人以暗示,其激情也就实现了终结。据此,最富于包孕性的那一顷刻必然是激情到达之前的那一顷刻。它给人以无限的想象空间,启发观者去思考在这一顷刻之前所发生的一切和在此后可能会产生的后果。这也解释了为何《拉奥孔》雕像中拉奥孔的面部表情并未表现出极大的痛苦,而只表现为有节制的叹息的原因。因为这正是痛苦到达顶点之前的那一顷刻,它具有巨大的潜在性力量,显示出作品丰富而深刻的内蕴,能够调动观者的想象,去体味拉奥孔此前所经历的身心的巨大苦痛,也暗示出他此后可能会面临的悲惨命运。

就诗歌而言,"动作不是独立自在的,必须隶属于某人某物。这些人和物既然都是物体,诗也就能描绘物体,不过只是通过动作来暗示物体。……诗在它的先后承续的模仿里,也只能运用物体的某一特征,所以诗所选择的那一种特征应该能使人从诗所用的那个角度,看到那一物体的最生动的感性形象"②。这里,莱辛提出,诗虽然是对时间中的动作的描写,但这些动作须依托于人物,即使是对静态的物体的描写,那也是对物体的某一特征的描写,因而,诗对人物或物体的描写应该显示出其在某一角度上的生动形象。如此说来,诗对人物动作或物体的描写不能脱离其描写的视觉性,并应该使其栩栩如生而富于感性的形象。在论述能否入画是不是判定诗的好坏的标准时,莱辛明确批评了克路斯伯爵对于评判诗的好坏要凭借作品中画面的多少这一观点,认为不能因为诗歌作品中提供的画题不多就判定这首诗不好。也就是说,在莱辛看来,诗歌与绘画艺术的表现本质不同,二者不能混淆。但他又认为,诗中是可以有语言所构建的"图画"的,当然,"一幅诗的图画并不一定就可以转化为一幅物质的图画"③,即诗用语言描绘出的图画当然不是一幅真正的图画。然而,"诗人在把他的对象写得生动如在眼前,使

---

① 莱辛:《拉奥孔》,第 20 页。
② 同上书,第 199、200 页。
③ 同上书,第 86 页。

我们意识到这对象比意识到他的语言文字还更清楚时,他所下的每一笔和许多笔的组合,都是具有画意的,都是一幅图画,因为它能使我们产生一种逼真的幻觉,在程度上接近于物质的图画特别能产生的那种逼真的幻觉,也就是观照物质的图画时所最容易地最快地引起来的那种逼真的幻觉"①。莱辛在此十分明确地表明了诗歌与视觉艺术的关联。朱光潜先生在其译作的注释中说:"莱辛在这里强调诗中之画不同于画中之画,前者是'意象',后者是'物质的图画',所见正与克路斯所见相反,克路斯的错误在于混淆二者的区别。"②诗与画作为不同的艺术门类,二者的区分是实质性的,但是诗能打造和构建用语言描绘的画面——意象,创造出诗中的画意,并由此使人产生所描绘对象栩栩如生的逼真效果,接近物质的图画能产生的幻觉,这正是诗作为语言艺术与画作为视觉艺术之间的相通之处,也正是自古以来"诗是有声画"这一名言的真意。

西方自古希腊罗马时期的文艺批评就开始对各艺术门类或诗画之间的关系进行论述。但从我们此前的分析来看,古代有关诗画关系的论述多在于模仿论框架下所进行的比较。虽然亚氏在《诗学》中提出了各艺术门类之间在模仿媒介、方式、对象等方面的差异,但他的探讨并未深入下去,且其目的更多地在于文学与视觉艺术之间的类比或比较。贺拉斯的"诗如画"说实际上是在探讨诗画艺术效果的相似,而非对各艺术门类本身在其艺术特征层面的分析。因而,无论是诗画一致论还是诗画异质论都未建立在各艺术门类的学理探讨之上。且就西方文艺思想发展的传统来看,西方更重视分类,其思维也更重视分析的方法,因而,诗画相争或不同艺术类别之间一争高低的情况时有发生。而诗画异质论到了莱辛这里就更加凸显了,这使得一些学者认为西方的诗画关系传统主要为诗画异质论而非诗画一致论。如刘石就列举了诸多例子来反驳西方文艺传统中的诗画一致论,认为"仅据寻章摘句的字面,便认为诗画一致是西方传统的文艺观,是不一定靠得住的。这些只言片语表达的诗画一致,即所谓都是模仿的艺术、远近明暗看都可以,不仅与中国古人基于审美趣味和艺术功能的同一性而发生的'诗画一律'说是两回事,甚至也与文艺学意义上的'诗画关系'邈不相干!"③应该说,

---

① 莱辛:《拉奥孔》,第86—87页。
② 同上书,第87页注释。
③ 刘石:《西方诗画关系与莱辛的诗画观》,第165页。

西方文艺传统中的诗画关系论与中国传统文艺观中的"诗中有画,画中有诗"的内涵的确存在很大不同,但就此认为西方传统文艺观中不存在各艺术门类之间的相通相融,也未免过于极端。从上述分析可以看出,西方自古希腊罗马时期以来的诗画关系的探讨和论述是极为复杂的,简单判定其主流即为诗画一致论或诗画异质论都是将其推向简单化的做法。客观的态度应该是对具体的论述作具体分析。即便是在主张诗画异质论的莱辛的思想中,我们也可以看出其辩证的思维及其对诗画相融问题的思考。刘石也承认,"不能说西方文艺观中不存在诗画相合的思想"①。

莱辛的《拉奥孔》是18世纪新古典主义和启蒙时期文艺理论的集大成之作。它在推进德国民族文学向前发展的过程中对西方文艺理论中的诗画关系问题进行了深入、广泛而系统的探讨。他针对新古典主义时期以来全面继承并进一步阐发贺拉斯"诗如画"观的教义,提出诗画有别的独特艺术规律,第一次较为全面地阐述了二者在艺术形式上的本质差别。同时,他又看到了二者之间的相互关联,辩证地认识二者作为空间艺术和时间艺术的互通、互连关系,在西方文艺理论中的跨艺术研究方面写下了浓墨重彩的一笔,为后人提供了宽广而积极的研究思路。

当然,莱辛的思想也受制于时代的局限,难免存在一定的偏颇,如诗歌中排斥抒情诗的问题,诗画中时空关系的分割问题,诗画表现对象的问题等等,这些问题在他此后的诗画关系研究的发展中以及在19世纪的文学和艺术创作中都开始有所突破。

第三节　浪漫主义的艺术融合与白璧德

莱辛作为一位新古典主义美学家在《拉奥孔》中提出了诗与画的分界,对后世诗画关系的研究产生了深远影响,不少后世的学者就他的《拉奥孔》展开进一步讨论。但与他同时期的一些思想家则从情感、感觉、想象力等角

---

① 刘石:《西方诗画关系与莱辛的诗画观》,第165页。

度来认识各艺术之间的关系。其中,法国启蒙思想家卢梭①、狄德罗②,德国批评家赫尔德③,英国作家艾迪生④等,都认识到艺术审美中情感的力量和魅力,并在此基础上,发现、探讨了各艺术门类之间的相通问题。他们认为,艺术的本质在于想象的作用和心灵的启迪,感性的力量可以超越各种艺术的形式类别带来的局限,从而唤醒心中的激情和情感。应该说,莱辛有关诗画分界的论述在18世纪后期很快便由浪漫主义对感性、情感和想象所带来的各艺术之间的交融与混杂所替代。这种交融与混杂开启了人们对艺术想象以及艺术直觉感悟的认知和肯定。到19世纪中后期,这一对艺术直觉和感悟的推崇直接导致了现代艺术以及现代跨艺术诗学的发生与发展。美国新人文主义批评家欧文·白璧德在他的《新拉奥孔》(*The New Laokoon*,1910)中对浪漫主义的艺术混杂有着深刻的认识,表现出他对该时期各艺术交融现象的独到思考。然而,他反对浪漫主义者的情感自发理论,尤其对卢梭等人的情感论过于强调感觉的扩张而最终导致审美中的感觉至上主义提出了批评。应该说,白璧德主张感性与理性的平衡,艺术创作与道德诉求的共存,这是他的新人文主义思想使然。虽然他不赞同过分夸大感性在艺术创作和审美中的作用,但他对浪漫主义艺术混杂的探讨却启迪了我们对浪漫主义艺术融合的深刻认识,并为我们认识浪漫主义之后跨艺术诗学的发展走向提供了有价值的思考。

一、启蒙运动时期的情感论与想象

启蒙运动是发生在欧洲17世纪至18世纪的一场资产阶级和人民大众的反封建、反教会的思想文化运动。在时间上它几乎与新古典主义运动一致,其核心宗旨是崇尚理性,宣传自由、民主和平等的思想。这一时期的思想家也开始认识到情感在文艺中的作用,对浪漫主义时期的情感论产生了重要影响。在莱辛的《拉奥孔》问世三年之后,德国批评家、狂飙运动的先驱赫尔德发表了《批评之林》(*Kritische Wälder*,1769),对莱辛提出的诗歌是

---

① 卢梭(Jean-Jacques Rousseau,1712—1778),法国18世纪启蒙思想家、哲学家、教育家、文学家,民主政论家和浪漫主义文学流派的开创者。
② 狄德罗(Denis Diderot,1713—1784),法国启蒙思想家、哲学家、戏剧家、作家,百科全书派代表人物。
③ 赫尔德(Johann Gottfried Herder,1744—1803),德国哲学家、路德派神学家、诗人。
④ 艾迪生(Joseph Addison,1672—1719),英国散文家、诗人、剧作家、政治家。

描写人物动作在时间中的持续并诉诸听觉这一观点提出异议。在他看来，"诗的力量……更主要的是以内容、意思来激起心灵反应，触发情感和想象"①。这里，心灵的反应、情感和想象在赫尔德看来是诗歌的首要元素，而不是人物的动作。他认为莱辛在《拉奥孔》中所判定的诗歌特征几乎全部以荷马史诗为例，而实际上，史诗只是众多诗歌类别中的一类。史诗的特征不能涵盖其他的诗歌特征。"赫尔德指出，莱辛之规定诗的艺术的一般特征几乎完全以荷马的例子为根据，把荷马的诗当作诗的一般的、类的特征的最卓越表现。实际上，荷马的诗并不表现任何诗的类的特征，而只表现了诗的一个类——史诗的特征。"②在赫尔德看来，史诗的规律不能成为所有诗的普遍规律。古希腊时期的抒情诗已十分流行，也出现了众多抒情诗人，如提尔泰俄斯、萨福、阿那克列翁、品达等。③"如果说荷马史诗（以及一般史诗）的灵魂是动作，那么阿那克列昂的抒情诗的灵魂则是感情。"④在西方历史的发展进程中出现了许多不同的诗歌类型，而且，诗歌形式是千变万化的，而莱辛却勾销了诗歌史上的许多重要诗人。赫尔德认为，莱辛以史诗为例来对诗歌予以界定是不充分、不准确的。在他看来，"诗歌的本质，在于坚持语词的力量，一种通过幻想和回忆作用于我们灵魂的魔力"⑤。莱辛没有考虑诗歌作用于人们的灵魂和能量的问题，而表现灵魂才是诗歌的核心。"他（赫尔德）认为诗歌通过一连串声音并非作用于耳朵，而是激发和刺激精神之内在力量的综合活力，首先是想象力。"⑥同时，赫尔德认为"莱辛对绘画的见解也有问题"，因为，"只有表情、运动和动作才能赋予雕塑家和画家所描塑的对象以生机。不将这些表现出来，雕塑或绘画就没有生命"。⑦因而，赫尔德说，

---

① 伍蠡甫、蒋孔阳编：《西方文论选》（上卷），上海：上海译文出版社，1979年，第439页。
② 弗里德连杰尔：《论莱辛的〈拉奥孔〉》，杨汉池译，《现代文艺理论译丛》第6辑，北京：人民文学出版社，1964年，第68页。
③ 提尔泰俄斯（Tyrtaeus），约活动于公元前7世纪前后，古希腊挽歌体诗人。萨福（Sappho，约前630—约前570），古希腊著名女抒情诗人。阿那克里翁（即阿那克列翁，Anacreon，约前570—约前480），古希腊伟大的抒情诗人。
④ 弗里德连杰尔：《论莱辛的〈拉奥孔〉》，第68页。
⑤ Qtd. in Babbitt, *The New Laocoon, An Essay on the Confusion of the Arts*, Boston: Houghton Mifflin Company, 1910, p.117.
⑥ Ibid.
⑦ 刘石：《西方诗画关系与莱辛的诗画观》，第166页。

"绘画、音乐和文学都是表情的"①。可以看到,"表情"、激发灵魂和精神的活动在赫尔德看来是所有艺术的共同诉求,无论是绘画、音乐还是文学均如此。在"表情"这点上,各门艺术具有共性。这点在新古典主义的文艺观中不曾受到重视。而巴洛克时期的文艺看重的是感官的愉悦,强调感觉经验,将感觉与雕琢的文风或艺术风格结合在一起,这种感觉经验较少真实的情感,更没有触及心灵的感悟和想象力带来的创造。

关于诗歌与视觉艺术的关系以及想象的问题,英国作家艾迪生早在1712年的《旁观者》(Spectator)中就表达出他鲜明的观点。他一方面认为雕塑作为最自然的艺术,与它所再现的对象最相像,绘画运用二维图像去再现对象因而次之,而语词运用字母和音节,与其再现的对象最不相像,这是他为各艺术在再现对象方面设置的等级;但另一方面他又认为"语言……使得诗人不仅能获得超越画家所能达到的效果,而且还能'获得比自然更佳的效果'"②。他认为艺术的来源是感官,尤其是视觉感官。在文艺创作中,艺术家将从感官得来的观念提供给想象,"想象把储存于记忆中的观念加以综合和改造,产生艺术形象"③。按照艾迪生的观点,想象具有综合、改造以及创造的功能。他说:"我们一切感觉里最完美、最愉快的是视觉。它用最多样的观念来充实心灵。"④在艾迪生看来,视觉可以以想象的方式充实心灵。比如,触觉在接触外界的范围、形状等方面是有限的,而视觉恰恰能弥补这一局限,使我们的触觉能达及宇宙间最遥远的部分,并使之分布到无尽数的物体上。此处,我们的触觉可以凭借视觉来感悟世界,而视觉之所以能做到这一点则需要借助想象的能力。"把观念供给想象的就是这个感官。我所谓'想象或幻想的快乐'(我把'想象'和'幻想'混杂着用),就指由看见的东西所产生的快感:或者是我们眼前确有这些东西,或者是凭绘画、雕像或描写等在我们心灵上唤起了对这些东西的观念。我们想象里没有一个形象不是先从视觉进来的。可是我们有本领在接受了这些形象之后,把它们保留、修改并且组合成想象里最喜爱的各式各种图样和幻象。"⑤想象是存在于心灵

---

① 赫尔德:《批评之林》,载伍蠡甫、蒋孔阳编:《西方文论选》(上卷),第439页。
② Qtd. in Krieger, *Ekphrasis: The Illusion of the Natural Sign*, p.24.
③ 艾迪生:《旁观者》,载伍蠡甫、蒋孔阳编:《西方文论选》(上卷),第566页。
④ 同上。
⑤ 同上书,第567页。

中的，由眼见的物象所激发，或由绘画、雕像、描写所带来的视觉形象所激发。这些形象在心灵上唤醒了与此相关的观念，又由想象对这些形象进行保留、改造和组合，使之成为新的、能使人产生快感的图像或幻象，这就是艾迪生所说的想象的功能和作用。在视觉的引导下，凭借想象的作用，艺术家创作出未必是真实眼见的图景或幻象，拉近了人与外界感觉对象不可触的距离，将人的触觉散布于万物，这或许是有关艺术通感的最早论述之一。而观看和认识艺术作品同样需要观者、读者拥有想象。只有在想象的作用下，艺术中内涵的既依赖视觉又超越视觉，通达触觉和心灵的无限魅力才能够被人们所领悟。艾迪生在18世纪初期就提出了后来被浪漫主义批评家普遍认同和推崇的想象的能力，不能不说他在这个问题上具有令人感叹的预见性。可以看出，他在此受到了洛克经验主义认识论的影响。

18世纪的爱尔兰学者埃德蒙·伯克（Edmund Burke，1729—1797）进一步推进了艺术中有关内心的感悟和"崇高"的美学。他将艾迪生关于艺术和诗歌再现对象的等级颠倒过来，赋予文学以特权。按照克里格的观点，伯克"认为自然符号的再现是有缺陷的，因为它被局限在模仿对象的实际限域之内，而语言源于人为符号的模糊性、不可预测性及暗示性，因而具有情感上的无限感染力，这恰恰是因为语言无法描绘出图画"①。他推崇艺术中的"崇高"，反对对自然对象的描摹，认为那样的描摹会受到自然对象外在形态的局限。他倡导内心情感的无限的潜在力量，而这种力量则是不可描画的。他的观点对当时浪漫主义时期的诗人们对"视觉的专制"有所警惕，拒绝"霸道的眼睛"，将诗歌的表达落在内心情感的抒发，推崇想象力的作用产生了很大影响。

实际上，莱辛在《拉奥孔》中并非完全忽视想象的问题。他说："凡是我们在艺术作品里发现为美的东西，并不是直接由眼睛，而是由想象力通过眼睛去发现其为美的。"②就诗的特性来说，他说："诗的范围较宽泛，我们的想象所能驰骋的领域是无限的。"③而对于造型艺术来说，最显而易见的当数他所提出的造型艺术的暗示性特征。他认为在造型艺术那凝固的画面可以暗示出此前或此后的情节或动作，刻画出最富于包孕性的那一顷刻。他认为

---

① Krieger, *Ekphrasis: The Illusion of the Natural Sign*, p. 24.
② 莱辛：《拉奥孔》，第44页。
③ 同上。

造型艺术不能选取激情到达顶点的那一顷刻来描绘,因为"到了顶点就到了止境,眼睛就不能朝更远的地方去看,想象就被捆住了翅膀"①。因而,"最能产生效果的只能是可以让想象自由活动的那一顷刻了"②。在造型艺术中,这一顷刻并未出现在实际的画面中,它调动起来的是观者的想象,因而,绘画艺术本身应包含想象、激发想象。虽然如此,莱辛并未认识到想象力作为各种艺术的基本特质能够带来艺术之间的相通性,艺术的边界因此是无法跨越的。不过,根据俄国学者弗里德连杰尔的说法:"最初,莱辛本来打算把《拉奥孔》写成由三个部分组成的著作。他生前仅仅完成和发表了其中的一个部分。由保存下来的其余部分的草稿里可以明显看出,对于诗和造型艺术之间界限的相对性问题莱辛曾经做过专门研究。按照本文作者的想法,这个问题在《拉奥孔》后两部分应该比在第一部分作更多的阐明。"③关于这个推测很多评论者认为是可信的。我们在关于《拉奥孔》的莱辛遗稿④中也可以找到相关论述。由此可见,即便对于莱辛,诗与画的分界也不是绝对的。

　　与莱辛同时代的法国启蒙思想家狄德罗对文艺的虚构和想象的问题有过深刻思考,"在艺术创造问题上,狄德罗赋予想象以重大意义"⑤。在狄德罗看来,不仅文艺创作有赖于想象,想象甚至是人之所以为有理性的人的生存基础。他提出:"想象,这是一种素质,没有它,人既不能成为诗人,也不能成为哲学家、有思想的人、有理性的生物,甚至不能算是一个人。"⑥可见,狄德罗认为,作为一个有理性的人,想象是必不可少的。那么,什么是想象呢?依狄德罗的看法,"想象是人们追忆形象的机能"⑦。没有这种机能,人就只能凭对知识的机械记忆而生存。人可以凭借知识获得对事物的抽象的概念。但是,这种抽象的概念只是人们对事物认识的初级阶段,当人们对事物

---

① 莱辛:《拉奥孔》,第20页。
② 同上。
③ 弗里德连杰尔:《论莱辛的〈拉奥孔〉》,第51页。
④ 部分遗稿作为附录收入了莱辛《拉奥孔》中,第186—228页。
⑤ 艾珉:《狄德罗美学论文选·译本序》,载狄德罗:《狄德罗美学论文选》,张冠尧、桂裕芳等译,北京:人民文学出版社,2008年,第13页。
⑥ 狄德罗:《狄德罗美学论文选》,张冠尧、桂裕芳等译,北京:人民文学出版社,2008年,第147页。
⑦ 同上。

的认识到达更高阶段的时候,就需要将这些抽象的概念进一步加以提升和转化。同时,这也是艺术形象思维得以产生的基础。"当认识经过具体达到抽象,从感性上升到理性以后,想象力追忆形象的机能就会发生作用,抽象的理性概念会转化为鲜明生动的形象,这时艺术作品就产生了。"① 用狄德罗的话来说:"由抽象的、一般的声音转化为比较不抽象的、比较不一般的声音,一直到他获得某一种明显的形象表现,也就是到达理智的最后一个阶段,即理智休息的阶段。到这时候……他就成了画家或者诗人。"② 艺术有赖于形象思维,而形象思维有赖于想象力才能够得以产生,无论这种艺术是绘画还是文学。

诗人善于想象,想象是将诗人与普通人,将普通人和愚昧的人区分开来的一种品质。凭借想象这一品质,诗人能将一系列形象按照其在自然中的必然性相互联系起来,获得某种普遍性;而缺乏这种品质,诗人的言辞就成为仅仅能组合声音的机械习惯。白璧德在《新拉奥孔》中指出,狄德罗被荷马以及其他一些伟大史诗诗人赋予文字的魔力所感染,宣称尽管诗歌不能按照眼睛所看到的来描绘,却能够而且必须以想象来进行描绘。诗歌如果要超越散文,就必须运用想象。③ 不仅诗人需要依赖想象来进行诗歌创作,而且画家也需要依赖想象来进行创作。狄德罗在他的《画论》(*Essai sur la peinture*,1765)中指出,优秀的画家要运用想象来进行创造,绘画要能够引起观者的想象,画家要培养其想象的能力。在他的《沙龙随笔》④中,他对绘画中的想象问题予以了充分阐述。在 1765 年的《沙龙随笔》("Salon de 1765")中有一篇有关凡尔奈画作《月光》的评论。这幅绘画描绘了月光照耀下夜晚海港的景色,那月光被乌云半遮蔽着,海面上微波荡漾,朦胧中远处的帆船和小船缓缓驶来,近处的篝火和人影相互映衬,构成了一幅充满幻想和诗情画意的图景。狄德罗对画家非凡的想象力给予了高度的赞赏:"使人惊讶的是,艺术家距离实景二百法里之遥,居然能够凭着想象中的模式画出这种种效果……他那准确而又丰富的想象力向他提供了这种种真实的景

---

① 艾珉:《狄德罗美学论文选·译本序》,第 13 页。
② 狄德罗:《狄德罗美学论文选》,第 148 页。
③ Babbitt, *The New Laocoon*, pp. 119—120.
④ 法国艺术界每两年在巴黎举办一次画展,称之为"沙龙"。狄德罗应《文学通讯》的主编、他的朋友格里姆之约为《文学通讯》撰写画评,前后计 9 篇,称《沙龙随笔》。其中 1765 年和 1767 年两篇影响较大。

物;这些景物栩栩如生,就连曾经去海边冷眼向洋,饱览一切的观众,看了画上的景物也不禁目眩神迷,叹为观止。"①而这样一幅本身充满想象而又能够唤醒观者想象的作品使得狄德罗产生了如梦如幻的思绪。在夜晚的梦境中他梦见了画中的场景,然而,这却是一场令人难以区分现实和非现实的梦境。"我度过了一个最不平静的夜晚。梦境甚为奇特。我所认识的哲学家中还没有一个人指出过清醒与睡梦之间真正的区别。"②画作引发观者进入梦境,这是绘画的想象力使然,而梦境却又好似现实中的情景,现实与虚幻,梦境与清醒,这二者在想象力的作用下产生某种混合,使人难以辨别二者的分界。凭借着想象力,诗可以被看作画,有其色彩,而画则可以被看作诗,有其音调。在《沙龙随笔》的另一篇评论中,狄德罗谈到了诗画关系:"诗即是画。这已经是老生常谈了!但是,首先说这句话的人和以后重复他这句话的许多人都不明白这个成语的全部涵义。诗人有自己的调色板,如同画家之有不同的辞藻、段落和语调。诗人有自己的画笔和技巧;他可以有枯燥、严峻、生硬、矫饰、雄浑、遒劲、柔和、和谐或流畅的风格。他的语言向他提供了人们所能想象到的一切色彩;他只须认真选择就是了。"③狄德罗在这里认为前人未能真正理解贺拉斯的"诗如画"。按照他的理解,诗人在作诗时运用的是绘画中的色调,而画家则运用了诗人的辞藻。如果说,狄德罗此处所说的还只是一种诗与画在技艺上的类比的话,那么接下来他所说的诗人应"作画"而不是"临摹"就应该不仅指的是技巧上的类比了。他认为,一个人如果只懂得作诗的概念和规律但却不会"作画",只会"临摹",他就不是一个真正的诗人。此处的"作画",指的是诗通过神奇的音律来感受和激发内心的感觉和感情。正是触及心灵的情感和想象力引发了诗歌创作的激情,而这也正是绘画所具备的品质。在注重情感和想象的美学观念中,形式上具有不同特性的艺术边界渐趋混杂和消失。

二、浪漫主义的情感论与艺术边界的融合

英国浪漫主义诗人华兹华斯在他的《抒情歌谣集》(*Lyrical Ballads*,

---

① 狄德罗:《狄德罗美学论文选》,第463页。凡尔奈(Claude-Joseph Vernet,1714—1789),法国风景画画家。
② 同上书,第464页。
③ 同上书,第479—480页。

1800)的"序言"中明确提出,"所有好诗都是强烈情感的自然流溢"①,这被认为是英国浪漫主义的诗歌宣言。这句话中有两个方面值得注意,一个是"强烈情感",另一个是"自然流溢"。诗歌或艺术是"表情"的,是触及心灵和情感的,这个问题华兹华斯之前的批评家已经有所注意,而此处,华兹华斯直接而明确地用"强烈情感"一词,进一步加强了诗歌与内心的激情或强烈情感的关系。这种强烈情感的表白不是道德教义使然,不是对外在自然的描摹,而是发自诗人内心的自然流泻。华兹华斯的宣言将浪漫主义的诗歌创作与内心的激情联系在一起,直达艺术创作的心灵感悟。尽管华兹华斯同时也认为诗歌中的情感是平静中回忆起来的情感,而且他也十分强调诗歌写作带来的公众目的,但这并不妨碍人们普遍认同浪漫主义诗歌主要是"强烈情感的自然流溢"这一论断,其中的原因多在于浪漫主义文艺观对强烈情感和心灵感悟的认同。诗歌如此,绘画、音乐亦然,在浪漫主义文艺美学观的主导之下,各门艺术均被视为内心情感、激情或想象力的表达。柯尔律治在《论诗或艺术》("On Poesy or Art", 1818)中说道:美术的共同定义是,"像诗一样,它们都是为了表达智力的企图、思想、概念、感想,而且都是导源于人的心灵……"②艺术源于人的心灵,源于情感,而不是对外在自然或世界的模仿或再现。艺术的特征在于传达情感、交流情感、唤起情感。正如沃尔特·司各特所说:"画家、演说家和诗人的动机就是'使读者、听众或欣赏者心中激起一种情感,这种情感与他自己在形诸文字或言语之前激荡于胸中的情感相似。简言之,艺术家的目的……是交流,即以色彩和文字传达出召唤他去创作的那些崇高的情感'。"③

由此可见,在浪漫主义时期,艺术家均以表达内心的强烈情感和表现崇高的思想和精神为艺术的宗旨。而在创作的心理机制方面,这一时期的文

---

① William Wordsworth, "Preface" to *Lyrical Ballads*, in *The Norton Anthology of English Literature*, Vol. 2, New York and London: Norton, 2000, p.242. 华兹华斯(William Wordsworth, 1770—1850),英国浪漫主义大诗人,"湖畔派"诗人之一。

② 柯尔律治:《论诗或艺术》,载刘若端编:《十九世纪英国诗人论诗》,北京:人民文学出版社,1984年,第98页。柯尔律治(S. T. Coleridge, 1772—1834),英国浪漫主义诗人,"湖畔派"诗人之一。

③ 转引自 M. H. 艾布拉姆斯:《镜与灯:浪漫主义文论及批评传统》,郦稚牛、张照进、童庆生译,王宁校,北京:北京大学出版社,1989年,第71页。司各特(Walter Scott, 1771—1832),英国著名的历史小说家和诗人。艾布拉姆斯(M. H. Abrams, 1912—2015),美国文学批评家,其浪漫主义批评在学界产生广泛影响。

艺创作均以内心的感悟和心灵的直觉感受为基础。基于这一美学观,各艺术之间虽然存在形式的区别,但形式的差异渐趋淡化,莱辛所提出的绘画是静态的空间艺术,诗歌是动态的时间艺术这一观点开始被情感的表现这一美学诉求所掩盖。批评家开始关注到各艺术之间的相通性,艺术形式的分界逐渐被人们所淡化。在诗歌、视觉艺术、音乐这三者的关系中,诗歌被一些批评家认为与音乐更为接近,与视觉艺术的距离则相较更远。英国批评家哈兹列特在谈论诗歌时说:"它是与心灵中的音乐相呼应的语言组成的音乐……在音乐和深切的激情之间有着密切的联系。"① 诗歌与音乐的密切关系一方面当然来源于诗歌本身既是文字的艺术也是声音的艺术,诗歌具有由语词构建起来的音韵的和谐与美感,而另一方面,也是更重要的方面,在于诗歌所唤起的激情与内心的感悟与音乐的声音所唤起的情感均更少受到外界自然的有形形态的约束。从艺术模仿外在自然的角度来说,音乐更少受到外在自然客观世界可见形态的局限。艾布拉姆斯在《镜与灯》(*The Mirror and the Lamp*,1953)中对此有过这样的阐述:"音乐取代了绘画的位置,被认为是一门与诗的关系极为密切的艺术。这是因为,如果认为绘画是与外界反映在镜子中的形象最相近的东西,那么,音乐在各种艺术中则是距离它最遥远的:除了在某些标题音乐的乐章中有少量象声的音乐外,音乐从不复现大自然中任何可以感觉的方面;我们也无从在任何明显的意义上说音乐涉及到它自身以外的任何事态。因此,在一般认为不具备模仿性质的艺术中,音乐首当其冲。"② 在艾布拉姆斯看来,音乐在所有艺术中最不具有模仿外在自然的性质,音乐主要通过声音来传达一种内心的喜怒哀乐,是更接近心灵感悟的艺术。"音乐的意义极其含糊,而唯其含糊,才益发适合于表现情感。"③ 而诗歌的最高追求正在于这一点。诗歌不再是模仿的艺术,而是"将注意力全部集中于灵魂的感受之上;忘却了他生活于其中的外界的状况……"④ 的艺术。在艺术表现内心情感和唤起听者的情感力量方面,音

---

① 赫士列特(现一般译为哈兹列特):《泛论诗歌》("On Poetry in General",1818),载《古典文艺理论译丛》第 1 册,袁可嘉译,北京:人民文学出版社,1961 年,第 69 页。哈兹列特(William Hazlitt,1778—1830),英国散文家,评论家,画家。
② 艾布拉姆斯:《镜与灯》,第 73 页。
③ 同上书,第 137 页。
④ 转引同上,第 131—132 页。原话见苏尔采(Johann Georg Sulzer,1720—1779)的《艺术通论》(*Allgemeine Theorie der schönen Künste*,1771—1774)。

乐被认为是最为直接的,而诗歌与其最为相近。在赫尔德看来,诗歌"是灵魂的音乐。一连串的思想、画面、言词和音调构成了诗歌表现力的本质;在这点上诗歌正像音乐……颂诗和抒情诗,寓言诗和激情的言语,都是表现思想的乐曲……"①

在浪漫主义时期的德国,音乐被推到了表现心灵与情感的至高地位。施莱格尔②认为音乐的表现无需借助任何外在的物象,是最为纯粹的精神和情感的表达,甚至诗歌也必须借物以及语词与物的连接来抒情,因而诗不及音乐。诺瓦利斯③虽然在他的《批评论稿》中认识到诗歌、音乐、绘画之间的密切关系,但认为视觉艺术的表现是外在的,客观的,而音乐的表现则是内在的:"音乐、造型艺术和诗歌是一组同义词",但"绘画和造型艺术只是音乐的外形"。"绘画、造型艺术——客观的音乐。音乐——主观的音乐或绘画。"④在艾布拉姆斯看来,德国的众多批评家成了音乐狂。这点与英国的批评家是不同的,因为,英国的批评家认为,"纯器乐缺乏明确的表现和意义,这是一个缺陷;要想获得完满的效果,音乐必须与诗歌结姻"⑤。由此看来,音乐与诗歌联姻是为了让诗歌的词语在一定程度上限制音乐的含混和表现的漫无目的,但实际上,音乐与诗歌的相近和连接在于二者均为更注重内心表现的艺术。

那么,视觉艺术与诗歌在浪漫主义时期真的就相距甚远了吗?就像艾布拉姆斯所说的,音乐与诗歌的近邻关系就取代了视觉艺术与诗歌的关系了吗?从上述音乐与诗歌的相近可以看出,这一论断的前提还是从艺术的模仿论出发的。艾布拉姆斯之所以下此论断,究其根源是他仍将视觉艺术看作是对外在自然的模仿。如果说,传达或表现内心的情感是所有艺术的美学宗旨,那么,视觉艺术也应遵从这一美学,从模仿外在自然走向内心情感的表现。应该看到,视觉艺术在这一阶段的表现方式上与此前的新古典主义视觉艺术相比更强调情感的表达和对想象力的呼唤。比如,英国画家

---

① 艾布拉姆斯:《镜与灯》,第 137 页。
② 施莱格尔(Friedrich Schlegel,1772—1829),德国早期浪漫派的重要理论家,浪漫主义奠基人。
③ 诺瓦利斯(Novalis,1772—1801),德国著名的浪漫主义诗人。
④ 转引自艾布拉姆斯:《镜与灯》,第 138 页。
⑤ 同上。

透纳①的绘画明显倾向于内在情感的爆发和直觉感悟的流露,其绘画风格直接影响了 19 世纪后半叶的印象派绘画。然而,18、19 世纪欧洲的视觉艺术在理性主义思潮的影响下存在一种以可见的视觉来压制心灵感悟的倾向,这一时期甚至被批评家认为是"视觉的专制"(the despotism of the eye)的时代。

　　以英国的情况为例,当时涌现出多位具有世界影响的画家,如庚斯勃罗、透纳、康斯特勃②等,各艺术博物馆、艺术机构纷纷落成,如英国国家博物馆(1753)、皇家艺术学院(1768)、国家美术馆(1824)等,并建立了多家私人艺术收藏馆。此一时期的英国多次举办欧洲大陆的艺术品和英国艺术作品的展览,吸引了大批观众前来参观。可以说,18、19 世纪的英国是视觉艺术大发展的时期。但浪漫主义诗人中普遍存在着对视觉霸权的警惕和抵制。华兹华斯在他的《序曲》③中曾经表现出对霸道的感官——眼睛的拒绝:"我所想到的是过去的一段/时光,当时我的肉眼,我们/生命中每一个阶段的最霸道的/感官,在我体内变得如此强大,/常常将我的心灵置于它的绝对/控制之下。"④在《廷腾寺》("Tintern Abbey",1798)中讲到他人生三个阶段中的第一阶段和第二阶段时他提到,他曾陶醉于大自然给他带来的天然的愉悦,而这种愉悦多半来自感官,特别是视觉感官。柯尔律治在《文学传记》(*Biographia Literaria*,1817)中也对"视觉的专制"进行了反思。"他指出,当时以哈特雷联想论(具体指神经振动理论)为代表的经验主义学说,由于受到物理学理论的影响,都有一种视觉化的倾向,即'企图把非视觉对象视觉化'。柯尔律治把这些学说称为'机械哲学',认为它们'使心灵成为眼睛和图像的奴隶',持有这种思维的人总是要求一个'画面',并'把表面误认为本质'。'在这种视觉的专制下,'柯尔律治指出,'精神界的不可见之物由于不是视觉的对象

---

① 透纳(Joseph Mallord William Turner,1775—1851),又译作特纳,英国最为杰出的风景画家,尤其善于描绘光、空气、水气的关系。
② 庚斯勃罗(Thomas Gainsborough,1727—1788),英国画家,在风景画和肖像画方面均有建树,英国皇家艺术学院的创始人。康斯特勃(John Constable,1776—1837),19 世纪英国最伟大的风景画家。
③ 华兹华斯的《序曲》(*The Prelude or*,*Growth of a Poet's Mind*; *An Autobiographical Poem*)始作于 1798 年,初版于 1850 年,此间诗人不断修订增补该作。全书 14 卷,为华兹华斯的心灵史诗。
④ 华兹华斯:《序曲,或一位诗人心灵的成长》,丁宏为译,北京:北京大学出版社,2017 年,第 335—336 页。《序曲》(第十二卷),第 126—131 行。

而令我们不安。'"① 浪漫主义诗人追求的是心灵层面的不可见之物,即超越视觉感官的崇高精神的表达,因而,他们将视觉所见看作是对心灵的自由想象的约束和限制。然而,即便是在华兹华斯和柯尔律治的诗歌中也存在着诸多视觉的意象。可以说,视觉的意象是启迪他们走向心灵想象的重要一环。没有视觉的引入,心灵的想象和心灵的图像便无从依托,此时,视觉图像并非外在自然的再现,而恰恰是诗人内心的映照,外在图景正是诗人或画家内心的反射或流泻。画家虽然画的是外在的自然,但反映的却是内心的情感。

德国批评家路德维希·蒂克说:"我想要描摹的不是这些植物,也不是这些山峦,而是我的精神,我的情绪,此刻它们正支配着我……"② 正如华兹华斯在他著名的诗作《水仙》("Daffodils")中水仙这一物象所表达的,它作为外在自然中的花朵是一种客观的物象,给诗人带来心灵的愉悦。但同时,诗中的水仙又不再是外在自然中的物象,而已经成为诗人的心灵图景,与诗人内心的情感和精神合而为一。此时的水仙只是诗人内心精神的外化。从这个角度来说,视觉艺术并非对外在自然的仿造,而是艺术家内心情感的表露。对于诗人来说,视觉艺术亦非对心灵想象和精神启迪的压制或限制,而是激发心灵想象的元素。这在英国诗人兼画家布莱克的身上有着鲜明的体现。批评家米切尔说,布莱克拒绝提供文本的视觉图像,无论是他自己的文本还是别人的文本,"这是他的插图理论的基本原则"③。布莱克是英国浪漫主义早期的诗人和画家,他在世时更以画家的身份为人所知,一生创作了多部集图像与诗文为一体的合体艺术,诗歌与绘画同时并置于一个图像中。他也为多部世界文学名著做过插图。但他却拒绝将文本内容图示化,也就是说他所作的插图是对文本进行了想象后的再创作,是由内心的情感所激

---

① 朱玉:《"和声的力量使目光平静":华兹华斯与"视觉的专制"》,《欧美文学论丛·第八辑 文学与艺术》,北京:人民文学出版社,2013 年,第 207—208 页。引文中柯尔律治的引语源自:Samuel Taylor Coleridge, *Biographia Literaria, or Biographia Sketches of My Literary Life and Opinion*, eds. James Engell and W. Jackson Bate, Princeton: Princeton UP, 1938, Vol. 1, pp. 106—107. 哈特雷(David Hartley,1705—1757),英国哲学家,心理联想论的创始人。

② 转引自艾布拉姆斯:《镜与灯》,第 72—73 页。路德维希·蒂克(Ludwig Tieck,1773—1853),德国诗人,翻译家,编辑,小说家,作家和评论家,18 世纪末 19 世纪初浪漫主义运动的主将。

③ W. J. T. Mitchell, *Blake's Composite Art: A Study of the Illuminated Poetry*. Princeton: Princeton UP, 1978, 19. 布莱克(William Blake,1757—1827),英国浪漫主义早期诗人兼画家。

发的想象的产物,它源自创作者的内心,甚至是一种潜意识情绪的表达,而不是简单地将文本内容进行图解。他所力争实现的是诗歌与图像在精神气韵上的合一。艾布拉姆斯在《镜与灯》中也讲到倒置的画布,说它是诗人内心的反映和表露。①

应该说,浪漫主义时期的视觉艺术更加注重内心情感的表达,而不注重对外在自然的模仿。它开始从反映外在世界转向内心激情的传递。柯尔律治等诗人对视觉艺术的警惕主要在于他们担忧视觉物象对心灵的限制和压制。然而,诗人的笔下并不缺乏视觉图景,只不过外在的视觉物象在诗人的笔下开始转化为诗人内在的心灵图景,视像不单纯来自外在自然,更来自诗人的内心。从这个角度来说,诗歌与视觉艺术的关系并未减弱,甚至有所加强。没有哪一个时期的诗歌比起浪漫主义时期的诗歌来表现出更多的视觉图景、心灵图景。尽管华兹华斯抵制霸道的眼睛,但他的诗歌中却充满了眼见的和心灵的视觉图像,有着语词与色彩和图像的混合。批评家赫弗南(James Heffernan)在论述华兹华斯的《廷腾寺》时说,华兹华斯"并非要去重现大地的景象,而是要重新构造大地在人的心中的图景,这成为华兹华斯内在生命的基础"②。华兹华斯曾受到当时的"如画"③美学的影响,于1793年首次来到瓦伊河谷游历,1798年他再一次来到这里,此时他已经历了人生中的重大思想转折,开始将恢复人性的理想投置于自然之中。当他再次来到这曾经给予他精神慰藉的自然之处所时,他心中回忆起首次前来这里的情景。他的思绪始于对首次来到此地自然留在他心灵中的印记和图景。他把这记忆中的风景称作"心灵的图景"(picture of the mind)。自然对于华兹华斯来说已经不单纯是一种存在于外在自然中的美景,而是与他内心的理想和对自然恢复人性的力量的憧憬结合在一起的。"这心灵的图景首先是心

---

① 艾布拉姆斯:《镜与灯》,第73页。
② James A. W. Heffernan, *The Re-creation of Landscape*: *A Study of Wordsworth*, *Coleridge*, *Constable*, *and Turner*, Hanover: U P of New England, 1984, p.14.
③ "如画"(picturesque)是由英国牧师、教师、画家吉尔品(William Gilpin,1724—1804)在其1782年的著作《观察瓦伊河谷》(*Observations on the River Wye*, *and Several Parts of South Wales*, *etc. Relative Chiefly to Picturesque Beauty*; *Made in the Summer of the Year 1770*,)中提出的美学理想,旨在引导英国有闲的中产阶级和热衷旅游的人们"以如画般的美的原则去观看这个国家呈现出的美景",引发了当时的人们对画境派艺术的探讨。画境派艺术在吉尔品看来就是"一种独特的如画般的美的表达"("that kind of beauty which is agreeable in a picture")。

灵拥有的财富,它并非涂抹于画布上,而是刻绘在诗人的记忆中……作为心灵的图景,它也是一幅再现诗人心灵的图画,或者可以被更准确地称作……'再现心灵的风景'('Landscape-picture representing the mind')。"①济慈(John Keats)的《希腊古瓮颂》("Ode on a Grecian Urn")虽然歌咏的未必是现实中存在的真实艺术品——古瓮,但他用语词创造的古瓮的艺术形象以及古瓮上的多幅图景更凸显出诗歌与视觉艺术之间密不可分的关系,说明了文辞传达心灵图景和转换现实图景为心灵图景的能力和巨大魅力。20世纪后半叶的跨艺术批评家有关这首诗作的分析和探讨引发了当代艺格符换诗学的勃发。按照克里格的话说:"济慈的希腊古瓮是艺格符换的对象,它并不真实地存在,而是由语词的描绘创造出来的,只服从于语词形式能够运用的独特品格。"②在克里格看来,艺格符换不再寻求对客观对象的天真的模仿,而是一种虚构,"是对只存在于诗歌语词创造中的对象的想象性模仿(make-believe imitation)"。③应该说,浪漫主义诗人对视觉和图像的权威提出挑战,进行抵制,这是对古希腊以来的文艺模仿论和理性主义的批判和反思。他们反对将诗歌中的崇高精神物质化,反对将心灵和精神被可见的现实图像所禁锢和困扰。

与此同时,浪漫主义的美学主张也促进了视觉艺术在走向超越模仿论的道路上向前迈进。实际上,康斯特勃和透纳等艺术家的创作已经向这方面努力并取得了卓越的成就。康斯特勃的绘画中蕴含着丰富的诗意。在赫弗南看来,"康斯特勃画作中的诗意不是其对某些诗作的图示,而是其能够于空无中创造出某些东西的力量,即从对日常情景的强劲有力的观察中创作某种打动人心的视觉形象"④。透纳认为绘画必须寻求一种诗意,他相信这种画中的诗意一直贯穿于意大利文艺复兴时期的人文主义理论直至浪漫主义的画家雷诺兹的《画论》(*Discourses on Art*,1771)。⑤作为皇家艺术学院的首任院长,雷诺兹极力主张绘画要从诗歌中汲取题材,以此使得绘画获得"构思上的高贵品质"(nobleness of conception)和"心智上的壮丽辉煌"

---

① Heffernan, *The Re-creation of Landscape*, p. 23.
② Krieger, *Ekphrasis: The Illusion of the Natural Sign*, p. 17.
③ Ibid, p. 18.
④ Heffernan, *The Re-creation of Landscape*, p. 52.
⑤ 雷诺兹(Joshua Reynolds,1723—1792),英国18世纪学院派肖像画家。皇家艺术学院的创始人和第一任院长。《画论》是其著名的美学理论著作。

(intellectual grandeur),只有这样绘画才具有"真正的尊严"(true dignity)。① 透纳对诗歌有着极大的兴趣,他的画作中透露出极为抒情而又朦胧的诗意,在一些画作标题中他还运用过一些诗句。而他对诗歌的这种兴趣无疑受到了雷诺兹思想的影响。② 哈兹列特认为透纳的绘画充满了抽象的空茫,并对他绘画中各种不同元素的融合予以了肯定。在《泛论诗歌》中哈兹列特还提出诗歌是照亮所有物体的光。"诗歌的光芒不仅是直射的,而且是反照的光芒:它将事物呈现给我们的时候,在那个事物的四周投下灿烂的光彩。"③ 法国风景画家柯罗说:"我虽然在细心地追求和模仿自然,但却一刻也没有失去抓住感动我心灵的刹那。现实是艺术的一部分,只有感情才是艺术的全部。"④ 德拉克罗瓦则说:"对于一个艺术家来说,这(想象)是他所应具备的最崇高的品质;对于一个艺术爱好者来说,这一点也同样不可缺少。……对于艺术家来说,想象并不只是刺激他去想到一些东西,而是要把这些东西像他心中所想的那样去组织起来,从而按照他自己的打算使之形成为画面,形成为形象。"⑤

由此可见,浪漫主义时期的批评家虽然承认不同艺术门类在形式上存在差异,但他们强调各门艺术在美学追求和精神意蕴方面的一致性。在美学追求的层面上,浪漫主义诗歌、绘画、音乐等的分界在这一时期开始走向了融合。

三、白璧德的《新拉奥孔》对艺术混杂的思考

1910 年,美国文学批评家、新人文主义美学的创始人白璧德出版了他的《新拉奥孔》一书。这是继莱辛的《拉奥孔》之后的一部重要的近现代文艺理论著作。该作从探讨新古典主义评论家对亚里士多德模仿论的继承开始,分析论述了浪漫主义时期的艺术混杂问题。他对卢梭等思想家在启蒙运动和浪漫主义时期提出的情感至上的观点提出批评,抨击了想象的过度放纵

---

① Heffernan, *The Re-creation of Landscape*, p. 36.
② Ibid., pp. 29—30.
③ 赫士列特:《泛论诗歌》,第 60 页。
④ 柯罗:《柯罗 米勒 库尔贝》,今东编译,天津:天津人民美术出版社,1983 年,第 26 页。柯罗(Jean Baptiste Camille Corot, 1796—1875),法国写实主义风景画和肖像画家。
⑤ 德拉克罗瓦:《德拉克罗瓦日记》,李嘉熙译,桂林:广西师范大学出版社,2002 年,第 447 页。德拉克罗瓦(Eugène Delacroix, 1798—1863),法国著名画家,浪漫主义画派的典型代表。

和道德上的不负责任，呼吁节制情感，恢复人文秩序。虽然白璧德站在新人文主义美学立场上对浪漫主义的情感过度予以批判，但他对浪漫主义艺术边界混杂的美学理解对我们认识这一时期各门艺术融合的美学基础是有所帮助的。

白璧德在该作的序言中开宗明义地指出，这部著作"是围绕艺术混杂及其相关问题展开的讨论"①，这与莱辛《拉奥孔》的宗旨产生了鲜明的对峙。就在莱辛出版《拉奥孔》不久，西方的文明进程迎来了浪漫主义和19世纪的自然主义。在这一时期，《拉奥孔》中所探讨的那种描绘性的诗歌写作受到了诗人们的抵制，②出现了各种艺术交融混合的趋势。白璧德指出，在19世纪的欧洲，法国诗人戈蒂耶提出了"艺术换位"（"une transposition d'art"），英国诗人罗塞蒂想要画出他的十四行诗，写出他的绘画作品，而法国诗人马拉美想要用他的文字去创作交响乐。新古典主义之后，欧洲就出现了各门艺术相互交融的现象。实际上，莱辛过世后不久，这种艺术混杂的倾向就在诺瓦利斯、蒂克、施莱格尔等人的作品中弥漫开来。（ix）③

白璧德的分析首先从追溯亚里士多德的模仿论开始。他认为，按照亚里士多德《诗学》中的思想，艺术家所模仿的并非事物的本来面目，而是事物应该的样子。艺术家所讲述的真理是他们经过选择之后得出的真理，是高于局部和偶然的。因此，历史所讲述的是事实，而诗所讲述的是虚构，但却是更普遍的真实。亚里士多德对艺术的这一认识是深刻的。然而，白璧德认为，新古典主义的艺术家们却未能真正理解其深意。亚里士多德的艺术模仿以及他所认识到的艺术虚构，在新古典主义的艺术家们看来是令人愉悦的，并鼓励了他们对外在自然进行描绘。同时，诗歌中出现的描绘性抒写导致了他们对诗歌辞藻进行滥用。可以说，新古典主义者认为诗与画都是对外在自然的模仿，在这点上二者存在同一性，这也导致了被新古典主义者曲解的"诗如画"观在当时大行其道。白璧德认识到新古典主义时期存在着艺

---

① Babbitt：*The New Laocoon*，p. vii. 本节以下该著引文只标页码，不再加注。
② 莱辛在《拉奥孔》中着重批评了一种细腻地、罗列式地描绘人物外表的诗作。
③ 戈蒂耶（Théophile Gautier，1811—1872），法国唯美主义诗人、散文家、小说家。罗塞蒂（Dante Gabriel Rossetti，1828—1882），19世纪英国拉斐尔前派重要代表性画家、诗人。马拉美（Stéphane Mallarmé，1842—1898），法国象征主义诗人、散文家。马拉美在家中举办的诗歌沙龙成为当时法国文化界最著名的沙龙，一些著名的诗人、音乐家、画家都是这里的常客，如诗人魏尔伦、兰波、作曲家德彪西、雕塑家罗丹夫妇等。

术的混杂,但他认为,尽管新古典主义者承认诗和画都是模仿,但他们的观点并非依照亚里士多德的模仿论而来。此外,当时一些新古典主义者还主张从古代作家那里去寻找写作的范本,对他们的写作进行仿造。这被他看作是一种伪(假)古典主义。他认同华兹华斯等浪漫主义诗人对新古典主义模仿外在自然、过分注重诗歌辞藻的批评。华兹华斯等浪漫主义诗人认为新古典主义诗歌对辞藻的滥用和描绘性的写作方式并不是从诗人思想和情感的深处发出的,而是一种从外部着色的艺术手法,缺乏真正的激情和内在的情感。"华兹华斯和柯尔律治都认为诗歌语言脱离了个人感情,并将这样的语言看作是从范本中摘得的语言之花,这是在学校里学写希腊文和拉丁文诗歌所造成的。"(24)这样写成的诗歌是做作而不自然的。应该说,白璧德对浪漫主义所推崇的情感和想象力是有所认同的。

在分析莱辛的《拉奥孔》中的思想时白璧德认为,处于新古典主义末期的莱辛努力要回到亚里士多德的模仿论,追求一种更高形式的理想美。他赞赏莱辛的追求,也肯定他的诗画分界。但白璧德指出,莱辛的诗与画的分界代替并压制了艺术中的多种元素,在莱辛的诗歌中行动和情节代替了人物、感伤、辞藻,在他的绘画中图形替代了光、色彩、表现形式。一切愉悦、幻想和感性的东西都被莱辛排除在外。白璧德认识到新古典主义的理论家对于理性的过分偏重,他虽然肯定莱辛对诗画的区分,同时他又敏锐地感觉到,新古典主义的理论家忽视了人的情感,他们不愿意承认想象有其存在的理由,不愿意承认除了逻辑和事实之外的一切可能,更排除情感的自发性和一切意外事件的存在。他们希望将一切都纳入规范而狭窄的形式之中,使得真实的情感和鲜活的人性受到忽视。"在试图否定想象力的权利时,新古典主义理论家……被引导着将诗歌的神圣幻觉变成一种令人愉悦的假象。"(22)诗歌中存在着想象和幻觉,这种想象和幻觉是神圣的,但是新古典主义者却否认想象,并将想象引入一种令人愉悦的假象之中。我们从中可以看出,白璧德对新古典主义过分倚重理性、否定想象的作用持有批评的态度,但同时又对浪漫主义过度崇尚感性表示不满:"新古典主义的形式主义与一种美德紧密地联系在一起,那就是对清晰而合乎逻辑的区分的热衷;而我们现代的欣赏趣味往往只是一种错误的和蔼可亲——对不确定的激情和乏味的情感主义的过度容忍。"(29)白璧德所追索的是理性与感性的平衡,激情与内敛的融合。他既反对诗画之间绝对的、排除情感和想象成分的区分,也不赞同诗画之间无界限的、基于难以琢磨的情感主义的交融。

《新拉奥孔》一书的主体部分就浪漫主义的艺术混杂问题展开了分析和批评。白璧德认为浪漫主义的艺术混杂在其美学基础上有赖于浪漫主义的自发性理论,浪漫主义的艺术具有强烈的暗示性,这导致了各门艺术之间的混杂和融合。在浪漫主义自发性理论方面,白璧德主要针对施莱格尔和卢梭的思想展开了分析和阐述。他指出,贺拉斯提出的"诗如画"在新古典主义时期受到追捧,而施莱格尔也提出"建筑就是凝固的音乐",这两种说法看似十分相近,但实质上,二者的所指决然不同。前者主要指的是诗与画在形式上的相似性,而后者却主要落在二者在情感方面的相似性。也就是说,建筑是一种最具有固定形式和特征的艺术,而音乐则相反,是最不具有固定的可见形式的艺术,然而,即便二者在形式上存在这一巨大差异,它们之间仍然具有相似性,因为它们都表现出节奏上的乐感和内在的激情。"即便是建筑这一所有艺术中显然最富于形式的艺术,它最初也是为了回应充满节奏的激情而出现的,简言之,它是凝固的情感。"(62)在施莱格尔看来,建筑与音乐之间的相似不在于外在的形式,而在于它们都是情感的传达。艺术中情感的传达以不可眼见的形式为最佳,因而在各门艺术中,音乐是最高的艺术形式,艺术越是接近音乐就越完美。而这一论断的理论基础就在于艺术的自发性理论。在英文中"自发性"一词为"spontaneity"。华兹华斯曾说,"所有好诗都是强烈情感的自发流溢"。所谓"自发",就是不经过理性的判断和推理,超越了逻辑的规范,从内心中不自觉地流泻出来的情感。它包含了理性所不能控制的激情、神秘感、惊异感等,不能用惯常的标准和一般的事实予以检验和解释。它甚至允许无意识的出现。新古典主义批评家过于注重分析,压制了许多自然的人性本能。

然而,白璧德根据现代心理学的观点认为,这些本能并未完全被泯灭,而是被压抑进人的潜意识,待积累到一定时期,就爆发出来。浪漫主义时期就是这样一个人性本能大爆发的时期。"在一个规范的、干枯的理性时代最终需要如马修·阿诺德所说的'风暴、激情、喷涌和释放'"(64)[①],而导致这一内在情感爆发的理论就是情感的自发性。白璧德将这一理论的先导追溯

[①] 马修·阿诺德(Matthew Arnold,1822—1888),英国诗人、评论家,主张诗要反映时代的要求。

至法国启蒙思想家卢梭,认为正是卢梭最先提出了情感的自发流泻,并将其推向极致。卢梭所提倡的自发性情感表达并不仅仅局限于文艺领域。他甚至将上流社会生活中的种种规范和礼仪统统抛弃,认为这种社会习俗做作而虚伪,均违反了人的本能天性和情感的真实。"卢梭认为,人不应该做推理和分析,而应该去感受。智力的活动的确不是一种获得,而是堕落的源头。智力将人分离,让人对抗自身,摧毁了本能的统一性,摧毁了原初的人所享有的,以及孩子继续享有的新鲜感和自发性。"(67)卢梭主张人的完整统一性,主张人回到自然原初的状态,而理性使得人从自然的状态堕落了。在文艺方面,卢梭欣赏艺术的诱人魅力,并认为艺术有一种暗示性的能力,人们受到这种能力的迷惑、吸引,引发人们的想象,使人们乐意放弃逻辑和理性的思考和判断。在白璧德看来,卢梭"向文学和生活本身索要的唯一逻辑就是梦境的逻辑"(68—69)。"他的志向就是逃离现实到梦幻的世界中去,他对我们说,这是唯一适宜居住的世界。"(70)他欣赏想象和情感的自发性,甚至流于想象的疯狂,"创造性的想象对于卢梭来说是逃离进一个心灵欲望之领地的手段,这是个完全非真实的世界"(79)。卢梭的这种梦境的世界与诺瓦利斯对童话世界的认识产生共鸣。

诺瓦利斯声称童话才是最高的艺术形式,因为童话所显示的不是逻辑,而是逻辑的非完整性,是魔幻的、梦幻般的图景。因此,大多数浪漫主义诗人都对儿童予以赞赏,认为童年保留了人的原初状态,其感受是新鲜、生动而自发的,不受理性和智性的摆布。童年保持了一种思维的原始主义,它保留了一种思维在情感和感觉支配下的混沌状态,拒绝理性的分析。在面对文学艺术时,这种原始主义的、童年的原初状态便"抛弃了一切旧有的形式上的区分,他不去寻求更高级的准则,而是在一种愉快的感受中放弃所有的边界和限制"(83)。施莱格尔说:"所有诗歌的开始就是废除法则和按照理性向前推演的推理方法,将我们再次抛入幻想的迷人混杂中去,到人性的本质的原初混乱中去。"(Qtd. in 84)白璧德认为,浪漫主义的原始主义成为浪漫主义艺术混杂的理论源头。在此理论背景下,一切事物都不再以分析的方式被观照,而是以情感的统一来体验和感悟。由此,一切都紧密地联系在一个统一体中,"以至于当一种感觉得到一个生动的印象时,另一种感觉就会同情地兴奋起来;此时,所有的边界此时都消失了,所有确定的轮廓都一起化成了一个模糊的具有感官享受的幻想"(84)。诗歌、音乐、绘画在情感的作用下产生了相互的关联、相互的渗透,形成共存的一个合体。

在论及浪漫主义艺术的暗示性时,白璧德首先阐述了赫尔德对莱辛的批评以及狄德罗提出的想象的暗示性。赫尔德不满于莱辛以荷马史诗为依据来界定诗歌,并将诗歌仅仅看作对行动的模仿。他认为诗歌重在激发和唤醒精神的内在力量,尤其是想象力,而这一点在白璧德看来呼唤了诗歌的暗示性。在谈到狄德罗的思想时,白璧德重点讨论了他的《论聋哑人的一封信》(*Letter on the Deaf and Dumb*, 1751)。狄德罗在这部作品中从心理学的角度探讨了聋哑人能够凭借姿态、动作等途径进行沟通。这部作品与他的另一部作品《论盲人的一封信》(*Letter on the Blind*, 1749)构成姐妹篇,分析了那些丧失了某一感官的人会凭借其他感官进行交流和沟通的现象,从而提出人的感觉的对应关系和互通性。这种感觉的互通性使得一种感觉引起的效果能够通过另一种感觉来予以实现。因而,尽管音乐不能勾画出眼见的色彩,但却能够通过声音唤起听者对色彩的感悟和想象,诗歌虽然不能像画家那样依照眼睛所看到的去描绘形象,却能够凭借想象来进行描绘。狄德罗对荷马十分欣赏,尤其是荷马的诗中运用了一些具有魔力的暗示性词语,这些词语好似构成了一些象形图画(hieroglyphic painting),那是依想象而进行的描绘,并非从眼见中得来。这样的描绘需要很强的暗示性,也需要观者或读者在观看和阅读的时候唤醒心中的想象。艺术的暗示性通过想象使得各门艺术相互混杂,取消了它们的边界。

与狄德罗的文学或词语的暗示性观念相比,卢梭在他的《论语言的起源》("Essay on the Origin of Language", 1781)中提出艺术在形式上仍应该有所区分,尽管如此,他同样认为各艺术之间存在混合,这种混合主要基于情感上的混合和交融。在艺术的暗示性方面,卢梭认为"虽然音乐不能直接绘出图画,但却能够间接地暗示性地绘出图画"(123)。在想象性暗示的作用下,音乐能够表达大海的愤怒、火焰的咆哮、小溪的流淌、滂沱的大雨和洪流……音乐"并不是直接表现这些对象,而是在灵魂上唤醒一种我们在看见这些事物时体验到的同样的情绪"(124)。在英国,浪漫主义文人柯尔律治和哈兹列特也认识到艺术的暗示性并写出了不少文章探讨这一问题。在柯尔律治看来,"一句话,诗歌的力量或许是将能量注入头脑之中,驱使想象去创作出绘画"(Qtd. in 126)①。他以莎士比亚的《暴风雨》中普罗斯佩罗对米兰达讲述在米兰达婴儿时他们一同出逃时的情景为例,阐释了激情在想象力的作用下构建出一幅完整的心灵图画的情形。按照柯尔律治的看法,想象需要激情或能量的驱使,这不是单纯的幻想,而是一种创造性的想象激发出的心中的图景。哈兹列特在他的《论情致》("On Gusto")中论及生命力、表现力和暗示性的关系,提出"情致"是"一种'内在的原则',是活的热情,是细腻的无所不在的力量,它越过了所有的形式的障碍,综合性地作用于观者的各种感官和想象"(127)。哈兹列特作为画家,尤其对绘画中的"情致"进行了论述。他说,"绘画中印象作用于一种感觉而通过共鸣激起另一种感觉的印象,这就是绘画中的'情致'。"(127)②在论及提香所绘的一幅描绘阿克泰翁③狩猎的画作中,我们不仅看到了圆熟的秋天,有着石头般色彩的天空,还听见了在枝头歌唱的风声,以及穿梭于林间的沙沙作响的弓箭声。视觉的感受唤醒了听觉的感受,它调动起其他各种感官的感受,唤起的是一种综合了各种感官感受的情绪。而克洛德·洛兰④的画作中则缺少这样的"情致"。在白璧德看来,哈兹列特用情感和感觉来评判画作,而不是凭技巧和形式。这是一种能唤醒各种感官感受,通过想象力而传达出的艺术暗示性。

白璧德对浪漫主义的情感自发性理论的认识以及他有关浪漫主义艺术暗示性特征的分析有助于我们认识浪漫主义艺术混杂的美学基础和艺术特性,但是他对卢梭、狄德罗等美学家过分强调想象力、心灵感悟、非理性直觉的作用而模糊,甚至取消了一切形式的边界是持否定和批评态度的。他认为浪漫主义者对于想象的过度热衷使得他们逃避现实、不顾常识,走向了另一个极端。在他看来:"要想做到散文化而又合理,同时不那么富有想象力,就像很多新古典主义者所做的那样,相对来说是容易的;要想释放纯粹的想象性幻觉,如同我们如此之多的现代的浪漫主义者所做的,也不是极端的难事;但是,要展示自己是一个真正的人文主义者,在这些极端之间进行调和,覆盖他们之间的所有的空间;要合乎可能性,或要使想象和理解都令人信

---

① 原文出自柯尔律治:《关于莎士比亚的演讲》("Lectures on Shakespeare 1811—1819")。
② 原文出自哈兹列特的《论情致》("On Gusto",1817)。
③ 阿克泰翁(Actaeon),也译为阿克特翁、阿克托安,希腊神话中的一位猎人。
④ 克洛德·洛兰(Claude Lorrain,1600—1682),法国巴洛克时期的风景画家,但主要活动是在意大利。

服;要满足诗歌标准而不侵犯散文的标准,——这才是奇迹,只有伟大的诗人能做到这一点。"(74)白璧德所崇尚的是合情合理、合乎人性、遵循道德规范的人文主义理想。他既不赞同新古典主义对人性中真实情感的忽视,也抨击了浪漫主义者对虚幻想象和感觉的无限扩张。他所主张的是一种理性和感性、想象与智力之间的平衡。对于艺术中的暗示性问题,白璧德依伯格森[1]的观点认为,暗示性应该受到艺术家的控制,但"不幸的是,浪漫主义者却常常止步不前。他沉浸于为催眠而催眠……为幻想而幻想。他对艺术感兴趣只在于艺术关系到感觉,而不关系到智性、人物和意志"(129—130)。在白璧德看来,"济慈的唯美主义可能是对枯燥无味的和教条的伪古典主义的合法反动……但如果将唯美主义看作是最终的,那就会把诗歌变成贪图享乐(Lotus-eating)"(130)[2]。

应该说,白璧德对浪漫主义过度推崇想象力和情感自发性的警醒是有积极意义的,但他对浪漫主义美学的认识也存在一定偏颇。情感自发性和艺术暗示性以及想象力等是浪漫主义美学的重要思想,对突破理性主义对人性的束缚,激发人的内在情感和潜意识中的能量产生了巨大的推动作用,也对推进各门艺术的发展、促进各艺术之间的交融具有不可忽视的价值。当然,对任何事物或观念的过分推崇都会导致其走向极端,浪漫主义的情感自发性和想象力也是如此。然而实际上,情感自发性和想象力以及艺术的暗示性等等并非浪漫主义美学的全部。就华兹华斯来说,他不仅提出"所有好诗都是强烈情感的自发流溢",也充分认识到"于平静中回忆起来"的情感,而且还十分注重诗歌审美价值的社会功用。济慈的诗歌中充满了感性的成分、诗歌与视觉艺术的交融,激发了现代艺格符换研究,其诗作和思想也不是"唯美主义"这一概念能够概括的。布莱克的诗画作品被认为是启迪了现当代西方图文研究。柯尔律治也说:"请不要以为我有意把天才和规则对立……诗的精神,只要是为了将力量与美结合在一起,就得与其他活力一样,必须使它自己受一些规则的限制……天才也不能没有规则。"[3]

---

[1] 伯格森(Henri Bergson,1859—1941),法国哲学家,其思想在第二次世界大战之前的欧洲具有广泛影响,主张直接经验和直觉的重要性。

[2] lotus-eating,吃忘忧树上的果实,意味"不负责任、贪图享乐、醉生梦死"。济慈(John Keats,1795—1821),英国浪漫主义诗人,其诗作被一些批评家认为具有唯美主义的特色。

[3] 柯尔律治:《关于莎士比亚的演讲》,《莎士比亚评论汇编》(上),杨周翰编选,北京:中国社会科学出版社,1979年,第127—128页。

实际上，白璧德对于浪漫主义的暗示性并非全盘否定，他认为如果在一定的边界内运用这种暗示性，那么仍然是合理的。他所抨击的是过度的感性和纯粹的感官享乐。"暗示性文字－图像在一定的边界之内是完全合法的艺术；当它踏过了边界，当形象替代了思想，当文字变成了纯粹的感官的运用，与理性的目的分离，结果就不会是真正的进步而只能是堕落的开始。"（145）应该说，白璧德对于感性过度的警醒是有益的，问题在于他对于浪漫主义艺术家就感性的运用存有一定偏见，对感性给予文艺美学带来的积极价值的认识尚有一定局限。随着浪漫主义运动而来的是艺术愈发超越了外在的有形自然的束缚而走向了心灵的感悟和启迪。这一发展趋势在浪漫主义之后愈发明显，情感的作用不再是由理性的线性逻辑所能够制约的，而是向着内心的深处和空间发散开来。莱辛所提出的诗与画的分界在浪漫主义时期已经不再能够主导诗与画之间的复杂关系，各艺术门类之间的相互融合和转化在人类情感内在化、直觉化的发展进程中成为一个总的趋势。

第四节　现代主义艺术观与格林伯格

西方艺术在经历了浪漫主义对感性和想象的推崇之后，进一步注重艺术表现中的直觉感悟和心灵的再造，多位艺术家提出了艺术即情感和心灵表达的观念。随着这一观念在西方艺术界的渗透，19世纪后半叶在西方艺术批评界出现了对各门艺术之间相互交融的关注和论述，在理论界出现了有关各艺术超越自身的表现特点，探寻在他种艺术中获得新意和生命力的"出位之思"。尽管白璧德对艺术边界的丧失和情感的"自发性"引起的艺术混杂提出批评，但这也从另一方面说明了当时各门艺术在表现方法上相互借鉴的现实状况是不容忽视的。正如象征主义诗人瓦雷里对象征主义的界定所表明的："所谓象征主义，简言之，就是各派诗人意图通过诗重获被音乐夺去的财富。"①

然而，另一方面，也正是这种对内心直觉感悟的推崇使得批评家开始关注各门艺术向本体的回归，探讨各种艺术在形式特征和表现手段方面的本

---

① Paul Valéry, "The Position of Baudelaire", in *Baudelaire: A Collection of Critical Essays*, ed. Henri Peyre, Englewood Cliffs: Prentice Hall, 1962, p.18. 保尔·瓦雷里（Paul Valéry, 1871—1945），法国象征派诗人。

体特征。随着19世纪后半叶西方哲学、心理学和美学的发展,艺术进一步背弃了"模仿论"和"反映论",不再着重对所绘对象外在形象的客观的、写实性的描画。艺术表现的叙述性受到排斥,艺术中道德寓意的浅表化受到抨击,各门艺术在传达内心直觉感悟过程中的独有价值逐渐受到艺术家的崇尚。进入现代主义时期的艺术家开始寻求新的具有创造性的艺术表现方式和手段,并逐渐将这种艺术形式本体化,使之成为该艺术之所以成为该艺术的本质。批评家认为,文学有其独有的表现方式,那就是文学的语言和形式,绘画和雕塑有其自身的特征,即色彩、线条、形象与构图,而音乐的独有本性就是其声音和乐调。艺术家对各艺术门类形式的注重致使艺术走向了艺术本身而抛弃了艺术的外部元素,如主题、叙事、道德、历史、自然等。在挖掘各艺术特有本体特征的过程中,绘画和雕塑在这一时期愈发走向抽象化,造型艺术已无客观形象可造,成为色彩、线条、构图和材料的抽象表达。而当这种艺术形式的表现到达顶峰时,艺术也不再是单纯的内在情感和直觉感悟的传达,艺术走向了其形式本体本身,也走向了艺术表现的一个极端。批评家格林伯格的《走向更新的拉奥孔》("Towards a Newer Laocoon",1940)就是在这一现代主义艺术的美学诉求下诞生的,成为抽象艺术的理论基石。然而,对艺术形式的注重实际上是20世纪上半叶西方各门艺术的整体美学诉求,文学与艺术概莫能外。而文学本身在强调其文学性及革新传统文学形式的过程中,同样反思并抛弃了人们所认同的传统的文学叙事方式,走向了叙事的断裂化、碎片化和空间化,诗歌在这方面的表现更为凸显,这又成为文学向绘画、雕塑以及音乐等视觉艺术和听觉艺术靠拢、融合的另一个契机。

一、跨艺术诗艺及诗学的繁荣

浪漫主义对感性和想象的推崇使音乐成为诗歌艺术的最高典范,象征主义诗人渴望"通过诗重获被音乐夺去的财富"。现代都市文化的发展使得诗人与艺术家的交往更加频繁。现代博物馆、美术馆在城市中勃兴,为古代艺术、异域艺术和现代人之间的沟通创造了一个超越时空的环境,也日益发挥艺术教育和审美教育的功能。现代派诗人大都是艺术爱好者,各大城市的博物馆、美术馆为现代派诗人了解古代和异域文化艺术提供便利,为诗人创作跨艺术诗提供不竭的灵感和源泉。阿罗史密斯(Rupert Richard Arrowsmith)在《现代主义与博物馆》(*Modernism and the Museum*,2011)

一书中有力论证了现代主义的发展如何受益于博物馆场域中跨文化、跨民族的艺术交流。①

在现代派诗歌创作和批评领域,艺术之间的借用和融合一派繁荣。英国现代派诗人和批评家佩特(Walter Pater)在《文艺复兴:艺术与诗歌研究》(*The Renaissance: Studies in Art and Poetry*,1877)中论及"乔尔乔内画派"时写道:

> 虽然每一门艺术都有其独特的作用于印象的规则和难以转换的魅力,而对艺术本质差异的准确把握是美学批评的开端,但值得注意的是,每种艺术在其特殊的处理材料的方式中,通过德国批评家所谓 Andersstreben——各门艺术局部地超出自身局限,不是互相取代,而是互相赋予新的力量——可能变成其他艺术存在的条件。②

不过,佩特并不是用"出位之思"(Andersstreben)描述现代派艺术的第一人。1863 年法国画家德拉克罗瓦去世后,波德莱尔撰文向其"天才致敬",称赞德氏:

> 有着熟练的画家的完美,敏锐的作家的严格,热情的音乐家的雄辩。此外,这也是对我们的世纪的精神状态的一种诊断,即各门艺术如果不是渴望着彼此替代的话,至少也是渴望着彼此借用新的力量。③

他在 1868 年发表的《哲学的艺术》一文中又指出:

> 今天,每一种艺术都表现出侵犯邻居艺术的欲望,画家把音乐的声音变化引入绘画,雕塑家把色彩引入雕塑,文学家把造型的手段引入文学,而我们今天要谈的一些艺术家则把某种百科全书式的哲学引入造型艺术本身,所有这一切难道是出于一种颓废时期的必然吗?④

波德莱尔的艺术批评和诗歌创作明显体现了"出位之思"的美学思想。

---

① 参见 Rupert Richard Arrowsmith, *Modernism and the Museum*, New York: Oxford U P, 2011.

② H. Walter Pater, *The Renaissance: Studies in Art and Poetry*. London: Macmillan, 1919, 133—134. 叶维廉把 Andersstreben 界定为"指一种媒体欲超越其本身的表现性能而进入另一种媒体的表现状态的美学";他借用钱锺书的译法,称之为"出位之思"。叶维廉:《中国诗学》,北京:生活·读书·新知三联书店,1992 年,第 146 页。

③ 波德莱尔:《1846 年的沙龙》,郭宏安译,桂林:广西师范大学出版社,2002 年,第 458 页。

④ 同上书,第 336 页。

他提出:"现代诗歌同时兼有绘画、音乐、雕塑、装饰艺术、嘲世哲学和分析精神的特点;不管修饰得多么得体、多么巧妙,它总是明显地带有取之于各种不同的艺术的微妙之处。"①在他看来,所有艺术殊途同归:"对于一幅画的评述不妨是一首十四行诗或一首哀歌。"②

波德莱尔不仅赞赏具有"诗意"和"音乐性"的画家,还推崇能超越艺术界限的音乐家。就在巴黎正统音乐人对瓦格纳(Richard Wagner)的歌剧《汤豪舍》(Tannhauser)③横加指责和讥笑之时,波德莱尔撰文为其辩护:"作为交响乐作者,作为一个以无数声音的组合来表达人类灵魂的喧闹的艺术家,理查·瓦格纳是站在曾经有过的最高的水平上的,肯定和最伟大者同样伟大",因为瓦格纳的歌剧艺术是"若干种艺术的集合、重合,是典型的艺术,最综合最完美的艺术"④。他借用瓦格纳的创作心得,告诉现代艺术家:

> 正是在一种艺术达到不可逾越的极限的那个地方,极其准确地开始了另一种艺术的活动范围。因此,通过两种艺术的密切的结合,人们就能以最令人满意的清晰表达任何单独的艺术所不能表达的东西。⑤

他也借瓦格纳之口,告诉现代派诗人:

> 对于诗人来说,节奏的安排和韵律的装饰(几乎是音乐性的)是确保诗句具有一种迷人的、随意支配感情的力量的手段。这种倾向对诗人来说是本质的,一直把他引导到他的艺术的极限,音乐立刻接触到的极限,因此,诗人的最完整的作品应该是那种作品,它在其最后的完成中将是一种完美的音乐。⑥

受象征主义的影响,T. S. 艾略特在一篇没有出版的讲演里说到自己长期写诗欲达致的目标是:

> 要写诗,要写一种本质是诗而不是徒具诗貌的诗……诗要透彻到我们看之不见诗,而见着诗欲呈现的东西,诗要透彻到,在我们阅读时,

---

① 波德莱尔:《1846 年的沙龙》,第 119 页。
② 同上书,第 190 页。
③ 该剧 1845 年在德累斯顿首演,1861 年在巴黎首演,只演出三场。
④ 波德莱尔:《1846 年的沙龙》,第 484—485 页。
⑤ 同上书,第 491 页。
⑥ 同上书,第 493 页。

心不在诗,而在诗之"指向"。"跃出诗外"一如贝多芬晚年的作品"跃出音乐之外"一样。①

"看见诗欲呈现的东西"就是要通过诗看到画——心灵的画;"跃出音乐之外",就是要通过音乐欣赏到诗或画等非音乐的意境。这种"跃出"一种艺术载体,要求在另一种载体中得到表现和满足的"出位之思"现象在现代文艺作品中普遍存在。这往往要求读者或观者在欣赏这些作品时,除了关注其媒体本身的表现性能,还要融合跨媒体或超媒体的角度,才可以明了其艺术活动的全部意义。

美国现代派诗学先锋庞德(Ezra Pound)在艺术界交友甚广,如雕刻家爱泼斯坦(Jacob Epstein)、戈蒂耶—布尔泽斯卡(Henry Gaudier-Brzeska)、画家刘易斯(Wyndham Lewis),作曲家乔治·安太尔(George Antheil)等。此外,庞德的结发妻子多萝西·莎士比亚(Dorothy Shakespeare)是画家,终生伴侣奥佳·拉吉(Olga Rudge)是音乐家,因此,庞德对现代艺术的发展了熟于胸,也常在诗论中将各种艺术形式相并而论。他发起的意象主义诗歌运动与现代绘画和雕塑艺术有着内在的关联,他积极助推的漩涡主义是同属于现代诗歌和艺术的先锋运动。1914 年他在《漩涡》("Vortex")一文中称:

> 每一个概念、每一种情感均以某种基本的形式在清晰的意识里呈现。它从属于这种形式的艺术。若是声音,则属于音乐;若是成形的字词,则属于文学;意象,则属于诗歌;形状,则属于设计;平面的色彩,则属于绘画;三维形状或设计,则属于雕塑;运动,则属于舞蹈或属于音乐或韵文的节奏。②

同年在《漩涡主义》("Vorticism")一文中,庞德阐释意象主义中"意象"的概念:"意象是诗人的颜料;带着这个想法,你就可以把康定斯基关于形式和色彩语言的阐述用于诗歌创作。"③从跨艺术诗学的角度,庞德把诗歌分成三类:带着某种音乐特质,意在言外的"乐诗"(melopoeia)、把意象投射到视

---

① 转引自叶维廉:《中国诗学》,第 155—156 页。
② Ezra Pound, *Gaudier-Brzeska: A Memoir*, New York: New Directions, 1970, p.81.
③ Ibid., p.86.

觉想象中的"图诗"(phanopoeia)和"语词中的心智之舞"——"智诗"(logopoeia)。①

庞德的密友威廉·卡洛斯·威廉斯(William Carlos Williams)在整个写作生涯中一直坚持诗歌与绘画的融合创作,他在一次接受采访时明确表示:"我尝试着融合绘画与诗歌,使之变成一样的事物……诗中与画中的设计应该让诗画或多或少拥有同样的属性。"②威廉斯的诗歌创作受到现代视觉艺术的影响,他曾想把诗集《酸葡萄》(*Sour Grapes*,1921)题名为《图画诗》(*Picture Poems*),他后来对诗集做如下描述:"情绪必须转换成某种形式……对我而言,彼时彼刻,一首诗就是一个意象,画面才是最重要的。"③在其创作生涯的后期,威廉斯发表了诗集《勃鲁盖尔画集及其他》(*Pictures from Brueghel and Other Poems*,1962),把跨艺术诗歌创作推向高峰。

在小说方面,弗吉尼亚·伍尔芙(Virginia Woolf)也说:"绘画与写作……有许多共同之处。小说家归根到底需要我们用眼睛去看。花园、河流、天空、变幻莫测的白云、妇女连衣裙的颜色、躺在相恋者脚下的风光、人们争吵时误入的曲曲弯弯的树木——小说里满是这样的图画……为使读者一饱眼福,诗人在心目中也许无意识地进行词与词的搭配与组合,这乃是一件非常复杂的事情。"④

欧美现代派诗人积极借鉴绘画、音乐、电影等媒体的表现性能,借助"出位之思"的艺术原则和"艺格符换"的写作策略,通过繁复的意象排列、文字符号的形象变化、色线光影效果的营造与通感修辞的运用等诗歌技巧,更加视觉化、流动性地呈现普通的日常生活场景,创造出非文字串连性与述义性可以达致的美感,实现艺术对日常生活的审美超越。⑤

---

① Ezra Pound, *Literary Essays of Ezra Pound*, edited with an introduction by T. S. Eliot, New York: New Directions, 1968, p. 25.

② Walter Sutton, "A Visit with William Carlos Williams", in *Interviews with William Carlos Williams*, ed. Linda W. Wagner, New York: New Directions, 1976, p. 53.

③ 转引自钱兆明:《"东方主义"与现代主义》,欧荣等译,杭州:浙江大学出版社,2016年,第126页。

④ 弗吉尼亚·伍尔芙:《伍尔芙随笔全集》(II),王义国等译,北京:中国社会科学出版社,2001年,第980—981页。

⑤ 欧荣等:《"恶之花":英美现代派诗歌中的城市书写》,北京:北京大学出版社,2018年,第9页。

二、视觉艺术表现内在自我和艺术形式的革新

艾布拉姆斯在《镜与灯》中将西方的文艺走向划分为四个基本类型,即"模仿""实用""表现"和"客观"。自古希腊罗马时期以来直至浪漫主义时期,西方的文艺主要沿"模仿"和"实用"这两个方向展开,即艺术是对外在自然或客观世界的模仿,同时艺术有着教化大众、改良社会的道德诉求。尽管在这漫长的过程中存在着诸多复杂多变的因素致使艺术发展存在多元多样的情形,该艺术发展的大方向得到了多数艺术批评家的认同。18世纪后半叶至19世纪上半叶在西方兴起的浪漫主义运动将这一艺术方向转向了对艺术家自我内心情感的表达,继而"表现"自我和内心情感成为主导该时期的文艺美学观。虽然"表现论"并非该时期文艺的唯一美学诉求,但不可否认,这一美学观乃是浪漫主义时期的主导方向,并在19世纪下半叶的艺术创作中得到进一步发展。多位艺术家摒弃了艺术客观再现外在自然形象、教化民众、改良社会的观念,强调主观情感和感受在艺术表现中的重要性。法国艺术家罗丹说:"只以悦目为务,只知奴隶般再现没有价值的局部的艺者,是永不能成为大师的。"①他反对艺术在视觉形象上达到所谓的逼真,尤其反对拘泥于表现细节的形似。但他并非不要艺术的真。在他看来,艺术的真在于内在的真实。他这样告诫青年人道:"要真实啊!但这并非说要平凡的准确,那就成照相与塑铸了。艺术之源,是在于内在的真。"②这种内在的真,就是内在的情感,而不是照相与塑铸。摄影随着技术的发展在19世纪晚期初现,当时的人们认为这是对外在自然形象的刻板再现。罗丹所寻求的真绝非形象上的相似,而是内心情感:"你的形,你的色,都要能传达情感。"③情感从内心而来,不是造作的表现和装饰:"生命之泉,是由中心飞涌的;生命之花,是自内而外开放的。同样,在美丽的雕塑中,常潜伏着强烈的内心的颤动。这是古艺术的秘密。"④罗丹所追寻的艺术是能感动人的情操、生命、爱憎、希望、呻吟、生活的艺术,是作为一个人的内心的传递。在罗丹看来,正

---

① 罗丹:《罗丹艺术论》(插图珍藏本),葛塞尔著,傅雷译,傅敏编。北京:中国社会科学出版社,1999年,第19页。罗丹(Auguste Rodin, 1840—1917),法国雕塑艺术家。主要作品有《思想者》《青铜时代》《加莱义民》《巴尔扎克》等,其创作对欧洲近代雕塑的发展有很大影响。
② 同上。
③ 同上。
④ 同上书,第18页。

由于艺术是对情感的表现,所有艺术都彼此相连,有着密切的相关性:"我以为,绝没有什么规则可以阻止一个雕刻家依了他自己的意志去创造一件美的作品。而且只有使群众懂得其中的意义,领会到精神的愉悦便是,又何必去问它是文学还是雕塑?绘画、雕塑、文学、音乐,它们中间的关系,有为一般人所想不到的密切。它们都是对着自然唱出人类各种情绪的诗歌;所不同者,只是表白的方法而已。"①可以看到,罗丹虽然重视各艺术之间形式的差异,但由于对情感和内心的注重,相信各艺术所引起的效果是相近的。

印象派画家对艺术中的情感也给予了充分的关注。印象派绘画最初起于对视觉和光的科学化认识。画家注重光的效果在视觉上引起的反映,并将对光和色彩的科学研究直接与美学相结合,运用到艺术法则上。尽管如此,自然光照射在客观事物上的色彩效果是与画家内心中的主观印象合二为一的,因此,印象派绘画是客观色彩效果和画家主观印象交融的结果。而后期印象派绘画则更注重画家的主观情感在艺术创作中的能动性。塞尚认为,"我们对自然可以不必太细致、太诚实,也可以不完全顺从;我们多少是自己模特儿的主人,尤其是自己的表现手段的主人。"②在他看来,"文学作品是以抽象概念来表现的。而借助素描的色彩的手段组成的绘画,则给画家的情感与观念以具体的形式。"③塞尚首先提出文学作品与绘画的不同,认为文学只是概念,而且是抽象概念的表达。依照莱辛的看法,史诗是叙事性的,是对人物行动的描绘,通过这种描绘,文学或诗歌讲述故事、表现生活、传达思想或观念。浪漫主义文学主张表达主体自我和内在情感,这在印象派画家看来仍带有主题概念和超越具体形象的思想。在塞尚看来,绘画与之不同。绘画注重表达情感,但绘画的表达不是抽象概念性的,而是运用具体的形式。这里,情感成为绘画表现的第一要义,但情感的表达必须依赖具体形式。高更在这个问题上说的更加明确:"当你静听音乐或观看一幅画时,你可以自由自在地想象,而当你读一本书时,你却成了作者思想的奴隶。"④高更认为文学因为其思想和表达的叙事性或概念性,将读者的思维囚

---

① 罗丹:《罗丹艺术论》,第 182 页。
② 赫谢尔·B. 奇普编著:《艺术家通信——塞尚、凡·高、高更通信录》,吕澎译。北京:中国人民大学出版社,2003 年,第 19 页。塞尚(Paul Cézanne, 1839—1906)、高更(Paul Gauguin, 1848—1903),法国后印象主义画派画家。
③ 同上。
④ 赫谢尔·B. 奇普编著:《艺术家通信》,第 86 页。

禁起来，使人们的思想或情感服从理性，无法自由驰骋。绘画则相反，它更能激发观者的自由想象："全部感觉都在绘画中凝聚：人们在对它冥思苦想的时候，能够凭借自己的想象创造一个故事，并且只需一瞥，就可以在自己的灵魂深处唤起遥远的追忆……它通过各种感官媒介对心灵产生作用。"①回想此前的论述，浪漫主义诗人们认为，视觉艺术由于其深陷对外界自然的客观描摹和再现而更少自由。他们拒绝"视觉的专制"，认为视觉压制心灵感悟和想象，视觉艺术也因受到这一"霸道的眼睛"的禁锢而备受浪漫主义诗人质疑。而在高更看来，恰恰是绘画才成为激发想象的艺术。浪漫主义诗人质疑和抵制绘画或视觉艺术，认为后者压制心灵感悟和想象，这一状况被晚期印象派画家们所反转。在走向现代主义的艺术家们看来，绘画或雕塑正是内心感觉和心灵跃动的表现，且不受逼真形象的限制。马蒂斯说："我们对于绘画有着更崇高的概念。它是画家体现他的内在感觉的工具。"②西班牙大画家毕加索则说："当我们发现'立体派'时，我们没有企图去发现立体派。我们只想表现出我们内心的东西……绘画有自身的价值，不在于对事物的如实的描写。"③可以说，艺术背弃模仿与再现，转向对内在情感的传递，表现感觉和内心直觉，这是19世纪后半叶至20世纪初期西方艺术的总体美学趋势。

美国20世纪著名美学批评家苏珊·朗格十分注重各门艺术的特殊性，认为"每一门艺术都会创造出一种完全不同于其它艺术的经验，每一门艺术创造的都是一种独特的基本创造物……每一种艺术都有自己独特的材料"④。但如果探查艺术的纵深层次，即艺术的心理结构，各艺术之间的区别又趋于消失了。她为艺术下了这样的定义："一切艺术都是创造出来的表现人类情感的知觉形式。"⑤

---

① 赫谢尔·B.奇普编著：《艺术家通信》，第84—85页。
② 马蒂斯：《论艺术》，载《画家笔记——马蒂斯论创作》，钱琮平译，桂林：广西师范大学出版社，2002年，第53页。马蒂斯(Henri Matisse, 1869—1954)，法国著名画家、雕塑家、版画家，野兽派创始人和主要代表人物。
③ 瓦尔特·赫斯编著：《欧洲现代画派画论选》，宗白华译，北京：人民美术出版社，1980年，第76页。毕加索(Pablo Picasso, 1881—1973)，西班牙画家、雕塑家，西方现代派绘画的主要代表，当代西方最有创造性和影响最深远的艺术家。
④ 苏珊·朗格(Susanne K. Langer)：《艺术问题》，滕守尧、朱疆源译，北京：中国社会科学出版社，1983年，第74页。
⑤ 苏珊·朗格：《艺术问题》，第75页。

然而,此时的西方文艺对艺术表现方式以及艺术形式的革新也使得各门艺术更加注重自身的形式特征,甚至主张各门艺术要回归艺术的形式本体。无论是罗丹、印象派画家还是现代派画家,及至苏珊·朗格,他们无不关注艺术在情感表达方面的形式问题。艺术既然已经不再是客观的描摹,而是内在心灵的表现,那么如何表现,表现的形式和手段就成为19世纪后半叶及20世纪初艺术家们所关注的最为重要的问题。罗丹在《嘱词》(1917)中强调了形式的重要性:"艺术只是情操,但没有体积,比例,颜色的知识;没有灵敏的手腕,最活跃的情感也要僵死"[1];"要对形式与比例有深切的认识,要把各种情绪都能得心应手地加以具体表现"[2]。对于塞尚来说,画家只能通过具体形式来表达他的情感与观念,没有形式,情感便无从依托。因而,艺术表现形式和手段成为传达内心情感的关键因素。按照苏珊·朗格的话来说:"情感并不是再现出来的,而是由全部幻象,即由艺术符号排列和组合起来的幻象表现出来的。"[3]由符号排列组合起来的艺术幻象即一种特殊的艺术形式。对于艺术形式的关注引发了19世纪后半叶和20世纪初各艺术流派的多种探索,各种突破传统表现形式、具有创新观念的艺术流派层出不穷。艺术在这一时期走向了对传统艺术表现形式的全面革新。尽管一些艺术家如塞尚、高更等人认为,相较于文学表现方式,绘画更能具象心灵的感悟,但应该认识到,此时的文学、音乐等在表现心灵的跃动,甚至潜意识的直觉感悟方面同样面临表现形式的革新。前述象征主义诗歌以及现代主义诗歌的语言及形式的革新在突破传统诗歌表现方式方面做出了贡献,如突破语言具有连贯的、按时间循序展开的叙事,使文学向着思维跳跃的空间性展开,德彪西充满色彩感的音乐以及现代无调性音乐等。正是在对艺术的表现方式的革新方面,文学与绘画、音乐等在美学观念和诉求上走向了融合与同一。这种形式的革新在其实质上提出了艺术之所以为艺术的问题,引发了各门艺术向艺术本体的回归。当艺术向本体的回归达至极致,它又对各艺术门类之间的相互融合和跨越提出了挑战,引发人们对这种极端的形式主义和抽象艺术进行反思。

---

[1] 罗丹:《罗丹艺术论》,第19页。
[2] 同上书,第106页。
[3] 苏珊·朗格:《艺术问题》,第57页。

三、格林伯格的《走向更新的拉奥孔》及对抽象艺术的反思

回到艺术本身,这促使艺术家重新开始寻找各门艺术的独特艺术形式,注重各门艺术自身与他种艺术不同的形式特点。在一定意义上,这与莱辛《拉奥孔》中对造型艺术与诗歌在形式上的分界又产生了共鸣。格林伯格的《走向更新的拉奥孔》正是在这个层面上将现代艺术注重形式的美学观与莱辛诗画分界的美学观联系起来。然而,虽然二者都注重不同艺术在形式方面的特殊性,但他们之间存在着本质区别。莱辛所界定的诗画异质说虽然基于它们各自的形式特征,但未排除对艺术形式之外的各种元素的依赖,如理想的美、形象的逼真、行动、人物以及格林伯格所说的文学性等,而格林伯格对艺术形式的界定却力主排除任何外在于艺术本身的元素,如文学性和叙事性。格林伯格所主张的是回到艺术本身的纯粹性,将艺术形式视作艺术的主体。他认为只有将艺术拉回到最为纯粹的艺术形式,才能让艺术自给自足,成为真正的艺术。

克莱门特·格林伯格是20世纪美国最重要的艺术批评家,也是整个西方20世纪最重要的艺术批评家之一。20世纪40年代他发表了两篇重要的艺术批评,奠定了他作为现代主义艺术批评家的地位。这两篇文献即1939年在《党派评论》(*Partisan Review*)上发表的《前卫与庸俗》("The Avant-Garde and Kitsch", 1939)以及次年在同一杂志上发表的《走向更新的拉奥孔》。这两篇文献表达了他较为成熟的艺术观点,被评论家认为是现代主义艺术的法典,代表了现代主义艺术与后现代主义艺术的分水岭。其中《走向更新的拉奥孔》一文将莱辛的《拉奥孔》作为讨论的出发点,着重强调了不同艺术门类的价值在于各门艺术具有其独特的艺术媒介,而其艺术媒介使得该艺术具有与其他门类艺术不可互换的特性。他拒绝视觉艺术的文学性和叙事性,即对主题、题材、思想、情感等的传达,认为视觉艺术要确立自身的价值,就必须突显艺术的媒介和视觉的抽象性,使艺术回到其抽去具体形象的艺术特征。他的思想为现代主义抽象艺术奠定了理论基础。

格林伯格认为,绘画也好,其他艺术也好,要回到艺术本身,就要关注艺术的形式和媒介。浪漫主义美学理论过于关注情感和想象,最终导致了情感和想象以及文学性的题材和叙事将艺术的形式及媒介淹没掉了。在文章的开篇他提出了纯粹主义运动在艺术上的突破,因为"纯粹主义者坚持在现

在和将来都要把'文学性'与题材从造型艺术中排除出去"。① 纯粹主义运动是 20 世纪早期在西方兴起的艺术运动。它对立体主义的装饰性提出了批评,主张回到视觉的线与面的秩序,对当时的建筑艺术产生了影响。抽象主义艺术吸收了纯粹主义运动排除文学性的观点,即艺术不再是表现情感、主题、题材的工具,艺术有其自身的特有价值;而承认各门艺术在形式、媒介上的独有价值,就不能将各门艺术混为一谈。在格林伯格看来,艺术的混杂现象在西方文艺中始终存在,纯粹主义运动为这样的艺术混杂画上了句号。"就艺术的纯粹性进行讨论,以及与此密切相关的关于划分各种艺术之间差别的企图,不是没有意义的。过去,现在和将来都有这样一种将各门艺术混为一谈的情况。一些艺术家关注其媒介的问题,但对理论家全面解释抽象艺术的努力漠不关心,从他们的观点来看,纯粹主义为积极反对几个世纪以来由于这样一种混乱给绘画和雕塑带来的错误画了句号。"② 在视觉艺术中,尽管艺术家本人可能注重艺术形式和媒介的问题,但就有关艺术形式和媒介的理论界定,人们却并不关心。格林伯格要为艺术的形式、媒介张目。依他的观点,纯粹主义者排除了一切外部因素的干扰,主张最为纯粹地回到艺术本身,拒绝艺术的混杂,最终导致了艺术的抽象主义。

在格林伯格看来,每个时期都有一种占主导地位的艺术形式。就 17、18 世纪欧洲艺术的情况而言,音乐在那个时期是最伟大的艺术,它在本质上是最远离模仿的艺术,在当时成为主导的艺术形式。文学中出现了效仿音乐的情形。一些批评家极力推崇音乐的感性和超越现实形象制约的活力,诗人则将这种超越视为自己的追求。而绘画在当时则失掉了自身的独特性,尤其是当绘画去极力效仿文学,去表现文学性的主题或思想时,绘画就远离了它自身。尽管绘画的技艺在那时已达到纯熟的程度,但这一艺术"几乎在每一个地方都被贬逐到宫廷的手中"③,成为繁缛的装饰。那时的绘画成为讲故事的能手,成为文学的"幽灵"和"傀儡"。"绘画和雕塑,作为近乎完美的幻觉艺术,在那时已达到如此熟练的程度,使它们对竭力仿效的——不仅是幻觉,而是其他艺术——效果的诱惑极为敏感。不仅绘画能模仿雕塑,而且雕塑和绘画都企图再造文学的效果。17 世纪和 18 世纪的绘画竭尽全力

---

① 格林伯格:《走向更新的拉奥孔》,易英译,《世界美术》,1991 年第 4 期,第 10 页。
② 同上。
③ 同上。

来追求文学的效果。"①绘画的这种追求使其媒介的存在完全被忽视,绘画沦落为文学的化身。在当时,各种艺术对于主导艺术的效仿,以及主导艺术对处于从属地位的艺术效果的吸收,这些均导致各艺术之间的混杂。其结果就是从属艺术因效仿主导艺术效果而压制了自身的艺术形式特性,其艺术形式被迫扭曲、变形。

  当一门个别的艺术恰巧被赋予支配性作用的时候,它就成为所有艺术的楷模:其他的艺术试图摆脱自己固有的特征而去模仿它的效果。主导艺术也同样试图吸收其他艺术的功能。处于从属地位的艺术通过这种艺术效果的混合而被歪曲和变形;它们在努力获得主导艺术效果的过程中被迫否定了自身的性质。②

在此,格林伯格首先质疑了对主导艺术的界定,认为一门艺术被看作是主导艺术,这本身具有偶然性;其次,向主导艺术的学习和靠拢迫使各从属艺术否定了自身。因而,格林伯格坚决主张抵制这种艺术混杂,坚守各艺术自身的价值。他还举了中国文化中的例子,认为在中国文化中,视觉艺术被认为是一种主导艺术,诗歌是从属于绘画的,被定格于视觉艺术的瞬间,而且将重点放在视觉的细节上。中国人也从诗作的书法中获得视觉的快感。在格林伯格看来,这种诗歌对绘画的依从使得中国后来的诗歌看起来相当贫乏和单调。应该说,他看到了中国诗歌中的绘画性,这是他的独到之处,至于说中国诗歌依从了绘画因而就贫乏和单调了,这只能说明他尚未了解中国诗歌之美学特征。这也正是他过于强调抽象艺术的形式特性,忽视各艺术间相互融合所带来的艺术活力的缺憾所在。

格林伯格对浪漫主义因注重艺术感受性的传达而造成的艺术混合表示不满。他认为浪漫主义的艺术混合在其告别历史舞台时变得更为严重了,这是因为浪漫主义艺术理论过于强调艺术家对表现对象的强烈感受,同时,他们又极力将这种感受传递给观众。他们保留这种感受的直接性,从而压制了艺术的媒介,甚至认为媒介是阻止艺术家与观者进行相互沟通的物质障碍。因而在浪漫主义诗人看来,理想的情况便是取消这种物质障碍,使其完全消失,让艺术家与观众或读者在体验感受的方面达到完全一致。格林

---

① 格林伯格:《走向更新的拉奥孔》,第10页。
② 同上。

伯格认为取消媒介的最典型的例证就是雪莱（Percy Bysshe Shelley，1792—1822）的《为诗辩护》（"A Defense of Poetry"，1840）。他批评雪莱在该作中"将诗歌放在其他艺术之上，因为其媒介最接近于完全没有媒介"；这种压制艺术媒介的结果就是使"绘画在浪漫主义美学那里最受其害"。① 然而，格林伯格认为，就浪漫主义的革命性来说，如果这种革命首先是题材上的革命的话，那么当时的绘画就应该更富有创造力和表现力，在其技术手段上就应该带来一场更大的变革。但不幸的是，很多浪漫主义画家反而进一步陷入了文学的梦魇，如德拉克罗瓦、席里柯②等。虽然法国的巴比松画派③对此有所警惕，但感伤的绘画与文学不仅出现了，且产生了极大的负面影响，这"在本质上不是写实主义的模仿，不过是在服从于感伤与雄辩的文学中破坏现实主义的幻觉，也可能是二者携手并进。从西方和希腊—罗马艺术来判断，似乎也是如此。就西方曾是一种理性主义和科学精神城市文化而言，它确实总倾向于试图通过一种压倒媒介的力量来实现幻觉的现实主义，它更关心探索对象的实际意义，而不关心使对象的外表更有意味"④。在格林伯格看来，19世纪的学院派画家在技艺上有着很高的才能，但他们的感伤主义却将艺术引向了更为遥远的歧途，只是令其服从于感伤的文学和情绪。这甚至不足以与本质上的写实主义艺术相媲美，使艺术远离了其自身。

基于对绘画中浪漫的感伤主义文学性的不满和批判，格林伯格充分肯定了前卫艺术，并对之进行积极的辩护：

> 前卫文化的任务是在反对资产阶级社会的过程中履行某种职能，这种职能就是为了在同一社会的表现中寻找新的相应的文化形式，同时不屈从其意识形态的划分，不屈从于它对于艺术进行自我评价的拒绝。前卫艺术，既是浪漫主义的产物又是对浪漫主义的否定，成为艺术自我保护本能的体现。其兴趣和对其责任的感觉只在于艺术的价值；以及就特定社会而言，对什么是好的或坏的艺术有一种有机的感触。⑤

---

① 格林伯格：《走向更新的拉奥孔》，第11页。
② 席里柯（Théodore Géricault，1791—1824），法国著名画家，浪漫主义画派的先驱者。
③ 巴比松画派（Barbizon school）是指一群活动于1830年至1880年间，在邻近枫丹白露森林的巴比松镇的法国风景画家。
④ 格林伯格：《走向更新的拉奥孔》，第12页。
⑤ 同上。

格林伯格在这里提出了前卫艺术的任务和性质。它的任务就是履行其在同一社会中寻找新的文化形式的职能，并通过寻找和确定这种新的文化形式来对艺术进行自我评价。前卫艺术的特性就在于，它体现出对艺术自我保护的本能，在于对艺术的价值和艺术的判断保持敏感。在同一的社会中寻找新的艺术形式，这表现出前卫艺术对主流意识形态的反叛和不屈从的态度。从政治的角度来说，前卫艺术反对向资产阶级社会的迎合，反对任何媚俗的艺术；从艺术的角度来说，前卫艺术彰显艺术的独立独特的不屈从本性，尤其反对向任何表现文学或思想的屈服。它主张绝对的艺术自治和艺术的自给自足。

> 前卫艺术关注到一种逃避思想的必要性，这种思想正通过社会意识形态的斗争来影响艺术。……这意味着对形式的一种新的和更着重的强调，这也包括这样的主张：艺术作为独立的行业、门类和技能，绝对的自治，具有尊重自身的权利，而不仅仅是作为传达的载体。这是反抗文学主导性的导火线，而文学是艺术最无法忍受的题材。①

艺术有自身的权利，不再是作为传达思想和情感的载体，它凸显出自身的媒介存在和媒介价值。前卫艺术的这种追求在其本质上体现出的是不依附于任何权势的独立精神。实际上，浪漫主义的精神在其本质上具有很强的批判性，是对资产阶级意识形态的背离。在这点上，浪漫主义运动激发了前卫的精神。格林伯格十分推崇库尔贝（Gustave Courbet，1819—1877），将他视作第一个真正的前卫画家，因为他画作的题材来自平凡的生活，并希望彻底改变官方的资产阶级艺术，将艺术拉回到其起点和本身。在文学领域的一批作家也具有同样的反叛精神，他们通过文学的实验力图摆脱"文学"和思想。但浪漫主义又存在着对资产阶级主流意识形态的妥协，而前卫艺术则是与这种妥协的彻底背离。

实际上，格林伯格不仅认识到前卫艺术中形式的重要性，同时认为所有艺术都应依从"纯粹"的观念，"每门艺术都是独一无二的，严格说来是只为它自己所有。……在诗歌中，也在力求摆脱'文学'或其拯救社会的题材，媒介在本质上被决定了是心理的和前逻辑的"②。诗歌也存在着"纯粹"性的问

---

① 格林伯格：《走向更新的拉奥孔》，第12页。
② 同上书，第14页。

题,这在美国诗人埃德加·爱伦·坡①的诗作及其诗歌理论,甚至在柯尔律治和爱德蒙·伯克的诗歌主张中可以找到源头。诗歌不应负载诗歌之外的任何意义,无论是主题思想还是道德诉求,其语言、词语、音韵本身就是意义。在格林伯格看来,要使诗歌"真正有效的表现力得到全面发挥,就必须使词语摆脱逻辑。诗的媒介被限制在唤起联想和暗示含义的词语的力量中。诗歌不再存在于作为意义的词语之间的关系中,而存在于作为由声韵、历史和意义的可能性构成的个性化词语之间的关系中"②。这一观念与20世纪初期俄国形式主义的美学主张一脉相承。俄国形式主义认为"形式优先于内容……语言符号被当作是'组织感情和思想的独立实体',而非仅仅只是赋予思想感情以形式"③。他们"关注的重心集中在语言符号的外部形式或感受特征,而非交际价值;集中在符号本身,而非符号所表示的客体"④,他们"把词语解放出来……把词语从'对意义的传统从属关系中解放出来'"⑤。词语与形式结构是诗歌的主要媒介,它们不是赋予思想与情感的形式工具,而具有独立的价值。它们作为语言的外部形式提供意义的可能性,能够激发意义的产生,但并不表现意义。因而,诗歌的词语与诗歌的内容和意义之间的关系是断裂的、潜在的,而不是直接的。诗歌的目的在于使得读者在感受诗歌语言和形式的过程中去获得诗歌独特的审美感受,激发他们的无限联想。而诗歌回到其形式本身,也成就了诗歌作为一种本体存在的美学价值和哲学意义。不过,格林伯格认为,尽管诗歌与绘画都力主回到形式本身,回归艺术本体,二者仍然体现出各自的特性,因为诗歌的形式激发联想,而纯粹的造型艺术却力求最少的联想,绘画只力图在最为纯粹、抽象的艺术形式中去使观者获得感受性。实际上,一些推崇诗歌形式的后现代诗学主张已经将诗歌推至词语与形式的极致,诗歌中联想的观念已被抛弃。

格林伯格的《走向更新的拉奥孔》极力为现代前卫艺术张目,在现代主义艺术于20世纪40年代处于多元路径交叉的路口为抽象主义艺术在后来

---

① 埃德加·爱伦·坡(Edgar Allan Poe,1809—1849),19世纪美国诗人、小说家和文学评论家,美国浪漫主义思潮的重要成员。
② 格林伯格:《走向更新的拉奥孔》,第14页。
③ 厄利希(Victor Erlich):《俄国形式主义:历史与学说》,张冰译,北京:商务印书馆,2017年,第53页。内引文出自亚·克鲁乔内赫的《语词的新路》,载《三人》(1914)。
④ 同上。
⑤ 同上。

的急速发展做好了充分的理论铺垫。可以说,回到艺术形式本身,这是20世纪上半叶整个西方文艺思潮中最为重要的走向。它开启了文艺及其研究向科学化、本体化的进程,使文艺的重心重新回归文艺本身的问题。然而,形式主义、视觉艺术中的抽象主义毕竟将艺术封闭于形式这一狭窄的区域之内。在使艺术回归本体、回归自律的同时,平面与抽象的形式主义于一定程度上将自身窄化,缺乏大的社会语境的介入和精神的格局,最终走向了抽象主义艺术的终极。格林伯格自己在文章的最后也提出,回归艺术的形式,这只是艺术的本质和艺术在这个时代必须履行的责任。尽管人们感觉到它"缺乏人情味"并"过于枯燥",但艺术不可能逃避这种责任再返回到陈旧的过去。而对于抽象主义艺术的未来,格林伯格的态度也是比较暧昧的:"我们只能通过对抽象艺术的吸收,通过对它的突围来处理它。抽象艺术向何处去? 我不知道。"[①]

实际上,就在格林伯格将艺术的形式推向一个极端,大力为回到形式本身的先锋艺术张目的同时,各艺术之间的借鉴与"出位"在各自的形式回归中并未受到全面阻隔,相反,各艺术门类的形式特征往往更注重对他种艺术内蕴的表现,画中、雕塑中的诗意和乐感与节奏感,文学中的画面感、乐感和空间感,音乐中的画意、线条感和诗性都成为各艺术形式革新的追求。各门艺术进一步走上了相互跨越的路途,这种跨越更多地表现在各艺术传达的内在意蕴上。

四、格林伯格之后

在《走向更新的拉奥孔》发表的同时和不久之后,格林伯格的艺术观虽然受到抽象主义艺术家的推崇,但也招致不少理论家的批评。阿多诺[②]在1970年出版的《美学理论》(Ästhetische Theorie)中对脱离社会批判和精神价值的艺术进行了抵制。他对以大众文化和商业文化为主导的文化工业极为忧虑和敌视,并予以强烈批判,但他并不认为现代艺术可以摆脱现代社会的介入。现代社会的发展给人类带来了极为严重的精神问题,使人们陷入极度的精神困境。阿多诺认为"人类要想救赎自己,或者说人类要想摆脱这

[①] 格林伯格:《走向更新的拉奥孔》,第10页。
[②] 阿多诺(Theodor Wiesengrund Adorno,1903—1969),德国哲学家、社会学家、音乐理论家,法兰克福学派第一代的主要代表人物,社会批判理论的奠基者。

场危机,除了别的途径之外还得从文化入手。这就需要培养和发展一种真理意志。"①而这种真理意志只能在"精神性和自律性的艺术中去寻找",这就使得艺术"要尽量保持本身的社会性批判维度——即通过表现媒介和历史所确定的方式,攻击和揭露当今社会的种种弊端"②。因此,艺术的形式就不可能仅局限于形式本身,它必然与社会现实产生关联。阿多诺认为,

> 艺术作品不仅进行内在交流沟通,而且还同其极力想要摆脱的、但依然是其内容基质的外在现实进行交流沟通。艺术摒弃强加于现实世界的概念化解释,但其中却包容着经验存在物的本质要素。假如在把握形式与内容的中介之前要对两者加以区别的话,我们可以说艺术在形式领域是与现实世界相对立的;但一般来说,经过一种调解性的中介方式,审美形式便成为内容的积淀。③

艺术有其内在的形式和自律性,其形式力图摆脱外在现实的干扰,保持自身的独立性,与现实世界相互对抗。与此同时,艺术形式应该与现实经验达成调解,其审美形式便成为内容的积淀。阿多诺承认艺术形式的独立性,但他指出艺术形式必然与外在世界存在沟通与交流。"自律性的艺术更应发挥它的社会批判作用"④,这是艺术实现其精神价值的重要途径。由此,艺术无法将自己封闭于形式之中,作为自为、自律、自治的艺术而存在。它必得有他者元素的介入。"艺术既是而又不是自为存在。如果没有异质契机(heterogeneous moment),艺术就不可能获得自律性。"⑤艺术必然与人在社会中的存在有所关联,并从这种关联中获得其生命活力和生存价值。如同阿多诺对史诗的认识,"幸未被人遗忘的伟大史诗最初是从历史性和地区性传说中脱颖而出的"⑥,没有历史的介入和人类活动的介入,史诗便成为无源之水,无本之木,史诗也根本不可能存在。

20世纪中叶及之后,批评家对艺术形式的推崇沿两个方向发展。一方

---

① 王柯平:《引言:阿多诺美学思想管窥》,载阿多诺:《美学理论》,王柯平译,成都:四川人民出版社,1998年,第6页。
② 同上书,第7页。
③ 阿多诺:《美学理论》,第8页。
④ 王柯平:《引言:阿多诺美学思想管窥》,第7页。
⑤ 阿多诺:《美学理论》,第10—11页。
⑥ 同上书,第11页。

面,对艺术形式的注重和研究促使艺术向更为宽广的领域拓展。形式的问题不局限于对具体艺术媒介的表现,如绘画中的色彩、线条、框架、材料,而向着更为广阔的空间、场域、环境等维度发展。诗歌中的形式也不仅限于词语、音韵、修辞等的表现,而是进一步切断表达的叙事性、连贯性、逻辑性,向着语言的跳跃性和碎片化推进。莱辛在《拉奥孔》中界定的诗歌的时间性和造型艺术的空间性之间的分界在20世纪后半叶逐步趋于弱化,文学表达不再凸显其时间性、线性和逻辑性的特征,而向着表达的空间性和视觉化发展。克里格认为诗歌的静止的、空间化的特征就是诗歌的美学本质,而艺格符换正是体现了这种诗学的普遍原则。赫弗南指出,做比较研究的当代批评家们的"目的就是打破莱辛建立起来的诗歌与视觉艺术之间的理论壁垒,即打破诗歌作为传统符号沿时间前行和存在于空间中作为准'自然'符号的绘画艺术的区分"[1]。

然而,不同艺术之间界限的弱化却并非意味着它们在表达方式、媒介、手段方面的接近。艺术家和诗人既不渴求各种艺术门类之间形式上的相似性,也不期待艺术与其所仿造或表达的事物之间存在一致性。"古典艺格符换……向艺术家的技巧和他所创作的形式的逼真致敬……而后现代的艺格符换却破除了逼真这个概念本身。"[2]破除了逼真概念意味着"真"这个概念本身受到了质疑,"真"已经是再现的结果。因而,各门艺术之间的跨越大多体现为它们在美学上的共同追求,而不是对形式逼真的信任。视觉艺术和文学之间的媒介材料是不同的,这点毋庸置疑,但二者之间的审美效果却发生了转变,文学的美学追求进一步向视觉艺术的空间化接近。这实际上与19世纪末20世纪早期哲学思维的发展与转化有密切关系。弗洛伊德无意识理论的兴起,非理性直觉理论的发展,均带动了文学表达中的直觉感悟色彩和非理性表达,促使文学吸收其他艺术的特性,推进了文学形式特征的转化和多样化。在视觉艺术方面,形式表现的去文学的叙事性本身又带来了其深刻的意识形态特征。这就导向了艺术形式发展的另一端,即艺术通过形式传达出形式之外的多种声音,艺术受到意识形态、历史、环境、社会等各个方面的渗透,艺术不再是负载思想的工具,但通过艺术形式人们听到自我

---

[1] James A. W. Heffernan, *Museum of Words: The Poetics of Ekphrasis from Homer to Ashbery*, Chicago: The U of Chicago P, 1993, p.1.

[2] Ibid., p.4.

的内心以及世界跳动的脉搏。而这也正是诗歌、绘画、音乐所共有的美学诉求。在这个意义上,各门艺术不再封闭于自我的形式之中,而是积极汲取异质艺术的介入,激发各种艺术的互通与融合。与此同时,当代欧美跨艺术诗学也随着文化研究和比较文学平行研究的兴起而蓬勃发展、欣欣向荣。

第二章

当代欧美跨艺术诗学

如绪论所述,欧美跨艺术诗学的源头可追溯到亚里士多德的《诗学》和莱辛的《拉奥孔》,但深入的批评实践和理论研究是随着文化研究和比较文学平行研究的兴起而发展的。

欧美当代跨艺术诗学在20世纪五六十年代兴起,不少欧美学者开始关注文学与其他艺术之间的比较、影响和转换,跨艺术批评成为人文学科的一个新视角,并逐渐扩展为涵盖面更广的跨艺术诗学;20世纪晚期数字媒体的飞速发展成为人们的日常生活经验,跨艺术研究向着跨媒介研究拓展,成为人文学科最富活力的领域之一,呈现出全球化和多元化发展的趋势。本章对当代欧美跨艺术诗学研究热点进行分类考察,以求较为精炼地勾勒出当代欧美跨艺术诗学图景。

第一节 诗歌与绘画

诗画关系,一向是欧美诗学的重心,在当代欧美跨艺术诗学研究中更是如此。早在古希腊时期,抒情诗人西蒙尼德斯便道出"画是无声诗,诗是有声画",暗示诗歌中潜藏着将无声画转换成有声诗的力量。"诗如画"的文学传统延续至古典主义时期。莱辛的《拉奥孔》在论及诗与画的界限时,认为诗歌艺术(包括戏剧)和造型艺术分属于时间艺术和空间艺术,这一论述在之后的较长时期内成为西方文艺批评界的主流看法。

1955 年,美国学者斯皮策(Leo Spitzer)发表《〈希腊古瓮颂〉,或内容与元语法的对峙》("The 'Ode on a Grecian Urn', or Content vs. Metagrammar")一文。他把英国浪漫主义诗人济慈的名篇《希腊古瓮颂》作为"艺格符换诗"加以考察,将"艺格符换诗"理解为"对一幅画或一件雕塑作品的诗性描绘",并联系到法国诗人戈蒂耶所谓"艺术换位":用语言媒介再造视觉艺术,暗示诗画之间存在着转换关系并引申到"诗如画"说。[1] 通过对诗作细读,斯皮策发现济慈在《希腊古瓮颂》中发展了艺格符换策略,从"对艺术品的语言描绘"演进为"诗人面对一件古代艺术品浮想联翩的描述"。[2]从此,艺格符换重新引起西方学人的关注,但自此学界对艺格符换的讨论不再仅限于修辞学研究,而是联系到早期的诗如画传统,并被放到更广阔的跨艺术诗学的语境中来考察,加以新的阐释。

美国学者吉恩·哈格斯特鲁姆(Jean H. Hagstrum)1958 年发表了《姊妹艺术》(*The Sister Arts: The Tradition of Literary Pictorialism and English Poetry from Dryden to Gray*,简称《姊妹艺术》),从跨艺术批评的视角解读 18 世纪英国新古典主义诗歌,探析其对"诗如画"传统的继承与创新,哈氏的论著重新评估了英国新古典主义诗歌的艺术成就,并对代表性诗人诗作进行了丰富的解读,提出了一些有启发性的跨艺术诗学概念,为当代跨艺术诗歌批评提供了开拓性的范例。

默里·克里格在《艺格符换与诗歌的静止运动》中把"艺格符换"作为一个核心概念提出,将艺格符换诗看作是"文学对造型艺术的模仿",是"诗歌在语言和时间里模仿造型艺术品"[3],强调诗歌艺术的空间性;后又在专著《艺格符换:自然符号的幻象》(*Ekphrasis: Illusion of Natural Sign*,1992)中对"艺格符换"从符号学的角度加以系统论证,并从跨艺术批评的视角,对

---

[1] Spitzer, "The 'Ode on a Grecian Urn', or Content vs. Metagrammar", *Comparative Study*, 7(1995), 207.
[2] Ibid., p. 218.
[3] Krieger, *Ekphrasis: Illusion of Natural Sign*, Baltimore: Johns Hopkins U P, 1992, p. 265.

西方文论史进行了重构,有力地推动了跨艺术诗学的发展。①斯坦纳(Wendy Steiner)对诗画之间的双向互动、罗桑德(David Rosand)对诗画之间的互惠加以考察。这些论述都为当代欧美跨艺术诗学奠定了坚实的基础。

一、"姊妹艺术":欧洲诗歌中的如画传统

哈格斯特鲁姆(以下简称哈氏)的《姊妹艺术》可谓当代欧美跨艺术诗论的奠基之作。他从跨艺术诗学的角度重新解读18世纪英国新古典主义诗歌,探析其对文学画境(literary pictorialism)传统的继承与创新。哈氏考察了从古代(古希腊罗马时期)到18世纪英国新古典主义时期的诗画关系,但作为文学批评家,哈氏并非做诗画比较研究,而是集中探讨英国诗歌中的画境风格,追踪其起源和传统。哈氏批评先前的诗画比较研究过于关注二者之间的对应性,过于追求分析文艺作品体现的时代特征(Zeitgeist),反而忽略了作品的独特性,甚至忽略了艺术门类的独特性。②哈氏提出,对画境文学传统的梳理有助于更好地解读新古典主义;他认为只有了解新古典主义诗人心中的"艺术众神",即诗人(及其同时代读者)所熟知、欣赏并借助适当的语言刺激"所看到"的绘画、雕塑艺术品,才能更准确地理解或欣赏新古典主义诗歌。哈氏把画境文学分为"图诗"(iconic poetry)、"图文"(iconic prose)和艺格符换诗(ecphrasis)等。

哈氏借用古罗马诗人贺拉斯的名言"诗如画"("ut pictura poesis")作为画境文学传统的创作理念,以此为主线梳理从古代到18世纪晚期的欧洲诗歌发展史,并探析该理念在欧洲文化史不同阶段的微妙变化。在哈氏看来,画境风格传统从古代早期延续到18世纪,其中并没有严重的断裂,但不同时期的诗人在延续传统的同时,创作的图诗风格又有所不同。哈氏把该文学传统归为两大流派,即古代和文艺复兴时期的自然主义,追求"栩栩如生"的效果,另一派以中世纪和17世纪巴洛克诗歌为代表,注重图像与内心以及超

---

① 参见 Murray Krieger, "Ekphrasis and the Still Movement of Poetry; or *Laocoön* Revisited", in *The Poet as Critic*, ed. Frederick P. W. McDowell. Evanston: Northwestern U P, 1967, pp. 3—26;同一年被收入作者的专著,标题改为"Ekphrastic Principle and the Still Movement of Poetry; or *Laocoön* Revisited", in *The Play and Place of Criticism*, Baltimore: Johns Hopkins U P, 1967;1992 年作者又以原标题收入专著,参见 Krieger, *Ekphrasis: Illusion of Natural Sign*, pp. 263—288。

② Hagstrum, *The Sister Arts*, xiv. 本小节以下引用只标注页码,不再加注。

验世界的联系。到了18世纪,英国视觉艺术的发展和民众的审美体验达到了前所未有的程度,评论家常进行跨艺术的比拟,艺术间的交流和类比不局限于诗画,而是延伸到多种艺术门类中,如小说与版画、诗歌与雕塑、戏剧与绘画、音乐与园艺等。以画境文学传统的两大流派为参照,哈氏认为,18世纪新古典主义的图诗更接近自然主义。不过,诗人和画家的关系更加紧密,诗画之间是"友好的互仿"(friendly emulation),而非竞争关系。(130)再者,古代和文艺复兴时期强调艺术品的"栩栩如生",而新古典主义把重心转移到观者或读者的想象力。这也对应着诗歌描绘技巧的转变:早期的图物写貌,表现出从局部到整体的敷陈,而新古典主义的画境书写是暗示性的,而非敷陈性的,诗人以生动的寥寥数笔激发读者"看见"整个画面,简言以达旨。(138—139)

除了从跨艺术诗学的视角,对欧洲诗歌史做了重新的梳理,哈氏还提出了一些新概念或对已有的概念进行了界定和辨析,为当代跨艺术诗歌批评提供了参照。

哈氏论著中的核心概念"画境风格"(pictorialism)和"画境诗"(pictorial poetry)是比较宽泛的用语,包括古希腊修辞"生动描绘"(enárgeia,拉丁文为enargia)、图诗、特定的意象或整体的形式等内涵。简言之,画境文学指能从文字转换为绘画、雕塑等视觉艺术的语篇,但并非诗中所有的视觉化细节都能入画;哈氏认为,画境派诗人应减少动态描写,甚或将运动化为静止,把时间性艺术转换为空间性艺术;出色的画境文风可以克服诗歌媒介的限制,以混合艺术的形式丰富诗歌的表现力。哈氏尤其强调,最出色的画境文学不是纯粹描述性的,而是隐喻性的,具有更深刻的美学和哲学意义。

哈氏在论著中还用了"如画"(picturesque)的概念,这个概念在新古典主义时期盛行一时。哈氏进一步明确了对于新古典诗人,"如画"意味着:(1)像一幅特定的画作,或某个画家或画派;(2)诗歌的写作技巧如特定的绘画技巧一样成为艺术。哈氏在论著中主要使用第二种含义。

哈氏还对"图诗"和"艺格符换诗"加以辨析。鉴于罗马帝国时期的希腊文人卢奇安(Lucian of Samosata)和菲洛斯特拉托斯[①]把各自创作的对图像

---

① 老菲洛斯特拉托斯(Philostratus the Elder, c. 190—c. 230)是小菲洛斯特拉托斯(Philostratus the Younger)的祖父,两人各写过一卷《画记》。

艺术的文学性描述称为《画记》（希腊题名 *Eikone*，英文名 *Imagines*）），哈氏把"icon"延伸到诗歌体裁，以"iconic poetry"指代以图像艺术为主题的诗歌类型，在图诗中，"诗人凝视着一件真实或虚构的艺术品，对其加以描述或以某种方式作出回应"(18)。哈氏高度肯定图诗的价值，"这类诗歌不仅揭示诗人赞美的是何种艺术……而且揭示诗人为何赞美它，呈现诗人在艺术品前的姿态以及诗人如何理解与之相关的语言的作用；图诗……是古典文化遗产的重要组成部分，也极大地丰富了画境文学传统。"(18—19)

哈氏用"艺格符换"（"ecphrasis"或"ekphrasis"）指"给予静默的艺术品以声音和语言的特质"，因为该词汇源于希腊语 ekphrazein，意指"说出"（speak out）或"铺陈"（tell in full）。希腊讽刺诗人常把箴言刻于雕塑、古瓮、立柱或石碑上，与观者或路人形成对话；如此一来，绘画虽被称作哑的诗，但古典艺术品的题词传统赋予静默的雕像以声音，无声的艺术形式被赋予言说的力量；哈氏把这样的题诗称为艺格符换诗。(23)

哈氏也介绍了"艺格符换"的其他释义，如《牛津英文词典》(OED)中引用 1715 年的例句，说明该词汇指"对事物的直观宣告或阐释"；《牛津古典词典》释义为"对艺术品的修辞性描述"，塞因茨伯里（George Saintsbury）将其界定为"一种惯用描写，意在使人物、场所、图画等生动地浮现在受众的心目中"。在哈氏看来，塞因茨伯里的释义与古希腊修辞"生动描绘"（enargeia）相关，艺格符换的运用是为了达到"栩栩如生"（energia）的效果。(18)

哈氏虽然努力理清上述核心概念，但他对核心概念的辨析时而有所混淆，如他分析中世纪的图诗时提出，在曼努埃尔·菲利斯（Manuel Philes）的短诗里诗人采取祈祷或规劝的姿态和口吻，与艺术品形成对话，有时候他让艺术品自己开口，赋予静默的图像以言说的能力。(49)那这样的图诗与艺格符换诗还有区别吗？另有学者提出，在分析新古典诗人的画境风格时，哈氏用"picturesque"，不如用"pictorial"，以免引起混乱。①

但瑕不掩瑜，哈氏的论著重新评估了英国 18 世纪新古典主义诗歌的艺术成就，并对代表性的诗人诗作进行了丰富的解读，提出了一些有启发性的跨艺术诗学概念，为当代跨艺术诗学批评提供了开拓性的范例。

---

① John M. Raines, "*The Sister Arts: The Tradition of Literary Pictorialism and English Poetry from Dryden to Gray* by Jean H. Hagstrum", *Books Abroad*, Vol. 34, 3 (1960), p. 293.

二、艺格符换：诗歌的空间创作原则

1965年10月28—30日在爱荷华大学现代文学研究中心召开的首届会议上，美国学者克里格宣读了一篇题为《艺格符换与诗歌的静止运动；或〈拉奥孔〉再探》("Ekphrasis and the Still Movement of Poetry; or *Laocoon* Revisited")的论文，并于1967年被收入会议论文集正式发表，从此"艺格符换"成为跨艺术诗学的一个核心概念，促进了跨艺术诗学的蓬勃发展。

克里格论述的起点和标靶就是莱辛在《拉奥孔》中提出的诗画异质说。莱辛在《拉奥孔》中承认就艺术效果而言，诗画具有高度的相似性，都是模仿的艺术，可以相互比拟①；但在多处论述中，他强调二者用来摹仿的媒介和手段完全不同：

> 简言之，诗是时间的艺术，运用人为的符号，宜于表现运动，叙述动作；画是空间的艺术，运用自然的符号，宜于描绘静物。"前者通过物体去暗示运动，后者通过运动去暗示物体，所以物体的详细描绘对于诗是不许可的。如果诗对物体作详细的描绘，那也不是作为摹仿的艺术，而是作为解说的工具。"②

针对莱辛的诗画异质说，克里格的中心论点是：文学不仅是时间的艺术，文学的时间性中包含着空间性和造型能力；诗歌既是时间艺术也是空间艺术，诗歌从线性的时间艺术演化为圆通的空间艺术，从"先后承续的进程"（chronological progression）化为"空间意象的并存"（simultaneity），诗歌艺术具有"特殊的时间性"（special temporality），体现为"线性运动的循环往复"（circularizing of linear movement）；而他的论证的基石就是诗歌具有内在的创作原则，即"艺格符换原则"（ekphrastic principle）。③ 在哈氏论著中毫不起眼的"艺格符换"成为克里格论述的核心用语。

那么，如何理解克里格的"艺格符换原则"？克里格引用了艾略特在《四

---

① 当然，莱辛对"诗"与"画"进行了界定，表明自己用"画"这个词来指一般的造型艺术，用"诗"这个词也多少考虑到其他艺术，只要他们的摹仿是承续性的。（莱辛：《拉奥孔》，第4页）比较而言，莱辛在《拉奥孔》中的"画"更多指的是雕塑，"诗"更多指的是史诗、叙事诗和戏剧。
② 莱辛：《拉奥孔》，第171—172页，参见本书第一章第二节。
③ Krieger, *Ekphrasis: Illusion of Natural Sign*, pp. 263—264. 本节以下引文只标注页码，不再加注。

个四重奏》之一《燃烧的诺顿》中一段诗行,作为诗歌艺格符换原则的体现:

> 言词运动,音乐运动
> 只是在时间中,但是唯有生者
> 才能死灭。语言,一旦说过,就归于
> 静寂。只有凭着形状和样式,
> 言词和音乐才能够达到
> 静止,正如一只静止的中国瓷瓶
> 永远在静止中运动。①

克里格指出,诗人转向造型艺术的隐喻来揭示语言形式的静止运动,诗歌在成功地表达诗意的过程中化身为中国瓷瓶,同时含蓄地构建了自身的诗学,即诗歌对形式的要求,在线性延续的同时有环状的重复,并借用造型艺术来象征文学时间性暗含的空间性和造型性,(285)克里格称之为"艺格符换原则":即诗歌本质上动中有静,静中有动,动静结合。艺格符换本是一种经典的文学体裁——"对造型艺术品的文学性摹仿"(the imitation in lit. of a work of plastic art),但在此成为诗歌时间艺术的空间隐喻:"语词摹仿的物体,作为空间艺术品,成为语言艺术意欲在时间的流逝中'定格'(still)的隐喻。"(285—286)

"still"一词出自济慈《希腊古瓮颂》中的名句"你委身寂静的、完美的处子"(Thou still unravish'd bride of quietness)。在论述艺格符换的诗学原则时,克里格借用了这个多义词,称之为"诗歌的静止运动"(still movement of the poetry),并做具体阐释如下:

> 从一开始,就像在我的标题中一样,按照我引用的艾略特的诗句,我公开地依赖于"still"这个词的多意性,而且当它用来描述运动时,可包含相反的意义于一身,表示"从未"与"永远"(never and always);和艾略特一样,我从济慈那里借用了它,我自由地把它用作形容词、副词和动词,可表示"静止的运动"(still movement),"仍在运动"(still moving),更有张力的含义是指,"运动的定格"(the stilling of

---

① Krieger, *Ekphrasis: Illusion of Natural Sign*, p. 264. 笔者参考裘小龙和汤永宽的译文整合而成。

movement）；所以"still movement"是安静的、不动的状态；"still moving"是仍在发生的运动，始终在进行、永无休止；这些既相似又相反的含义都蕴含在"the stilling of movement"中，运动既趋向静止，又趋向延续，形成运动，就像艾略特诗中的轮子和中国瓷瓶，一种静止的状态，一种仍与我们同在的运动，一种——用他的话说——"永远静止"的运动。(267—268)

受利奥·斯皮策对《希腊古瓮颂》分析的启发，克里格把"诗中的艺格符换和模仿元素不仅仅看作它的对象，而且看作它的形式动机"(268)。艺格符换诗描述的对象通常都是圆形的：古瓮、杯子、盾牌、花瓶、瓷瓶、灯具等等，诗歌的形式通常也会与之相对应，"从而象征性地再现了所模仿的艺术品的形式"(268)。

克里格从骨灰瓮的隐喻意义出发，揭示古瓮作为艺格符换诗的形式象征：瓮由陶土烧制而成，就其形状而言，死亡容器（tomb）模仿的是生命容器（womb），坟墓即是子宫；圆形之瓮既是死亡之所，又成为人最后的庇护所，人来于尘土，归于尘土，因而具有更深层次的循环意味：生命的终止与开始、死亡的归宿与生命的容器并存，在对生命形式的循环摹仿中具有空间的永恒性。因此，作为艺格符换对象的古瓮具有更丰富的时间寓意，使之超越了生命转瞬即逝的线性进程。

克里格由艺格符换诗中的古瓮，联系到蒲柏（Alexander Pope）《夺发记》("The Rape of the Lock")里"花瓶"的静止运动、叶芝（W. B. Yeats）《驶向拜占庭》("Sailing to Byzantium")中的金鸟、华兹华斯《致杜鹃》("To the Cuckoo")中的杜鹃、济慈《夜莺颂》("To the Nightingale")中的夜莺等鸟类的飞翔与静止，以及柯尔律治《古舟子咏》("The Rime of the Ancient Mariner")中的重复叙事。克里格进而指出：诗歌，就整体性而言，尽管具有迷人的运动，又已成为一个固定的实体，成为自身的古瓮；由此，"艺格符换，不再是被其模仿对象所限定的狭义的诗体，而是扩展为诗学的普遍原则，由每一首诗在坚持其完整性时所主张"(284)。通过艺格符换原则，诗性的语篇（poetic context）既体现"经验性的进程"（empirical progression），又将其超越性地转化为"典型性的循环往复"（archetypal circularity）。(287)

克里格在专著《艺格符换：自然符号的幻象》中从符号学的视角对艺格符换诗学做了更系统和深入的探讨。他在开篇指出艺格符换隐含的悖论：

> 从一开始,考察艺格符换就是考察对无法被再现之物的虚幻再现,即使这种再现被允许伪装成自然符号,好像可以充分替代其摹仿的对象。……在艺格符换中被描述的既是一个奇迹(a miracle)也是一个幻景(a mirage):说它是个奇迹,因为语言勾画的相继发生的一系列动作似乎被定格成瞬间的视像,但它又是个幻景,因为这样一个不可能真实存在的幻象只能通过诗的语言加以暗示。(xvi—xvii)

通过考察艺格符换的悖论性,克里格关注跨艺术诗学的核心问题:语言是否具有视觉符号运作的能力,语言是否应该作为视觉符号而使用?(2)而诗人对这两个问题的肯定回答便导致其创作中隐含的"艺格符换渴望"(ekphrastic ambition)或"艺格符换理想"(ekphrastic aspiration),即赋予语言艺术非凡的使命,力求再现实际上不可再现之物(represent the literally unrepresentable)。(9)克里格也揭示了创作主体与受众与之相关的爱恨交织的心理状态:

> 诗人和读者对于艺格符换的渴望,必须与两种截然相反的冲动、两种对立的情感相妥协:艺格符换的想法使人激动,也令人气恼。产生于前一种情感中的艺格符换渴求空间的凝固而后者渴望在时间中流动的自由。前者要求语言将自己定格为空间形式——尽管其本质上是任意的、时间性的。……第二种冲动接受语言并无魔力的现实,语言的任意性和延续性使之逃离那凝固的瞬间视像,因为对瞬间视像的追求会以一种反图像的模糊性掩盖瞬间的稍纵即逝。……在这两种情感的冲突中,我们既被艺格符换吸引,又对其反感;我们一方面感到自然符号的吸引,另一方面,又要拒绝所谓的"自然符号",惧怕它会剥夺我们内心运动的自由、想象的自由、任意符号流动的自由。(10—11)

克里格进而指出,语言艺术媒介的双重性还在于:诗歌语言可以被视为一种透明性运作,为其所指而牺牲自身的存在;但它也可以被看作一种感官性的运作,坚持其自身不可被简化的存在;"诗歌的语词符码中包含凝固与流动的并存,一个被定格的形象,同时又在语言的缝隙中滑脱"(11)。

在克里格看来,西方美学思想的核心就体现为艺格符换悖论:艺格符换作为视觉形象的语言替代物,或者在发挥语言作用的同时,以视觉形象作为自身的语言象征。(11)克里格把西方美学史称为"艺格符换的诱惑史",即语言艺术试图克服语言的劣势、克服语言艺术作为人为符号的劣势而摹仿自然符号，摹仿它们无法变成的自然符号艺术。作为读者，我们在大脑中自由运用语言的理性让我们沉醉于语言创造感性物体的幻象中，尽管我们只是理性地——因此只是比喻性地——感受这个物体。(12)艺格符换诗学的核心就是自然符号和人为符号的对立。

从艺格符换诗学的视角，克里格把西方美学史解读为自然符号美学和人为符号美学之间摇摆互动的历史，由此分为五个阶段。

第一阶段：从古希腊到文艺复兴时期，这是语图关系最复杂的阶段。柏拉图思想奠定了自然符号美学，并把这种美学扩散到诗歌王国，人为的语言符号被要求具有自然符号的透明性，强调可视性和感性的再现。亚里士多德虽与柏拉图有些微不同，但确立了以纯粹自然符号表征为理想的美学观。模仿论把美学价值推及到摹仿应尽可能接近摹仿物的程度，诗歌追求艺格符换理想，致力于达到栩栩如生的效果。(14)这一阶段的语图关系体现在箴铭(epigram)、艺格符换(ekphrasis)和徽志诗(emblem poetry)中。在克里格看来，文艺复兴时期的徽志诗最大程度上实现了艺格符换原则，"视觉图与话语图相互辅助，寻求再现不可再现之物。艺格符换是诗歌语言艺术中二者的联姻"(22)。

第二阶段：新古典主义时期。17世纪晚期和18世纪前半世纪，诗如画观念又占据主导，把诗歌作为语言画(verbal painting)，语言艺术媒介被简化为摹仿自然符号艺术的透明工具，自然符号美学被奉为圭臬，如英国文人艾迪生(Joseph Addison)依据雕塑、绘画、语言描写、音乐的顺序划分艺术等级。

第三阶段，浪漫主义时期。西方美学思想发生了转向。伯克批评自然符号的再现是有缺陷的，受制于摹仿物的物质性，而语言因其人为符号的含蓄性和不可预见性，具有无限的情感吸引力，语言不需要描绘图像。伯克把诗歌语言从"如画说"的桎梏中解放出来，释放其情感表现的无限潜力。语言从作为再现的图画转向富有表现力的序列，文学批评理论总体上从视觉形式转向时间范畴，文学摹仿的典范艺术不再是绘画或雕塑，而是音乐，"诗如乐"说成为主流。由于声音范畴进入有关艺术的争论，诗歌对视觉认识论的完全依赖也宣告结束，随之结束的还有对基于视觉摹仿的那种艺格符换的偏好。(24—25)

第四阶段:现代主义时期。一方面是浪漫主义延续到20世纪的反形式主义、反图像、反空间的冲动,即诗如乐的批评理念。另一方面,新批评主义对语言声音特质的强调,又使得智性的语言具有感性的表现力,由此,诗歌语言媒介的双重性得到重申,即诗歌语言是感性媒介,有其声音的维度,与其他艺术相连,寻求共同的美学意图,又服务并丰富了理性世界。现代主义采纳诗歌的整体性隐喻,语言可以时空兼得,既分享经验的时间性,又赋予其空间形式使之具有人类理解的统一性。(168)

第五阶段:当代时期。在后现代理论"语言学转向"的趋势下,语言学高于诗学,诗歌回归到语言艺术家族,与审美艺术区别开来。在这种观念的影响下,诗歌是有机体的隐喻,直观地成为诗歌形式的模板,把诗歌变成自身的某种自然符号,而其他所有艺术(包括视觉艺术)从符号学的角度来看,都具有语言符号的功能,需要加以解读。由此,克里格指出,

> 到我们所处的时代,语言艺术有望再现从感性的或自然符号角度而言似乎不可再现之物,因而具有无比的优越性,成为艺术典范;语言和声音的艺术被尊为首位,对文本进行符号性阐释的兴趣波及所有艺术,使之趋向于时间性,使之适于解读。这是文学和文学批评的终极霸权性策略,使所有的艺术趋于话语艺术的表达方式。(26)

在此,克里格将艺格符换诗学上升到文化批评的高度:作为自然符号的幻象,艺格符换悖论提醒我们,在约定俗成的文化语言中,人为的、常规性的话语显出"自然的"表象,创造出"现实"的幻景,在审美经验的魔力下,在画布上,在石头中,在舞台上或在字里行间,显出"自然的"可信度。但在复杂的文化中,它们也在自觉地削弱那种可信度,承认自身为艺术而非现实。这种自觉意识尤其可贵,这种反思能发挥文化批判的作用;克里格认为,每一个健康的文化都应该包含符号悖论的象征,既珍惜它所创造的幻象,同时又在不断地质疑这种幻象及所谓的"自然"现实。就在检视这些幻觉和"自然"现实中,每一种文化都通过理性的思考发现自身,这种自我发现以及相伴的怀疑主义,构成所有艺术发展的最有价值的旨归。(260—261)

克里格的跨艺术诗学把艺格符换的概念从修辞学、诗体的范畴扩展到诗歌创作原则及至美学批评和文化批评领域,为重构西方文学史和文学批评史提供了一个新视角,极富理论创新意义和批评实践的开拓意义。克里

格先以"静止运动说"界定艺格符换诗学,阐释时间性与空间性、承续性与造型能力相统一的诗歌艺术,后以"语图联姻说"界定艺格符换悖论,有其可取之处,但在这样的界定中,艺格符换的概念失之宽泛,遭到赫弗南的批判和修正。

三、图画罗曼司:诗画之间的双向互动

如果说克里格的跨艺术诗学强调诗歌语言的空间性和造型能力,斯坦纳则对诗画之间的双向互动——图像的叙事性(pictorial narrativity)和叙事文学的象征性——做了深入的研究。

图画是如何讲故事的?为什么以罗曼司为代表的叙事文学总是指向绘画和其他视觉艺术对象?从这两个似乎毫不相干的问题开始,温迪·斯坦纳在《图画罗曼司》(*Pictures of Romance*:*Form against Context in Painting and Literature*,1988)中揭示了视觉艺术和罗曼司之间错综复杂的关系。论著的标题语带双关,说明作者试图讲述两个"故事":绘画和文学罗曼司,前者有关"视觉艺术中的叙事",后者有关"罗曼司中的视觉艺术"。斯坦纳认为,图画的叙事性几乎遭到艺术史家的忽略,但视觉艺术的叙事潜力是个极其有意义的话题,有助于解释有关西方绘画及文学罗曼司中一些最基本的现象。① 斯坦纳的中心论点是:罗曼司与绘画之间的对话以及绘画的分隔叙事传统反映了西方文化中形式主义思维(formalist thinking)与语境主义思维(contextualist thinking)之间的矛盾。(1)

就视觉艺术的叙事性而言,斯坦纳提出,图像叙事经历了波浪形的变化,从中世纪的强叙事到文艺复兴时期开始的弱叙事,而现代主义和后现代主义时期见证了图像叙事的复兴。她借用文学叙事学理论探讨图像叙事,指出视觉艺术中的强叙事有三个重要条件:画作呈现不止一个时间点;画作主体需重复出现;主体被置于最低程度的现实场景中;这也是绘画与现实主义密切相关的叙事三要素,即事件的时间性延展,人物身份的持续性,以及有关现实的时空假设。(2)

在图像叙事中,表现对象的重复出现是首要手段。这个因素的重要性

---

① Wendy Steiner, *Pictures of Romance*:*Form against Context in Painting and Literature*. Chicago and London:The U of Chicago P, 1988, p.8. 本节以下引文只标页码,不再加注。

再一次揭示了叙事语义中现实主义的关键地位。因为在现实中,一个人不可能同时出现在两个地方,因此,如果一个形象在画面中不止一次出现,我们自然就认为画面显示了不同的时刻,"故事人物一定是一个重复的主体"(To be a character is to be a recurrent subject)。(17)故而,在古代和中世纪的图画中,有多时间点事件的并置,多联画由此颇为盛行。

然而,文艺复兴时期的艺术家把定点透视和明暗对比确定为视觉现实主义惯例,假定"观者只能在某一刻从一个固定的视点通过一个框架观看一个场景",这使得图像叙事被排除出视觉艺术。(24)在斯坦纳看来,达·芬奇用"叙事画"指代定格的历史场景、圣经场景或神话场景,并不准确;文艺复兴之后的绘画并非完全非叙事性的,如历史画,但叙事性仍很弱,多场景和重复的表现对象被视为不得体。(27)斯坦纳一再强调叙事性与现实主义之间的关系,而文艺复兴时期的艺术以"视觉真实"之名,压制、排除图像的叙事性,如其所言:"布局与叙事、本质的主体与展露的身份、客观性与主观欲望,这些对立要素在文艺复兴艺术体制中日益突出"。(3)

另一方面,文学罗曼司也关注这些问题,并充分利用了视觉艺术的象征性,最常用的手法是通过定格场景(stopped-action scenes)描绘爱情,如男女主人公一见钟情、公主被困等,故事的主体被提升至视觉艺术的永恒姿态中。但在19—20世纪的罗曼司文学中,静与动的对立也与观者的入迷与施控联系起来,这个时期的罗曼司文学把超验性与偶然性、非时间性与历史性、感知与欲望之间的矛盾延伸至审美感受的领域,由此产生了形式解读与语境主义解读之间的对立。(3)

由此,斯坦纳发现了一个有趣的悖论:为了营造视觉认知的真实感,从中世纪到文艺复兴艺术的转变过程中,叙事性从视觉艺术中被逐渐消除,非时间性的定格画面是为了实现图像现实主义——事物"真的"看起来如此;但当文学叙事想远离现实主义时,则借鉴静止的视觉艺术的象征手法;两种艺术都在使对方的现实主义观念相对化。(4)

斯坦纳也对"艺格符换"概念进行了探讨,她借用莱辛所谓"富于包孕的片刻"(the pregnant moment)来理解艺格符换在诗画中的对等表现。文学叙事与绘画最大的差异在于能否表现事件的历时延展,时序(temporal sequence)是叙事的最本质特征。按照叙事学家杰拉德·普林斯(Gerald Prince)的说法:"叙事表现依时序发生的至少两件真实或虚构的事件",即事件被分隔成特殊、有次序的部分。(13)就此而言,斯坦纳发现"视觉艺术显得叙事性不足,甚至,按照以上叙事的定义而言,是反叙事的",因为"几乎所有文艺复兴之后的艺术品,都是通过一个孤立的时刻表现事件,尽管画面呈现特定的行为、人物、地点和时间……这个时刻也就是莱辛所谓'富于包孕的片刻'"。与此相对应的就是文学传统观念的艺格符换,诗歌致力于达致定格画面的永恒时刻或哀叹自己没有能力达到。(13—14)由此,斯坦纳把艺格符换看做"富于包孕的片刻"在绘画或文学中的再现,"艺格符换诗画指涉时间性事件但不具有很强的叙事性"。(14)斯坦纳进而把艺格符换与象征主义联系起来,"典型的艺格符换画,意在象征性建构,而非试图叙事";同样,所有文学性艺格符换都是在阻止叙事,自动引发象征性的解读;"就像艺术史家本能地把叙事艺术联系到历史画和风俗画,而非寓意画,科莫德把定格叙事或艺格符换作为象征主义的工具"。(22)

如果说图像叙事与现实主义密切相关,那么罗曼司叙事文学则与象征主义如影随形。斯坦纳认为,文学罗曼司里的象征主义运用了视觉艺术的透视原理:这奠定了观者与艺术品之间的主客体关系,对应着罗曼司故事中男主人公与恋人之间的关系。(43)女性恋人作为视觉对象具有双重特性,既是被动的客体,又作为美的对象对观者施加控制力。罗曼司是爱情故事,罗曼司上演爱情,就如同故事中的女性为悦人之目而存在,因此,读者对罗曼司的审美反应恰成为罗曼司主题学的一部分。罗曼司中的绘画,作为美的形象,成为一个象征,提醒读者罗曼司不仅是爱情故事,而且是"被观赏"的爱情故事(the story of love perceived);既象征着被爱之人,也象征着作为艺术品的罗曼司。(48)斯坦纳通过分析济慈、霍桑、乔伊斯和毕加索的文学作品,阐释罗曼司如何运用艺格符换达致视觉艺术的象征性,进而揭示作为文学传统主题的艺格符换悖论:"诗歌致力于达到视觉艺术的永恒姿态,但同时,作为时间性艺术,显然又不可能实现这个愿望"。(122)这也呼应着克里格的艺格符换悖论。

斯坦纳对跨艺术诗学的贡献首先在于挖掘图画的叙事性,以及罗曼司叙事文学与视觉艺术的紧密联系。其次,斯坦纳把艺格符换看做"富于包孕的片刻"在绘画或文学中的再现,由此把这个概念从语言属性中解放出来,既可指文学性艺格符换,亦可指视觉性艺格符换。但她对艺格符换的界定过于强调其静止和定格的状态,受到赫弗南的批判。

四、艺格符换循环:诗画之间的互惠与再生

艺格符换常被视为从图画到诗歌的单向转换,罗桑德(David Rosand)在《艺格符换与形象的产生》("Ekphrasis and the Generation of Images",1990)一文中则提出诗画之间的"交换是互惠的(reciprocal),因为诗歌文本又通过画家的视觉化艺术找到了新的现实";他以欧洲文艺复兴时期的艺术创作为例,论证西方的艺术史就是这种交互的循环,"诗歌和绘画在时间的螺旋结构中互嵌——形象生产形象(image begetting image)"。① 他在文中论证诗文与图像的这种循环,关注古代艺格符换文本对文艺复兴时期图像文化的塑造。

罗桑德把文艺复兴时期艺格符换循环分成两个阶段,第一个阶段以文艺复兴人文主义者阿尔贝蒂发表《论绘画》开始。阿尔贝蒂独重历史画/故事画(*historia*),反对画家对自然的机械模仿,敦促画家与文人交往,并饱读诗书,从诗人和演说家那里获得文学知识用于创作历史画,因为"历史画是考验画家功底的试金石",而善于从古代文献中"取材"(*inventio*)是画家的美德。(62)

在阿尔贝蒂的努力下,艺格符换超越传统的修辞价值,发展为对绘画更加系统的反应和编码,超越描述性细节而创造了视觉构思的观念。但他没有抛弃艺格符换模式,而是在视觉反应的基础上,赋予艺格符换新的功能,对画家有新的意义。艺格符换成为艺术存在之链的一个关键环节,兼具前瞻性和回顾性,以古代艺术为描述对象的艺格符换"既成为过往绘画成就的历史记录,又成为未来艺术成就的源泉";在阿尔贝蒂这一倡议下,艺格符换不再是绘画的附庸,而成为绘画创作的驱动力和艺术生产的重要环节;在其忠实描述的功能之外,阿尔贝蒂还肯定了艺格符换的伦理学和美学意义,艺格符换成为跨越时间的桥梁,连接着古代和文艺复兴艺术的荣光,在先人的艺格符换书写中,"古代绘画艺术的辉煌得以保存,经受了无情岁月的侵蚀"。(66)

阿尔贝蒂在转述卢奇安对古希腊画师阿佩莱斯②的杰作《诽谤》

---

① David Rosand, "Ekphrasis and the Generation of Images", *Arion*, 1(1990), p.61. 本节以下引文只标页码,不再加注。
② 阿佩莱斯(Apelles of Cos),约活动于前4世纪前后,古希腊的著名画师,其事迹载于古罗马学者老普林尼(Pliny the Elder)的《博物志》(*Naturalis Historia*)。

(Calumny)的细致描述(艺格符换)时反问:"如果说这些画作经过文字转述便引得人们浮想联翩,那当名家美轮美奂的原作出现在人们面前时该引起怎样的惊叹?"(69)其言下之意是希望当代画家能够拿起画笔,和古希腊最优秀的画家争辉,重现那些消失在历史中的杰作。罗桑德认为,正是在阿尔贝蒂的激励之下,到15世纪晚期,文艺复兴的艺术家通过卢奇安和老菲洛斯特拉托斯等人对艺术品的逼真描述(艺格符换)复原一些已然湮灭的古希腊艺术精品,如波提切利的《诽谤》(1494—1495)几乎重现了卢奇安描述中的所有细节;这幅画源自艺格符换,又像文本一样等待后人解读,从语言转换到图像,图像又需要语言阐释,诗画循环的第一阶段就此完成。

其次,罗桑德以16世纪提香的创作为例,论证艺格符换循环的第二个阶段。老菲洛斯特拉托斯的《画记》是源于视觉艺术的"艺格符换",提香据其对艺术品的逼真描述创作了《爱神节》(*Cupids*)和《酒神祭》(*The Andrians*)等"艺格符换画",为17世纪鲁本斯创作同题作品提供了原型,后者模仿提香的作品时充分展示了自己的创新。罗桑德通过比较发现,在《酒神祭》中鲁本斯作的种种改动针对的并非《画记》的文字描述,而是在回应提香的画作。罗桑德强调,提香依据古人的文字描述,重现了消失在历史长河中的古代绘画,同时用艺格符换画取代了古代的艺格符换文本,成为后世画家创作的蓝本。罗桑德由此提出,"艺格符换循环的第二阶段就此完成:文字臣服于图像,或所谓的绘画互文性(interpictoriality);画家重新占据主动,确立新的艺术推动力"。(100)

罗桑德提出了艺格符换循环一说,揭示诗画关系不是单向的,而是互惠的,古代艺格符换文本为文艺复兴时期的美术创作提供素材。但他的循环论仅限于文艺复兴时期,没有看到艺格符换循环的持续,文艺复兴艺术家美妙绝伦的画作又何尝没有激发后世文人和艺术家进行艺格符换再创作呢?他也没有看到艺格符换可以超越诗画关系,进入其他艺术门类,互惠的循环永无止尽。

第二节 语词与图像

瑞典学者汉斯·伦德(Hans Lund)是北欧国家较早进行跨艺术研究的当代学者,他是1995年隆德大学举办的首届跨艺术研究国际研讨会的发起人之一,也是此次会议论文集的主编之一。1982年他以瑞典语发表了《作为图像的文本:图像的文学性转换研究》(*Texten Som Tavla*:*studier i litterär bildtransformation*)一书对跨艺术诗学中的语词与图像关系进行了分类界定,将跨艺术研究推向跨媒介研究。1992年该论著英译本出版,对英语学界产生重要影响。赫弗南在《语词博物馆》(*Museum of Words*,1993)中把语图关系从意识形态的视角加以考察,将性别对峙类比语图之间的主客体关系,米切尔(W. J. T. Mitchell)①在《图像学》(*Iconology*,1986)和《描绘理论》(*Picture Theory*,1994)中有关语图关系的文化批判以及雅各比(Tamar Yacobi)等学者关注的"艺格符换变体"(ekphrastic variation)都推动了跨艺术诗学向纵深发展。

一、语词与图像的关系

伦德在《作为图像的文本》中首先批判德国学者弗朗兹(Grisbert Franz)对诗画关系的理解,后者用三个德文术语界定诗画关系:"Emblemgedicht"指诗画合体艺术,如巴洛克时期的徽志集(emblem book);"Figurengedicht"指通过文字排版而具有视觉艺术效果的图像诗;"Bildgedicht"指取材于图画或有关图画的诗。② 伦德对此提出质疑,他提出,"bild"在德语中既指"图画"(picture),也指"形象"(image),在艺术史和文学史中具有不同的指涉,因此,"Bildgedicht"语义含糊,界定不清。(6)而伦德把语图关系明晰为三种类型:组合型(combination)、融合型(integration)以及转换型(transformation)。(6—11)

伦德指出,"组合"意味着"共存",即语言和图像和谐并生的最佳状态,语图两种媒介彼此补充、互文共释,如英国文人威廉·布莱克和但丁·罗塞蒂以及德国作家兼画家君特·格拉斯(Günter Grass)的一些诗画合体艺术即属于此范畴。

在"融合型"作品中,图像性因素是文学作品视觉形态的一部分。典型

---

① 国内学界有译为"米歇尔",笔者据《世界人名翻译大辞典》,米歇尔应为"Michell"或"Michelle"之译名,Mitchell应译为"米切尔"。见新华通讯社译名室编:《世界人名翻译大辞典》《中国对外翻译出版公司,北京:1993年,第1872页,第1899页。

② Qtd. in Hans Lund, *Text as Picture*:*Studies in the Literary Transformation of Pictures*,trans. Kacke Gotrick, Lewiston: Edwin Mellen, 1992, p.5. 本节以下引文只标页码,不再加注。

的"融合型"作品如高脚酒杯状或沙漏状排版的诗节、巴罗克诗歌中的图案诗（pattern poem）以及现代主义的具象诗（concrete poem）等。比较而言，在"组合型"作品中，图像性因素担负相当独立的功能，可以与文本分离；而在"融合型"作品中，一旦移除图像性因素，语言的结构势必遭受破坏，即，语言和视觉因素共筑整体，缺一不可。

在"转换型"作品中，语言文本中没有任何可见的图像因素，作者传递给读者的有关图像的信息仅由语言文字给出。伦德把文学与图像艺术的关系研究看做语言文本和视觉文本之间的互文性研究，进而对转换型作品加以深入剖析：图像可以真实存在，也可以是虚构之作；可以是局部细节转换，也可以是整体布局的转换；可以细致描摹，也可以一笔带过；可以强调图像的静止特征，也可以把图像解读为动态的场景；还包括作者对图像艺术家解读现实之方式的借鉴，等等。

伦德进而区分了两类"图像转换型文本"（picture-transforming text）。他梳理了有关"艺格符换"的不同界定，发现争论的焦点是：艺格符换是指对艺术品的语言转换，还是包括对日常生活物品的语言描述或对现实世界的文学解读？伦德认为这两种看法具有本体论意义上的差异，不可等同。他把前者称为艺格符换，即"描绘或阐释（真实或虚构）图像的语言文本"；他把后者称为"图式投射"（iconic projection），即如绘图般描述或阐释外界现实的语言文本。（16）

伦德的研究尤其关注到跨艺术转换中读者的能动作用：

> 语言文本与视觉图像传播的信息可能具有完全不同的意义。描述性语词并不能真正形成一幅画……是读者的心灵而非视网膜对作家之言产生反应。作家在用语言转换图像的时候，已假定读者具有观察或解读图像信息的某些经验。不管用什么方法，他必须激发读者去调动类似的资源或经验。（37）

由此，伦德提出图像转换型文本中"标记"（marker）的重要性，即帮助读者联想到图像蓝本的"清晰的指示性符号，或间接捕捉到文本图像性的隐含符号"。（38）标记可以从诗名中体现，如济慈的《希腊古瓮颂》，也可以蕴含在诗作的字里行间，如勃朗宁（Robert Browning）《我的前公爵夫人》的（"My Last Duchess"）。伦德还探讨了图像转换的功能：使抽象的思想具象化，如同艾略特的"客观对应物"(objective correlative),有助于作者表达特定的态度,也可以制造多义和歧义,使文本的内涵更加丰富。(43)

由于两类"图像转换型文本"的蓝本有着本体论意义上的不同,伦德探讨了现实与图画的关系。他认为,既然我们在欣赏图画的时候必然联系到我们的生活经历和现实世界,有时又会以观画的艺术方式看待现实世界,那么现实世界与图画之间便存在着互换关系:"图画是一个世界,世界也是一幅图画"(The Picture a World—The World a Picture)。(44)很多情况下,我们可以把一幅画看作"人为的构造",也可以视为"通往一个鲜活现实的窗口"。(46)伦德借用达弗莱尼(Michel Dufrenne)的"距离美学"和伊瑟尔(Wolfgang Iser)的阅读艺术理论,阐释美学认知的复杂性和综合性——美学认知"既是现实性的,也是审美性的",观者"既是一个欣赏者,也是一个参与者";观众在欣赏图画时,将自己对现实事物的理解投射到图画中,同时也知道眼前所见并非现实;另一方面,当人们将现实世界视为图画时,他们也深知自己面对的并非图画。(50)

最后,伦德指出"图式投射文本"的意义之所在:语言描绘本身并不太重要,重要的是作者使用"语言标记"吸引读者,"调动其已有的图像知识、视觉思维和构图能力";文本的图像性并非通过反映图像母题的个别元素所显露,而是在于视野所见具有统一的图式结构;这个结构以文本中的观者为协调人(mediator),他们是诗歌的言说者或故事的讲述人,或者是其他虚构人物——他们对视野中的图像式构成同时进行编码和解码;他们通过无形或有形的框架(如门、窗)观察周围世界,这个框架有助于观者聚焦,象征眼前所见并非一团混乱,而是"有序的统一",而艺术的最终目的就是协调人与世界的关系。(197)

伦德对语图关系的三分类明晰了跨艺术诗学不同的研究路径和研究对象,后来也被借用到跨媒介研究中。他明确艺格符换的"转换型"文本特征,将艺格符换与"图式投射"在本体论上区别开来,又在"图式投射"文本研究中将语图关系升华至人与世界的关系研究,这些洞见都对欧美跨艺术诗学产生重大影响。① 但他的跨艺术、跨媒介文本三分法适用于描述文本的静态

---

① 如音乐学者潘惜兰就借用伦德的语图关系三分法分析文学、绘画与音乐的关系,参见本章第三节。

特征,无法涵盖文本历时的动态变化和文本内部多媒介的相互影响,如中国诗书画印合一的文艺作品。

二、艺格符换:视觉表征之语言再现

美国学者赫弗南在《语词博物馆》中正式提出了"艺格符换诗学"之说。赫弗南坦承自己从米切尔的《图像学》(Iconology: Image, Text, Ideology, 1986)中受到启发。米切尔的研究力证文学与视觉艺术之间本质上是一种竞争关系,是图像与语词之间的斗争。赫弗南意在通过考察作为视觉艺术之文学再现的艺格符换文本,来阐释语图之间的竞争关系;他考察从荷马到当代诗人阿什贝利(John Ashbery)在诗中如何再现绘画和雕刻艺术,从文学与视觉艺术之间复杂的互动关系的角度建构艺格符换诗学。①

赫弗南肯定克里格使艺格符换的概念重新焕发生机,但他批评克里格对艺格符换的界定过于泛化,不再包含任何特定类型的文学,而只是成为"形式主义的一个新式代名词"。(3)他也不赞同戴维森(Michael Davidson)有关古典艺格符换和当代艺格符换的二分法,即古典绘画诗(painter poem)与后现代画风诗(painterly poem)的简化区分。戴维森将前者界定为以绘画、雕塑艺术品为主题,并有意摹仿艺术品自足性的诗歌,认为后者运用绘画创作技法但不依赖于绘画;在绘画诗中,诗人静观艺术品,与艺术品保持审美的距离;在画风诗中,诗人把绘画当作文本解读,或者解读绘画蕴含的更广泛意义上的艺术美学。(4)

有别于克里格和戴维森,赫弗南把艺格符换视为"一种文学模式"(a mode of literature),而非一种限定的文学体裁,他认为艺格符换文本可以包含在史诗和抒情诗中,也可以存在于小说和艺术史中。基于《牛津古典词典》(Oxford Classical Dictionary)对艺格符换的释义:"对一件艺术品的修辞性描述",他据此提出一个形式简单但内涵丰富的界定:艺格符换是"视觉表征之语言再现"(the verbal representation of visual representation)。(3)他把艺格符换与画境诗(pictorialism)以及拟象诗(iconicity)区别开来(对应着伦德对艺格符换与图式投射的区分),他认为后两者主要为了再现自然物

---

① James Heffernan, *Museum of Words: The Poetics of Ekphrasis from Homer to Ashbery*, Chicago: Chicago U P, 1993, pp. 1—2. 本节以下引文只标页码,不再加注。

或人工制品,如威廉斯的《红色手推车》("The Red Wheelbarrow")和卡明斯(e. e. Cummings)的《树叶落了》("The Leaf Falls")。不过,他也发现,这三个概念并非毫无关联,"一首艺格符换诗可能运用绘画技法再现一幅画,也可能排印成所要再现的画作的形状。但艺格符换不同于画境诗和拟象诗,艺格符换用语言再现的对象本身是表征性的"(ekphrasis represents representation itself)。(4)

赫弗南在论著中首先从共时性的角度考察作为文学模式的艺格符换诗学。赫弗南界定艺格符换的核心是用一种艺术表征去再现另一种艺术表征,他尤其强调了艺格符换文本内部的叙事张力。克里格把艺格符换视为在空间中冻结时间的一种方式,斯坦纳把艺格符换界定为造型艺术中"富于包孕的片刻"在语词中的对等——它追求"处于这一时刻的造型艺术超越时间的永恒性"。① 而在赫弗南看来,艺格符换是动态的、孕育性的,其叙事冲动从视觉艺术"富于包孕的片刻"中释放出来,彰显视觉艺术只能暗示的故事。(5)赫弗南的这个观点反而是对莱辛诗画观的呼应。

受米切尔图像学理论的启发,赫弗南提出,艺格符换保持活力的原因就在于其内部的竞争性;因其用语言再现视觉艺术,艺格符换内部上演了两种表征模式之间的斗争,即语言的叙事冲动和静态图像的顽固抗争,一种性别色彩分明的对抗。语图之间的斗争关系象征着性别之间的对抗,即男性的注视和女性化形象之间的抗争,男性话语也试图控制既诱人又有威胁性的女性形象;"艺格符换不仅描绘艺术品,而且对话艺术品,并为其代言",被艺格符换代言的女性化形象在与男性观者的对话和对望中,也在挑战男性目光的控制力以及男性的话语权;由于这种对抗在语言战场上展开,似乎话语占据优势;但是,艺格符换诗人对艺术品时常表现出一种深层的矛盾心理,"图像崇拜"(iconophilia)和"图像恐惧"(iconophobia)、敬畏与焦虑兼而有之。(7)

其次,赫弗南在论著中对艺格符换诗学做了历时性的文本细读。他对论著标题进行了阐释:某种程度上,书中收入的艺格符换诗就组成"一个语词博物馆,一个仅由语言建构的艺术馆"。(8)这个"博物馆"按照时间段分成了"四个展区":从荷马到但丁的男性艺格符换谱系,从奥维德到莎士比亚

---

① Steiner, *Pictures of Romance*, pp. 13—14.

对菲罗墨拉（Philomel 或 Philomela）神话的改写（构成女性艺格符换的谱系），浪漫主义艺格符换诗以及现代和后现代艺格符换诗。

赫弗南指出，第一阶段的艺格符换诗具有一些共同点，如都是观念性艺格符换（notional ekphrasis）①、诗篇对图像的描摹入微、图像转变成叙事等，也各有其特点，如荷马史诗中的"再现性分歧"（representational friction）②，维吉尔《埃涅阿斯纪》中叙述了观者对图像的反应，但丁《神曲·地狱篇》中语图之间充满竞争，但丁作为上帝之作的阐释者和发言人等。这些诗篇中再现的视觉艺术多数是有关男性的故事，由男性所造，为男性服务，赫弗南称之为"男性艺格符换"（masculine ekphrasis）。（46）

赫弗南在第二阶段解读希腊神话菲罗墨拉的故事在古代小说、中世纪和文学复兴诗歌中的跨艺术再现，即女性受辱主题在文学和视觉艺术中的再现。在女性艺格符换中，语图之间的性别对抗更加明显。

希腊神话中菲罗墨拉受到姐夫泰诺斯（Tereus）的强暴，并被割去舌头。菲罗墨拉通过编织挂毯向姐姐普洛克涅（Procne）叙说自己的受辱，姐妹二人联手向泰诺斯复仇。古罗马诗人奥维德在《变形记》中以"语词"再现了这个"图形故事"（graphic tale）。赫弗南指出，故事中最说明问题的细节是菲罗墨拉的声音是通过图像传达的，她的言说被织入图像的言说中，与之紧密相连；图像，如同女性本身，在传统上是静默的，但菲罗墨拉的故事表明"一个图像能静静地叙说什么。（48—51）赫弗南分析了女性受辱主题在古代小说、从乔叟到斯宾塞的诗歌以及莎士比亚《鲁克丽丝受辱记》中的再现。鲁克丽丝以自杀完成菲罗墨拉式的图说，"述说无法言说之事，既然无法诉诸于耳，只能诉诸于目"。（87）通过对具有相似主题的多文本解读，赫弗南指出，

> 所有暴行图都有一个共同的重要特征：它们让性暴力的文本浮现出来，由此颠覆男性的花言巧语和规避之词。受害的女性在再现暴行的图画中言说，也通过这样的图画言说。泰诺斯谎称菲罗墨拉已死，菲罗墨拉的织物再现了泰诺斯的暴行，驳斥了他编造的谎言。特洛伊城

---

① 观念性艺格符换即指艺格符换的蓝本出自诗人的想象，而非真实的存在，如荷马史诗第18卷中艺格符换的蓝本阿基里斯之盾由神创造，当然只是诗人的虚构，而非现实世界中的人造盾牌。

② "再现性分歧"（representational friction），语言叙事指涉视觉表征的定格形式并暴露描述对象的无机特性，即叙事的生动性与再现的虚构性之间产生矛盾和分歧，如盾牌表面呈现的"取料黄金的黝黑泥土"，参见 Heffernan, *Museum of Words*, p.19。

陷落的壁画为鲁克丽丝代言，就如同她为画中的赫卡柏发声，如同她的血尸向公众言说塔尔坎用言辞掩饰的暴行。暴行图诉说着完全不同的故事。(89)

在菲罗墨拉式艺格符换诗篇中，有关暴行的语言描绘也激起了图像对语言的反抗，"拒绝与诱惑性的修辞合作，拒绝在男性满足的叙事中臣服，图像所绘将男性在话语掩饰下的犯奸作恶公之于众"。(90)

在第三章中，赫弗南把浪漫主义艺格符换的特点总结为：混合着惧图、拜图和超验的价值观。华兹华斯艺格符换诗中的艺术形象是一种理想化的图像，不仅是记忆的形象，也是象征性的形象，象征着记忆本身最理想化的一面。(99)华氏最为之向往的是他画中看到的和平与寂静，其艺格符换诗带有很强的自传性质。济慈则在《希腊古瓮颂》中体现了"客观、非个人化的沉思"，诗作的结尾彰显了艺格符换通常隐含的哲理：再现与虚假再现互为表里。(114—115)雪莱的《奥西曼德斯》("Ozymandias")类似古代的箴铭，极富反讽意味：雕塑声称保持永久，但视觉艺术的材料和意义本质上都会因时间而改变，被后人的阐释所建构。拜伦(George Gordon Byron)以雕塑为描摹对象的艺格符换诗，体现了理想与静穆的特点。

赫弗南在第四章中指出，传统艺格符换诗的蓝本多为观念性虚构，现代和后现代艺格符换诗则指向博物馆语境中具体的艺术品。如勃朗宁《我的前公爵夫人》中的公爵扮演着文艺复兴时期私人收藏家的角色，对艺术品进行评述，试图用声音和语言支配图像。这首诗包含着最强烈的反讽：公爵夫人的画像虽然静默不语，却比公爵本人更有说服力；虽然公爵拥有画作并严格控制它的展示，但画中人物的眼神表达了他永远无法占有和控制的一切；即便在死后，她的形象也在顽强地对抗他的话语；"话语试图控制图像，为图像代言，但图像本身表达出被话语压制和掩盖的真相"。(145)

再如在奥登(W. H. Auden)的《美术馆》("Musee des Beaux Arts"，1940)中，语境变换到公共博物馆，从观念性艺格符换转变到真实的艺格符换，话语再现的不再是想象的艺术品，而是可被确认和独立观察的真实画作。博物馆的场域造就审美的距离，诗中的言说者也是鉴赏家的视角，因而可以解释画中/诗中人类灾难和观者漠然态度的并置。(161)威廉斯的"勃鲁盖尔诗歌"不仅是对艺术品的话语转换，也是对艺术史的话语重构。勃鲁盖尔诗歌不是通过发声再现画作静默的布局，而是通过诗人所见加以陈述，叙说诗人作为艺术史书籍的阅读者和博物馆爱好者之所见。

最后,赫弗南揭示了阿什贝利《自画像》("Self-Portrait in a Convex Mirror", 1974)的特别之处:诗人没有把图像客体化,像艺术史家那样进行超然、非个人化的分析;与此相反,他时不时以一个观者现身,呈现自己的心理起伏,暴露自己对镜中肖像的反思,对自己生活经历的反思。传统艺格符换中用语言陈述图像中包孕时刻的叙事冲动已然消失,取而代之的是对诗人观画时散漫的不确定的联想。《自画像》"既是艺格符换的又是反思性的,自我反思是这首诗的独特之处"。(182)

总而言之,赫弗南将克里格过于泛化的"艺格符换"限定为一种文学模式,同时把传统的诗歌批评概念拓宽为文学批评概念。按照他对艺格符换的界定——"视觉表征之语言再现",艺格符换文本就不限于诗歌体裁,可以是小说、戏剧、散文、艺术史等等(虽然赫弗南重点考察的仍然是诗歌文本),而艺格符换所依据的蓝本就不限于绘画或雕塑等造型艺术,也可以是摄影、电影等视觉艺术文本,这个界定明确了艺格符换作品之"跨艺术转换"的实质,是他对当代跨艺术诗学的一大贡献。但赫弗南的界定也有局限,如果艺格符换必须是基于视觉再现的语言再现,那么类似于诗歌与舞蹈、诗歌与建筑的跨艺术转换就被排除在艺格符换诗学之外。事实上,赫弗南明确否认美国现代诗人哈特·克兰(Hart Crane)的长诗《桥》(*The Bridge*, 1930)是艺格符换诗,其理由是诗歌依据的蓝本布鲁克林大桥并没有再现任何事物。(4)他的这种限定就遭到了克卢弗的质疑。① 此外,他把语图之间的竞争等同于性别之间的对抗也遭到了女性主义批评和酷儿理论的挑战。

三、语图之间的文化批判

如前所述,米切尔在《图像学》一书中已经揭示语图之间的竞争关系,对赫弗南有所启发。现代图像学研究把图像当作语言,图像不再是通往外界的一扇透明的窗户,而是一种符号,看似"自然和透明",但隐藏着操纵性的表征机制和意识形态隐秘化的过程。在此基础上,米切尔借鉴弗洛伊德的心理学批评和马克思的社会批判思想,论证图像的主体性和生命力。米切尔认为,图像不仅仅是一种符号,而是历史舞台上的一个演员,具有传奇地

---

① 参见本章第三节第二部分内容。

位的在场或角色;图像是与人类自我建构的历史平行发展的历史,也参与人类历史的建构,这个历史就是"我们如何叙述从自身被造物主按其形象所创造到我们用自身形象创造世界的进化故事"。① 就诗画关系,他提出了两个重要的观点:

> (1)诗画之间没有本质的区别,没有所谓媒介的根本属性所规定的永久的差异,无论就他们再现的物体而言,还是就人类精神活动的规律而言;(2)在愿意理清其整体符号和象征系统的显著特征的文化中,实际上总是存在很多差异。我觉得这些差异充斥着这种文化试图拥抱或拒绝的所有对立的价值观:诗画之间的竞争或争论并非仅仅是两种符号之间的竞赛,而是肉体与灵魂、世界与精神、自然与文化之间的斗争。②

他于 1994 年出版的《描绘理论:语言与视觉再现论集》(*Picture Theory*: *Essays on Verbal and Visual Representation*)更是把跨艺术诗学从美学批评领域引入文化批评领域,在米切尔看来,美学问题和文化政治、政治文化话语紧密相关。③ 作者凭借鞭辟入里的理论阐释、生动丰富的推理分析解答了下列问题:什么是图像? 它与语词之间呈现何种关系? 什么是图像批评? 它在当代文化与再现的批评领域里处于何种地位? 上述问题为什么具有理论意义? 为什么具有实际意义?(5)该论著与《图像学》《图像想要什么:形象的生命与爱》(*What Do Pictures Want*?: *The Lives and Loves of Images*,2005)构成米切尔的图像批评三部曲。

米切尔在《描绘理论》前言中明确指出,"这是一部强烈的否定之书。我的目的不是要生产一种'图像理论'(更不是关于图像的理论),而是要将理论描述为形成表征的一种实践活动。"(6)④米切尔反对"图像理论"一说,还在于这种说法试图"用话语控制视觉表征的领域",而他要做的是描绘理论中的"图像转向"(pictorial turn),描绘作为理论的"元图像"(metapicture),

---

① W. J. T. Mitchell, *Iconology*: *Image*, *Text*, *Ideology*, Chicago: U of Chicago P, 1986, p. 9.
② Ibid., p. 49.
③ W. J. T. Mitchell, *Picture Theory*, Chicago: U of Chicago P, 1994, p. 3. 本节以下引文只标页码,不再加注。
④ 上述引文的原文是 "My aim has not been to produce a 'picture theory' (much less a theory of pictures), but *to picture theory* as a practical activity in the formation of representations",但现存汉译本书名为《图像理论》(陈永国、胡文征译,北京大学出版社,2006 年),笔者认为书名翻译有欠准确。

描绘形象和文本辩证统一的"形象文本"(imagetext)。(9)作者还在前言中表明此书并非系统性的理论著述,而是在不同时期发表的论文合集,这表明作者更关注图像批评的实践意义,力图勾勒图像与其他媒介,尤其是与语词之间的动态关系。

针对当代知识分子有关视觉文化的焦虑和争论,米切尔通过考察以文学和视觉艺术为主的艺术媒介中视觉表征与语言表征之间的互动,批判当代视觉文化的种种弊端,区别其"多样的用法和历史特殊性",警惕视觉文化可能对善与恶产生的负面影响,关注具有异质性的混合媒体。(3)他批评了对语言与图像的简单二分法,进而提出:"再现"本身就是图像与文本之间的互动,因为"所有的媒介都是混合媒介,所有的再现都是异质性的";他的主要目标不仅是描述语图间的互动,而是追踪这些互动与权力、价值和利益之间的联系,因此语图之间的关系实质上就是图像与话语之间的权力关系,而艺格符换文本无疑体现了最为复杂也最为有趣的语图之间的权力关系。(5—6)

米切尔在书中对"艺格符换"进行了深入的探讨。借用赫弗南的定义,米切尔也把"艺格符换"视为"视觉表征之语言再现",即视觉表征向语言表征的转换。米切尔认为艺格符换对于我们的吸引力在于我们意识到艺格符换的三阶段:

1."符换之否"("ekphrastic indifference")。在这个阶段,出于一种常识性的认知,我们觉得艺格符换不可能实现,因为语言表征无法像视觉表征那样再现事物,无法像视觉表征那样使事物在场。(152)这对应着克里格和斯坦纳阐释的艺格符换悖论。

2."符换之念"("ekphrastic hope")。在这个时刻,我们用想象或隐喻策略克服艺格符换的不可能,找到一种"感觉",即语言"让我们看见"(let us see)。(152)在这一刻,语言服务于视像,作为诗歌体裁的艺格符换也让位于克里格所谓的"文学原则",语言的时间性运动被冻结成空间性的形式布局,形象/文本(image/text)的界限被打破,取而代之的是一个合成形式,一个语象(a verbal icon),一个形象文本(imagetext)①。(154)

3."符换之惧"("ekphrastic fear")。在这一刻,当我们感到语言和视觉

---

① 米切尔用"image/text"指表征中存在的分歧和断裂,用"imagetext"指综合了形象和文本的合成品(或概念),用"image-text"指视觉与语言之间的关系。(89)

表征之间的差别可能消解,艺格符换的形象性、想象性欲望可能真的实现时,我们的内心又对其产生抗拒和抵制的冲动。(154)米切尔在莱辛的《拉奥孔》中发现了这种恐惧心理的经典表述,莱辛告诫诗人"不应该把绘画的贫乏当作诗歌艺术的财富",诗人如果像画家那样"利用画艺中的装饰时",就会把"一个高贵的人变成了一个玩偶";"就像一个人本来能够而且应该把话说得响响亮亮的,却还要运用土耳其后宫里哑巴太监们因为不能说话而造出来的那种符号。"(转引自 155)此处,米切尔引用弗洛伊德的心理学理论,分析莱辛的恐惧"不仅是惧怕被消音或失去言说能力,而且惧怕被阉割",语言惧怕遭到图像的阉割,就如"一个高贵的人变成了一个玩偶",而"玩偶"(doll)正是一个女性化的玩具。(155)

在米切尔看来,艺格符换的恐惧、想望和否定这三种时刻的相互作用造成一种普遍的矛盾心理:在"符换之念"这一阶段,语言的核心目标是"克服异质性",在艺格符换诗中,"文本遭遇异质符号,所谓视觉艺术、图形艺术、造型艺术或'空间'艺术的那些对立的、另类的表征方式"。(156)米切尔指出,"克服异质性"的说法其实是一种误解和偏见,因为语言和图像的再现能力并没有本质的区别,"至少从摩西谴责金牛犊的时候起,人们就已经知道图像是危险的,它们可以迷惑观者并偷取他们的灵魂",但时至今日,仍有不少人对美术作品的叙事能力和论说能力表示怀疑;米切尔说这种怀疑源于"人们混淆了媒介差异和意义差异",但"这样的混乱毫无根据,艺格符换诗与视觉艺术品对话,为其代言或对其描绘,与文本通常言说其他事物的方式没有什么不同"。(159)

人们总认为语言交流向视觉艺术借鉴了空间和静态特征,而进行论证和表达思想应属于语言的特定范畴。但如米切尔指出的那样,"这些'天生本领'其实并非归其主人专有,绘画可以讲述故事、进行论辩、表达抽象的思想,而言语也可以描绘或体现事物的静态和空间状态,达到艺格符换的所有效果同时又没有损毁言语的'天职'"。(160)米切尔一再强调:"从语义学的视角来看,就指涉、表意、对受众产生效果而言,文本与形象之间没有本质的区别,因此媒介之间不需要特定的艺格符换策略去克服的障碍。"(160)

不过米切尔也指出,在语义上(即就交流、象征行为、表达意义的语用学而言),文本与图像之间没有本质的差别,但视觉和语言媒介在符号类型、艺术形式、表征材料和机制传统的层面上有重要的差别。差别何在?米切尔从现象学的角度分析,"语图之间的重要差别源于自我(言说和观看的主体)与他者(静默的被观客体)的基本关系"。(161—162)美国学者戈季奇(Wlad Godzich)批判西方人的思维"总是把他者表述为需要减除的威胁,作为可能与己相似又尚未相同的异己";米切尔也发现,作为"文学原则"的艺格符换可能也在如法炮制,把视觉艺术建构为语言的"他者",是"需要减除的威胁"(符换之惧),"可能与己相似"(符换之念),"又尚未相同"(符换之否)。(163)

米切尔由此将艺格符换诗学延伸到种族和政治批评,"我们对艺格符换的矛盾态度,根植于我们对他人的矛盾心理,如同在语言和视觉表征领域中的主体和客体。艺格符换之想望和恐惧表达了我们与他人融合时的焦虑"。米切尔把艺格符换的社会结构阐释为"言说/观看主体与被观客体之间的关系"。(163—164)

米切尔还关注到艺格符换中言说者和听众之间的关系,因为艺格符换诗通常介于被描述或被言说的物体与一个倾听的主体之间,当符换之愿望被实现时,这个听众就会通过诗人的声音"看见"那个物体。米切尔由此提出了"艺格符换三角"(ekphrastic triangle)之说,并强调:

> 艺格符换介于两种异质性、两种(显然)不可能的转换和交换形式之间:(1)通过描述或腹语术(ventriloquism)将视觉表征转化为语言再现;(2)在读者的想象中,语言再现重新转化为视觉对象。(166)

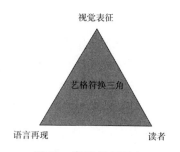

图 12　艺格符换三角

由此,艺格符换与他者从二元对立关系转变为三角关系(图12),它的社会结构不再是现象学视角的主客体,而是可以描绘为"三人同居"的场景,其中自我与他者、文本与形象的关系被三重书写。如果艺格符换常表现为占有或赞扬一个视觉物体的欲望,它也常把这个表达作为礼物献给读者。(164)

在《描绘理论》中,米切尔借助于艺格符换三阶段和艺格符换三角关系的批评框架,对史蒂文斯的《坛子的轶事》("Anecdote of the Jar")、威廉斯的《贵妇人画像》("Portrait of a Lady")、荷马史诗中的阿基里斯之盾、济慈的《希腊古瓮颂》和雪莱的《美杜莎》("On the Medusa of Leonardo Da Vinci",1824)等名篇进行了富有洞见的跨艺术解读。

米切尔从图像学研究的视角介入跨艺术诗学,强调诗画之间没有本质的区别,没有所谓媒介的根本属性所规定的永久差异;他尤其指出,从语义学的视角来看,"文本与形象之间没有本质的区别","所有的媒介都是混合媒介,所有的再现都是异质性的";他扩展了艺格符换概念的应用范畴,把电视、电影、摄影等新媒体都纳入艺格符换的源文本,并把相关研究从美学批评领域引入文化批评领域,拓展了跨艺术研究的深度和广度。米切尔的研究也存在不足,他过于强调文本和形象的共性,而忽略二者之间的差异性;另外,米切尔看到了"听的主体/读者"在艺格符换三角中的重要作用,但他主要是针对"听众/读者"与描述者(诗人)的关系而言,却对于"听众/读者"的主体性在这一过程中发挥的重要作用没有展开论述,而"听众/读者"的想象力是实现"符换之念"的关键。

四、艺格符换的自由变体:超越二元对立

赫弗南和米切尔对语图关系的研究都侧重二者之间的竞争和对抗,遭到很多学者的质疑和批评。

简·海德利(Jane Hedley)等人编著的批评文集关注摩尔(Marianne Moore)、毕肖普(Elizabeth Bishop)、苏珊·惠勒(Susan Wheeler)等女诗人的艺格符换书写(women's ekphrasis),提醒学界关注艺格符换创作领域女性诗人的重要贡献,重新思考艺格符换诗歌的创作动机和意旨。她们提出,艺格符换书写并非总是关涉男性诗人观看一个女性化或令人迷恋的形象,当上述女性诗人描述、直视或为无声的形象代言时,她们的创作动机不仅关乎形式,也关乎审美。她们的诗作常从性别相关的视角思考艺术如何被制作和展示,如何被体验和评价,如何被赞美或商品化;"在书写他人的艺术时,诗人自觉地同时进行创造和阐释、制作和观看、看见和言说",主客体之间的对立得以消解。①

美国性别研究学者布赖恩·格拉维(Brian Glavey)则提出了"同性艺格符换"的说法(2016),使艺格符换得以摆脱性别对峙的竞争模式。格拉维以斯泰因(Gertrude Stein)、巴恩斯(Djuna Barnes)、纽金特(Richard Bruce Nugent)、奥哈拉(Frank O'Hara)和阿什贝利等现代主义同性恋作家的艺格符换书写为切入点,探讨了现代主义文学和当代酷儿研究中明显的形式主义倾向,以引发学界对形式主义美学的再思考。格拉维主张对现代主义文学中性与审美的关系重新进行解读,展现一种非对抗性的艺术创新,即他所谓的"墙花前卫主义"(wallflower avant-gardism),以超越当代酷儿理论中非此即彼的二元对立。针对海德利等人的女性艺格符换批评,格拉维认为这样的批评仍然没有摆脱二元对立的思维,因为艺格符换不仅"有关观看(seeing),还涉及展示(showing)与分享(sharing)",②"同性艺格符换"通过模仿和认同对他者和现实世界作出回应并建立彼此的联系,以此摆脱了赫弗南的观与被观的性别对峙以及米切尔的自我与他者对立的模式。

以色列学者雅各比(Tamar Yacobi)提出,艺格符换应该是个宽泛的概念,包含各种变体,但现有的学术研究忽略了图像原型(有别于特定的艺术品)与叙事效果(有别于如画的描述性)相结合的艺格符换,忽略了图像原型以及艺格符换的叙事性。她认为这种忽视源于一种理论偏见,即坚持跨艺术再现(摹仿论)和非此即彼的二元对立(史诗与抒情诗、行动与描绘、叙事性与图画性)。③

雅各比质疑斯皮策等学者把艺格符换的原本和再生本看成一一对应的关系。她指出,在文学创作中,"艺格符换原型"(ekphrastic model)的现象更为普遍,如"梵高的景色""蒙娜丽莎的微笑"等语言描述;此外,读者也是更熟悉艺术原型而不是特定的艺术品,但学界长期关注语图间的一一对应关系(work-to-work),而忽略语言作品与艺术原型的关系(work-to-model),原因就在于艺格符换中隐含的机械的模仿观念,其背后的逻辑是:再现的一一

---

① Jane Hedley, el., *In the Frame: Women's Ekphrastic Poetry from Marianne Moore to Susan Wheeler*, Newark: U of Delaware P, 2009, p. 16.
② 参见 Brian Glavey. *The Wallflower Avant-Garde: Modernism, Sexuality, and Queer Ekphrasis*, New York: Oxford U P, 2016, p. 6.
③ Tamar Yacobi, "Pictorial Models and Narrative Ekphrasis", *Poetics Today*, Vol. 16, 4 (1995), p. 599.

对应,就必然导致再现客体与再现主体话语之间的一一对应。①

雅各比认为"艺格符换关系"(ekphrastic relations)应该有"一一对应""一对应多""多对应一"以及"多对应多"的四种类型(表1),都是由形象到语言转换的变体,均存在于文学作品中,但前两种关系一直是诗画关系研究的主流,而有关后两种类型的研究不足。

表 1　艺格符换关系②

视觉原本(表征)	语言目标(再一现)
1.　一	一
2.　一	多
3.　多	一
4.　多	多

雅各比指出,文学作品中的语言复制(verbal reproduction)可能有多重视觉来源,当一个作家、一个流派或一个时代多次在多幅画作中呈现某个形象,视觉原本和语言文本之间就是"多对一"和"多对多"的关系,多重视觉来源构成单个语言复制品或驱动多重传统或重复性的创作。③ 视觉表征和语言文本中多对一、多对多的关系就构成了"艺格符换网",由此消解了机械模仿论中的二元对立。

雅各比追溯艺格符换两个截然相反的起源:荷马史诗中的叙事源头(火神打造阿基里斯之盾)以及艺格符换的描述性词源(希腊语"descriptio"),因为模仿论的核心假设影响持久,人们也就对艺格符换产生了错误的理解,以为"艺格符换总是描述性的,作为'文本他者'的空间定位总是与语言媒介相抵牾"④。但雅各比发现,其实就观念、阅读经验以及文学基因而言,艺格符换由各种变量构成,最基本的常量是"对视觉指涉现实的文学再指涉"(literary reference to visual reference to the world);艺格符换并非总是一首

---

① Tamar Yacobi, "Pictorial Models and Narrative Ekphrasis", *Poetics Today*, Vol. 16, 4 (1995), pp. 603—604.

② Ibid., p. 602.

③ Yacobi, "Pictorial Models and Narrative Ekphrasis", p. 603. 英国现代派诗人叶芝(W. B. Yeats)的《丽达与天鹅》就体现了"多对一"的艺格符换关系,参见欧荣等著:《"恶之花":英美现代派诗歌中的城市书写》,北京:北京大学出版社,2018年,第四章第二节。

④ Yacobi, "Pictorial Models and Narrative Ekphrasis", p. 621.

完整的描绘性诗歌,可以是一个视觉元素,构成叙事文学中的一个连接点。①由此,作品既保持了叙事话语的连贯性,又达到了跨艺术的指涉效果,唤起读者对视觉蓝本的记忆,加深对叙事文本的理解。

雅各比将图画原型引入艺格符换范畴,拓展了学界对艺格符换的理解,扩大了艺格符换在文学作品中的作用,恢复了艺格符换的叙事功能,把描绘性文本引入叙事学研究,促进叙事文学如小说文本的跨艺术批评。

五、现代影像中的艺格符换

20世纪早期针对摄影、电影等新复制技术的出现,本雅明曾指出,即使最完美的艺术复制品,也会缺少真迹的原真性(Echtheit)——"艺术品的即时即地性,即它在问世地点的独一无二性"②。机械复制时代的艺术作品如摄影、电影等,丧失了传统艺术的"灵韵"(aura)和审美上的距离感,作为传统艺术基础的膜拜价值也被展示价值所取代。如果说传统艺格符换的原本通常是绘画、雕塑等具有"灵韵"的美术作品(fine arts),那么现代影像技术的发展也对艺格符换诗学产生新的影响。

美国学者路易莎·泽尔纳(Louisa Söllner)就对"摄影艺格符换"(photographic ekphrasis)感兴趣。她发现:"有别于传统艺术品的独特性与静止性,照片的广泛传播和无限复制的可能性……为艺格符换模式增加了一个新的维度",泽尔纳深入研究古巴裔美国文学中"摄影艺格符换"的作用③,照片如何被嵌入文本,语言如何建构照片,对遗失照片的语言描述如何成为古巴裔美国人的流散、怀旧和跨文化体验叙事的重要组成。

罗马尼亚电影和媒体研究学者艾格尼斯·佩特(Ágnes Pethő)借用米切尔《描绘理论》中的"视觉表征之语言再现"和"艺格符换冲动"等概念,探讨法国导演让-吕克·戈达尔(Jean-Luc Godard)的"电影艺格符换"(cinematic

---

① Yacobi,"Pictorial Models and Narrative Ekphrasis",p. 618.
② 瓦尔特·本雅明:《机械复制时代的艺术作品》,王才勇译,北京:中国城市出版社,2001,第7—8页。
③ Louisa Söllner. *Photographic Ekphrasis in Cuban-American Fiction: Missing Pictures and Imagining Loss and Nostalgia*. Leiden: Rodipi, 2014, p.24.

ekphrasis)。① 她所谓的"电影艺格符换"包含如下特点:1.电影中嵌入超越叙事表征功能的其他艺术形式且体现为有别于电影图像的媒介,如墙上的一幅画;2.电影明显试图与其他艺术形式(或其他艺术形式的风格)相竞争,如表现主义电影中特色鲜明的绘画布景;3.电影中存在多重或多维度艺格符换倾向,一种媒介开放电影表达以吸收另一媒介。在电影模仿其他艺术形式的多数情况下,模仿并非艺格符换冲动的首要"目标",模仿是达致另一种媒介的渠道或"中介",如绘画电影(picto-films)通过模仿绘画或绘画风格传达一种"文学性"。②

2008年罗马尼亚巴比什－波雅依大学创办了名为 *Ekphrasis* 的网络期刊,刊发的文章已不限于语言与图像研究,而是涵盖图像、电影、理论、媒介研究。该期刊主编多鲁·波普(Doru Pop)在创刊号中指出,艺格符换包含多种形式的视觉再现,允许"读者"运用语言生成各种阐释文本。他强调这个术语的持续转换和再转换有利于"姊妹艺术"的发展,有利于将语言与视像等量齐观;在新媒体时代,这些相互关联的艺术已趋向新的表达形式,如"现实电影"(cinema of reality)、"视觉人类学"(visual anthropology)和"都市戏剧再现"(urban theater representations)等,成为将日常生活转化为艺术生产的当代手段。如今,视觉艺术有更多的派生形式,文学、修辞和图像表征之间的简单联系已不足于涵盖新的文艺现象。波普认为,"艺格符换应该包括所有形式的视觉叙事(再现无止尽),它不仅是描述,也是一种叙述,使事物'可见'";他提倡把艺格符换作为一种阐释工具,应用到摄影、电影、戏剧、视频等所有视觉艺术中,"制造影像,描述、阐释现实和人类行为",然后这些影像会转换为另一层次的阐释,成为记录历史的"视觉人类学"。③

如上所述,源于诗画关系研究的艺格符换诗学被拓展到性别批评、文化批评和人类学研究领域,但相关学者对艺格符换的理解仍然没有超出语

---

① Ágnes Pethő, "Media in the Cinematic Imagination: Ekphrasis and the Poetics of the In-Between in Jean-Luc Godard's Cinema, Media Borders", in *Multimodality and Intermediality*, ed. Lars Elleström, London: Palgrave Macmillan, 2010, p. 212.

② Ibid., p. 213.

③ Doru Pop, "For an Ekphrastic Poetics of Visual Arts and Representations", *Ekphrasis*, 2018 (1). https://5metrosdepoemas.com/index.php/poesia－y－cine/56－el－cine－en－las－artes/603－for－an－ekphrastic－poetics－of－visual－arts－and－representations (accessed 2019/11/15).

图关系的研究范畴,需要音乐学学者将艺格符换拓展到诗画乐关系的研究中。

第三节 诗歌与音乐

诗画关系研究在欧美素有传统,文学与音乐研究则是20世纪50年代开始兴起,成为比较文学研究领域的重要组成,诗歌与音乐研究也是跨艺术诗学的重要分支,在欧美学界甚为兴盛。

美国学者加尔文·布朗(Calvin S. Brown)的《音乐与文学比较研究》(Music and Literature: Comparison of the Arts, 1948)可谓此领域的理论性开山之作,既触及现代主义文学对音乐艺术手法的借鉴,也论证了文学对标题音乐和叙事性音乐的影响。1988年美国达特茅斯学院举办主题为"音乐与语言艺术:交叉研究"的研讨会,1990年奥地利格拉茨大学举办"音乐-文学体裁的语义学研究"会议,1995年隆德大学"跨艺术研究:新视角"的国际研讨会中设有"音乐与其他艺术对话"的分议题,1997年格拉茨大学召开首届"语词与音乐研究"国际研讨会,探讨和确立该领域的研究范畴、研究重心、研究目标、研究方法和核心概念等。此次会议期间成立了语词与音乐国际研究学会(The International Association for Word and Music Studies,简称WMA),学会提倡跨越文化边界,拓展学科范畴,致力于文学/语言文本与音乐互动关系的研究,出版"语词与音乐研究"丛书,为音乐学家和文学研究者提供跨艺术研究的交流平台。

在此领域,美国学者克卢弗(Claus Clüver)对艺格符换概念的扩展,舍尔(Steven Paul Scher)的"语绘音乐"(verbal music)、克莱默(Laurence Kramer)的"音乐诗学"(melopoetics)以及潘惜兰的"音乐艺格符换"、奥尔布赖特的"泛美学"(panesthetics)等概念的提出与批评实践都对诗乐关系或诗画乐关系研究具开拓和奠基之功。

一、文学与音乐

语言与音乐国际研究学会的创立者之一史蒂芬·舍尔是文学与音乐研究重要的开拓者。他把音乐和文学的关系分成三种类型:"音乐和文学"

(music and literature)、"音乐中的文学"(literature in music)以及"文学中的音乐"(music in literature)。传统音乐学主要研究"音乐和文学"(如声乐)、"音乐中的文学"(如歌剧),以及音乐传记,而他则关注"文学中的音乐"。① 他在《德国文学中的语绘音乐》(*Verbal Music in German Literature*,1968)一书中区分了三类"文学中的音乐":"语绘音乐"(verbal music)、"谐声音乐"(word music)以及"对音乐结构或表现手法的文学改写"(如文学作品采用奏鸣曲、赋格、回旋曲形式等)。他对前两个概念进行了辨析:

> 所谓语绘音乐,我是指对真实或虚构的音乐作品在诗歌或散文中的文学性再现,即任何有乐曲作为"主题"的诗意文本。除了用语言再现真实或虚构的乐曲,此类作品还常暗含着对音乐表演的描绘或人物对音乐的主观感受。语绘音乐偶而会营造拟声的效果,但明显有别于"谐声音乐"(word music),后者完全是对声音的文学性摹仿。②

舍尔尤其关注文学中的"语绘音乐"。在《语绘音乐理论札记》("Notes toward a Theory of Verbal Music",1970)一文中,舍尔勾勒了一幅文学与音乐关系图(如图 13),明确语绘音乐的特殊性,其创作意图"主要为了诗意性地传达音乐的思想情感内涵或隐含的象征性内容,而非为了肖似音乐声音或摹仿音乐形式"。他进而区分两种基本的语绘音乐形式:在第一种形式中,诗人以直接的音乐经历或加上自己对乐曲的了解为创作来源,描述他能听出的音乐或推测的音乐,这就是"在语言中再现音乐"(re-presentation of music in words);在第二种形式中,虽然受到了音乐的启发,但诗人的想象是主要的创作来源,这就是"在语言中直接呈现虚构音乐"(direct presentation of fictitious music in words),诗人创造了"一首语词之乐"(a verbal piece of music)。③

---

① "语词与音乐研究"丛书第一卷的篇章结构便是基于舍尔的研究类型,分为五部分:理论思考、文与乐、文中乐、乐中文、声乐之意。参见 Walter Bernhart, Steven Paul Scher and Werner Wolf, eds, *Word and Music Studies: Defining the Field*, Amsterdam: Rodopi, 1999.
② Steven Paul Scher, *Verbal Music in German Literature*, Yale U P: New Haven, 1968, p. 8.
③ Scher, *Verbal Music in German Literature*, pp. 151—152.

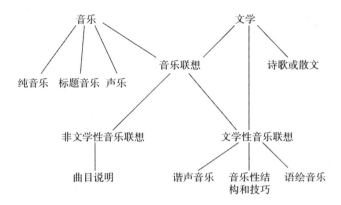

图 13 舍尔的文学与音乐关系图①

论及语绘音乐的功能,尤其是叙事文学中的音乐插段,舍尔认为:有效的语绘音乐植根于叙事语境,同时又能激发时空的交融感,因此成功的语绘音乐作家应该能巧妙地融合空间和时间的认知原则,以达到一定程度的共时性,最终创造近似(三维)图像艺术媒介的效果,同时又超越任何单一艺术形式的审美和认知特性的局限。②

德国学者吉尔(Albert Gier)在舍尔的分类基础上提出文乐关系的第四种类型,即"作为音乐的语言"(language as music),并从语义学的角度分析"文学中的音乐":在"语绘音乐"中,音乐作为能指;在"谐声音乐"中,音乐作为符号;在文学性音乐结构与技巧中,音乐作为所指。③

舍尔和吉尔是从文学本位的立场研究文乐关系,劳伦斯·克莱默则从"新音乐学"(New Musicology)的立场研究文乐关系,倡导文化研究视域下的"音乐阐释学"(Musical Hermeneutics)。他认为音乐批评要超越音乐本身的形式批评,从文学批评中借鉴阐释的理念和方法,他称之为"音乐诗学"(melopoetics),因为他相信"所有的音乐在一定意义上都是文本化音乐,与

---

① Steven Paul Scher, *Notes toward a Theory of Verbal Music*, *Comparative Literature*, 2 (1970), p. 151.

② Ibid., p. 155.

③ Qtd. in Steven Paul Scher, "Melopoetics Revisited, Reflections on Theorizing Word and Music Studies", in *Word and Music Studies*: *Defining the Field*, eds. Walter Bernhart, Steven Paul Scher and Werner Wolf, Amsterdam: Rodopi, 1999, pp. 18—19.

文本生产的文化活动结盟"。① 在《作为文化实践的音乐》(*Music as Cultural Practice，1800—1900*，1990)一书中，克莱默借用了当代文学理论资源，以建构一种全新的音乐阐释话语。带着对意义和表达等基本问题的重新思考，他揭示了19世纪的欧洲音乐与文化批评之间的互动；由此，通常以形式或情感术语来理解的音乐创作变身为文化实践的积极力量，如贝多芬的最后一部钢琴奏鸣曲(作品 Op. 111)构成了对浪漫主义乌托邦思想的认识和批判，瓦格纳的《特里斯坦与伊索尔德》(*Tristan und Isolde*)体现了性文化结构的根本变化。经过这样的分析，克莱默再次强调"解读一个写作文本与解读一部音乐作品可以说没有本质的区别"，他总结了进行音乐阐释的各种条件：

(1)作曲家提供了语言线索。

(2)音乐文本或语言文本(或二者兼有)中包含引用或指涉，以此建构超出乐曲本身的语境。

(3)音乐结构本身以"图画"或"象征符号"的方式言说，在特定的历史框架下或身处特定文化语境的阐释者中，引发普遍性的共同反应和理解。②

克莱默还通过著作《古典音乐与后现代知识》(*Classical Music and Postmodern Knowledge*，1995)以及多篇评述，建构了一套跨艺术批评话语，确立了音乐叙事以及音乐与文化批评的范例。作为诗人兼作曲家的诗乐研究者，克莱默的分析和论证极具专业性和启发性，在欧美学界影响极大。

二、艺格符换与音乐

克卢弗把艺格符换的概念延伸到诗歌与音乐研究。他在论文《艺格符换再探：非语言文本的语言再现》("Ekphrasis Reconsidered: On Verbal Representations of Non-Verbal Texts"，1997)中以葡萄牙诗人乔治·德塞纳(Jorge de Sena)的两部诗集为例，批评赫弗南对艺格符换的界定(视觉表征之语言再现)太过局限。

德塞纳的诗集《变形集》(*Metamorphose*，1963)由19首有关雕塑、绘画、照

---

① Lawrence Kramer，"Dangerous Liaison: The Literary Text in Musical Criticism"，19*th-Century Music*，13 (1989)，pp. 159，166. 另参见其著作《19世纪以降的诗与乐》(*Music and Poetry: The Nineteenth Century and After*，1984)。

② Lawrence Kramer，*Music as Cultural Practice*，Berkeley: U of California P，1993，pp. 1—20.

片和建筑内观的诗作组成。第二部诗集《音乐艺术》(*Arte de Música*, 1968)有34首关于音乐主题的诗作,副标题是"32首音乐变形和序曲,集锦和作者后记"。根据赫弗南对艺格符换的界定"视觉表征之语言再现",塞纳《变形集》中两首有关建筑的诗作以及第二部诗集就被排除出艺格符换之列,而克卢弗想做的正是把艺格符换的概念拓展。通过文本细读,克卢弗发现第一部诗集中有关建筑内观的诗作在语调、技巧、阐释和思考方式上与其他诗作没有明显不同,诗集中还有关于面具和飞行器的诗,虽然描绘对象并非艺术品(赫弗南所谓的"视觉表征"),但"我们把它当做艺格符换来读"。[①] 第二部诗集的创作宗旨与第一部诗集一脉相承,克卢弗也视之为艺格符换诗。他由此作出自己对艺格符换的界定:"艺格符换是对一个由非语言符号系统构成的真实或虚构文本的语言再现"(Ekphrasis is the verbal representation of a real or fictious text composed in a non-verbal sign system),并补充说明该定义中的"文本"(text)为符号学中所指,"包括建筑、纯音乐和非叙事性舞蹈"。[②]

克卢弗认为这个定义可以把舞蹈和音乐等非视觉文本纳入其中,与艺格符换的传统分离,以此拒绝对"艺术"文本和非艺术文本加以区分。他相信自己的论证将把艺格符换研究从关注表征模式的话语转变为有关再现、重写、转换或曰"变形"的话语。克卢弗对艺格符换定义加以延伸并把"音乐诗"(musikgedicht)作为一种艺格符换。在此基础上,潘惜兰提出了"音乐艺格符换"的概念,并加以深入系统的研究。

潘惜兰在跨艺术音乐学领域卓有成就,她参加了1995年在瑞典举行的跨艺术研讨会,受赫弗南和克卢弗的启发,提出了"音乐艺格符换"的概念,并以此解读了法国作曲家拉威尔(Maurice Ravel)的钢琴独奏曲《水妖》(Ondine)。这支乐曲是拉威尔的钢琴独奏曲《夜之幽灵》(*Gaspard de la nuit*, 1908)三首标题乐曲中的第一首,其余两首分别为《绞刑架》(Le Gibet)与《幻影》(Scarbo)。这部作品是拉威尔受法国诗人贝特朗(Aloysius Bertrand)的散文诗集《夜之幽灵》中的三首诗触发而谱就,作曲家也通过乐曲的副标题"自阿洛伊修斯·贝特朗的三首钢琴诗"(Trois poèmes pour

---

[①] Claus Clüver, "Ekphrasis Reconsidered:On Verbal Representations of Non-Verbal Texts", in *Interart Poetics: Essays on the Interrelations of the Arts and Media*, eds. Ulla-Britta Lagerroth, Hans Lund and Erik Hedling, Armstrdam:Rodopi, 1997, p.26.

[②] Ibid.

piano d'après Aloysius Bertrand)向诗人致敬。鉴于赫弗南把"艺格符换"界定为"视觉表征之语言再现",潘惜兰用"音乐艺格符换"指"语言表征之音乐再现"(musical representation of a verbal representation)。①

后来,潘惜兰在专著《音乐艺格符换》(*Musical Ekphrasis*: *Composers Responding to Poetry and Painting*, 2000)中对此作了更为系统和全面的研究。她借鉴了伦德的研究范式,把诗画与音乐的关系分为组合型——"音乐与诗或画"("poems or paintings **and** music",如为诗谱曲或创作歌剧)、融合型——"音乐中的诗或画"("poems or paintings **in** music",如乐谱的视觉排列方式可以暗示所描绘的对象)以及转换型——"化为音乐的诗或画"("poems or paintings **into** music"),并强调音乐艺格符换属于转换型作品,是她的研究重心。她把音乐艺格符换与关联领域及支撑性美学理论之间的关系图示如下:

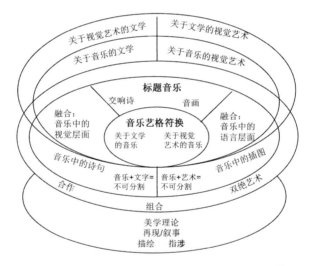

图 14 音乐艺格符换、关联领域及相关美学理论②

潘惜兰分析了艺格符换音乐与标题音乐的异同。二者都是器乐形式,具有明确的指涉、叙事或图像构思,二者都曾被称为"说明性"或"表征性"音

---

① Siglind Bruhn, "New Perspective in a Love Triangle: 'Ondine' in Musical Ekphrasis", in *Interart Poetics*: *Essays on the Interrelations of the Arts and Media*, eds. Ulla-Britta Lagerroth, Hans Lund and Erik Hedling, Amsterdam: Rodopi, 1997, p. 48.

② Siglind Bruhn, *Musical Ekphrasis*: *Composers Responding to Poetry and Painting*, Hillsdale: Pendragon, 2000, p. xvii.

乐,常被混为一谈。但潘惜兰强调二者有着本质的不同。她借鉴文学批评中对"艺格符换"与"语画"("word painting")的区分,明确辨析的焦点是作品再现的是何人的虚构现实。标题音乐"叙述、描画、暗示或再现源于作曲家自己头脑中的场景或故事(事件或人物),这些场景或故事可能真实存在,也可能纯粹出于想象";这个术语的应用非常宽泛,包括"传记式构思或与自然和宇宙相关的情感表达",或者对历史文学人物的塑造,以及用音乐表达对世界的哲学性思考等等。① 而音乐艺格符换"叙述或描绘的虚构现实是作曲家之外的一个艺术家创造的,一个画家或诗人。而且,音乐艺格符换通常不仅与诗意或视觉性虚构现实的内容相关,而且与其内容表达的形式和风格相关",如勋伯格(Arnold Schönberg)的交响诗《佩利亚斯与梅丽桑德》(*Pelleas und Melisande*)和李斯特(Franz Liszt)的交响诗《匈奴大战》(*Hunnenschlach*)等。②

在《图画音乐会》("A Concert of Paintings:'Musical Ekphrasis' in the Twentieth Century", 2001)一文中,潘惜兰再次提请学界关注音乐家的跨艺术创作:

> 诗人可以凭借语言媒介的创造性对视觉艺术品做出反应,把摹本的风格、结构、意义和隐喻从视觉转换为语言;在本世纪,越来越多的作曲家也致力于探索这种跨艺术模式的转换。音乐媒介看似抽象,但作曲家就像诗人一样,能以多种方式对视觉表征作出反应。③

潘惜兰在文中梳理了学界对艺格符换的种种理解之后,在克卢弗的基础上,她把艺格符换的概念进一步拓展,指出艺格符换从广义上可以理解为"用甲媒介创作的一个真实或者虚构的文本在乙媒介中的再现"(a representation in one medium of a real or fictitious text composed in another medium)。④ 由此,她将"音乐艺格符换"的概念界定为"语言表征或视觉表征之音乐再现"(musical representation of verbal representation or visual representation),即"化为音乐的一首诗或一幅画"(a poem or painting being transformed into

---

① Bruhn, *Musical Ekphrasis*, pp. 28—29.
② Ibid., p. 29.
③ Siglind Bruhn, "A Concert of Paintings:'Musical Ekphrasis' in the Twentieth Century," *Poetics Today*, Vol. 22, 3 (2001), p. 551.
④ Ibid., p. 559.

music),如勋伯格基于比利时作家莫里斯·梅特林克(Maeterlinck)的剧作《佩利亚斯与梅丽桑德》而创作的交响乐;意大利作曲家雷斯庇基(Ottorino Respighi)为小乐队创作的《波提切利的三幅画》(*Trittico botticelliano*)等。①

借鉴文学艺格符换批评的逻辑,潘惜兰把音乐艺格符换分成五种方式:移位(Transposition)、补充(Supplementation)、联想(Association)、阐释(Interpretation)以及戏仿(Play)。潘惜兰以三组基于视觉艺术的交响乐为范本,分析了音乐艺格符换的各种手法。这三组音乐作品的蓝本分别是意大利画家波提切利的三幅画、俄罗斯艺术家马克·夏加尔(Marc Chagall)的"耶路撒冷之窗"(The Jerusalem Windows)②以及德国艺术家保罗·克利(Paul Klee)的画作《机器啁啾》(*The Twittering Machine*)。雷斯庇基在对波提切利画作的音乐诠释中充分利用了音乐语言所具备的全部描绘手段,如使用拟声、借用文艺复兴时期的舞曲、摘引赞美春天的行吟诗等。

潘惜兰进一步指出,"真实或假想的音乐摘引(musical quotations)构成作曲家指涉原作的各种手段","所有的音乐参数(音高、音程、和声、节奏、音步、音色、质感、结构)都可用来摘引现有音乐材料,或指涉已知的音乐体裁、与音乐有关的情况或音乐中其他意味深长的内容";就音乐作品与原初艺术品的关系而言,"一个音乐实体并非作为一个符号(a symbol),而是作为一个信号(a signal)而存在";潘惜兰在此引用苏珊·朗格对"信号"和"符号"的界定:"当一个信号能让我们注意到它所显示的对象或情境,它就能被理解了。而一个符号只有当我们能想象它所表征的思想,它才会被理解。"③

潘惜兰尤其强调听众的艺术素养对理解音乐艺格符换的重要性:

> 虽然音乐无疑是一种"语言",但我们都知道音乐无法直接标记或描述;它不能陈述或显示红色或绿色,后方或前方,苹果或椅子。一个音乐爱好者想理解音乐如何对艺术品作出反应,就得比艺格符换诗的欣赏者更有必要熟悉作品的创作来源。④

潘惜兰把艺格符换概念扩大为任何两种艺术文本的转换或改写,极大

---

① Bruhn, "A Concert of Paintings", pp. 566—572.
② 这是马克·夏加尔为位于以色列耶路撒冷的希伯来大学医学中心创作的12幅彩色玻璃画。
③ Bruhn, "A Concert of Paintings", p. 582.
④ Ibid., pp. 577—578.

拓宽了艺格符换诗学的研究范畴。但她是音乐学家,更多是从音乐本位的立场进行跨艺术研究的。

美国学者莉迪亚·戈尔(Lydia Goehr)从音乐哲学的逻辑把艺格符换纳入研究视野。她对比分析了两种艺格符换观念:古代的艺格符换以描述为主,现代的艺格符换体现为从甲文本到乙文本的转换,暗含不同艺术之间的竞争。① 通常的观点认为,艺格符换通过语言在受众心目中产生形象而音乐既非通过语言也非通过形象进行交流,因而二者之间没有交集。戈尔对此提出质疑,认为需要对艺格符换的概念进行修订和拓展。她的论证逻辑如下:

> 古代和现代的观点都关注语词媒介为何能化为图画—视觉—形象制造媒介而运作与交流。然而,当我们将艺格符换与新兴的艺术相关联,上述问题就被另一个问题所遮蔽:一件艺术品,无论其媒介为何,能否把另一件艺术品带至审美性在场(aesthetic presence)。一开始的问题是:语词,就像一首史诗或描述性文字,能否把形象,就像我们在画中所见,呈现在受众的心目中。接着,问题就变为:一首诗能否起到一幅画的作用?最后,问题变为:一件艺术品能否达到另一件艺术品的目的或效果?随着关注点转向互为关联的艺术品,媒介的特殊性就被弱化。如果一首诗能使一幅画在场,为什么一幅画不能使一首诗在场?或一首音乐作品不能使一幅画、一首诗或一件雕塑再现吗?②

她认为在两种情形中,音乐和艺格符换联手:其一、语言对音乐形象或场景的生动描述使之在听者/读者的心目中呈现,戈尔称之为"语言性音乐艺格符换"(verbal musical ekphrasis),这与古代艺格符换概念相关(相当于舍尔所谓的"语绘音乐");其次:"对一首诗、一幅画或一件雕塑品的音乐性再现",这也是"音乐艺格符换",对应着现代艺格符换的内涵(相当于潘惜兰理解的"音乐艺格符换")。③ 戈尔融汇古今,扩充了"音乐艺格符换"的外延和阐释力度,以此挑战两种看法,一种过于关注媒介和艺术品问题,另一种

---

① Lydia Goehr, "How to Do More with Words: Two Views of (Musical) Ekphrasis," *British Journal of Aesthetics*, 4(2010), p.389.
② Ibid., p.398.
③ Goehr, "How to Do More with Words", p.389.

视音乐独立于其他艺术。戈尔提出,艺格符换"不仅与音乐相关,而且与*所有艺术或者说任何一种艺术相关*"。①戈尔剖析了音乐艺格符换的心理机制:通过倾听,听众的大脑发生变化,"仿佛达到联觉-联知的汇通状态"(an *as if* total synaesthetic-syncognitive sense)。②

除了常见的"从作品 A 到作品 B 的艺格符换"(work-to-work ekphrasis),戈尔还分析了发生在作品内部的"瞬时艺格符换"(momentary ekphrasis),如在许多歌剧中的某一刻,雕像有了生命,或人物从画框中走出。戈尔认为:

> 将艺格符换的概念超越从作品 A 到作品 B 的认识,彰显了艺术之间的竞争,也让我们看到不同艺术出于不同的原因如何运用艺格符换策略,有时用来阐明另一件艺术作品,有时则用来创造一个动态的、戏剧性虚拟空间,从而使得言说与展现、隐蔽与揭示之间的所有张力在这个空间内得以上演。③

潘惜兰把本属诗画关系研究的艺格符换引入音乐学领域,独创音乐艺格符换一说,而莉迪亚·戈尔把音乐艺格符换又拉回文学研究领域。

三、缪斯之艺:泛美学研究

美国学者奥尔布赖特(Daniel Albright)是现代主义和比较艺术研究领域的杰出学者,他的学术生涯反映了欧美跨艺术、跨学科研究的兴起与发展。他在《解开盘蛇》(*Untwisting the Serpent: Modernism in Music, Literature, and Other Arts*, 2000)中发掘现代主义的跨艺术实践,揭示现代主义者许多最重要的艺术实验都是与其他艺术合作的结果,如斯特拉文斯基(Igor Stravinsky)的《春之祭》(*The Rite of Spring*)是芭蕾舞剧,斯泰因(Gertrude Stein)的《四圣三幕剧》(*Four Saints in Three Acts*)是歌剧,毕加索把立体主义绘画用于芭蕾舞剧《游行》(*Parade*)的服装设计。有学者盛赞他"用现代主义的词汇极具原创性地重写了莱辛的《拉奥孔》"。④

---

① Goehr, "How to Do More with Words", pp. 389—390.
② Ibid., p. 395.
③ Ibid., pp. 409—410.
④ Adam Parkes, "Putting Modernism Together: Literature, Music and Painting", 1872—1927. http://www.review19.org/view_doc.php? index=401 (accessed 2019/7/2).

在《现代主义与音乐资源选编》(*Modernism and Music: An Anthology of Sources*, 2004)中,奥氏提出,在欧洲早期历史上,音乐似乎滞后于其他艺术媒体的发展,而在现代主义时期,音乐可谓充当了艺术实验的先锋。此书选编了这一时期的很多代表性文本,既包括作曲家和乐评人的重要声明,也有诗人、小说家、哲学家等文人有关音乐的评论和随想,奥氏的相关评注和释读深入详尽地阐释了现代主义音乐发展的思想和文化语境,为跨艺术音乐学研究提供了一个新范式。

奥氏在《缪斯之艺:泛美学研究》(*Panesthetics: On the Unity and Diversity of the Arts*, 2014,以下简称《泛美学》)中从哲学的理论高度,结合文学、绘画、音乐作品的批评实践考察艺术的统一性与多样性,是其学术扛鼎之作,有学者高度肯定了这部论著对拓展文学研究和比较文学研究的意义①。他去世后出版的《现代主义荟萃》(*Putting Modernism Together: Literature, Music, and Painting, 1872—1927*, 2017),又一次从跨艺术诗学的视角揭示现代主义文学、音乐和绘画领域艺术创新的内在关联与独立共存,这是他留给学界的宝贵遗产。②

在《解开盘蛇》中,奥氏已经采用了跨学科的研究方法,对音乐家、画家和文学家合作的具体作品进行分析,并提出艺术分类"并非时间艺术和空间艺术之间的对峙",而是"各艺术门类既努力保留个体媒介的正当性、差异性,又努力融入某种泛美学的整体艺术中,这两者之间形成一种张力"。③ 在《泛美学》中,他发展了一种更为深远和宏大的哲学性思考,几乎涵盖了广义上的所有艺术形式(门类)、艺术的核心问题以及整个艺术史范畴。

《泛美学》的中心议题是:艺术是"一"还是"多"?即艺术的统一性和多样性的问题。④ 奥氏的回答:艺术既是"一"也是"多"。著作导言的标题为

---

① Maria Frendo, "Review of *Panaesthetics: On the Unity and Diversity of the Arts*, by Daniel Albright", *Counter Text* 2.1 (2016), p.106.
② "现代主义荟萃"也是奥氏在哈佛开设的比较艺术课程,课程视频预告片参见"putting modernism together" https://www.youtube.com/watch?v=1yA1S6PAYzs (accessed 2020/8/16)
③ Daniel Albright, *Untwisting the Serpent: Modernism in Music, Literature, and Other Arts*, Chicago: The U of Chicago P, 2000, p.33.
④ 艺术是"一"还是"多"是法国哲学家让-吕克·南希在专著《缪斯》(*Les muses*, 1994)中提出的基本原则问题,参见 Jean-Luc Nancy, *The Muses*, trans. Peggy Kamuf, Stanford: Stanford U P, 1996.

"缪斯之艺"("Mousike")。奥氏采用语文学的研究方法,将欧洲多国语言中的"音乐"一词(如英语 music、法语 musique 等)追溯到希腊词源"μουσική, *mousike*"。希腊词源并不专指"音乐",而是与"缪斯"(Muse)一词相关,指代任何与缪斯女神们相联系的事物,"不仅包括音乐,还包括舞蹈、哑剧、史诗、抒情诗、历史、喜剧、悲剧,甚至天文学"。①这反映了古希腊人早期的艺术统一观。

但从亚里士多德的《诗学》开始,西方又产生了艺术分离派的传统,由此奥氏引出了比较艺术学最基本的问题:艺术是"一",还是"多"? 他指出,在现代早期之前,艺术统一论占据主流,但自莱辛发表《拉奥孔》以降,艺术分裂论影响渐增,代表人物有欧文·白璧德,克莱门特·格林伯格,西奥多·阿多诺等。在奥氏看来,"艺术自身并没有力量聚合或分离——它们既非一也非多,却很乐意根据艺术家或思想家的愿望,呈现出整一或多样的形态",因此,他"要考察不同艺术媒介之间的相互作用——它们有时亲密合作,有时侵入彼此的领地,有时则会发生不和谐的冲突"。(3—4)

在著作的前三章,奥氏分别从文学、绘画和音乐的单个媒体出发,一一论证他在导言中提出的艺术的本质、艺术的功能、艺术的意义等问题。第一部分虽然标题为"单个媒体",但在第二章"什么是绘画?"中,奥氏已经在做跨媒介研究,正如他在导言中坦诚:"虽然我试图逐一谈论个别的艺术媒介,但在严格意义上这种说法并不成立,因为我在书中只能依赖于语言:当我说到绘画和音乐,我已然将它们转换成文字。我无法在真正意义上比较一幅画、一首交响乐和一首诗——我只能比较关于一幅画的文本、关于一首交响乐的文本和关于一首诗的文本。"(4)奥氏在"艺格符换"和"叙述图画"两小节中阐释了绘画与文学、图像与语言之间的转换;他以音乐为类比,分析"绘画中的对位",揭示绘画中存在许多对立点:有形与无形、描述性与不可描述性、叙述性与不可言说性。(148)

在探讨"什么是音乐?"时,奥氏开篇触及有关音乐本质的争议性问题:"音乐是否有表现力"? 肯定派以瓦格纳(Wilhelm Richard Wagner)为代表,否定派尤以爱德华·汉斯立克(Eduard Hanslick)为代表。奥氏又一次表现

---

① Daniel Albright, *Panaesthetics*: *On the Unity and Diversity of the Arts*, New Haven: Yale UP, 2014, p. 1. 本节以下引文在文中标注页码,不再加注。

出中庸之道:"不过正如绘画的本质既非具象也非抽象一般,音乐的本质既不是有表现力的,亦不是无表现力的。有无表现力不是音乐的本质特性,只是音乐发展中的两个标准矩,但在阐释一支乐曲时,这些概念便于我们讨论音乐的表现节奏——它如何展现自己,接着又如何减弱或是消失。"(150)奥氏深入分析了音乐的语言特征以及非语言特征,"音乐——器乐——具有语言特征,仿佛它能把(真实或想象的)文本转换成无言的声音;然而,它同时抵制任何语言特征,甚至把自己说成是不能表达任何事物的反语言。"(163)另一方面,当音乐试图逃离语言时,语言则趋向于音乐,"所以我们就陷入了悖论:我们越是想把音乐理解为一种语言,它就越强烈地抵制这种理解;我们越是试图把音乐理解成语言的对立面,它就越是悦耳、有力、直白地对着我们的耳朵说话。只有当我们不再试图去听懂海妖塞壬的歌声时,我们才能理解它"。(177)

其次,奥氏探讨了音乐的叙事性问题。他指出,"每一门艺术都有自己的叙事学。文学擅长讲故事,也擅长解释它是如何讲故事的。音乐也同样善于讲故事,这不仅体现在交响诗中,而且体现在构成主题和变奏的乐章中"。(200)他坚持认为"音乐是一种叙事;而它所叙述的,严格来说并非听众的奇思怪想,而是音乐所固有的……在某些情况下,'事件',叙事的核心,可以像文字描述一样,通过音乐准确地描述出来"。(203)

奥尔布赖特在著作的第二部分主要探讨艺术的互动与交织。其中"假晶"(pseudomorph)是奥尔布赖特指代跨媒介转换的一个核心术语。"假晶"一词原是地质学术语,指在地质作用过程中,某种后来形成的矿物,其外形保持了原来的他种矿物晶形的现象。斯宾格勒(Oswald Spengler)在《西方的没落》(*The Decline of the West*, 1918)中使用"假晶式"(pseudomorphic)一词来描述从旧文化中残留的某些结构性元素,这些元素在新文化中已经失去了任何相关性或意义。然后,"假晶式"一词由阿多诺引入音乐学,用来描述斯特拉文斯基如何根据从视觉艺术中窃取的拼贴原则构建音乐。而奥氏用这个词描述跨艺术转换——"一件作品由单一的艺术媒介构成,且该媒介被要求模仿或担当某种异质媒介的功能";因此"观众面对一个假晶式艺术作品可能会在脑海中构建一个假晶:一个假晶式艺术品应有的形象,即如果它处于其渴望模仿的媒介中,它会是什么样子"。(212)

奥氏高度肯定跨媒介转换的价值,着重指出,"一件艺术品之所以是一件艺术品,不但因为它特别容易被转换到一种异质媒介中,也是因为这些转换具有某种迷人的魅力"。(215)"创造性工作通过激发他人的创造性来显现其创造性。一件没有故事的作品或没有其他相似物的作品将不能称其为艺术品……最好的艺术往往有着最错综复杂的关系网,"(215)这个观点让我们联想到罗桑德论证的"艺格符换循环"和雅各比所谓的"艺格符换网"。但同时,奥氏也承认艺术中存在不可转换的特质,在每次转换发生后得以残留(residue);然而,没有任何艺术品只是残留,"没有艺术是纯粹的奇迹,全然脱离文化的根基",即使是白色画布与无声的音乐。(226)由此,奥氏总结了艺术的两个悖论:"艺术只有具备被转换的能力才是艺术;但是除了一些人为的相似,这种转换从来无法是全面的或准确无误的";"只有被释义的东西才有意义;但是释义总是意味着不同于被解释的东西"。(232)

奥氏把最常见的六种跨艺术转换界定为假晶艺术:从文学到图画(如插图)、从图画到文学(如艺格符换)、从诗歌到音乐、从音乐到诗歌、从绘画到音乐以及从音乐到绘画的艺术转换再创作。(236)具体论述中,奥氏常把假晶和艺格符换混为一谈。他在第二章的"艺格符换""叙述图画"两部分,用艺格符换指从绘画到文学、从图像到语言的转换。但在第六章的论述中,他又提到从绘画到音乐的艺格符换,并指出李斯特的交响诗《匈奴之战》就是基于威廉·冯·考尔巴赫(Wilhelm von Kaulbach)的画作《匈奴之战》(1857)的"音乐艺格符换"(263)。他也提到从语言到图像的艺格符换:在米开朗基罗的《最后的审判》中,"画家的生平故事也是其艺格符换的必要时刻"(146)。他还以艺格符换指绘画中的叙事,"就像绘画中的艺格符换通常以消解故事而结束,音乐的语言特征也必须在某一刻,黯然消逝"。(163)在这些论述中,艺格符换的概念其实已超越从绘画到文学、从图像到语言的转换范畴,与奥氏所谓的假晶没有什么区别。笔者认为,奥氏如放弃"假晶"一词,用"艺格符换"指代广泛意义上的跨艺术转换,论证会更有逻辑性。

在结语中,奥氏提出两个结论:其一,"每一种艺术媒介都是错误的媒介",因为"每一次诠释、寻找意义的尝试,都会把艺术作品从其赖以表述自己的媒介推入其他媒介:一首诗通过它在评论家的想象中激起的图像和音乐而为人所知,一幅画通过试图描述它的文字找到它力量的源泉而为人所知,等等";艺术的自我解放"只能通过强迫艺术进入一种异质媒介来实现"。(277)其二,"每一种艺术媒介都是正确的媒介",因为:

联觉现象表明,媒介的选择并不是一件特别重要的事情:所有媒介彼此都密切相关,……没有异质媒介:每一件艺术作品都是以一幅画、一首诗和一支乐曲的形式出现在我们的脑海中,无论其原始呈现的媒介是什么。所有的艺术都铭刻在大脑中,触动视觉区域的东西也会触动听觉和触觉。的确,在跨越媒体边界的艺术中,存在一种极其迷人的、温暖的人性特质。(280)

欧美学界研究诗画关系或文学与音乐关系的不乏其人,像奥氏这样能在文学、绘画、音乐间穿梭自如、批评视野如此宽广的并不多见。他把诗画乐批评从比较文学研究发展到了比较艺术研究,为当代欧美跨艺术研究开辟了广阔的学术前景。

第四节 诗歌与新媒体/多媒体

20世纪后半叶,多媒体/新媒体的飞速发展成为人们的日常生活经验,大众文化、现代艺术的发展也使得艺术与生活、艺术品与生活用品的界限越来越模糊,艺格符换诗的来源不再限于绘画、雕塑等高雅艺术,诗人也能从照片、海报、招贴画、广告、街头涂鸦中获得灵感。

跨媒介理论的先驱者之一、德国学者佩希(Joachim Paech)在20世纪90年代宣布"跨媒介时代的到来"(Intermediality is in)。[1]数字时代新媒体的出现也对跨艺术诗学研究提出了新的挑战,学界的关注点从"媒介间的互动"(interaction of media)转向了"与媒介互动"(interaction with media),"媒介边界"日益扩大,媒介与现实、人与机器之间的界限日益模糊,比如在VR(虚拟仿真技术中),与其说媒体被视为一种表征形式,不如说它已经成为一种环境,且可作为强化现实的一种手段。此外,媒体/媒介不断呈现出变异、重新定位和扩张的趋势;与此同时,新旧媒体之间的沟通和转换更加快捷。

新媒体与科技发展密切相关。诗歌与新媒体/多媒体的关系其实也是诗歌与科技的关系。如聂珍钊所言,"电子科技不仅改变了诗歌创作,也改变了我们阅读诗歌的方式。在信息时代,无论是诗歌的创作还是欣赏,都不

---

[1] 参见 Joachim Paech, *Film, Fernsehen, Video und die Künste: Strategien der Intermedialität*, Stuttgart: J. B. Metzler, 1994。

能脱离媒体而存在"。① 如何理解媒体时代的艺术创作和文学批评,美国学者理查德·兰哈姆(Richard A. Lanham)和现代主义研究专家玛乔瑞·帕洛夫(Marjorie Perloff)早在上世纪90年代就对此进行了深入的探析。兰哈姆敏锐地预见到在信息技术时代,计算机介入诗人和读者的生活,不仅改变了文学的形态,更影响了诗人和读者同文本的互动。帕洛夫关注到媒体对诗歌的创作和传播产生的革命性影响,重新诠释了跨艺术诗学。语言诗派的实践者和理论家查尔斯·伯恩斯坦(Charles Bernstein)更是把诗歌与新媒体/多媒体的结合付诸诗歌创作和理论探讨。

一、电子科技与文学研究

理查德·兰哈姆作为人文学者,并没有对科技的发展"谈虎色变"。他在1989年就撰文认为,印刷时代被电子媒介时代所取代,个人电脑可看做人类新的表达媒介,但他也指出,人类对媒介的需要早于媒介本身,"技术没有产生需求而是满足早已存在的一个需求";由于电视的普及,我们忽略了个人电脑已经成为印刷书的替代选择,显示屏成为书页的替代品;电脑技术的发明允许我们轻易地操作文字、图像、声音和数字,"结束了黑白文本为真理的时代",使文本话语的本质和地位发生了变化;"从书籍到显示屏的移位"蕴含的意义与电视一样重大。② 兰哈姆坚信,个人电脑及显示屏这样的电子"语言"迟早会"重新界定文学的写作、阅读和教学",影响文学和艺术的全部,"促成普通文本交流的字母和图形进行彻底调整"。(ix)他提醒我们,在传统的印刷作品中,文字外观并不是"从美学角度被阅读,因为那只会干扰读识的纯透明性",印刷品的版面应当和所传达的思想相符合;而现代的"电子印刷术既受创造者控制,也受读者控制",如读者在阅读的时候可以随意改变字号、字体、颜色、字母大小写等编排出新的格式。兰哈姆引用文学和媒体研究学者博尔特(Jay David Bolter)的话说,媒体时代里,我们"丢失的不是阅读能力,而是阅读印刷书的能力,电子技术给予我们的是一种新型书

---

① 聂珍钊:"译者序",载帕洛夫:《激进的艺术:媒体时代的诗歌创作》,聂珍钊等译,上海:上海外语教育出版社,2013年,VIII。

② Richard A. Lanham, "The Electronic Word: Literary Study and the Digital Revolution", *New Literary History*, Vol. 20, 2(1989), p. 265. 文章被收入文集 *The Electronic Word: Democracy, Technology, and the Arts*, Chicago: U of Chicago P, 1995, pp. ix—x. 本节以下对兰哈姆的引用都出自该文集,仅标注页码,不再加注。

籍,新的读写方式"。(x)

电子文本排版的灵活性打破了"诗歌"和"散文"之间的界限,电子技术的互动性也打破了"创作者"和"评论家"之间的界限,读者的反应更加积极,他们可以"补充、删除、调整、修订或点评文本";电脑的文本性也改变了文本创作的方式,如有作者创作"交互小说"(interactive fiction),由读者选择事件的不同发展方向而决定故事的最终结果。(6)

他也对人文艺术的跨学科发展提出了预见:因为语言、图像和声音在同一个数字代码里表达,人文艺术经历了新的急剧转换,对目前的学科分类和学术划分带来了挑战。(xi)这也意味着我们再也不能仅对文学本身进行文学研究,其他艺术必将成为文学研究的一部分。"个人电脑本身构成了艺术的终极后现代艺术作品。对于从未来主义以来在艺术上出现的所有修辞主题,个人电脑都进行了介绍和关注——交互式的读者曾被迫遵循维多利亚时代消极沉默的传统,现在通过个人电脑接收信息的过程,读者的互动得到彻底的满足——凯奇(John Cage)的随机游戏和奥登堡(Claes Oldenburg)的视觉缩放实验变成了家用电脑中司空见惯的制图技术"。(17)

兰哈姆也是个修辞学专家,他对电子文本的出现欢欣鼓舞。在他眼中,印刷书是"哲学性"媒体,电子显示屏是更深层的"修辞"媒介;因此,兰哈姆是个技术乐观主义者,他认为电子交流媒介不会毁灭而是会丰富西方人文艺术。(xii—xiii)兰哈姆发现电子文本与视觉艺术具有相同的美学,他认为电子文本比印刷文本更适合表达后现代精神和古典修辞精神。他借用马里内蒂(Filippo Tommaso Marinetti)的未来主义宣言批判印刷书籍代表的排版规范:"没有图画,没有色彩,每行严格地按照从左至右的顺序;没有字体变化,没有互动,没有修改的余地",(34)而这些规范是对语言生命力的压制,需要在电子文本中加以解放:

> 口语修辞包含丰富的声音和姿态语言,当这一切被限定于写作和印刷后,试图保留口语修辞的努力就被集中于古典修辞家所谓的"艺格符换",即语词中的生动言说。通过电子图像搜索和处理的无尽资源,艺格符换又重新焕发生机,一度被压缩进语言修辞格的图像和声音如今在人类的感觉中枢中恢复其原有的地位。语图之间的复杂互动关系从来就没有消失,只不过一度受到压抑,电子显示屏使口语修辞中复杂的语图互动的效果重新显现。(34)

在兰哈姆看来，计算机能以非凡的方式满足20世纪艺术的表达需求，即可以同时满足新的视觉需求和传统的语言需求。(31)兰哈姆找到了电子文本与现当代艺术的很多相通之处，如电子文本的美学核心是拼贴美学，而拼贴则是20世纪视觉艺术的中心技巧。此外，规模变化(scale change)、挪用、随机创作，都使得电子计算机似乎成为一个"有关艺术的艺术机器"(a machine created for Art-about-Art)，既是设备，也是艺术品。(46)兰哈姆一再强调，电子文本让我们"看到文字而不是看懂文字"(look AT letters rather than THROUGH them)，使我们把字母组合看作有色彩的三维视觉形象，我们的媒介意识由此得到强化，这是电子文本的艺术化，也是艺术的民主化，必然与媒体时代的文艺创作产生交互影响。(50)

二、媒体时代的诗歌创作

兰哈姆作为修辞学专家，看到电子文本有助于产生新的散文风格，即强调"激进的技巧而非文本天然的透明性"(9)，而这也是美国现当代诗歌批评家玛乔瑞·帕洛夫对先锋派诗歌的分析。敏锐地看到电子科技对诗歌创作的影响，她在《激进的技巧：媒体时代的诗歌创作》(*Radical Artifice: Writing of Poetry in the Age of Media*，1991)一书中指出，

> 如今，已经找不到一片未受到声音或电脑污染的土地，找不到可以避开手机讯号覆盖和盒式磁带播放器声音的山峰和空谷。接着，越来越多的诗人舞台就是电子世界，……由互联网和通过调制解调器传达到世界各地的MCI邮件构成的世界。这同推陈出新的杂志(后现代文化)是一样的，即通过电子邮件发布小说、文学和文化批评。①

我们当下的诗人和艺术家，其实每天都通过视频、传真或打印媒介，有意无意地回应类似的媒体信息。这样的媒体信息已经避无可避地占据了我们的语言和视听空间。受到兰哈姆的启发，帕洛夫意识到，"电子文本不仅改变了我们接受的方式也改变了文本创作的方式"，而她关注的中心问题是：电子科技是否(或者说多大程度上)影响了诗歌语言这一看似私人化的

---

① 帕洛夫：《激进的艺术：媒体时代的诗歌创作》，聂珍钊等译，上海：上海外语教育出版社，2013年，作者序，第XI页(从帕洛夫的表述和论证来看，原作的主标题"*Radical Artifice*"译为"激进的技巧"更准确)。本节以下对帕洛夫的引用都出自该译作，保留原译名，在文中标注页码，不再加注。

语言形式？在当今的媒体时代，要吸引那些适应了录像机、传真机、随身听、激光打印机、手机等电子设备的"观众们"，诗歌语言扮演什么重要的角色呢？（2—3）

帕洛夫以约翰·凯奇的创作为范例分析诗歌与新媒体/多媒体的关系。凯奇多才多艺、身兼数职，是个诗人、作曲家、表演艺术家和发明家。帕洛夫高度评价凯奇对后现代诗学的重要意义，"因为至少在50年代初，凯奇就已经认识到诗歌必须为自身与媒体的关系定位，因为不管喜欢与否，媒体在我们的语言、视觉和听觉空间中占据了越来越大的部分"。（作者序 XI）凯奇为美国二百周年国庆日创作的《天气讲座》（*Lecture on the Weather*，1976）是个集语言、视觉艺术、音乐、表演为一体的多媒体作品，是"一个解构媒体的媒体作品，一场无法听到台词的'讲座'，一首没有'声音'的合唱曲，一场任何人都能出演却又没有主角的演出……是一个精心制作的按照规则生成的拼贴作品"。（18）帕洛夫把《天气讲座》视为"媒体时代"的独有文本。《天气讲座》没有完整的书面文本，因为印刷出来的文字不能同步重复"讲座"发生时的视听效果。多种媒介如影像、声音、图像、乐器；多种体裁，如演讲、诗歌、戏剧等一切资源，都通过兰哈姆所谓"激进的技巧"融为一体。声乐、音响、影像画面是经过精密的电脑技术合成，说明新技术可以与艺术结合；这场讲座不是关于天气，它就是天气；同时观众也非被动的聆听者，而是活动的参与者，在暴风雨发生时，他们不由聚在一起，远离风暴，结为共同体。（20—21）

所以，这样的创作并非"无目的的嬉戏"，帕洛夫认为凯奇想表达的是：艺术建构必须紧密联系"生活"，必须使用外在世界真实发生的事件作为素材。反之亦然，只有当人们把生活作为形式和结构来感知，"生活"才是"活生生的"。《天气讲座》这类作品，不是为了生动再现，而是表演一个"事件"，"这个事件"能够改变我们的环境以及我们对它的反应。（21）

在帕洛夫看来，《天气讲座》见证了一种技巧的回归，这种技巧是一种"激进的技巧"，通过精心设计的诗歌措辞以及自我意识回归到"已有的"形式和题材。但这种技巧，与其说是创造力和方法，不如说它是一种认知，即承认诗歌或绘画或表演剧本其实是制造出来的东西——策划的、构建的、被选择的——而且对它们的阅读也是读者的一种构建；尽管《天气讲座》是用已有的文本拼凑而成的大杂烩，但，它的"天气"充斥着各种可能。（22）

2010年帕洛夫发表《非原创的天才：用其他方法创作的新世纪诗歌》(*Unoriginal Genius：Poetry by Other Means in the New Century*)，从历史和科技发展的角度追溯了"非原创性"的诗学传统，并继续关注媒体革命，即"在超信息化的环境中，一种新的引文型、受限诗歌的写作"(a "new citational and often constraint-bound poetry")。① 帕洛夫把这种"引文型诗歌"(citational verse)的创作追溯到现代主义时期，如艾略特的《荒原》。她引用艾略特的名言"不成熟的诗人模仿，成熟的诗人剽窃"，对现当代诗人的各种实验和创新进行梳理和总结，解释先锋诗歌特有的创造性和复杂性。现代信息技术如流媒体、博客、短信、网络搜索等改变了"人如何表达自己"这一命题，因此，当代先锋派诗歌就是通过重组、重构、挪用、引用、转录、复制、拼贴、视觉化或听觉化现存的词汇和句子进行创作，丰富了"原创"一词的固有内涵。②该著作为当代诗歌的"拼贴式写作"背书，被学界誉为"21世纪的《诗辩》"。③

三、诗歌与诗歌表演

语言派诗学的理论家和创作者查尔斯·伯恩斯坦对媒体时代诗歌的建构性进行了更深入的阐释。他在《诗学的实践》("The Practice of Poetics")一文中对自己的"诗学"概念加以明晰：诗学所指的是"历史上的各种诗歌理论，同时也指'诗歌行为'——即诗歌的创作过程本身。诗歌行为往往可以创造出诗歌理论没有预料到的新鲜艺术魅力——行为先于理论，实践改变理论。诗歌行为不仅包括诗歌创作，还包括诗歌表演"。④伯恩斯坦强调诗歌意义的建构性，而不是表现性。在他看来，"使诗成为诗的就是语境"(170)，诗歌的意义产生于诗歌建构的过程之中，他感兴趣的是"诗歌的极端表达形式、稀奇古怪的形式、建构过程以及过程的建构"；他认为语言派诗歌不是用

---

① Marjorie Perloff, *Unoriginal Genius：Poetry by Other Means in the New Century*. Chicago：U of Chicago P, 2010, p. xi.
② 聂珍钊，"译者序"，第Ⅳ页。
③ Václav Paris, "Poetry in the Age of Digital Reproduction：Marjorie Perloff's *Unoriginal Genius*, and Charles Bernstein's *Attack of the Difficult Poems*", *Journal of Modern Literature*, Vol. 35, No. 3(2012), p.198.
④ 查尔斯·伯恩斯坦：《语言派诗学》，罗良功等译，上海：上海外语教育出版社，2013年，第147页。本节以下对伯恩斯坦的引用都出自该译作，在文中标注页码，不再加注。

言语再现世界,而是"用言语更新世界。诗歌作为一种文化产品,是错觉,也是启示,是幻象,也是现实"。(168)

伯恩斯坦强调"诗歌是一种社会活动"。(序 IX)他把语言派诗学的思想来源追溯到维特根斯坦(Ludwig Josef Johann Wittgenstein)的建构语言哲学,他吸收了语言学家雅各布森(Roman Osipovich Jakobson)对诗歌功能的解释:"口语突出了语言的物质(听觉的和句法的)特征;这样我们与其把诗歌理解为对信息的传达,不如理解为口语本身媒介间的一种结合";他还发现了本雅明"语言本身"("language as such")连带媒介理论的重要性。(序 XIII)

伯恩斯坦提出,语言诗要重视语言的物质性,诗歌应突出声音和句法,"不要机械地使用词语,而是要创造一种由非目的性驱使的美学空间,能够在言语材料的反射、投影和感觉投入中产生愉悦";作品不是以语言为中心,而是以感知者(读者)为中心;读者的想象被激发,诗歌成为一种建构行为,而不是传递预设的信息;"从明白易懂转向模糊晦涩反映出诗歌是一种修辞的模式而不是直接的事实表达"。(序 XV—XVI)这也呼应着兰哈姆和帕洛夫提倡的"激进的技巧"。

他将语言诗的领域扩展到"言说行为",自由写作、即兴创作、挪用、引用、合作①、造型诗(poetry plastique)②等。伯恩斯坦尤其强调了诗歌表演,包括诗人戏剧(poets theater)、声音诗、表演诗、"表演写作"等。这些表演大多涉及诗人与艺术家的合作,他指出,

> 在《语言诗》中,所有的诗歌都是一种表演,而不是陈述或空洞的内容。在最基础的层面,朗诵诗歌使作品在声音中获得新生。不仅要朗诵,还要听前面所探讨的诗人朗诵,他们中有许多人已形成了自己鲜明的、非常低调的或个性张扬的表演风格。(序 XX)

伯恩斯坦在编著《细听:诗歌与表演之词》(*Close Listening: Poetry and the Performed Word*, 1998)里着重探讨了诗歌朗诵和表演。在前言中,伯恩斯坦指出,诗歌表演与诗歌本身一样历史久远,就现当代诗歌的实践而

---

① 包括诗人之间的合作,诗人和其他领域艺术家的合作等。
② 2001 年伯恩斯坦和桑德斯(Jay Sanders)在纽约筹办了"造型诗"展览,主要展出一些不再局限于书页的诗歌,从视觉诗和具象诗,到诗歌雕塑、绘画、场景装置等。

言,表演非常重要,但评论界对此有所忽略。① 通过伯恩斯坦、帕洛夫、苏珊·豪等16位学者的深入论述,文集梳理了诗歌表演的历史,反思了现代诗歌朗诵、口头诗学和抒情诗的历史,考察了20世纪诗歌中语言媒介的建构性原则以及个体诗人的表演风格,以此论证诗歌实在是门表演艺术,鼓励读者不仅要"细读"诗歌的印刷文本,也要"细听"诗歌的录音和表演。②

在《诗学的实践》中,伯恩斯坦总结了诗学的两大经验教训:

> 一是当代的诗歌实践直接影响人们的诗歌审美意识。二是文学作品并不仅仅甚至也不首先存在于纸面之上。我们不能忘记,在文字被发明之前,就已有了诗歌以及诗学,在后文字的数码以及电子时代,也会呈现新的诗歌以及新的诗学。的确,和诗歌档案一样,"当下"既存在于书本中,也存在于网页中。现代科技还使得诗人们读他们自己作品的音像作品得以面向读者。这些音像作品以及诗人们的现场表演,在过去几百年的时间里,其实都是相关诗歌批评和学术研究的重要组成部分。(149)

他也对诗歌表演的意义进行了阐释:

> 每一天,都有新的诗歌创作以及表演。所有的诗歌学术都是在这一背景下产生的。诗歌朗诵、网上诗歌和过去的所有阶段、所有形式的文学成就直接相关。在这种意义上来说,诗歌和诗学其实是文学学术殿堂的核心价值所在。我们高兴地看到,在文学杂志、小型图书、内部读物、网页、博客以及网上讨论中不断产生新的诗学。这些不断生成的新的诗学,使得我们有机会看到文学创作如何适应不断变化的环境的。这也给我们一个机会,让我们不但可以观察新的形势,还可以改变。(149)

伯恩斯坦不仅是个理论家,更是个实践家。他强调"诗学是一种行为,是对不断变化的环境的开明回应。这一诗学拒绝独白,提倡对话;拒绝客观的存在,重视当下;这一诗学比知识和真理更加珍惜求知和求真。这也是一

---

① Charles Bernstein, ed. *Close Listening: Poetry and the Performed Word*, Oxford: Oxford UP, 1998, p.3.
② Ibid, p.4.

种社会诗学。如何实现这种诗学或美学呢？或许一切也都在于实践。"
(151)

出于对"细听"诗学实践在媒体时代的回应，伯恩斯坦与他人合作创办了美国著名电子诗歌资源库"宾大之声"（PENNSOUND①）和电子诗歌中心（Electronic Poetry Center），储存了大量的诗歌文本、评论和视听材料。"宾大之声"还有自己的播客（podcast）栏目，也有 facebook、twitter 和 youtube 账号。就伯恩斯坦而言，诗歌创作与多媒体/新媒体同行，诗歌批评也应与多媒体/新媒体同行。

结　语

口传文学阶段，诗歌多是诗乐舞剧的综合艺术；即使在印刷时代，诗歌也一直在努力突破印刷文字的规约性、工具性、概念性和透明性；电子时代，借助新媒介/新媒体的发展，诗人得以再次突出语言媒介的物质性和实体性，运用"激进的技巧"，诗歌从单纯的文字符号变化为媒体作品，回到诗画乐舞的融合状态。

如果说电子文本的拼贴、挪用、引用等"激进的技巧"造就"非原创性天才"，那么诗歌行为和表演则使诗歌艺术重新焕发生机。据此，美国音乐人兼作家鲍勃·迪伦 2016 年获得诺贝尔文学奖也在情理之中，正如诺奖评委的颁奖词所言："通常是某些人抓住一个简单的、被忽略的艺术形式"带给了世界文学伟大的转变；"就此而言，一位歌手和词曲作者现在来领取诺贝尔文学奖，并不应该成为令人惊讶之事。在遥远的过去，所有的诗歌都被用来演唱或配乐吟诵，诗人被称为史诗吟诵者、民谣歌手和吟游诗人，'歌词'（lyrics）一词出自'里拉琴'（lyre）"；迪伦的歌曲"淘出了诗歌中的金子"；"将一种升华的形式回馈给诗歌语言"，他"以一种如此确信的力量歌唱爱，让所有人都希望拥有这种力量"，"以他的成就，鲍勃·迪伦改变了我们关于诗歌可以是什么，以及诗歌可以如何作用的观点"，"如果文学界有人发牢骚，要提醒这些人的是，神灵不会写作，他们跳舞唱歌"。②

---

① PENNSOUND：http://writing. U Penn. edu/pennsound/；EPC：https://writing. U Penn. edu/epc/（accessed 2019/12/4）.

② 诺贝尔文学奖：迪伦领奖讲演和颁奖词，https://www. sohu. com/a/121248646_488738（accessed 2019/12/4）。

回到诗乐舞合一的原初状态,有评论家指出,"鲍勃·迪伦的文学成就必须放在音乐之中来讨论,而音乐是离不开现场表演的。也就是说歌曲的艺术表现力不只是歌词的语义,也源自声音的组合形式和表现方式"。[①] 迪伦自出道以来发行了几十张唱片,在全球举办了上千场大大小小的音乐会,而且他的每一首经典曲目都有着许多不同的演唱版本,因为艺术的生命就在于表演和实践之中,诗歌创作和诗歌批评亦是如此。

[①] 《鲍勃·迪伦启示录》,http://www.sohu.com/a/161992208_271118 (accessed 2019/12/4)。

第三章

中西跨艺术诗学比较研究

诗画乐是关系最为密切的三种艺术。西方文艺创作长期以摹仿论为主流,诗如画的传统源远流长。18世纪莱辛的诗画异质说横空出世,影响深远,诗画同质说逐渐式微。到19世纪浪漫主义时期,诗如乐(诗乐同质说)的理念开始盛行,在象征主义时期达到高峰,恰如瓦雷里对象征主义做出的著名界定:"所谓象征主义,简言之,就是各派诗人意图通过诗重获被音乐夺去的财富"[1],亦如英国美学家佩特提出的"一切艺术都趋向音乐的境界"[2]。朱光潜在《诗论》中对西方跨艺术诗学概括得好:

> 拟诗于画,易侧重模仿现形,易走入写实主义,拟诗于乐,易侧重表现自我,易走入理想主义。这个分别虽是陈腐的,却是基本的。柯尔律治说得好:"一个人生来不是柏拉图派,就是亚理斯多德派。"我们可以引申这句话来说:"一个诗人生来

---

[1] Valéry, "The Position of Baudelaire", *Baudelaire: A Collection of Critical Essays*, ed. Henri Peyre, Englewood Cliffs: Prentice Hall, 1962, p. 18.

[2] Pater, *The Renaissance: Studies in Art and Poetry*, p. 134.

不是侧重图画,就是侧重音乐,不是侧重客观的再现,就是侧重主观的表现。"①

比较而言,中国诗歌以抒情言志的传统为主流,诗论也较早从乐论中转化而来:"诗言志,歌永言","拟诗于乐"可谓诗论的主调。汉魏时期,诗赋分化,"诗缘情而绮靡,赋体物而浏亮","拟赋于画"得到充分的体现。其后,诗如乐一端沿着乐府诗、永明体、律诗、词的一条线发展,而随着山水诗、咏物诗、咏物词的盛行,体现了赋入诗体,"诗如画"的另一端。但"诗如画"和"诗如乐"两分法又不完全适用于中国诗论,中国传统文论受到儒释道的三重影响,在魏晋之后又发展出"诗如禅"之说,在"诗如禅"论的影响下,虽拟诗于乐,但非表现自我,而在感物兴发、物我两忘;虽拟诗于画,但非重模仿现形,而在"得意忘形"和"象外之旨"。此外,中国古代文人有较为整合的艺术观,并不作严格的文艺类别区分,像西方自文艺复兴以降艺术门类之间的竞争意识在中国诗论中并不多见。即使近现代文人王国维等受到西方美学影响,有了艺术分类意识,但还是多关注、强调不同艺术的互动和会通。

在本章节中,我们梳理了陆机、钟嵘、刘勰、严羽、王士禛等古代文人的文艺批评以及王国维、朱光潜、宗白华、钱锺书等近现代学者的文艺美学思想,后几位都是学贯中西、博通古今之士,在他们的文艺思想里,已经在自觉不自觉地比较中西跨艺术诗学的异同,探索中西跨艺术诗学的互识与互补。

第一节 中国古代跨艺术诗学

一、诗乐同一论

诗歌从诞生之日起,就与其他艺术密不可分。朱光潜先生在《诗论》中指出,从人类学和社会学的证据看,"诗歌与音乐跳舞是同源的,而且在最初是一种三位一体的综合艺术"②。如古希腊的诗舞乐起源于酒神祭典,中国古代的颂诗也是歌舞乐的混合。

儒家很早就把礼乐看做安邦治国的根本。中国最早的诗论便从乐论中

---

① 朱光潜:《诗论》,北京:中华书局,2013年,第131页。
② 同上书,第13页。

转化而来,因为早期的"乐"如同古希腊语的 mousike,是诗、歌、乐、舞多种形式的混合,如郭沫若所言:

> 中国旧时的所谓"乐"(岳)它的内容包含得很广。音乐、诗歌、舞蹈,本是三位一体可不用说,绘画、雕镂、建筑等造型美术也被包含着,甚至于连仪仗、田猎、肴馔等都可以涵盖。所谓"乐"(岳)者,乐(洛)也,凡是使人快乐,使人的感官可以得到享受的东西,都可以广泛地称之为"乐"(岳)。但它以音乐为其代表,是毫无问题的。大约就因为音乐的享受最足以代表艺术,而它的术数是最为严整的原故吧。①

《尚书·虞书·尧典》里记载,帝舜任命夔司乐正之职,教导贵族子弟,并对诗乐的来源和功能做了界定:"诗言志,歌永言,声依永,律和声。八音克谐,无相夺伦,神人以和。"而夔则回应说:"於予击石拊石,百兽率舞。"②我们从中可以想象出古代巫乐时期诗乐舞一体的和谐状态,这也是"诗言志"说的最早出处。

周秦之际,巫乐转化为礼乐,乐开始与礼并称。乐象征天行健造化开物,礼象征地厚载人文成务。据《论语》记载,孔子谈到乐往往和礼联系在一起,但他指出礼乐不是徒重形式:"礼云礼云,玉帛云乎哉?乐云乐云,钟鼓云乎哉?"(《阳货》),强调礼乐精神的根本在于"仁":"人而不仁,如礼何?人而不仁,如乐何?"(《八佾》),指出礼乐与人格修养的重要关系:"兴于诗,立于礼,成于乐"(《泰伯》),将礼乐上升到兴国安邦的高度:"天下有道,则礼乐征伐自天子出;天下无道,则礼乐征伐自诸侯出"(《季氏》)。③《论语》里的零章断语可以体现孔子的礼乐思想,但将儒家礼乐思想展开论述的则是《荀子·乐论》和《礼记·乐记》。④

---

① 郭沫若:《公孙尼子与其音乐理论》,《郭沫若全集 历史编第一卷·中国古代社会研究 青铜时代》,北京:人民出版社,1982年,第492页。
② (清)阮元:《十三经注疏》(上),上海:上海古籍出版社,1997年,第131页。
③ (清)阮元:《十三经注疏》(下),第2525、2466、2487、2521页。
④ 《礼记·乐记》作者历来众说纷纭,尚无定论。《乐记》部分章节与《荀子·乐论》高度相似,于是又有二者谁先谁后、谁抄袭谁的争论。而据王齐洲考证,《乐论》并非荀子手著专论,而是荀子后学记述荀子论乐之语,包括古事与古言,以批判墨子的非乐思想;《乐记》也是荀子后学所记先师论乐之语,以阐述儒家乐学理论,同样包括古事与古言;二者之间同源异流,成书年代非常接近,有着共同的思想来源、师授系统、学派传承与话语体系,不存在谁抄袭谁的问题。详见王齐洲:《〈礼记·乐记〉作者及其与〈荀子·乐论〉之关系》,《中山大学学报》(社会科学版),2019年第5期,第77—87页。

荀子(约前313—前238)作《乐论》是对音乐及其有关问题的论述。他将音乐表达看做人之本性:"夫乐者,乐也,人情之所必不免也,故人不能无乐。乐则必发于声音,形于动静,而人之道,声音动静,性术之变尽是矣";他认为音乐富有巨大的教化作用,"乐中平则民和而不流,乐肃庄则民齐而不乱",所以先王制雅、颂以"感动人之善心";他尤其强调音乐和谐伦理关系的重要功能:"乐在宗庙之中,群臣上下同听之,则莫不和敬;闺门之内,父子兄弟同听之,则莫不和亲;乡里族长之中,长少同听之,则莫不和顺";荀子剖析了音乐对人的心理影响:"夫声乐之入人也深,其化人也速",由此奠定了礼乐关系:"乐者,圣人之所乐也,而可以善民心,其感人深,其移风易俗,故先王导之以礼乐而民和睦","乐和同,礼别异。礼乐之统,管乎人心矣"。①

《礼记·乐记》论述了乐的起源与本质,即"心"与"物"的交相感应:"凡音之起,由人心生也。人心之动,物使之然也。感于物而动,故形于声。声相应,故生变。变成方,谓之音。比音而乐之,及干戚羽旄,谓之乐。乐者,音之所由生也,其本在人心之感于物也。"②《乐记》传承和拓展了诗乐言志说,也承继了孔子的礼乐治国思想:"是故治世之音安以乐,其政和。乱世之音怨以怒,其政乖。亡国之音哀以思,其民困。声音之道与政通矣。宫为君,商为臣,角为民,征为事,羽为物。五者不乱,则无怗懘之音矣"③;"乐由中出,礼自外作。乐由中出,故静,礼自外作,故文。大乐必易,大礼必简。乐至则无怨,礼至则不争,揖让而治天下者,礼乐之谓也"。④礼乐时期,诗乐舞仍为一体,如《乐记》有云"德者,性之端也。乐者,德之华也。金石丝竹,乐之器也。诗,言其志也。歌,咏其声也。舞,动其容也。三者本于心,然后乐器从之"。⑤又如《乐记》终篇载师乙的乐论:"故歌之为言也,长言之也。说之,故言之;言之不足,故长言之;长言之不足,故嗟叹之;嗟叹之不足,故不知手之舞之,足之蹈之也。"⑥

作为中国诗歌批评的第一篇专论,《毛诗序》保留着许多乐论的因素,是基于"诗如乐"的逻辑来认识诗歌本质的。《毛诗序》指出,"诗者,志之所之

---

① 王先谦撰:《荀子集解》,沈啸寰、王星贤点校,北京:中华书局,1988年,第379—382页。
② 阮元:《十三经注疏》(下),第1527页。
③ 同上书,第1527—1528页。
④ 同上书,第1529页。
⑤ 同上书,第1536页。
⑥ 同上书,第1545页。

也,在心为志,发言为诗,情动于中而形于言,言之不足,故嗟叹之,嗟叹之不足,故咏歌之,咏歌之不足,不知手之舞之足之蹈之也"。① 袭自《荀子·乐论》或《礼记·乐记》,《毛诗序》汲取了乐论中的抒情说作为先秦以来言志说的必要补充,揭示了诗歌抒情与言志相统一的艺术本质。《毛诗序》基于儒家的视角,特别重视诗的教化作用,也是与乐论相统一的。礼乐是教化的主要手段和形式,《毛诗序》已认识到这种教化作用与情感之间的关系,所以说"风以动之,教以化之"②。诗教的方式要像音乐一样化于无形,直击人心。此外,《毛诗序》提出"六义"说——"故诗有六义焉:一曰风,二曰赋,三曰比,四曰兴,五曰雅,六曰颂"③,具有丰富的理论内涵。后孔颖达《毛诗正义》疏云:"风雅颂者,诗篇之异体;赋比兴者,诗文之异辞耳。大小不同,而得并为六义者。赋比兴是诗之所用,风雅颂是诗之成形,用彼三事,成此三事,是故同称为义,非别有篇卷也。"④后人对"六义"的具体解释各有不同,却大体上都认为风、雅、颂是诗的分类,而赋、比、兴是诗的写作手法。《毛诗序》中没有对赋、比、兴作具体的阐释,却为后来的诗歌创作提供了极富启示性的一组范畴。

曹丕的《典论·论文》是中国文学批评史上第一篇文学专论,提出了四科八体说的文体论:"夫文本同而末异,盖奏议宜雅,书论宜理,铭诔尚实,诗赋欲丽。"⑤其中奏议与书论属于无韵之笔,铭诔诗赋属于有韵之文。这些文体本质相同,都是用语言文字来表现一定的情感。但其"末异",也就是说,在其文体特征上,奏议要文雅,书论重说明,铭诔尚事实,诗赋则应该华美。其中,"诗赋欲丽"一说,把文艺作品从非文艺作品中分隔开来,这就超越其划分文体论的价值,而具有划时代的美学意义。讲到文学创作时,曹丕也是以音乐做比,"文以气为主,气之清浊有体,不可力强而致。譬诸音乐,曲度虽均,节奏同检,至于引气不齐,巧拙有素,虽在父兄,不能以移子弟"。⑥曹丕的"文气"说对应着《乐记》中的"乐气"说。曹丕的文论也体现同时代的文艺

---

① 阮元:《十三经注疏》(上),第 269—270 页。
② 同上书,第 269 页。
③ 同上书,第 271 页。
④ 同上。
⑤ 魏文帝(曹丕):《典论·论文》,载严可均辑:《全上古三代秦汉三国六朝文》(第二册),北京:中华书局,1958 年,第 1097—1098 页。
⑥ 同上书,第 1098 页。

创作观,如鲁迅先生所言:

> 用近代的文学眼光看来,曹丕的一个时代可说是"文学的自觉时代",或如近代所说是为艺术而艺术(Art for Art's Sake)的一派。所以曹丕做的诗赋很好,更因他以"气"为主,故于华丽以外,加上壮大。归纳起来,汉末,魏初的文章,可说是:"清峻,通脱,华丽,壮大。"①

鲁迅把曹丕划为"为艺术而艺术"一派,已揭示了曹丕《论文》的跨艺术批评之本质。

二、诗书乐画同一论

如果说中国古代诗论早期以"诗如乐"为主,魏晋以后的诗、书、画、乐论的发展十分繁荣,且相互借鉴。中国古代文人常常是琴棋书画乐兼通,所以有着同一的跨艺术观,也可谓超艺术观。南北朝开始,由于山水画和山水诗逐渐盛行,也由于诗逐渐吸收赋的写法,出现了咏物诗,诗画相比的观念也随之形成。西晋陆机(261—303,字士衡)的《文赋》是我国最早的一篇文艺学专论,在美学史上有重要的意义和价值。陆机开篇陈述写作意图,即以音乐做比:"以述先士之盛藻,因论作文之利害所由,它日殆可谓曲尽其妙。"② 陆机也对文体进行了划分,甚而对诗赋进行了区分——"诗缘情而绮靡,赋体物而浏亮"③。从跨艺术的视角解读,我们可以理解为"诗(如乐)缘情而绮靡,赋(如画)体物而浏亮",或者可以说,从陆机的《文赋》开始,诗如画的思想也渗入诗论。不过比较而言,陆机仍侧重诗乐舞做比。如论及文学创作时,陆机提出文章的内容、体裁、立意和用词要有机配合:"暨音声之迭代,若五色之相宣";讲到文章的清丽,"譬偏絃之独张,含清唱而靡应……虽一唱而三叹,固既雅而不艳";讲到文章的精练之作,"譬犹舞者赴节以投袂,歌者应絃而遣声。"④

作为现存我国古代最早的诗论专著,南朝钟嵘(约468—518)的《诗品》

---

① 鲁迅:《魏晋风度及文章与药及酒之关系》,《魏晋风度及其他》(上),吴中杰导读,上海:上海古籍出版社,2019年,第228页。
② 陆机:《文赋并序》,载严可均辑:《全上古三代秦汉三国六朝文》(第二册),北京:中华书局,1958年,第2013页。
③ 同上。
④ 同上书,第2013—2014页。

中既有传统乐论的影响，也有同时代的画论之要义。有学者指出，《诗品》的出现与魏晋以降的人物品藻以及当时书、画、乐论的发展关系密切。① 东汉班固(32—92)作《汉书·古今人表》品列人物为九等，有"上智""中人"与"下愚"之论，开汉魏品评人物之风，魏晋以来又有九品官人法，故钟嵘在《诗品序》中言及"昔九品论人，《七略》裁士，校以宾实，诚多未值。至若诗之为技，较尔可知。以类推之，殆均博弈"，② 便参照人品和棋艺论诗。从艺术领域来看，当时的书画很讲究品级评定。宋代虞和《论书表》中整理王羲之、王献之等墨迹时分为"好者""中者""下者"三类，实际上就是上、中、下三品。在钟嵘和刘勰之前，南朝齐梁画家谢赫(生卒年不详)的《古画品录》问世，以画家为中心分为六品，明"众画之优劣"。谢赫作序言："虽画有六法，罕能尽该；而自古及今，各善一节。"③ "气韵生动"位"六法"之首："六法者何一气韵生动是也二骨法用笔是也三应物象形是也四随类赋彩是也五经营位置是也六传移模写是也。"④ "六法"中"气韵生动"是最重要的，而"应物象形"置于气韵和骨法之后，这也确立了文艺创作的神似和形似之高下，对后世的美学思想产生很大影响。

钟嵘的《诗品》对汉魏至南朝齐梁时代的五言诗作了系统的论述，提出很多精辟的见解，影响深远。南朝的画论中十分重视"风骨"与"精彩"的关系，如南朝宋画家宗炳(375—443)在《画山水序》中就主张"以形写形，以色貌色"，更强调"山水以形媚道"，提出"神畅"之说；⑤ 谢赫的《古画品录》主张绘画当以"神韵""风骨"为主，以"精彩""综彩"为辅。与此相似，钟嵘对诗艺的基本要求是要做到"风骨"与"词采"俱备，他在《诗品序》中评论诗歌的历

---

① 张少康：《诗品》，沈阳：春风文艺出版社，1999年，第16页。
② 钟嵘：《诗品》，古直笺，许文雨讲疏，杨焄辑校，上海：上海古籍出版社，2020年，第14页。《七略》是西汉刘歆(约前50—公元23)汇录的中国第一部官修目录和第一部目录学著作。作品分为辑略、六艺略、诸子略、诗赋略、兵书略、术数略、方技略等七部分。
③ 谢赫：《古画品录》，北京：中华书局，1985年，第1页。
④ 同上。这段引文的标记法有两种，其一是根据唐代张彦远《历代名画记》卷一的记述："昔谢赫云画有六法一曰气韵生动二曰骨法用笔三曰应物象形四曰随类赋彩五曰经营位置六曰传移模写"(北京：中华书局，1985年，第51页)；其二是钱锺书在《管锥编》第四册论及这段文字，认为应作如下读法，方才符合谢赫原意与古文法："六法者何？一、气韵，生动是也；二、骨法，用笔是也；三、应物，象形是也；四、随类，赋彩是也；五、经营，位置是也；六、传移，模写是也。"(北京：中华书局，1979年，第1353页)
⑤ 宗炳：《画山水序》，《中国古代画论类编·上卷》，俞剑华编，北京：人民美术出版社，2000年，第583页。

史发展时,特别提出了要"干之以风力,润之以丹采"的思想。他评五言诗的发展以曹植为最高典范,赞其"骨气奇高,词采华茂"。钟嵘所讲的风骨,和当时诗、文、书、画等领域中讲的风骨,有共同之处,也有不同之处。他强调以"风骨"为主,"词采"为辅,又两者并重,这是和刘勰所论及的当时书、画理论批评是一致的。

钟嵘在序文开篇呼应了《乐记》和《毛诗序》中对诗歌起源的界定,将"心"与"物"交相感应的音乐性作为诗歌创作的重要质素,"气之动物,物之感人,故摇荡性情,行诸舞咏"①。但他也阐释了古今诗歌中音乐性的不同:

> 古曰诗颂,皆被之金竹,故非调五音无以谐会。若"置酒高堂上","明月照高楼",为韵之首。故三祖之词,文或不工,而韵入歌唱,此重音韵之义也,与世之言宫商异矣。今既不被管弦,亦何取于声律邪?②

按照钟嵘的解释,古诗要配乐歌唱,所以讲究宫商声律,但当代诗歌已不合乐,何必拘于声律呢?因此,钟嵘在评点诗人风格时,多次诗画相比。南北朝时期的书画论与诗论相互借鉴,逐渐形成"芙蓉出水"与"错采镂金"两种不同的美学观。钟嵘主张自然天工之美,又不否定人为雕饰之美,所以他对许多诗人创作中的"巧似",并非全盘否定。他在《诗品序》中肯定了五言诗的形象性:"指事造形,穷情写物,最为详切者",推崇五言诗的"自然英旨""既是即目""亦惟所见"。③ 他评张协,谓"巧构形似之言";评谢灵运,谓"尚巧似";评颜延之,亦曰"尚巧似";评鲍照"善制形状写物之词"。虽同为"巧似",也有高下之分。他评颜延之时,引南朝诗人汤惠休对颜延之与谢灵运诗歌不同美学特色的评价:"谢诗如芙蓉出水,颜如错采镂金。"④在《诗品》中,张协、谢灵运位于上品之列,颜延之和鲍照属于中品,高下立判。

《诗品》和南朝文人刘勰(约 465—520)的《文心雕龙》常被相提并论,如清代史学家章学诚曾作如此评述:

> 《诗品》之于论诗,视《文心雕龙》之于论文,皆专门名家,勒为成书之初祖也。《文心》体大而虑周,《诗品》思深而意远;盖《文心》笼罩群

---

① 钟嵘:《诗品》,第 1 页。
② 同上书,第 23 页。
③ 同上书,第 8,17—19 页。
④ 同上书,第 115 页。

言,而《诗品》深从六艺溯流别也。论诗论文而知溯流别,则可以探源经籍,而进窥天地之纯,古人大体矣。此意非后世诗话家流所能喻也。①

《文心雕龙》以儒家思想为基础,兼采道家,全面总结了齐梁时代以前的美学成果,系统探讨了文学的审美本质及文学创作、鉴赏的美学规律。《文心雕龙》广泛论述了各种文体,尤重诗赋。《文心雕龙》体现了刘勰的整体美学观,他把诗歌与绘画、雕刻、建筑、音乐等艺术的美学原则融会贯通,是跨艺术诗学的经典之作。如闫月珍所言,《文心雕龙》中众多的"器物之喻"打通了文学与雕塑、音乐、建筑及铸造等技艺之间的界限,使得它们的经验可以相互借鉴和延伸。②

首先,刘勰以"雕"喻写作。《序志》篇首即释题:"夫文心者,言为文之用心也。昔涓子《琴心》,王孙《巧心》,心哉美矣,故用之焉。古来文章,以雕缛成体,岂取驺奭之群言雕龙也。"③《巧心》之"巧","技也","从工"④。刘勰由"琴心""巧心"而有"文心",即有"文如乐""文如技"之喻。驺奭(亦称邹奭),战国时齐人。《史记·孟子荀卿列传》和刘向的《别录》中有记载,驺奭持邹衍之说,善于修辞,"饰若雕镂龙纹",人称"雕龙奭"。刘勰开篇指明自己"用心为文""雕缛成体","文心"为作文之立意,"雕龙"为"文心"之手段,也为"文心"之外显。刘勰以"雕龙"为题,也暗对扬雄之谓"雕虫"。扬雄但悔"少儿好赋",为"童子雕虫篆刻","壮夫不为也"⑤。《文心雕龙》以骈赋体写成,而在华夏文化中,"龙"为上天入海之神物,刘勰以"龙"喻"文",为"文"赋予了沟通天人的意义,所谓"道沿圣以垂文,圣因文以明道","雕虫"还是"雕龙",不在文体,而在"文心"也。

刘勰在《情采》篇中更明确指出,"立文之道,其理有三:一曰形文,五色是也;二曰声文,五音是也;三曰情文,五性是也。五色杂而成黼黻,五音比而成韶夏,五情发而为辞章,神理之数也"。黼黻、韶夏、辞章实为锦绣、音乐

---

① 章学诚:《文史通义校注·诗话》,叶瑛校注,北京:中华书局,1985年,第559页。
② 闫月珍:《器物之喻与中国文学批评——以〈文心雕龙〉为中心》,《中国社会科学》,2013年第6期,第167—185页。
③ 刘勰:《文心雕龙》,黄叔琳注,李详补注,杨明照校注拾遗,北京:中华书局,2012年,第618页。本节以下引文指出篇名,不再加注。
④ 许慎撰、段玉裁注:《说文解字注》,上海:上海古籍出版社,1988年,第201页。
⑤ 扬雄:《扬子法言·吾子篇》,载《钦定四库全书荟要·新序 扬子法言》,长春:吉林出版社,2005年,第12页。

和文学,刘勰将形文、声文和情文并举,以说明文学之于情感的激荡,与织物之于视觉、音乐之于听觉的感触一样,所引起的感官经验是相通的,显然是跨艺术批评。钱锺书对此评说甚有见地:"《文心雕龙·情采》篇云:立文之道有三:曰形文,曰声文,曰情文。人之嗜好各有所偏,好咏歌者,则论诗当如乐;好雕绘者,则论诗当如画;好理趣者,则论诗当见道;好性灵者,则论诗当言志;好于象外得悬解者,则谓诗当如羚羊挂角,香象渡河。而及夫自运谋篇,倘成佳构,无不格调、词藻、情意、风神,兼具各备。"①

就"形文"而言,刘勰在《物色》篇里肯定了写貌的意义,但强调"情以物迁,辞以情发";"是以诗人感物,联类不穷。流连万象之际,沉吟视听之区。写气图貌,既随物以宛转;属采附声,亦与心而徘徊"。他反对"诡势瑰声,模山范水,字必鱼贯"的"丽淫而繁句",提倡"丽则而约言";他批评过度铺陈,只重形似,"窥情风景之上,钻貌草木之中",而提倡"巧言切状,如印之印泥,不加雕削,而曲写毫芥",称赞"体物为妙,功在密附","物色尽而情有余者,晓会通也"。

就"声文"而言,刘勰在《声律》篇里强调声律的和谐,"故言语者,文章关键,神明枢机,吐纳律吕,唇吻而已";如果文章声律和谐,"则声转于吻,玲玲如振玉;辞靡于耳,累累如贯珠矣"。有趣的是,刘勰在《声律》篇已经把诗比作"有声画","是以声画妍蚩,寄在吟咏,吟咏滋味,流于字句,气力穷于和韵"。刘勰的文艺观的确是整合性的,并无艺术类别之分。

刘勰在《章句》篇里,强调章、句是写作的基础;要求文采交织于外,脉络贯注于内,结构严密,首尾一体,妙文如诗乐舞合体,"其控引情理,送迎际会,譬舞容回环,而有缀兆之位;歌声靡曼,而有抗坠之节也"。

刘勰在《明诗》篇里,沿用了《毛诗序》的"情志"说,"人禀七情,应物斯感;感物吟志,莫非自然";他把《古诗十九首》推为"五言之冠冕""观其结体散文,直而不野;婉转附物,怊怅切情";他赞建安诗人"慷慨以任气,磊落以使才。造怀指事,不求纤密之巧;驱辞逐貌,唯取昭晰之能";贬西晋诗人"俪采百字之偶,争价一句之奇;情必极貌以写物,辞必穷力而追新"。他在《乐府篇》论述了诗乐关系,即所谓"诗为乐心,声为乐体,乐体在声,瞽师务调其器;乐心在诗,君子宜正其文"。比较而言,他还是把诗乐相论。

---

① 钱锺书:《谈艺录》,北京:中华书局,1984年,第42页。

刘勰在《诠赋》篇里,更多把赋画做比,"赋者,铺也;铺采摛文,体物写志也";他明确赋的核心是,"丽词雅义,符采相胜,如组织之品朱紫,画绘之著玄黄,文虽新而有质,色虽糅而有本,此立赋之大体也";在《诠赋》篇的结尾,他强调赋的特色是"写物图貌,蔚似雕画",因而能够把不明白的描写清楚,写平凡的事物也不使人感到太鄙陋("枘滞必扬,言庸无隘"),但他反对华而不实,提倡"风归丽则,辞翦美稗"。

总体比较而言,《文心雕龙》反映了刘勰"诗乐同一""赋画同一"的美学思想,但在作文总论和具体论述作文之法时,往往诗书画乐舞相提并论,并无明确的艺术分类和媒介意识。

三、诗如禅论

早在先秦时代,孔子建基的儒家美学、老庄建构的道家美学,就形成中国古代美学思想的"儒道互补"的主体框架。在公历纪元前后(西汉末年东汉初年),佛教由古印度传入中国,在南北朝时期得以弘扬,至唐代达到鼎盛。佛学东来后,禅宗美学又成为古典美学的另一支脉。三者就构成了华夏古典美学的儒家、道家、禅家基本构架,这便是李泽厚所说的中国古典美学的"儒道互补"模式,以及后来形成了儒道禅的"融合模式"。① 魏晋之后,僧家文人交往密切,很多僧人也是文人,很多文人研学佛理,中国诗书画乐诸多艺术就在澄怀观道、宁静致远的禅思中整合为一。就诗歌批评而言,逐渐发展出"诗如禅"之说,虽拟诗于乐,但非抒情言志,而在感物兴发、物我两忘,达"韵外之致";虽拟诗于画,但非重模仿现形,而在"传神""品味"和"妙悟"。

东晋画家顾恺之(348—409)第一个提出绘画"传神论"。据《世说新语·巧艺篇》记载,"顾长康画人,或数年不点目精。人问其故,顾曰:'四体妍蚩,本无关于妙处;传神写照,正在阿堵中'"。② 即指人体有形,但没有什么特别微妙之处,而人的气质、风度、神韵是无形而精妙至绝的,不能通过"四体"去表现,只能由"目精"去"传神"。"数年不点目精",说明"目精"是"传神"之象,欲点必须慎重,又说明"目精"能传神又难以传神,故不点出,有利

---

① 李泽厚:《美的历程》,北京:文物出版社,1981年,第54—59页。
② 刘义庆:《世说新语》,沈海波评注,北京:中华书局,2007年,第168页。

于赏画之人"离形",而去冥会那"象外"之神。宗炳在《明佛论》中提出"神不灭论",将儒道思想融汇于佛理之中,"彼佛经也,包五典之德,深加远大之实,含老、庄之虚,而重增皆空之尽。高言实理,肃焉感神,其映如日,其清如风,非圣谁说乎?"并明确,"是以孔、老、如来,虽三训殊路,而习善共辙也。"① 顾恺之的"传神论"只指人物画,宗炳把"传神论"应用到山水画,提出"山水有灵"说:"嵩华之秀,玄牝之灵,皆可得之于一图矣",并强调"圣人含道暎物,贤者澄怀味像。夫圣人以神法道,而贤者通;山水以形媚道,而仁者乐""旨微于言象之外者,可心取于书策之内""应会感神,神超理得"。② 圣人"法道",山水受道,并"以形媚道",故写山水要写山水之神;作画者和观画者只有感通于山水之神,通过山水"观道",得"道",则精神得以超脱于尘浊之外。③

与魏晋的画论相似,唐代司空图(837—908)的《二十四诗品》④继承了道家、玄学家的美学思想,以道家哲学为主要思想,以自然淡远为审美基础,囊括了诸多诗歌艺术风格和美学意境,将诗歌所创造的风格、意境分类。与钟嵘《诗品》的品评、评判有所不同,《二十四诗品》专谈诗的风格问题,其中的"品"可作"品类"解,即二十四类;也可作"品味"解,即对各种风格加以玩味。《二十四诗品》通篇充盈道家气息,道是宇宙的本体和生命,生发天地万物,二十四诗品也是道所生发的二十四种美学境界。

司空图在钟嵘、刘勰等前人探讨的基础上加以综合提升,将诗的风格细分为二十四种,即:雄浑、冲淡、纤秾、沉着、高古、典雅、洗练、劲健、绮丽、自然、含蓄、豪放、精神、缜密、疏野、清奇、委曲、实境、悲慨、形容、超诣、飘逸、旷达、流动。每种都以十二句四言诗加以说明,形式整饬。《二十四诗品》论诗的最大特点,便是着眼于各种诗歌风格的意境,而不注重它们形成的要素

---

① 宗炳:《明佛论》,载《弘明集校笺》,(南朝梁)释僧佑撰,李子荣校笺,上海:上海古籍出版社,2013年,第85、107页。
② 宗炳:《画山水序》,载《中国古代画论类编·上卷》,俞剑华编,北京:人民美术出版社,2000年,第583—584页。
③ 参见陈传席:《宗炳〈画山水序〉研究》,《美术大观》,2016年第1期,第37—41页。另有学者论证《画山水序》与佛教"法身说"的关联,说明这一时期佛玄合流进程对艺术思想的影响,参见雍文昂:《试论宗炳〈画山水序〉与"法身说"的关联》,《美术》,2017年第12期,第116—119页。
④ 《二十四诗品》的作者究为何人,学界尚有争议,有司空图说、怀悦说、虞集说等等,迄无定论,本书采用司空图说。

与方法。作者以诗论诗,通过意象及意象组合,作形象鲜明的意境描绘和风格喻托,对这种风格的创造方法则在行文中略加点拨。有的通篇是感性的形象画面,而毫不做理性的逻辑分析,比如用"荒荒油云,寥寥长风"呈现"雄浑",用"采采流水,蓬蓬远春"比拟"纤秾",用"雾余水畔,红杏在林"呈现"绮丽"等。司空图运用感性的画面,探析抽象的风格,委实是虚实相生的写法,直达中国文论的"诗眼画境"①。

《二十四诗品》是司空图从"韵味说"出发,品鉴各种诗歌风格的结晶。他在《与李生论诗书》中说:"愚以为辨于味,而后可以言诗也";他要求诗应有"味外之旨",也就是具体的艺术形象引发无限的联想与回味,"近而不浮,远而不尽,而后可以言韵外之致耳""倘复以全美之工,即知味外之旨矣";他在《与极浦谈诗书》中提出"诗家之景"乃"象外之象,景外之景"。②《二十四诗品》贯穿着这种美学倾向,如"雄浑"中的"超以象外,得其环中","典雅"中的"落花无言,人淡如菊","含蓄"中的"不着一字,尽得风流","形容"中的"离形得似,庶几其人",等等。③有学者指出,司空图所论虽"诸体必备,不主一格",但显然作者偏尚超逸之境和自然冲淡之美,"这种美往往濡染着一层禅宗道流的清空、冷寂、苍凉的色彩,带有隐遁避世的性质,透现出作者虽眷怀儒家理想,却遭遇现实困境,从而逃禅慕道的矛盾心理和感伤意绪"。④司空图要求诗自然而不做作,真纯而不虚矫,随兴而不勉强,这些贯穿《二十四诗品》的思想,是诗如禅说的滥觞。

司空图的"韵味说"得到宋代大文豪苏轼(1037—1101)的呼应,并以此评其诗"得味于味外"(《书司空图诗》)。⑤ 他将"韵外之致"论及书法,然后又推至诗艺。他在《书黄子思诗集后》称:"予尝论书,以谓钟、王之迹萧散简远,妙在笔画之外,至唐颜、柳,始集古今笔法而尽发之,极书之变⑥,天下翕

---

① 参见李建中:《二十四诗品:中国文论的诗眼画境》,《江汉师范学院学报》,2006 年第 1 期。
② 司空图:《司空图选集注》,王济亨、高仲章选注,太原:山西人民出版社,1989 年,第 97—99、108 页。
③ 司空图、袁枚:《二十四诗品 续诗品》,陈玉兰评注,北京:中华书局,2019 年,第 3—97 页。
④ 陈玉兰:"前言",载司空图、袁枚:《二十四诗品 续诗品》,第 3 页。
⑤ 苏轼:《东坡题跋》,白石点校,杭州:浙江人民美术出版社,2016 年,第 73 页。
⑥ 钟繇(151—230),三国时期曹魏著名书法家、政治家。王羲之(303—361,一说 321—379):东晋书法家,有书圣之称。颜真卿(709—784),唐代中期杰出书法家。柳公权(778—865),唐代著名书法家,以楷书著称,与颜真卿齐名,人称颜柳。

然以为宗师,而钟、王之法益微。至于诗亦然。……李、杜之后,诗人继作,虽间有远韵,而才不逮意。"他深谙司空图的"二十四韵",有"恨当时不识其妙"之叹,并阐发其诗论:"美在咸酸之外,可以一唱而三叹也。"①他在《书摩诘蓝田烟雨图》中更是点出了王维诗画合一的禅思:"味摩诘之诗,诗中有画。观摩诘之画,画中有诗。"②

如果说司空图的《二十四诗品》已包含浓浓的禅味,宋代严羽③的《沧浪诗话》则明确标举"以禅喻诗",以"参序""参法""妙悟"等禅宗用语论诗。《沧浪诗话》一书包含五部分,分别是诗辨、诗体、诗法、诗评和考证。严羽在(总论)"诗辩"中开宗明义提出:

> 禅家者流,乘有小大,宗有南北,道有邪正,学者须从最上乘,具正法眼,悟第一义。若小乘禅,声闻辟支果,皆非正也。论诗如论禅:汉魏晋与盛唐之诗,则第一义也。大历以还之诗,则小乘禅也,……大抵禅道惟在妙悟,诗道亦在妙悟……惟悟乃为当行,乃为本色。④

"禅"是佛教"禅那"之略称,最初之意是"禅定",指通过念经打坐等修行方法,使人心体止于寂静而不散动。南朝梁武帝时期,达摩祖师从天竺来到中国,创立禅宗。相传,达摩的祖师爷是释迦牟尼佛的弟子迦叶尊者。一天,佛祖在灵山会上"拈花示众",诸人不解其意,只有迦叶尊者立悟佛理"破颜微笑",于是佛祖便将"正眼法藏,涅槃妙心"传于迦叶。沿此传统,禅宗发展出独特的修行方法,不重念经研习,而重"心悟",到了六祖惠能(638—713)则大倡"顿悟",即指因直觉和感性理解而顷刻开悟,主张"教外别传,不立文字,直指人心,见性成佛",形成了影响久远的南宗禅,成为中国禅宗的主流。⑤ 严羽"以禅喻诗"便是采取这个含义,认为诗歌与禅宗直觉式的悟道有相通性,不能用逻辑思维来理解,不能执著于文字,而是要直觉参悟,因而反

---

① 苏轼:《东坡题跋》,第 78—79 页。
② 同上书,第 166 页。
③ 严羽自号沧浪逋客,据学者考证,生年大致在 1188—1198 年间,卒于 1268 年之前,参见陈超敏:《沧浪诗话评注·前言》,北京:北京联合出版公司,2015 年,第 1 页。
④ 严羽:《沧浪诗话校释》,郭绍虞校释,北京:人民文学出版社,2005 年,第 11—12 页。此版本竖排,未注标点;引文标点参考严羽:《沧浪诗话评注》,陈超敏评注,北京:北京联合出版公司,2015 年。
⑤ 参见陈超敏:《沧浪诗话评注·前言》,第 6—7 页;净慧法师:《禅宗入门》,上海:华东师范大学出版社,2013 年,第 3—5 页。

对以黄庭坚为首的江西诗派的"以文字为诗、以才学为诗、以议论为诗",提出"兴趣""妙悟""别材别趣"等。虽然以禅喻诗并非严羽的首创,宋代诗人参佛之风盛行,"盖比诗于禅,乃宋人常谈",苏轼等都有"学诗如参禅""诗道如佛法"的说法①,但严羽将诗如禅说融会贯通而成系统性的理论,则见其高明。

严羽将汉魏晋与盛唐之诗视为上乘,力主学诗者以之为师,"熟参之","久之自然悟入"。其后,严羽对作诗的要点、风格、用工之处加以提点:

> 诗之法有五:曰体制,曰格力,曰气象,曰兴趣,曰音节。
>
> 诗之品有九:曰高,曰古,曰深,曰远,曰长,曰雄浑,曰飘逸,曰悲壮,曰凄婉。其用工有三:曰起结,曰句法,曰字眼。其大概有二:曰优游不迫,曰沉着痛快。诗之极致有一,曰入神。诗而入神,至矣,尽矣,蔑以加矣!②

严羽独标"妙悟""气象""兴趣""入神",诗禅交涉,以诗弘禅,以禅入诗:"妙悟"突出诗歌创作与鉴赏的审美主体性;"气象"是诗歌的内在生命力;"兴趣"是诗歌的审美表现,即为"无迹之美";"入神"是诗歌的审美境界,乃诗之极致。严羽的"兴趣"说,也呼应着司空图的"韵味"说:

> 夫诗有别材,非关书也;诗有别趣,非关理也。然非多吟咏、多穷理,则不能极其至。所谓不涉理路,不落言筌者,上也。诗者,吟咏情性也。盛唐诸人惟在兴趣,羚羊挂角,无迹可求。故其妙处透彻玲珑不可凑泊,如空中之音,相中之色,水中之月,镜中之象,言有尽而意无穷。③

叶嘉莹指出,关于"兴趣"二字的义界,乃是严羽"体悟到诗歌中自有一种重要的质素,可以使之达到'言有尽而意无穷'之'一唱三叹'的效果","所以沧浪论诗乃独倡禅悟,又以'兴趣'为说与禅悟相发明,便正因为他对于诗歌中应该具有这一分兴发感动之基本生命力,特别有所体悟的缘故"。④ "言有尽而意无穷",如"余音绕梁,三日不绝",是典型的诗乐论的观点,又是诗书画如禅的最高境界。

钟嵘的品评之风在《沧浪诗话》中也得到最好的传承。严羽明确地对汉

---

① 钱锺书:《谈艺录·以禅喻诗》(第2版),北京:生活·读书·新知三联书店,2007年,第638页。
② 严羽:《沧浪诗话校释》,第7—8页。
③ 同上书,第26页。
④ 叶嘉莹:《王国维及其文学批评》,北京:北京大学出版社,2014年,第266、269—270页。

魏以来的诗歌创作品评高下:"诗有词理意兴。南朝人尚词而病于理;本朝人尚理而病于意兴;唐人尚意兴而理在其中,汉魏之诗,词理意兴,无迹可求。"①他对"建安气象""魏晋风骨"的推崇与钟嵘、刘勰一脉相承。

对严羽"诗如禅"论的最佳继承者是清代文人王士禛②,如果说司空图的诗品中还有色相,王氏在严羽"借禅喻诗"的基础上,更进一步提倡诗要入禅,达到禅家所说的"色相俱空"的境界。他在《唐贤三昧集序》中就对严羽的"惟在兴趣"和司空图的"味在酸咸之外""别有会心"。③在《蚕尾阁诗集序》中提出诗道有二:"根柢"和"兴会","根柢原于学问,兴会发于性情",并引沧浪之言阐发"兴会":"镜中之象,水中之月,相中之色,羚羊挂角,无迹可求,此兴会也。"④在《书西溪堂诗序》中直言:"严沧浪以禅喻诗,余深契其说。而五言尤为近之,如王、裴辋川绝句,字字入禅……妙谛微言,与世尊拈花,迦叶微笑,等无差别。"⑤ 在《香祖笔记》中多处表达"诗禅同一"说:"唐人五言绝句,往往入禅,有得意忘言之妙,与净名默然、达磨得髓同一关捩"⑥,因此"舍筏登岸,禅家以为悟境,诗家以为化境,诗禅一致,等无差别",⑦他将诗境追溯至司空图的诗品,"表圣论诗有二十四诗品,予最喜'不着一字,尽得风流'八字。又云'采采流水,蓬蓬远春',二语形容诗境亦绝妙,正与戴容州'蓝田日暖,良玉生烟'八字同旨"。⑧

他赞赏南宋诗人姜夔(1154—1221)在《诗说》中对诗味的品赏:"句中有余味,篇中有余意,善之善者也",以及"诗有四种高妙,一曰理高妙,二曰意高妙,三曰想高妙,四曰自然高妙"。⑨ 他由山水画论的"意在笔墨之外"悟出"诗家三昧",进而提出"神韵说","独以神韵为宗"(《清史稿》卷266)。"神韵"一词的渊源可追溯到谢赫《古画品录》里标举的"气韵生动"。如前所述,

---

① 严羽:《沧浪诗话校释》,第148页。
② 王士禛(1634—1711),又名王士祯,号阮亭,又号渔洋山人,世称王渔洋。山东新城(今山东桓台县)人。清初杰出的诗人、文学家。
③ 王士禛:《王士禛全集》(三),袁世硕主编,济南:齐鲁书社,2007年,1534页。
④ 同上书,第1560页。
⑤ 同上书,第2014页。王、裴指王维、裴迪。
⑥ 王士禛:《香祖笔记·卷二》,载《王士禛全集》(六),袁世硕主编,济南:齐鲁书社,2007年,第4485页。
⑦ 王士禛:《香祖笔记·卷八》,载《王士禛全集》(六),第4626页。
⑧ 同上书,第4628页。
⑨ 同上书,第4524页。

苏轼将书画之韵推至诗艺。另据钱锺书先生考证,北宋范温也将书画之韵推及诗文之韵,"匪特为'神韵说'之弘刚要领,抑且为由画'韵'而及诗'韵'之转捩进阶"①。但以神韵论诗,到王士禛才造成巨大影响。不过,王士禛并没有撰写关于"神韵"的专论,他之所以以神韵说著称,只因他早年曾编过唐诗选名曰《神韵集》,晚年所写的《池北偶谈》有论及神韵之语。《神韵集》今已不传,《池北偶谈》中神韵说的提出是针对明代文人孔天允②的"清远"说:

> 汾阳孔文谷(天胤)云:"诗以达性,然须清远为尚。薛西原论诗,独取谢康乐、王摩诘、孟浩然、韦应物,言:'白云抱幽石,绿筱媚清涟',清也;'表灵物莫赏,蕴真谁为传',远也;'何必丝与竹,山水有清音','景昃鸣禽集,水木湛清华',清远兼之也。总其妙在神韵矣。"神韵二字,予向论诗,首为学人拈出,不知先见于此。③

如叶嘉莹所言,这一段话虽为王士禛引述他人之语,却也足以代表他自己对于"神韵"的看法,一则观其口吻,对孔氏说法既表示全部赞同,再则其评诗之语与此有着不少相合之处,如王士禛多赞赏"神韵天然不可凑泊"的感性体悟之作,因此从这种兴发感动的作用而言,严羽的兴趣和王士禛的神韵说确有可以相通之处;但叶嘉莹也指出,二者的诗说也有着重要的差别:王士禛所称赏的诗篇,大多为五七言律绝,且大多是续写山水景物的王孟一派清远之作,而严羽则把汉魏诗与盛唐诗并列为禅悟中之第一义;二者虽然对诗歌中兴发感动之质素的重要性都有所体悟,可是一广一狭,沧浪兼重人事之感发,阮亭则偏重自然之感兴,差别之处,显然可见。④ 而对严羽的兴趣说和王士禛的神韵说既有承继又有拓新的则是近代学者王国维的境界说。

第二节　中国近现代跨艺术诗学

中国近现代文艺批评从王国维开始,便有了很强的跨文化比较意识。

---

① 钱锺书:《管锥编》,北京:中华书局,1979年,第1361页。
② 孔天允,字汝锡,号文谷,又号管涔山人。生卒年不详,约1545年前后在世。著有《孔文谷集》等。
③ 王士禛:《池北偶谈卷·十八》,载袁世硕主编:《王士禛全集》(四),济南:齐鲁书社,2007年,第3275—3276页。
④ 叶嘉莹:《王国维及其文学批评》,第270—274页。

王国维对"境界"的阐释,朱光潜对"境界"的再阐释,宗白华对"境界"的分层,钱锺书对中国诗评和中国画评的再反思,都蕴含着中西比较诗学的深刻内涵,是对当代欧美跨艺术诗学的有益补充。

一、王国维:境界说

王国维(1877—1927)是中国古代和近现代文论的联结者,他在教育、哲学、文学、戏曲、美学、史学、古文学等方面均有深诣,同时又有中外文化的比较意识,在外来文化的观照下,对中国传统文学之意义与价值重新加以衡定,故被尊为中国比较文学之父。叶嘉莹赞其《人间词话》"是可以导引现代的读者通向古代的文学、结合西方之观念与中国传统之心智的一座重要桥梁",①我们认为这一评语实可概括王国维学术的整体意义。

王国维在《人间词话》(1909)中奠定了诗词的"境界说"。"境界"原是表示地理范围的词汇,指区分画域的土地之疆界,在西汉学者刘向编撰的《新序·杂事》"秦欲伐楚章"中有"守封疆,谨境界,不侵邻国,邻国亦不见侵"的表述②。据叶嘉莹考察,晋、唐佛经译者将"境界"一词赋予了一种特定的抽象意义。佛教有六根、六尘、六识之说,六根指眼、耳、鼻、舌、身、意等六种可以感知的基本官能,六尘指色、声、香、味、触、法等六种现象的客体,六识则指当六根在与六尘相触时的意识感知活动。佛教之所谓"境界"(梵语"Visaya"),即指"当六根与六尘接触时在六识中所感知之世界"。如《俱舍论颂疏》中论及六根、六识之时,就提出六境之说,谓"若于彼法,此有功能,即说彼为此法境界";又说:"功能所托,名为境界。如眼能见色,识能了色,唤色为境界。"由此,叶嘉莹认为"境界之产生全赖吾人感受之作用,境界之存在全在吾人感受之所及,因此外在世界在未经过吾人感受之功能而予以再现时,并不得称之为境界"。③那么,"境界"就是外在客体在人的主观感受中的再现。六根与六尘接触时产生的六境是一般人都能感受到的,但如《佛说般舟三昧经》的"成佛境界""佛国境界"则是经过艰苦修行才能达到,这时,"境界"则指佛教徒经过修行达到超越现实的一种虚幻状态,一种佛教化的精神空间。

---

① 叶嘉莹:《王国维及其文学批评》,第105页。
② (汉)刘向编著:《新序校释》,石光瑛校释,陈新整理,北京:中华书局,2001年,第106页。
③ 叶嘉莹:《王国维及其文学批评》,第180页。

中国古代诗论的"意境说"是王国维之境界说另一思想来源。唐代诗人王昌龄(约698—757)在《诗格》中提出诗有三境:物境、情境和意境。物境指山水诗,"处身于境,视镜于心,莹然掌中,然后用思,了然镜像,故得形似";情境指抒情诗,"娱乐愁怨,皆张于意而处于身,然后驰思,深得其情";意境是物境与情境的统一,"亦张之于意而思之于心,则得其真矣"①。此外,王国维的境界说还有德国认识论美学和心理学的思想渊源,如叔本华(Arthur Schopenhauer)的唯心主义美学、席勒(Friedrich Schiller)的浪漫主义美学和游戏说、谷鲁斯(Karl Groos)的内摹仿说等等。②应该说,境界说是王国维融会中国古代文论与西方美学思想的结晶,而非纯然"德国美学的中国变体"或"中国诗学史上从未有过的'新'的诗学话语"③。有学者忽视王国维境界说的中国文论资源,批评他"借助于西方美学的资源来重新命名、评估中国古代美学",有与古人争胜的意味④,这未免失之偏颇。

王国维的境界说有个逐渐成形的过程。1907年前后他在自己主编的《教育世界》杂志上发表的《莎士比(亚)传》中,依照当时莎士比亚研究界通行的做法,把莎翁的戏剧创作分为四个时期,并如此评论莎翁最后的创作:

> 作者经此波澜后,大有所悟,其胸襟更阔大而沉着,于是一面与世相接,一面超然世外,即自理想之光明,知世间悲欢之无别,又立于理想界之绝顶,以静观人海之荣辱波涛。故第四期之诸作,足见作者之人生观,是等诸作均诲人以养成坚韧不拔之精神……更向圆满之境界中而精进不息。⑤

此文中的"圆满之境界"应指理想与写实、主观与客观之间的融通,亦有如佛教中的"成佛境界"。

罗钢指出,大约就在发表莎翁等作家评传的同时,王国维在《人间词乙

---

① 王昌龄:《诗格》,载张伯伟撰:《全唐五代诗格汇考》,南京:凤凰出版社,2002年,第172—173页。不过,关于王昌龄的《诗格》真伪如何,学界向有争议,参见李珍华、傅璇琮:《谈王昌龄的〈诗格〉——一部有争议的书》,《文学遗产》,1988年第6期,第85—97页。
② 罗钢对王国维境界说的西方思想来源做了细致梳理和阐释,参见罗钢:《眼睛的符号学取向——王国维"境界说"探源之一》,《中国文化研究》,2006年冬之卷;《七宝楼台,拆碎不成片段——王国维"有我之境、无我之境"说探源》,《中国现代文学研究丛刊》,2006年第2期。
③ 参见罗钢:《意境说是德国美学的中国变体》,《南京大学学报》,2011年第5期。
④ 李春青:《略论"意境说"的理论归属问题》,《文学评论》,2013年第5期,第34页。
⑤ 转引自罗钢:《七宝楼台,拆碎不成片段》,第153页。

稿序》中第一次明确地提出了"意境"的概念:"文学之事,其内足以摅己,而外足以感人者,意与境二者而已。上焉者意与境浑,其次或以境胜,或以意胜。苟缺其一,不足以言文学。"在《人间词话》中,王国维用"境界"取代了"意境","以境胜""以意胜"的表达相应地为"写境""造境"所替代,而所谓"上焉者意与境浑",也就顺理成章地改成了后来的既合于自然、又邻于理想的"大诗人"所写所造之境。①

但王国维的境界说又有自己的创新。首先,王国维强调"境界"之"真":"境非独谓景物也。喜怒哀乐亦人心中之一境界。故能写真景物、真感情者,谓之有境界。否则谓之无境界。"②境界不独有景,还要有情,而且是真情真景,是作者真切的感受和观察之所得。王国维对"真"的执着既对应佛教"彻视"以"去遮蔽,去色相,见真谛"之意,也反映出他反功利的文学观。叶嘉莹指出,王国维词论"境界说"的提出,也有反对常州词派言志载道"比兴说"的背景。③他在《文学小言》中就指出:"余谓一切学问皆能以利禄劝,独哲学与文学不然……餔餟的文学,决非真正之文学也。……文绣的文学之不足为真文学也,与餔餟的文学同。"④王国维又于《哲学家与美术家之天职》一文中抨击儒家文以载道、出相入仕之说:

> 天下有最神圣、最尊贵而无与于当世之用者,哲学与美术是已。……夫哲学与美术之所志者,真理也。真理者,天下万世之真理,而非一时之真理也。……至诗人之无此抱负者,与夫小说、戏曲、图画、音乐诸家,皆以侏儒倡优自处,世亦以侏儒倡优畜之。所谓"诗外尚有事在""一命为文人,便无足观",我国人之金科玉律也,呜呼美术之无独立之价值也久矣,此无怪历代诗人,多托于忠君爱国劝善惩恶之意以自解免,而纯粹美术上之著述,往往受世之迫害而无人为之昭雪者也。此亦我国哲学美术不发达之一原因也。⑤

在文章的最后,王国维呼吁哲学家与美术家勿忘其追求真理之所志:

---

① 罗钢:《七宝楼台,拆碎不成片段》,第174—175页。
② 王国维:《蕙风词话 人间词话》,徐调孚、周振甫注,北京:人民文学出版社,1960年,第193页。
③ 参见叶嘉莹:《王国维及其文学批评》,第256页。
④ 王国维:《文学小言》,载《王国维文学论著三种》,北京:商务印书馆,2010年,第217—218页。
⑤ 王国维:《王国维全集》(第1卷),杭州:浙江教育出版社,2009年,第131—132页。

今夫人积年月之研究,而一旦豁然悟宇宙人生之真理,或以胸中惝恍不可捉摸之意境一旦表诸文字、绘画、雕刻之上,此固彼天赋之能力之发展,而此时之快乐,决非南面王之所能易者也。且此宇宙人生而尚如故,则其所发明所表示之宇宙人生之真理之势力与价值,必仍如故。之二者所以酬哲学家、美术家者,固已多矣。若夫忘哲学、美术之神圣,而以为道德、政治之手段者,正使其著作无价值者也。愿今后之哲学美术家,毋忘其天职而失其独立之位置,则幸矣!①

从此文中,我们也可以看出,有别于前人的艺术整合观,王国维受西方哲学、美学之影响,有艺术分类意识,但同时又有艺术相通意识,故把诗词、小说、戏曲、图画、音乐通视为美术,体现了他的跨艺术观。

其次,不同于前人只点出"风骨""兴趣""神韵"等模糊的概念,王国维还对境界进行了阐释和分类,有作品的境界、诗人的境界和学术的境界。

王国维借鉴了西方浪漫主义和现实主义的区分法,从理想与写实的角度,将诗词创作分为"造境"和"写境"两种基本路径。造境趋向于想象创造(诗如乐),写境则倾向于描摹写实(诗如画),"然二者颇难分别,因大诗人所造之境,必合乎自然,所写之境,亦必邻于理想故也"。② 优秀的作品是理想与写实的交融,故"真景、真情谓之有境界"。王国维从主客体关系的角度,将境界分为"有我之境"和"无我之境"。他认为有我之境是"以我观物",诗人将主观情感投射到外物身上,而无我之境则是以物观物,物我两忘,不分彼此;王国维以此比拟西方文艺美学的优美与崇高:"无我之境,人唯于静中得之。有我之境,于由动之静时得之。故一优美,一宏壮也。"③ 关于王国维的"有我之境""无我之境"曾引起不少争论,如朱光潜的"同物"与"超物"、萧遥天的"主观"与"客观"等;我们觉得叶嘉莹的读解更为精当,她论及王国维所受康德及叔本华哲学的影响,将其释读为:

"有我之境",原来乃是指当吾人存有"我"之意志,因而与外物有某种对立之利害关系之境界;而"无我之境"则是指当吾人已泯灭了自我

---

① 王国维:《王国维全集》(第1卷),第133页。
② 王国维:《蕙风词话 人间词话》,第191页。
③ 同上书,第191—192页。朱光潜对此有不同看法,参见朱光潜《诗论》第三章"诗的境界"中对王国维观点的商榷:与其说"有我之境"与"无我之境",似不如说"超物之境"和"同物之境"……(第56页)。

之意志,因而与外物并无利害关系相对立的境界。……在"有我之境"中,"我"既与"物"相对立,所以是"以我观物,故物皆着我之色彩"。在"无我之境"中,则"我"与"物已无利害相对之关系,而与物达到一种泯然合一的状态,所以是"以物观物,故不知何者为我何者为物"。①

王国维所谓诗人的境界,即创作者所当具之修养与态度:"诗人对宇宙人生,须入乎其内,又须出乎其外。入乎其内,故能写之。出乎其外,故能观之。入乎其内,故有生气。出乎其外,故有高致。"②在这一则词话之后的第六十一则词话又说:"诗人必有轻视外物之意,故能以奴仆命风月;又必有重视外物之意,故能与花鸟共忧乐",也就是说诗人既要能"以我观物",也要能"以物观物"。叶嘉莹对此有非常透彻的解读:

> 惟其有"轻视外物"之态度,所以才能使外物皆被我所驱使而不被外物所拘限,因此才能有"出乎其外"的客观观照;又惟其能有"重视外物"之态度,所以才能与一切所写之对象取得生命的共感,因此才能有"入乎其内"的深刻感受。而对于一位真正伟大的作者而言,实在应当同时兼具这两种态度和修养,方可达到既"能观"又"能写"的最高的艺术成就。③

在《人间词话·附录》中,王国维强调诗人对于"境界"的创造性,"一切境界,无不为诗人设。世无诗人,即无此境界";他由此辨析诗人之境界与常人之境界:

> 诗人之境界,惟诗人能感之而能写之,故读其诗者,亦高举远慕,有遗世之意。而亦有得有不得,且得之者亦各有深浅焉。若夫悲欢离合、羁旅行役之感,常人皆能感之,而惟诗人能写之,故其入于人者至深,而行于世也尤广。④

由此,叶嘉莹总结《人间词话》境界说理论基础即以"感受经验"之特质为主,作品欲达"有境界"要具备两个条件,其一是作者对其所写之景物及情

---

① 叶嘉莹:《王国维及其文学批评》,第189页。叶嘉莹也辨析了王氏之论与朱光潜和萧遥天之论的区别,参见叶嘉莹:《王国维及其文学批评》,第190—191页。
② 王国维:《蕙风词话 人间词话》,第220页。
③ 叶嘉莹:《王国维及其文学批评》,第225页。
④ 王国维:《蕙风词话 人间词话》,第252页。

意具有真切之感受,其二是作者对于此种感受又须具有真切表达之能力。①故此,诗人之境界即能观之、感之而写之。

王国维还论及做学问的境界:

> 古今之成大事业、大学问者,必经过三种之境界:"昨夜西风凋碧树。独上高楼,望尽天涯路。"此第一境也。"衣带渐宽终不悔,为伊消得人憔悴。"此第二境也。"众里寻他千百度,回头蓦见(当作"蓦然回首"),那人正(当作"却")在,灯火阑珊处。"此第三境也。②

其实,关于做学问的境界,王国维在早于《人间词话》的《文学小言》中便已提出,但"境界"和"境"皆做"阶级",且最后两句在《文学小言》中作"未有不阅第一、二阶级而能遽跻第三阶级者。文学亦然,此有文学上之天才者,所以又需莫大之修养也"。③

那么,境界说的意义何在?"词以境界为最上。有境界则自成高格,自有名句。五代北宋之词所以独绝者在此。"④王国维对自己的"境界说"超然自信:"然沧浪所谓兴趣,阮亭所谓神韵,犹不过道其面目;不若鄙人拈出'境界'二字,为探其本也。"⑤叶嘉莹曾将王氏之"境界"与严羽之"兴趣"及王士禛之"神韵"作过一番比较,认为他们在重视诗歌中兴发感动之作用的一点上乃是相同的,不过"沧浪之所谓兴趣,似偏重在感受作用本身之感发的活动;阮亭之所谓神韵,似偏重在感兴所引起的言外之情趣;至于静安之所谓境界,则似偏重在所引发之感受在作品中具体之呈现。沧浪与阮亭所见者较为空灵,静安先生所见者较为质实"。⑥的确如此,纯粹论诗之"兴趣"与"神韵",太过虚幻和缥缈,如王国维所称:"言气质,言格律,言神韵,不如言境界。有境界,本也。气质,格律,神韵,末也。有境界而三者随之矣。"王国维将佛家"境界"引入诗论,直抵诗歌的本质,基于现实又要超越现实,既是立体的,又是空灵的。从"境界"一词之训诂来看,境界是与乐、画相通的,这是被很多研究者所忽略的。据《说文》:"界,竟也。"段注云:

---

① 叶嘉莹:《王国维及其文学批评》,第 206 页。
② 王国维:《蕙风词话 人间词话》,第 203 页。
③ 王国维:《文学小言》,第 218—291 页。
④ 王国维:《蕙风词话 人间词话》,第 191 页。
⑤ 同上书,第 194 页。
⑥ 叶嘉莹:《王国维文学批评》,第 278 页。

> 竟俗本做境,今正。乐曲尽为竟,引申为凡边竟之称。界之言介也,介者、画也。画者、界也。象田四界。聿所以画之。①

从跨艺术诗学的视角来看,境界说汇通了诗如画(言气质—视觉性)、诗如乐(言格律—音乐性)和诗如禅(言神韵—微妙性)三种不同的侧重,呈现了宇宙人生的时空维度,因为"离开了空间,境界无法呈现客体形式;离开了时间,境界无法表现主体心灵";"境界"的独到之处正在于二者能在时空中显现,如此方可做到"其言情也必沁人心脾,其写景也必豁人耳目"。②

王国维的"境界说"一经提出,便超越诗论领域,成为中国近现代文艺理论的核心概念,用于广泛的文艺批评实践。之后,朱光潜和宗白华都对此加以阐发。

二、朱光潜:境界、诗乐与诗画

朱光潜(1897—1986)是现代美学的先行者和开拓者,融贯中西艺术理论的一代美学大师。他在写于1930—1940年代的《诗论》中指出,严羽的"兴趣",王士禛的"神韵"以及袁枚的"性灵","都只能得其片面",而王国维标举"境界"二字,"似较概括",最能体现诗歌的自足状态。③ 他借助心理学的知识,对"境界说"进行了更为详尽的阐释。

首先,除了作品和作者的境界,朱光潜还关注了"读者的境界":

> 每首诗都自成一种境界。无论是作者或是读者,在心领神会一首好诗时,都必有一幅画境或是一幕戏景,很新鲜生动地突现于眼前,使他神魂为之勾摄,若惊若喜,霎时无暇旁顾,仿佛这小天地中有独立自足之乐,此外偌大乾坤宇宙,以及个人生活中一切憎爱悲喜,都像在霎时间烟消云散去了。纯粹的诗的心境是凝神注视,纯粹的诗的心所观境是孤立绝缘,心与其所观境如鱼戏水,沕合无间。(46—47)

这是诗艺自足的境界,但这个境界又与现实人生紧密相关:

> 是从混整的悠久而流动的人生世相中摄取来的一刹那,一片段。

---

① 许慎:《说文解字》,第696页。
② 朱维:《王国维"境界"的时间之维》,《中南大学学报》(社科版),2012年第4期,第50页。
③ 朱光潜:《诗论》,第47—48页。本节中以下引用出自该书,只标页码,不再加注。

本是一刹那，艺术灌注了生命给它，它便成为终古，诗人在一刹那中所心领神会的，便获得一种超时间性的生命，使天下后世人能不断地去心领神会。本是一片段，艺术予以完整的形相，它便成为一种独立自足的小天地，超出空间性而同时在无数心领神会者的心中显现形象。……诗的境界在刹那中见终古，在微尘中显大千，在有限中寓无限。(47)

朱光潜接着阐释"无论是欣赏或是创造，都必须见到一种诗的境界"，而要产生诗的境界，"见"必须具备两个重要条件。一是诗的"见"必为"直觉"，即直接对形象的感性认识，不同于运用概念的理性思维认识。(48)朱光潜的"见"融合了克罗齐（Benedetto Croce，1866—1952）的"直觉"说和禅家的"悟道"说：

> 读一首诗和作一首诗都常须经过艰苦思索，思索之后，一旦豁然贯通，全诗的境界于是像灵光一现似的突然现在眼前，使人心旷神怡，忘怀一切。这种现象……就是直觉，就是"想象"……也就是禅家所谓"悟"。(49)

朱光潜特别强调了艺术的建构性和读者的能动性。他指出，"见"所须具的第二个条件是所见意象必恰能表现一种情趣，意象与情趣契合无间。"见"为"见者"的主动，不纯粹是被动的接受。所见对象本为生糙零乱的材料，经"见"才具有它的特殊形象，所以"见"都含有创造性。凡所"见"都带有创造性，"见"为直觉时尤其是如此。凝神观照之际，心中只有一个完整的孤立的意象，无比较，无分析，无旁涉，结果常致物我由两忘而同一，我的情趣与物的意态遂往复交流，不知不觉之中人情与物理互相渗透。(50)

朱光潜肯定读者的积极参与，他从心理学的角度揭示了移情作用使人"即景生情，因情生景"：

> 诗的境界是情景的契合……情景相生，所以诗的境界是由创造来的，生生不息的……每人所见到的世界都是他自己所创造的……就见到情景契合境界来说，欣赏与创造并无分别。……欣赏一首诗就是再造（recreate）一首诗；每次再造时，都要凭当时当境的整个的情趣和经验做基础，所以每时每境所再造的都必定是一首新鲜的诗……创造永不是会复演（repetition），欣赏也永不会是复演。真正的诗的境界是无限的，永远新鲜的。(52—53)

除了对境界说的拓展，朱光潜在《诗论》中专章阐释了诗画关系和诗乐关系。他比较了诗画同质说和诗乐同质说：

> 拟诗于画，易侧重模仿现形，易走入写实主义，拟诗于乐，易侧重表现自我，易走入理想主义。这个分别虽是陈腐的，却是基本的。柯尔律治说得好："一个人生来不是柏拉图派，就是亚里斯多德派。"我们可以引申这句话来说："一个诗人生来不是侧重图画，就是侧重音乐，不是侧重客观的再现，就是侧重主观的表现。"我们说"侧重"，事实上这两种倾向相调和折衷的也很多。……真正大诗人大半能调和这两种冲突，使诗中有画也有乐，再现形象同时也能表现自我。(131)

就诗画关系而言，朱光潜指出："诗与画同是艺术，而艺术都是情趣的意象化或意象的情趣化。徒有情趣不能成诗，徒有意象也不能成画。情趣与意象相契合融化，诗从此出，画也从此出"。(129—130)就其对"境界"的阐发以及对于"距离"和"见"的强调而言，朱光潜的诗论是侧重"诗如画"说的。在《谈美》(1932)中这种偏重更为明显。比如，在讨论"创造的想象"时，朱光潜为了探究"诗人在作诗或是画家在作画时的心理活动到底像什么样"，以王昌龄的《长信怨》为例，称道诗人以"寒鸦"和"日影"等具体的意象"画出一个如在目前的具体的情境，不言怨而怨自见"；又说"贫富不均"一句话入耳时只是一笔冷冰冰的总账，杜甫的"朱门酒肉臭，路有冻死骨"才是一幅惊心动魄的图画；艺术家有别于思想家，就是善于"把抽象的概念翻译为具体的意象"。[①] 又如，在谈论诗人创作时需"超以象外，得其环中"，兼顾主观性和客观性。他以班婕妤和王昌龄为例，说明前者创作《怨歌行》，不能同时在怨的情感中过活，"须退处客观的地位，把自己的遭遇当作一幅画来看"，从而"由弃妇变而为歌咏弃妇的诗人"，在现实人生和艺术之中辟出一种距离来；后者在作《长信怨》时，不能只是旁观者，而"要设身处地地想象班婕妤谪居长信宫的情况如何。像班婕妤自己一样，他也是拿弃妇的遭遇当作一幅画来欣赏"[②]。

朱光潜也对诗乐关系进行了深入的论述。他在《诗论》中指出，历史上诗乐舞原是三位一体的混合艺术，节奏是它们的共同命脉；后来，文化渐进，

---

① 朱光潜：《谈美》，桂林：广西师范大学出版社，2006年，第53—55页。
② 同上书，第61页。

三种艺术分立,"音乐专取声音为媒介,趋重和谐;舞蹈专取肢体形式为媒介,趋重姿态;诗歌专取语言为媒介,趋重意义",但三者虽分立,节奏仍然是共同的要素,所以它们的关系常是藕断丝连的。(115)节奏是宇宙中自然现象的一个基本原则。艺术返照自然,节奏是一切艺术的灵魂。在造型艺术则为浓淡、疏密、阴阳、向背相配称,在诗、乐、舞诸时间艺术则为高低、长短、疾徐相呼应。(117)

朱光潜着重指出,论性质,在诸艺术之中,诗与乐也最相近。它们都是时间艺术,与图画、雕刻只借空间见形象者不同。节奏在时间绵延中最易见出,所以在其他艺术中不如在诗与音乐中的重要。诗与乐所用的媒介有一部分是相同的。音乐只用声音,诗用语言,声音也是语言的一个重要成分。声音在音乐中借节奏与音调的"和谐"而显其功用,在诗中也是如此。(115—116)

他也阐释了诗乐之间的差异:就运用声音而言,音乐只用声音,它所用的声音只有节奏与和谐两个纯形式的成分,诗所用的声音是语言的声音,而语言的声音都必伴有意义。诗不能无意义,而音乐除较低级的"标题音乐"以外,无意义可言。(116—117)其次,乐的节奏可谱;诗的节奏不可谱,可谱者必纯为形式的组合,而诗的声音组合受文字意义影响,不能看成纯形式的。这也是诗与乐的一个重要的分别。此外,就节奏与情绪的关系,节奏是传达情绪的最直接而且最有力的媒介,比较而言,纯粹的音乐节奏所唤起的情绪大半无对象,所以没有很明显固定的内容,它是形式化的情绪。诗于声音之外有文字意义,常由文字意义托出个具体的情境来。因此,诗所表现的情绪是有对象的,具体的,有意义内容的。换言之,诗与音乐虽同用节奏,而所用的节奏不同,诗的节奏是受意义支配的,音乐的节奏是纯形式的,不带意义的;诗与音乐虽同产生情绪,而所生的情绪性质不同,一是具体的,一是抽象的。这个分别是很基本的,不容易消灭的。(121—123)

朱光潜特别强调诗既是声音的艺术,也是语言的艺术,"音乐所不能明白表现的,诗可以明白表现,正因为它有音乐所没有的一个要素——文字意义",所以诗乐并不等同;"诗既用语言,就不能不保留语言的特性,就不能离开意义而去专讲声音"。(125—126)朱光潜还分析了诗歌所保留的诗乐舞同源的痕迹,如重叠、和声(refrain)、衬字(没有意义,为了配合乐调)、章句的整齐(格律)等。

此外,朱光潜以"无言之美"论述不同艺术的会通之处:"文学语言固然不能完全传达情绪意旨,假使能够,也并非文学所应希求的。一切美术作品也都是这样,尽量表现,非惟不能,而也不必",如诗词中的"言不尽意",音乐中的"此时无声胜有声",舞台上往往在最热闹最戏剧性的时刻,"忽然万籁俱寂,现出一种沉默神秘的景象",以及雕像的"含蓄不露",即"说出来的越少,留着不说的越多,所引起的美感就越大越深越真切"。在朱光潜看来,艺术的使命是帮助人超脱现实而求安慰于理想境界的,艺术作品的价值高低"就看它超脱现实的程度大小,就看它创造的理想世界是阔大还是窄狭",艺术家的"无言"所表现的"现实世界虽极小而创造的理想世界则极大",这便是所有艺术的"无言之美"。①

朱光潜在《谈美》中强调了跨艺术创造的重要性:凡是艺术家都须有"诗人的妙悟"和"匠人的手腕",创作才能尽善尽美;"艺术家往往在他的艺术范围之外下功夫,在别种艺术之中玩索得一种意象,让它沉在潜意识里去酝酿一番,然后再用他的本行艺术的媒介把它翻译出来。"②他以吴道子、张旭、王羲之、罗丹等艺术家的创作为例,说明各门艺术的意象都可触类旁通,凡是艺术家都不宜只在本行小范围之内用功夫,须处处留心玩索,才有深厚的修养达到"诗的境界"。

朱光潜是中国现代美学的先行者和开拓者,他对"境界"的阐发丰富了中国文艺理论,他对诗画和诗乐关系的探讨有助于我们进一步理解欧美跨艺术诗学。

三、宗白华:意境说

宗白华(1897—1986)也是美学领域卓然成家的大师级人物,与朱光潜并称为中国"美学的双峰"③。他常自诩为"美学散步者",采取的是"游荡者"(flaneur)④的审美心态,把文学、绘画、戏曲、建筑、园林、音乐、雕塑统而论之。因为,在他看来,"中国各门传统艺术……不但有自己独特的体系,而且各门传统艺术之间,往往相互影响,甚至互相包含……因此,各门艺术在

---

① 朱光潜:《无言之美》,载《朱光潜美学文学论文选集》,长沙:湖南人民出版社,1980年,第348—352页。
② 朱光潜:《谈美》,第76、81页。
③ 巧合的是,两位大师的生卒年代完全相同。
④ 关于对游荡者的界定与分析,参见欧荣等:《"恶之花":英美现代派诗歌中的城市书写》(北京大学出版社,2018年)中第一章第一节所述。

美感特殊性方面,在审美观方面,往往可以找到许多相同之处或相通之处"。①

不过,宗白华讨论较多的还是诗画关系。如果说朱光潜主要从科学的视角剖析了王国维的境界说,宗白华则更多从艺术的视角、从中外艺术比较的视角拓展了王国维的境界说。在《中国艺术意境之诞生》(1944)一文中,宗白华对此做了十分精彩的论述,他把境界分为五个层次:

> (1)为满足生理的物质的需要,而有功利境界;(2)因人群共存互爱的关系,而有伦理境界;(3)因人群组合互制的关系,而有政治境界;(4)因穷研物理,追求智慧,而有学术境界;(5)因欲返本归真,冥合天人,而有宗教境界。功利境界主于利,伦理境界主于爱,政治境界主于权,学术境界主于真,宗教境界主于神。但介乎于后二者的中间,以宇宙人生的具体为对象,赏玩它的色相、秩序、节奏、和谐,借以窥见自我的最深心灵的反映;化实景而为虚境,创形象以为象征,使人类最高的心灵具体化、肉身化,这就是艺术境界。艺术境界主于美。(59)

艺术的境界即艺术的"意境",同朱光潜一样,他把"意境"视为"情与景的结晶品",是主观情思和客观物象的交融:艺术家以心灵映射万象,代山川而立言,他所表现的是主观的生命情调与客观的自然景象交融互渗,成就一个鸢飞鱼跃,活泼玲珑,渊然而深的灵境;这灵境就是构成艺术之所以为艺术的"意境"。(60)

就诗画的关系而言,宗白华认为,中国诗和中国画的意境在山水中找到了最佳的接合点,诗和画的圆满结合,就是情和景的圆满结合,即成艺术意境:

> 山水成为诗人画家抒写情思的媒介,所以中国画和诗,都爱以山水境界做表现和咏味的中心。和西洋自希腊以来拿人体做主要对象的艺术途径迥然不同。……山川大地是宇宙诗心的影现;画家诗人的心灵活跃,本身就是宇宙的创化。(62)

宗白华进而把艺术意境分成三个层次:"从直观感相的模写,活跃生命

---

① 宗白华:《美学散步》,上海:上海人民出版社,1981年,第26页。本节以下引文出自该书,只标页码,不再加注。

的传达,到最高灵境的启示",因此中国艺术家并不满足于纯客观的机械式的模写,因为艺术意境不是一个单层的平面的自然的再现,而是一个境界层深的创构。(63)宗白华的意境说也吸收了中国古代文论中的禅思。中国自六朝以来,艺术的理想境界就是"澄怀观道",在拈花微笑里领悟色相中微妙至深的禅境。静穆的观照和飞跃的生命构成艺术的两元,也是构成"禅"的心灵状态。"得其环中,超以象外,既是禅境,也是盛唐人的诗境和宋元人的画境"。(64—65)就此而言,诗画是同一的。

宗白华从诗画同一的意境说进而探析中国艺术的本源,即音乐节奏和舞蹈精神。他引用庄子之言,阐明意境之圆成,就在于"道"和"艺"的体和无间,游刃于虚,莫不中音,合于桑林之舞,乃中经首之会;"音乐的节奏是它们的本体,生生的节奏是中国艺术境界的最后源泉"。(66)宗白华最终把"舞"视为"一切艺术表现的究竟状态,且是宇宙创化过程的象征",因其具有"最高度的韵律、节奏、秩序、理性,同时是最高度的生命、旋动、力、热情";是"最紧密的律法和最热烈的旋动"把"深不可测的玄冥的境界具象化、肉身化"。(67)他断言,舞是中国一切艺术境界的典型;中国的书法、画法都趋向飞舞;庄严的建筑也有飞檐表现着舞姿,"以追光蹑影之笔,写通天尽人之怀",是中国艺术的最后的理想和最高的成就。(71)

在《中国艺术表现里的虚和实》一文中,宗白华把中国艺术造境的独特手法提炼为"虚实相生"的审美原则:虚实相生是各种艺术意境相通的美学原理,在中国画中,无画处皆成妙境;在中国戏曲中,无景处皆成妙境;在中国诗词中,"不着一字,尽得风流",其中贯穿着舞蹈精神,也就是音乐精神,"一种富有高度节奏感和舞蹈化的基本风格,这种风格既是美的,同时又能表现生活的真实"。(78)由此,宗白华也进行了中西艺术空间意识的比较,"由舞蹈动作伸延,展示出来的虚灵的空间,是构成中国绘画、书法、戏剧、建筑里的空间感和空间表现的共同特征,而造成中国艺术在世界上的特殊风格。它是和西洋从埃及以来所承受的几何学的空间感有不同之处"。(79)

在《中国诗画中的空间意识》一文中,宗白华对中西艺术中的空间意识差异进行了更深入的剖析。宗白华在开篇引用斯宾格勒在《西方的衰落》中概括欧洲人的空间意识:在埃及是"路",在希腊是"立体",在近代欧洲文化是"无尽的空间",具体在艺术中表现为:埃及金字塔里的甬道,希腊的雕像,近代欧洲画家伦勃朗的风景。但中国诗画中表现的空间意识是"以大观小","小中见大",用心灵的俯仰的眼睛来看空间万象,是节奏化的、音乐化的、时空一体化的宇宙感;"这种空间意识是音乐性的……不是用几何、三角测算的,而是由音乐舞蹈体验来的","一个充满音乐情趣的宇宙(时空合一体)是中国画家、诗人的艺术境界"。(83,89)

概括而言,艺术意境说充分体现了宗白华整合性的跨艺术诗学观。与王国维的境界说相比,宗白华的意境说更加乐观洒脱,他不仅看重空灵的境界,更强调生命(艺术)的活力和动感、节奏和热情。

四、钱锺书:诗画非一律与通感

作为对宗白华诗画意境同一说的拓展和补充,钱锺书在《中国画与中国诗》一文中着重对"中国诗画是融合一致的"的观点进行了质疑和深入的分析,从而提出,中国传统诗评和画评并不一致,南宗画派为上品,但南宗诗派非主流。①

钱锺书在文章里充分发挥了考据之工,回到产生画派分歧的历史语境,将南北画派的分歧溯自唐代禅宗南北两派的分野;他又指出,把南北地域和两种思想方法或学风联系,却早见于六朝,唐代禅宗区别南北,恰恰符合或沿承了六朝古说。(10)南宗画派以王维为代表,崇尚渲淡空灵,芙蓉出水;北宗画派以李思训父子为代表,讲究错彩镂金、雕缋满眼,如同禅家南宗的惠能和北宗的神秀。禅宗判别南北,是两类才智或两种理性倾向在佛教思想里的表现;南宗禅省"事",不看经卷,不坐禅床。南宗画的原则也是"简约",以经济的笔墨获取丰富的艺术效果,以减削迹象来增加意境;就绘画而言,即笔墨"从简""用减""笔不周"(12,14)。

钱锺书质疑的是:南宗画的作风能否相当于中国旧诗里正统的作风呢?换言之,神韵派是否为中国旧诗的主流?(14)钱氏在论述中采用了比较文学的方法。中西诗比较而言,中国诗总是含蓄的、婉约的、淡远的、神韵派的,但就中国文学内部而言,"神韵派在旧诗传统里公认的地位不同于南宗在旧画传统里公认的地位,传统文评否认神韵派是标准的诗风,而传统画评承认南宗是标准的画风。在"正宗""正统"这一点上,中国旧"诗、画"不是

---

① 钱锺书:《七缀集》,北京:生活·读书·新知三联书店,2002年,第5页。此文集包括《中国诗和中国画》《读〈拉奥孔〉》和《通感》等文章。本节以下引文在文中标明页码,不再加注。

"一律"的。(17)

钱锺书认为从旧诗史的发展来看,神韵派算不得正统:"唐代司空图和宋代严羽似乎都没有显著的影响,明末清初,陆时雍评选《诗境》来宣传,王士禛用理论兼实践来提倡,勉强造成了风气。这风气又短促的可怜。……乾、嘉直到同、光,大多数作者和评论者认为它只是旁门小名家的诗风。这已是文学史常识。"(22)他尤以王维为例,作为诗画双绝的艺术家,他在旧画传统里无疑是首屈一指,"然而旧诗传统里排起坐位来,首席是轮不到王维的。中唐以后,众望所归的最大诗人一直是杜甫"。(22)

钱锺书博闻强记,引经据典,以大量的诗词诗评为据,最后得出结论:中国传统文艺批评对诗和画有着不同的标准:论画时重视所谓"虚"以及相联系的风格,而论诗时却重视所谓"实"以及相联系的风格。(23)也就是说,"相当于南宗画风的诗不是诗中高品或正宗,而相当于神韵派诗风的画却是画中高品或正宗。旧诗或旧画的标准分歧是批评史里的事实。我们首先得承认这个事实,然后寻找解释、鞭辟入里的解释,而不是举行授予空洞头衔的仪式"。(28)

就诗画的关系而言,钱锺书认为,"诗和画既然同是艺术,应该有共同性;它们并非同一门艺术,又应该各具特殊性。它们的性能和领域的异同,是美学上重要理论问题"。(7)应该说,就南宗画和神韵派诗歌风格的同一性,钱锺书应该是认同的,他质疑的只是对这两派艺术的评价问题。

从当代跨艺术诗学的发展来看,钱锺书最大的贡献是从心理学和语言学的视角对通感手法的探析。在《通感》一文中,钱氏从"红杏枝头春意闹"的"闹"字入手,谈到通感问题并指出,不只是文学作品中,

> 在日常经验里,视觉、听觉、触觉、嗅觉、味觉往往可以彼此打通或交通,眼、耳、舌、鼻、身各个官能的领域可以不分界限。颜色似乎会有温度,声音似乎会有形象,冷暖似乎还有重量,气味似乎会有体质。诸如此类,在普通语言里经常出现。(64)

钱锺书发现,各种通感现象里,最早引起注意的也许是视觉和触觉向听觉的挪移,如对声音的描述,往往把听觉和视觉相连,如《礼记·乐记》中"故歌者,上如抗,下如队,止如槁木,倨中矩,句中钩,累累乎端如贯珠"。钱氏将白居易《琵琶行》与之对比,"大弦嘈嘈如急雨,小弦切切如私语。嘈嘈切

切错杂弹,大珠小珠落玉盘。间关莺语花底滑,幽咽泉流冰下难"。他指出,白居易的诗只是把各种事物发出的声息来比方嘈嘈切切的琵琶声,仍是把听觉联系听觉,并未把听觉沟通视觉。而《乐记》里"歌者端如贯珠"运用了"听声类形"的原理,是说歌者仿佛具有珠子的形状,圆满光润,构成了视觉兼触觉里的印象。(65—66)

钱锺书指出,如果"按逻辑思维,五官各有所司,不兼差也不越职",但"诗词中有理外之理",五官感觉可以有无相通,彼此相生。(70—71)他还以西方诗文作为佐证,从古希腊荷马史诗,到17、18世纪奇崛派,到浪漫主义、象征主义、现代主义作品中,都可以找到通感的艺术手法。最后,他由象征主义的神秘经验联系到道家和佛家的"耳视目听""六根互用",这便为跨艺术诗学提供了宗教学的理论支撑。

五、大师再读《拉奥孔》

无独有偶,朱光潜、宗白华和钱锺书都在不同时期对莱辛的《拉奥孔》进行了评述和回应。

朱光潜在《诗论》中对莱辛的诗画异质说进行了评介,他肯定了莱辛理论的美学价值,但也指出其不足:艺术受媒介的限制,固无可讳言。但是艺术最大的成功往往在克服媒介的局限。画家用形色而能产生语言声音的效果,诗人用语言声音而能产生形色的效果,都是常有的事。他例举杜甫和苏轼的题画诗,说明画家仿佛在讲故事,而陶渊明、王维的写景诗里有比画里更精致的图画;而莱辛对画的要求"表现时间上的一顷刻"和静止,也不适宜对中国画的欣赏;此外,莱辛所反对的诗歌中历数事物形象的手法在中国的写物赋、律诗与词曲里很常见,因此,莱辛的学说不适于分析中国的诗与画。①

宗白华在《美学散步》也对莱辛的《拉奥孔》进行了回应。在论及"诗(文学)和画的分界"时,他从苏东坡赞王维"诗中有画""画中有诗"入手,以所谓王维《蓝田烟雨图》的题诗"蓝溪白石出,玉山红叶稀,山路元无雨,空翠湿人衣"为例,说明诗画微妙的辩证关系。一方面,画和诗毕竟不是一回事。诗中可以有画,但诗不全是画,而那不能直接画出来的"诗中之诗",正是构成

---

① 朱光潜:《诗论》,第141—142页。

这首诗是诗而不是画的精要部分。但另一方面,如果那幅画不能暗示或启发人写出这诗句来,它就不是真正的艺术品了。这就是诗画之间的微妙辩证关系。画外意,待诗来传,才能圆满,诗里具有画所写的形态,才能形象化、具体化,不至于太抽象。①

由此,宗白华联系到莱辛的《拉奥孔》,并指出"莱辛对诗(文学)和画(造型艺术)的深入的分析,指出了它们的各自的局限性,各自的特殊的表现规律,开创了对于艺术形式的研究。……诗画各有表现的可能性范围,一般地说来,这是正确的"。② 但同样,当宗白华联系到中国诗歌时,便发现莱辛的理论并不完全成立,"中国古代抒情诗里有不少是纯粹的写景,描绘一个客观境界,不写出主体的行动,甚至于不直接说出主观的情感,像王国维在《人间词话》里所说的'无我之境',但却充满了诗的气氛和情调"。③ 他以王昌龄的《初日》和门采尔④(Adolph Von Menzel)的画为范本,说明优秀的作品都是诗和画的统一:诗和画各有它的具体的物质条件,局限着它的表现力和表现范围,不能相代,也不必相代。但各自又可以把对方尽量吸进自己的艺术形式里来。诗和画的圆满结合(相互交流交浸),就是情和景的圆满结合,也就是所谓"艺术意境"。⑤

钱锺书则对莱辛在《拉奥孔》中提出的时空范畴感兴趣。莱辛认为,作为空间艺术的绘画、雕塑只能表现最小限度的时间,所画出、雕造出的不能超过一刹那内的物态和景象,绘画更是这一刹那内景物的一面观;一篇"诗歌的画"不能转化为一幅"物质的画",因为语言文字能描叙出一串活动在时间里的发展,而颜色线条只能描绘出一片景象在空间里的铺展。钱锺书联系了中国古诗词,佐证绘画在时间表现方面的局限,又引用多首古诗,说明"诗中有画而又非画所能表达"。⑥ 钱锺书进而指出,不写演变活动而写静止景象的"诗歌的画",也未必就能转化为"物质的画":时间上的承续关系在绘画中很难表现,其他像嗅觉、触觉、听觉的事物,以及不同于悲喜怒愁等有显

---

① 宗白华:《美学散步》,第 2 页。
② 同上书,第 8—9 页。
③ 同上书,第 9 页。
④ 阿道夫·冯·门采尔(1815—1905),德国 19 世纪成就最大的画家,也是欧洲最著名的历史画家、风俗画家之一,更是杰出的素描大师。
⑤ 宗白华:《美学散步》,第 10—11 页。
⑥ 钱锺书:《七缀集》,第 36—38 页。

明表情的内心状态,还有物色的气氛、情调的气氛,也都是"难画""画不出"的,却不仅是时间和空间问题了。①此外,诗歌描写一个静止的简单物体,也常有绘画无法比拟的效果:"诗歌里渲染的颜色、烘托的光暗可能使画家感到彩色碟破产,诗歌里勾勒的轮廓、刻画的形状可能使造型艺术家感到凿刀和画笔力竭技穷";另外,如数字的虚实、颜色的虚实、文学常用的比喻等都很难入画,或者说"画也画的就,只不像诗"。②

钱锺书非常称道莱辛提出的"富于包孕的片刻":在故事画中,画家应当挑选故事中最耐寻味和想象的那"片刻"(Augenblick),这一"片刻"仿佛妇女"怀孕",它包含从前种种,蕴蓄以后种种。他认为,这个概念不仅适用于故事画,也适用于人物画;中国画中也有类似决定性的"片刻":划然而止,却悠然而长,留有"生发"余地。③

钱锺书还把"富于包孕的片刻"用于文学批评,他认为莱辛讲"富于包孕的片刻",虽然是为造型艺术说法,但无意中也为文字艺术提供了一个有用的概念:"它可能而亦确曾成为文字艺术里的一个有效的手法。诗文叙事是继续进展的,可以把整个'动作'原原本本、有头有尾地传达出来,不比绘画只限于事物同时并列的一片场面;但是它有时偏偏见首不见尾,紧临顶点,就收场落幕,让读者得之言外";他以此点评《水浒传》等中国章回小说、巴尔扎克等欧洲作家的小说、剧本,以及通俗文娱"说书"和"评弹",在他看来,"务头""急处""关子"往往就是那个"富于包孕的片刻"。④

第三节 赋与艺格符换的比较研究

就其早期作为修辞术语以及文体发展而言,"艺格符换"与中国文学中的"赋"有很多相似之处⑤。艺格符换在欧美现当代诗歌创作以及跨艺术诗学批评中重新焕发生机,但赋在中国当代文体和文艺批评中已处于边缘,二

---

① 钱锺书:《七缀集》,第 38—39 页。
② 同上书,第 40、47 页。
③ 同上书,第 48—50 页。
④ 同上书,第 50、56 页。
⑤ 潘大安(音译)曾将题画诗与艺格符换相并而论,但其研究中心是题画诗,参见 Daan Pan, *The Lyrical Resonance Between Chinese Poets and Painters: The Tradition and Poetics of Tihuashi*, Amherst: Cambria Press, 2010.

者的地位不可同日而语。但如果我们从大文学观和跨艺术诗学的角度重新审视赋,赋的生命力依然存在且有巨大的研究空间。

一、赋的演变历史:从修辞到文体

如前所述,《毛诗序》把风、雅、颂、赋、比、兴称为"六义","风、雅、颂者,《诗》篇之异体;赋、比、兴者,《诗》文之异辞耳"。① 儒家往往从道德训诫的角度,把赋的特点政治化,如郑玄注《周礼·大师》说:"赋之言铺,直铺陈今之政教善恶。"② 但就文学表现手法而言,刘勰的界定更为贴切:"诗有六义,其二曰赋。赋者,铺也;铺采摛文,体物写志也。"③ 刘勰追溯以铺陈直叙为主的赋体,在表现方法上和赋、比、兴的"赋"是有一定联系的。班固认为:"赋者,古诗之流也。"刘勰认为辞赋源于"六义"之一的"赋",也指赋是诗的发展变化。《诗经》中大量运用赋的手法,叙述和描摹事物,反映现实生活,如《卫风·硕人》即以比赋的手法铺陈齐女庄姜的美貌,"手如柔荑,肤如凝脂,领如蝤蛴,齿如瓠犀,螓首蛾眉,巧笑倩兮,美目盼兮",④ 可谓开了"美人赋"书写的先河。《诗经》中赋的手法不仅有敷陈之意,还含辞藻之美,这些都被后来的辞赋所承继,成为独立赋体的主要特征。

先秦时期,赋作为一种独立的文体酝酿发端。如刘勰所言,"赋也者,受命于诗人,拓宇于《楚辞》"。⑤ 赋出六义,骚为始祖。赋体从《诗经》"六义"中获得一种基本表现手法,从楚辞中获得基本形态,一是气势和文采的铺张,如《离骚》《招魂》中开阔的场景、瑰丽的铺叙;二是"体物"入微,"为情造文"。⑥ 此外,战国时期纵横家的说辞也对辞赋创作产生影响。这些人为了打动诸侯,猎取卿相之尊,不惜煞费苦心,揣摩上意,善用铺排夸饰之辞令,追求语言效果,加强语言的气势及说服力,形成铺张扬厉,"恢廓声势"的风格,流波及于后世辞赋,尤其是汉代的一些大赋,如枚乘的《七发》,司马相如的《子虚赋》《上林赋》,扬雄的《羽猎赋》《甘泉赋》等。⑦ 就传播方式而言,《汉

---

① 阮元:《十三经注疏》(上),第271页。
② 同上。
③ 刘勰:《文心雕龙》,第162页。
④ 朱熹:《诗经集传》,长春:吉林人民出版社,2005年,第48页。
⑤ 刘勰:《文心雕龙》,第162页。
⑥ 高光复:《赋史述略》,长春:东北师范大学出版社,1987年,第8—10页。
⑦ 同上书,第13页。

书·艺文志·诗赋略》云:"不歌而诵谓之赋,登高能赋可以为大夫。"①不歌而诵,成为赋体的主要表达方式,区别于合乐歌唱的《诗》三百。但同时,为了适于诵读,不论散体赋还是骚体赋,均讲究音乐性和节奏感。

对于赋的独立自足,刘勰在《文心雕龙·诠赋》中论述如下:

> 于是荀况《礼》《智》,宋玉《风》《钓》,爰锡名号,与诗画境,六义附庸,蔚成大国。遂客主以首引,极声貌以穷文,斯盖别诗之原始,命赋之厥初也。②

到荀子的《赋篇》、宋玉的《风赋》《钓赋》等,才正式有了"赋"的名称,成为一种独立的文体。荀子首作《赋》篇,通过命名,使诗赋划界。《赋》大约为荀子晚年居楚地时而作,包括"礼""知""云""蚕""箴"五首小赋,抒发去国忧思,文风质朴,很符合《汉书·艺文志》所谓"大儒孙卿及楚臣屈原离谗忧国,皆作赋以风,咸有恻隐古诗之义"。③ 宋玉的贡献在于确立了赋的结构,"遂客主以首引,极声貌以穷文"。如他的《高唐赋》,先写楚王与宋玉的一段对话,描写精细,语言优美,作为叙事引子,说明作赋的理由,从而引出赋的正文。赋的主体描写高唐景物,极尽铺排夸张之能事,"极声貌以穷文"。宋赋失去了荀赋的讽谏之义,却比它多出了华丽的文辞,开出的是汉赋"铺采摛文"的一派,其影响及于汉魏六朝。扬雄所说"丽以淫"的"词人之赋",从宋玉始,宋玉也被称为"赋家之圣"。

两汉时期,是赋的兴盛时期。如刘勰所言:

> 汉初词人,顺流而作:陆贾扣其端,贾谊振其绪,枚马播其风,王扬骋其势,皋朔已下,品物毕图。繁积于宣时,校阅于成世,进御之赋,千有余首,讨其源流,信兴楚而盛汉矣。④

赋在汉代取得了独尊的地位,拥有当代最多、最杰出的作家,如以上刘勰提到的西汉司马相如、扬雄、东汉班固、张衡等,均是辞赋一流作家。《汉书·艺文志》所载诗、赋两家,共 106 位作家,1300 多篇作品,其中载汉代歌诗仅 20 多位作家,300 余篇作品,而汉赋作家则有 70 余人,作品 900 多篇。

---

① 班固:《汉书艺文志讲疏》,顾实讲疏,上海:上海古籍出版社,2009 年,第 190 页。
② 刘勰:《文心雕龙》,第 163 页。
③ 班固:《汉书艺文志讲疏》,第 191 页。
④ 刘勰:《文心雕龙》,第 163 页。

从功能上来说,这一时期的辞赋也趋于多样化,有抒情伤怀之作,如贾谊《吊屈原赋》;有叙事之作,如枚乘《七发》;有咏物之作,如羊胜《屏风赋》。就体式而言,有"包括宇宙、总览人物"的散体大赋,如司马相如的《上林赋》,有继承楚辞遗风的骚体赋,有"辩丽可喜"的抒情小赋、咏物小赋。在中国文学史上,这是辞赋的一个黄金时代。

辞赋在魏晋时期有了进一步的发展,汉大赋有左思的《三都赋》;同时,抒情化、小品化的辞赋大量出现,如曹植的《洛神赋》;还有诗赋一体化倾向的,如王粲的《登楼赋》。这时赋的功用性不再被过度强调,文学性、艺术性日渐突出。曹丕的《典论》对文体进行划分,"夫文本同而末异,盖奏议宜雅,书论宜理,铭诔尚实,诗赋欲丽",已把诗赋界定为独立的文体,所谓"诗赋欲丽",强调了赋的文学性、艺术性。而陆机在《文赋》中,对诗赋进行了区分:"诗缘情而绮靡,赋体物而浏亮",诗用以抒发感情,要辞采华美感情细腻;赋用以铺陈事物,要条理清晰,语言清朗,"绮绘其色,靡摹其声"。刘勰在《诠赋》中更是指出"丽词雅义,符采相胜,如组织之品朱紫,画绘之著玄黄,文虽新而有质,色虽糅而有本,此立赋之大体也",并将赋的特点总结为"写物图貌,蔚似雕画"。这个时期的赋体特点,从跨艺术诗学的角度来说,"赋拟于画",实不为过。

南北朝时期辞赋依然是文学创作的主流。南朝辞赋"情辞婉丽",向骈文和俳赋发展,如鲍照的《芜城赋》、刘勰的《文心雕龙》;齐梁文人追求"声色之美",如江淹的《别赋》和《恨赋》,文辞优美有度。北朝辞赋"慷慨悲凉",很多文人历经战乱,备尝流离之苦,如袁翻的《思归赋》,用笔质朴,格调苍凉;庾信的《哀江南赋》,抒写"乡关之思"。

唐朝开始,赋发生格律化的倾向,始分古体、律体。明朝徐师在《文体辨明序说》有云:"三国两晋以及六朝,再变而为俳,唐人又再变而为律,唐兴,沈、宋之流,研练精切,稳顺声势,号为律诗;……至于律赋,其变愈下。始于沈约'四声八病'之拘,中与徐、庾'隔句作对'之陋,终于隋、唐'取士限韵'之制。"[①]律赋源在齐、梁声律之学,乃承"齐梁体格",要求"音律谐协,对偶精切"。另外,律赋的发展也与科考有关,孙梅《四六丛话序》载"自唐迄宋,以

---

① 转引自高光复:《赋史述略》,第164页。

赋造士,创为律赋"。① 到了宋代,基本沿袭取士试赋,故文人创作仍以律赋为主,但在一些诗家手中开始走向散文化,出现了一些被称为"文赋"的作品,如欧阳修、苏轼的《秋声赋》和《赤壁赋》,然因过分散文化、议论化又受到当世与后世的批评。

赋史家一般认为,唐宋以后,赋入末流。高光复所析缘由如下:

> 宋代以后,散曲、小说等文学样式蓬勃兴起,尤其是小说,在反映日益复杂多样的社会生活方面愈来愈表现出它的适应性,而辞赋则呈现出日益衰落的状态。就赋的体制而论,金、元、明、清文人多沿旧制,古赋、俳赋、律赋、文赋诸体,虽均有人去制作,但基本上再没有什么进展。②

马积高也持类似的观点,"从体制上说,赋的发展到宋就停滞了,再没有什么新的发展了"。他分析的原因稍有不同,

> 至于赋的内容,则每一个时期都有某种新的特色,但宋以后新的东西也较少,这是因为社会的性质基本上没有变化,而从封建社会中可以提炼的题材和主题来看,前人多已涉及,后人要有新的开拓比较困难。至鸦片战争以后,由于社会性质发生了变化,赋作中才出现了新的题材和主题,但随着文学改良运动的兴起,赋被认为是一种古董而渐趋衰微了。③

赋作为修辞,源出《诗经》六义;赋作为文体,兴楚而盛汉,汉魏六朝赋为古赋典范,唐宋发展为律赋、文赋,之后渐趋衰落,这是国内赋史常见的书写。同为"图物写貌"的艺格符换,原为古希腊演说术的修辞技巧,古代和中世纪演变为史诗、散文和小说中的文学表现手法,文艺复兴时期发展为独立的诗歌体裁,延续到欧美现当代诗歌创作并进而在当代跨艺术诗学批评中重新焕发生机,两相对比,令人感叹。

按照传统的赋学眼光来看,赋在中国当代文学创作和文艺批评中已处于边缘,赋与艺格符换的地位不可同日而语。但如果我们换个角度,从大文

---

① 转引自马言:《从用到体:赋体的自觉与变迁》,《中国韵文学刊》,2018年第2期,第105页。
② 高光复:《赋史述略》,第186页。
③ 马积高:《赋史》,上海:上海古籍出版社,1987年,第9页。

学观和跨艺术诗学的视野来看,赋的生命力依然还在,赋学的研究空间仍大有可为。

二、诗与赋的关系

首先,从大文学观来看,我们应该把赋看做诗。

赋源于诗,古今学界均无异议。虽然古代赋学话语中,"源于诗"的经典表达,是出于"赋用论","凸显出的是赋的讽谏和颂美情怀,焦虑的是赋的政治地位和国家意识形态诉求,大多非关赋文体的起源"①,但赋是否"属于诗",向有争议。当然"源于诗"中的"诗"指《诗经》《楚辞》,赋出六义,骚为始祖,这一点已成定论。"属于诗"中的"诗"有两层意思,一则指赋的"诗"性面相,诗学属性;二则指在现代文学观的视域下,赋是否属于"诗歌"体裁。就第一层意思而言,古今赋论家鲜有争议;就第二层意思而言,现代文史家似乎尚未达成共识。

《赋史述略》里的观点很有代表性,作者提出:赋这种文学体裁介于诗歌和散文之间,半诗半文,却又非诗非文,但是作为一种独立的文体,以其质的规定性而独立于其他文体。首先,在描写手法上注重铺陈。其次,赋在句式上骈散相间,音节上韵散兼行。再次,赋虽然具有许多诗歌的因素,但当它形诸口头的时候,"不歌而诵"。此外,在行文结构上,往往有所谓"述客主以首引"的通式。②

但仅凭以上几点,把赋与"诗歌"这个文学大类分开,是说不通的。首先,铺陈的手法《诗经》中就有,魏晋南北朝时期,诗赋合流,赋的铺陈手法也被山水诗、宫体诗所吸收。其次,散文诗是诗歌,骈散相间、韵散兼行的赋何以不是诗歌?③ 最后,诗发展到后来,不都是"不歌而诵"吗?关于"主客"对答的通式,《赋史述略》的作者后补充说,"这主要是就典型的汉大赋而言,并不是所有的赋都如此"。④

赋史家都不把赋当作诗歌,难怪国内诗歌史的书写可以包括乐府、金元

---

① 孙福轩、周军:《"源于诗"与"属于诗"——赋学批评的政治内涵和诗学维度之发覆》,《浙江大学学报》,2014年第6期,第154—165页。
② 高光复:《赋史述略》,第2页。
③ 笔者浏览了关于赋的国内期刊论文,英文摘要里赋有两种译法,一为"prose poem",一为"Chinese Fu"。
④ 高光复:《赋史述略》,第3页。

词曲、新诗,却不包括赋①;也难怪"诗"常变常新,永远不会衰落,而"赋"要"式微"了。

但回到文学史的语境,诗赋常为一体。班固的《汉书·艺文志》是根据刘歆《七略》删节而成,而《七略》则包括《六艺略》《兵书略》《方技略》《诸子略》《术数略》《辑略》和《诗赋略》。《诗赋略》中即以屈原、陆贾、孙卿、客主四类赋居前,然后是歌诗,可见,在班固的文体观中,赋和歌诗都是"诗赋"。《汉志·诗赋略》序云:

> 传曰:"不歌而诵谓之赋,登高能赋可以为大夫。"言感物造端,材知深美,可与图事,故可以为列大夫也。古者诸侯卿大夫交接邻国,以微言相感,当揖让之时,必称诗以谕其志,盖以别贤不肖而观盛衰焉。故孔子曰"不学诗,无以言"也。春秋之后,周道渐坏,聘问歌咏不行于列国,学诗之士逸在布衣,而贤人失志之赋作矣。大儒孙卿及楚臣屈原离谗忧国,皆作以风,咸有恻隐古诗之义。其后宋玉、唐勒,汉兴枚乘、司马相如,下及扬子云,竞为侈丽宏衍之词,没其风谕之义。是以扬子悔之,曰:"诗人之赋丽以则,辞人之赋丽以淫。如孔氏之门人用赋也,则贾谊登堂,相如入室矣,如其不用何!"自孝武立乐府而采歌谣,于是有代赵之讴;秦楚之风,皆感于哀乐,缘事而发,亦可以观风俗,知薄厚云。序诗赋为五种。②

在诗赋同一的观念下,我们再看"不歌而诵谓之赋",这里赋应该是动词,说明诗可以歌,可以诵。春秋时期,礼乐盛行,"诸侯卿大夫"之间歌咏揖让;春秋之后,礼崩乐坏,"歌咏不行于列国",诗人就只能赋诗了。班固列举荀卿、屈原、宋玉、唐勒、枚乘、司马相如、扬子为代表性赋家,引扬雄谓"诗人之赋丽以则"应指荀子、屈原之赋;"辞人之赋丽以淫"应指宋玉至扬雄之赋。到孝武帝立乐府,诗又可以歌了。"序诗赋为五种",说明在诗赋以下,再分五种,即屈赋、陆赋、荀赋、杂赋和歌诗。总之,诗赋是同一的。班固在《两都赋》序中提出"赋者,古诗之流也"便代表两汉时期的普遍命题。③

---

① 如孙多吉编著:《中国诗歌史》(陕西人民出版社,2005年)只收入了楚辞和汉朝辞赋,张松如主编的《中国诗歌史》(吉林大学出版社,1989年)只收入楚辞和骚体诗(汉骚体赋被称为骚体诗),其他赋作一概不提。
② 班固:《汉书艺文志讲疏》,第190—192页。
③ 孙福轩、周军:《"源于诗"与"属于诗"》,第156页。

如果说两汉时期诗赋同一说侧重的是赋的"诗教精神",那么魏晋开始赋学本体论的追求,赋学"诗性"批评于此肇端。① 曹丕在《典论·论文》里也把诗赋归为同类,"诗赋欲丽",与其他文体分开。陆机虽然在《文赋》里区分"诗缘情而绮靡,赋体物而浏亮",但只是将赋和其他抒情诗相对而言。赋前承《离骚》,汉大赋承其长篇体制,后自东汉起,以张衡《归田赋》为代表的抒情小赋逐渐勃兴,魏晋六朝抒情小赋承《离骚》之惆怅情怀,托以"体物言情"和以事抒情之式,句式有五七言体和四六构对,有诗赋合流之向,表现出"赋的诗化"和"诗的赋化":一方面,诗吸收了赋的描绘性和丰富词汇,另一方面,赋吸收了诗的精炼性、抒情性和韵律化②,"诗缘情"和"赋体物"之分已非绝对。

刘勰在《文心雕龙》里有《宗经》《辨骚》《明诗》《乐府》《诠赋》等,但并非有区分诗、赋之意。刘勰在《文心雕龙·序志》里言:"论文叙笔,则囿别区分",只是区分"文""笔"而已。他在《宗经》里明确指出:"赋颂歌赞,则《诗》立其本";他赞《离骚》"轩翥诗人之后,奋飞辞家之前",并引班固评语"文辞丽雅,为词赋之宗"(《辨骚》);在《明诗》里又提及"逮楚国讽怨,则《离骚》为刺。秦皇灭典,亦造《仙诗》",那说明《离骚》也是诗,《离骚》为词赋之宗,赋当然也是诗。只不过,诗后来又发展出诸多句式"四言正体""五言流调",还有三六杂言,联句、柏梁、回文等,因种类太多,统称为诗,"巨细或殊,情理同致,总归诗囿,故不繁云"。至于乐府的演变,"暨武帝崇礼,始立乐府,总赵代之音,撮齐楚之气,延年以曼声协律,朱马以骚体制歌……至宣帝雅颂,诗效《鹿鸣》","凡乐辞曰诗,诗声曰歌",说明乐府的乐辞有骚体(即赋)也有仿效《诗经》的,配上音乐,可歌咏。我们整理一下刘勰的逻辑,即由诗三百发展出赋颂歌赞、四言诗、五言诗、杂言诗、乐府诗等,同为一类,按照今天的文学观,这些当然都可归入诗歌。

《昭明文选》的编撰也有类似的逻辑。《文选》序从功用的角度对赋、诗做了界定,将其看作诗赋一类。序中对赋说明如下:

《诗序》云:"诗有六义焉,一曰风,二曰赋,三曰比,四曰兴,五曰雅,

---

① 孙福轩、周军:《"源于诗"与"属于诗"》,第 157 页。
② 参见徐公持:《诗的赋化和赋的诗化——两汉魏晋诗赋关系之寻踪》,《文学遗产》,1992 年第 1 期。

六曰颂。"至于今之作者,异乎古昔。古诗之体,今则全取赋名。荀、宋表之于前,贾、马继之于末。自兹以降,源流实繁。述邑居,则有"凭虚""亡是"之作。戒畋游,则有"长杨""羽猎"之制。若其纪一事,咏一物,风云草木之兴,鱼虫禽兽之流,推而广之,不可胜载矣。①

从这一段序文,我们可以看出,《文选》编者认为赋从六义之一演化为独立文体,"古诗之体,今则全取赋名",即今之赋篇,实为"古诗之体"。古诗六义,均入赋体,赋记事咏物,内容庞杂,无所不包。

而"诗者,盖志之所之也。情动于中,而形于言",包括四言五言,"又少则三字,多则九言,各体互兴,分镳并驱"。由此,《文选》的编排体例是"凡次文之体,各以汇聚;诗赋体既不一,又以类分;类分之中,各以时代相次。"②从序文对"赋"和"诗"的界定来看,二者都属于"诗赋",所谓"诗赋体既不一"并非指诗和赋文体不同,而是指诗赋中又包括不同的体用和体式,如"诗""少则三字,多则九言,各体互兴"。《文选》以赋部为首,说明赋在诗赋中的重要性。从《文选》目录(李善注本)来看,第1—19卷为赋,根据主题和内容分为"京都""郊祀""畋猎""纪行"等类别,第20—31卷为四言、五言、杂诗、乐府等,根据功能或内容分为"献诗""应诏诗""公宴""咏史""游仙""乐府"等类别,每一类别又以时间为序。屈原的《离骚》则收录在诗赋之后,为第31—32卷。

唐宋时期的复兴古学运动中赋的"诗源说"再次成为主流,元、明两代基本上实现了由"赋源于诗"向"赋属于诗"的话语转型,其中以元代的祝尧和明代的李东阳为代表。祝尧在《古赋辨体》中指出,"赋之源出于《诗》,则为赋者固当以'诗'为体,不当以'文'为体。"他把赋的"诗源说"和"诗体说"高妙地综合起来,实现了从"诗源说"到"诗体说"的嬗变,即赋不唯取源于诗"赋"之一义,而要杂取六端,错综成文:

> 然论诗之体,必论诗之义。诗之义六,惟风、比、兴三义真,是诗之全体。至于赋、雅、颂三义,则已邻于文体,何者?诗所以吟咏情性,如风之本义优柔而不直致,比之本义托物而不正言,兴之本义舒展而不刺促,得于未发之性,见于已发之情……人徒见赋有铺叙之义则邻于文之

---

① 萧统:《昭明文选》(上),(唐)李善注,北京:京华出版社,2000年,第3页(序)。
② 同上书,第3—4页。

叙事者,雅有正大之义则邻于文之明理者,颂有褒扬之义则邻于文之赞德者,殊不知古诗之体,六义错综。昔人以风、雅、颂为三经,以赋、比、兴为三纬,经其诗之正乎? 纬其诗之葩乎? 经之以正,纬之以葩,诗之全体始见,而吟咏情性之作有,非复叙事明理赞德之文矣。①

明代李东阳所言也颇有代表性,其《匏翁家藏集序》曰:

> 言之成章者为文,文之成声者则为诗,诗与文同谓之言,亦各有体而不相乱。若典谟、训诰、誓命、爻象之为文;风、雅、颂、赋、比、兴之为诗。变于后世,则凡序、记、书、疏、笺、铭、论、赞之属皆文也;辞赋、歌行、吟谣之属皆诗也。是其去古虽远,而为体固存。②

清代刘熙载在《艺概·赋概》中说:"言情之赋本于风""叙物以言情谓之赋","古人赋诗与后世作赋,事异而意同,一以讽谏……一以言志",又回到了"诗源说"③。但无论出于政治维度有关赋的"诗源说"还是出于诗性维度有关赋的"诗体说",都蕴含着诗赋同一观。朱光潜先生总结得很好:就体裁说,赋出于诗,所以不应该离开诗来讲赋;就作用说,赋是状物诗,宜于写杂沓多端的情态,贵铺张华丽;就性质说,赋可诵不可歌。后两点而言,赋所以异于一般的抒情诗;因此,他把赋界定为"一种大规模的描写诗"。④

综上所述,从现代的文学体裁分类来看,诗词谣赋都属于诗歌体裁,是确定无疑的。

三、赋的跨艺术性

从跨艺术诗学的角度来看,赋无疑是中国诗歌中最具特色的诗体。虽然朱光潜就赋和一般抒情诗比较而言,"一般抒情诗较近于音乐,赋则较近于图画,用在时间上绵延的语言表现在空间上并存的物态。诗本是'时间艺术',赋则有几分是'空间艺术'"⑤。但赋本身又是图像性和音乐性兼具的。《西京杂记》引录相如曰:"合綦组以成文,列锦绣而为质,一经一纬,一宫一

---

① 转引自孙福轩、周军:《"源于诗"与"属于诗"》,第160页。
② 同上。
③ 刘熙载:《艺概》,上海:上海古籍出版社,1978年,第95页。
④ 朱光潜:《诗论》,第243—244页。
⑤ 同上书,第243页。

商,此赋之迹也。赋家之心,苞括宇宙,总揽人物。"①司马相如的做赋之道体现了赋的图像性(经纬之谓)、音乐性(宫商之谓)和博物性(苞括宇宙,总揽人物)。

首先,就赋的图像性而言,陆机谓"赋体物而浏亮",刘勰谓赋"写物图貌、蔚如雕画",刘熙载《赋概》称"赋以象物",都意在突出赋与视觉艺术的相近。屈原的《招魂》开了汉赋"写物图貌、蔚如雕画"的先河,确立了"外陈四方之恶,内崇楚国之美"的空间布局。之后从大赋的"体国经野",到小赋的"品物毕图";从"京殿苑猎,述行序志"到"草区禽族,庶品杂类",赋家都是通过铺采摛文、刻形镂法,以体物写志、剖毫析厘。后发展到六朝的行旅赋,如《游天台山赋》,便出现了"移动的描写",如同中国画的"散点透视",再现叙事者在行程中看到的自然,呈现道家的美学精神。许结将赋体艺术特点总结为:描绘性和空间艺术,"一种丰裕充实的结构美",②正是突出赋的图像性。

其次,赋的音乐性也很重要。既然"不歌而诵谓之赋",没有音乐伴奏,为了吟诵方便和流畅,赋更讲求句式整饬、音韵和谐,如对偶和双声叠韵的运用,以达到一定的声律之美。南朝后期发展的俳赋和律赋,要求"音律谐协,对偶精切"。许结强调,从古赋到律赋,"历代的赋都有它的声律,创作和批评都讲究和强调押韵、炼韵"。③ 唐宋考赋,更重押韵,因而各类韵书大行其道。此外,作赋还讲究平仄调协。这些都是赋体音乐性的要求。

再次,赋作体现出丰富的博物性。就汉大赋而言,如司马相如的《上林赋》、班固的《两都赋》等铺陈空间、广列名物,充满博物知类的帝国气势,如《汉书·续传》录班固评司马相如"多识博物,有可观采"。④ 许结便将"知类"的博物与结构,"同修辞特别是描绘性特征的结合"界定为"汉赋的基本形态"。⑤到小赋发展起来,可以"纪一事,咏一物,风云草木之兴,鱼虫禽兽之流,推而广之,不可胜载"。康熙四十五年(1706),陈元龙奉旨编撰的《历代赋汇》,搜集先秦至明末赋作(包括逸句)4000 余篇,共 184 卷,分正集、外集、

---

① 转引自张新科:《古代赋论与赋的经典化》,《陕西师范大学学报》(哲社版),2013 年第 2 期,第 72 页。
② 许结:《赋学讲演录》,北京:北京大学出版社,2009 年,第 122 页。
③ 许结:《赋学讲演录》(第二编),北京:北京大学出版社,2018 年,第 8 页。
④ 转引自许结:《赋学讲演录》,第 141 页。
⑤ 同上。

逸句和补遗三大部分。正集140卷,收叙事记物之作,为有裨于"经济学问"及"格物穷理之资"者,分天象、地理、都邑、治道、典礼、祯祥、临幸、狩猎、文学、武功、性道、农桑、宫殿、室宇、器用、舟车、音乐、玉帛、服饰、饮食、书画、巧艺、仙释、览古、寓言、草木、花果、鸟兽、鳞虫等三十个类目。外集20卷,为"劳人思妇,触景寄怀,哀怨穷愁,放言任达"者,乃抒情言志之作,分言志、怀思、行旅、旷达、美丽、讽喻、情感、人事等八个类目。①赫弗南所谓"语词博物馆",恰可用于赋作的洋洋大观。

最后,赋的跨艺术书写灵活多变,这也是跟欧美跨艺术诗学中的艺格符换最接近的特性。许结将赋的跨艺术书写称为"艺术赋",将其分为建筑、乐舞、书画、伎艺四大类别,并将艺术赋的源起与"俳优说"联系在一起,进而归纳出艺术赋创生与形成的历程:从西汉盛世到东汉中叶汉大赋中有关艺术的片段描写(如司马相如《上林赋》中的舞蹈描写,班固《西都赋》中的建筑描写,王延寿《鲁灵光殿赋》中的绘画描写等)发展到东汉中后期以降独立的艺术专题赋,体现了赋体文学形成期的两大特征:"一是博通,故能随物赋形,以展示各类艺术的风采;二是受儒学浸染,在技艺的描写中始终存在以德化为美的审美观念"。②他从历代艺术赋创作中看到"一部形象生动的艺术发展史",爬梳出中国古代艺术的演进路线:由器物描写向技艺描写的演进,由重德向重艺的潜移以及由形象化向写意化的衍变。③以下笔者仅以乐舞赋和题画赋为例阐释赋的跨艺术书写。

由于艺术赋源起宫廷俳优,乐舞赋出现相对较早,如《昭明文选》单列"音乐"类,收入王褒《洞箫赋》和蔡邕的《琴赋》。音乐赋滥觞于汉代枚乘《七发》中描写音乐的一段,成熟于王褒的《洞箫赋》、马融的《长笛赋》、蔡邕的《琴赋》等,一般先写乐器的良才美质及生长环境,然后介绍制作名匠及对乐器外形的精致描绘,再摹写音乐美妙,最后写音乐的感染力乃至教化作用。晋代傅玄也写了很多音乐赋,现存《琴赋》《筝赋》《节赋》《胡笳赋》《琵琶赋》,多用序文描述乐器的外形特征,在赋文中重点渲染演奏者的技艺和音乐的感染力,辞丽而言约,生动飘逸。舞赋的出现,不仅使汉代京都赋中的舞蹈

---

① 许结主编:《历代赋汇(校订本1)》,南京:凤凰出版社,2018年,前言第13页。
② 许结:《论艺术赋的创作及其美学特征》,载《赋体文学的文化阐释》,北京:中华书局,2005年,第226页。
③ 许结:《赋体文学的文化阐释》,第226—235页。

描写得以独立成篇,而且改变其依附政教的地位,成为赋家对舞姿舞艺的审美鉴赏,如傅毅《舞赋》假托宋玉之名,提出"歌以咏言,舞以尽意""论诗不如听声,听声不如察形"的观点,并肯定舞乐的娱乐作用"郑卫之乐,所以娱密坐、接欢欣也",这是对儒家诗教的突破,因儒家素批"郑声淫"。赋中对舞女的服饰、外貌、歌声、舞姿进行了细致而生动的描写,并从观者反应折射高超的舞艺和愉悦的效果:"观者增叹,诸工莫当""观者称丽,莫不怡悦"。① 李昉等编《文苑英华》选唐赋43类,其中"乐"类85篇;陈元龙编《历代赋汇》收入"音乐类"161篇,均是艺术赋中数量最多的类别。

题画赋(或曰图赋)出现较乐舞赋稍晚。不过,据许结考证,"历史上题画赋的出现远早于题画诗,是最初题画文学的呈现"。② 屈原的《楚辞·天问》和汉代王延寿的《鲁灵光殿赋》即为题画赋之肇端,前者有王逸《楚辞章句》中对屈原题写壁画的追述,后者有赋家自序和赋文为证。晋代傅咸做《画像赋》,被称为题画赋和题画诗的鼻祖。许结把题画赋的创作历史大致归为三个阶段:一是晋唐时代由人物像赞衍为人物、山水图赋,如傅咸《画像赋》、荆浩《画山水赋》等,"这是题画赋的草创阶段,基本以摹形与描写为主"。二是宋、元、明三代题"经图"赋与文人画赋的并兴,前者如宋人陈普的《无逸图赋》,后者如苏辙的《墨竹赋》、黄庭坚的《刘明仲墨竹赋》等。三是清代大量题材广泛的题画赋的出现,例如《豳风图赋》(彭邦畴等)、《耕织图赋》(黄达等)、《西域图赋》(王杰等)等,承前启后,题材多样,富有创新。③

陈元龙编《历代赋汇》"书画类"收录自晋傅咸《画像赋》迄明徐渭《画鹤赋》等题画赋计23篇,晚清鸿宝斋主人编《赋海大观》收录"文学类"之"画"赋计108篇,其中多题画之作。马积高主编的《历代辞赋总汇》收录题画赋400余篇。④

许结总结了题画赋的写作特点:"一则因缘于其他类型的书写(如山水、人物),而摹写其状;一则又以赋家特有的描绘手法再现画面景观,而自具特色。"⑤他进而把题画赋分为"经义、物态、文学"三大呈像类型:"经图"赋就是

---

① 傅毅:《舞赋》,载萧统:《昭明文选》(上),(唐)李善注,北京:京华出版社,2000年,第475—480页。
② 许结:《论题画赋的呈像与本义》,《江海学刊》2019年第2期,第195页。
③ 同上书,第197页。
④ 同上书,第196页。
⑤ 同上书,第198页。

画家以儒家经典为题材进行绘图,然后赋家再以图为描写对象作赋,涉及从语言到图像再到语言的转换;"物态"包括人物、景物与山水诸端,是赋家题画数量最多、题材也最广泛的领域;"文学"类型,主要指就题诗图与题赋图的赋作,也包括一些论"画"的赋作。①在"文学类"题画赋中,有多重跨艺术转换。赋的铺陈描述和"体物"之工,给画家提供了诸多素材,如司马相如的《上林赋》激发了明代仇英绘制全景图,然后赋家又以图作赋,如戴庭槐的《上林春鸟图赋》,形成由赋到图再到赋的循环过程,"有着一种回环阅读的趣味"。②有些题诗图的赋也有着类似的趣味,如清人多篇《人迹板桥霜图赋》等。许结还指出:

> 明人题山水画赋还有一问题值得注意,就是多重"山水"趣味的复叠,或谓重复阅读的趣味。例如姚绶的《庐山观瀑图赋》、王邦才的《辋川图赋》既是题画赋,又是遥承李白、王维等唐人诗意的作品,于是其间至少有四重阅读趣味:唐人诗作摹写之景(第一重)、唐诗呈现之景(第二重)、画家绘唐诗之景(第三重)、赋家题画之景(第四重)。这种融织与交互,无疑扩大了赋家书写的空间与意趣。③

这种赋—画—赋、诗—画—赋之间的动态转换,超越了由视觉艺术到语言艺术的单向联系,如同潇湘八景衍生为诗画母题,诗画两种艺术媒介之间形成一种动态的竞争与呼应,促进了彼此的发展,影响至今。④ 这是中国跨艺术诗学的一大特色。

许结提出,"赋以描绘性艺术与描述对象之艺术门类的叠合,完成其艺术赋的创造";笔者则认为,艺术赋以"随物赋形"的高妙修辞艺术,完成了从非语言艺术到语言艺术的艺格符换,仅在《历代赋汇》中,有文学四卷74篇,宫殿六卷104篇,室宇七卷154篇,器用四卷142篇,音乐六卷161篇,服饰一卷30篇,书画两卷63篇,巧艺两卷52篇,补遗部分还有武功一篇,赋的跨艺术书写蔚为大观。

---

① 许结:《论题画赋的呈像与本义》,第198—200页。
② 同上书,第200页。
③ 同上。
④ 欧荣:《说不尽的〈七湖诗章〉和"艺格符换"》,《英美文学研究论丛》,2013年第18辑,第229—249页。

余 论

刘熙载在《艺概·赋概》对赋与一般抒情诗的比较很有洞见：一则是"赋起于情事杂沓，诗不能驭，故为赋以铺陈之。斯于千态万状，层见迭出者，吐无不畅，畅无或竭"；一则是"赋取穷物之变。如山川草木，虽各具本等意态，而随时异观，则存乎阴阳晦明风雨也。赋家之心，其小无内，其大无垠，故能随其所值，赋像班形，所谓'惟其有之，是以似之'也"。①

再联系刘勰的论赋语如"写气图貌，既随物以宛转"（《物色》），那么与时俱进、随物赋形的跨艺术转换，应该是赋的最大特色和优势吧。

朱光潜在《诗论》中分析了赋对中国诗歌发展的贡献。首先，赋的铺陈描写丰富了诗歌的意境，使诗歌从"感物兴发"走向"体物抒怀"，就此而言，他把古诗的演进分为三个步骤：

> 首先是情趣逐渐征服意象，中间是征服的完成，后来意象蔚起，几成一种独立自足的境界，自引起一种情趣。第一步是因情生景或因情生文；第二步是情景吻合，情文并茂；第三步是即景生情或因文生情。②

朱光潜把古诗发展转变的关键归功于赋，他剖析道：

> 赋偏重敷陈景物，把诗人的注意渐从内心变化引到自然界变化方面去。从赋的兴起，中国才有大规模的描写诗；也从赋的兴起，中国诗才渐由情趣富于意象的《国风》转到六朝人意象富于情趣的艳丽之作。汉魏时代赋最盛，诗受赋的影响也逐渐在敷陈词藻上做功夫，有时运用意象，并非因为表现情趣所必需而是因为它自身的美丽，《陌上桑》《羽林郎》曹植《美女赋》都极力铺张明眸皓齿艳装盛服，可以为证。六朝人只是推演这种风气。③

钟嵘在《诗品》中也认可"巧构形似之言"，区分了"芙蓉出水"和"错彩镂金"这两种风格，而后者又与颜延之的"尚巧似"联系在一起，就是赋的写法。对此，宋人项安世曾有评说："尝读汉人之赋，铺张闳丽，唐至于本朝未有及

---

① 刘熙载：《艺概·赋概》，第86、99页。
② 朱光潜：《诗论》，第66页。
③ 同上书，第66—67页。

者。盖自唐以后,文士之才力尽用于诗,如李杜之歌行,元白之唱和,序事丛蔚,写物雄丽,小者十余韵,大者百余韵,皆用赋体作诗,此亦汉人之所未有也。"①

除了铺陈描写,诗还在声律上对赋有所借鉴。朱光潜指出,中国诗的体裁中最特别的是律体诗。它是外国诗体中所没有的,在中国也在魏晋以后才兴起;而中国诗走上"律"之路,功在于"赋",即赋中"音义的对仗"化入律诗。②

无独有偶,中国古典诗词专家叶嘉莹也曾指出,七言诗的演变过程中体现了诗赋融合:

> 且七言诗既曾受骚体之影响,故吾人于继承骚体之赋作中,亦略可窥见其演化之迹,盖自骚体之演而为汉赋,是诗歌之散文化,而自汉赋之演而为南北朝之唯美赋,则又有自散文而诗化之趋势,如梁元帝之《秋思赋》,庾信之《春赋》《荡子赋》诸作,其间皆杂有极富诗歌意味之七言句,而且这些七言句,更随当时对偶声律之说的兴起,与当时之七言诗如庾信之《乌夜啼》等作,有着同样明显的律化的痕迹,是则唐初七言律体之兴起,固有其形成之背景在。③

叶嘉莹还在词的演变中发现赋的影响。她将词之美感特质的形成和演进分为三个阶段:隋唐时期文人诗客在宴席娱乐之间给歌女写的"歌辞之词",如温庭筠和韦庄之词;后以南唐李煜为转折点,作"诗化之词",词人回归直接自叙主体性,但仍保留了歌辞之词那种低回婉转的口吻姿态和幽微要眇富于言外意蕴的特殊美感;北宋周邦彦开创用赋笔写词的新路,善于铺陈、描写和勾勒,作"赋化之词"。④

许结指出,除了要注意赋与辞、颂、文、赞、铭等异体交叉或者同体异流现象之外,还要注意赋往各个领域的旁衍,如唐代七古、歌行体和排律等长篇诗体注重铺陈、纵横捭阖,他分析这"受前代赋的影响远远超过受前代诗

---

① 转引自许结:《赋体"势"论考述》,《湖南科技大学学报》(社科版),2018年第1期,第154页。
② 朱光潜:《诗论》,第237、242页。
③ 叶嘉莹:《中国诗体之演进》,载《迦陵论诗丛稿》(修订本),石家庄:河北教育出版社,1997年,第6页。
④ 叶嘉莹:《词之美感特质的形成与演进》,北京:北京大学出版社,2007年。叶先生此著由其十二次讲座录音整理所成,即分成三章:歌辞之词、诗化之词和赋化之词。

的影响",他还认为赋对周邦彦的慢词创作产生影响,还旁衍到传奇、宾白、近代散文诗以及小说中的铺陈描绘和幻化的情节描写等。[①]

如此看来,赋由诗"六义"之一,发展为独立诗体,又化入诗词和其他文体中,赋的变形能力与艺格符换相通,而赋的跨艺术书写还是个巨大的宝库,值得后人挖掘。

[①] 许结:《赋学讲演录》,第39—40页。

下 编

批评实践

第四章

跨艺术诗艺的滥觞与承继

欧洲跨艺术诗艺的滥觞可追溯到古希腊修辞术的发展。瑞士文化史学家布克哈特(Jacob Burckhardt)曾指出,对古代人而言,修辞是他们亦美亦自由的生活、艺术和诗歌中最不可或缺的部分。[①]苏格拉底的同辈人智者希辟亚斯(Hippias of Elis)创立了以通识教育(libral arts)为基础的教育体系,一直影响到中世纪[②]。古代通识教育主要包括七门科目:语法、修辞、辩证法、算术、几何、音乐和天文。七艺之中,修辞位列次席,其在古代社会中的重要性可见一斑。修辞本身意指"演说之术",是教授人们如何以艺术的方式遣词造句,而它的各种形式铸造了希腊人的精神生活。[③]作为一门艺术,修辞可分为五个部分:谋篇(inventio)、布局(dispositio)、遣词(elocutio)、记忆(memoria)和演讲(actio)。修辞艺术的主题以三

[①] 恩斯特·R.库尔提乌斯:《欧洲文学与拉丁中世纪》,林振华译,杭州:浙江大学出版社,2017年,第72页。

[②] 同上书,第39页。libral arts 直译为"自由技艺",指不以赚钱为目的、针对自由的人,所以绘画、雕塑及其他手工艺等机械技艺(artes mechanicae)不列其中。

[③] 同上书,第72页。

类演说为主,即用于诉讼场合的法律演说、用于政治活动的商议演说、用于赞美的颂赞或炫技演说。① 其中,炫技演说对中世纪文学影响相对深远。

希腊人热衷于谈话技巧,对话语的艺术化表达孜孜以求,荷马史诗中人物的大段演说以及对器物的细致描绘足以证明这一点。在古代修辞学教材《初阶训练》(Progymnasmata)中,艺格符换(εκφρασις)便是古希腊智者很强调的一种修辞手段,指以生动逼真的语言精细"描绘"(discriptio)人物、场所、建筑以及艺术品。在修辞教学中,艺格符换训练是为了让学生在公众场合的演说更生动更具说服力。演讲者并不仅仅通过逻辑辩论,而是通过绘声绘色的描述充分激发听众的视觉想象,仿佛所描绘的对象就在眼前。② 随着希腊城邦和罗马民主制度的衰落,法律和政治演说随之从政治现实中消失,转而到修辞学校里得以残存;颂赞修辞得到发展,其目的和意义却发生了变化,变得更为实用且深入所有文学体裁之中,修辞性成为文学的普遍特征,艺格符换也成为重要的文学修辞手段。

在早期的诗意叙述中,艺格符换注重对日常物品的描写,如有着某种装饰或象征作用的实用物品,叙事诗中的艺格符换是作为一个插段而存在的。③ 然后它从叙事文类中分离,并出现在各类非叙事性的语境中,包括抒情诗,涵盖面很广,并非只用于描述特定或可辨认的艺术品。④然而,艺格符换诗篇与古代修辞训练及散文诗意描述是不能截然分开的。它们有的把独立的场景描写置入叙事语境中,有的是对艺术品主要特征的描述,有的是对艺术家技艺的赞颂或批评。作为一种修辞策略,艺格符换适用于所有主要的文类,譬如史诗、抒情诗、田园诗、戏剧、散记和罗曼司等。

以下我们将梳理艺格符换从修辞到文体的流变,探析其从古代史诗中的插叙发展到艺术散记和独立诗篇的飞跃,然后以莎士比亚的两首长诗为范本,解读文艺复兴时期诗歌中的跨艺术书写。

---

① 库尔提乌斯:《欧洲文学与拉丁中世纪》,第 78 页。
② Ruth H. Webb and Philip Weller, "Enargeia", in *The New Princeton Encyclopedia of Poetry and Poetics*, ed. Alex Preminger and T. V. F. Brogan, Princeton: Princeton U P, 1993, p. 332.
③ Page Dubois, *History, Rhetorical Description and the Epic*, Cambridge: D. S. Brewer, 1982, p. 6.
④ John Hollander, *The Gazer's Spirit: Poems Speaking to Silent Works of Art*, Chicago: U of Chicago P, 1995, p. 5.

第一节　从荷马到彼特拉克

一、艺格符换：史诗中的插段

荷马在《伊利亚特》第十八卷中对"阿基里斯之盾"的精彩描述常被作为最早的艺格符换范例收入古希腊修辞学教材。在《伊利亚特》的开篇，阿基里斯出于对阿伽门农（Agamemnon）的愤怒，退出战斗，其好友帕特罗克洛斯（Patroklos）穿着他的铠甲冲上战场，被赫克托耳（Hector）所杀，身上的铠甲也被掠去。阿基里斯誓为好友报仇，其母海洋女神忒提斯（Thetis）便请求神匠赫法伊斯托斯（Hephaestus）为其锻造一套铠甲，包括一面盾牌、一顶盔盖、一副胫甲以及一件护胸的甲衣。史诗中先交代了造材"坚韧的青铜，还有锡块、/贵重的黄金和白银"，然后描述锻造过程。荷马对盔盖、胫甲以及胸甲的铸造都是寥寥数笔，唯独对盾牌的锻造加以浓墨重彩的敷陈：

> 神匠先铸战盾，厚重、硕大，
> 精工饰制，绕着盾边隆起一道三层的圈围，
> 闪出熠熠的光亮，映衬着纯银的背带。
> 盾身五层，宽面上铸着一组组奇美的浮景，
> 倾注了他的技艺和匠心。
> 他铸出大地、天空、海洋、不知
> 疲倦的太阳和盈满溜圆的月亮，
> 以及众多的星宿，像增色天穹的花环，
> ……
> 他还铸下，在盾面上，两座凡人的城市，精美
> 绝伦。……
> 他还铸上一片深熟的原野，广袤、肥沃、
> 的良地，……
> 他还铸出一片国王的属地……
> 他还铸出一大片果实累累的葡萄园，
> ……
> 神匠还铸出一群长角的牧牛……

> 著名的强臂神工还铸出一片宽阔的草场,
> ……
> 著名的强臂神工还……精心铸出,一个
> 舞场,……
> 他还铸出俄开阿诺斯河磅礴的水流,
> 奔腾在坚不可摧的战盾的边沿。①

在以上不同的空间里,史诗呈现了婚娶、诉讼、战斗、耕地、收割、欢宴、放牧、舞蹈、杂耍等各种生活图景。诗人对盾牌图像的语言再现为艺格符换书写确立了一个典范。史诗中对盾牌的描述并不是作品中不可或缺的主干内容,而只是一个插段。然而这段描述是以史诗为背景的,盾牌上的故事投射出整首诗的叙事结构,尤其是诉讼和攻城的两个场景。这种写作策略被维吉尔在《埃涅阿斯纪》(*Aeneid*)和但丁在《神曲》(*Divine Comedy*)中加以效仿。

克里格和赫弗南不约而同都以"阿基里斯之盾"作为其跨艺术诗论的开篇,但由于二者对艺格符换的不同理解以及各自跨艺术诗学的不同侧重,因而对文本得出不同的解读。②

克里格关注"语词在空间性和视觉性模仿维度的艺格符换",并强调:

> 艺格符换作为一种铺陈性的描述,公然被要求介入话语的流动,并短时中止演说家的论证或诗人的行动。为了将听众的注意力集中在被描述的视觉对象上,艺格符换的使用者需要细致而生动地阐述。因此,这种修辞手段旨在中断话语的时间性,在其对空间的积极探索中冻结话语。③

克里格从艺格符换的特殊修辞性中推导出"艺格符换原则"(ekphrastic principle),进而以"艺格符换原则"界定诗歌艺术:"不仅体现在语言以其有限的方式去再现视觉对象,而且也体现在语言作品试图强迫语词来模仿绘画或雕塑的空间特性,意图呈现实质性的构造……因而实际上成为一个象

---

① 荷马:《伊利亚特》,第 450—455 页。
② 参见克里格著 *Ekphrasis* 的前言和第一章,赫弗南著 *Museum of Words* 第一章。
③ Krieger, *Ekphrasis*, p. 7.

征(an emblem)"。① 由此,克里格将《伊利亚特》中的阿基里斯之盾视为一个象征,既有一定的指示性,也有神秘的自足性;既作为一种视觉形象的语言替代物,还是其自身的语言标志,兼具视觉形象和语言符号的功能。阿基里斯之盾为神匠所锻造,是一个神圣化的图符(a sanctified icon),艺格符换对象并不像其语言所描述的那样真实存在,它所具有的一些特征也只有其语言形式所能表达。在对盾牌的语言再现中,艺格符换在许多方面超越其虚构的空间对象而具有特殊的意义。作为诗人施展其语言魔法的对象,阿基里斯之盾是一个虚构的"不可能存在",只有诗人能将其转化。②

荷马的160多行的诗句让我们得以了解大量的古代社会生活细节,其实这些细节无法在一块盾牌上共存。在对盾牌的表面进行描述时,荷马试图同时为我们呈现精心雕饰的金属物和古希腊的日常物质生活,而他在再现的同时又解构了再现之物:

> 犁尖撒下一垄垄幽黑的泥土,看来真像是翻耕过的农地,
> 虽然取料黄金,赫法伊斯托斯的手艺就有这般卓绝。
> ……
> 他还铸出一大片果实累累的葡萄园,
> 景象生动,以黄金作果,呈现出深熟的紫蓝,
> 蔓爬的枝藤依附在银质的杆架上。他还抹出
> 一道渠沟,在果园四周,用暗蓝色的珐琅,并在外围
> 套上一层白锡,以为栅栏。
> ……
> 神匠还铸出一群长角的牧牛,用
> 黄金和白锡,哞吼着冲出满地
> 泥粪的农院,直奔草场,在一条
> 水流哗哗的河边,芦草飘摇的滩沿。
> 牧牛人金首金身,随同牛群行走,
> 一共四位,身后跟着九条快腿的犬狗。③

---

① Krieger, *Ekphrasis*, p. 9.
② Ibid., p. 17.
③ 荷马:《伊利亚特》,第 453—454 页。

黑色的金土、紫蓝的金果、白锡栅栏，同时具有两种属性；黄金和白锡铸出的壮牛嘶吼着冲出农院，金首金身的牧牛人随同牛群行走，动静相宜，这与其说是神匠锻造的奇迹，不如说是语词锻造的炼金术奇迹。"赫法伊斯托斯的手艺就有这般卓绝"，与其说是诗人赞叹神匠的巧为天工，不如说是诗人的隐秘自诩。如克里格所言，这些艺格符换的表达消解了生命存在的时间性以及被神转化成黄金艺术品的空间性，"在这个艺格符换中，我们得到的不是一个金色盾牌的视觉形象，而是一个语词盾牌，同时暗示一个超越二者的存在：只有语词通过揭示二者的共存才能给予我们这个存在"。①

而赫弗南关注艺格符换文本内部的叙事张力以及语图之间的竞争性。他认为在阿基里斯之盾的艺格符换中，荷马既想通过语言描绘体现逼真的视觉效果，又要反映出再现和现实的差异，暗示"语词的叙事重心和视觉艺术的固定形式之间的张力"；他一直提醒读者再现的媒介和所指之间的区别——赫弗南称之为"再现性分歧"（representational friction），如"黝黑的金土"，他还改变了读者对视觉艺术的印象，赋予它们一种生命力，使静态的图像获得了动感，图像瞬时的画面转变成连续叙述的事件。② 在制作盾牌的"框架叙事"（framed narrative）中，盾牌上人物或场景的描述被一一"嵌入"，而整个叙事过程仍在继续。③神匠对盾牌的精心设计也激发了一种特别的力量，从而使读者想象诗人再现这些场景时的叙述力量。然而叙事并没有在神匠创造的每一个场景的边界处停下来，而是冲出了边界，赋予盾牌上每个生物以无尽的活力，因此又颠覆了读者对于盾牌空间布局的想象。

赫弗南不无精辟地指出，荷马的艺格符换是"观念性艺格符换"（notional ekphrasis），再现了一件想象的艺术作品。④ 读者在盾牌插段中看到的一切只是荷马的语言建构，它甚至取代了那件本该成为描述对象的艺术品。荷马的艺格符换导致叙事的不确定性，它更是一种"框架叙事"，把所要再现的艺术品限制在语言的框架内。其次，他使用了修辞中的拟人法（prosopopoeia），赋予无声之物以声音，从无声变有声，诗人似乎听到了图像的发声，这些声音继而又成为诗篇的内驱力，推动了叙事的进程，不断将一个个场景融合成叙事，最终

---

① Krieger, *Ekphrasis*, p.18.
② Heffernan, *Museum of Words*, p.4.
③ Ibid., p.21.
④ Ibid., p.14.

将静态的视觉画面汇入动态的语言洪流之中。①

如上所述,克里格在阿基里斯之盾中发现艺格符换的空间性和造型性,赫弗南则坚持艺格符换的时间性和叙事性,但如果我们以赋体看待阿基里斯之盾,"苞括宇宙,总揽人物"为赋心,"一经一纬,一宫一商"为赋迹,艺格符换的时间性与空间性、叙事性和造型性之间的矛盾也就迎刃而解了。

步荷马后尘,维吉尔在《埃涅阿斯纪》(Aenied)第八卷中用140多行的诗句以古罗马立国为背景,插叙了"埃涅阿斯之盾"(Aeneas' shield)②。埃涅阿斯之盾是罗马神话中的火神伏尔坎(Vulcan,即希腊神话中的赫法伊斯托斯)应妻子维纳斯女神(Venus,即希腊神话中的阿芙洛狄忒[Aphrodite])的请求而锻造。埃涅阿斯是爱神与特洛伊将领安基塞斯(Anchises)的儿子,史诗描述了埃涅阿斯从特洛伊城逃出,在海上漂泊,历经艰险建立罗马城的故事。

荷马之后,所有的艺格符换似乎更多包含比较的内涵,它不仅隐含了语图之间的竞争,更是诗人之间的较量。维吉尔在《埃涅阿斯纪》中既模仿了荷马,又有意区别于或超越前辈。下面我们列一简表对二者进行比较。

表2 荷马式艺格符换与维吉尔式艺格符换

	阿基里斯之盾	埃涅阿斯之盾
锻造者	赫法伊斯托斯(也有英译本译为伏尔坎)	伏尔坎
锻造原因	应女神忒提斯的请求而作	应女神维纳斯的请求而作
锻造地点	奥林匹斯神山	伏尔坎尼亚地洞
锻造助手	黄金少女侍从,并未参与锻造	库克洛普斯巨人,协助锻造
锻造过程	详述	略述
盾牌厚度	五层	七层
图像描述	按照锻造过程描述,时间—空间—时间	按照制成品描述,空间—时间—空间
锻造技艺	诗人赞叹	主人公赞叹
应用后果	阿基里斯的胜利,赫克托耳的死亡	埃涅阿斯的胜利,图尔努斯(Turnus)的死亡

---

① Heffernan, *Museum of Words*, p. 23.
② 笔者所谓140多行参照 Theodore C. Williams 的诗歌体英译本(Vergil, *Aeneid*. Trans. Theodore C. Williams. Boston: Houghton Mifflin Co. 1910),以下引文出自杨周翰散文体中译本。

两相比较,荷马叙述的是盾牌铸造的过程,在时间叙事框架中(造盾开始－完成)进行空间叙事(由中心向边缘描述图像),图像之间又构成时间叙事;而维吉尔则描述了一个已然完成的物品,铸造过程被一笔带过,在空间叙事框架中(由边缘向中心描述图像)进行时间叙事(罗马历史),而每一段时间叙事又是以图像呈现。如同荷马一样,维吉尔仍然把盾牌上的图像转换成叙事,预示埃涅阿斯的后代在罗马建国直至奥古斯都(Gaius Octavius Augustus)时期的历史:

> 司火的大神从先知们那里得知有关意大利的历史,罗马人的武功,未来岁月中将要发生的事,以及阿斯卡纽斯的后裔的所有支系和历次将要进行的战争,他把这些都铸刻在盾牌上了。①

赫弗南指出,在荷马的艺格符换诗篇中,诗人并不参与其中,叙事者只是旁观者,他对埃涅阿斯盾牌上的人物并无任何情感倾向;而在维吉尔的作品中,故事人物对所绘事件产生心理反应,表现出明显的情感倾向。② 维吉尔再现了埃涅阿斯看到神造武器和铠甲时的反应:"女神送来的礼物是莫大的光荣,使他心里十分喜悦,他的眼睛看了这件又看那件,又惊奇又钦佩……这盾牌是多层组合起来的,工艺之精,不可言状。"③我们似乎是从埃涅阿斯的视角观赏盾牌,但其实不然,因为他并不了解盾牌图像的寓意:

> 埃涅阿斯看着伏尔坎造的、他母亲送来的这块盾牌上刻的这些情景,不禁看呆了,他虽然还不知道这些将来要发生的事,但这些图像使他高兴,于是他把这反映了他子孙后代的光荣和命运的盾牌,背在肩上。④

维吉尔将艺格符换的技巧集中体现于对盾牌的细致描摹。这一盾牌预示着罗马国的建立,描述也类似于故事插图。虽然埃涅阿斯并不知晓这个盾牌上的每个人物的含义,但他是神谕的执行人,负有重大使命,他只能服从使命带着盾牌继续前进。盾牌也预示着将来的胜利,新的帝国的缔造,这

---

① 维吉尔:《埃涅阿斯纪》,杨周翰译,南京:译林出版社,1999年,第224页。
② Heffernan, *Museum of Words*, p.25.
③ 维吉尔:《埃涅阿斯纪》,第224页。
④ 同上书,第228页。

是对后代子孙的承诺，也是他们的荣耀和命运。

赫弗南指出，诗中对于盾牌的解读完全由叙事者完成，所以他必须在埃涅阿斯所处的时代和奥古斯都时代之间来回穿梭。叙事者甚至经常直接和他的同代人对话，所以读者也被叙事者邀请参与他们的对话，即使叙事者的语言已经将画面转写成某段历史。维吉尔本人感叹这段艺格符换的插叙"难于言表"，因为盾牌上互相交织的形象不能形成连续叙事，最终还是依靠语词的力量使得读者了解了一部有关罗马民族的史记。①

但丁在《神曲》中也多处运用艺格符换插段，较有代表性的是《炼狱篇》第10歌诗人对"谦卑者"（the Humble）浮雕的描述以及第12歌中对"骄傲者"（the Proud）雕像的描述，那些犯骄傲者罪的灵魂负重缓行在两组雕像之间，宛如"双膝蜷屈和胸膛相连的人像"。很明显，诗人直接或间接地受到了维吉尔和荷马的影响，但似乎欲与前辈比试一番。在第10歌中，诗人在维吉尔的引导下跨越炼狱之门后看到一组白色大理石浮雕，赫弗南认为，这与"埃涅阿斯之盾"隐秘地形成互文：盾牌上的最后一个场景是奥古斯都坐在阿波罗神庙白色大理石门口的宝座上（"throned at snow-white marble threshold of the fane"）接受四方臣民的献礼和朝拜；大理石神庙刻写着这个征服之君的威力和荣耀，这又与炼狱浮雕中图拉真皇帝的谦卑形成对比，后者为了一位寡妇的求助而推迟获取征服的荣耀。② 其实，盾牌最后场景的描述中还有些细节与炼狱第10—12歌形成互文：奥古斯都坐在宝座上，征服的各族人从他面前列队走过，有非洲人、小亚细亚人，其中有"谦卑的"幼发拉底河河神，"不愿屈膝的"大益人，"骄傲的"阿拉斯河河神。③

如果说荷马和维吉尔的艺格符换文本取材于希腊罗马神话和历史，但丁的艺格符换则融合了圣经故事、希腊罗马神话和历史。第10歌中的大理石浮雕描绘了三个场景，表现圣母玛利亚、大卫王以及图拉真皇帝的谦卑美德，供赎罪的灵魂们效法。第12歌中的13幅地面雕刻交替取材于圣经故事

---

① Heffernan, *Museum of Words*, p. 31.
② Ibid., p. 39.
③ 参见Theodore C. Williams英译本原文：Euphrates seemed to flow/ with humbler wave;/ the world's remotest men,/ Morini came, with double-horned Rhine,/ and Dahae, little wont to bend the knee,/ and swift Araxes, for a bridge too proud. Vergil, *Aeneid*. Trans. Theodore C. Williams. Boston: Houghton Mifflin Co. 1910. http://www.perseus.tufts.edu/hopper/text?doc=Perseus%3Atext%3A1999.02.0054%3Abook%3D8（access 2021/2/25）。

和古希腊罗马神话和历史,如撒旦从天国坠落、尼俄柏子女被杀、扫罗伏剑而亡、西拿基立被其子所弑等表现骄傲者受到惩罚的典故,供赎罪的灵魂们引以为戒;最后一个雕刻是特洛伊城被焚为废墟的荒凉图景,这似乎是但丁向荷马和维吉尔的致敬,在向艺格符换的文学源头回溯。

不过,但丁在致敬两位先辈的同时,也在创新艺格符换艺术;他在描绘图像的同时,也让图像发声,如大天使的问候"Ave",玛利亚的回应"Ecce ancilla Dei"①;约柜车前合唱队的歌唱以及图拉真皇帝和寡妇之间的一场对话。在诗人看来,是上帝创造了这些栩栩如生的浮雕,创造了这种"看得见的言语"(visibile parlare)。②

此外,如赫弗南所指出的,但丁在《神曲》中作为上帝艺术的阐释者,同时又与这些艺术品对话,是艺格符换发展过程中非常关键的一步,这也是他不同于前辈之处。③ 在《伊利亚特》中,荷马从未解释场景的意义是怎样生成的,史诗中的人物也未对图像作出任何解释;《埃涅阿斯纪》中的视觉艺术也没有被阐释,主人公对于所见的任何画面都没有做出解读,他甚至都不知道盾牌上场景的预示意义。而在《神曲》中,诗人再现的不仅是雕像本身,还有他本人的反应和解读,如玛利亚是一位"转动钥匙开启了崇高的爱的童女",大卫在圣器前跳舞"既高于国王又低于国王",米甲"活像一个满怀轻蔑和恼怒之情的妇人",尤其在地面雕刻的13小节描述中,前4节以"我看见"(Vedea)开头,中间4节以呼语"啊"(O)开头,后4节开头是"它展现着"(Monstrava),第13节的三行又分别以"我看见"(Vedeva)、"啊,伊利昂"(o Ilión)和"它展现着"(monstrava)开头。④

但丁将自己再现为他所描述对象的观者和对话者,对所见有描绘、有解读、有对话、有评论,图像不仅是观看的客体,还是发声的主体,在很多方面,

---

① "Ave"(福哉!)是拉丁文《圣经》中大天使加百利(Gabriel)对玛利亚的问候。然后天使告知玛利亚将受圣灵感孕。"Ecce ancilla Dei"是玛利亚的回应,意即"我是上帝的使女";拉丁文《圣经·路加福音》第一章中原话是"Ecce ancilla Domini",意是"我是主的使女",由于格律上的原因,诗中换用了一个同义词。参见但丁:《神曲·炼狱篇》,田德望译,北京:人民文学出版社,1997年,第116页注释9。

② 中译文引自但丁:《神曲·炼狱篇》,第113页,意大利原文引自:Dante, *Purgatorio*, http://dantelab.dartmouth.edu/reader?reader%5Bpanel_count%5D=3 (accessed 2021/2/25)。

③ Heffernan, *Museum of Words*, p.41.

④ 意大利原文引自Dante, *Purgatorio*, Canto 12.

他超越了维吉尔。赫弗南将地面雕像插段理解为藏头诗,即但丁将"UOM"(人)隐于"骄傲必受罚"的图像描述中,但这个"UOM"并非泛指,也是指但丁本人。① 第 11 歌中但丁在听完艺术家欧德利西的灵魂有关"一切声名皆虚妄"的教导后,回应说"你的至理名言使我心里充满了向善的谦卑,消除了我心中的巨大的肿胀"②,他的艺格符换文本的确隐含着他的骄傲之罪。他不仅在与前辈竞争,也在与上帝竞争,他用语言描述的是让波吕克勒托斯(Polycleitus)和自然本身都相形见绌的完美创造,是"使精通艺术的天才都感到惊奇的形象和轮廓","死的就像死的,活的就像活的",当他感慨"连目睹事实者所见,都不比我所见的更真切"时③,似乎是在赞叹上帝所造的艺术,但如果他的语言能使这些艺术再现,他岂不是与上帝媲美? 但丁内心未尝没有意识到这个悖论,所以在第 13 歌中对着犯忌妒罪的萨庇娅的灵魂承认"我由于用妒忌的眼光看别人而犯的罪是很小的。我更害怕的是受下一层的刑罚,这使我如此提心吊胆,简直觉得下面的那种重负已经压在我身上"④。如此看来,从荷马的"阿基里斯之盾"开始,艺格符换文本便蕴含着诗人的骄傲之罪和有意无意的竞争意识。

二、作为艺术描述的艺格符换

除了古代史诗大量运用艺格符换,在老菲洛斯特拉托斯的写作中,也有许多细致入微地描述艺术品的文字。⑤老菲洛斯特拉托斯(以下简称老菲)是罗马帝国时期的一位希腊智者,他的孙辈被称为小菲洛斯特拉托斯(Philostratus the Younger,以下简称小菲),两人先后都写了题为《画记》(*Imagines*)的文集,对许多神话和历史题材的艺术品做出诗意性的描述。贾斯·埃尔斯纳(Jas Elsner)便是将艺格符换文本看做是整个西方艺术史的开端。⑥

老菲的《画记》分为两卷,由 65 篇艺格符换文本组成。在前言中,老菲向读者交代了《画记》的创作背景。据其所述,他受邀在那不勒斯海湾的一座

---

① Heffernan, *Museum of Words*, p.42.
② 但丁:《神曲·炼狱篇》,第 125 页。
③ 同上书,第 111、138 页。
④ 同上书,第 150 页。
⑤ 又称 Philostratus of Lemnos,据说是 Philostratus of Athens 的侄子。
⑥ 详见 Jas Elsner, "Art History as Ekphrasis", *Art History*, 1 (2010), pp.11—27.

乡间庄园小住,庄园主人品味高雅,庄园里除了豪华的大理石雕刻,还收藏了很多精美的木版画,挂于四壁。在主人10岁的公子和一些年轻人的要求下,老菲带他们观赏那些画作,使之"了解画作内涵,领悟其艺术价值"①。

研究艺术史的专家和学者都将《画记》视为古代的伟大遗作之一。关于《画记》的一些考古隐喻也说明学者们将其视为对罗马式画廊的最细致的描述,展现了罗马人对画作的观看方式。② 但也有学者质疑画廊和画作是否真实存在过,譬如贾斯·埃尔斯纳就认为画廊是老菲的虚构,为使其描述更具文学性。③根据埃尔斯纳的研究,叙事者往往提供了叙事语境譬如将静止的画面转为微型叙事以使观者能更好地理解画作。"作为一种观看策略,被描述的画作隐射了文学语境,而这一技巧被老菲巧妙地运用。"④

老菲以一个鉴赏家的身份向其听众逐一解读了每一幅画作的含义。他采用了第二人称视角,以跟年轻人对话的方式,再配合讲解词,带领他们参观这座豪华的画廊。他间接提到了荷马等诗人讲的故事,从而为他的艺格符换提供了具体的语境。他在复述了一些古老故事的同时又发展了主题,然后描述了画作的突出特征,还不时地停下来赞美一二。⑤

小菲的《画记》只有一卷,共17个主题,其中有10个与老菲的主题相似,但并非简单的摹仿。有学者对二者做过比较分析:祖父在文本中添加了一个似乎能与之对话的听众,孙子也如法炮制,设置了一位真实的或假想的听众,但使用频率并不高;祖父向听众或观众提问,似乎在与其对话并通过讲解引导他们欣赏,而孙子却很少使用这种修辞技巧;小菲就画作与文学典故的联系不如其祖父那样运用自如,听者或读者必须非常熟悉那些古老的神话故事才能对他的描述心领神会;在描述细节时,老菲提炼了画作的主要特征,而小菲逐幅描写且更加细致;祖父强调了画作再现现实的逼真性以及达到这一效果的技巧,而孙子主要是将画作用于表达再现对象的个性和内心

---

① Philostratus the Elder, *Imagines*, in *Imagines, Philostratus, Description, Callistratus*, trans. Arthur Fairbanks, London: William Heinemann, 1931, p.5.
② Norman Bryson, "Philostratus and the Imaginary Museum", in *Art and Text in Ancient Greek Culture*, eds. Simon Goldhill and Robin Osborne, Cambridge: Cambridge U P, 1994, p.255.
③ Jas Elsner, *Art and the Roman Viewer*, New York: Cambridge U P, 1995, p.24.
④ Ibid, 30.
⑤ Diana Shaffer, "Ekphrasis and the Rhetoric of Viewing in Philostratus's Imaginary Museum", *Philosophy & Rhetoric*, Vol.31, 4(1998), p.307.

体验。①

老菲的描述是对视觉艺术的戏剧化阐释和再现,使得表面看似客观的语言描述呈现出主观性的一面。他的艺格符换具有两面性:表面是用于客观描述画作,实则是对作品的主观阐释,甚至是加入了自己的发挥创造,对图像加以美化装饰。它和史诗中的艺格符换在形式和目的上有所差异。史诗中的艺格符换深植于诗画姊妹艺术对于人类行为摹仿的传统,而《画记》体现了艺格符换阐释和劝说的力量。

两部《画记》都是对视觉艺术品的描绘,是散文风格的艺格符换,扩大了艺格符换的范畴。每一篇画记都生动地描画了人物,具有很强的感染力,能够激发听众的情感,从而使受众产生共鸣。作品中诗意的描述主要是对现实和所刻画人物的感性再现。在老菲的描绘中,听者似乎可以看见酒神所戴花环上被露水浸湿的花朵,可以闻见花香,可以听见伴奏音乐和众人无序的歌唱。② 视觉感知借助语词媒介获得了感官现实,味觉和听觉得以激发。此处的艺格符换不是复制般的简单摹仿,而是赞颂了艺术家对现实世界的主观阐释。

艺格符换不仅关注语图之间的类比和相互竞争,也关注现实世界和再现世界、再现的不同媒介(语词和图像)之间的差异。荷马的艺格符换关注的是摹仿,而老菲强调的是视觉和语言两种媒介的虚幻性,这在描绘纳西索斯(Narsissus)的主题中得到了充分的体现。他的描述并不是简单重现了观者能够感受到的视觉冲击,而是打破了摄像般的精确,避免了简单地复制自然。为了提醒观者不要被这些简单模仿的幻象所迷惑,他甚至提醒画作中的纳西索斯:

> 然而,对你来说,纳西索斯,并非图画欺骗了你,你也并非沉醉于颜料和蜂蜡之物,但当你凝视池水,你没有意识到是水面将你精确再现,你没有看穿池水的诡计;其实只需点点头,换个表情或稍微动动手,你便可洞察真相,但你却保持不动,犹如遇到一个同伴,你只等对方有所行动。那么,你期待池水跟你对话吗?唉,这个年轻人根本听不到我们

---

① Arthur Fairbanks, "Introduction", in *Imagines*, *Philostratus*, *Description*, *Callistratus*, trans. Arthur Fairbanks, London: William Heinemann, 1931, pp. 276—277.
② Philostratus the Elder, *Imagines*, pp. 11—13.

说的话,他全身心沉醉于水中的倒影,而我们只能自行解读这幅画作。①

顿呼这一修辞被他用于指点听众不要完全相信用言语描述的世界,而应用批判的眼光和怀疑的精神去分析和理解各种艺格符换的错觉,不要相信描述者的纯真之眼。②

老菲的艺格符换质疑了摹仿论的权威以及对现实和错觉的理解。他的艺格符换反映的是另一种真实,因为它揭示了语词修饰作用虚假的外表,以及由模仿产生的错觉。在他看来,艺格符换和摹仿一样,基于在场的谬误,尽管表面看来都能使受众如临画境,但他们看见的并不是真实的画作而是由语词构成的象征符号,穿插在文本中,随时用于解释令人费解的问题,有助于叙事的顺利进行。

4 世纪的卡利斯特拉托斯(Callistratos)把自己一系列描述雕塑的文字冠以"艺格符换"之名。他的《艺格符换集》是描述赞美雕塑作品和艺术家技艺的系列演讲稿,其中雕塑师用铜或大理石制作的雕像美轮美奂,栩栩如生。

他的描写技巧不同于菲氏两代人,因为他再现的对象不同,是雕塑而非绘画。他在文集中指出了艺术如何将无生命之物转换成有生命之物,冰冷的材质被赋予了血肉之感,甚至有了人的知觉、情感、欲望、智慧和行为。他的转换方法很简单,首先告诉听者或读者雕塑的名称、地点和材质。接着描绘雕像的缕缕卷发,卷发的柔软及飘逸,或者描绘雕像人物的眼睛,用于展现对象的个性特点,或者描绘雕像人物的肌肤,突出选材的难度。在一些总体的描绘之后,他称赞艺术家的技艺。结尾部分还会对相关的艺术或艺术家进行总体评价。③ 他描述了许多老菲曾经描述过的主题,但没有华丽的辞藻,也没有"用于对话的听众",更没有将实际的描述加上想象的成分。他没有对文学典故加以运用,文中也看不到诗人般的语汇。尽管他的描述比老菲的更详细,但和小菲一样,他的描述只是在修辞上的铺陈,似乎也服务于他赞美或批评雕塑家或艺术作品这一整体目的。④

---

① Philostratus the Elder, *Imagines*, p. 91.
② Shaffer, "Ekphrasis and the Rhetoric of Viewing ", p. 312.
③ Callistratus, *Description*, in *Imagines*, Philostratus, *Description*, Callistratus, trans. Arthur Fairbanks, London: William Heinemann, 1931, p. 370.
④ Callistratus, *Description*, pp. 370—371.

从谱系学的角度看,《画记》和《艺格符换集》都是运用了艺格符换而做的一系列修辞性演说。① 而赫弗南直接将这些演说都归入了颂词一类,用于赞美艺术家的技艺以及他们创造对象的逼真性,而不是纯粹的描述。② 小菲和卡氏作品中的艺格符换都是描述艺术作品的修辞练习,是用于教授学生演说术的模式,描述或阐释画作和雕塑只是次要目的,并非真正的艺术批评。三者的绝大部分描述对象取材于文学、神话、历史中的场景,包括了陆地风景、海景或静物。根据亚瑟·费尔班克斯(Arthur Fairbanks)的研究,老菲的《画记》中仅有 6—8 幅画作的主题并非直接和文学作品或神话相关,这也说明了那是一个图文竞争的时代。③ 卡氏认为文学如同雕塑和绘画,都是需要灵感激发的艺术,他努力使自己的描述能够媲美所描述的艺术品,他将自己等同于雕塑家或画家。④ 正如莉兹·詹姆斯(Liz James)和露斯·韦伯(Ruth Webb)所言,叙述者希望自己的叙述能够像图画那样生动,因此语词与图像产生了竞争。⑤

描述和叙事的密切联系在艺格符换的传统中被认为是对艺术品的诗意描述。根据詹姆斯和韦伯的研究,早期艺格符换是再现正在发生的事件而不是再现静物;在古代晚期,源于绘画的艺格符换中的叙事元素非常明显,演说者会调用已有的知识储备去描述也许并未在图画中反映的事件。⑥ 菲氏两代人和卡氏在描述艺术作品时是如何将静止的场面转而描述成一个个"微型叙事"的呢?其一就是这些静止的场面被演说者巧妙地赋予了动作,产生了微妙的运动,类似于对诗歌或明或暗的模仿;其二就是作品本身传达了人世或神界对象戏剧化的动作,艺术家通过透视法或对自然的模仿将它们再现为虚幻的场景。⑦ 当然观者或听众也是借助文学和神话故事,对已有事件或人物预先有了解才能明白艺术家的创作。⑧

---

① Elsner, *Art and the Roman Viewer*, p. 25.
② Heffernan, *Museum of Words*, pp. 4—6.
③ Fairbanks, "Introduction", pp. xvi—vvii.
④ Callistratus, *Description*, p. 371.
⑤ James and Webb, p. 8.
⑥ Ibid, p. 7.
⑦ Michel Beaujour, "Some Paradoxes of Description", *Yale French Studies*, No. 61 (1981), p. 33.
⑧ Norman E. Land, *The Viewer as Poet: The Renaissance Response to Art*, University Park: Pennsylvania State U P, 1994, p. 33.

艺格符换这一修辞传统在拜占庭时期得到了进一步的发展,于文艺复兴时期在欧洲传播开来,尤以彼特拉克的肖像诗和瓦萨里的《意大利艺苑名人传》(*Lives of the Most Eminent Painters, Sculptors and Architects*)为代表。瓦萨里在《名人传》中介绍了14—16世纪意大利260位艺术家的生平,并大量运用艺格符换,对他们的作品进行了栩栩如生的描述,并对作品中人物的心理和情感进行了深入的解读,从而赋予作品丰富的审美和历史意义。① 鉴于《名人传》已有多人研究,在此不再赘述。

三、彼氏艺格符换:从修辞到诗体

赫弗南在《语词博物馆》中分析了早期艺格符换谱系中多位杰出的诗人:从荷马、维吉尔、但丁、乔叟、斯宾塞到莎士比亚,却把彼特拉克排除在外,实在有失公允。《歌集》(*Il Canzoniere*)② 中生动的人物描述、对艺术的洞见、其咏叹画面的意境都值得我们关注。《歌集》共收入366首诗作,其中包括317首十四行诗、29首歌及20首其他种类的抒情诗,不仅集中展现了艺格符换作为修辞的艺术,且代表了艺格符换的转型和飞跃,即从修辞手法到独立诗体的演变。史诗中的艺格符换经常是一个插段,不是独立的诗篇,而在彼特拉克的笔下,艺格符换演化为独立的诗歌亚体裁。

首先让我们来看看《歌集》中作为修辞手法的艺格符换,主要是以描绘、铺陈为主,不在于为叙事服务,而是为抒情铺垫。在《歌集》中彼特拉克为心上人劳拉(Laura)写了很多赞美诗,虽然深受但丁的《新生》(*La Vita Nuova*, 1294)的影响,但有别于但丁笔下抽象模糊的美丽天使贝雅特丽齐(Beatrice),彼氏在《歌集》中塑造了一位有血有肉、有形有色、婀娜多姿的人间少妇,虽然诗人时不时也把她比作天使,如第90首集中描写了金发飘飘、明眸善睐、声音悦耳、举止优雅的劳拉:

俱往矣,黄金丝迎风飘扬,
结成了千百朵柔媚发花,

---

① Svetlana L. Alpers, "Ekphrasis and Aesthetic Attitudes in Vasari's Lives," *Journal of the Warburg and Courtauld Institutes*, 23(1960), p.201.
② 又称《散歌集》(*Rime Sparse*),而最初诗集题为《支离破碎的俗语诗》(*Rerum vulgarium fragmenta*),因作者本人认为《歌集》中的爱情诗是他一生捋不清的混乱思想与情感的写照,故称其为"支离破碎的俗语诗"。

好一双明亮的俊俏丽眼，
现如今不再有超凡光华；
……
谐美的话语声娓娓动听，
非尘世之举止华贵、高雅，
她如同美天使降临天下。①

诗人不仅描绘劳拉的美，还展示美的效果：

噢，美丽手紧抓住我的心肝，
不久后我便将一命归天；
天赋予这只手各种技能，
为的是把荣耀展示人间；

那五根优美的纤纤玉指，
就如同东方的珍珠一般，
爱之神令它们赤裸暴露，
对我的心中伤显示凶残。（第199首）

那阳光丽目上睫毛闪闪，
天使般美唇吐温情之言，
玫瑰口白珍珠上下镶满，

他人见均惊得浑身抖颤；
额头与金色发光辉灿烂，
比正午太阳更显得明艳。（第200首）

第126首描绘了一幅美人出浴图：

美腿、秀臂，玉体婷婷，

---

① 弗朗切斯科·彼特拉克：《歌集：支离破碎的俗语诗》，王军译，杭州：浙江大学出版社，2019年，第211—212页，笔者参考意大利文原本（Francesca Peterarca, *Il Canzoniere*, Einaudi: Torino, 1964）和英文译本（Petrarch, *The Complete Canzoniere*, trans. A. S. Kline, 2001）对中译文有改动。本节以下引文只以数字标注诗歌篇名，不再加注。

> 浸泡在清澈、凉爽、温情的水中，
> 只有她才配得上"女子"的美称；
> 娇娆的身躯喜欢把热情的树干作为支撑，
> 忆往事，我不免发出叹息之声；
> 艳丽的裙衫，
> 天使般的腹胸，
> 覆盖着鲜花、草坪；
> ……

这种对人物细致入微的描绘，按照古典修辞术的定义，就是艺格符换，相当于完全由语词起到描画的作用，犹如一篇篇美人赋。

更重要的是，《歌集》代表了艺格符换的转型。史诗中的艺格符换经常是一个插段，而到了彼特拉克时，已经演变为独立的诗篇。用诗人自己的话来说就是若维吉尔、荷马能够看到劳拉的美，他们"一定会尽全力将她歌颂，/用二人美文风尽情赞扬"，然而，他却要"用新诗艺为她千秋传唱/但愿她勿鄙视此类赞扬"（第186首），因此"温情的叹息和美妙话语/在我的诗篇中回响不断"（第332首）；虽然有人认为诗人"使用过分的奢华语言，/令其居所有的贵妇之上/赞其集神圣、智慧、优雅、贞洁和美丽于一身"，但诗人还担心劳拉"抱怨我语句卑微；/更高贵、幽微之词才与之相配"（第247首）。诗人在《歌集》中也表明自己的诗体经历了变化，尤其是在劳拉去世后，"常用的韵律也悄然不见/它如今只能够歌颂死亡，/我歌声因而也变得悲惨。/爱神的王国中诗风无变/今日悲伤就如昨日尽欢"（第332首）。伊人已去，诗人意识到"当时年少轻狂，心力交瘁/才智不足，佳句难觅"，如果"诗兴火烧至暮年"，那他"便能心无旁骛/用更成熟的风格倾诉，/妙语可撼石，令其泪流甘甜"（第304首）。

史诗中的艺格符换，诗人并不参与其中，叙事者只是旁观者，而彼特拉克诗中的言说者面对描绘的对象，受其影响，与其对话，促使他"写下了温情诗篇"，因为面对爱神进攻，这是他"唯一的武器"（第125首）。《歌集》中描绘劳拉之美的多首十四行诗和歌犹如一幅幅肖像画，均可独立成篇，有学者称之为"诗意肖像"("poetic portrait")①。诗人所绘肖像似乎在说话,这也应和了诗人叙事视角的多样化。有时甚至在同一首诗中,诗人在不同的人称视角之间进行切换,诸如"您""夫人""我""他""她",乍一看有点混乱,但仔细推敲,这正是叙事者在回应面对的图像,诗人也参与了其中。不同的视角之间相辅相成,表达了作者深厚的写作能力和创新独到的叙事视角。

彼特拉克曾对比雕塑和绘画各自的优势,并做过全面的阐述。在诗人看来,似乎雕塑更胜一筹,然而诗人更迷恋他的朋友西蒙内·马蒂尼(Simone Martini)的绘画;他把马蒂尼比作维吉尔,认为马蒂尼强过宙克西斯,并想象这位画家升到天堂去画圣母劳拉(Madonna Laura)那娇美的容貌——这个想法像是在仿效《古希腊诗集》里有关菲狄亚斯画天神容貌的描述。②《歌集》中第77、78这两首诗的灵感正源自马蒂尼的劳拉画像,像是题画诗。诗画结合,相互映发,丰富多姿,增强了作品的形式美感,构成其独特的艺术特色。诗人完成了这样一个转型,在《歌集》中,既有直接对劳拉肖像般的诗意描绘,又有对劳拉画像的再现,这样,艺格符换便实现了从修辞手法到"视觉表征之语言再现"的转型。③

彼特拉克的这两首十四行诗及其《亲友书信集》(第五卷)中给马蒂尼的一封信,给画家所带来的声望,远超过画家本人的所有作品给他带来的声誉。④可惜马蒂尼画的劳拉肖像已经失传,我们不知道它的艺术水平真正如何。但两首诗至少让读者知道了14世纪艺术家们都开始写生肖像,肖像艺术就是从那个时期发展起来的。⑤

肖像画其实早在埃及出土的木乃伊上就出现了,但肖像艺术也受到了

---

① Lisa Rabin, "Speaking to Silent Ladies: Images of Beauty and Politics in Poetic Portraits of Women from Petrarch to Sor Juana Inés de la Cruz", *MLN*, Vol. 112, 2 (1997), pp.147—165.
② 廖内洛·文杜里:《艺术批评史》,邵宏译,北京:商务印书馆,2017年,第54—55页。
③ 钟碧莉在《沉默的爱人和吟唱的诗人——〈歌集〉中的叙画诗和性别研究》一文中将《歌集》中描绘劳拉的诗都看做赫弗南所界定的 ekphrasis,即"视觉表征之语言再现",并由此论证诗中语图之间具有性别隐喻的竞争关系,实为不妥,因为按照赫弗南的定义,只有第77、78首才是 ekphrasis,其他对劳拉肖像似的描绘应归入"画境诗"(pictorialism)。参见 Zhong, Bili, "The Muted Lover and the Singing Poet: Ekphrasis and Gender in the Canzoniere", *International Comparative Literature*, Vol. 2, 1 (2019), pp.59—74.
④ 乔尔乔·瓦萨里:《中世纪的反叛》,刘耀春译,武汉:湖北美术出版社/长江文艺出版社,2003年,第150页。
⑤ 贡布里希:《艺术的故事》,杨成凯、范景中译,南宁:广西美术出版社,2008年,第214页。

公元前1世纪到公元2世纪的罗马艺术的深刻影响,由高度程式化的风格转变成人物个性的写实风格。然而,这种"肖似"的风格在中世纪的大部分绘画中都丢失了,取而代之的是充满了象征和概括的处理方式,人们更注重的是图像的叙事和象征意义,而不是它是否更像本人。此时的"肖像"只有"人像",没有"肖似"。但从乔托(Giotto di Bondone,约1266—1337)开始,这种统一性、模板化的艺术追求有了松动,他开始采用对真人肖像的描绘,从其肖像画代表作《但丁》中,我们可以看到当时的人们已经开始追求可辨别的面容了。到了文艺复兴时期,随着欧洲人自我意识的觉醒,肖像画开始独立出现,艺术家们开始讲究细节、光线、阴影等处理,画中的人物与现实人物极为相似,充分展现了画中人物的神韵。另外,这一时期,私人赞助也为肖像画的发展提供了经济条件,艺术家获得了更多的创作自由,能创作出符合赞助人期待并能放大其优点的肖像。彼特拉克虽不是西蒙内·马蒂尼的赞助人,但诗人的声名远高于这位并非一流却十分幸运的画家。所以当潘多尔佛·马拉泰斯塔公爵(Pandolfo Malatesta)派画家前往阿维农的宫廷为诗人画像,画家欣然前往;除了为诗人本人画像,还画了诗人心中的恋人劳拉。①在此基础上,诗人的诗歌创作也欲模仿独立的肖像画,诗歌的叙事和象征意义不再那么重要,描绘、抒情、表意成为要旨。

　　这两首艺格符换诗主要描写了彼特拉克对劳拉画像的反应,由此,画激发了诗人,画转换为诗。作为杜乔(Duccio di Buoninsegna)的学生,马蒂尼在1317年之前为法国君主迁至那不勒斯的宫廷作画,他接受了安茹宫廷优雅、精致的哥特式风格,喜欢精巧样式和抒情基调,爱好飘动衣饰的柔和曲线与修长身躯的微妙优雅。②根据瓦萨里《名人传》的记载,这位意大利哥特艺术的代表与彼特拉克是同时代人,他们在阿维农的宫廷相遇并结为好友。彼氏急于得到心仪已久的劳拉画像,于是马蒂尼为他作画,没想到画中的劳拉正如彼氏想象中的那般娇媚动人。得到劳拉画像的彼特拉克欣喜若狂,于是写了诗来赞美马蒂尼。③诗歌第77首把马蒂尼比作天国的画师,画出貌若天仙的劳拉的灵魂:

---

① 瓦萨里:《中世纪的反叛》,第155页。
② 贡布里希:《艺术的故事》,第212页。
③ 瓦萨里:《中世纪的反叛》,第150页。

波留克列特斯名声远传，
与其他古画家享誉千年，
若他们也注视劳拉容貌
尚不能领悟那令我沉醉的美妙

西蒙尼肯定是到过天国
（此高贵之女子来自那边），
见过她，并将其绘于画中，
籍此将其美貌忠实展现

天国中可孕育美妙杰作，
人世间难获如此美像，
因肉体裹灵魂，人眼不见。

此杰作绘于天，人间难寻：
降尘世画师要受炎凉，
唯俗物方可入他的双眼。

随着文艺复兴时期绘画地位的提高，诗画之间的竞争成为一个普遍的话题。在第77首诗中，诗人欣喜于画中劳拉的天仙之美，但又对此并不满足，他在第78首中渴望画家将"智力与声音"赋予"画中高贵人物"；画像中的劳拉虽然"能赐我宁安"，但诗人苦恼于画中美人的沉默无语：

但当我上前与她交谈，
她似乎在聆听，十分和善，
却不回应我之所言。

爱上别人，却得不到爱情的回报，这样的心理反应隐含了希腊神话纳西索斯的故事。在诗人看来此时的绘画是静态艺术，无生命的，只能是无声的诗，然而诗歌却不一样，诗歌可以通过生动描述来展现人物内心，将内心的欲望表达出来，这也暗示了诗人的自恋倾向。然而诗人毕竟生性谦和，他同时又意识到诗歌的不足。在该诗的末尾，诗人发出感慨：

皮格马利翁呀，你应该对自己的杰作满意，

你曾获得千次情欢，
　　　　而我只愿她一次表示爱恋。

　　诗人感叹雕塑师能赋予自己的石雕以生命，然而自己的诗歌却不能很好地再现劳拉的美，他也不能通过诗歌召唤心中的女神劳拉并让其开口说话，可见诗人对诗画之争的矛盾心理，但是诗歌通过艺格符换实现了视觉再现的语言再现。

　　彼特拉克的《歌集》是艺格符换从修辞手法到独立诗体的转折点。从观念性的艺格符换到对真实存在的艺术品的描述，从叙事者对描摹对象的游离、旁观，诗人不参与其中，到诗中人物对事件有了心理反应，甚至叙事者也直接参与图像的对话，从描述为叙事服务，到描述完全独立于诗歌的叙事进程以至于成为一个独立的诗体，在艺格符换诗史中，《歌集》的意义不容小觑。

第二节　《维纳斯与阿多尼斯》中的"视觉艺术"

　　"维纳斯与阿多尼斯"是欧美文艺创作的重要母题，由其衍生的文艺作品源源不断。奥维德曾在《变形记》中记录了爱神维纳斯和美少年阿多尼斯的恋爱史。从一见钟情的浪漫到少年化作罂粟花的感伤，三百多行的诗句，精彩不断，高潮迭起。文艺复兴时期的一些诗人如斯宾塞的《仙后》(*The Faerie Queene*，1590—1596)和马洛的《西洛与利安达》(*Hero and Leander*，1598)也对这个母题有所涉及，一些画家如丁托列托(Tintoretto)、委罗内塞(Paolo Veronese)和提香，对女神维纳斯的描绘更是数不胜数。[①]莎士比亚创作的叙事长诗《维纳斯与阿多尼斯》(*Venus and Adonis*，1593)则是集大成者。我们可以从跨艺术诗学的视角来研究莎翁的这首叙事长诗，探究诗作中的"艺格符换"，即诗歌语言对视觉对象的呈现，剖析诗歌与视觉艺术之间的联系、转换与再现，发掘不同艺术文本之间的互动而产生的独特审美体验和丰富内涵，揭示诗人对待视觉艺术的矛盾心理。

---

① Doebler John，"The Reluctant Adonis: Titian and Shakespeare"，*Shakespeare Quarterly*，4(1982)，p.485.

一、从绘画到诗歌的"艺格符换"

西方艺术史是一种交换的循环,艺格符换正体现了艺术的永恒运动。文艺复兴时期的艺术家通过前人对艺术品的逼真描述复原了一些已然湮灭的古希腊罗马的艺术品。提香的艺格符换画《爱神节》和《酒神祭》就是典型。他精美绝伦的画作又何尝没有激发后世的文人和艺术家呢?莎士比亚便是受益者之一,他的叙事长诗《维纳斯与阿多尼斯》就是一首"艺格符换诗"。

对于文艺复兴时期的读者来说,诗歌主题本身就具有图画性,唤起了读者个体的心象与这个视觉文化共同体中的一个较为稳定的图像叠合,从而实现了绘画文本与诗歌文本之间的艺格符换。当时欧洲的王公贵族不惜重金聘请最有声望的画家来描绘奥维德《变形记》里这段人神之恋,而提香也是受邀大师之一,于是就有了提香版的《维纳斯与阿多尼斯》。然而,同题画作版本数量太多,学界对各种版本的确定也一直存有争议,只有现存于马德里普拉多博物馆的版本年份确定。有学者考证:"在1592年之前,莎士比亚就已经是当时戏剧界的一位赞助人扫桑普顿伯爵家中的座上客。在宫廷生活的圈子中他一定接触过意大利的绘画,他作品中的许多段落都证明了他爱好绘画,他不仅熟悉这些绘画艺术,而且从中汲取自己创作的素材。"[①]莎翁长诗《维纳斯与阿多尼斯》正是献予扫桑普顿伯爵(Earl of Southampton)。艺术批评家潘诺夫斯基(Erwin Panofsky)也曾认为莎翁的《维纳斯与阿多尼斯》是提香同题画作的"诗歌演绎"。[②]画作描绘了黎明时分一个不情愿的阿多尼斯欲挣脱维纳斯,将要离去而尚未离去的一刻(图15),而诗作开篇道:

> 太阳刚刚东升,圆圆的脸又大又红,
> 泣露的清晓也刚刚别去,犹留遗踪,
> 双颊绯红的阿都尼,就已驱逐匆匆。
> 他爱好的是追猎,他嗤笑的是谈情。
> 维纳斯偏把单思害,急急忙忙,紧紧随定,

---

① 张丽华:《莎士比亚与绘画艺术》,《天津外国语学院学报》,1998年第1期,第22页。
② Erwin Panofsky, *Problems in Titian: Mostly Iconographic*, London: Phaidon, 1969, p. 153.

拼却女儿羞容,凭厚颜,要演一出凰求凤。(1—6)①

诗歌文本与绘画文本在这一刻是相互呼应的,这一刻在已知与未知之间游移,这一刻是反抗也是屈服,是束缚也是解脱,是挽留也是诀别。命运的魔咒在两个若即若离的血肉之躯上徘徊,这一刻因转瞬即逝而成永恒。赫斯(Clark Hulse)也推测莎翁有可能看过提香的作品,认为其普拉多版本在1554年被运往英格兰,那一年菲利普二世(Philip of Spain,1556—1598年任西班牙国王)与英格兰女王玛丽一世成婚;但作为莎翁的创作源泉,提香算不算数,仍不得而知。②由此看来,莎翁的《维纳斯与阿多尼斯》的灵感并不一定是某个特定的视觉艺术作品,它可能是多方面影响的产物,就如雅各比指出的,文学作品中的语言复制可能有多重视觉来源,当一个作家、一个流派或一个时代多次在多幅画作中呈现某个形象,视觉原本和语言文本之间就是"多对一""多对多"的关系,多重视觉来源构成单个语言复制品或驱动多重传统或重复性的创作。③

图 15　提香:《维纳斯与阿多尼斯》,1554。现藏于马德里普拉多美术馆

---

① 译文参考威廉·莎士比亚:《维纳斯与阿都尼》,张谷若译,载《莎士比亚全集》(XI),张谷若等译。北京:人民文学出版社,2014年,第5页,引文后括号里为引用诗歌行数。以下诗歌引文只标注行数,不再加注。

② Clark Hulse, *Metamorphic Verse: The Elizabethan Minor Epic*. Princeton: Princeton U P, 1981, p.146.

③ Yacobi, "Pictorial Models and Narrative Ekphrasis", p.603.

除了诗歌主题本身的图画性,长诗多处提醒读者这是一首有关视觉艺术的作品,高度关注人物、动物的视觉即"观看"这个动作:它不仅展现了中心人物各种看的行为,而且探索了一种视觉化的语言,使得读者读诗就如同观画一般。米切尔在《描绘理论》中指出,"观看行为(看、凝视、扫视、观察、监视及视觉快感)可能是与各种阅读形式(破译、解码、阐释等)同样深刻的问题,视觉经验或'视读能力'可能不能完全用语言文本性的模式来解释"。① 一些批评家认为,这种侧重视觉的叙述体现莎翁对于诗歌地位的焦虑和对诗歌视觉性的辩护,因为在莎翁时代,诗歌作为一种修辞性语言,一直被认为不如戏剧那样能够体现视觉上的直观性,缺少戏剧的临场感;相比于诗歌,戏剧能更准确、逼真地再现现实。② 柯尔律治在《文学传记》中声称,莎翁叙事诗中语言的如画性是其他任何诗人都不能望其项背的,包括但丁。③ 就《维纳斯与阿多尼斯》的创作年代而言,当时的伦敦瘟疫流行,许多剧院关闭,人们无法看戏,在这种环境下也许莎翁欲将舞台搬入他的叙事长诗,用一种视觉性语言,使人们能够在阅读诗歌时如同欣赏戏剧一般。正如柯尔律治所言,无论其戏剧还是诗歌创作,都体现了他对视觉语言的兴趣。

普林斯(F. T. Prince)也赞同柯尔律治,认为他发现了莎翁诗歌本身内在的美;普林斯甚至觉得莎翁的两首叙事长诗足可以和诗人大部分的戏剧媲美,因为诗里有丰富的空间供学者研究。④ 帕特里克·契尼(Patrick Cheney)也认为诗歌和戏剧在莎士比亚的创作生涯里是不可分割的,自始至终都是相互贯通和渗透的。⑤

---

① Mitchell, *Picture Theory*, p. 16。
② 参见 Richard Lanham, *The Motives of Eloquence*: *Literary Rhetoric in the Renaissance*, New Haven: Yale U P, 1976; Heather Dubrow, *Captive Victors*: *Shakespeare's Narrative Poems and Sonnets*, Ithaca: Cornell U P, 1987; John Roe, "Rhetoric, Style, and Poetic Form", in *The Cambridge Companion to Shakespeare's Poetry*, ed. P. Cheney, Cambridge: Cambridge U P, 2007.
③ Qtd. in Jonathan Bate, *The Romantics on Shakespeare*, Harmondsworth: Penguin, 1992, p. 149.
④ Frank Templeton Prince, ed., *The Arden Shakespeare*: *The Poems*, London: Methuen, 1960, xxv. 两首叙事长诗指《维纳斯与阿多尼斯》及《鲁克丽丝受辱记》(*The Rape of Lucrece*)。
⑤ Patrick Cheney, *Shakespeare*, *National Poet-Playwright*, Cambridge: Cambridge U P, 2004, p. 38.

二、诗歌语言对视觉艺术的呈现

《维纳斯与阿多尼斯》中有各种艺格符换的文本片段,诗人将语言作为一种转述的媒介,将特定静态的视觉艺术置于读者/观者眼前,使之被凝视,将观照的对象纳入自己的审美经验框架之中。

艺格符换的特质之一即用语词来呈现、转述想象的视觉艺术或造型艺术,这也是诗人创作的兴趣点。诗人在这首诗里对诗如画(*ut picture poesis*)的传统进行了全面探索,特别是诗与画孰优孰劣,语言表达和视觉呈现之间的关系。诗中充满了各种观看的场景,具有强烈的视觉特质:如阿多尼斯的马盯上了那匹口嫩精壮的捷尼骡马,维纳斯目睹美少年惨死的样子等等。视觉艺术的创作技巧也被挪用到语言艺术中。诗人驾轻就熟,读者也要心领神会。明喻也变成了视觉想象场景的一部分,譬如阿多尼斯在爱神的怀里"就像小鸟落了网罗"(68)无法逃脱,阿多尼斯欲挣脱维纳斯的香怀,如同空中的一颗明星,"在中天倏忽流过""一闪而没"(815—816)。人求爱、马求欢的场景是诗歌语言对视觉形象的再现。公马引诱母马,神追求人,这一切的描述迷惑着读者的眼睛。诗人描绘之马与画家笔下之马并置对比:

> 画家若想画一匹骨肉匀停的骏马,
> 使它比起真的活马来还要增身价,
> 那他的手笔,得比天工还精巧伟大,
> 使笔下的死马,远超过自然的活马。
> 现在这匹马,论起骨骼、色泽、气质、步伐,
> 胜过普通马,像画家的马,胜过天生的马。(289—294)

诗中描述的是一幅想象的视觉艺术品,也是一幅精巧的骏马图。诗人和画家都能帮助读者想象阿多尼斯的骏马形象,诗画之争在这里是明显的,但诗人却隐含地表达了语言艺术的魅力:语言艺术和绘画艺术都能诱惑读者/观者。用诗歌表现的某种客观自然物也能巧夺天工,这一点并不比绘画作品差。诗歌借用了艺术作品中的视觉直观来为他的描述服务。视觉艺术的文本再现能够反映并超越现实。然而,诗歌语言一定能呈现、转述和再现视觉艺术吗?当维纳斯向阿多尼斯求爱索吻遭到拒绝时,她毫不客气地将

梦中情人与艺术品联系在了一起:

> 呸!不喘气的画中人物,冰冷冷的顽石,
> 装潢涂饰的偶像,冥顽不灵的死形体,
> 精妙工致的雕刻,却原来中看不中吃。
> 样子虽然像人,却不像妇人所生所育。
> 你并不是个男子,虽然面貌也像个男子;
> 因为男子对于接吻,求之不得,哪会畏避?(211—216)

这里,维纳斯使用了一个隐喻,将阿多尼斯比作了一幅毫无生气的画作或雕塑。虽然看来样子像人,但却没有生气且毫无感知,只能满足爱神的视觉需求,而对其他的感官不起任何的作用。画作和雕像这样的视觉艺术品并不一定都很完美,此处皮格马利翁的故事被逆写甚至被颠覆了。视觉艺术也可以是对自然/现实毫无生气的摹仿,只满足了眼睛的享受,使人产生错觉抑或是幻觉。诗人通过自己的想象力,通过语言的描述在读者/观者的心中唤起了视觉形象,无论这些形象是鲜活生动的抑或是死气沉沉的。

其次诗人以视觉叙述的方式对真实存在的艺术品进行了语言描绘,艺术品与诗歌巧妙地融合,使得诗歌更具视觉性。对于读者来说,诗歌作品既可以读也可以观赏。诗歌中暗示了宙克西斯画葡萄这件趣闻。当维纳斯意识到与阿多尼斯云雨一番的愿望难以成真时,叙述者将维纳斯比作了看见葡萄的那只鸟,她只能享受阿多尼斯的外在容貌,却永远得不到她要的炙热爱情:

> 可怜的鸟,看见了画的葡萄,以假为真,
> 弄得眼睛胀得要破,肚子却饿得难忍。
> 她就像这样,爱不见答,因而苦恼万分。
> 如同那鸟,瞅着水果,却可望而不可近。
> 她在他身上,既得不到她要的那股热劲,
> 她就不断地和他接吻,把他来撩拨勾引。(601—606)

宙克西斯画葡萄的故事最早出现在老普林尼(Gaius Plinius Secundus)(23/24—79)的《博物志》(*Natural History*, 77)中。在宙克西斯和帕尔哈西奥斯(Parrhasius)的绘画比赛中,宙克西斯画的葡萄因为太过逼真以致引来了天上的飞鸟啄食。飞鸟被逼真的艺术作品蒙了眼,然而帕尔哈西奥斯

更胜一筹,他以更加逼真的手法描画了一块亚麻盖布。当宙克西斯请求他移开盖布以展示其作品时才承认自己被击败,因为他仅仅欺骗了鸟儿,而帕尔哈西奥斯却欺骗了一位艺术家。

诗中的这个故事其实也隐喻了读者读诗的另一种体验。凯瑟琳·贝尔塞(Catherine Belsey)认为长诗就是一幅"文学的错视画(a literary trompe l'oeil)",一个"有关欲望的文本",能够激发读者行动的某种欲望,然而最终却没能实现。①诗歌调动起读者/观者的欲望,使其如同天真、贪婪的鸟儿一般,虽然满足了视觉感官,但还是受到艺术作品的欺骗。艺术能反映自然吗?诗人提出质疑。艺术作品也许既不能反映自然物的本质,也不能捕捉到人性最深邃的东西。艺术只是反映了诗人和画家的一种欲望,正如朱迪斯·丹达斯(Judith Dundas)指出的,他们都想超越各自媒介的一种束缚,使得语词和图画都消失在对现实和自然的召唤过程中。②诗歌不断地试图抓住读者/观者的眼睛,然而最终还是使其成为了那只鸟儿,留下了遗憾。

人们在欣赏错视画时,心里往往是不太确定的。随着被描画物体的逐渐解体、变形,我们开始怀疑自己的判断。这种不可判定性不仅是欣赏者观看错视画时的心理特征,同时也是读者在阅读艺格符换文学作品时的一种心理感受。正如叙述者在诗歌结尾部分思索爱的本质时说的那样:"唉,不轻置信的爱,你好像难推诚相待,/同时却又好像无言不採:看来真奇怪"(985—986)。为了欣赏艺术,读者/观者会运用各类审美经验,但不论是通过哪种媒介来呈现与转述视觉艺术或造型艺术,我们都要做到既怀疑又相信,诗人暗示的也是这种矛盾的态度。

卡宁汉(Valentine Cunningham)认为艺格符换的对象事实上总是默默无语。这些沉默的符号为自身的被阐释提供了空间,并为其意义的丰富性提供了可能。③莎翁的长诗为我们呈现了视觉艺术的多个方面:艺术能超越现实;艺术是毫无生气的摹仿;艺术是一种欺骗性的错觉。何为艺术?是创作者的技艺还是应抹去创作的痕迹,诱使观者/读者把它作为自然或现实?

---

① Catherine Belsey, "Love as Trompe-l'oeil: Taxonomies of Desire in *Venus and Adonis*", *Shakespeare Quarterly*, 3 (1995), p.258.
② Judith Dundas, *Pencils Rhetorique: Renaissance Poets and the Art of Painting*, Newark: U of Delaware P, 1993, p.16.
③ Valentine Cunningham, "Why Ekphrasis?", *Classical Philology*, 1(2007), p.70.

诗人的态度是矛盾且模糊的。诗人可以借助想象对视觉艺术作图像呈现，但视觉艺术并不比诗歌更能反映现实。艺格符换的各种文本在相互摹仿、相互转换的过程中同时具有再现现实和虚构现实的特征，现实和虚构本来就交织在一起。

三、诗歌艺术对视觉对象的跨符再现

随着图像修辞的兴起，今天的修辞学已无法回避多媒介的文本形式。修辞学也与符号学的关系更加紧密并得到了深入的发展。希尔（Charles Hill）等学者指出，"致力于视觉分析的学者们很大程度上忽视了他们的工作实际上是修辞性的，而不仅仅是文化研究或者符号学的"。[①]所谓异质符号的异质性主要包含了两个方面：一指跨越不同感官渠道的异质符号，如将小说拍成电影；二指同感官渠道的跨媒介形态的异质符号，如都由视觉获得的诗歌文字与图画，但两者的符号载体具有异质性。

米切尔指出，艺格转换有三种相互交织而令人迷恋的情形，分别是"符换之否"（ekphrastic indifference）、"符换之念"（ekphrastic hope）与"符换之惧"（ekphrastic fear）。[②] "否定"阶段展现符号的独立性和跨媒介的隔膜，符象转换只能是一定程度的类比和类似，读者/观者只能寻求异质符号间的某种关联来构成自身认知经验中的某种"像似"感，类似于隐喻这种修辞。隐喻是长诗用得较多的一种修辞手段，也是诗人为突出读者/观者的"观看"而使用的创作技巧。当维纳斯看到阿多尼斯惨死时，两眼怔松，眼泪直涌。在这个场景中，眼和泪都被比作了水晶一样的物体，可以相互映照，相互取与。"看，她的泪和眼，你取我与，恐后争先：/泪从眼里晶莹落，眼又在泪里玲珑现（her eye seen in the tears, tears in her eye），/同晶莹，两映掩，互相看着彼此的愁颜"（961—963）。在语言形式上，诗人用回文的手法从句法上形成了语词的相互映照，从而在视觉上给读者呈现了隐喻语言复杂的反射机制。除此之外，间接反复也是诗人使用的手法。在阿多尼斯丧命后，维纳斯回忆"她曾在他的两面明眸（明镜）里见过自己的倩影"（1129）（Two glasses where herself herself beheld），这里 herself 被反复使用，似乎可以解释成她

---

① Charles Hill & Marguerite Helmers, *Defining Visual Rhetorics*, London: Routledge, 2004, p.198.
② Mitchell, *Picture Theory*, 152—156. 参见本书第二章第二节第三部分。

自身和她的倩影,能够使读者回想起奥维德笔下希腊美男子纳西索斯在倒影中的自我陶醉。语词和所指涉的意象形成了视觉上的对等或像似,又通过读者/观者的感知机制寻求到了异质符号中的某种关联,从而唤起了共同的心象。诗歌不仅仅是语言的艺术,也是视觉的艺术,语词也能够代替自然客观物或事件,使读者和维纳斯融为一体,共同参与了诗中人物的观看过程,读诗不仅是对语词的认知,同时也是视觉体验。

然而这种像似也不是具体的"形象式"像似,"形象式"像似必定依赖于符号感知渠道的同质性。那么诗中隐喻语言能否呈现、转述视觉艺术,能否帮助读者更好地观看并感受,诗人也是怀疑的。一些批评家和理论家更倾向于认为所有的语言都是隐喻性的,隐喻的最主要的作用机制就是替代和交换,它是语言的一种功能,而不能产生图像。[1]哈兹列特虽也承认诗歌视觉意象的生动性,一种如画的感觉,但他更发现了诗歌中隐喻的牵强之处,即隐喻过于精巧以致分散了读者的注意力。[2]在长诗中,我们发现无论是叙述者还是诗中人物维纳斯,在叙述时都喜欢使用隐喻。然而在一些批评家看来却是过度使用了修辞手段,造成了隐喻的堆积,普腾汉(George Puttenham)认为修辞一方面能使读者愉悦,但同时也能欺骗读者,甚至阻碍其观看和感受;[3]李·西德尼(Lee Sidney)也认为意象丰富是这首诗最大的特点之一,但是隐喻的过度使用,却令人愕然。[4]

阿多尼斯绯红的双颊隐喻太阳又大又红的脸,这显然就是一个例子,但当我们深入文本加以细读,却发现本体和喻体之间的边界似乎变得模糊不清。诗中的一些类比一方面能帮助读者将人物或事件视觉化,使它们具有画面感,然而那些本该帮助读者想象的自然意象在隐喻的作用下反而变得虚幻了。维纳斯看到阿多尼斯惨死于野猪的獠牙之下时,她"双目立刻失明,好像受了电击;/又像星星不敢和白日争光,一下退避躲起"(1031—

---

[1] 参见 Paul de Man, *Allegories of Reading*: *Figural Language in Rousseau*, *Nietzsche*, *Rilke*, *and Proust*, New Haven: Yale U P, 1979, 105; Terence Hawkes, *Metaphor*, London: Methuen, 1972, p.60。

[2] William Hazlitt, "Characters of Shakespeare's Plays", in *The Complete Works of William Hazlitt*, ed. P. P. Howe, London: J. M. Dent & Sons, 1930—1934, pp.358—359.

[3] George Puttenham, *The Arte of English Poesie*, Cambridge: Cambridge U P, 1936, p.154.

[4] Lee Sidney, "Prefatory Note", in William Shakespeare, *Venus and Adonis*, Oxford: Clarendon P, 1905, p.13.

1032)这个精妙的隐喻也暗示了读者和维纳斯一样,此刻也看不到眼前的一切,如同"一个蜗牛,柔嫩的触角一受打击,/……缩回到自己壳里,/在那儿蜷伏……/不敢把头角显露"(1033—1036),读者的眼睛也"一下子逃到头上幽暗的深处"(1038)。隐喻喻说场景的残忍,令人不忍直视。眼前的惨景也干扰了读者的想象,维纳斯和读者的眼睛似乎都被戕害了一般。诗人同样怀疑隐喻对视觉的作用,隐喻并不一定有助于读者观看,诗与视觉对象之间的符象转换仍处于"否定"阶段。从这个层面来讲,诗歌语言无法对视觉对象作跨符呈现。

其次,视觉对象的呈现有时因为跨媒介的隔膜造成了扭曲和不真实。观者/读者所见与视觉对象的真实情况之间存在着差异和矛盾,所以语词描述的视觉形象是不精确也是靠不住的。阿多尼斯死后,维纳斯又看见了本来不愿看的惨烈情景,

> 她对他的伤,目不转睛地一直细端详;
> 眼都看花了,把一处伤看作了三处伤。
> 她对自己的眼申斥,说不该胡乱撒谎,
> 把完好的地方说成血肉模糊的模样。
> 他的脸好似成了两个,肢体也像成了双;
> 因为心里一慌,看东西就往往渺渺茫茫。(1063—1068)。

这里维纳斯所见其实是她眼中的一种扭曲和变形。她的眼睛对阿多尼斯的残尸又一次施加了暴力。也许维纳斯眼中的阿多尼斯一直都是不真切的,因为她只看见了她愿意看的,正如阿多尼斯的那匹骏马在追求骡马时"只见所爱,别的全视而不见,听而不闻"(287)。诗人想再次强调我们的眼睛正如我们的判断一样,有时是盲目的,视觉对象不能只通过视觉这单一知觉得到再现。

但"符换之念"仍是存在的,这就是通过习得经验建立的符号映射。在"想望"阶段,语言符号通过"缝合"的力量在某些瞬间克服了异质壁垒,唤起了不限定于某种单一知觉的"心象",这种综合的形式(语言图像或形象文本)就是共同心象的映射。视觉对象通过其他感知渠道实现了语言与图像或其他异质符号的殊途同归。这种习得经验,常常造成"通感"(或称移觉)

的效果。在符号修辞手段中,通感常被视为跨越渠道的相似符号。① 这种文学修辞不是外形质地的"形象相似",而是一种心理转换过程的结果,钱锺书先生称其为"日常生活里表达这种经验的习惯语言"。② 不同渠道的符号就其客观的自我"呈现"虽没有任何的相似,但习得经验却能造就一种认知的"映射"关系。

爱神维纳斯使用各种感官体验表达对阿多尼斯的赞美:

> 假设说,我只有两只耳朵,却没有眼睛,
> 那你内在的美,我目虽不见,耳却能听。
> 若我两耳聋,那你外表的美,如能看清,
> 也照样能把我一切感受的器官打动。
> 如果我也无耳、也无目,只有触觉还余剩,
> 那我只凭触觉,也要对你产生热烈的爱情。(433—438)

诗中视觉、听觉、触觉等各种感官的提及可谓是感官的盛宴。阿多尼斯的美唤起了维纳斯各种知觉的"心象",诗人的修辞语言同样也唤起了读者对美少年的"心象"。通感的生动叙述突破了语言的边界,形象的语言使感觉转移,视觉与听觉、视觉与触觉相互沟通、交错,彼此挪移转换,打通了感觉之间的界限,实现了诗歌艺术对视觉对象的跨符再现,也体现了诗人超越单一感官视像的美学追求。

至此,诗人采用了一系列的文学修辞,包括了隐喻和通感来阐述读者/观者的"看",探索诗歌语言艺术对视觉艺术中不同介质、不同渠道的异质符号的呈现的可能性。诗歌虽然复述了一个古老的神话故事,但是读者似乎能看见也能听见,诗中丰富的艺格符换文本确是代替舞台艺术的一种全新尝试。然而,不同的艺术文本在进行符象转换的过程中由于符号载体的异质性并不能充分地得以转换和再现,诗人在诗作的终篇也提醒读者,维纳斯"对尘世已厌倦……/朝着巴福斯的专程……/在那岛上,爱后打算静居深藏,不再露面"(1189—1194)。诗人以描述性的语言,对诗中所谓可见的事实、对视觉的可靠性进行了质疑:你看见爱后维纳斯了吗?也许我们什么都

---

① 胡易容,《符号修辞视域下的"图像化"再现——符象化(ekphrasis)的传统意涵与现代演绎》,第61—62页。
② 钱锺书:《七缀集》,第38页。

没看见。

第三节 《鲁克丽丝受辱记》中的"画中画"

莎翁在叙事长诗《鲁克丽丝受辱记》(*The Rape of Lucrece*,1594)中继续着艺格符换实验。鲁克丽丝(Lucrece)(又称卢克蕾提亚[Lucretia])的悲剧故事在西方世界家喻户晓,只因她的自杀事件激发了变故,颠覆了整个罗马。这个发生在公元前509年的事件在古希腊语史学家狄奥尼修斯(Dionysius of Halicarnassus)的《罗马史》(*Roman Antiquities*)和罗马史学家李维(Titus Livius)的《罗马史》(*History of Rome*)中均有记载。此后,西方的文艺人就不断地重写这个凄惨动人的故事,诗画乐均有,形式多样。在文艺复兴时期,鲁克丽丝的悲剧也是非常流行的艺术创作主题,如波提切利(Sandro Botticelli)的《卢克蕾提亚的悲剧》(*The Tragedy of Lucretia*),丁托列托的《塔克文和卢克蕾提亚》(*Tarquin and Lucretia*),而提香更是创作了多幅作品。意大利的文艺复兴随后波及英伦世界。在莎翁长诗发表之前,因欧洲文艺复兴的影响,英国社会弥漫着一股崇尚古希腊罗马文化的风潮,特别是古罗马诗人奥维德的诗歌英译本在英伦社会得到了广泛的传播。大多数莎评家确认,莎翁的这首长诗取材于奥维德的《罗马岁时记》(*Fasti*),但我们认为莎翁在创作过程中受到了多方面的影响,除了语言文本,如奥维德的《变形记》、乔叟的《良女殉情记·鲁克丽丝记》("The Legend of Good Women:V. Lucretia")和当时流行的故事之外,更有当时的音乐和绘画艺术,尤其是绘画的影响。

鲁本斯曾被热衷于绘画尤其偏爱威尼斯画派的英王查理一世授予骑士称号并为其效力。他的助手凡·代克也受其影响,后成为查理一世的宫廷画师。此外,在西班牙和英国王室的共同推崇下,意大利文艺复兴艺术的先驱提香在当时的英国也是非常受欢迎的。如前所述,莎士比亚作为扫桑普顿伯爵家中的座上客,一定接触过意大利的绘画,且从中汲取了创作素材。①

在《鲁克丽丝受辱记》中诗人重写了这个众人皆知的故事,并运用他点石成金的艺术手段,将这个历史故事做了适当的变形,他通过创造一个虚幻

---

① 张丽华:《莎士比亚与绘画艺术》,第22—26页。

的过去来实现了文学的投射。诗人在诗歌结构上采用了艺术创作中画中画的形式,为这个古老的故事披上了炫丽的新装,注入了16世纪英国文艺复兴的新鲜血液。

一、神话的传承与裂变

苏珊·朗格认为:作诗就是以推理性语言创造虚幻的"经验"或虚幻的往事,作诗的原则也是贯穿整个文学的原则。① 通过细读,我们发现诗人将奥维德《变形记》中的原型人物菲罗墨拉进行了变形。在《变形记》中,这个被割舌的雅典公主用紫线在白布上织出了自己的故事,说出了她的屈辱,最终为自己复了仇。② 到了文艺复兴时期,这个原型人物在莎翁的故事里或明或暗的不断变形,譬如在《皆大欢喜》《第十二夜》《麦克白》等作品中均有暗示。在《泰特斯·安德洛尼克斯》(*Titus Andronicus*)体现得较多,剧中拉维尼亚的受辱复仇与菲罗墨拉姊妹的复仇非常相似③,而在《鲁克丽丝受辱记》中,诗人将这个神话故事进行了变形。被剥夺了言说能力的雅典公主换成了陷入言说困境的受辱少妇,如何说,怎样说,这是诗人欲解决的问题。他凭借语词安排了一个幻象,一幅视觉艺术品。它虽沉默无声,但在诗人的帮助下,有了发声并陈述的欲望,替女主人诉说冤屈,从而实现了从无声的视觉艺术到有声的语言艺术的转换。

朗格指出,艺术创作绝非单纯的无意识活动,在将现实素材转化为艺术内容时,要经过艺术家筛选、提炼、概括、集中,正是在这个时候,注入了艺术家对生活的认识、评价和期望,渗透了他强烈的感情。④ 在这首叙事长诗中,诗人显然将被强暴的鲁克丽丝和菲罗墨拉的神话联系在了一起。根据卡恩(Coppelia Kahn)的研究,那只由菲罗墨拉变成的整日悲啼的夜莺起了关键

---

① 苏珊·朗格:《情感与形式》,刘大基等译,北京:中国社会科学出版社,1986年,第291—292页。
② 奥维德:《变形记》,杨周翰译,上海:上海人民出版社,2016年,第164—171页。
③ 在《泰特斯·安德洛尼克斯》中,泰特斯的女儿拉维尼亚(Lavinia)被哥特女王塔摩拉的儿子希龙(Chiron)和德摩特鲁斯(Demetrius)强奸,不仅被割去了舌头,且被砍掉了双手,她借助奥维德《变形记》试图将真相告知亲人,然后用嘴衔杖,在地上写出了恶人的名字。
④ 苏珊·朗格:《情感与形式》,第22—23页。

作用。①悲痛欲绝的鲁克丽丝在详尽叙述自己的悲惨遭遇之后便欲举刀自杀,她觉着自己就是那只夜莺,"伤心的菲罗墨拉,这时终止了悲吟,/不再婉转倾诉她夜间凄楚的心情。"(1079—1080)②不久,她又呻唤那只悲伤的鸟儿,那只同病相怜的知音:"来吧,菲罗墨拉呵,怨诉暴行的鸣禽! /请把我纷披的乱发,当作你幽暗的丛林!"(1128—1129)。为了让女主人公表达这种情感,诗人在孕育这些情感的事件或事物里寻找表达的题材,运用了与其关联的意象。然而这些意象已不再是现实里的任何东西,因为它们都已超出了词语本身所暗示的情感而另具情感内容,是诗人想象应用的形式,是隐喻性的。

诗人并没有原封不动地运用主题,而是打破了手法上的限制,创造出了激动人心的"艺格符换"因素。鲁克丽丝受辱后给夫君写信与菲罗墨拉用紫线编织何其相似,她们都以图示的方式喻说自己的经历。当这封信不能写明原委,她便"向无害的胸脯,插入有害的尖刀,/尖刀在胸口入了鞘,灵魂从胸口出了鞘"(1723—1724);而她的血如同"殷红的泉源"(purple fountain),在刀锋被拔离后,"好像要报仇,奔出来向它追击"。(1735—1737)鲁克丽丝的这一举动终于仿效了菲罗墨拉,用紫线在白布上编织了自己的遭遇,说出了自己的屈辱。她将无法言说的暴行用一种悲壮的方式表述出来,将耳朵不能听到的都呈现在眼前:

> 只见殷红的热血,汩汩地往外直涌,
> 涌出她的胸前,一边流,一边分成
> 两股徐缓的血川,环匝了她的周身——
> 这身躯像一座荒岛,被洪水团团围困,
> 岛上已洗劫一空,不见区民的踪影,
> 她的一部分血液,照旧是鲜红纯净,
> 还有一部分变黑了——那污秽来自塔昆。(1738—1743)。

---

① Coppelia Kahn, *Roman Shakespeare: Warriors, Wounds and Women*, London: Routledge, 1997, p.152.
② 威廉·莎士比亚:《鲁克丽丝受辱记》,杨德豫译,载《莎士比亚全集》(第八卷),梁宗岱等译,北京:人民文学出版社,2009 年,括号里为诗歌行数。以下引文只标注行数,不再加注。

此时,诗歌作为有声的听觉艺术转向无声的视觉艺术的"艺格符换"已然实现:血流的痕迹会逐渐生长成一条概念上的线,且一直在眼前"生长",这时全然静止的符号产生了动态的效果,鲁克丽丝的身体和鲜血绘制了一幅受辱的画面。视觉经验(紫线——殷红的鲜血)通过视觉符号(以色彩来传达信息的媒介载体)完成了视觉传达,这种同构的思维方式将图形语言折射到另一种与之有相通之处的事物上,并考虑到读者视觉心理的能动反应,给读者造成了心理暗示,并引导读者去联想和想象。画面唤起了读者丰富的审美感受,视觉调动了读者以往的生活和视觉经验,并形成了互动。

二、诗画不同媒介的空间穿越

诗画的互动首先体现于诗人和艺术家在文本结构上的相似策略。在长诗的中篇,诗人织入一个艺格符换插段,描述鲁克丽丝观看特洛伊城陷落的画作。朗格认为,艺术家创作出表现人类情感符号形式的关键在于创造了一个新的空间,尤其是绘画艺术。这个空间独立自存,与人们的生活互不连续,只是一个虚幻的空间或空间的幻象。这一虚象或幻象的建立是艺术家进行艺术抽象的决定步骤,作为有机整体的艺术形象才能成为一种情感符号。[①] 对于读者来说鲁克丽丝既是诗歌的画中人又充当了一幅画的观者,而这幅画正好在视觉上成为其个人遭遇的一种对应,一个图像隐喻。叙述者说:

> 看到悲惨的景象,比听人讲它更难过:
> 因为我们的眼睛,瞧见了苦难的始末,
> 等到事过之后,由眼睛传达给耳朵,
> 这时,各个感官,都分担了一份负荷,
> 所以耳朵听到的,只能是一部分灾祸。(1324—1328)

这幅画就如同诗歌画面新开的窗口,一种空间的穿越。诗人以"画中画"的形式向读者展示了诗歌创作与其艺术兴趣的相辅相成,以及诗中视觉艺术借诗歌发声和诗歌向视觉艺术靠拢的意图。这种创作构思和诗文的结

[①] 苏珊·朗格:《情感与形式》,第18—19页。

构安排类似于文艺复兴时期的一种绘画新类型,画家采用"画中画"的构图策略,譬如一幅静物画中镶嵌着一幅宗教画的奇异创新,如阿尔岑(Pieter Aertsen,1508—1575)的《耶稣与玛利亚和马大在一起》(*Christ with Mary and Martha*,1552),静物和宗教寓意巧妙融合,这类画作常见于住家或其他世俗场所(见图16)。①又如委拉斯开兹(Diego Velázquez,1599—1660)创作的同类作品《来到马大和玛利亚家中的耶稣》(*Christ in the House of Martha and Mary*,1618),把圣经故事变成墙上的一幅装饰画(或者是镜中之像),前景中的女孩用委屈的神情担任了画中情节的叙述者(图17)。这些大师的画作在16—17世纪欧洲繁华的商业贸易中,在艺术品流通的市场上被不断地买卖交换,后来传到了英伦世界,使得诗人也能一睹为快并在欣赏观画的过程中借鉴了这一构图策略并用于诗歌创作中。诗文画中画的结构同样使读者/观者精神一振,吸引着我们继续阅读并欣赏。

图16　阿尔岑:《耶稣与玛利亚和马大在一起》,1552。现藏于维也纳艺术史博物馆

---

① 高桥裕子:《西方绘画史 2 巴洛克和洛可可的革新》,金静和译,北京:中信出版社,2017年,第16页。

图 17　委拉斯开兹:《来到马大和玛利亚家中的耶稣》,1618。现藏于英国国家美术馆

诗人并不满足于一个单纯发展的情节,而用图画详细描述了一段历史,渲染了一个更广阔的场景,更复杂的事件。它与诗歌空间相互平行,偶尔又相互交叉。诗人用两百多行的篇幅对画作细致描绘,通过一个有意味的形式,构筑了一件往事,充分展示了文艺复兴时期艺格符换艺术的特征,即赫弗南所谓"视觉表征之语言再现"。[①]那幅画

> 精妙逼真地画着普里阿摩斯的特洛亚:
> 城外,来势汹汹的,是希腊大军的兵马,
> 为了海伦的遇劫,来将特洛亚讨伐;
> 高耸入云的伊利昂,怕是要遭铁蹄践踏;
> 这幅画气势非凡,灵慧的画家笔下,
> 俨如旷远的穹苍,要俯吻崇楼尖塔。(1366—1372)[②]

诗中对于这幅画的描述,并不是对某位艺术家的作品进行精确无误的客观描述,而是将特洛伊城沦陷这一场面纳入一系列丰富而华丽的辞藻之中。诗人并未按照事件发生的先后顺序安排场景,而是有意加以调整和组合,这样就"冲破了诗歌作为时间的艺术而具有的线性逻辑链",[③]实现了诗

---

① Heffernan, *Museum of Words*, 4.
② 诗中之画有据可查,出处不是画而是维吉尔的《埃涅阿斯纪》和老菲的《画记》等名篇。
③ 张慧馨、彭予:《观亦幻:约翰·阿什伯利诗歌的绘画维度》,《外国文学研究》,2017 年第 2 期,第 15 页。

歌的时间艺术向造型的空间艺术的转化。读者从任何一个角度选择观看都是一幅画,犹如多棱镜一般。画面场景逼真,似乎是对事件的精确描绘:工兵攀爬特洛伊岗楼,从岗楼射击的孔洞里露出守兵的一只只眼睛(1380—1386);显赫的将领领着年轻武士前进的军队(1387—1393);西摩伊斯殷红的河水冲撞残损的河堤,如同汹汹来犯的军队(1436—1442);特洛伊王后赫卡柏眼看着自己的丈夫普里阿摩斯倒在阿基里斯之子皮罗斯(Pyrrhus)的脚下,热血汩汩流涌(1443—1449)等。诗人通过叙述者和鲁克丽丝的眼睛细致描述了人物之间戏剧性及情节性的联系,诗歌语词得以图像化,文本叙述在时间上的连续性被打断,语词向属于空间艺术的图像转化。人物的描写也栩栩如生,有些看起来似将开口说话:涅斯托,希腊联军的高级将领,虽然年迈但睿智稳重庄严,"正站在那儿演讲,看起来像是在激励希腊士兵去作战"。(1402)诗人对这幅画发挥了丰富的想象,"由眼睛传达给耳朵"的演绎,人物的不同特征及姿态神情如同画面一般呈现在读者面前。罗丹曾说:"没有生命,即没有艺术。……可是艺术中生命的憧憬是全靠模塑与动作两个条件的。"①

　　诗人对画面中的虚幻空间进行了有意味的布局,营造一种"错觉画"效果,画面内部的虚构空间和诗中观者所处的现实空间高度融合。在错觉的作用下,鲁克丽丝看得痴迷恍惚,浮想联翩,甚至把自己比作了特洛伊,"正像普里阿摩斯接待了西农那样,/我也接待了塔昆,使我的特洛亚覆亡"(1546—1547),女主人的遭遇与画作主题巧妙结合,叙述者的论述也与鲁克丽丝的自我解说有机融合。画中的战争是为了劫持、复仇而战,它也是鲁克丽丝复仇的象征。图画作为一个有意味的形式,打断了叙述,使事件仿佛在时空之外展开。

　　诗人将特洛伊作为一个图画隐喻向读者暗示女主人公遭受的暴行,鲁克丽丝的失贞和特洛伊的沦陷被紧密地联系在一起。她就是一座被攻陷的城池,是被侵占被摧毁的对象。受辱如受侵的隐喻在长诗的开篇已有暗示,譬如塔昆企图伺机攻破,他只等时机一到,就要燃起烈焰一团,前去紧紧环抱鲁克丽丝的纤腰。诗人还使用了许多表现侵占掠夺行为的意象和比喻,譬如一些军事隐喻:"她躺在那儿颤栗,像刚被杀伤的小鸟"(457),"他力求打开突破口,进入这迷人的城邦"(469),"就凭着这种借口,/我现在要来攀

---

① 罗丹:《罗丹艺术论》,第67页。

登你未经征服的堡垒"(481—482);在受辱之后,她觉着自己"灵魂的寓所遭劫,灵魂的安宁告终,/自己堂皇的府第被敌军轰炸夷平;/祀神的庙宇被玷辱、糟践、污损",要在自己"残败的堡垒中,凿通一个小孔,/度出自己受难的灵魂"(1169—1174)等。这些都和画中的战争主题形成了对照,这两者的相似性也得到了充分的展现。鲁克丽丝将自己的受辱看作遭到军事入侵,画中的特洛伊沦陷就自然被她解释为受到了侵犯。诗人在选择用词时注重其联想意义及其隐喻的内在联系,从而使诗歌的整体建构提升至隐喻的逻辑。

画中图像与现实之间的对应引起了观者强烈的心理反应及想象,诗人之笔也再现了女主人公心灵深处的微妙跃动,而这也正是长诗艺格符换的基础。如朗格所言,艺术是"表现人类情感的形式的创造",①鲁克丽丝选择观画的方式来宣泄满腹的哀愁,以她的悲戚来投合赫卡柏的哀痛,以她的喉舌来吟咏赫卡柏的哀愁,愿意借给画中人言语,赋予画中人声音,替她哀愁,为她悲痛。在她看来,画中赫卡柏就是被割舌的菲罗墨拉,就是现实中的自己,画中形象还会倾听,但又意识到她只是一个画出来的图像。她也很快就意识到哭泣的眼睛并不代表悲愁,并不值得同情。画中西农和现实中的塔昆早已联系在了一起。她最终对画中哀愁的面孔由原先的同情也转向了愤恨,并用指甲撕破了毫无知觉的西农。把画中西农撕烂也就是把塔昆撕烂,然而那也是一个画出来的形象,但这撕画的暴力行为无疑强化了隐喻的效果。

三、视觉建构空间

诗画双向互动也体现在诗人视觉叙述的技巧上,即通过观者的视觉活动来叙述画面。鲁克丽丝既是画中人,又是画中画的观者,诗人通过鲁克丽丝的眼睛叙述了画中的主要人物。鲁克丽丝之所以能被画面的悲惨景象触动,能和画中人一起哀恸,就在于她看到了画面中的一切,这一切都被赋予了情感的力量。在鲁克丽丝的眼里,赫卡柏姿容衰谢,布满皱纹和皲裂,双颊变形,被岁月摧残,被忧患折磨。诗人借助她的视觉赋予画中形象以声音,从而使读者仿佛听到了赫卡柏的哀嚎。朗格认为,艺术表现尽管不是自我情感、个体情感,而是一种情感概念,但二者主题一致,从而可以通过对自身情感的体验而对其有所感悟,甚至可以从自身情感材料之中实行"移植"

---

① 朗格:《情感与形式》,第72页。

和"借用",因此,艺术"成为一种表达意味的符号,运用着全球通用的形式,表现着某种情感经验"。①

诗人在描写阿基里斯时又用了虚拟假托的手法,给观者带来了错觉和视觉差,类似于文艺复兴初期绘画中的"错视法":经过人像的重叠,局部代替整体的加工再创造,使画面取得一种幽玄的视觉效果。

> 代表着阿基里斯的,是他挺立的矛枪
> 牢执在握甲的手里;他本人隐没在后方,
> 谁也无法看到他——除非用心智的眼光;
> 一只手、一只脚、一条腿、一个头,或一张脸庞,
> 靠了想象的翼助,能代表完整的人像。(1424—28)

在观者看来,挺立的矛枪就是指阿基里斯,而他本人却隐没在后方,虽然画面中的人物有缺失,但观者处处可以感受到人的影子,观者能被带进一个无意识的王国。在那里,虽然肉体已被消融在现场,但人物的空壳却屹立在战场。这样的人像描绘需要考验观者的眼光并借助其想象,因为它不是一种真实的客观描述,而是根据观者的习惯做出微妙调整的扭曲和变形。这种从图画到语词的再现方式,也许正是诗人感兴趣的地方。贡布里希在他的《艺术与错觉》里提到,莎翁的创作想必受了老菲的影响。老菲在描述一幅真实或想象的绘画时,称赞了艺术家的这种诀窍,围攻底比斯城的那幅作品就揭示了画面对观者的迷惑以致使观者产生了某种错觉:军中的士兵"有些可以看到全身,有些腿部被遮住了,还有些可以看到上身,后面有些只露出小半身,有些只露出个头,有些只露出头盔,最后则只看见矛头",莎翁对阿基里斯的描写也许是从画中得到了灵感。② 这种叙述技巧是诗人进行了语言的提喻和转喻的混用,叙述者也称之为"心智的眼光",要掌握这一形象的意义,观者要有着深度的鉴赏力,否则是无法认出阿基里斯的。画中的一只手、一只脚、一条腿、一个人头,或一张脸庞,都是靠了想象的翼助,才能代表完整的人像。

画中最显眼的人物西农被描画得藏而不露,使人看不出他诡秘的邪念。画家用高妙的本领掩藏了欺诈伎俩,描绘达到了一种欺骗的效果,这对观者

---

① 朗格:《情感与形式》,第11—12页。
② 贡布里希:《艺术与错觉》,第184—185页。

鲁克丽丝和读者都提出了要求,因为必须感同身受才能辨认出。虽然逼真,就如同粉饰肖像画一般,但实则一种歪曲的姿容,是一种假面,这幅画又成了欺骗的象征。因此,鲁克丽丝反复留神观察的同时,仍要斥责那画工,即便其画笔精妙。(1528)当她观察西农时,觉着肖像画错了西农的神情,因为正派的仪表却藏着一颗险恶邪心,由此判定画的欺骗性,画家掩藏的欺诈伎俩;同时,与西农相仿的塔昆的形影闪入了她的脑际,她回想起塔昆外表的真诚正直,她恍然大悟了,外表与内心可以不一致,美与德可以不相随,庄重的模样里原来也能怀有邪恶的心机,最终,她看清了塔昆的奸计。(1527—1540)正如朗格所说,装饰是表现性的,不是"适当的"刺激,而是荷载情感的基本艺术形式,一如所有创造出来的形式。它的功能就是刺激感觉,满足感觉,改造感觉。① 墙上的这幅装饰画为观者鲁克丽丝提供了一种视觉逻辑。西农的假眼泪骗取了国王的信任,塔昆的假温良逼迫她承受不幸。她用指甲撕破了毫无知觉的西农,这个塔昆的替代品,而这样一个外在行为却暴露了其内心的秘密:复仇。女主人公不是在讲故事,而是在经历这些事件,因此,画中人都应具有他们该有的外表。诗人通过女主人公的头脑来过滤所有这些事件,是为了保证画中人与女主人公情感和遭遇的相符并赋予一种自然、统一的看法,这也是诗人的创作原则。对于鲁克丽丝而言,她已沉迷于诗人的语言再现并欲鉴别其真伪,画作成为她自己对实际问题的评论或自己的情感表白。这些彼此衔接的视觉符号在作为观者的女主人公头脑里不断地运转反应,形成了一系列的思考和情感,这些也伴随着诗人所欲传达的思考和情感。图文写貌的艺格符换,并非仅仅为了感官想象上的快感,如朗格所言,"事实上,它们是有力的形式因素,它们打断了叙述,使事件仿佛在时空之外展开",因为"一个故事,为了把复杂的情节组织起来,就用想象和细节描写使它放慢、放宽,这样,它就制造了一种新的结构因素,即人物彼此之间的固定关系";浓墨重彩的详尽描写甚至能为人们最熟悉的事情赋以新的形式,"就仿佛一幅图画突然出现在三维空间而不是二维空间中"。②

四、诗画的互惠

一首诗既是一个独立自足的文本世界,同时又是人类整体文化打开的

---

① 朗格:《情感与形式》,第 74 页。
② 同上书,第 329 页。

一个扇面。"鲁克丽丝的悲剧"已经成为一个文艺母题,不同的艺术媒介之间形成了一种动态的竞争与呼应,促进了彼此的发展,如罗桑德所言,诗画之间的"交换是互惠的,因为诗歌文本又通过画家的视觉化艺术找到了新的现实,诗歌和绘画在时间的螺旋结构中互嵌——形象生产形象"。①我们搜索了与鲁克丽丝相关的艺术创作,发现作品主要集中在文艺复兴和巴洛克时期,或表现欲望激情或展现暴力冲突。无论是在诗人身前或身后,这些作品都表现了最富包孕的时刻,暗含了动作发生前后的一个瞬间,深入鉴赏是可以体察它们之间的共通和契合之处的。施特肖(Wolfgang Stechow)曾概括指出,在表现鲁克丽丝悲剧的作品中,主要有三大类型:"和传奇故事相关的不同场景的叙事表现,塔昆对鲁克丽丝施暴的戏剧性场面,鲁克丽丝独自一人的自刎场景。"②有些视觉艺术作品还能找到与莎翁诗句的对等,如伦勃朗(Rembrandt van Rijn,1606—1669)的《卢克蕾提亚》(*Lucretia*,1664)。③(图18)

图 18　伦勃朗:《卢克蕾提亚》,1664。现藏于美国国家美术馆

---

① Rosand, "Ekphrasis and the Generation of Images", pp. 61—62.
② Wolfgang Stechow, "Lucretia Statua", in *Essays in Honor of George Swarzenski*, Chicago: Henry Regnery, 1951, p. 114.
③ 伦勃朗在晚年时期至少画过三幅有关卢克蕾提亚的作品,最早的一幅由 Abraham Wijs 和 Sara de Potter 收藏,创作于 1658 年。后两幅创作于 1664 年和 1666 年,分别收藏于美国华盛顿国家美术馆和明尼阿波利斯市艺术研究院。此处选择分析的是其 1664 年的作品。

在这幅半身像作品中,画家选取了她自杀前犹豫的片刻。鲁克丽丝孤独地站在画面中,目光低垂,红唇微微撮起,神色严厉,脸上的线条显得非常坚决。内心充满了愤怒,双臂伸展,左手打开,右手紧握匕首直指胸膛,似乎在对着匕首进行最后的独白。在肉体侵犯、美德与牺牲之间,作品揭示了人物内心情感的冲突,似乎在生与死、荣誉与耻辱之间犹豫选择,整个画面充满了张力。在伦勃朗的画笔下,雍容华丽的服饰与辛酸无奈的表情形成强烈的反差。这幅作品的构图灵感也许来自雷蒙迪(Marcantonio Raimondi,约1470/1482—1534)和提香的相关画作(图19、图20)。

图19 雷蒙迪仿拉斐尔:《卢克蕾提亚》,1515。现藏于伦敦英国国家博物馆

图20 提香:《花神》,约1515—1517。现藏于佛罗伦萨乌菲兹美术馆

伦勃朗似乎选取了提香画中花神的头部和雷蒙迪图中人物的身姿,但人物心理特征的刻画、情感的表达在伦勃朗的画中是独一无二的。他和诗人一样,注重的是人物复杂的内心,捕捉的是人物面临重重压力倍感无奈的情绪。在他的画中,鲁克丽丝看上去并不像传说中那个意志坚定为名节而献身的贞女,画面展现是女子在面临道德困境和生死抉择时的犹豫不决。[①]

[①] Jr. Arthur K. Wheelock, "Lucretia", *Dutch Paintings of the Seventeenth Century*, National Gallery of Art Online Edition,2014, p. 3.

而这样的场景在长诗中确有对应之处：

> 可怜的手儿！你何必因这一指令而战栗？
> 让我从羞辱中解脱，能成全你的荣誉；
> 因为我若是死去，荣誉将活着，归于你，
> 而我若偷生苟且，你就要活在丑闻里。（1030—1033）

　　细致入微的心理刻画将鲁克丽丝自杀前的纷乱情绪展现得淋漓尽致。作为人类最大的心灵创造者，最深刻的人类观察者，莎翁在刻画人物时强调情感的作用，人物思想斗争复杂，心理和生理冲突明显，加强了戏剧的效果，而伦勃朗的烈女画正是对诗中鲁克丽丝一种恰切的注解。

第五章

浪漫主义诗歌中的艺术画廊

第一节 布莱克的诗画合体艺术

威廉·布莱克生前被认为是一位画家,直至19世纪晚期他的诗人身份才被学者认定,对他诗作的研究到20世纪上半叶才真正展开。值得注意的是,直至20世纪中叶布莱克研究并未将其诗画合体艺术纳入研究视野。而实际上,布莱克在1788年后创作的大部分作品均以诗文本与绘画图像展现于同一版面的诗画合体艺术完成。20世纪中叶以来,随着图像理论、视觉文化理论、后结构主义理论的兴起和发展,布莱克诗画合体艺术受到西方学者的高度重视,一系列布莱克合体艺术作品和相关研究成果得到出版。在研究中一个最引人注目的问题是其与西方"诗如画"传统的关系问题。有学者认为,这一合体艺术是对"诗如画"传统的继承和发展,也有学者反对这一观点,认为这一艺术是对"诗如画"传统的背离。笔者认为,布莱克诗画合体艺术对"诗如画"传统有所继承,并推进了该传统的进一步流变。同时,其合体艺术中的诗画又在统一体中形成差异与对立,激发了想象力,引发了对心灵视像的呼唤,与后现代思维观相呼应。

一、西方的"诗如画"传统与布莱克诗画合体艺术批评

布莱克诗画合体艺术的最早研究者之一哈格斯特鲁姆在其专著《威廉·布莱克：诗人与画家》(*William Blake: Poet and Painter*)中首次用"合体艺术"(composite art)来定义布莱克诗画合一的艺术作品，并指出，布莱克的诗画合体艺术是18、19世纪英国艺术领域中传承西方"诗如画"传统的典型代表。"尽管布莱克进行了全面的令人炫目的创新，他仍可被看作是西方艺术中令人敬仰的如画般的诗与如诗般的画这一传统的最好再现者。"[1]米切尔虽然接受了哈氏"合体艺术"的术语，但观点却与哈氏相反。他认为，布莱克合体艺术中的诗文本和图像并不存在不可或缺的依赖关系。"他的合体艺术，在某种程度上说，并非不可分割的整体，而是两种活跃的独立表达形式之间的相互作用。"[2]因而，布莱克的合体艺术不属于"诗如画"传统，且背离了这一传统。1970年，大卫·厄尔曼(David V. Erdman)与约翰·格兰特(John E. Grant)主编的《布莱克引人注目的幻想形式》(*Blake's Visionary Forms Dramatic*)中分别发表了两位学者的文章，即哈氏的《布莱克与姊妹艺术传统》("Blake and the Sister Arts Tradition")与米切尔的《布莱克的合体艺术》("Blake's Composite Art")。自此，布莱克与"诗如画"传统的关系便成为哈氏与米切尔争论的焦点，也成为布莱克合体艺术研究的出发点。

"诗如画"的原文为拉丁文 ut pictura poesis，英文译为 as is painting so is poetry，即"画如此，诗亦然"。它出自古罗马文艺批评家贺拉斯的《诗艺》："诗歌就像图画：有的要近看才能看出它的美，有的要远看；有的要放在暗处看最好，有的应放在明处看，不怕鉴赏家敏锐的挑剔；有的只能看一遍，有的百看不厌"[3]。贺拉斯把诗比作绘画，认为二者在其特质方面有相同之处。"诗如画"自此深入人心，受到文艺批评家们的推崇，"在十七八世纪新古典

---

[1] Jean H. Hagstrum, *William Blake: Poet and Painter*, Chicago: U of Chicago P, 1964, p. 8.

[2] W. J. T. Mitchell, *Blake's Composite Art: A Study of the Illuminated Poetry*, Princeton: Princeton U P, 1978, p. 3.

[3] 亚里斯多德：《诗学》，贺拉斯：《诗艺》，第156页。

主义的影响之下,诗画一致说几乎变成一种天经地义"①。事实上,"诗和画的关系在西方是一个老问题"②了。古希腊时期的文艺家对诗与画的密切关系已有认知,诗画一致观在当时颇为流行。普鲁塔克在论及古代艺术家们时指出,古希腊抒情诗人西蒙尼德斯说过"画是无声诗,诗是有声画",这一论断为后来的诗画一致观奠定了基础③。贺拉斯的"诗如画"说受到其影响。从根本上说,"诗如画"源于古希腊文艺家所主张的艺术是对客观世界的模仿这一思想。绘画运用具体生动的形象模仿客观世界,贴近客观世界的真实。诗歌运用语言模仿客观世界,它的模仿应具有如画般的形象性和生动性。普鲁塔克说,"我们把诗歌艺术普遍描绘为一种模仿的艺术,而且其模仿的技能与绘画的技能类似"④。当时的批评家把诗中具有视觉形象和绘画般的生动效果看作理想诗作的标准,认为诗歌与绘画作为姊妹艺术具有统一性。

1766年,莱辛出版了著名的《拉奥孔,或称论画与诗的界限》,认为诗歌(或文字艺术)与绘画(或造型艺术)分属两个不同的表达形式。绘画运用线条、形体和色彩等"自然符号"模仿客观世界,宜于描绘空间的静态物体。诗运用语言这一"人为符号",宜于叙述在时间中发生的动作和情节。"绘画用来摹仿的媒介符号和诗所用的确实完全不同,这就是说,绘画用空间中的形体和颜色而诗却用在时间中发出的声音。"⑤在莱辛看来,绘画和诗分属空间和时间、静态和动态、视觉和听觉的艺术。诗与绘画被分割开来,代表了西方"诗如画"传统的转向。

布莱克的合体艺术产生于《拉奥孔》发表22年之后的1788年。他以独具一格的方式将诗文本与图像融进一个版面。在某些作品中,诗文本与同一版面中的图像形成相互构成和补充的关系,诗配以图使得诗文本更具感性和生动性,而有了诗文本,图像的意义也更为具体鲜明,二者在丰富对方思想和内涵方面相得益彰,互通共融。哈氏认为,布莱克对诗与图像间的融合性有着不容置疑的信任,相信"诗歌如果不用绘画的美来装饰的话就不会

---

① 朱光潜:《〈拉奥孔〉译后记》,第235页。
② 同上。
③ Hagstrum, *The Sister Arts*, p.10.
④ Qtd. in Hagstrum, *The Sister Arts*, p.11.
⑤ 莱辛:《拉奥孔》,第90页。

是可爱的,绘画要模仿飞行,赶上诗歌的意象,这才令人激动"①。在此层面上这一合体艺术继承了西方"诗如画"的诗画一体观。虽然如此,在承续"诗如画"观的同时,布莱克一方面推进并改造了"诗如画"观,另一方面又开启了人们对多元互动的诗画观的认识。

在推进和改造传统"诗如画"观方面,布莱克的艺术不在于表现诗文本表达的如画性和栩栩如生的视觉效果,亦非造型艺术中所包含的诗意特征,而是直接将诗的文字图像化,打断文本叙述在时间上的连续性,使文字向着属于空间艺术的图像转化。同时,他的图像则具有流动性,蕴含强烈的叙事色彩。实际上,莱辛在《拉奥孔》中也注意到,虽然造型艺术所表现的图景在空间中瞬间悬置,但它对在时间中延续的行动与情节是给予暗示的。② 然而,在布莱克合体艺术中,图像的叙事性更为凸显,图像与文本、图像与图像之间构成思想的流动和情节的表现。文字符号的图像化、空间化,图像符号的叙事化、时间化,这一观念是对莱辛诗画分属时间和空间艺术这一诗画表现形式分离观的反拨,使二者的表现方式向对方转化,在时空中达到融合,实现诗画合一。如果这一诗画合一的观念可被认为是一种"诗如画"观,那么,它与西方传统的"诗如画"已不可同日而语。

就背离"诗如画"传统来说,布莱克合体艺术在很大程度上突破了二者间简单的相互对应、相互说明。对于这一合体艺术的意义解读,"假设似乎是合理的,但是对于我们来说,重要的是应该记得这一假设既非由诗文本'给定',亦非由插图'给定',而必须通过一系列的联想、转化和创造性推理来获得。而一旦最初的推理得以实现,阐释的问题才刚刚开始"③。在一些版画中,诗画二者之间并不乏相互的矛盾、冲突、质疑、背离,打破了诗画相通相融的一体关系。西方"诗如画"的前提及其本质在于二者对客观世界的模仿,而布莱克合体艺术却摒弃了文艺的模仿观。其合体艺术中的视觉符号所引发的深意及其对内心直觉与想象力的彰显,最终指向了对视觉形象本身的超越。布莱克对西方传统"诗如画"观在继承中的超越与背离既成就了他浪漫主义的文艺观,又将他推入后现代哲学的浪潮中。

---

① Hagstrum, *William Blake*, pp. 8—9.
② 莱辛:《拉奥孔》,第 91 页。
③ Mitchell, *Blake's Composite Art*, p. 6.

二、布莱克合体艺术中向空间转化的文字

文字符号具有图像性,这意味着文字具有向空间延展和生发的潜质。但由字母组成的西方拼音文字与其所指的客观物不发生直接关联,更体现出"人为符号"的抽象性。由拼音文字建构的诗语言,其意义的传达需要通过在时间中延展的语言叙述来完成,而与文字本身无关。然而,在布莱克合体艺术中,诗文本如画般的生动性和形象性更多地体现在诗的文字及文本的呈现方式中。这使得西方拼音文字的特质在他的合体艺术中发生某种转化,向着空间延展,引发了文字本身唤起的想象力和心灵的跃动。

布莱克合体艺术中的文字本身具有极强的图像性。在《天真与经验之歌》(*Songs of Innocence and Experience*)标题页上(*Songs* Plate 1,见图21),"SONGS"一词的呈现使人对该词的所指产生直接联想。在整个版画中,"SONGS"占据图的上方,位置凸显,色彩鲜明。两边的字母"S",中间的"O"和"G"丰满的圆形暗含歌声的音宽和厚度,观者仿佛听到悠扬的歌声。两个"S"左右对称,如天真与经验的对立与较量,在统一的形态中表现出张力与反差。字母"S"与旁边的叶子或火焰连在一起,呈自然的发散形态。字母"N"左边的竖的下部也与整个图像中的火焰连起来,形成文字与图像的汇合。在《天真之歌》标题页中(*Songs* Plate 3,见图22),"SONGS"的每个字母与绿叶几乎融为一体,成为生长的绿叶的一部分,仿佛图中的树长出的生命体,向天空升腾,散发着生命活力。字母"O"中的人形,双手向上张开,像在指挥一个歌队。字母"N"的中间斜靠着一个吹奏乐器的人,"G"中一个女子双手托着字母的上部。"SONGS"与客观物像,如飞鸟、人物、树叶、田野、光焰等形成完整的统一体。它已经不再是抽象的文字符号,而成为歌声或生命的载体,引发了对跃动生命的感悟和想象。

在布莱克合体艺术中,文字的表现形态丰富多样,如斜体、圆体、正体等。各异的字体常蕴含不同的寓意,文字的情感内涵可通过字体形态得以表达。在《天真之歌》标题页中,"SONGS"用圆体大写形式,下面的"Innocence"则为小写倾斜圆体。在字母"I"上有一个斜靠着的奏乐人。字体与人体自然倾斜,给人自然、自由、洒脱之感,与"天真"一词所传达的意蕴和气氛一致。在《经验之歌》标题页中(*Songs* Plate 29,见图23),"EXPERIENCE"的书写则为大写正体,使人感觉严肃、庄重、沉郁,是理智、

拘谨的,有一种压力。"天真""经验"在字体上的不同处理暗示两个词的不同内涵,也表现二者间的张力与对峙。字体与字意及它们唤起的情感相呼应,使原本不具备感性的拼音文字在多样的字体形态中传达出情感特质。在《天堂与地狱的婚姻》(*The Marriage of Heaven and Hell*)的标题页中(*Marriage* Plate 1,见图24),"Marriage"一词用圆形斜体字呈现,字母的尾端与植物形状的图像相连。圆形的、行云流水般的斜体字表达出诗人对天堂与地狱相结合的理想化状态的想象和向往,充满激情,这样的"婚姻"能给人世带来希望。版画下部的两个词"Heaven"和"Hell"均为严肃的罗马大写斜体字,代表两种力量的较量、对峙和汇合,与"Marriage"引发的想象形成对应。抽象的文字符号通过其呈现形态成为直接传达客观事物和情感的载体。"布莱克用'婚礼'的书法形式直接体现了他在《天堂与地狱的婚姻》中的'活版字体'所预示的象征性结合"。①

布莱克合体艺术中诗文本的排列方式也常呈现出图像性,体现出有寓意的独特构图。在《没有自然的宗教》(*There Is No Natural Religion*)的第10幅版画中(见图25),诗文构图如下:

Application

He who sees the in-
-finite in all things,
sees **God**. He who
sees the **Ratio** only
sees **himself** only

应用

那个在万物中
看见了无限的人
看见了**上帝**。那个
只看见**比例尺**的人

---

① Mitchell,*Picture Theory*,p.147.

只看见**他自己**①

《没有自然的宗教》是布莱克初试创作合体艺术的作品,画幅小,色彩运用尚未成熟,但其中已可见作者在诗画关系上的探索和思考。作品创作之时布莱克深感机械理性对人的心性的威胁,对此提出质疑和批判。他提出超越感官和知识的心灵感知力、想象与天才的作用,认为只有这种力量才能进入无限的存在本体,才能与上帝的精神相通。该版画中警句式的诗句分五行呈现,"God"(上帝)一词占据版画中心,位于代表理性的"Ratio"(比例尺)之上,而人的自我"himself"(他自己)则处于二者之下。这样的文字构图显示出"上帝""理性""自我"之间的关系,寓意心灵的感知力既可通达无限的终极"上帝",又可直抵"自我"。在诗文中诗人否定只"看见"理性的人,在诗文构图中他既否定只"看见"理性的人,又认为"自我"是理性和上帝精神的基础。"Infinite"(无限)一词分属两行,使该词的所指与能指产生断裂,词意也具有了不定感。空间化的文本构图和时间化的文本叙述相互交叉,阅读既在流动于时间的诗文本中延续,也在悬置于空间的文本图像中展开。

在布莱克合体艺术中,不少诗文本的呈现受到带有装饰性风格的小图像的阻断,叙述的连贯性受到分割,向着空间生发、展开,阅读便不断地循环往复,文本叙述向空间转化。如在《圣星期四》("Holy Thursday")(*Songs* Plate 19,见图 26)的版画中,几乎每一行文字中间都插入了飘荡的草丛、卷曲的藤蔓和飞鸟。这些装饰性的小图像往往带有很强的寓意,使得诗文的叙述与图像的表达间产生相互作用。诗作描写伦敦慈善学校的孩子们在"升天节"前往圣保罗大教堂做礼拜的情境。版画上方和下方描绘了两队在教区助理带领下缓缓行进的孩童,画面的调子理智而刻板,而诗文的呈现却因中间插入的装饰性图画而充满动感,是欢腾、不安、激越的一种情绪的传达,仿佛诗文"这时像一阵大风骤起他们歌声飞上天空/又像是和谐的雷鸣使天庭的众交椅震动"的具体体现。诗不再是单纯文字符号的叙事,而是文字与图像的结合体。

有学者指出,文本"叙述的基本特征即时间的线性的、持续性的发展,在

---

① 中间刷黑字为笔者所为。

布莱克的作品中被打破、颠覆、消解"①。他将文字进行图像化处理,使文字冲破抽象的符号局限,成为极具感性,富有跃动和想象力的画面。文森特·德·鲁卡(Vincent De Luca)认为,布莱克的合体艺术不仅是视像与文字之间的相互作用,而且是作为视像的文字游戏。②可以说,布莱克合体艺术中的文字及诗文本的图像化成为了"诗如画"的另一种形态和表达。

三、布莱克诗画合体艺术中向时间流动的图像

莱辛在《拉奥孔》中提出,绘画或造型艺术是对片刻中凝固于空间的人或物的描绘,是静态的,而非动态的。布莱克虽然认同图像在艺术形式上与诗歌的区别,但他的图像却传达出很强的动态趋向和叙事性。

在《花朵》("Blossom")(*Songs* Plate 11,见图 27)中,整个构图为向大地伸展又向天空升腾的燃烧的火焰,这火焰似生机盎然的草丛,也与生长的树木联系在一起。火焰的端稍上有飞舞跳跃的小天使,他们与燃烧的火焰融为一体,构成整个图像的跃动形态。这样的图景也出现在《神圣的形象》("Devine Image")中(*Songs* Plate 18,见图 28)。火焰似从地上生长出来的生命体,不断腾升,穿越诗文,又将整个诗文本拥抱、环绕,其周身的藤蔓向诗文中间伸展,形成二者的交叉流动,也使图像的解读与诗文内容相互作用。《天真与经验之歌》标题页将整个图像带入跃动、流淌、腾升的场景,图像似为燃烧的火舌,又如风中飘飞的草丛,也像滚动的波浪。《天堂与地狱的婚姻》第 5 幅版画中的上部绘有倒栽下来的人形和白马,图像具有强烈的流动性和动态感,与作品中诗文的叙述形成呼应(*Marriage* Plate 5,见图 29)。原本应在时间中定格的静态图像在布莱克的合体艺术中的动态呈现唤起其在时间中的流动感并向时间的延展开敞。

图像之间也产生互动。在《荡着回声的草地》("The Echoing Green")的两幅版画中,前一幅中的上半部绘有枝叶繁茂的橡树,寓意年长者对孩童的护佑,下半部绘的是初长的小树、卷曲的藤蔓、飘动的叶子,寓意孩童的天真(*Songs* Plate 6,见图 30)。而后一插图中,小树已经长成,树干变得粗壮高

---

① Saree Makdisi, "The Political Aesthetic of Blake's Images", in *The Cambridge Companion to William Blake*, ed. Morris Eaves, Cambridge: Cambridge U P, 2003, p. 111.

② Susan J. Wolfson, *Formal Charges: The Shaping of Poetry in British Romanticism*, Stanford: Stanford U P, 1977, p. 32.

大,其上挂有葡萄藤,象征孩童已经成长,性的意识正在萌生(*Songs* Plate 7,见图 31)。三幅图像中的树木形成相互的连接,寓意时间的变化和事物的发展,而这在诗文中并未传达。它反映出图像与诗文之间的互构,又揭示出图像与诗文既相关又不同的思想内涵。该图像的叙事潜质反映出图像在时间中的延伸。《荡着回声的草地》的后一版画与《天堂与地狱的婚姻》中的第 2 幅版画(见图 32)在图像上有近似之处。虽然两幅图的细节有所不同,但相似图像在不同作品中的呈现亦为布莱克合体艺术的重要特征。图像不是孤立的、单一的静态景观,而表现了相互关联且不断流动的图像叙事过程。

彼得·奥托(Peter Otto)对《没有自然的宗教》的第 10 版画所做的颇具启示性的分析亦揭示出图像之间的流动与互文。该版画的下方描绘了一个附身跪地的人体。他的左手支撑大地,右手执圆规,正在地面上测量一个三角形。这个形象刻画的是版画上部诗文中提到的"比例尺"(Ratio),即理性的形象化身。他双眼紧盯图形,视野狭窄,心存对世界的理性认知,似乎忽视了活的世界的存在,只关注眼前以"比例尺"测出的世界,表现出人类认识经验的有限性。"有理由认定那个人形就是洛克的人类的理解力,正在考察印在人的头脑中的单纯观念"[①]。根据厄尔曼的考证和分析,该人物的形态与布莱克所绘的尼布甲尼撒("Nebuchadnezzar",见图 33)有相似之处,而手执圆规附身绘图的形象又与布莱克的画作《牛顿》("Newton",见图 34)中手执圆规在地上绘出三角图形的人物以及作品《造物主》("The Ancient of Days",见图 35)中造物主手执圆规画出下界的形象有共通点。洛克的机械论与牛顿的科学思想均期望通过理性来探求世界表象背后的真理,而布莱克却对这一思想发出了质疑。上帝造世人,既给世界带来了光也赋予其秩序,光启迪了心灵和想象力,秩序却对人的创造力加以限制,它们相互依存又相互对立。可见,《没有自然的宗教》中的这一版画中的人物是一个复杂的合体,与尼布甲尼撒、牛顿、造物主的形象相互联系。在此,图像不是封闭的,而是相互阐发、相互延展的。

布莱克合体艺术在诗文方面,尤其在文字方面超越了线性的呈现方式而向空间转化,其图像则表现出强劲的流动性和叙事内涵,走向了动态的时

[①] Peter Otto, "Blake's Composite Art", in *Palgrave Advances in William Blake Studies*, ed. Nicholas M. Williams, London: Palgrave Macmillan, 2006, p.50.

间。哈格斯特鲁姆认为,"布莱克的文字是视觉化的,他的绘画则是文字化的,是有概念的"①。米切尔认为"布莱克故意打破了文字与图像之间的界限;他用的字母常常生长出枝蔓,只能根据图像来解释。……布莱克把图像艺术当作一种文字来处理,用饰图书(illuminated books)总结了从象形图到象形文字再到字母文字的整个文字史。……布莱克的艺术不仅涉及把绘画推向表意文字的书写领域;他还把字母文字推向了图像的价值领域,让我们用感官去看字母形状,而不仅是读它或将其当作字母背后的意义或'概念'来看"②。布莱克否定了莱辛的诗画分割观,肯定诗画之间的融合性,这与传统"诗如画"观有一定契合。然而,这一诗文与图像的表现形式向着对方相互转向的诗画观又与传统"诗如画"观不同,是对传统"诗如画"观的转化和发展。

四、布莱克合体艺术中诗画间的动态关系及其对"诗如画"的超越

传统"诗如画"观主张诗歌与绘画之间的统一与融合,布莱克的诗画之间却时而呈现出动态而复杂的关系。虽然同一版画中的诗画间确有相互解说的状况,但这种解说常为一个对另一个的扩展性阐释,有时二者间并不直接相关,甚至存在相互的对峙、矛盾和质疑。这可以解释布莱克为何称这一艺术为"illuminated book"而非"illustrated book"。英文中的 illuminate 有"装饰""照亮""说明"的多重意义。将这一合体艺术称为"illuminated books",这既体现出图像对整个版画的装饰作用,又突显诗画二者间相互"照亮"的用意,即诗画二者之间存在相互的阐发、构建与启迪。"照亮"体现出心灵的视像感,提请人们关注的是二者之间的动态关系。即使他偏向于采用 illuminate 的"装饰"意义,它也具有特殊含义。布莱克曾明确提出,视觉图像的呈现不旨在对视觉图像的观看,而是引导观者透过这一视觉图像的窗子来"观看"其背后的真谛。布莱克在《最后审判的幻景》("A Vision of the Last Judgment")中把肉眼比作带风景的窗子,"我透过这扇窗子去观看,而不是用它来观看"③。其《天真与经验之歌》合体艺术中的每幅版画几乎都

---

① Hagstrum, *William Blake*, p. 10.
② Mitchell, *Picture Theory*, pp. 146—147。
③ William Blake, *The Complete Poetry and Prose of William Blake*, ed. David Erdman, New York: Anchor, 1982, p. 566.

以树木、藤蔓、叶子、火焰、飘带等图像镶边,都呈现为一个窗框。这一图像的设计构型可视为整个版画的装饰,同时,该装饰图形亦含有透过这一窗子,透过窗中的图像去"观看"表象背后之精神真谛的寓意。图形或文本不过是引发想象的窗口,最终引人抵达的是对心灵视像的感悟和直觉。窗子是一种途径,象征着人从此岸世界到达彼岸世界的认知过程。此时,诗画已不能用单纯的统一关系来认识和界定,也超越了对客观世界的模仿,他的合体艺术在此有背离"诗如画"核心概念的一面。

《荡着回声的草地》的诗文描写了孩童在春天生机勃勃的绿色草场玩耍嬉戏的快乐场景,这是天真的人类童年时代的生动刻写,轻松、愉悦、无忧无虑。全诗的主导精神是天真。而在两页版画的三个图景中,布莱克通过变化发展的视觉图像向人们展示了人生的成长过程和经验到来的情景,其主导精神为经验。诗文与图景虽可互为补充,同时也显示出相互间的对峙。《天堂与地狱的婚姻》第 2 幅版画中的诗文标题为"争论"("The Argument")。诗的前两行"伦特拉咆哮着,在沉重的风中挥舞着他的烈火;/饥饿的云在海上动荡起伏"代表诗人—预言家的愤怒,预示社会变革或自然循环之转折点的到来。① 中间四个诗节的诗文充满象征寓意,其中有"正直的人"通过危险的死亡之谷,有荆棘丛生的荒地、不结果的灌木丛、山岩、坟墓、累累白骨、危险小路、虚伪的蛇。虽然在荒野中现出玫瑰、小溪、鲜花,可听到蜜蜂的歌唱,但整个诗文传达的是人类出生与成长过程中所经历的坎坷、苦难、动荡、死亡。凯因斯(Geoffrey Keynes)认为,该版画与《荡着回声的草地》后一幅版画中的构图近似,但细节上的变化体现出荒凉的景象,树上女子的手中不再拿着象征成长与成熟的葡萄,而是手中空空,与诗文中对人生苦难与命运坎坷的描写有所呼应。(Marriage Plate 2)然而,图景在气氛、色调、内容上又显出与诗文的抵牾。无论是植物的生长还是树上与树旁的两个女子均呈现生命的形态,表达出对生的渴求和对天真的向往,荒芜的情境与生命的进发并存。

在《没有自然的宗教》的第 11 幅版画(见图 36)中,诗的文本如下所示:

---

① 布莱克:《天堂与地狱的婚姻——布莱克诗选》,张德明译,北京:中国文联出版公司,1989年,第 10 页。

>   Therefore
>
> God becomes as
> we are, that we
> maybe as he
>   is

> 因此
>
> 上帝成为
> 我们，而我们
>   就成为了
>   上帝

版画 11 诗文的表达接续版画 10 的诗文。诗人认为，一旦人不再囿于理性的认知便可达到对无限的领悟，超越自我而与上帝同一。在英文的诗文中，四个诗行由动词"be"的几种形态"become""are""be""is"连接起来，在文本的构图上形成一个纵向的竖轴，显示出"上帝"与"我们"同一的确定性及其本体存在的不可动摇的力量。但在竖轴下方出现一个横轴，它向两边展开，有一种弥散延展之势。竖轴建立在横轴之上，二者又相互交叉。"is"一词落在诗文最后，独自构成一行，"is"两端为两根卷曲的藤蔓或飘带，仿佛确定的存在具有了飘摇的不定感。诗文右侧一条藤蔓式的飘带意味深长地呈现出一个问号，"is"右边的藤蔓在向下飘荡时也呈现出问号的图形。横轴、飘带般的藤蔓及其呈现的问号与竖轴上"be"建构起来的"上帝"与"我们"之间不可动摇的同一性构成对峙，图像对诗文产生了质疑。版画 11 底部绘有一个斜躺的人体，头上笼罩着光环，应具有非凡的神性。人体的脸面朝上，身体向诗文敞开的姿态与版画 10 中跪地手执圆规测量三角形的人体形成对峙。版画 10 中附身跪地的人体将自己封闭在有限的空间中，版画 11 中的人体则是开放而自在的，与诗文，也与外界形成交流与对话的姿态。有评论者认为，"在这幅图中，布莱克认为人类的神圣形式是由生活与思想，肉体与灵魂的交流造就的"①，而生活与思想，肉体与灵魂之间的界限却并不清晰，二者的关系既是稳定的也是运动的，既是闭合的也是开放的。诗文与图像在相互的构建中产生相互的质疑，两幅版画之间亦形成了交流和对话。这种动态的诗画关系正是布莱克合体艺术中诗画关系的重要特征，它引发的是对诗文与图像的多元阐释，最终由感官视觉唤起对心灵视像的感悟和对想象力的呼唤。

福柯（Michel Foucault）在《这不是一个烟斗》（"This Is Not a Pipe"）中说："自15世纪以来直至20世纪，西方的绘画中，……文字符号与视觉图像从未同时出现过。在文字符号与视觉图像的关系中总是存在一种等级，要么是图像的形象高于话语叙述，要么是话语叙述高于图像的形象。"②如果福柯对西方自文艺复兴以来至20世纪的图像与话语之间关系的主流状况和发展趋势进行的是合理概括的话，那么，布莱克的诗画合体艺术就在这一主流之外。他的诗画之间不存在等级关系，而是相互激发、相互转化、相互阐发的，在诗画的合体中存在差异，在二者的融合中产生矛盾和分离。在这个层面上，他的艺术不仅与传统"诗如画"观相悖，也是对西方形而上学二元对立等级观念的反拨。

浪漫主义时期的诗人对视觉艺术造成的对想象力的压制有明确表达。华兹华斯在他的《序曲》（Prelude）中说：曾有一段时间"我的肉眼——我们/生命的每一阶段它都是最霸道的/感官……常常/将我的心灵置于它的绝对/控制之下（第十二卷，127—131行）"③。那霸道的视觉感官即柯尔律治在其《文学生涯》中所说的"视觉的专制"。就浪漫主义诗人在其诗歌创作中所受的视觉影响而言，除意象派诗以外，没有任何其他诗歌流派受到的视觉影响比之更大、更多，但正是浪漫派诗人对视觉的抵制最甚。其原因在于浪漫主义诗人认为想象力所唤起的心灵感悟和直觉远远超越感官视觉之囿。然而，布莱克的艺术思想却与华兹华斯及柯尔律治的视觉艺术观及他们所持的诗画观不同。布莱克的诗文与图像并未受制于由语言所主导并由声音来唤起的想象，而声音的霸权正是西方逻各斯中心主义的核心。布莱克合

---

① Otto, "Blake's Composite Art", p. 55.
② Qtd. in ibid., p. 42。
③ William Wordsworth, *The Prelude* 1799, 1805, 1850, eds. Jonathan Wordsworth, et al. New York: Norton, 1979, p. 425.

体艺术中的诗文与图像恰恰走向了逻各斯中心主义之外的书写艺术。其诗文的图像化、空间化,图像的叙事化、时间化,以及诗画之间的多元动态关系,唤醒了由视觉引发的对物象的直接感悟和对逻辑理性权威的否定,激发了心灵的直觉想象。视觉并非对想象的压制,而是从图像和书写层面对想象力的唤醒。就此意义而言,布莱克的合体艺术走出了西方古老的"诗如画"传统,与浪漫主义诗学观所推崇的想象力在另一层面上达到了契合,并与后现代哲学对语音中心主义及二元对立观的批判产生呼应。

附图①:

图 21 《天真与经验之歌》标题页,Plate 1

---

① 附图分别出自布莱克的诗集:*The Complete Poetry and Prose of William Blake*(Ed. David Erdman. New York:Anchor P, 1982),*The Marriage of Heaven and Hell*(Ed. Geoffrey Keynes. London:Oxford U P, 1975),*Songs of Innocence and Experience*(Ed. Geoffrey Keynes. London:Oxford U P, 1977),*The Complete Illuminated Books*(Ed. Bindman. London:Thames & Hudson, 2000)。

图 22 《天真之歌》标题页, Plate 3

第五章　浪漫主义诗歌中的艺术画廊 | 283

图 23　《经验之歌》标题页, Plate 29

图 24 《天堂与地狱的婚姻》标题页，Plate 1

第五章　浪漫主义诗歌中的艺术画廊 | 285

图 25　《没有自然的宗教》,Plate 10

图 26　《天真之歌》Plate 19,"Holy Thursday"

图27 《天真与经验之歌》Plate 11, "Blossom"

图 28 (《天真与经验之歌》Plate 18,"Divine Image"

图 29 《天堂与地狱的婚姻》, Plate 5

图 30　《天真与经验之歌》Plate 6，"The Echoing Green"

图 31 《天真与经验之歌》Plate 7,"The Echoing Green"

第五章　浪漫主义诗歌中的艺术画廊 | 291

图 32　《天堂与地狱的婚姻》，Plate 2

图 33　《尼布甲尼撒》("Nebuchadnezzar")

图 34 《牛顿》("Newton")

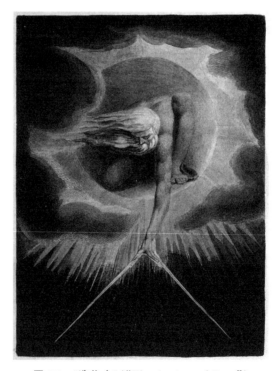

图 35 《造物主》("The Ancient of Days")

第五章 浪漫主义诗歌中的艺术画廊 | 293

图36 《没有自然的宗教》Plate 11

第二节 济慈:让无声之瓮发声

在跨艺术诗学研究中,济慈的《希腊古瓮颂》被认为是艺格符换的经典范例,引发了多位批评家的分析和研究,其中以斯皮策、克里格和赫弗南的三篇文献最为引人注目。① 它们分别从视觉艺术向听觉艺术的转换、时间艺术向空间艺术的转换和视觉表征的语言再现等角度对该诗作展开批评,将跨艺术诗学推向新的高度,并将艺格符换概念扩展至对诗学本质的研究,为诗歌美学研究提供了新视角。但他们的研究均未将济慈的诗学思想,尤其是他的想象力融入艺格符换研究之中,使得艺格符换研究与济慈诗学思想有一定脱节。笔者认为,三位批评家所提出的跨艺术诗的艺术转换和再现

---

① 济慈的诗歌历来被评论家认为充满了感官的或视觉的意象。他的《圣亚尼节前夜》《恩弟米安》《初见埃尔金石雕有感》等均被学者用于艺格符换研究的例子。但唯有《希腊古瓮颂》被论述得最多。除文中所重点论述的三篇文章之外,也有其他学者在其论著中对这首诗作进行论述,如斯坦纳在《修辞学的色彩:现代文学与绘画的关联问题》(*The Colors of Rhetoric*:*Problems in the Relation between Modern Literature and Painting*, Chicago:U of Chicago P, 1982)中也论及《希腊古瓮颂》。但本文中所论三篇是20世纪中后叶以来集中论述济慈《希腊古瓮颂》艺格符换的最重要文献。

均为济慈的创造性想象提供了可能,而想象又成为这三者存在的条件,这构成了济慈《希腊古瓮颂》独特的艺格符换美学。

一、寂静无声中召唤的想象

1955 年,批评家斯皮策针对瓦瑟曼(Earl Wasserman)的文章《更美之声调》("The Finer Tone",1953)发表了著名的《〈希腊古瓮颂〉,或内容与元语法的对峙》一文。他对瓦瑟曼指出的《希腊古瓮颂》中词语的悖论式矛盾提出质疑,认为这是一首典型的艺格符换诗作,诗人面对的是古瓮这一艺术品,而"它首先是对一只瓮瓶的描述",因此该诗"属于从荷马和忒俄克里托斯到巴那斯派和里尔克的西方文学所知的一种艺格符换文类(genre),即诗歌对绘画艺术或雕塑艺术的描绘"。① 他进而指出,"这种描绘,用戈蒂耶的话来说,表明了一种'艺术的换位',即通过语言媒介,对诉诸美感的艺术品的再现"②。斯皮策的文章开启了 20 世纪西方学界对艺格符换这一古老议题的研究,他"将艺格符换定义为一种基本的诗歌文类这革命性的一步使艺格符换彻底脱离了修辞形式",③引发了学界对诗歌与视觉艺术关系的极大关注,其中的"艺术转换"问题更引起人们的研究兴趣。自莱辛《拉奥孔》以降,诗歌与造型艺术分属有声艺术与无声艺术的看法一直占据西方艺术批评领域的主导地位,而斯皮策对《希腊古瓮颂》的批评首次破除了这一观点,肯定在艺格符换中诗文与其所描绘的视觉艺术之间存在转换关系,诗中蕴含着将无声的视觉艺术转换成听觉艺术的能力和过程,即让寂静无声的视觉艺术发声并进行陈述。在诗作开篇,诗人笔下的古瓮处于长久的安静状态,是宁静、安谧,不能发声的,诗人将其称作"'宁静'的保持着童贞的新娘,/'沉默'和漫长的'时间'领养的少女"④。应该说,"沉默"是所有视觉艺术的共性。但诗人在接下来的诗句中为古瓮设置了潜在的陈述欲望,他将古瓮称作"山林的历史家",讲述着比诗人的诗句更为动听的故事,隐含了他对古瓮叙述能力的召唤。换言之,古瓮的沉默或无言与他的叙讲并非矛盾的双方。在诗的最后,诗人借古瓮向世人发出了"美即是真,真即是美"的箴

---

① Spitzer, "The 'Ode on a Grecian Urn', or Content vs. Metagrammar", p. 207.
② Ibid.
③ Webb, *Ekphrasis, Imagination and Persuasion*, p. 33.
④ 济慈:《济慈诗选》,屠岸译,北京:人民文学出版社,1997 年,第 16 页。

言。关于这句名言,批评家曾有不同争论,或认为是诗人向读者所说,或认为是古瓮向诗人所说,但更多的批评者认为是古瓮向世人所说。①用诗的语言形式来描绘一只作为视觉艺术的瓮瓶,该诗作已经实现了视觉艺术向听觉艺术的转换,而在斯皮策看来,最终诗人隐退其后,让寂静无声的古瓮"自我"发声,"自我"陈述,更推进了这一艺术转换的完成。

那么,诗人是凭借怎样的艺术手段将这一诉诸人们视觉感官的无声艺术转换成诉诸听觉的话语的呢?以笔者之见,这一转换正是由古瓮的无声所激发的想象来实现的。应该看到,诗人对古瓮的描绘并非客观的陈述性描写,而是由一连串的感叹和发问组成。诗人在第一诗节中写道:

> 绿叶镶边的传说在你的身上缠,
> 　讲的可是神,或人,或神人在一道,
> 　　活跃在滕陂,或者阿卡狄谷地?
> 什么人,什么神? 什么样姑娘不情愿?
> 　怎样疯狂的追求? 竭力的脱逃?
> 　　什么笛,铃鼓? 怎样忘情的狂喜?②

(第 5—10 行)

究竟古瓮呈现为怎样的形态,古瓮上的画面具体表现的是何故事,那上面的人物是神还是人,是什么样的神或人,诗人并不确知。诗中所表现的是他对古瓮画面的想象。正如有批评家所说:"如果与经典的(艺格符换)蓝本——忒俄克里托斯的《田园诗》进行比较的话,《希腊古瓮颂》看上去则是奇怪的",济慈的诗并非对他所面对的艺术品的描述,"而是以多种对古瓮的拟人化比喻开始,……然后就对画在古瓮表面的静态人物进行提问。……在第四诗节,济慈诗中的讲话者从所描绘的场景偏离而转向了并非现实存

---

① 《希腊古瓮颂》的最后两行为:"美即是真,真即是美"——这就是你们在世上所知道、该知道的一切。"美即是真,真即是美"这一名言在济慈 1820 年出版的诗集中是有引号的,但在同一年发表在《美术年鉴》上的这首诗作中,这句名言没有引号。这一差异引起了人们对这一诗作最后两行的不同阐释。批评家们不能确定究竟这两行全部为古瓮所说,还是说,"美即是真,真即是美"是古瓮所说,而这两行中的其他内容为诗中的讲话者所说。见 M. H. Abrams (ed.), *The Norton Anthology of English Literature*, Seventh Edition, V. 2, New York: Norton, 2000, p.853。目前,大多选本中这个短语是有引号的,即多数人认为"美即是真,真即是美"为古瓮借诗中讲话者之口对世人所说。另见《济慈诗选》,第 18 页,注①。

② 济慈,《济慈诗选》,第 16 页。

在的想象"①。作为漫长历史遗留下来的伟大的视觉艺术品,古瓮始终默默地存在,它的沉寂、宁谧,给诗人,也给世人留下了巨大的想象空间。从古希腊时期开始,诗人常被比作画家。②但在浪漫主义时期,诗人们却认为视觉艺术对心灵想象具有限制作用。柯尔律治在《文学传记》中提出"视觉的专制"(despotism of the eye),认为心灵不应成为眼睛(视觉)的奴隶。③"这一表达是针对建立在相信真理能够被,并必定被我们的感官,尤其是视觉感官所证实这一哲学体系而发的。"④他在《失意吟》("Dejection：An Ode")中流露出一种苦痛,即他对于自然是"看出,而不是感觉出,它们有多美",因为"激情和活力导源于内在的心境,/我又怎能求之于、得之于外在的光景?"⑤浪漫主义的思想家虽然大多受到视觉艺术的影响但最终纷纷走向对视觉艺术的超越,因为心灵才是他们追求的终极归宿。在他们看来,心灵的启悟往往囿于眼见的景象,而无法通达心灵的视像和精神的升华。华兹华斯在卧榻之时无意间有水仙闪入心灵,那是他心灵之眼的所见,而并非肉眼所见。⑥雪莱在他的散文《柯利修姆遗址》("The Coliseum")中讲到盲眼老人和他的女儿来到古罗马大竞技场遗址,女儿对父亲讲述她眼前所见之宏伟景象,而盲眼老人则讲述了他的所见,那是更高的精神之见。用女儿的话说,父亲"眼中有比我所看到的更为淡泊怡然的景象",⑦那是超越了肉眼之所见的崇高思想。爱默生(R. W. Emerson)在《自然》("Nature")中提出"透明的眼球"(The transparent eyeball)这一观念,强调"眼见"可以洞察万物的作用,同时又通过

---

① Theresa M. Kelley, "Keats and Ekphrasis," in *The Cambridge Companion to Keats*, ed. Susan J. Wolfson, Cambridge: Cambridge U P, 2001, pp.172—173.
② 柏拉图在《理想国》中曾说"诗人就像是画家"。亚里士多德在《诗学》中也常在提到诗画姐妹艺术时说"这就像是绘画一般"。而贺拉斯则在《诗艺》中提出"画如此,诗亦然"这一著名论断。参见本书第一章第一节。
③ S. T. Coleridge, *Biographia Literaria*, ed. Adam Roberts. Edinburgh: Edinburgh U P, 2014, p.78.
④ Kazuko Oguro, "From Sight to Insight, Coleridge's Quest for Symbol in Nature," *The Coleridge Bulletin*, New Series 29 (NS) (2007), p.75.
⑤ 柯尔律治:《华兹华斯 柯尔律治诗选》,杨德豫译,北京:人民文学出版社,2001年,第407页。
⑥ 华兹华斯在《水仙》中表达出从眼见的水仙走向回忆中水仙向心灵的回归,那才是幸福的极致。"They flash upon that inward eye/which is the bliss of solitude"。在《序曲》中,华兹华斯也讲到"我的肉眼——我们/生命的每一阶段它都是最霸道的/感官……常常/将我的心灵置于它的绝对/控制之下(第十二卷,127—31行)"。见 Wordsworth, *The Prelude*, p.429.
⑦ 雪莱:《雪莱散文》,徐文惠、杨熙龄译,北京:人民文学出版社,2008年,第4页。

"眼见"来否定自我,让自我达到"无"的境界,最终跨越一切眼见的局限而通达更高的精神存在。① 虽然爱默生的思想与济慈的有诸多不同,但较为明确的是,视觉的表象在浪漫主义诗人那里是受到一定质疑的。

然而,视觉艺术的无声、无言又唤起人们丰富的想象。西方的语言传统遵循的是它的有声语言传统。言,一旦发声,就成为有形的存在。上帝之言,被看作最高的言,成为逻各斯(logos),不可动摇,难以改变。而无言、沉寂、无声则成为有声、有形、言的对立面或它的替补,为人们的心灵感悟打开了另一扇门。当济慈面对古瓮时,他的这扇门被开启了,尽管他讲述的是一个可见的艺术品,是有形的存在,但经过历史长河淘洗的艺术品是默然而寂静无声的,它无言的深沉诱发出诗人无尽的想象。"尽管诗人讲述了 50 行,他发现他所提的问题几乎均未被回答,古瓮坚持其'沉默的形式'以'激发我们的思绪'。"②这使他处于与历史真实断裂的状态。究竟古瓮是怎样的形态,画面上描写的是怎样的历史现实,人物之间发生了怎样的关系和故事,小城的居民为何离开而使得它成为一座空城,这一切都充满了不确定的因素,说明了历史真实的缺场。在济慈看来,真实依赖于想象。他在书信中多次阐述了对想象的肯定,在谈到拜伦的诗作时他说,"他写他看到的东西——我写我想象的东西——我的任务至为艰巨"。③ 对于眼见的景象他也常常将其转化为想象中的思绪,如同他的另一首艺格符换作品《初见埃尔金石雕有感》("On seeing the Elgin Marbles")所描述的,艺术给他带来的是"我必将死亡,/像患病的鹰隼,只向着高空怅望"④的感叹。

从更深的层面讲,无言的视觉艺术激发心灵的倾听。诗人面对画面中的景象说:

> 听见的乐曲是悦耳,听不见的旋律
>   更甜美;风笛呵,你该继续吹奏;
> 不是对耳朵,而是对心灵奏出
>   无声的乐曲,送上更多的温柔:⑤
> (第 11—14 行)

---

① 爱默生:《爱默生集》,范圣宇主编,广州:花城出版社,2008 年,第 36 页。
② Kelley, "Keats and Ekphrasis", p. 174.
③ 济慈:《济慈书信集》,傅修延译,北京:东方出版社,2002 年,第 413 页。
④ 济慈:《济慈诗选》,第 75 页。
⑤ 同上书,第 16 页。

从无声到有声的转换,并不是从眼见的视觉向耳听的听觉的转换,而是向心灵听觉的转换。无声对于耳朵来说是听不见的,但它是一种更高的音乐形式,唤起的是精神的感悟和愉悦。这在西方的传统哲学思想和东方的传统哲学思想中都有所论述。古希腊时期的哲学家就曾经指出,无声的音乐是音乐的最高境界,毕达哥拉斯就将寂静无声等同于人类无法用耳朵聆听的天宇之和谐。① 而无声的存在在西方后现代理论中也具有重要意义。德里达在他的《延异》中对"寂静"(silence)的肯定充分说明了它在后现代思维观中积极的创造性价值。他将法语"différence"中的"e"替换成"a",构建出"延异"(différance)思想,从而将"书写"(graphic writing)的价值提高到哲学的高度。"正是寂静在所谓的语音书写内部起到了作用。"② 尽管德里达的"延异"观旨在颠覆西方传统形而上学的终极意义,与济慈对永恒之美的追求有所矛盾,但德里达推崇"无声"带来的创造力和无限的变异与济慈所肯定的无声能激发心灵的想象是有一定相合之处的。济慈在《恩弟米安》(Endymion)中说:"对他敏锐的听觉,/无声是来自神圣天宇的音乐。"③《希腊古瓮颂》所实现的视觉向听觉的转换正是建立在古瓮的无声所召唤的想象层面,并将其推展至对心智的呼唤,以此来催生沉睡而寂静的古瓮,使其成为鲜活而富有生命力的存在。古瓮的寂静无声激发诗人的想象、发问和言说,而诗人的想象、发问和言说最终又成就了古瓮的言说。在此过程中,"济慈解决了无声与'讲述'的古瓮之间存在的悖论,发现了从所见之物(眼见)到所听之物(心灵之听)的转换"④。在无声激发诗人无尽的想象、提升心智这个层面上,《希腊古瓮颂》实现了无声与有声的互通,达到了通过眼见的视觉形象实现心灵视像和心灵倾听的永恒。

---

① 见 Spitzer, "The 'Ode on a Grecian Urn', or Content vs. Metagrammar", p. 211. 中国古典哲学中也有"大音希声"的思想,认为有声的最高境界是无声。见老子:《道德经》,第四十一章。老子原话为"大方无隅,大器晚成;大音希声,大象无形"。他以辩证的思想阐述了存在的本质。这也是庄子在《天运》中所说的"天籁",或"天乐",即"听之不闻其声,视之不见其形"的境界。
② Jacques Derrida, "*Différance*", *Literary Theory: An Anthology*, Revised Edition, eds. Julie Rivkin and Michael Ryan, Oxford: Blackwell, 1998, p. 387. 国内有学者将 *Différance* 译为"延宕",笔者认为"延异"更为准确一些,因为 *Différance* 至少包含"延宕"与"变异"这两个概念。
③ 济慈:《恩弟米安》,第二卷,第 675 行;《济慈诗选》,第 345 页。
④ Spitzer, "The 'Ode on a Grecian Urn', or Content vs. Metagrammar", p. 211.

二、空间形态中的回旋与想象

1965 年,克里格在爱荷华大学现代文学研究中心举办的以"作为批评家的诗人"为议题的会议上提交了题为《艺格符换与诗歌的静止运动;或〈拉奥孔〉再探》的论文,对艺格符换的研究以及济慈《希腊古瓮颂》的研究均产生重要影响。在论文开篇克里格指出,"诗歌要具有诗意,中心的问题在于诗歌要获得形式和语言表达上的自足性,"①而要实现之,"诗歌就需要创造一种圆满(roundedness),即凭借重复、回声、内在关系的复杂性,诗歌将按时间顺序排列的进程转化为时间的共时性,使在时间上不可重复的流动进入永恒的回复。在这种美学张力的压力之下,通过隐喻式的弯转,诗歌将线性的运动转化为圆形运动"。②莱辛在《拉奥孔》中指出诗歌属于时间艺术而绘画和雕塑属于空间艺术,但在克里格看来,诗歌的形式和语言有一种回旋往复的特性,其在时间上不可重复的向前流动呈现为共时性的循环和重现,向着空间展开。换言之,诗歌这一时间艺术应以造型艺术这一空间艺术作为隐喻来完成其自足性。克里格正是在扭转莱辛诗画关系的基础上建构起他的艺格符换诗学的。在给艺格符换进行界定时他指出:"我将这一抵制莱辛的断言用于诗歌中最为鲜明的诗性……这是依靠运用空间的和造型艺术的对象来象征文学时间中的空间性和造型性。实际上,一种经典的文类就此形成,并通过这样的手段被制度化了,这就是艺格符换,或称文学对造型艺术的模仿。"③克里格此处提出的模仿并非用语言去描绘视觉艺术品,而是指诗语言表达方式和诗形式本身对视觉艺术表现方式的模仿。当诗歌呈现出空间艺术或造型艺术的"静止"元素时,诗歌的艺格符换维度就得到了显现。④这一艺格符换批评实际上触及了诗歌的本质问题,即诗歌在其诗学本质上呈现为空间化运动。

按克里格的观点,《希腊古瓮颂》在描述古瓮或古瓮上的绘画时,以回旋的形式阻断了诗句在时间中绵延而持续不断的流动,表现出时间的暂停或

---

① Murray Krieger, "*Ekphrasis* and the Still Movement of Poetry; or, *Laocoon* Revisited", *The Poet as Critic*, ed. Frederick P. W. McDowell, Northwestern U P, 1967, p. 3.
② Ibid., p. 4.
③ Ibid., p. 5.
④ Ibid., p. 6.

静止。诗的第一行中"你——'宁静'的保持着童贞的新娘（thou still unravished bride of quietness）"中的"still"一词充满了矛盾悖论中的智性。它有三层内涵：（1）作为形容词的 still，当它修饰"运动"（movement）时，该运动呈现为静止状态。静止并非不动，而是另一种形式的运动，是呈空间状态的运动，表达了它在时间上的永恒性。这既是一种悖论，也是一种辩证的思维。（2）作为副词的 still，当它修饰"运动"（move）时表示"仍在运动"的状态。如果作为形容词的 still 与作为副词的 still 并存，那么，这个词就包含了"静止的运动持续不断"这一含义。古瓮以"静止"的形态留存至济慈的时代已经历了近两千年的历史，并将继续留存下去，静止与时间的绵延恰在这样的悖论中相互作用，通达永恒。（3）作为动词的 still，其意为"使事物静止不动"，此即"使世界呈空间化"状态。当人们的思维和认识不再呈历时的线性展开时，这样的思维便不再依从逻辑推理或因果关系，而呈现为想象的、感悟的、回旋跳跃的、瞬时迸发的状态。从根本上说，这触及认识世界的方式问题。在《希腊古瓮颂》中，still 本应为副词，意为"仍然"，指时间的延续。但由于接下来的是一个否定概念，意为古瓮"尚未被强暴"（unravished），因此，这两个词包含时间在延续中受到阻断的寓意。诗的第一行就暗指了时间的静止与永久性之间的张力，为整首诗的核心思想做了铺垫。①

克里格对"静止的运动"（still movement）的精辟分析阐明了《希腊古瓮颂》空间化的美学基质，而这一美学基质的具体表现即在于其表达上的重复和回旋。诗中多次运用重复词语：在诗的第一、二行，诗人重复运用"你"（thou）对古瓮进行呼唤。第一诗节中，诗人八次用到"什么（what）"，该词语和句式的重复使得诗句在时间的延续中又不断产生回旋，诗人的思考和想象既在向前流动，又被拉回、切断，向着空间的形态发展。诗的第三节是这样的：

> 啊，幸运的树枝！你永远不掉下
> 　　你的绿叶，永不向春光告别；
> 幸福的乐手，你永远不知道疲乏，
> 　　永远吹奏出永远新鲜的音乐；
> 幸福的爱情！更加幸福的爱情！

---

① 上述克里格的观点见 Krieger, "*Ekphrasis* and the Still Movement of Poetry", pp. 7—8. 又参见本书第二章第一节第二部分。

> 永远热烈,永远等待着享受,
> 　　永远悸动着,永远是青春年少,
> 这一切情态,都这样超凡入圣,
> 　　永远不会让心灵餍足、发愁,
> 　　不会让额头发烧,舌敝唇焦。①
> 　　　　　　（第21—30行）

在这一节的英文原诗中,诗人六次重复"永远(for ever)"(第19—27行),六次重复"幸福(happy)"(第21—25行)。诗中还有其他词语的重复现象,如"永不(never)(nor ever)"等。尽管在汉语译文中较难完全再现这一重复,我们还是能够在译文中感受到诗中词语不断重现所产生的冲击力。如此频繁的重复在其他诗人的诗作中并不常见,但当人们读此诗作时,并未感觉到这种重复枯燥而繁琐,反而在每一次的重复中都能感受到感情的逐层递进和强化。应该说,词语的重复使诗人的讲述在时间的线性流动中受到暂时阻隔,实现了表达的回旋往复和循环重叠,正是在这样的表达中我们才感受到激情的勃发,想象的升腾,思绪的跃动,诗意的蕴藉。

在诗的结构方面,《希腊古瓮颂》也体现出一种回旋的形态。诗从面对古瓮,将其称为"宁静"的"新娘"和"漫长的时间领养的少女"开始,逐步展开对古瓮及其画面的想象,最终又回到古瓮,称她为"雅典的形状""冷色的牧歌"。这样的形式构成了一种诗的环形结构,仿佛音乐中ABA式的回旋曲,从一个乐调开始,最终又回到同一个乐调。然而,这种回旋式又不是单纯的重复,而是层层递进的,直至最后达到对古瓮歌咏的升华,正是它那冷寂的牧歌唱出了永恒的曲调,告知人们"美即是真,真即是美"这一深刻哲理。诗在回旋中行进,逐步升华,达到更高的哲学认知:

> 　　你呵,缄口的形体!你冷嘲如"永恒"
> 　　教我们超脱思虑。冷色的牧歌!
> 　　等老年摧毁了我们这一代,那时,
> 　　　　你将仍然是人类的朋友,并且
> 　　会遇到另一些哀愁,你会对人说:

---

① 济慈:《济慈诗选》,第17页。斜体和下横线为笔者所加。

> "美即是真,真即是美"——这就是
> 你们在世上所知道、该知道的一切。①
> （第 45—50 行）

应该说,克里格对艺格符换的理解带给我们深刻的诗学启示,即诗歌的美学意蕴产生于时间的流动向空间的回旋。他将这一思想看作诗歌的诗学本质,在华兹华斯、雪莱、叶芝等诗人的诗歌中无不存在着这样的诗学基质,而这一基质是与济慈及浪漫主义诗人有关想象力的诗学思想联系在一起的。想象力是济慈诗学中最重要的一个方面,他在 1817 年 11 月 22 日给贝利的信中说:"我对什么都没有把握,只除了对心灵情感的神圣性和想象力的真实性——想象力以为是美而攫取的一定也是真的——不管它以前存在过没有,"②他让"想象将自己投射进某种特定情境,并能将想象的情感提升到现实的高度"。③没有想象,济慈的诗便缺乏活跃的生命力。诗歌表达的空间化使思维不再依从因果关系和时间线性的走向而展开,而向着空间升腾、发散与播撒。想象往往是跳跃的、回荡的、发散的,在空间中能得到更加跃动的流淌和迸发。诗人面对古瓮不断发问,运用重复的词语、重复的句式,在重复中造就回旋的诗语和环形的结构和形式,而在重复中他的"眼见(seeing)"和他的"想象(imagining)"相互作用,跨越了二者的边界,最终达至思想的升华。可以说,诗歌语言表达和形式结构上的空间化为诗人的想象搭建了极为有利的平台,成为想象生存的条件,而想象也成为诗歌空间化的主要表现形式之一,甚至成为空间化的前提。二者相互促动,互为补充。这一点在济慈的诗歌中表现得尤为突出。

三、诗歌再现与想象

继斯皮策在 20 世纪 50 年代,克里格在 60 年代对济慈的《希腊古瓮颂》从艺格符换的不同角度给予分析批评之后,赫弗南于 1991 年在《新文学史》(*New Literary History*)上又发表了一篇《希腊古瓮颂》艺格符换批评的力作《艺格符换与再现》("Ekphrasis and Representation"),构成了《希腊古瓮

---

① 济慈:《济慈诗选》,第 18 页。
② 济慈:《济慈书信集》,第 51 页。
③ 同上书,第 258 页。

颂》艺格符换批评最重要的三篇批评文献。在该文中赫弗南对两位前人的批评进行了回顾,认为他们都忽略了艺术以及文学的再现问题。他承认克里格的分析将艺格符换推向了一种诗学的普遍原则,挽救了这一古老的诗学概念,但他对克里格将艺格符换诗学定格于诗歌的空间化给予了批评。他说,"我绝不同意克里格将艺格符换看成是将时间僵死于空间中的方式"①,认为克里格的做法将诗歌鲜活的流动生命封闭于空间的固定形态,使得诗歌只能在空间中回旋而不能前行。沿着对克里格空间化诗学的批评,赫弗南探讨了造型艺术本身隐含的叙事性,提出造型艺术本身就是对客观物象的再现,进而阐发了文学或诗歌文本对造型艺术所叙述或再现内容的再一次叙讲或再现。②在赫弗南看来,不仅文学文本具有叙述的冲动和能力,造型艺术同样存在叙述的冲动。即便绘画本身不以文字的讲述而以定格于一瞬的视觉表现方式来呈现客观事物,它的叙述冲动也能在画题中暗示出来。但我们应该意识到,叙述(narration)并非指客观的描摹,而是一种话语虚构,是对客观性描述的抵制。因此,无论是造型艺术对客观物象的呈现(叙述),还是诗歌(文学)对视觉艺术的叙述或描绘,二者对于其呈现或描述的对象来说都是一种虚构式再现。

古希腊时期至新古典主义时期的模仿论强调文学或艺术对客观对象的真实再现,但浪漫主义诗人对真实的再现提出了质疑,指出了再现的想象性和虚构性。柯尔律治认为:"所有的知性原则在意识行为之前就已存在于自然,知性习得行为就是把进入意识的形象聚拢起来。这些形象包含潜在的知性意义,但是如果没有头脑的组织行为,形象在本质上依然是惰性的和分离的。"③因此,"每一个艺术作品中都存在着内部和外部的调和,意识深深地印在无意识之上,就像从无意识中呈现出来"④。文学艺术活动在柯尔律治

---

① James A. W. Heffernan, "Ekphrasis and Representation", *New Literary History*, Vol. 22, 2 (1991), p. 301.
② 赫弗南在文中将艺格符换定义为"图像表征之语言再现"(the verbal representation of graphic representation),见 Heffernan, p. 299,后在著作《语词博物馆》中将其修订为"视觉表征之语言再现"(the verbal representation of visual representation)。
③ 拉曼·塞尔登编:《文学批评理论——从柏拉图到现在》,刘象愚、陈永国等译,北京:北京大学出版社,2000年,第4页。
④ 柯尔律治:《论韵文或艺术》,1818年,选自《杂录》,1885年,第43—49页。转引自拉曼·塞尔登编:《文学批评理论》,第21页。

看来是将进入人的意识的外在客体加以自觉的组织和再造的行为,而"雪莱的《诗辩》(1821)以一种彼岸世界式的再现观为基础,认为自然客体是不真实的幻影"①。济慈在 1818 年 6 月和 7 月给弟弟汤姆的信中谈到他的苏格兰之行时尽量将自然的美景描绘出来,让病重的弟弟在文字中感受他的游历细节,但他时常表达出难以描写如画般景象的心情:"它们强有力地攫住了我——我无法描述它们""描述总是坏的""这是不可能描述的"②,等等。描述往往重在客观的重现,而济慈却时常让想象力飞舞在描述之间,当他面对蜘蛛建造出的"画毯"时他相信"那富于灵性的眼睛看见画毯上充满了象征……觉得画毯上有的是可以漫游的空间,布满了享用不尽的万千殊相"。③事实上,视觉艺术对其面对的物象的呈现是再现,这种再现必然经过艺术家的艺术创造和想象;而诗文本对视觉艺术的再现又是诗人对他所面对的视觉艺术进行再一次艺术创造和想象的结果。在视觉艺术与客观物象之间,在诗文本与它所呈现的视觉艺术之间均存在一种对峙的张力和冲突,这种冲突是艺术创造的必然。

赫弗南认为,"艺格符换在词语中所再现的对象必须本身具有再现性"④。他以荷马史诗《伊利亚特》第 18 章对阿基里斯之盾的描写和玛格利特(René Magritte)的经典绘画《这不是一只烟斗》(Ceci n'est pas une pipe)为例说明了再现背后隐藏的对客观真实的消解。在荷马史诗中,阿基里斯之盾上的画面所呈现的并非现实中的场面或物象,牛是金子和锡铁制成的,"犁尖撇下一垄垄幽黑的泥土,看来真像是翻耕过的农地"⑤。诗中对阿基里斯之盾的描绘是诗人想象中的描述,并非诗人对真实之盾的描述。在《这不是一只烟斗》中,画面呈现出的是一只烟斗,但画题却为"这不是一只烟斗",这其中蕴含的深意在于,画面所呈现的是一幅烟斗的画,而不是烟斗本身。画中的烟斗悬在空中,这表明画中呈现的烟斗不是实物,而是广告或教科书上的烟斗的画,而真实的烟斗在画中是缺场的。画面是对广告画中再现的烟斗的再现。同理,诗文本是对它所面对的再现了客观物的艺术品的再现。

---

① 塞尔登编:《文学批评理论》,第 4 页。
② 济慈:《济慈书信集》,第 140,143,194 页。其中"描述总是坏的"一句济慈的原话为:descriptions are bad at all times。傅译为"叙述",似乎会引起歧义。故此处改为"描述"。
③ 同上书,第 92 页。
④ Heffernan, "Ekphrasis and Representation", p. 300.
⑤ 荷马:《伊利亚特》,第 453 页。

绘画是对客观物的再现，诗文是对这一绘画的再现，而再现的客观性和真实性却受到了质疑。由是，再现与被再现的对象之间形成了一种差异或矛盾对峙，因此，客观的呈现本身成为一种虚幻，存在的只是再现的再现。这样的再现实质上就是一种创造性想象，或称想象性虚构。①

赫弗南对艺术再现和诗文对艺术再现的再现给予了精到而深入的阐释，他甚至多次提到"再现性分歧"（representational friction），但却未阐明这种冲突中隐含的艺术本质，那就是再现中包含的创造性想象或想象性虚构。艺术的再现问题是浪漫主义时期文艺美学中探讨的核心问题。18世纪中叶之后的英国，各种视觉艺术充斥着人们的生活，风景画、全景画、雕塑常常在画廊、艺术馆展出，从欧洲大陆传入的艺术品也时常进入各种展览会，可以说，这是英国视觉艺术蓬勃发展的一个时期。然而，这也是一个由视觉艺术引发的大争论时代，很多浪漫主义诗人对人们过多地沉浸于眼见的视觉享受而忽视精神的提升感到忧虑，但他们自身受到视觉艺术的影响也是不争的事实。济慈的朋友海登（Benjamin Robert Haydon）、舍温（Joseph Severn）都是画家，济慈常和朋友去画廊观看艺术展览，并时常光顾当时刚建成的英国国家博物馆。他对视觉艺术曾提出自己的见解。在谈到画作《灰马上的死神》时他认为它"缺乏那种动人的强劲……任何一门艺术的卓越之处都在于具有那种动人的强劲"②。可见，济慈认为画作的价值并不在于模仿而在于创造，视觉艺术本身也是能动的创造性结果，这其中便包含着主体的想象性虚构而非客观的描摹。有批评家在论及济慈的诗作受到普桑画作的影响时说："两位艺术家都将他们的观众（读者）引导向再现和想象的事物。"③画家对客观物象的再现包含着创造性想象，诗人对艺术品的描写或再现则进一步体现出想象的作用。

事实上，赫弗南在对济慈《希腊古瓮颂》的分析中十分明确地指出了诗人

---

① 上述赫弗南有关荷马史诗《伊利亚特》第18章中阿基里斯之盾以及《这不是一只烟斗》的阐述见 Heffernan, "Ekphrasis and Representation", pp. 301, 304.

② 济慈：《济慈书信集》，第58页。《灰马上的死神》（Death on the Pale Horse）是威斯特的主要画作之一。本雅明·威斯特（Benjamin West，1738—1820），美国画家。1763年，他移居伦敦，成为当时英国有影响的画家，为皇家美术学院创建者之一。该画作题材取自《圣经·启示录》，最终完成于1817年。济慈和朋友一起去观看这幅画作时讲了他对这一画作的看法。

③ Lilach Lachman, "Time, Space, and Illusion: Between Keats and Poussin," *Comparative Literature*, Vol. 55, 4(2003), p. 298.

的再现与所再现对象之间的矛盾。他首先认识到诗人对古瓮叙述冲动的呼唤,将古瓮称为"山林的历史家",讲述着比诗人的诗句更加动听的如花的故事。当然,古瓮的讲述是由诗人的再现表达出来的。但当诗人对古瓮和古瓮上的绘画进行再现的同时,他又对这种再现表现出否定的倾向。古瓮的叙事冲动一方面由诗歌传达出来,同时它又被诗人不断地抑制,因为人们在诗文本中读到的古瓮和古瓮上的绘画是片段式的,不连贯的,甚至是不清晰的,模糊而未解的。"对于'接下来会发生什么?'这一问题,济慈对叙述的抑制所允诺的唯一回答就是'无'(nothing)。"① 这在诗的第四节中表现得尤为突出:

> 这些前来祭祀的都是什么人?
> 神秘的祭司,你的牛向上天哀唤,
> 让花环挂满在她那光柔的腰身,
> 你要牵她去哪一座青葱的祭坛?
> 这是哪一座小城,河边的,海边的,
> 还是靠山的,筑一座护卫的城砦——
> 居民们倾城而出,赶清早去敬神?
> 小城呵,你的大街小巷将永远地
> 寂静无声,没一个灵魂会回来
> 说明你何以从此变成了芜城。②

(第31—40行)

  通过诗人的描述可以想象画面上出现了一群祭祀的人群和一头腰身披着花环的小牛,由祭司带领去往祭坛,但去往的是哪一座祭坛,小城是河边的、海边的还是靠山的我们不得而知,小城为何空旷得杳无人迹使人倍感疑惑。诗人在隐约勾勒出画面的同时又唤起人们的猜测和想象,而正是这想象性的空间令人深切感受到画面的魅力和神韵。可见,诗人的再现和画面的客观性以及画面再现人们生活的客观性之间存在着诸多未知的因素。这表明了诗文对画面客观性再现的否定和对想象性虚构的彰显。

  应该认识到,诗人面对的古瓮是他所见到的多个希腊古瓮的集合。在他生活的年代,维基伍德(Wedgwood)的古瓮制品十分流行,他对希腊艺术,

---

① Heffernan, "Ekphrasis and Representation", p. 306.
② 济慈:《济慈诗选》,第17页。

尤其是对埃尔金雕刻（Elgin Marbles）非常感兴趣，自己曾画过一幅索西比奥斯（Sosibios）花瓶的速写，但那上面的绘画与诗中的描绘未必相符。批评家们曾经试图寻找济慈笔下的那只真实的古瓮，但并没有实质性结果。多数研究者认为，诗中的古瓮是诗人看到多个不同的希腊古瓮之后加以想象再进行叙述和阐发的结果。诗人对古瓮上画面的描述也并非客观的描述，而是对画面的提问，对古瓮的感叹，对古瓮和其上的画面于时间片刻中的定格走向永恒的赞美。古瓮作为新娘、领养的少女、历史家等等均为诗人的想象，画中所描绘的神人欢庆的场面、年轻的吹笛人、热恋中的情人、祭祀的场景以及空寂的小城，均为由诗人的一连串发问构成的不确定的存在。它们一方面再现了画面中的部分内容，另一方面又不是清晰明确的描述，而是诗人面对画面产生的想象，由想象产生了疑问，由疑问带给人们想象的共鸣，仿佛读者也在跟着诗人一起走近了画面，又走进了画面。这其中有无声的乐音对心灵的启迪，有永远不会消失的撞击心灵的歌唱，更有对尚未达到至高的幸福的永恒爱情的不懈追求。被再现的对象既是现实存在的，或有现实中的古瓮作为诗人再现的基础，但具体的古瓮又是不存在的。通过这种想象性再现唤醒古瓮告知人们美与真的统一以及这种统一的永恒性。可以说，想象是济慈《希腊古瓮颂》实现诗文对古瓮再现的唯一途径。艾布拉姆斯认为，浪漫主义诗人"意在构建再现现实的幻想，结果却揭示出作者同艺术家一样成为作品人物及行为的创造者和武断的操纵者，从而打碎了再现现实的幻想"[①]。艺格符换是对视觉艺术的再现，从表面上看，这似乎是从想象的逃离，但实际上，"在它（想象）看似被放逐之处，它最终却恰恰获得了中心的位置。……'真实'与'再现'之间的差异……为我们提供了另一种可能性"[②]。

结　语

济慈的诗歌重视想象，无论是他的艺格符换诗还是其他类型的诗作，他无不尽情释放他想象的思绪。无声、空间与再现都为他的想象提供了可能，离开了想象去看济慈诗中的艺格符换，这是借济慈的诗来阐明批评家自己

[①] A. H. Abrams, *A Glossary of Literary Terms*, 上海：外语教育出版社, 2004, p.137.
[②] Sophie Thomas, *Romanticism and Visuality: Fragments, History, Spectacle*, New York: Routledge, 2008, p.19.

的观点,并未将济慈的诗学思想与艺格符换诗学结合起来。

自古希腊时期以来,诗歌就与视觉艺术发生了紧密关系。如前所述,古罗马时期的修辞学家老菲在《画记》中曾对多幅古希腊时期的绘画和雕像作品进行描述。然而,他在描述中并未刻板地描绘视觉艺术对象,而是遵从自由的原则,加进他的主观想象。或许这表明了早期艺格符换中现实与想象的关系。但作为修辞家,"他的目的是强调并发展在绘画中发现的感伤情绪,……它们是为了教授或练习修辞而做,为的是展示修辞家的力量"①。这与浪漫主义时期诗人们推崇想象的目的是不同的。实际上,浪漫主义诗人对视觉艺术的看法复杂而矛盾。布莱克既是浪漫主义诗人又是一位画家。他将视觉艺术推向想象思维的内里和非理性直觉的层面;华兹华斯、柯尔律治等诗人虽然否定"视觉的专制",但他们无不从视觉的表象走向精神的升华。

对于济慈来说,视觉艺术是他诗歌创作倚重的一个重要方面,他在上述提到的给汤姆的信中也一度说他"只存在于目之所见",甚至"想象……已经被超越了"。②可见,他的诗歌与视觉艺术的关系非常密切,视觉感官与造型之美在他的诗中表现得尤为突出,但同时他推崇想象的力量,相信眼见的景象并非对想象的限制和压抑,而是激发想象的条件。正如有学者论到狄金森时说"肉眼看不见的,心灵之眼也同样无法洞悉"③。对于济慈来说又何尝不是如此!斯皮策、克里格和赫弗南的三篇文献极大地推进了济慈《希腊古瓮颂》的艺格符换批评及艺格符换美学的研究,但他们未能将艺格符换与诗歌的想象联系起来,尤其对济慈艺格符换诗中的想象力有一定忽视,这不能不说是济慈艺格符换研究中的一个缺憾。

第三节 华兹华斯诗歌中的视觉意识与想象

华兹华斯研究界一直有一种认识,即华氏将视觉感官与想象力决然对立起来。眼见的物象、视觉艺术诉诸人的视觉感官,而感官往往限制人的想象力和心灵的内在活力。但在近期的华氏研究中有一种聚焦华氏诗作中视觉意识

---

① Fairbanks, "Introduction", pp. xxi—xxii.
② 济慈:《济慈书信集》,第142页。
③ 刘晓晖:《狄金森与透视主义真理观》,《外国文学》,2011年第1期,第64页。

的倾向,尤其是他1807年之后中晚期的诗歌作品。① 有学者认为,华氏诗歌创作盛期的十年对视觉感官有一种抵制和批判,而他中晚期的诗作则显现出向视觉的回归。批评家索菲·托马斯认为:"华氏因哲学和想象力之滋养而获得对事物的理解并从中得益,而这种滋养源于多样的视觉形式,这些目光的洞见可以更好地定义诗人职责的本质和重要性。"②近年来,不少批评家都注意到华氏中晚期诗歌中有多篇诗作与视觉或视觉艺术存在紧密关系,有些诗作是眼见的物象引发的感悟,有些是观绘画作品有感而作,还有些表达了对艺术品的评判等。这与华氏早期对视觉感官的鲜明抵制形成了对峙。那么,这究竟是华氏诗歌美学的转向还是他诗歌美学中的内在矛盾?批评界在该问题上存在一定分歧。这种分歧引发学界对华兹华斯视觉问题的思考和研究。

一、有关华兹华斯诗歌中视觉问题的批评

在华兹华斯诗歌研究中,以至于在整个英国浪漫主义诗歌研究中,学者普遍认同一种观点,即视觉感官是对心灵感悟和想象力的极大限制,而浪漫主义诗人无一不推崇心灵与想象力在诗歌创作中的决定性作用。作为浪漫主义第一代诗人的代表,华兹华斯明确提出了诗歌创作中想象力的作用。在《〈抒情歌谣集〉序言》中他就表达出对想象力的推崇。③ 在《序曲》中他对视觉感官压制心灵的跃动和想象也有明确的表达:

> 我所想到的是过去的一段
> 时光,当时我的肉眼,我们
> 生命中每一个阶段的最最霸道的
> 感官,在我体内变得如此强大,
> 常常将我的心灵置于它的绝对
> 控制之下。④

---

① 学者一般认为华氏的创作高峰出现在1807年之前,此后华氏的诗才和创作力急剧下降。见 Peter Simonsen, *Wordsworth and Word-Preserving Arts*, New York: Palgrave MacMillan, 2007, p.1.
② Sophie Thomas, "Spectacle, Painting and the Visual," in *William Wordsworth in Context*, ed. Andrew Bennett. Cambridge: Cambridge U P, 2015, p.300.
③ 刘若愚编:《十九世纪英国诗人论诗》,北京:人民文学出版社,1984年,第14页。
④ 华兹华斯:《序曲,或一位诗人心灵的成长》,第335—336页,《序曲》第十二卷,第115—121行,本节以下引文只标行数,不再加注。

在此之前的几行诗中,诗人特别指出他陶醉于视觉感官的愉悦使得他对于品德、性情、灵性麻木漠然:那段时间

> 我过分专注事物表面,
> 热衷于景色之间的比较,陶醉于
> 色彩与比例所提供的一点可怜的
> 异趣,而对于时间与季节的情绪
> 变化,对于一处地方所具有的
> 品德、性情或灵性,却是完全
> 麻木漠然。(126—131)

那霸道的视觉感官即柯尔律治在其《文学生涯》中所说的"视觉的专制"。在诗人看来,视觉表象所带动的感官愉悦使他的心灵对人性和品德的感悟渐趋消泯,他对此感到失望和痛心。由此,西方学界普遍认为,华兹华斯强烈地抵制眼见的视觉愉悦,而接近音乐诉诸听觉对心灵感悟和想象力的激发。艾布拉姆斯在《镜与灯》中指出:"音乐,而不是绘画,对于浪漫主义者来说,常常被认为是与诗歌有共性的艺术。因为,如果一幅绘画看上去是与外在世界的镜像最为接近的话,那么,在所有艺术中音乐就是离它最远的。"[1]多位华兹华斯批评家都认识到这一点并对之进行了分析和阐述。国内学者朱玉近年来的系列文章对华兹华斯的"听"进行了具有相当深度的研究。[2]

然而,近年来,浪漫主义和华兹华斯研究界出现了一种聚焦视觉研究的倾向。不少批评家认识到浪漫主义诗歌和华兹华斯诗歌中的视觉意识,如赫弗南在《语词博物馆》中就浪漫主义诗歌,包括华兹华斯诗歌中的艺格符换展开了讨论,认为浪漫主义诗歌中存在着对视觉艺术的关注,且认识到"视觉艺术品能穿越飞逝的时间表面,使得表象变成永恒,这个概念深深根植于浪漫主义时代"[3]。索菲·托马斯在 2015 年出版的《语境中的华兹华斯》

---

[1] M. H. Abrams, *The Mirror and the Lamp: Romantic Theory and the Critical Tradition*. London: Oxford U P, 1953, p.50.

[2] 朱玉的系列相关文章为:《华兹华斯与"视觉的专制"》(《国外文学》2011 年第 2 期),《"当他在无声中/倾听"——华兹华斯"温德米尔少年"片段中的倾听行为》(《外国文学评论》2012 年第 2 期),《倾听:一种敏感性的形成——〈作为听者的华兹华斯〉结语》(《东吴学术》2014 年第 4 期),《"远居内陆……却听到强大的水声"——华兹华斯〈序曲〉第 1 卷的意义与影响》(《当代外语研究》2017 年第 3 期)。

[3] Heffernan, *Museum of Words*, p.91.

(Diuiam words worth in Context)中撰文《景象、绘画与视觉》("Spectacle, Painting and the visual")论述华氏诗歌的视觉问题,提出华氏诗歌在早期就表现出一种视觉意识。①她认为,即便是在《序曲》中,华氏在对霸道的眼睛表达出深刻的忧虑的同时,也运用了一种景观画的手法对伦敦的市井进行了大量排列式的描绘。②此外,她对华氏中晚期诗歌中的视觉问题、华氏一生与视觉艺术家与视觉艺术的关系都做了集中的阐述和概括。索菲·托马斯在2008年就出版了《浪漫主义与视觉性:片断、历史、景观》(*Romanticism and Visuality: Fragments, History, Spectacle*)一书,阐述了浪漫主义文学对视觉的兴趣,认为浪漫主义诗歌常用视觉意象进行比喻,且这种对视觉的兴趣与浪漫主义文学对想象的兴趣相互交织。③2007年,彼得·西门森(Peter Simonsen)的专著《华兹华斯与保留字词的艺术》面世,对华兹华斯的艺格符换诗与铭文诗进行了较为全面的分析和阐述。

实际上,早在20世纪中叶就有学者对华兹华斯与视觉艺术的关系进行过研究。1968年,罗塞尔·诺伊斯(Russell Noyes)出版了《华兹华斯与风景艺术》(*Wordsworth and the Art of Landscape*)。而在华兹华斯的时代,哈兹列特在他著名的《时代的精神》(*The Spirit of the Age*, 1825)中有关华兹华斯批评的部分提到华氏对普桑、伦勃朗等画作的兴趣和评价。④ 因而,有关华氏与视觉艺术的关系曾是研究者关注的问题。20世纪后半叶,随着当代西方图像研究的兴起和发展,华氏与视觉艺术的关系问题重新受到学界的重视。但在对华氏诗歌中视觉意识的研究中,批评家存在不同的认识。一些批评者认为,华氏中晚期诗作在美学上有一种视觉转向,该转向与其前期对想象力的推崇存在着一脉相承的关系,赫弗南、索菲·托马斯即持这一

---

① Thomas, "Spectacle, Painting and the Visual", pp. 301—302.

② 作者在文中指出,在《序曲》第7卷中,华氏详述了他在伦敦眼见的各种景象,诗的写法颇似景观画的描绘,是一种客观的描述和罗列。这显然受到了当时的景观画或全景画的影响。笔者认为,华氏在《序曲》中的确展示了一系列的伦敦景观,但这并不能说明他认同这种描写手法是高明的,能够传达他的内心所思,这只是对伦敦市井的真实反映,甚至流露出他对这一景象的不满。

③ Sophie Thomas, *Romanticism and Visuality: Fragments, History, Spectacle*, New York: Routledge, 2008, pp. 1—19.

④ William Hazlitt, *Lectures on the English Poets & Spirit of the Age*, London: J. M. Dent & Sons, 1928, p.259. 哈兹列特在讲到华兹华斯倾心于两位木刻艺术家和蚀刻艺术家之后说,华氏对法国画家普桑的风景构图有着巨大的热情,指出其构图上的统一性、心灵的主导作用以及想象力的原则,并说到华氏对荷兰画家伦勃朗精美高超的技艺创造的艺术效果给予了公正的评价。

观点。另有批评家认为,华氏在其前期和中晚期诗作中存在着否定视觉和肯定视觉的内在矛盾,构成了华氏,以至浪漫主义诗歌美学的多样化形态。彼得·西门森即是这一观点的代表。而笔者认为,华兹华斯早期的确对视觉感官有所抵制,认为它压制了心灵的跃动,但他诗歌中的视觉意识贯穿始终。中晚期诗作中的视觉意识更强,这与他对想象力的崇尚是紧密联系在一起的。更重要的是,他中晚期诗作中表现出的视觉意识在于他对视觉认识的变化,视觉物象或视觉艺术不再是限制心灵的一种压制性力量,而成为促成他面对视觉物象进行再次想象和创造的源泉。视觉意识限制了想象和心灵的跃动,这从本质上来说源于视觉艺术对客观物象的模仿。画境派(picturesque)艺术或景观画对客观物象细致的描摹将人们的心性囿于对物象的感官愉悦之中,使心灵无法跳跃出客观物象的桎梏。但视觉艺术并非仅呈现为当时风靡英国的景观画或全景画。视觉对象也并非单纯对想象的限制,它也是激发想象和心性的一种条件。因此,华氏中晚期对视觉的观照并非他远离想象和心性的表现,而在于他认识到视觉物象对想象和心性具有再造作用。现实中的视觉物象与他心灵和记忆中的图景相互交织而阐发,形成相互的再造,诗人的想象力由此得到进一步的提升。

二、从抵制霸道的眼睛到对视觉物象的超越

罗塞尔·诺伊斯认为,华兹华斯曾经一度热衷于画境派艺术,在他创作的形成期,他甚至倾倒于画境派的更具有限制性的实践。[①]然而,在他创作的成熟期,他远远超越了对风景的视觉阐释。这点在华氏成熟期的诗作中有鲜明的体现。《廷腾寺》表达了诗人在1793年初次游历瓦伊河谷之后的五年再次携妹妹多萝西故地重游的感悟。这五年间,诗人经历了人生中的重大思想转变,从对法国革命的失望、生活的拮据、思想的苦闷、人生的迷茫到最终寻找到回归自然所开启的生命意义、对坎坷多难的人生的领悟和对崇高的心性的追寻。这种思想的巨变在诗中是通过他对初次游历瓦伊河谷的美好回忆引发的,而这一回忆源自他当初游历瓦伊河谷时自然景物在他心灵中留下的图景。当他再次踏上这片土地时,自然的风物又一次来到他的眼

---

① Russell Noyes, *Wordsworth and the Art of Landscape*, Bloomington: Indiana U P, 1968, pp.3—4.

前,唤醒了他五年前的经历,与他心灵中的图景融为一体:

> 我再次见到陡峭高耸的悬崖
> 使荒野幽僻的自在风物熔铸于
> 更加弃绝尘寰的思想意绪中;
> 使地上景色和宁谧苍穹连起来。
> 这一天终于来到了,我再次休憩
> 在这里、西克莫幽暗的荫下,观看
> 村前的片片土地,果树小丘,
> 在这个季节,果子还没有成熟,
> 果树披一身翠绿的颜色,隐没在
> 矮树和丛林中间。我再次看见
> 灌木树篱,几乎说不上是树篱,
> 欢闹的细树枝乱窜:一片片牧场,
> 绿色延伸到门前;袅袅的炊烟
> 向上升起,静静地,从树林中间!①

诗人用三个"看见"在读者的眼前展现出一幅融入他心境和感悟的自然画卷。"看见"(behold, see)和"观看"(view)成为他故地重游的首要条件,也是这首诗作最初展现给人们的文字图景。这样的观看,应该说,是与当时的画境派风景画有所联系的。

英国风景理论家威廉·吉尔品于18世纪70年代、80年代多次游历瓦伊河谷,并于1802年写下有关这一地区自然景观和社会现状的著作《观察瓦伊河》,旨在引导英国有闲的中产阶级和热衷旅游的人们以如画般的美的原则去观看自然呈现出的美景,引发了当时的人们对画境派艺术的探讨。②画境派艺术在吉尔品看来就是"一种独特的如画般的美的表达"。③ 受他作品的影响,18世纪90年代至19世纪上半叶,众多艺术家、诗人和游客纷纷前

---

① 本文所引用华兹华斯诗《廷腾寺》《水仙》《孤独的割禾姑娘》均选用屠岸译本,见屠岸译:《英国历代诗歌选》,南京:译林出版社,2007年。以下引文只标诗行,不再加注。

② William Gilpin, *Observations on the River Wye and Several Parts of South Wales*, etc. *Relative Chiefly to Picturesque Beauty; Made in the Summer of the Year 1770*, Cambridge: Cambridge U P, 2014.

③ Noyes, *Wordsworth and the Art of Landscape*, p.24.

来此地游历,华兹华斯亦不例外,他正是在吉尔品著作的影响下来到瓦伊河谷的。① 然而,经历了两次游历的华兹华斯此刻意识到曾经眼见的景象在他的记忆与心灵中对他心性的滋养和提升,因而,他所抱有的美学思想与画境派的美学观相去甚远。画境派崇尚的风景是通过形式的塑造完成对自然景观的描绘,以呈现客观物象在自然风景中的美感。这样的塑造体现出的是美的表象。"景观画带有一种形式的模式和对自然景象的图画般的解说模式。在很多情况下被认为是一种模仿的艺术,很少给人以想象的力量。"② 华氏的观看却超越了自然风景的表象,将他对眼前景象的观看与对五年前来此地游历的回忆以及这五年间对人生的深刻而痛彻的感悟结合在一起,使得外在的自然景象内化于心,正如诗人所说,"这样美丽的景象,/经过多年的阔别,对我并没有/仿佛对盲人那样,失去吸引力"(23—25),因为,它们已经"渗入血脉,引发心房的颤动"(28),并对诗人的心性产生了"并非微不足道的影响"(32)。在诗中,华氏回忆了他早年畅游于自然时曾经沉迷于眼见的自然美景而毫不在意视觉之外的精神滋养:

……我无法描写
我那时的模样。轰响的飞瀑急湍
时时热恋般萦绕在我的心头,
高山,悬崖,浓荫幽邃的深林,
多姿多彩,形影交叠,都成为
我的乐趣;那种感受,那种爱,
完全没必要由想象提供另外的
旖旎妩媚,也无须从视觉以外
借来些逸兴雅致。　　　　(75—83)

年轻的华氏曾经一度陷于炫目的快乐而不能自拔,但那个时代已经过去。他面对这自然风物的感召,已经从眼见的自然走向了心灵的图景,此刻,"心灵的图景重新活起来"(61),眼见的自然之景已经化为心灵之境,是

---

① Noyes, *Wordsworth and the Art of Landscape*, p. 55. 原文是:"He doubtless was well acquainted with William Gilpin's illustrations in aquatint in his various books in the picturesque, for two of Gilpin's works were owned by Wordsworth as a young man."

② Thomas, "Spectacle, Painting and the Visual", p. 300.

心灵再造的自然。

然而,没有眼见的景物所唤起的记忆,诗人的想象和内心的感悟亦无从依托。因而,诗人此时的观看和眼见应为内心感悟和想象的条件。所谓"触景生情"正在于外在的景物本身对心灵和想象亦具有能动的激发作用。可以说,他早期的诗作并未离开视觉物象,且自然物象往往引发他去感悟、去思考。诗人拒绝的是视觉物象占据他的心灵和想象,努力到达的是穿越这种视觉物象而获得心灵召唤的生命力。

在抒情诗《水仙》("Daffodils")中,这一以物象通达心灵的过程显现得更加直接和突出。该诗作于1804年,而他和妹妹多萝西在湖区偶遇水仙的经历是在1802年4月15日。多萝西的日记对兄妹二人当天的经历有详细的描述,那是对眼见的自然景象和水仙的客观描写:温和而雾蒙蒙的清晨、强劲的风、田野中的耕作、湖湾中漂游的小船、黑绿相间的山楂树、微绿而枝头泛紫的白桦、路边的报春花、酢浆草花、银莲花、紫罗兰、草莓、小白屈菜等等,一一呈现在人们的眼前。在这样的呈现之后兄妹二人才见到了湖畔大片的水仙。"水仙和长满青苔的岩石相点缀,有的把头倚靠在岩石上,仿佛枕着枕头休息消除困倦;有的摇曳着、舞动着,仿佛湖面的微风逗得它们开心地欢笑。这些水仙看上去是那么的欢乐、光彩夺目,千姿百态……"①在多萝西笔下,水仙呈现为一幅色彩鲜丽的风景画,而华兹华斯两年后的诗作则是将已经内化于心中的自然图景进行了一次外化。在诗中,内化于心的、在诗人心灵的眼睛中闪现的水仙首先呈现出的却是一幅自然的图景。诗人在孤独的漫游中突然间"见到眼前"(saw)的一大片水仙,在微风中与湖中的波浪欢快舞蹈,但尽管诗人"望着,望着"(gaze)这灵动快乐的水仙,却仍然没有意识到水仙对他精神的滋养。直至多年之后水仙于心灵的眼睛中"闪现"(flash),诗人才真正获得了与水仙和自然的共舞,达至精神的升华。没有水仙在心灵中的闪现,自然中的水仙对诗人来说只是暂时的或是欢乐的表象,只存在于感官带来的片刻沉醉。诗中运用的三个与"见"相关的词颇具用意,"see"表现为眼见,"gaze"为陷入沉思的凝望,相比眼见深入一层,而"flash"则为诗人在无意间获得的内心灵光的闪现,其所见已非眼见所能表达,呈现为顿悟中的

---

① Dorothy Wordsworth, *Journals of Dorothy Wordsworth*, ed. Mary Moorman. Oxford: Oxford U P, 1971, p.109.

"见",它充分体现出诗作最后一节作为全诗诗眼的决定性作用。

应该说,华兹华斯创作盛期的诗歌中无不浸润着眼见的自然景象和人生的状态,他一生的游历始终带给他由眼见达至心灵之见的启悟。实际上,他并未拒绝眼见得来的视觉物象,只担心自己会沉迷于其中而远离心灵的感召,他拒绝的是霸道的视觉感官,却并未否定视觉物象对他的心灵启迪,而一旦获得了心灵的启悟,"最平凡的花儿也能赋予/最深刻的思想"①。可以说,他是在与视觉物象的沟通与交流中最终超越了视觉物象而获得心灵之境的。

三、视觉艺术中的图像与想象之图的交流与互动

浪漫主义诗歌研究家柯伦(Stuart Curran)认为,浪漫主义诗人都是短命的,尽管华兹华斯活到80岁,但他在1807年就结束了诗歌生命,一些研究者也持基本一致的看法。② 1807年华兹华斯出版了他的《两卷本诗集》(*Poems, in Two Volumes*, 1807),而正是在这一时期,他诗中的视觉意识进一步加强了。据赫弗南的统计,自1806年至他创作的晚年,他一共创作了24首有关绘画的诗作。③在1820年之后,他进行了多次旅行,探访教堂,参观美术馆和画廊,到苏格兰、意大利等地游历,写下了多首有关旅行的诗篇。1835年他出版了《再访的雅鲁河诗集》(*Yarrow Revisited and Other Poems*),1837年出版了《意大利游历记诗》(*Memorials of a Tour in Italy*)等诗作。他出版的诗集中也多次用绘画作品作为插图,如诗集《莱尔斯通的白鹿》(*The White Doe of Rylstone*, 1815)、《诗集》(*Poems*, 1815)等。彼得·西门森认为:"在这缺乏批评的四十年中,华氏将目光从他自身转向了可见的感官世界。具体地说,他开始写关于视觉艺术的诗,表现出不断增长的关注他诗作印制中视觉意象的意识。"④可以说,华兹华斯对视觉艺术的接近,在游历中对视觉物象的接受均在他中晚期诗作中得到了体现。

---

① 华兹华斯:《颂永生的启示,来自童年的记忆》,载章燕主编、屠岸译:《永生的启示——英国浪漫主义诗歌名篇赏析》,武汉:湖北教育出版社,2010年,第160页。
② Peter Simonsen, *Wordsworth and Word-Preserving Art*, New York: Palgrave MacMillan, 2007, p.185, Introduction note No.1.
③ Heffernan, *Museum of Words*, p.94.
④ Simonsen, *Wordsworth and Word-Preserving Art*, p.1.

1803年,华兹华斯结识了画家乔治·博蒙特(George Beaumont)①,他们成了一生的挚友,这对华氏此后关注视觉艺术并逐渐接受视觉艺术产生了重要作用。18世纪后半叶至19世纪上半叶是英国视觉艺术得到飞速发展的时期,各种艺术博物馆纷纷建立并免费对外开放,如英国国家博物馆(1753年建立,1759年对外开放)、英国国家画廊(1824年建立)等。1768年英国皇家艺术院成立。此外,不少私人收藏室也对外开放。普通大众可以方便地前去这些博物馆和私人收藏室观赏艺术品。当时还出现了艺术杂志,如颇具影响力的《美术年鉴》(Annals of Fine Arts,1817),华兹华斯和济慈均在该杂志上发表过作品。华兹华斯与博蒙特有多次书信来往,并曾探访他在伦敦的住所,与他一起观赏艺术品,参观在伦敦的博物馆和画廊,交流对艺术的看法。华兹华斯与博蒙特的交往使他对当时的视觉艺术有了深入的了解,在一定程度上促进了华氏中晚期创作了多幅有关视觉艺术的诗作。应该说,视觉艺术的发展与浪漫主义诗歌的兴起与兴盛大体上处于同一时期,二者有着密切关联,这种关联在浪漫主义诗人那里体现为一种对视觉艺术既拒绝又接近的矛盾心态。作为诗人的布莱克同时是画家;柯尔律治痛批"视觉的专制",却对当时科学中的光学引发的视觉效果颇感兴趣;济慈的周围多为画家朋友,其诗作与视觉艺术有着密不可分的关系,其《希腊古瓮颂》引发了20世纪中叶之后有关艺格符换美学的讨论。②同时,浪漫主义诗人们又无一例外地对霸道的视觉感官会消泯心灵的感悟力感到忧虑,因而他们都拒绝视觉物象对心灵跃动的压制,甚至倡导心灵洞见所崇尚的感官视觉之盲。

　　然而,在与画家及视觉艺术品接触的过程中,华兹华斯对视觉物象的态度相较他创作的早期有所变化。《哀歌》("Elegiac Stanzas")是他最早有感而作的艺格符换诗篇,于1806年观博蒙特画作《暴风雨中的皮尔古堡》(*Peal Castle in a Storm*,1805,图37)所做。③ 博蒙特曾将画作赠与华兹华斯夫

---

① 乔治·博蒙特(Sir George Beaumont,1753—1827),艺术赞助人、画家、收藏家。他与当时的艺术界有密切交往。1824年国家画廊建立时他捐赠了16幅私人收藏的画作,对国家画廊的创建起到关键作用。

② 参见本章第二节。

③ 本诗英文全称为"Elegiac Stanzas, suggested by a Picture of Peele Castle in a Storm, painted by Sir George Beaumont",本文中所引该诗作的译文为杨德豫先生的译本。杨德豫译:《华兹华斯 柯尔律治诗选》,北京:人民文学出版社,2001年。诗题全称为:《哀歌,看了乔治·博蒙特爵士所画的暴风雨中的皮尔古堡,有感而作》。

人。位于莱德尔山庄的华氏故居现仍挂着博蒙特赠与华氏家族的一些画作。此外,在鸽舍和莱德尔山庄还挂有多幅其他画家的赠品,如约瑟夫·威尔金森(Joseph Wilkinson)所绘英国湖区的风景画。这些艺术作品给华兹华斯一家人带来了极大的快乐。华兹华斯创作《哀歌》之后又于 1811 年、1815 年写有其他观博蒙特画作、海登①画作的诗等。

图 37　乔治·博蒙特:《暴风雨中的皮尔古堡》,作于 1805 年,由华兹华斯信托公司提供

《哀歌》作于华兹华斯创作盛期的末尾,研究者认为,它开启了华氏中晚期有关视觉艺术的艺格符换诗。由于华氏对这幅画作十分喜爱,在他中晚年出版的诗集中他曾将该画用做诗集的插图。"1805 年 2 月 5 日,作者的弟弟、海军军官约翰·华兹华斯因沉船而遇难。其后不久,作者看到友人博蒙特所画的皮尔古堡图,图中风雨大作的景象使他触景生情,便以这幅画为由头,写了这首《哀歌》,描述亲人之死对他内心世界的影响。"②华兹华斯对弟弟有着深厚的感情,弟弟不幸遇难对他是一个沉重的打击。博蒙特的这幅

---

①　海登(Benjamin Robert Haydon,1786—1846),英国画家,擅长于宏大题材的历史画。另有当代题材的画作和人物肖像画。为华兹华斯和济慈的友人。华兹华斯晚年立于山峦之间沉思的著名肖像画便出自海登之手。华兹华斯曾为他所绘的《拿破仑在圣海伦娜岛》(*Napoleon at St Helena*)作诗《致海登,观其所绘〈拿破仑在圣海伦娜岛〉》,称赞其中表达出的深刻思想,而这首诗作也得到了海登的肯定。

②　华兹华斯、柯尔律治:《华兹华斯 柯尔律治诗选》,杨德豫译,北京:人民文学出版社,2001 年,第 258 页。

画作引起他的无限哀思,但诗并非对画作的客观描述,而是诗人心中和记忆中的古堡与画中古堡的对话与交融。诗的开篇,诗人直接呼唤画中的古堡,并对他12年前居住在古堡附近每日望见古堡时留在心中的平静而祥和的古堡画面进行了回忆:

  峥嵘古堡呵!我曾是你的近邻——
    夏天里,有四个星期住在你旁边,
  天天看见你:你一直沉睡未醒,
    悄然俯临着一平如镜的海面。

  那时节,天宇澄清,气氛静穆;
    一天又一天,每天都毫无二致;
  你的形影呵,时时都宛然在目:
    闪烁不定,却从来也不消失。(第1—8行)

  1794年,华兹华斯曾在兰开夏郡兰普赛德村对面的小岛上居住4周。从他居住的地方可以望见皮尔古堡。那时,他面对古堡宁静的姿态,感受到大海浩渺的沧溟,内心中获得了一种平静。而此时的诗人面对画面中经受暴风雨洗刷和涤荡的古堡,他的心情再次受到了强烈的震荡。这种震荡首先体现在他期待以记忆和想象中的古堡去再造画面中的古堡:

  要是让我来挥毫作画,来表现
    当时的景色,再添上想象的光芒——
  在陆地、海洋从未见过的光焰,
    添上神奇的笔触,诗人的梦想;

  苍苍古堡呵!我就会把你摆在
    另一幅画面里,与这幅大不相同:
  陪伴着你的,是永远微笑的碧海,
    安详的大地,慈祥恺悌的天穹。 (第13—20行)

  诗人在此处极欲将心中的古堡以外在的世界未曾见过的色彩和光焰再造一幅古堡的画面。那画面充满阳光、喜悦,闲适清悠、安适而恬静,是他内心中的理想之境。但这样的心境业已消失、一去不返,画面带来的是对现实的真实刻写。他意欲远离的充满纷争与苦役的现实,再次由画中峥嵘的古堡带到他的眼前,使他以清明的心智感悟到生命的残酷、生活的艰辛。画中古堡的情态使诗人进一步认识到现实的真切:

>   激情充沛的手笔！设想得周全,
>   画面的气氛是出于精心选定:
>   滔天恶浪里颠簸摇荡的航船,
>   愁惨的天穹,惊险万状的图景！　　（第45—48行）

"惊险万状的图景"将诗人的思绪拉回到现实,使他哀伤不已、痛彻心扉,这一方面是亲人的死亡引起的深沉哀痛,另一方面是他多年来所经历的惨痛现实人生在他心中的映照。他清醒地意识到现实中的他无法躲避这人生中的惊涛骇浪,而那独往的心灵只能躲在梦幻之中,远离人世,因为那乐趣其实是对现实蒙昧无知的体现。由此,面对画中的古堡,他"爱看它的神色——／傲岸庄严"。然而,画中的古堡经由画家的描绘已经表现为对现实的转换,而华氏诗中的古堡又经过了诗人的再次创造。画面中的古堡带给诗人对记忆中古堡的唤醒,对现实人生的感悟;① 同时,诗人又赋予画面中的古堡以想象性的回应与期待。因而,诗中描绘的三重古堡图景——画中的古堡、诗人记忆中的古堡、诗人想要按照自己的意愿去绘制的古堡——相互交织并存,画作与诗人的想象形成了互动,它作为现实的映照激起诗人的心灵图景,而记忆中的图象又给画作增加了更加浓郁的色彩和深意,眼前的视觉意象与想象中的心灵图景形成了交叠。此时的诗人已不再拒绝视觉图景对心性的压抑,而是从视觉图景中获得对心灵的启迪,使之与想象形成对话,诗由此获得了崇高的意境。索菲·托马斯认为,"对于华兹华斯来说,重要的不在于以准确的视觉中唤起的世界,……而是第二形态的观看,这种观看将世界和它们的对象纳入自我的心灵之中,想象力之中,再重新去检视它们。"②

华氏在1846年所做的一首诗《插图书与报纸》("Illustration Books and

---

① 根据《诺顿英国文学选读》对该诗的注解,曾有学者认为该作表达出华氏对自然开始失去了信念。然而,该注释也指出:"应该注意到,诗所聚焦的不是变化了的自然之景,而是他对人生的认识、道德的观念改变了,这使他能够设法去应对生活中的缺失和苦难。"See *Norton Anthology of English Literature*, Vol. 2, New York: Norton, 2000, p. 294.

② Thomas, "Spectacle, Painting and the Visual", p. 306.

Newspaper")中有这样的诗句:"难道眼睛必须是一切,而舌头和字词皆为空?"(Must eyes be all in all, the tongue and word Nothing?)对他早年抵制霸道的眼睛进行回应。可见,在想象力的问题上,华氏的诗学思想是一以贯之的。早期他拒绝霸道的感官,是以对视觉感官的拒绝来彰显心性,而中晚期,他接近了视觉物象,这使他的想象经由物象的激发,与视觉物象产生互动和对话,再进行二度想象的结果。此时,他接受了视觉感官的激发并承认其对心灵的升华作用。同时,他认识到心灵对视觉物象的再创造,因而,视觉所见已经是"见"与"不见"的同时并存。

在艺术观念上,华氏认为无论是绘画还是诗歌,都应该将超越单纯感官视像作为其美学追求。"当诗人和画家面对视觉对象时,不应被它们所压倒而应该受到想象力的制约","画家和诗人都必须通过想象抓住景物的本质,在形式和色彩方面想象力修正了他所观察的对象"。[①] 据此,华兹华斯所否定的是囿于客观物象表面的视觉感官,而崇尚遵从心性的"观看"或与想象力相交融的"观看"。在《哀歌》中,古堡既是现实中的古堡,同时又是经诗人的想象洗刷过的古堡,现实与想象交融并存,生发出无限的活力,也赋予了诗人坚毅的力量,使他能在"苦难哀伤里蕴含着希望"[②]。

综上所述,视觉意识贯穿于华兹华斯诗歌创作的一生,同时,这种意识与其想象力有着紧密的关系。其早年盛期的诗歌创作将视觉感官依托于想象力对心灵的滋养,而其中晚年的诗作则向人们展示出,视觉物象和视觉艺术本身可以促进心灵和想象力的再造作用。这一时期,华氏的想象力没有衰退和消泯,所改变的是他对视觉的态度。应该说,视觉艺术是否限制心灵中的想象取决于那是何种视觉艺术,也取决于其是否能激发他的心性和想象,同时,它也取决于心灵的再造能力。如果没有心灵的再造,无论怎样的激发——眼见的或是耳听的——都无法达至精神的升华。

---

① Noyes, *Wordsworth and the Art of Landscape*, p. 62.
② 本句为《哀歌》最后一行,见《华兹华斯 柯尔律治诗选》,第261页。

第六章

现代派诗人的跨艺术书写

随着工业革命和现代文明的发展,城市化的进程不可阻挡。19世纪晚期城市已然成为欧美现代社会政治、经济和文化活动的中心。英国批评家布拉德伯雷(Malcolm Bradbury)曾指出,"实验性现代主义文学,从许多方面来看都是城市的艺术",他非常精辟地分析了现代主义文学和城市之间的密切联系:

> 由于各种历史的原因,这些城市十分活跃,享有思想文化交流中心的盛名。其中有些既是文化都城,又是政治首府。在这些遍及欧洲的城市中,出现了新思想、新艺术的热烈氛围,不仅吸引了本国年轻的作家和一些未来的作家,也吸引了外国的艺术家、文学旅行者和流亡者。在这些拥有咖啡馆、卡巴莱、刊物、出版商和美术馆的城市中,新的美学观脱颖而出。①

---

① Malcolm Bradbury, "The Cities of Modernism", in *Modernism*: *A Guide to European Literature 1890—1930*, eds. Malcolm Bradbury and James McFarlane, Harmondsworth; New York: Penguin, 1976, p.95.

城市作为文化中心把文学家、艺术家聚集在一起,他们彼此有更多的交流和互鉴;此外,城市里的博物馆、美术馆、音乐厅等文化场所也丰富了市民的文化生活,因而现代派诗歌中的艺格符换更加繁荣。我们以下选取德语诗人里尔克、美国诗人克兰和休斯以及英国诗人斯宾塞的代表性诗作进行跨艺术的解读,考察诗人如何继承发展"艺格符换"传统,实现从绘画、雕塑、建筑、音乐、舞蹈等非诗歌文本到诗歌文本的跨艺术转换。不同的艺术文本之间既相互补充又相互消解,从而强化了艺术张力和美感。这些艺格符换诗就构成了"语词博物馆"。当我们阅读这些诗作时,犹如在城市博物馆的艺术品中徜徉,从而实现日常生活的审美化。

第一节 里尔克诗歌中的绘画艺术

欧陆作家对艺术作品的文学性重现或重构可追溯到古希腊时期,尤盛于文艺复兴。在19世纪的德国,画家和音乐家前所未有地活跃在文学反射的视野中,其艺术作品也成为文学家钟爱的叙事对象。德国浪漫主义作家以及1900年前后的诸多作家在艺术审美体验的驱使下走向自己的文学创作。这得益于浪漫主义在德国思想史上以统治性的影响奠定了现代主义转向的里程碑意义。旧时政治、经济、社会和宗教的因素纷纷变更,文学中的现实也随之重构。文学作品诞生的起点不再是周遭世界,而是那个"我"。这是一个介乎于外在与内在断裂之间的"我",既迷茫于外界的形态变异,又难以表达内心的不解。

奥地利诗人赖纳·玛利亚·里尔克(Rainer Maria Rilke,1875—1926)就生活在这样一个社会转型、思想激变的时代。纵观其生平,很容易梳理出里尔克与美术艺术的显性交集:与沃尔普斯韦德(Worpswede)艺术家们的友谊、平生唯一一次与女雕塑家的婚姻、作为罗丹的秘书旅居巴黎、与塞尚的频繁来往……上述交集不仅是表面的呈现,更是在艺术观察、表现手法、谋篇布局以及主题选择等方面影响着里尔克的诗歌创作。因此,只要提及现代诗歌与视觉艺术的交集,里尔克就是令人无法逾越的典范。里尔克的诗歌创作与美术接受并行,贯穿其创作生涯的始终。"各种文本、谈话、演讲、图像资料、演出艺术和其他文化产品一经被里尔克发现,就很难与里尔克本人的作品进行区分。"①的确,在里尔克的诗中总能觅到文本交互性的文化资源。《圣经》作为里尔克不可或缺的书籍,在其作品中有大规模的使用。《大卫在扫罗面前歌唱》("David Singt vor Saul")包含对《圣经》文本的隐喻与化用,同时也受到古斯塔夫·莫罗(Gustave Moreau)的绘画《大卫》(*King David*, 1878)的启发,体现了文字符号、听觉艺术与视觉艺术的交汇。《蓝色绣球花》("Blaue Hortensie")则是在雅克-埃米尔·布兰奇(Jacques-Emile Blanche)的静物画《蓝色花瓶的绣球花》("Hydrangeas in a Blue Vase", 1939)的影响下,回应了欧洲 19 世纪的绣球花热和蓝色时尚。作为唯美主义的追随者,同时也深受浪漫主义原创力观念的影响,里尔克不仅从传统的文学文本中汲取精华,绘画也成为"互文"交流中重要的文化元素。

对里尔克诗学与艺术交互批评的主流来自其创作中期的重要的"物诗"(Dinggedicht)。"物诗"强调观看,具有很强的图像性,通过隐匿的观者的视角,消解诗作的抒情性,从而实现由内在走向外在,在"物"中寻找真实的客观性与现实性。"物诗"概念的形成与表达主要得益于里尔克旅居巴黎时期与雕塑大师罗丹以及印象派画家塞尚的交往。这一时期,诗人由早期的主观抽象逐渐转入客观视角,将诗歌写生确立为个人创作的鲜明特色。正是这种借助艺术视角对周遭世界的细致观察使他获得了对天地万物的诗性关怀:《豹》("Der Panther")、《瞪羚》("Die Gazelle")、《秋》("Herbst")等数量众多的诗歌话语避免了个体的恣意,救赎了内外对立的剑拔弩张。诗人的创作转向看似是"巴黎岁月"的"后遗症",背后却暗含着 19 世纪末、20 世纪初欧洲自然主义的没落、浪漫主义精神的退潮以及尼采哲学的兴盛。②

现象学、文化学等层次丰富的"物诗"研究在极大程度上厘清了里尔克创作由唯美浪漫风格向象征主义审美的转向。但既往文献多着力于里尔克对罗丹和塞尚美术思想的接受与内化,这也在一定程度上遮蔽了 20 世纪初德国沃尔普斯韦德风景画和表现主义肖像画艺术对里尔克诗歌的影响性介入:在沃尔普斯韦德的艺术家们对亲近自然风景的热切痴迷中,里尔克深受

---

① 朱迪思·瑞安:《里尔克,现代主义与诗歌传统》,谢江南、何加红译,上海:上海人民出版社,2011 年,第 2 页。
② 贾涵斐:《视觉图像中的内外关联——论里尔克的"物诗"》,《外国语文》,2016 年第 5 期,第 25—31 页。

画家们寻找艺术真实的感染,尝试着以画家的方式远视取景,用感官体会观看对象,并将诗性的表达融入自然风景;以面具、面具般的面孔和假面为典型特征的表现主义肖像画艺术契合了现代社会的异化与虚空,借鉴于其绘画表现形式,里尔克精巧地让文字围绕面具不停生长,建构起外在现实与内在灵魂间的有机勾连。与诸多先贤从类似模仿的层面处理诗与画的关系不同,里尔克的诗对画的解读更多的是符号性的。而与之相似的是歌德在绘画作品的处理上,不止拘泥于描述,而是将画作主题中具有象征意义的因素提取并融入其文学作品。① 墨西哥诗人帕斯(Octavio Paz)曾言及诗画关系,应和着莱辛的诗画观:"诗歌与绘画皆为艺术,它们在各自的领地生长;诗歌的王国是时间,绘画的王国是空间;我们听到诗歌,我们看到绘画;诗歌在时光中流逝并改变着它的轨迹,绘画亦然。诗歌与绘画所握有的权力是同一的或相似的;虽然画家用眼,诗人用语言,但目光与语言都服从于同一权力——想象。"② 这个论述既涉及了创作也提到了接受。类似的论调存在于唯美主义大师王尔德(Oscar Wilde)的笔下。王尔德认为,一切艺术终究是一种人为的产物,想象才是它值得肯定和张扬的机制,唯美主义的目标就是要用这种出于人的头脑的、比现实生活更美的艺术来引导人们的生活,以艺术精神处理生活。③ 因此,对里尔克诗歌的绘画艺术层面解读必须关联与画家共同的观察视角、创作想象和母题。

一、与沃尔普斯韦德的邂逅

1900—1902 年间,里尔克主要在沃尔普斯韦德与当地艺术家团体共同生活。沃尔普斯韦德位于德国北部广袤的平原,拥有纯净的蓝天、灿烂的阳光。在这两年的时间里,里尔克游走在各个画室与展览之间,与画家们畅谈文学与艺术。"我来到百合花画室。……我们谈到托尔斯泰、死亡、乔治·罗登巴赫、霍普特曼的《和平节》,谈到生活,一切体验中的美,死的可能性和愿望,永恒以及我们为何感到自己和永恒结下了不解之缘。我们谈了很多,

---

① Ernst Osterkamp: *Im Buchstabenbilde: Studien zum Verfahren Goethescher Bildbeschreibungen*. Stuttgart: J. B. Metzler, 1991, p.224.
② Octavio Paz: *Zwiesprache: Essays zur Kunst und Literatur*. Frankfurt am Main: Suhrkamp, 1984, p.72.
③ 鞠惠冰:《文学卷序言》,载张冲编著:《里尔克论艺术》,长春:吉林美术出版社,2007年。

超越了时间,也超越了我们自己,一切都变得神秘莫测了。"①沃尔普斯韦德在短时间内就将里尔克卷入了新的理念、观点和灵感中。里尔克获得了"在这块地方伟大、感受不尽和日日常新的奇遇"②。上述"奇遇"即指以弗利茨·马肯森(Fritz Mackensen)、奥托·莫德尔松(Otto Moderson)为代表的沃尔普斯韦德艺术家团体所创作的风景画。这个画家群无一例外地表达着他们对自然的热爱,引导人们真正发现自然。"风景不再只是指代某一地方,甚至也不代替天堂,人们开始歌唱风景,就像唱一首有明亮色彩的圣母颂一样。"基于上述的定义,"绘画有利于一个伟大的发展:画风景并非以此指风景,而是意味着自身"③。一旦对风景的描绘并不意指风景,而是指向画家本身,那么风景画就成为了画家表达情感的媒介,承载着他的喜悦、忧伤、虔诚和反叛。在《沃尔普斯韦德》(1902)评论集中,里尔克从风景出发探讨了画家的观看之道。艺术家们创作的视觉艺术作品对于诗人而言,不再仅仅是题材和主题的价值存在,在方法论的意义上已经成为观看并以语言塑造诗性的工具。"这不是艺术最后的、但或许是最独特的价值,这种艺术是一种媒介,在这种媒介里,人与风景、形象与世界走到一起来了。"④里尔克在随后的创作中便尝试以诗为"媒介",将自己的创作千方百计地植入自然。1906年里尔克创作了《诗人之死》("Der Tod des Dichters")。整个诗作散发着无法确定的抽象意味,令人颇为费解。

> 他躺着,头靠高枕,
> 面容执拗而又苍白,
> 自从宇宙和对宇宙的意识
> 遽然离开他的知觉,
> 重新附入麻木不仁的岁月。
>
> 那些见过他活着的人们
> 不知他原与天地一体,

---

① 霍尔特胡森:《里尔克》,魏育青译,上海:上海三联书店,1988年,第70页。
② 同上书,第70页。
③ 张冲编著:《里尔克论艺术》,第102页。
④ 里尔克:《沃尔普斯韦德》,载李永平编选:《里尔克精选集》,北京:燕山出版社,2005年,第535页。

> 这深渊、这草原、这江海
> 全都装点过他的丰仪。
>
> 啊，无边的宇宙曾是他的面容，
> 如今仍奔向他，将他的眷顾博取；
> 眼前怯懦地死去的是他的面具，
> 那么柔弱，那么赤裸，就像
> 绽开的果肉腐烂在空气里。①

读者在诗的字里行间几乎无法从具象上把握逝者的面容。与里尔克在诗作《远古阿波罗裸躯残雕》("Archcïscher Torso Apollos"，1908）中对眼珠、目光、胸膛、肩膀等均有明确的描绘不同，此诗作中死去的诗人融入了深渊、草原、江海组成的寰宇，独留下一副面具。他的个体消散，面具背后的脸庞即风景。诗人的尘俗性与神性实现分离，在人与自然的和谐同一中"无边的宇宙曾是他的面容"。而自然是神性彰显的媒介，它让人的灵魂与上帝紧紧相连，就如同俄耳甫斯借助超凡的自然实现了对物质存在的超越，并在死后亦能借"物"歌唱。② 将死去的诗人作为风景来展现可以视作里尔克对19世纪初发轫的纯粹的沃尔普斯韦德风景画派的承袭。诗中，里尔克将他的"肖像画"汇入风景静物写生，他笔下的自然是"一种陌生的事物，所以人们面对茂盛的树木，面对湍流的溪水，是非常孤独的"③；与之相比，死亡反而不那么让人束手无策。"尽管死亡充满神秘感，而更神秘的是一种生命，它既不是我们的生命，又与我们无关，仿佛不顾我们而径自庆祝自己的节日，我们则怀着某种尴尬的心情注视着它的节日，像操着别种语言的不速之客一样。"④对自然（风景）的沉迷是因为艺术家将把握自然视为己任，"使自己千方百计深入到自然的伟大联系中去"⑤。人与自然无法割裂，就如同瑞士画家贝克林（Arnold Böcklin）笔下的半人半马、海上女妖和海里的白发老人，

---

① 里尔克：《诗人之死》，载李永平编选：《里尔克精选集》，第92页。
② R. Rios: *Das Echo des Bilder bei Rilke: Jugendstil, Quattrocento und ägyptischer Totenkult in Rilkes poetischer Rezeption Hoffmans, Vogelers und Modersohn-Beckers*, Thèse de doctorat: Univ. Genève, no. L. 532, 2003, p. 250.
③ 里尔克：《沃尔普斯韦德》，第532页。
④ 同上书，第533页。
⑤ 同上书，第535页。

人类借助艺术家的视角便接近了自然。在里尔克看来,艺术家对自然的"观看"是"在这种不确定性中寻找某种确定的东西"①。文学同样需要睁大眼睛,迎来面对风景的真实的视觉苏醒。"当文学描写风景,并对它表示失望时,为了表达作者最深的感受,人总是站在那个无边无际的、空荡荡的空间里。"②自然的无限丰富性如同一个秘密,"一旦我们想把它同我们联系起来,我们却又不易觉察它"③。它为画家,当然也为作家,提供建构自己语言的词汇。"今天的艺术家,不只是画家,从风景中接受语言来表达他的认识。这一点是可以详细证明的,现在一切艺术都到风景中去讨生活。"④甚至可以认为,自然统治着艺术家的言说,"自然不仅有表达表面经历的某些语汇,而且还提供了机会,以感性的和明显的方式,表达最内在和最独特的,最具个性的东西,直至它的最细微的差别"⑤。

也正是在沃尔普斯韦德,里尔克结识了他后来的妻子雕塑家克拉拉(Clara Rilke-Westhoff),并通过她开启了与德国表现主义女画家保拉·莫德松-贝克尔(Paula Modersohn-Becker)短暂却影响深远的交往。里尔克在与莫德松-贝克尔相识的当年(1900)就曾作诗《歌者在王侯之子面前歌唱》("Der Sänger singt vor einem Fürstenkind"),献给女画家。里尔克称这首诗因其开始、因其存在。⑥ 虽然在之后的里尔克手迹中鲜有关于莫德松-贝克尔的专章艺术评论,然而里尔克在女画家过世后第二年便为其撰写了长诗《给一位朋友的安魂曲》("Requiem Für eine Freundlin",1908),该诗被艺术史学界视为有关莫德松-贝克尔表现主义绘画艺术批评的权威文献。里尔克在诗中写道:

> 还有水果;我将买些水果,在它们的芳香中
> 那片乡间的土地和天空将重新复活。
> 因为那是你熟悉的:成熟的水果。
> 你放它们在画布前,在白色碗中,

---

① 里尔克:《沃尔普斯韦德》,第541页。
② 同上书,第535页。
③ 同上书,第537页。
④ 同上书,第570页。
⑤ 同上。
⑥ 里尔克:《里尔克诗全集(第一卷)》,陈宁译,北京:商务印书馆,2016年,第1007页。

并用你的颜料称出每一个的重量。

……

你从织机上扯下可爱的织物

用你的线织成与众不同的图案。①

诗中,里尔克多次不吝言辞地表达了对莫德松-贝克尔绘画艺术的赞美。与前期表现出的对绘画艺术的浓厚兴趣不同,里尔克在诗中其实并未明确言及莫德松-贝克尔的油画作品。推测其故,大抵是因为莫德松-贝克尔曾就里尔克撰写的《沃尔普斯韦德》提出了尖锐的批评:

> 诸多正确和歪曲相互裹挟着向我袭来……这些谨小慎微和恐惧是不想与任何人搞坏关系,这些人可能会在将来的日子里成为利用的工具……在我的价值观里,里尔克会逐渐沉沦为一盏小灯,他寄希望于攀附欧洲的伟大精神之光来点亮他的光芒。②

在当时莫德松-贝克尔的眼中,里尔克是一个胆小且谄媚逢迎之人。他不辨优劣,因为他害怕承担艺术批评的后果;他功利,想要保全现有的人脉为将来所用;他野心勃勃,渴望在欧洲伟大的精神潮流中占有一席之地。画家的见解不无道理,却又失之偏颇。里尔克撰写这本关于沃尔普斯韦德艺术家的介绍性小册子确实是为生活所迫。"出版社对所要撰写的评论有许多体例与内容方面的限制,所以,里尔克称这个小册子的写作'一半是快乐,一半是体力活'。"③女画家对里尔克的批评也合理解释了她身为里尔克妻子的好友,为何很少进入其艺术批评的视野,她的画作为何在较晚的时期才与其诗歌创作相互勾连。但现在看来,莫德松-贝克尔对里尔克意图从欧洲伟大的精神大师处获益的批评的确言过其实。作为诗人,他本身就创造了伟大。在诗歌艺术的层面,莫德松-贝克尔并未拥有其在绘画艺术领域那样天才的直觉和敏锐的判断力。就《沃尔普斯韦德》的写作而言,里尔克更多的是被视为艺术批评家,而非诗人。今天,当我们面对关于里尔克的种种史

---

① 里尔克:《给一位朋友的安魂曲》,载李永平编选:《里尔克精选集》,第69页。
② H-C. Kirsch, *Worpswede: Die Geschichte einer deutschen Künstlerkolonie*. München: Bertelsmann, 1987, p.118.
③ 刘红莉:《从那喀索斯到俄耳甫斯——里尔克诗歌的诗学与哲学研究》,武汉:湖北人民出版社,2015年,第15页。

料,探讨着绘画对他的影响,探讨着他如何"用一种新的眼光来观看事物,探索语言的物质性,以及语言所具有的有利于事物的视觉呈现的建构性角色"①时,我们很难想象站在诗歌巅峰的里尔克背后的那些苟且与卑微。

二、自画像与《1906 年的自画像》

里尔克对女画家的沉默及女画家作品在其诗作中的迟到并不意味着他对她作为现代画先驱所展现的天赋一无所知。相反,莫德松-贝克尔的绘画艺术从主题到方法都以一种隐性的方式渗入了里尔克的创作。有学者甚至认为里尔克的艺术视角构建很大程度上得益于他与莫德松-贝克尔及其丈夫莫德松的相遇:

在探索新的观看方式以及进入他周围的世界和艺术的路途上,诗人在沃尔普斯韦德建构了一种模式。这种模式疏离了曾经统治一切的感官标准,并以从种种固有的程式中剥离出来的存在体验为主题。在这片土地上,里尔克的诗作经历了决定性的修正,就如他在后来诞生的物诗中所言,他整个的中期作品都受其影响。②

莫德松-贝克尔被视作里尔克在观看上的导师。这种观看影响也为里尔克的创作转向奠定了基础,虽然她的影响并不可与罗丹相提并论。根据道格拉特(F. Daugelat)的阐释,里尔克正是在沃尔普斯韦德的岁月中发展了他后来的诗学观点和创作走向。1900 年里尔克在沃尔普斯韦德写下的《前进》("Fortschritt")一诗将诗人的感官比喻为飞鸟,高高攀爬进了遥远的万物。如画家一般的远视取景、用感官体验对象是对艺术与物的关系的表达,是中立观察与客观描写的端倪。由于当时的思考并未真正成熟,那个隐匿于《沃尔普斯韦德》中的专业术语——"物诗"在后来才借助罗丹和塞尚浮出水面。有学者提出:"也许这恰恰是里尔克不愿回忆这部作品的原因,他未能实现那些沃尔普斯韦德人对他的期许。"③

1906 年莫德松-贝克尔为里尔克绘制了一幅肖像画(图 38)。画中的里尔克着高领的紫色西服,身处灰色的背景前。头发和胡须是泥土色,眼白的

---

① 刘红莉:《从那喀索斯到俄耳甫斯》,第 10 页。
② F. Daugelat, *Rainer Maria Rilke und das Ehepaar Modersohn*, *persönliche Begegnung und künstlerisches Verhältnis*. Frankfurt a. M.: Lang, 2005, p. 57.
③ Ibid., p. 125.

颜色与西服颜色统一。前额高光,明显亮于脸部的其它位置。他的嘴唇饱满,鼻子为红色。由于整个面部线条简洁,因此产生了面具感。轻微张开的嘴以及无细节的空洞眼部强化了这种感觉。半张开的嘴延续了古希腊以来对诗人等智者画像的传统,可以说,它是诗人作为职业的象征;眼部的细节缺失同样让人联想到古希腊时期的人像雕塑,似乎宣告着智者拥有向内的观照和超越尘俗的智慧。里尔克的目光避开了观者。视线的留白引导着观者陷入凝视的游戏:既有不可见者在可见者那里的嵌入,最终的可见者成为凝视的猎物,它被不可见者即交流的凝视所渗透,由此导致透彻的观看;又有不可见者作为凝视本身来发挥作用,意识的体验排他地投入可见者的总体,借助于可见者的中介,它使观视的媒介与直接感受到的体验(不可见者)变成可见的,而可见的目标从可见者那里消失。① 视觉的颠倒源于留白所产生的空间,正是这个空间的存在让观者的目光得以进入,产生视觉想象,从而实现用一双眼睛去寻找另一双眼睛,用一种凝视去寻找另一种凝视,就如尼采的名言——当你凝视深渊时,深渊也在凝视着你。②

图38　莫德松-贝克尔:《里尔克》,1906。
现藏于德国不来梅市保拉·莫德松-贝克尔博物馆

① 刘红莉:《从那喀索斯到俄耳甫斯》,第39页。
② 同上。

其实,对于古希腊艺术的审美传承与续写,进而在时代交杂的混合文化生态中进行现代性表现,困扰着当时的表现主义画家,同样也困扰着里尔克对诗人使命的思考。传统与现代是狭路相逢,还是相得益彰,关乎着绘画艺术与诗歌艺术的时代选择。整个自画像对色彩与光影的谨慎、疏松的笔触均充满了印象派的绘画理念,甚至连眼神中的自我审视也变得怀疑与陌生。在莫德松-贝克尔仅仅十年的绘画生涯中,以自画像为表现形式的创作集中于其最后几年的创作时光。她所做的自画像采用了她常用的近视点满构图形式,色彩表达上亦不再强调瞬间光线的变化,而是更加深沉有分量,以结实的形体,加之看似具象的神态。自画像中所表现的对自我的不确定契合了对被表现者的异化,这种异化是对自我身份认同的怀疑。在那个被奥地利诗人、作家霍夫曼斯塔尔(Hugo Von Hofmannsthal)定义为"多义性"和"不确定性"的时代,哲学亦痴迷于内心与表象间的疏离主题的时代,表现主义者无不感到不安与焦虑。①

早在《沃尔普斯韦德》一文中,里尔克就曾评论过肖像画创作。他称伦勃朗为"历史上最伟大的风景画家",同样"他擅长肖像画,因为他会深入地观察面孔,像深入观察无边无际的土地和高高的有云彩的、运动着的天空那样"。② 将肖像画与风景并行比对,是里尔克对视觉艺术观看自然的方式的衍生。作为对莫德松-贝克尔为其所做的肖像画的回应,里尔克于同年写下了《1906年的自画像》("Selbstbildnis aus dem Jahre 1906")一诗。仅从名称即可看出诗作与画作间的关联性。尽管作者并未公开阐释过上述关联性,还是有文学批评家将诗作视为里尔克对肖像画的语言回应。③而两个作品诞生的时间节点更易让读者联想到画作与诗作之间的必然关联。

> 眼球的虹膜内反映出
> 古老贵族世家的坚毅。
> 目光仍带着儿时的畏葸和青莹,

---

① 参见 H. V. Hofmannsthal, *Sämtliche Werke. Kritische Ausgabe*, Bd. XXXIII: *Reden und Aufsätze 2, 1902—1909*. Frankfurt a. M.: Fischer, 2009, p.132;周国平:《尼采:在世纪的转折点上》,北京:东方出版社,2014年;D. Elger, *Expressionism: A Revolution in German Art*. Köln: Taschen, 2017.

② 里尔克:《沃尔普斯韦德》,第537页。

③ H. W. Petzet, *Das Bildnis des Dichters: Paula Becker-Modersohn u. Rainer Maria Rilke: Eine Begegnung*. Frankfurt a. M.: Societäts, 1957.

时时流露出卑怯,却不像个奴仆,
而像个效命者和妇人。
生着一张有样的嘴,大而清晰,
不善说服劝诱,但却正直并能将
原委述清。额头生得没有缺陷,
只是低头沉思,便会覆上一片阴影。

作为整体才开始被朦胧地感觉;
还从未在痛苦里或成功中
聚合起来,完成持久的突破,
然而远远地,仿佛正用零星之物
设计着一个严肃的实在。①

  显然,这是一首艺格符换诗,在"朦胧"间复原了一幅貌似人物肖像速写的高贵面具,这副面具的主人来自"古老贵族世家"。里尔克曾经写道:诗人是这个年轻家族的祖先,并承认这家族的出身古老高贵②。由此推测,这首诗的主人翁是一位诗人,抑或就是里尔克自己。那么,"卑怯"并非奴仆的卑微,而是诗人甘愿委身于艺术的态度;"效命者"也就成为全身心投入艺术的象征。诗作的开篇即形成与莫德松-贝克尔绘制的自画像的暗合。诗中的面具强调昭示家族身份的虹膜、意象化的眼睛、雕塑般的嘴、阴影中的前额……面具化的表现意味着放弃对脸部细节的展现,细节的减弱却并不影响诗作的表现力。里尔克既没有从面部器官的均衡性(古典主义),也没有从其有机整体性(浪漫主义)来演绎他的审美,却又将所有复杂的元素准确而精巧地融为一体。诗中的虚空就犹如画中的留白,它牵引着读者如观者一般去凝视诗的内在空间。这个空间显现的是"语言呈现又自我消解(此言说立于存在与非存在的张力之间)的视觉对象——观看的'形象'(Figur):这形象既是修辞(德曼)的产物,亦是一个可感可塑'自在存在的形象',但并不

---

  ① 里尔克:《1906年自画像》,载《里尔克抒情诗选》,杨武能译,成都:四川文艺出版社,1988年,第76页。
  ② 里尔克:《永不枯竭的话题:里尔克艺术随笔集》,史行果译,北京:东方出版社,2002年,第44页。

是显现为已完成的存在,而是显现为'谜语般的形象'"①。

"凡深奥者,都喜欢面具;最深奥者,甚至会憎恨形象与比喻。"②尼采的断言是一个时代的写照。在存在的命题下,自我的疏离必然产生形而上与形而下、主观与客观的区分,而其中的连接点即是面具,因为面具为面孔、脸庞,它是自我身份意识建构的表象,表达着自我认识。"从他们的面孔上推断一切,这副面孔像一张表盘,在这上面可以看到时间,而时间是荷载和衡量他们的灵魂的。"③面具的主题不仅为莫德松-贝克尔的自画像所用,也在里尔克的诗中或显性(如《诗人之死》)或隐性(如《1906年的自画像》)地存在。两人似乎在不约而同地延续着古罗马保存死者肖像的传统,行笔间仿佛是从死者面部拓印面模一般,让观者/读者迫切地想要寻找面具面孔背后的存在。关于面孔,里尔克在《沃尔普斯韦德》中类比了风景:"风景……又无面孔,或者呢,它的整体就是一副面孔,通过它的面积的大小和无限性,令人感到可怕和压抑。"④艺评中的类比后来在里尔克的诗歌创作中付诸实践。

> 脸啊,我的脸:
> 你属于谁;你是为怎样的事物
> 而存在的脸?
> 你如何能够成为脸,为这样一个内部
> 里面,开始之物不断地
> 伴着涸散堆聚成某物?
> 森林有脸吗?
> 山的玄武岩不正
> 没有脸地立在那里?
> ……
> 时而动物们不正向一个人
> 走来恍然在祷求"拿走我的脸"。
> 它们的脸让它们感到太沉重,
> 它们以脸将它们微

---

① 刘红莉:《从那喀索斯到俄耳甫斯》,第65页。德曼(Paul de Man),比利时解构主义批评家。
② 尼采:《善恶的彼岸》,魏育青等译,上海:华东师范大学出版社,2016年,第60页。
③ 里尔克:《沃尔普斯韦德》,第532页。
④ 同上。

渺的灵魂太远地伸入

生活。而我们

灵魂的动物,受扰于

我们内心的一切,依旧不曾

完成任何事,我们为正在吃草的

灵魂,

我们不正夜复一夜为灵魂

向赐予者乞求非脸,

它属于我们的暗的?①

诗中的树林、玄武岩以"无脸"的方式存在,动物通过脸的丧失获得灵魂的完整性,而人类面孔背后的内心走向了自我逸散。"乞求'非脸'(Nicht-Gesicht)即乞求获得一个更本真的自我,能突破内在—外在、自我—世界的对立而获得一种存在的确定。"②从"脸"(Gesicht)到"非脸",里尔克于 1906 年写下的两首诗是对当时肖像画艺术深入研究后的反思,被视为对表现主义画派的诗歌解读,同样也是里尔克想要成为一名真正的诗人的明证。③

余 论

从沃尔普斯韦德风景画到表现主义肖像画,从《诗人之死》到《1906 年的肖像画》,里尔克在诗学中证明了风景画艺术和肖像画艺术的自我解构与交互功能的价值存在。如果说《诗人之死》呈现了将个体融入沧浪寰宇的理想画面,《1906 年的肖像画》则是里尔克在用诗的语言自我解剖与塑造。与《新诗集》(*Neue Gedichte*, 1907)中的其它诗歌一样,这些作品都昭示着诗人在时代浪潮中的自我发展,有哲学层面的、语言艺术层面的、视觉艺术层面的,等等。

对于里尔克研究而言,他的艺术至上主义、诗人贵族精神以及形而上学的诗歌交往模式都尚存争议。然而,他在长期绘画及雕塑艺术浸润下发展起来的艺术思想与诗学演绎却极富现代性,在哲学的话语中获得了多元的

---

① 里尔克:《里尔克诗全集(第三卷)》,陈宁译,北京:商务印书馆,2016 年,第 673 页。
② 刘红莉:《从那喀索斯到俄耳甫斯》,第 140 页。
③ Rios, *Das Echo des Bilder bei Rilke*, pp. 253—254.

维度，并为我们深度解读里尔克提供了有效的方略。里尔克的超越性不仅仅使他成为伟大的诗人，更是现代性研究的引导者，就如其墓志铭所示："玫瑰，哦，纯粹的矛盾，/乐意在这么多眼睑下做着前无古人后无来者的睡梦。"①带有象征主义色彩的玫瑰、将死亡描述为睡眠，这些元素都让这位终生追求着前卫式复古的诗人仍然掌控着我们的回应。

第二节　克兰的诗画之桥②

赫弗南在《语词博物馆》一书中将"艺格符换"界定为"视觉表征之语言再现"。在他看来，艺格符换诗所呈现的本源应该是对客观物象的一个视觉表征；因此，他认为，美国现代派诗人哈特·克兰的长篇史诗《桥》不能归入艺格符换诗的范畴，因为该诗的主体意象布鲁克林大桥"虽然可以是一件艺术品，也可以是许多事物的象征，但它本身并不再现任何其他事物"③。我们认为，赫弗南的界定在一定程度上规范了艺格符换诗的范畴，为艺格符换研究提供了衡量的尺度，但在评价克兰的《桥》时却过于草率，没有就诗作本身进行深入考察，忽视了诗中视觉艺术试图借诗歌发声以及诗歌试图向视觉艺术靠拢的意图。再者，如绪论所述，艺格符换的内涵和外延非常丰富繁杂，光从赫弗南的这一界定出发，将《桥》排除在艺格符换诗之外，失之偏颇。

如同克卢弗指出的，葡萄牙诗人德塞纳《变形集》中有关建筑内观的诗作在语调、技巧、阐释和思考方式上与其他有关绘画、雕塑的诗作没有明显不同，虽然描绘对象并非艺术品（赫弗南所谓的"视觉表征"），但"我们把它当做艺格符换来读"④。他由此作出自己对艺格符换的界定："艺格符换是对一个由非语言符号系统构成的真实或虚构文本的语言再现"，并补充说明该

---

① William H. Gass, Excerpt from *Reading Rilke: Reflections on the Problems of Translation*, New York: Alfred A. Knopf, 1999. https://archive.nytimes.com/www.nytimes.com/books/first/g/gass-rilke.html(accessed 2021/5/5).
② 视觉艺术是用一定的物质材料，塑造可为人观看的创造性艺术品，包括素描、绘画、雕刻、电影、建筑、工艺品等，因此布鲁克林大桥既是具有实用功能的建筑物，又是具有美学意义的视觉艺术品，本节为了简练，标题"诗画之桥"的"画"指代视觉艺术，就如莱辛在《拉奥孔》中用"画"指代造型艺术。西方学界对于"视觉艺术"的界定，参见帕特里克·弗兰克(Patrick Frank)著《视觉艺术原理》（陈玥蕾、俞钰译，上海人民美术出版社，2008年）第3页。
③ Heffernan, *Museum of Words*, p.4.
④ Clüver, "Ekphrasis Reconsidered", p.26. 克卢弗的具体论述参见本书第二章第三节。

定义中的"文本"为符号学中所指,"包括建筑、纯音乐和非叙事性舞蹈"。①克卢弗的阐发将艺格符换研究从关注表征模式的话语转变为有关再现、重写、转换或曰"变形"的话语,对我们深有启发。以下我们将从视觉艺术向听觉艺术的转换以及时间艺术向空间艺术的转换两个方面来探讨《桥》中丰富的"艺格符换"内涵,并通过诗人所信仰的"隐喻的逻辑"诗学原则进一步论证诗作与艺格符换之间的潜在联系。

一、从视觉艺术到听觉艺术

斯皮策在《〈希腊古瓮颂〉,或内容与元语法的对峙》一文中,从艺格符换的角度解读济慈的经典诗作《希腊古瓮颂》。他认为,正如济慈笔下的希腊古瓮一样,沉默无声的视觉艺术品有着发声并陈述的欲望,艺格符换诗人解决的正是"沉默无声的古瓮与有着陈述欲望并试图发声的古瓮"之间的悖论,即试图让无声的视觉艺术转换成有声的听觉艺术。②言外之意,艺格符换诗中蕴藏着将无声的视觉艺术转换成有声的听觉艺术的能量,这种能量"赋予沉默无声的艺术品以声音和语言"③,从而实现从视觉艺术到语言艺术的转换。布鲁克林大桥在克兰笔下也如济慈笔下的希腊古瓮一般,是《桥》这首长诗的全部灵感源泉。尽管布鲁克林大桥在诗中"蕴涵着种种象征的意义"④,但它本身作为建筑物却是沉默无声的,或者说是被剥夺了言说权力的视觉艺术。诗人在序诗"致布鲁克林大桥"中写道:

> 而你,跨越海湾,踏着银色的步伐,
> 太阳好像跟着你走,你的这一跨
> 却意犹未尽,永远持续——
> 你的自由无形中将你留下!⑤

布鲁克林大桥横跨在海湾之上处于永久的静止状态,虽然有着全景视

---

① Clüver,"Ekphrasis Reconsidered",p. 26.
② Spitzer,"The 'Ode on a Grecian Urn', Or Content vs. Metagrammar",p. 211.
③ Hagstrum,*The Sister Arts*,p. 18.
④ 黄宗英:《史诗般的抱负与抒情式的灵感——读哈特·克兰的抒情史诗〈桥〉》,《欧美文学研究论丛》,2002年第1期,第180页。
⑤ Hart Crane,*Hart Crane's The Bridge: An Annotated Edition*,ed. Lawrence Kramer. New York: Fordham U P,2011,2,本节以下引文出自该书,只标页码,不再加注;译文参考赵毅衡编译:《美国现代诗选》(北京:外国文学出版社,1985年)第327页,笔者有改动。

角带来的"视像自由",却如"被锁住的自由女神像"一般,永远陷于无法发声、无法言说的困境之中。接着,诗人又在"亚特兰蒂斯篇"①中称之为"无法言说的桥"(Unspeakable Thou Bridge),但这个"无法言说"的建筑艺术赠予诗人一份遗产:"噢你的光芒的确遗赠给了我"(4),诗人于是被赋予一个神圣的使命,替无声的布鲁克林大桥诉说其古老的故事。沉默无言是视觉艺术的共性:"雕塑与绘画无论多么栩栩如生,在借用诗人的声音说话之前都是失声的。"②在《桥》这首诗中,诗人想要替布鲁克林大桥发声的欲望是不言而喻的。1929年5月,诗人在致赞助人奥托·卡恩(Otto H. Kahn)的信中写道:"这首诗并不献给任何人,而是要献给布鲁克林大桥。"③诗人将这首"酒神赞美诗"(dithyramb)献给布鲁克林大桥,作为视觉艺术的布鲁克林大桥最后以听觉艺术的诗歌形式呈现,视觉艺术转向听觉艺术的艺格符换已然实现。然而,诗人要做的远不止于此。以笔者之见,克兰的艺术理想是在该诗中欲将诗歌与音乐融为一体形成听觉艺术,并与以桥为中心意象的视觉艺术进行转换,试图实现艺术世界里不同艺术媒介融为一体的和谐与圆满。

在序诗里,诗人这样描绘布鲁克林大桥:"唯有在暗处你的影子愈加清晰"(Only in darkness is thy shadow clear)(4)。诗人站在黑夜里凝望布鲁克林大桥,视觉的功能通常因黑夜而减弱,诗中的布鲁克林大桥却为何愈加清晰?应该说,视觉的减弱使听觉更加灵敏,诗人将注意力由视觉转向听觉;更重要的是,视觉的减弱激发了诗人凝神的聆听,从无声到有声的转换,并不是从眼见的视觉向耳听的听觉的转换,而是向心灵听觉的转换。虽然诗人在暗处看不清布鲁克林大桥,但是发自内心的聆听所激发的想象却使大桥更加清晰。由此可见,诗人对视觉的表象是持怀疑态度的,诚如批评家瑞德(Brian M. Reed)所言:从克兰"诗歌生涯的一开始,他便避开了对视觉形象的盲目崇拜"④。因此,作为视觉表象的布鲁克林大桥便借由诗人的"心听"向听觉艺术过渡。诗人相信,"听觉的艺术更能抵达美学以及神秘主义

---

① "亚特兰蒂斯"是《桥》的最后一首诗,但却是克兰最先完成的一首诗。
② Hagstrum, *The Sister Arts*, p. 53.
③ Hart Crane, *O My Land, My Friends: The Selected Letters of Hart Crane*, eds. Langdon Hammer and Brom Weber. New York: Four Walls Eight Windows, 1997, p. 402.
④ Brian M. Reed, *Hart Crane: After His Light*. Tuscaloosa: U of Alabama P, 2006, p. 124.

的终点"①。诗人这里所指的听觉艺术便是诗歌语言的音乐性，即诗歌的节奏和韵律的完美统一。1928年1月，在读完温特斯（Yvor Winters）借给他的霍普金斯（Gerard Manley Hopkins）的诗集之后，诗人欣喜若狂，给友人回信道："我从未意识到，诗歌的语言可以如此接近于纯粹音乐符号的变形，却同时在每一刻又能保留住文字的意义！"②诗人试图跟随霍普金斯等维多利亚诗人的脚步，将诗歌语言的音乐性发挥到极致，突出莱辛所谓"画笔所不能点染"的听觉艺术的魅力③，这也是诗人在《桥》的最后一首诗"亚特兰蒂斯篇"中反复强调的主题。该诗以柏拉图《会饮篇》中的一句题词作为开篇："音乐便是知识，联结爱在和谐与圆满之中"（125）。有学者提出，这句题词"直截了当地表达了音乐在这首诗中扮演的引领者的角色"④。劳伦斯·克莱默认为题词说明该诗篇的灵感有可能来自柏拉图《理想国》中对和谐宇宙的构想，柏拉图设想中的宇宙由一个纺锤连接八个圆拱构成，"在每一碗拱的边口上都站着一个海女歌妖，跟着一起转，各发出一个音，八个音合起来形成一个和谐的音调"⑤。克兰试图模仿这一和谐的音调，该诗篇的每一节诗都是由八句诗行组成，对应音乐中全音阶的八度音阶。音乐与诗歌在该诗中完满地融合为听觉艺术，开始替沉默无声的布鲁克林大桥发声，并且通过诗歌语言的音乐性将布鲁克林大桥与上帝的神性相联结，"试图去战胜图像（布鲁克林大桥的视觉表象）的威力"⑥。

可以说，该诗的"艺格符换"首先是在诗歌语言内部实现的。在"亚特兰蒂斯篇"的第一诗节中，克兰这样写道：

> 穿过紧缚的钢缆，拱形的轨道
> 向上伸展，在光亮之中转向，如琴弦的飞舞，——
> 往来穿梭的月光绵延数英里，将
> 急促的低语声，电线两端的心灵感应，切分。

---

① Qtd. in Reed, *Hart Crane*, p. 73.
② Crane, *O My Land, My Friends*, p. 359.
③ 莱辛：《拉奥孔》，第80页。
④ Warner Berthoff, *Hart Crane: A Re-Introduction*. Minneapolis: U of Minnesota P, 1985, p. 95.
⑤ 柏拉图：《理想国》，第421页。克莱默对题词的注释见 Lawrence Kramer, ed. *Hart Crane's The Bridge: An Annotated Edition*, New York: Fordham U P, 2011, p. 126.
⑥ Peter Wagner, *Icons-Texts-Iconotexts*, Berlin: Walter de Gruyter, 1996, p. 13.

> 夜色的指针转动,岩石与钢铁——
> 透明的网格——闪烁的音符完美无瑕——
> 预言家的声音时隐时现,河水摇荡
> 好像琴弦拨动造就了一位神。(127)

该诗节第六行"透明的网格——闪烁的音符完美无瑕"(Transparent meshes—fleckless the gleaming staves)中的"stave"一词有着三层内涵:(1)作为建造船只的用材,表示竖木板子;(2)作为诗体学的一个术语,表示诗句、诗行;(3)作为一个音乐术语,表示五线谱。由此,诗人勾勒出一幅图像、诗歌、音乐三位一体的和谐画面:布鲁克林大桥的钢缆象征着船只的木板子,用来制造第二诗节中代表心灵视像的船只,船只行驶的轨迹"写就历史的概要(synoptic)";钢缆也是诗歌的诗行,布鲁克林大桥借诗人的笔写下关于自己的诗句;钢缆又是音乐的五线谱,月光在其中"往来穿梭"谱下优美的乐章。这样,视觉元素与听觉元素在一个词内得以兼容并包,形成互动。诗人类似的用词在"亚特兰蒂斯篇"中并不止一处。比如,第二诗节中的"cordage"一词便同时含有琴弦、诗行、绳索等内涵;第四诗节中的"rime"一词具有雾凇与韵律(rhyme)双层含义,也是同时包含着视觉与听觉的元素。不仅如此,诗人的"艺格符换"试图超越单个词语之内的互动转换,进而转向词与词之间的组合所产生的"艺格符换"效果。在该诗中,诗人多次运用"月光切分音(moonlight syncopate)","闪烁的音符(the gleaming staves)","女巫的预言时隐时现(sibylline voices flicker)"等视听感官混合的词语搭配,月光可以将音符切分,音符可以发出光亮,声音可以像火光一样时隐时现。换言之,视觉表征的光影可以被当作听觉表征的音乐去聆听,而听觉表征的音乐也同样可以被当作视觉表征的光影去观赏,视觉艺术与听觉艺术得以在克兰的诗歌语言中一次又一次地融合转换。应该说,从个别词语的"含混",到词与词之间的搭配,无不显示出诗人在诗歌文本内部精心编织的一张"艺格符换"的网络,给读者带来独具匠心、层次丰富的审美体验。

其次,诗人的"艺格符换"又在诗歌的隐喻逻辑上得以进一步完成。克兰在创作中表现出来的艺格转换倾向与其一贯奉行的"隐喻的逻辑"诗学原则相契合。谈及诗歌创作体会时,诗人曾言道:

> 诗歌的创作动机必须来源于所用素材隐含的情感动力,我在选择

表达用语时注重其联想意义多于其逻辑（字面）意义。通过这样的动机以及各种联想意义之间隐喻的内在联系，诗歌的整体建构便被提升至"隐喻的逻辑"（logic of metaphor）这一有机的原则上，它先于我们所谓的纯逻辑（pure logic），这是所有言说的生发基础，即意识与思想的延伸。①

也就是说，克兰的诗歌创作是基于诗人对物象的隐喻性联想，诗人通过"隐喻的逻辑"来组织言说。由此，我们便不难理解诗中的布鲁克林大桥何以有不同的象征意义，正如克兰在1926年1月的一封信中写道："布鲁克林大桥化身为一艘船，一个世界，一位女性（圣母玛利亚），以及最终成为一架竖琴，这样子去写似乎会很有前景。"②这意味着，诗人的创作逻辑必定要求诗人像兰波（Arthur Rimbaud）那样"混乱感官求得灵光"③。在"亚特兰蒂斯篇"中，克兰不断将视觉感官与听觉感官转换融合，而这一切都指向对布鲁克林大桥的隐喻再现。事实上，诗人的视觉意象最后都隐喻般地指向听觉意象，即音乐，因为音乐是沟通人与神的最高形式，恰如诗人在第一节中所写："好像琴弦拨动造就了一位神。"（127）"亚特兰蒂斯篇"中的许多诗节以布鲁克林大桥的视觉隐喻开始，最终都以听觉的隐喻作为结尾：如第七节中"毋庸置疑的饰带"最后唱出"春日之诗"；第八节中"套取夜空飞马座的套索"最后化为"教堂的管风琴"，"奏出命运的声响"；第十节中"银色的金字塔"最后变成"吟唱圣歌的白翼"。批评家谢尔曼（Paul Sherman）所言极是："布鲁克林大桥由神性所建构，同时也是祈求神性降临的一件乐器"④。因此，诗中的视觉意象最后都隐喻般地融合到听觉意象中，再一次实现了无声的视觉艺术与有声的听觉艺术的互通与融合，并形成"浓缩的永恒"（condensed eternity）(4)。

三、从时间艺术到空间艺术

克兰的《桥》不仅实现了从视觉艺术到语言艺术的转换，也实现了从时

---

① Qtd. in Langdon Hammer, *Hart Crane & Allen Tate : Janus-Faced Modernism*. Princeton: Princeton U P, 1993, p. 163.
② Crane, *O My Land, My Friends*, p. 227.
③ 转引自洪振国：《论哈特·克莱恩的长诗〈桥〉》，《外国文学研究》，1994年第4期，第25页。
④ Qtd. in John Wargacki, "The 'Logic of Metaphor' at Work: Hart Crane's Marian Metaphor in the Bridge", *Religion and the Arts*, Vol. 10, 3 (2006), p. 332.

间艺术到空间艺术的流转。

如前所述,克里格在《艺格符换与诗歌的静止运动》一文中将艺格符换看作是"诗歌在语言和时间里模仿造型艺术"①,称艺格符换诗拥有其"形式以及语言上的自足性",认为其"凭借重复、回声以及内在关系的复杂性,将按照时间顺序排列的进程转化为时间的共时性,使在时间上不可重复的流动进入永恒的循环往复"。② 在克里格看来,诗歌的形式和语言有一种回旋往复的特性,应该以造型艺术作为隐喻来完成其自足性,"将线性的运动转化为圆形的运动"③。言外之意,艺格符换诗"冲破诗歌作为时间的艺术而具有的线性逻辑链"④,转而将其表现为由文字的回旋堆砌所产生的空间感,其中蕴含着将诗歌的时间艺术转换为造型的空间艺术的过程与能量。这种能量直接将诗的语词图像化,打断文本叙述在时间上的连续性,使语词向着属于空间艺术的图像转化。莱辛在《拉奥孔》中指出:"物体美源于杂多部分的和谐效果,而这些部分是可以一眼就看遍的。所以物体美要求这些部分同时并列,所以只有绘画,而且只有绘画,才能摹仿物体美。诗人感觉到,这些因素,如果按先后次第去安排出来,就不可能产生它们在按并列关系去安排出来时所能产生的效果"⑤。为了模仿造型艺术,克兰在该诗中试图按照并列的关系去安排每一首诗。在一封写给资助人奥托·卡恩的信中,克兰道出了他创作该诗的最初构想:"诗的每一部分都是一块独立的画布,如果孤立地去欣赏其中一块,诗的全部意义便不能声情并茂地展现,就好比是西斯廷教堂的壁画一样。"⑥诗人此处所指是米开朗基罗历时4年创作的天顶画《创世纪》,"当一个人身处西斯廷教堂中,抬头望向教堂天顶的时候,她最初看到的是天顶画的全貌。而后她才得以随性欣赏天顶中每一幅绘画,以及每幅画与整体的关系"⑦。可见,诗人有意反转莱辛有关诗是时间艺术和画是空间艺术的观点,将诗歌艺术向着空间艺术靠拢。

在"亚特兰蒂斯篇"中,克兰在对布鲁克林大桥进行狂想式的描述时,不

---

① Krieger, *Ekphrasis*, p. 265.
② Ibid., p. 263.
③ Ibid., p. 4.
④ 张慧馨、彭予:《观亦幻》,第15页。
⑤ 莱辛:《拉奥孔》,第111页。
⑥ Crane, *O My Land, My Friends*, p. 305.
⑦ Reed, *Hart Crane*, p. 132.

断地以回旋重复的形式打断诗歌语言在时间上的延续性,使得该诗表现出时间上的静止甚至是回转,构建诗歌文本的空间性。该诗的回旋重复首先表现在诗歌的押韵上,诚如贝尔托夫(Warner Berthoff)所言:"'亚特兰蒂斯篇'除了诗人不断地以祈祷与赞美来进行抒情式重复之外,并没有任何向前进的趋势。"①诗人反复运用头韵的方式打破诗歌的线形叙述,在读者的思维试图跟着诗歌的时间线性展开时,又将其不断地拉回和阻断。"亚特兰蒂斯篇"共有十二诗节,每一诗节都以 s 为头韵进行押韵,实在不能不说是诗人有意为之。例如第一诗节中诗人用"钢缆"(strands)、"琴弦"(strings)、"切分"(syncopate)、"钢铁"(steel)、"诗句"(staves)、"女巫预言"(sibylline)和"溪流"(stream)等词押头韵,又用"光亮"(light)、"飞舞"(flight)、"月光"(moonlight)、"夜色"(night)和"岩石"(granite)等词押尾韵,将原本以时间发展的诗句不断向着空间堆砌,向着环形空间发展。再者,第一诗节的最后一个词以"琴弦"(strings)结束,而最后一个诗节的最后一个词以"摇摆"(swing)结束,两个词首尾呼应,仿佛该诗结束的时候又回到了开头,形成循环往复的空间感。

其次,该诗的空间回旋还表现在词语的重复上:诗人四次重复"琴弦"(string)一词;四次重复"颂歌"(song)一词;五次重复"月光"(light)一词。如瑞德所言:"这首诗开始与结束于同一个地方,词语与意象在诗篇中不断重复。"②该诗的重复更多地体现在意象的重复上,例如,诗的第一节中的布鲁克林大桥的"钢缆"(cable strand)在随后几行中与 stave 一词表示的"琴弦""诗行"与"五线谱"的多义融为一体,不断地产生词语与意象重叠循环的张力,而这一张力在之后的诗文中不断得到强化。诗的第二节这样写道:

> 然后穿过那绳索,用那五线谱的乐音编织
> 一座圆拱概述桥下的潮来汐往——(127)

该诗节首行中的 cordage 一词虽然与第一诗节中的 cable strand,string 以及 stave 词形有别,但却通过一词多义的形式又一次将读者拉回,因为 cordage 一词同时包含着琴弦(string)、诗行(line)以及缆绳(rope)的含义,这种一词多义与多重隐喻带给读者丰富想象体验的同时,又将读者的线性思

---

① Berthoff, *Hart Crane*, p. 108.
② Reed, *Hart Crane*, p. 128.

维引向跳跃的、空间化的诗意世界中去,而 cordage 一词又在第十诗节中再现:"总是穿过那螺旋塔尖的和弦(always through spring cordage)。"再比如诗歌的第三节写道:上升,倾斜着上升的那些横梁/新的乐音架起双子塔桥(128)。"新的乐音"(New octaves)又唤起诗人将布鲁克林大桥的钢缆比作琴弦的记忆。不难看出,诗人一再地将他对桥的隐喻进行重复,编织出一张由"重复的词语和意象群所交叉形成的有活力的网络"[1]。克里格将艺格符换原则用于体现"诗歌中最为鲜明的特性,在诗歌的线形结构中使用环形的重复,并且运用空间性的和造型艺术的物品来象征文学时间中的空间性和造型性"[2];斯皮策也发现"自古以来艺格符换诗学的诗人热衷于效仿环形事物,盾牌、杯子等"[3]。"亚特兰蒂斯篇"是长诗的最后一首诗,却也是最先完成的一首诗,如埃及的衔尾蛇暗示着长诗首尾相连;克兰在"亚特兰蒂斯篇"中赋予布鲁克林大桥以神秘的力量,"将夜托起到环形图的顶端",随后又称之为"圆形的,毋庸置疑的饰带"(131),克兰的"环形全景图"与古希腊"饰带"隐喻般地指向诗的环形结构,使得诗歌的时间性向造型艺术的空间性转化。

余 论

长诗《桥》在问世之初,受到很多负面评价,包括诗人的朋友温特斯曾发表书评,批评《桥》"缺少叙事框架,缺乏史诗在形式上的统一性"[4]。时过境迁,《桥》发表至今已近一个世纪。我们从跨艺术诗学的视角对诗歌进行阐释,关注其文本内部的艺格符换,既拓展了诗歌的解读维度,又为艺格符换这一概念提供了新的素材。就诗画关系而言,学者们往往关注诗歌与造型艺术或者其他艺术形式的比较,而往往忽视了诗歌文本内部所隐含的丰富的艺格符换网络。我们重新挖掘作品内在的艺格符换价值,希望对方兴未艾的跨艺术诗学研究有所贡献。

---

[1] John Irwin, "Hart Crane's 'Logic of Metaphor'", in *Critical Essays on Hart Crane*, ed. David Clark. Boston: GK Hall, 1982, p. 218.
[2] Krieger, *Ekphrasis*, p. 265.
[3] Spitzer, "The 'Ode on a Grecian Urn', or Content vs. Metagrammar", p. 207.
[4] Yvor Winters, "The Progress of Hart Crane", *Poetry*, 36(1930), pp. 164—165.

第三节　超越疲倦的布鲁斯

兰斯顿·休斯(Langston Hughes,1902—1967)是美国黑人文学史上杰出的现代派诗人,是哈莱姆文艺复兴的中坚力量。他是"第一位把布鲁斯精髓音乐特质(黑人的民间智慧、苦难的现实主义和简朴的艺术形式)带入到诗歌创作中的诗人"①。《疲倦的布鲁斯》("The Weary Blues")是其较有代表性的诗篇之一,1926年被收录于休斯的第一本诗集中。

对于休斯这首早期的成名作,国内外学者关注较多。在海外研究中,史蒂文·特雷西(Steven Tracy)对休斯的诗歌研究得较透彻,他较早关注休斯的诗歌创作与布鲁斯音乐的渊源,发掘《疲倦的布鲁斯》的创作来源,并联系布鲁斯的音乐技巧分析布鲁斯音乐与该诗篇结构上的联系。②在国内学界,罗良功对休斯及其诗歌的研究较为突出。他的关注点主要在于休斯诗歌的艺术创新及诗歌形式方面,同时,他也结合了社会符号学等理论对休斯的诗歌进行阐释。③ 阮广红、黄卫峰等学者则以主题、文体学及多元思想为切入点来分析这首诗。杨新宇注意到《疲倦的布鲁斯》对布鲁斯音乐的模仿,他着重从诗歌的形式和文化寓意两方面探讨其与布鲁斯音乐的关系。④但休斯对布鲁斯音乐在诗歌中的借鉴,不仅在于诗歌的形式,更在于对城市布鲁斯音乐如何蕴含黑人现代性体验的把握,休斯将植根于美国黑人民间文化的布鲁斯音乐与诗歌创作结合,细致入微地表达了20世纪上半叶城市化进程中普通美国黑人的现代性体验。本节从跨艺术诗学的视角,探讨音乐与诗歌之间的"艺格符换",即两种艺术媒介间的转化与融合,分析该诗作如何吸纳布鲁斯音乐的精髓与时代精神,把美国黑人的民族文化与欧洲文化加以融合,在表达美国黑人心灵"疲倦"的同时又超越了对日常生活的疲倦和厌烦,成为20世纪上半叶美国黑人城市书写的最恰当的文化表征。

---

① Richard Ellmanm and Robert O'Clair, eds. *The Norton Anthology of Modern Poetry*, New York: Norton, 1998, p.685.
② Steven Tracy, *Langston Hughes and the Blues*. Urbana: U of Illinois P, 1988.
③ 罗良功:《从社会符号学角度解读兰斯顿·休斯的诗歌形式》,《辽宁大学学报》,1999年第5期,第101—104页。
④ 杨新宇:《永远的布鲁斯——评兰斯顿·休斯的〈萎靡的布鲁斯〉》,《读与写杂志》,2007年第4期,第16—17页。

一、布鲁斯的前世今生

美国黑人诗歌存在的基础是民族文化,而黑人音乐正是一种最能代表美国黑人特质的文化符号。美国黑人音乐折射出早期美国黑人在奴隶制度压迫下的痛苦心声,他们通过音乐抒发自己内心的苦闷。美国黑人音乐主要包括黑人灵魂乐(spirituals)、布鲁斯(Blues,又称蓝调)、爵士(jazz)、拉格泰姆(ragtime)等传统音乐和口头歌谣,而它们之间又是互相影响、互相渗透、互相融合的。其中传唱度最广的是布鲁斯音乐,它产生于19世纪60年代的密西西比河三角洲地带,汲取了过去美国黑人奴隶的灵魂乐、赞美歌、劳动歌曲、叫喊和圣歌的特点,是一种着重自我情感宣泄的音乐,它也是现代流行音乐的根源。[1]

布鲁斯最早与心理状况、精神状态有关,早在16世纪,布鲁斯一词就有一个隐含意义:即"蓝色魔鬼"(the Blues devils),它指"情绪低落、忧郁"。[2]直到南北战争时,"布鲁斯"这个词还未在美国日常词汇中出现。奴隶制终结之后,在黑人奴隶解放后追求自由的高涨情绪中,布鲁斯应运而生。布鲁斯来自黑人的日常生活,内容丰富且通俗易懂,表达了黑人歌者心中的爱恨情仇,对外部世界的情感与态度。这其中包括对种族歧视、种族压迫的反抗,对爱与自由的向往,对挫折苦难的倾诉等。布鲁斯饱含了黑人心中复杂的情感,是他们内心的精神、灵魂所在。伤感、忧郁本是一种看不见的内心状态,但自从有了布鲁斯音乐的出现,它有了相应的实体形式,那便是用伤感的布鲁斯曲调来表达歌者内心的忧郁,使听众都能感受到其中的惆怅,产生共鸣。

20世纪初期,城市布鲁斯开始出现。这个词最初是为了与乡村布鲁斯所区别,而到了20年代逐步形成自己的风格,它是指一种复杂的布鲁斯形式。乡村布鲁斯通常没有伴奏,风格淳朴,演唱相对简单;而城市布鲁斯的内涵更丰富,表达的情感更多样。美国黑人有两次城市化热潮。第一次是南北战争后,南方黑人大量涌入南方城市。然而,他们很少能得到就业的机会,这样一来,他们当中一些敢于闯荡的年轻人就去了北方城市寻找出路。[3]

---

[1] Geoffrey G. Ward and Ken Burns, *Jazz: A History of America's Music*. New York: Alfred A Knopt, 2000, p.34.
[2] Ibid., p.102.
[3] Ward and Burns, *Jazz: A History of America's Music*, p.137.

第二次热潮是从20世纪初开始,更多的黑人离开南方,迁往美国东北部和中西部地区,这股移民潮随着第一次世界大战的爆发而加剧。至1930年有130万黑人从南方乡村迁往美国其他地区,与此相对应的是美国东北部、中西部和西海岸的大城市里黑人的人口比例逐渐上升,如纽约的黑人人口从1900至1930年间增加了26.9%。①

布鲁斯跟着黑人劳工一起步入了城市,布鲁斯逐渐成为美国黑人和美国流行音乐里的一个重要元素,并通过一些富有才华的黑人布鲁斯歌手的演唱获得了"白人"听众的青睐。布鲁斯从黑人奴隶非正式的传唱演化为城市酒吧、夜总会和剧院里的娱乐。1920年女歌手玛米·史密斯(Mamie Smith)演唱的《疯狂布鲁斯》("Crazy Blues")是现存最早的布鲁斯歌曲录音。② 这个演化使得布鲁斯更加多样化,成为美国黑人城市书写的重要形式。

休斯的《疲倦的布鲁斯》创作于1923年,两年后发表。从布鲁斯音乐的发展时间表中,我们可以看出,《疲倦的布鲁斯》与城市布鲁斯的形成息息相关。在哈莱姆文艺复兴时期,布鲁斯作为一种正在发展的音乐形式,影响了众多黑人艺术家。许多黑人文学家试着将布鲁斯元素融入文学创作中。休斯就是一个典型的代表。曾有一个年轻的黑人诗人对休斯说自己想成为"一个诗人,但不是一个黑人诗人"。这句话深深震撼了休斯,他开始意识到许多黑人艺术家都与这个年轻人一样,潜移默化地被当时美国社会的白人价值观影响:他们认为白人的一切都是好的,"'白人'这个词甚至成为一切美德的代名词"。他们看不到黑人文化的价值与璀璨,只知一味模仿白人文化而遗失了自身文化。因此,休斯认为黑人艺术家必须认可自身文化,自由地进行艺术创作而不受种族偏见的影响,而布鲁斯正是黑人文化最有生命力的传统和源泉。③

二、精神实质:日常生活的悲喜交加

《疲倦的布鲁斯》1925年为休斯赢得《机遇》(*Opportunity*)杂志举办的

---

① Population of the 100 Largest Cities and Other Urban Places in the United States: 1790 to 1990. http://www.census.gov/population/www/documentation/twps0027/twps0027.html (accessed 2019/12/10).
② 陈铭道:《黑皮肤的感觉——美国黑人音乐文化》,北京:世界知识出版社,1999年,第113页。
③ Langston Hughes, "The Negro Artist and the Racial Mountain," *Essays on Art, Race, Politics, and World Affairs*. Columbia: U of Missouri P, 2002, p.31.

诗歌比赛一等奖。次年休斯出版的第一部诗集便以《疲倦的布鲁斯》命名。在休斯的自传中,他声称该诗是他的"幸运诗"(lucky poem)①,是"关于一个在哈莱姆弹钢琴的黑人音乐家"②,诗中包括他年幼时在堪萨斯州劳伦斯城第一次听到的布鲁斯歌曲。休斯同时代的许多黑人作家都在努力融入欧洲白人的文学传统,《疲倦的布鲁斯》发表之初受到包括黑人评论家在内的评论界的非议,卡伦(Countee Cullen)质疑布鲁斯和爵士体诗歌"是否能归入体面的、挑剔的、我们严格的称之为诗歌的高级文学表达之列"③。

休斯的诗歌创作与城市生活紧密相连。1925 年休斯在参加诗歌比赛的同时,还参加了《危机》(The Crisis)杂志举办的散文比赛,参赛作品是带有自传性质的《城市的魔力》("The Fascination of Cities"),获二等奖。作品次年发表,在这篇文章里,休斯表明自己深受城市文明的吸引,普通城市黑人的生活状态成为他的创作源泉。

休斯一方面反对美国黑人的白人化,他言辞犀利地指出:"任何真正的黑人艺术之路上都横亘着一座大山,即黑人种族内部白人化的冲动,以及把种族个性融入美国标准化模子,并尽可能消除黑人特性而变成美国人的渴望。"④另一方面,休斯也拒绝回到非洲的原始主义。作为一个城市诗人,休斯受卡尔·桑德堡(Carl Sandburg)的影响颇深,他反对把美国黑人贴上"原始主义"的标签,并不惜与赞助人决裂,因为后者希望他创作具有原始风格的诗歌。对此,他直抒胸臆:"我体内感觉不到那种原始的节奏,所以我无法煞有介事地生活和写作。我只是一个美国黑人——我喜欢非洲的表象和非洲的节奏——但我不是非洲,我是芝加哥、堪萨斯城、百老汇和哈莱姆。"⑤作为美国黑人城市书写的代言人,他认为其最恰当的艺术形式和精神实质便是悲喜交加的布鲁斯。

休斯一方面强调布鲁斯的感伤特性。在与其早期赞助人魏登(Carl Van Vechten)的通信中,休斯阐释自己对布鲁斯的理解:"布鲁斯音乐总是给我悲伤的感觉,甚至比灵魂乐更悲伤,因为这种悲伤不会因眼泪而变得柔软,

---

① Langston Hughes, *Autobiography*: *The Big Sea*, ed. Joseph McLaren. Columbia: U of Missouri P, 2002, p. 171.
② Ibid, p. 90.
③ Ellmann and O'Clair, eds. *The Norton Anthology of Modern Poetry*, p. 685.
④ Hughes, "The Negro Artist and the Racial Mountain", p. 32.
⑤ Hughes, *Autobiography*: *The Big Sea*, p. 243.

而是因笑声而坚硬,那是与悲伤格格不入的荒诞笑声,无神可以求助。"① 他给另一个朋友的信中也提道:"好像所有的黑人爵士乐里都流动着一种单调的忧郁,一种本能的悲伤,有时几乎令人恐惧。"② 与布鲁斯相比,灵魂乐更受到黑人中产阶级和上层社会的青睐,但休斯认为:"灵魂乐总是寻求出世,关注上帝带来的信仰、希望和某种欢乐;而布鲁斯是入世的,肮脏中带着痛苦,懒散中带着对生活的厌倦……民间布鲁斯与富有期待和信念的灵魂乐有着天壤之别。"③

所以,布鲁斯也给美国黑人带来"甜蜜的慰藉"。休斯在第一本自传《大海》(The Big Sea, 1940)里回忆道:第七大道上"那些靠勤劳的双手赖以生存的普通黑人们……弹奏着布鲁斯,吃着西瓜、烧烤和鱼块三明治,打着台球,吹着牛皮,瞅着国会大厦的圆顶,大笑不已";他们的生活态度激发了休斯的诗歌创作:"我努力写诗就像他们在第七大道上唱歌——他们唱快活的歌,因为你必须快活否则就死路一条;他们也唱悲伤的歌,因为悲伤总是难免的;但不管快活还是悲伤,人总要活下去,路还是要走下去。"④ 美国黑人唱着"悲喜交加"的布鲁斯,"悲"在现实苦难,"喜"在艺术超越,因此,光有"疲倦的布鲁斯"是不够的,还要"超越""疲倦的布鲁斯",就像第七大道上的黑人,大笑着面对日常生活。

三、超越"疲倦的布鲁斯"

就诗歌与音乐的关系而言,按照史蒂芬·舍尔的分类,《疲倦的布鲁斯》即属于他所谓的"语绘音乐"(verbal music):

> 所谓语绘音乐,我是指对真实或虚构的音乐作品在诗歌或散文中的文学性再现,即任何有乐曲作为"主题"的诗意文本。除了用语言再现真实或虚构的乐曲,此类作品还常暗含着对音乐表演的描绘或人物对音乐的主观感受。语绘音乐偶而会营造拟声的效果,但明显有别于

---

① Langston Hughes & Carl Van Vechten, *Remember Me to Harlem: The Letters of Langston Hughes and Carl Van Vechten*, 1925—1964, ed. Emily Bernard, New York: Knopf, 2001, p. 28.
② Ibid, pp. 12—13.
③ Ellmanm and O'Clair, eds. *The Norton Anthology of Modern Poetry*, p. 685.
④ Hughes, *The Big Sea*, pp. 166—167.

"谐声音乐"(word music),后者完全是对声音的文学性摹仿。①

舍尔强调语绘音乐的特殊性,其创作意图"主要为了诗意性地传达音乐的思想情感内涵或隐含的象征性内容,而非为了肖似音乐声音或摹仿音乐形式"。他进而区分两种基本的语绘音乐形式:在第一种形式中,诗人以直接的音乐经历或加上自己对乐曲的了解为创作来源,描述他能听出的音乐或推测的音乐,这就是"在语言中再现音乐";在第二种形式中,虽然受到了音乐的启发,但诗人的想象是主要的创作来源,这就是"在语言中直接呈现虚构音乐",诗人创造了"一首语言之乐"。②

根据休斯的创作经历来看,《疲倦的布鲁斯》便是"在语言中再现音乐",也是莉迪亚·戈尔所谓的"语言性音乐艺格符换"(verbal musical ekphrasis):语言对音乐形象或场景的生动描述使之在听者/读者的心目中呈现。③ 诗歌将自弹自唱老黑人歌手的布鲁斯表演从头至尾完整地记录下来,既有表演场景的呈现:"在雷诺克斯大街,有天晚上,/旧式煤气灯下,灯光苍白暗淡",也有对黑人音乐家的弹唱声音和动作的描绘:"昏昏的切分音调好低沉,/前后摇晃哼唱的曲子好圆润""他懒懒地摇晃着";既有对演唱歌曲的客观再现,也有叙述者/听者对音乐的主观感受:"疲倦的布鲁斯""甜美的布鲁斯",以及叙述者对歌手演出结束之后的想象:夜色已深,"歌手结束演奏上床去/疲倦的布鲁斯犹在脑中回荡/他安睡如石,沉入梦乡"。④

论及语绘音乐的功能,尤其是叙事文学中的音乐插段,舍尔认为:有效的语绘音乐植根于叙事语境,同时又能激发时空的交融感,因此成功的语绘音乐作家应该能巧妙地融合空间和时间的认知原则,以达到一定程度的共时性,最终创造近似(三维)图像艺术媒介的效果,同时又超越任何单一艺术形式的审美和认知特性的局限。⑤ 休斯创作《疲倦的布鲁斯》实则意在超越"疲倦的布鲁斯"。如何超越?首先以音乐(Blues)战胜悲伤(blues),寻求生活的勇气。其次,以种族融合解决美国黑人苦难的根源。

---

① Scher, *Verbal Music in German Literature*, 8. 参见本书第二章第三节"诗歌与音乐"。
② Ibid., pp.151—152.
③ Goehr, "How to Do More with Words", p.389.
④ Langston Hughes, "The Weary Blues", in *The Norton Anthology of Modern Poetry*, eds. Richard Ellmann and Robert O'Clair, New York: Norton, 1998, 685. 以下诗歌引文不再加注。
⑤ Scher, *Verbal Music in German Literature*, p.155.

无疑,布鲁斯音乐元素是这首诗的亮点,诗中的主旋律如下:

> I got the weary blues
> And I can't be satisfied.
> Got the weary blues
> And can't be satisfied.
> I ain't happy no mo'
> And I wish that I had died.

这一段与黑人音乐家亨利·托马斯(Henry Thomas)1928年发布的专辑"Texas Worried Blues"中的歌词有着异曲同工之处:

> The worried blues
> God, I'm feelin' bad.
> I've got the worried blues
> God, I'm feelin' bad.
> I've got the worried blues
> God, I'm feelin' bad.①

《疲倦的布鲁斯》一诗毫无疑问与布鲁斯紧密相连,这样一首语言平实的诗歌正如一首悠长的布鲁斯旋律般感动读者的心。作品标题清晰地表明诗歌的主题——疲倦与感伤。除了标题之外,"布鲁斯"(Blues)一词在诗中共出现了七次,强调了本诗与布鲁斯音乐的关系,而且诗歌的核心内容便是关于一个黑人艺术家在演奏布鲁斯。休斯自己对布鲁斯的理解是这样的:"它有严格的诗学特质,第一行较长,之后几行会有重复,第三行与前两行押韵"。② 而有时候,重复的一行会与先前的有略微差别,并非完全一致。休斯在诗中运用了与布鲁斯音乐类似的特点,为此诗增色不少。休斯曾在自传中回忆自己早期的创作:"我经常在头脑中构思布鲁斯诗歌(the blues poems),并一路唱着去上班。(虽然我唱不成调,但当我自说自唱,我想我就在唱歌。)"③

---

① Qtd. in Tracy, *Langston Hughes and the Blues*, p. 76.
② Hughes, *The Big Sea*, p. 20.
③ Ibid., p. 172.

首先，本诗具有布鲁斯灵魂的特点——伤感共鸣。布鲁斯的伤感曲调深刻地表现出美国黑人的生活状况。当听众在聆听布鲁斯时，就能够对这一点感同身受。这是因为布鲁斯发源于19世纪60年代的南方黑人社会，黑人们在美国过着痛苦不堪的生活，即使是后来奴隶制度得到废除，黑人的生活并没有因此改善，他们开始遭遇失业和无家可归的困扰，常常被作为非常廉价的劳动力，并要承受来自生存和种族歧视的双重压力，他们的生活仍处于水深火热之中。因此，他们需要一个倾诉的渠道来吐露内心的压抑和苦闷，布鲁斯就是这样一个渠道。

在《疲倦的布鲁斯》中，这种伤感首先体现在措辞上。诗歌中使用的词汇多较消极，使人感到一股浓厚的悲伤，如"声音低沉"（Droning）、"沉寂的"（drowsy）、"苍白"（pallor）、"悲叹"（moan）、"忧伤的曲调"（melancholy tone）、"我再也没有快乐"（I ain't happy no mo'）、"我恨不得早已死去（I wish that I had died）"，烘托出一种伤感的氛围。黑人演奏者在歌词中这样唱道，体现出他内心的纠结与渴望。而当我们阅读这首诗，就仿佛听着休斯娓娓道来这样一个弹奏布鲁斯音乐的男人的故事，内心感受到诗歌的伤感美，从而与诗人达成伤感共鸣。

其次，《疲倦的布鲁斯》具有与布鲁斯类似的即兴特点。布鲁斯音乐的即兴特点体现于松散的结构、重复的歌词以及黑人方言上。即兴演奏是布鲁斯这种自由音乐的本质之一，早期的布鲁斯没有固定的规则，同一个曲子第二次演奏的内容经常会与第一次不太一样。布鲁斯的即兴表演总是变化莫测，出乎听众意料。根据场景与时间的变化，创作者可自由发挥，即兴演奏，以达到最佳效果。有时，表演者还会加入一些新鲜元素，如假声、尖叫、哀嚎等。在即兴创作的过程中，演奏者通常会使用一再重复的歌词和旋律来强调主题，也便于留出即兴创作的思考时间。

《疲倦的布鲁斯》讲述了一个黑人演奏者和布鲁斯的故事，但并没有一个明确的故事脉络，且全诗语言平实，简单易懂，仿如休斯欣赏完布鲁斯演奏后写下的观后感，这样看似随意自在而又饱含深情的诗歌，展现了黑人的音乐天赋和诗歌的自由美。由于布鲁斯音乐即兴的特点，演奏者缺乏足够的时间思考余下的歌词，更不必说加以润色，所以歌词多重复。本诗中也有许多重复的诗句，以表达诗人内心的感叹。诗中的黑人方言、俚语以及句法特点也很明显，如诗中的歌手唱道：

> Ain't got nobody in all this world,
> Ain't got nobody but ma self
> I's gwine to quit ma frownin'
> And put ma troubles on the shelf.
> 在这个世上,光棍一条
> 只剩自个,光棍一条
> 我不再愁眉苦脸
> 要把烦心事全抛掉

这几句歌词真实展现了黑人的语言习惯,拉近了读者与歌者的距离。

最后,本诗具有与布鲁斯类似的音律美。布鲁斯通常由三个部分构成,每部分四小节,一共12小节。每部分之间的关系是aab或abc。① 第一句多是悲伤的旋律,第二句是第一句的重复,用来加强音乐的紧张程度。第三句则突然转折,从而加深了前面两句的内涵,通常会以哲理性的内容独成一句。② 这样的结构使整个旋律有所起伏,饱含深意,层层递进,歌词与旋律相得益彰。

诗人还运用了大量的押韵使整首诗朗朗上口,充满了韵律美。这首诗的押韵中,较多出现的是押长音的韵脚,尤其是本诗的前半部分,使用了大量的长音单词。例如,"曲调"(tune)、"低吟"(croon)、"布鲁斯"(Blues)、"琴键"(key)、"凳子"(stool)、"月亮"(moon)等,从而使得整首诗的音调高低起伏,读起来节奏鲜明,悦耳动听。诗中叠句"他懒懒地摇晃着"(He did a lazy sway)并不是随意的重复,这同样的两句叠加在一起,给读者一种画面感,好像眼前真的站着一个演奏家在跟着音乐摇摆,诗人也仿佛与黑人演奏家一起跟着音乐摇摆。

沉浸于"甜美的布鲁斯"中,歌者似乎忘记了现实的苦难:"我不再愁眉苦脸/要把烦心事全抛掉",然而歌者虽然有布鲁斯聊以慰藉,还是渴望着别的什么:

> 弹几声和弦后,他继续哼唱——

---

① 郝俊杰:《布鲁斯美国黑人忧伤的音乐和文学诉说》,《河南师范大学学报》,2006年第5期,第169页。
② 杨新宇:《永远的布鲁斯》,第16页。

> "我有这疲倦的布鲁斯
> 可咋不满意
> 有这疲倦的布鲁斯
> 可咋不满意——
> 快活不再
> 我恨不得早已死去。"

美国黑人疲倦、悲伤的根源在于民族苦难、种族歧视和种族隔离,所谓的自由、民主、人权对那个时代的黑人来说还是可望不可及的奢侈品,他们内心对自由和平等充满憧憬,但在现实的美国社会中得不到满足,而休斯认为解决种族问题的出路在于文化融合。如前所述,休斯一方面反对美国黑人的白人化,另一方面拒绝回到非洲的原始主义,而是坚持美国黑人的独特身份和"黑白融合"。

这种融合观在诗歌中首先体现在语言风格的融合。诗歌中叙事者用的是标准的英语表达,歌手的演唱中充满黑人俚语。从历史背景来看,在那个年代的美国社会,黑人地位远不及白人,同样地,黑人语言更是处于弱势地位。虽然有许多黑人作家渴望将黑人文化推广到与白人文化平起平坐的地位,但过程艰辛不易。休斯注意到推广黑人话语的重要性,把黑人语言应用到文学创作中,尤其是诗歌创作。"诗歌是文学中最为精致的形式,这不得不说是对白人文化的强有力反驳,是对黑人种族认同感和文化认同感的极大鼓舞。"[①]

其次是音乐风格的融合。布鲁斯常见的伴奏乐器是吉他、小号等,诗中黑人歌者弹奏的却是欧洲白人的经典乐器——钢琴。歌手把"黑檀似的双手按在象牙般的琴键上",这一句中"黑檀"与"象牙"的对比反差具有很强的象征意味。黑檀是黑色的,就像黑人与生俱来的黑皮肤;而象牙是白色的,象征着白人社会。当黑人的手触摸到白色的琴键时,意味着整个西方音乐形式开始改变,融入了黑人音乐元素。[②] 钢琴与布鲁斯音乐的结合,成为黑人歌者与其悲歌的延展,成为黑人音乐文化的延展。同时,这也是黑人与白人社会的对话,黑人通过布鲁斯来表达内心的悲伤与挣扎,不满与希望。

---

① 杨新宇:《永远的布鲁斯》,第17页。
② Steven Tracy, *A Historical Guide to Langston Hughes*, New York: Oxford U P, 2003, p.32.

整首诗可分为三部分,表现出歌者的情绪由悲伤转换到不满,最后到达观。诗歌最后一节中,歌者弹奏出"黑白交融"的"和弦",通过音乐倾诉内心的悲伤和痛苦,达到一种精神上的超越,然后就可以"安睡如石,沉入梦乡"。不少学者多关注到诗中黑人的悲伤和痛苦,而忽视休斯力图传达布鲁斯音乐超越"疲倦"的力量,故常把最后一句"He slept like a rock or a man that's dead"做消极的理解,如译为"他沉沉睡去,像石头或者像死尸",或"他已睡去,像石头,像死人一样"①。其实在英语口语中,"sleep like the dead""sleep like a rock"和"sleep like a log"是近义词组,都表示"睡得很沉,很安心"(sleep very deeply and restfully)。②休斯曾在自传《大海》中提及这首诗"就是关于一个工人唱了一夜布鲁斯,然后上床去,安睡如石(slept like a rock)。如此而已"。休斯还在自传中两次讲到自己对结尾不满意,改了又改。③我们觉得休斯可能就是担心读者会对结尾有误读,但他最终还是以"dead"结尾,想必是为了跟前两行的"bed"和"head"构成押韵。

余 论

布鲁斯的音乐美在诗歌《疲倦的布鲁斯》中体现得淋漓尽致,使这首诗与众不同。音乐是美国黑人文化的一大亮点,布鲁斯不仅仅影响了美国,也影响了全世界。但它来源于黑人社会,注定与黑人文化有着千丝万缕的联系,它是黑人发出自己声音的渠道,是他们生活的真实反映,是他们表达自己需求、对未来的憧憬、对自由民主向往的重要渠道。这首诗为休斯后来的文学创作定下了一个基调——通过富有黑人特色的文化传统帮助黑人树立种族自信和文化认同。此后,布鲁斯风格的诗歌创作,成为休斯城市书写的主要艺术形式。休斯后来创作的音乐剧《天堂般的》(*Simply Heavenly*,1957)和歌剧《艾斯特》(*Esther*,1957)中都大量采用了布鲁斯音乐和歌曲。1958 年休斯在道格·帕克乐队(Doug Parker Band)的爵士乐伴奏下,吟诵

---

① 罗良功:《种族发现与艺术视角:哈莱姆文艺复兴时期兰斯顿·休斯的诗歌成长》,《世界文学评论》,2009 年第 2 期,第 75 页;江枫译:《疲倦的布鲁斯》,http://www.idioms4you.com/complete-idioms/sleep-like-the-dead.html(accessed 2021/5/16)。

② http://www.idioms4you.com/complete-idioms/sleep-like-the-dead.html(accessed 2021/5/16)。

③ Hughes, *The Big Sea*, pp.90,171. 感谢钱兆明先生就此句为笔者答疑解惑,并提供休斯的引文出处。

了《疲倦的布鲁斯》，完成了从诗歌文本到表演艺术的转换再创作。①

在《疲倦的布鲁斯》中，歌者似乎只有他那可怜的、悲情的布鲁斯，而这又是帮助他超越悲情的精神支柱。黑人因布鲁斯而感到悲喜交加：悲的是这伤感的旋律和黑人民族的悲惨命运相互呼应，喜的是他们还有布鲁斯音乐作为心灵慰藉和精神寄托，这是他们宝贵的民族遗产和文化财富，这是他们超越"疲倦"的有力武器。与此同时，布鲁斯音乐元素的融合为诗歌创作提供了新的动力和资源，诗歌与音乐两种艺术媒介的相互交融，使得英美现代派诗人的城市书写更加丰富多彩。

第四节 舞动的艺格符换诗

美国后殖民主义理论家萨义德（Edward W. Said）在其著作《东方学》（*Orientalism*,1978）中提出："在与东方有关的知识体系中，东方与其说是一个地域空间，还不如说是一个传统的主题，一组参照物，一个极具特色的混合体，其来源似乎是一句引语，一个文本片段，或他人有关东方论述的一段引文，或以前的某种想象，或所有这些概念的结合。对东方的直接观察或详尽描述只不过是由与东方有关的写作呈现出来的一些虚构性叙事，这些虚构性叙事相对于另外一种类型的知识体系来说必然处于次要的地位。"② 根据萨义德的理论，在这样的语境中，每一个试图表述东方的欧洲人都注定要重复前人对东方的误读，这种误读源于欧洲中心论及优越感的文化霸权。英国现代诗人伯纳德·斯宾塞（Bernard Spencer,1909—1963）在埃及的流亡经历使他成为出色的开罗诗人。作为一个把东方作为写作对象的欧洲人，斯宾塞能否跳出萨义德所批判的"东方主义"的窠臼？

斯宾塞出生于印度的马德拉斯，自小被送回英国接受教育，相继在马尔伯勒学院和牛津大学基督圣体学院学习。第二次世界大战期间，他服务于英国文化协会（British Council），被派驻希腊、埃及、土耳其等地的英文学院（Institute of English Studies）任教。1941年1月—1945年8月在埃及工作

---

① "Langston Hughes－"The Weary Blues" on CBUT，1958"，https://www.youtube.com/watch?v=uM7HSOwJw20 (accessed 2021/5/16).
② 爱德华·W·萨义德:《东方学》，王宇根译，北京：生活·读书·新知三联书店，2007年，第232页。

生活期间,他和劳伦斯·达雷尔(Lawrence Durrell)、罗宾·费登(Robin Fedden)一起创办了文学杂志《个人景观》(*Personal Landscape*,1942—1945),在文坛甚为活跃,被英国诗歌界称为"开罗诗人"。斯宾塞生前与诗人贝杰曼(John Betjeman)、麦克尼斯(Louis MacNeice)、斯彭德(Stephen Spender)和奥登一度交往甚密,但知名度远不及后者。英国学者斯盖尔顿(Robin Skelton)曾在书评中推介斯宾塞的诗歌,称赞他是同时代诗人中"最敏感、最高贵、最有观察力的诗人",感慨其"在有生之年未受到应有的赞誉"。① 时隔多年后,美国学者博尔顿(Jonathan Bolton)在后殖民主义的语境下,重新审视斯宾塞诗歌中的地理景观与文化生产之间的关系。他提出,即使斯宾塞的诗歌不能作为萨义德东方主义理论的例外,我们也要认识到斯宾塞试图超越民族隔阂和文化误读的努力。② 不过,博尔顿论证的基础在于斯宾塞的域外"恋地情结"(topophilia),他忽视了斯宾塞对域外文化景观的关注。

作为英国文化协会的海外雇员,斯宾塞在异乡度过他的后半生。他极其敏锐地在埃及东方舞者的身上洞察20世纪上半叶在西方殖民主义和帝国主义的影响下埃及所发生的独特的城市化、现代化进程。他的代表作《舒卜拉的埃及舞者》("Egyptian Dancer at Shubra",以下简称《埃及舞者》)通过多元视角的转换,透视在埃及舒卜拉上演的东方舞背后的文化寓意:作为埃及传统文化与西方资本主义文明相杂糅的商业化产物,东方舞成为埃及现代城市书写最恰当的文化表征。与萨义德所批判的带有欧洲中心主义思想的东方主义者相比,斯宾塞更多地是以个人的和审美的方式处理东方题材。斯宾塞通过舞蹈与诗歌之间的"艺格符换",即两种艺术媒介间的转化与融合,在诗歌中吸纳埃及东方舞的精髓与时代精神,立体地呈现了20世纪上半叶埃及城市化、现代化进程中的日常生活场景和独特的城市文化景观,从而超越了萨义德所批判的"东方主义"樊篱。

一、埃及舞的现代化进程

《埃及舞者》是诗歌和舞蹈艺术的结合,我们有必要从跨艺术诗学的视

---

① Robin Skelton, "Britannia's Muse Awaking," *The Massachusetts Review*, 2 (1967), p. 353.
② Jonathan Bolton, "'The Historian with His Spade': Landscape and Historical Continuity in the Poetry of Bernard Spencer", in *Personal Landscapes: British Poets in Egypt during the Second World War*. Basingstoke: Macmillan, 1997, p. 287.

角加以阐释。在《埃及舞者》一诗中,埃及舞表演从头至尾被完整生动地记录下来。该诗作通过对舞蹈表演细致的观察和生动的描绘,使读者仿佛身临其境,倾听富有埃及特色的音乐,欣赏埃及舞娘性感而灵动的舞姿。因此,从跨艺术诗学的视角来看,斯宾塞在《埃及舞者》中继承和发扬了西方的"艺格符换"传统,实现了从舞蹈艺术到语言文本的"艺术转换再创作"。如果说源自视觉艺术品的艺格符换诗可以构成"语词博物馆",阅读这些诗就像在艺术品中徜徉,那么源自舞蹈艺术的艺格符换诗也可以化成"语词舞蹈"(dance of words),让我们在吟诵《埃及舞者》时就像观赏一场富有异国风情的埃及舞表演,在文字的律动中,与舞者一起达到对日常生活的审美超越。

此外,要欣赏这首源自埃及舞蹈艺术的"艺格符换诗",还需要我们对埃及舞的发展历史有所了解,因为从古埃及舞到东方舞/肚皮舞的演变见证了埃及城市化、现代化的进程。

德国学者格雷塞(Ernst Grosse)在《艺术的起源》(*The Beginnings of Art*)中指出:"再没有别的艺术行为,能像舞蹈那样能使所有人感动和兴奋。原始人无疑已经在舞蹈中发现了那种他们能普遍感受的最强烈的感官享乐。"[1]埃及早期的考古发现表明,舞蹈在古埃及人的生活中至关重要,大到宗教节日、王室庆典、丰收节庆等公共活动,小到普通人的婚丧嫁娶都离不开舞蹈的环节。自法老时期开始,埃及便不断受到外来势力的侵袭,埃及舞蹈也随之与外来文化进行交流与融合。公元7—18世纪,埃及先后被阿拉伯帝国和奥斯曼帝国征服,埃及舞蹈便受到阿拉伯文化的影响,被归入"中东舞"(Middle East Dance)之列。18世纪下半叶欧洲列强开始染指埃及;随着外国势力在埃及的扩张,大量的西方游客涌入中东地区,成为埃及舞表演的主要受众;19世纪下半叶埃及城市化进程加快,歌舞娱乐业日益繁荣,裸体舞表演应西方旅游者的需求而出现,埃及舞也与性冒险联系在一起。[2] 20世纪上半叶苏伊士运河的开通和埃及基础设施的改善,促使埃及的旅游业飞速发展,迎合阿拉伯和欧洲游客的剧院和夜总会勃然兴起,埃及舞越来越成

---

[1] Ernst Grosse, *The Beginnings of Art*, New York: D. Appleton & Company, 1914, p. 221. 引文参考格雷塞:《艺术的起源》,蔡慕晖译,北京:商务印书馆,1996年,第165页,笔者有改动。

[2] Karin van Nieuwkerk, *A Trade like Any Other: Female Singers and Dancers in Egypt*, Austin: U of Texas P, 1995, pp. 30—34.

为埃及现代旅游业和娱乐业的金字招牌,"东方的形象被聚焦在狂野性感的埃及舞娘身上"①。埃及舞从阿拉伯语的 Raqs Baladi("乡村舞""民族舞")变成了 Raqs Sharqi("东方舞"),即西方人眼中的 oriental dance,进而俗称肚皮舞(Danse du ventre,belly dance)②,作为埃及传统生活组成要素的舞蹈艺术逐渐异化为商业社会的娱乐消费。

肚皮舞从 19 世纪开始成为埃及现代舞的代表,西方人的审美趣味和需求引导了它的发展,它是埃及传统舞蹈和西方商业文明相结合的产物,见证了埃及的现代化进程。1889 年巴黎世界博览会埃及展区复制了开罗的一条街,街上的清真寺通往一个热闹非凡的咖啡馆,内有经"改良"后的埃及舞表演,大受欢迎,而参观博览会的埃及人看此表演非常震惊。1893 年原班人马受邀到芝加哥世界博览会上再次表演,引起轰动,演出持续了六个月。这次博览会上有一位叙利亚舞女特别出风头,人称"小埃及"("Little Egypt"),她的舞蹈热情奔放,动作极具挑逗性。③从此,肚皮舞在美国风靡一时,不少舞者冒"小埃及"之名,在夜总会、歌舞厅等娱乐场所表演。

20 世纪 20 年代起,埃及舞以肚皮舞为代表出现在好莱坞电影中,与性感美女和奢华服饰联系在一起;随着美国电影在世界各地的热映,肚皮舞的"好莱坞化"也反作用于埃及现代舞。埃及舞者传统的紧身衣和下半身的长裙被腹部裸露的肚皮舞两件套标配——带有珠链配饰的胸衣配面纱,和下半身高开叉的长裙加华丽的腰带——所取代,以突出性感和异国情调,"满足西方人对华丽的、颓废的东方的臆想"。④

---

① L. L. Wynn, *Pyramids and Nightclubs*, Austin: U of Texas P, 2007, p. 35.
② Patricia Spencer, "Dance in Ancient Egypt", *Near Eastern Archaeology*, 3(2003), p. 121. 本文中东方舞与肚皮舞同义,在强调其艺术性的时候用"东方舞"一词,在突出其商业性、娱乐性的时候用肚皮舞一词。
③ 有学者认为这位舞女就是 Fahreda Mazar Spyropoulos,艺名"Fatima",又称"小埃及",1871 年出生于叙利亚,10 岁开始在美国演出,1893 因芝加哥世博会上的"肚皮舞"表演而一夜成名,并引发美国娱乐场所"肚皮舞"的模仿风潮,参见 Liana Sonenclar, "Fahreda Mazar Spyropoulos", https://futuresinitiative.org/burlesque/2017/07/16/fahreda－mazar－spyropoulos/, accessed 2021/5/16)。不过,世纪之交流传下来的"小埃及"的照片有好几张,既有西方女性也有中东女性,故而也有学者提出"小埃及"的形象是"西方话语构建的一个模拟物,一个包含西方人对女性、舞蹈、中东和世界博览会的想象符号,并非真正的起源",参见 L. L. Wynn, *Pyramids and Nightclubs*, pp. 215—216.
④ L. L. Wynn, *Pyramids and Nightclubs*, p. 217.

由此，经过东西文化杂糅的肚皮舞逐渐形成其独具特色的舞蹈语言和规范。通常情况下，肚皮舞有三个基本步骤：站位、起步、晃动。首先，站位是非常重要的。为了强调全方位可见的腹部，舞者通常身着两件套——配有花哨装饰的胸衣和长至脚踝的宽松舞裙，侧面开叉以便更好地展示双腿，同时也给舞者更大的活动空间。一段有着强劲重复低音的音乐有效地帮助舞者和观众调动情绪。在起式阶段，舞者的身体保持挺直，双手提至空中以紧紧地拉伸腹部肌肉，然后开始小幅度地摆动，这种摆动是肚皮舞技巧的基础。伴随音乐高潮的到来，舞者开始用腹部的动作引起抖动，俗称西迷（shimmy），是肚皮舞的招牌动作。为了增加表演效果，舞者一般会左右抖动、前后抖动，或用胯部一侧做小幅度的划圈，然后把这些动作和技巧有机地结合在一起。为了呈现一场精美绝伦的肚皮舞表演，最后一点也不容忽视，那就是现场要保持一种极具诱惑而又神秘的气氛，加上舞者的妩媚和激情，把观众带至疯狂。

斯宾塞侨居埃及期间，东方舞/肚皮舞已成为埃及舞蹈的代名词和现代埃及最具特色的文化景观。他通过舞蹈与诗歌之间的"艺格符换"，在诗歌中吸纳东方舞的精髓与时代精神，栩栩如生地呈现了20世纪上半叶埃及舞者的日常生活场景和独特的城市文化景观。

二、《舒卜拉的埃及舞者》：从舞蹈到诗歌的"艺格符换"

朱光潜在《诗论》中指出："诗歌与音乐、舞蹈是同源的，而且在最初是一种三位一体的综合艺术……它们的共同命脉是节奏。"[①]美国艺术学者汉娜（Judith Lynne Hanna）提出"舞蹈存在于时间、空间以及想象的三维空间里"[②]。斯宾塞在《埃及舞者》一诗中，通过"艺格符换"，在文字的想象空间里实现了诗歌、音乐与舞蹈的"三位一体"。

诗题《舒卜拉的埃及舞者》[③]使诗歌的主题和内容一目了然。诗人在标

---

① 朱光潜：《诗论》，第9—12页。
② Judith Lynne Hanna, *Dance, Sex and Gender: Signs of Identity, Dominance, Defiance and Desire*, Chicago: U of Chicago P, 1988, p.46.
③ 诗作最先发表时题为"舒卜拉的舞者"（"Dancer at Shubra"），收入诗集中题为《舒卜拉的埃及舞者》。以下诗歌原文引自《斯宾塞全集》（*Bernard Spencer Complete Poetry, Translations & Selected Prose*）第87页，笔者自译，翻译过程中咨询了童明和钱兆明先生，在此一并表示感谢，后文不再标注。

题中点明了埃及舞的表演地点。舒卜拉,是埃及首都开罗北部的一个行政区,在尼罗河东岸。"舒卜拉"(Shubra)源自埃及古语"Šopro",本意是指"小村庄"和"田野",因毗近尼罗河,历史上以土地肥沃而闻名。这片地区在19世纪之后的快速发展也见证了埃及现代化、城市化的进程。被称为埃及现代化之父的默罕默德·阿里(Muhammad Ali)1808年在此修建王宫,并把舒卜拉大街拓宽延伸,之后舒卜拉发展成为开罗重要的人口聚集区。诗题中的"埃及舞者"(Egyptian dancer)在英文中是无冠词修饰的单数形式,表示泛指;诗文中的舞者是第三人称单数,且为无名氏,表示舞者所具有的典型性和代表性。

全诗共3个诗节,与前文概述的东方舞的3个阶段相吻合,对应着表演的前奏、开始和高潮。每个诗节5个诗行,语言精炼,节奏紧凑,结构工整有序。第一节中,在舞蹈的起位阶段,舞者充分调动观众的听觉感受,并且用灯光营造神秘的气氛。诗歌的第一句"起先我们听到她身上的饰品叮当作响",营造"未见其人、先闻其声"的效果。通过饰品的叮当声,观众可以想象性感的舞娘身着丰富挂饰,胸衣和舞裙闪闪发亮。此外,东方舞的舞者通常手持响板(castanet),打着节奏,翩翩起舞。所以舞者身上叮当的饰品也起到类似响板的打节奏的作用。但是舞者没有马上现身,"她逗留于光圈之外,/我们瞥见她佯装的徘徊/她的玉足与音乐尚未合拍"。音乐已起,但舞者仍在聚光灯外徘徊,光影交错中,只有一双玉足依稀可见。这几句留给读者充分的空间去想象演出现场光与影的交错、音乐营造的神秘气氛、舞者欲擒故纵的诱惑和观众的急切心情。至此,读者的好奇心也会被激发出来,和观众一起期待舞者从暗处走出来,显出庐山真面目。"然后弦乐变得狂野把她吸引进来",音乐变得急促、狂野,舞者身随乐动,冲入了光影之中。本诗的开篇风格独特,节奏快慢有致,贴近东方舞的开场。

第二节中,舞者曼妙的舞姿被淋漓尽致地呈现出来:

> 她的到来如猫一样轻柔,带着挑逗的欲望
> 或是征服的欲望,双手紧扣
> 往高处伸展,不断摇摆的身体
> 如被吊起加以鞭打的身体;然后扭动开来;
> 又如由胸及膝的波浪起伏。

格罗塞在《艺术的起源》中提到:"每一个比较强烈的感情的兴奋,都由身体的节奏动作表现出来。"① 由人类肢体作为媒介,动作是舞蹈艺术的基本特征。舞蹈的语言就是肢体的协作配合,舞者通过面部表情、扭动的双手、摇摆的身体和移动的双脚来表现内心活动和情绪变化。诗中舞者像猫一样的柔软、迷人,让人心生怜爱之情,但"欲望"一词的重复出现,释放了舞者内心的激情。为了展现迷人的身段,舞者收紧腹部的肌肉,"双手紧扣/往高处伸展",开始不同程度、不同身体部位的摇摆,动作柔和而舒展,给读者充分的时间和空间去想象和期待舞蹈表演的高潮。

有了前文的伏笔,第三节呈现表演艺术的高潮:

> 音乐渐强至高潮,她倾身
> 舞裙之外,玉体毕露,至尊无比,
> 她,发出舞者的强力争辩
> 忍隐日常生活里所有的羞怯和懦弱;
> 她的肌肤在高喊,抗拒男人笨拙的衣服和那些椅子。

在最后一节里,随着音乐高潮的到来,舞者身体抖动如暴风雨般猛烈,在热烈奔放的舞动中,她摆脱现实世界的束缚("舞裙""男人笨拙的衣服"和"那些椅子"),抛开"日常生活中所有的羞怯和懦弱",进入一个"至尊无比"的艺术境界,完成了一曲精妙绝伦的艺术表演。

《埃及舞者》在文字的媒介中呈现一出埃及舞。舞台的文字化,重现舞蹈的节奏、动感和场景,就如古希腊作为修辞的"艺格符换":"能把事物生动地展现在眼前……其目的是把听众几乎转变成观众。"② 在文字的律动中,斯宾塞呈现了一个平凡却保持尊严的埃及舞者,一个对艺术抱有激情和信念的舞者,一个通过高超的舞艺赢得敬意的舞者。在舞蹈最华彩的乐章中,观众/读者跟着舞者一起摆脱现实世界的束缚,抛开"日常生活中所有的羞怯和懦弱",达至对日常生活的审美超越。

然而,对《埃及舞者》单做跨艺术的解读是不够的。作为在埃及工作的英国人,斯宾塞是西方世界的一双眼睛,他的开罗诗作也起着介绍埃及风情的游记作用,我们对其诗歌的深入理解离不开对其"东方主义"的剖析。那

---

① 格雷塞:《艺术的起源》,第 166 页。
② Simon Goldhill, "What Is Ekphrasis For?" *Classical Philology*, Vol. 102. 1(2007), p. 3.

么,斯宾塞是个如萨义德所批评的"东方主义者"还是如博尔顿所褒"超越了萨义德批判的西方对东方的文化刻板印象"①呢?对这个问题的解答离不开对斯宾塞诗歌创作理念的把握。

三、"诗歌是你能参与其中并自我享受的舞蹈"

直至20世纪上半叶,西方世界有关东方的认知和理解几乎全部来自西方游客的经验和游记。萨义德在《东方学》中断言:"东方"是西方界定自身的一个参照物②,"有理由认为,每一个欧洲人,不管他会对东方发表什么看法,最终都几乎是一个种族主义者,一个帝国主义者,一个彻头彻尾的民族中心主义者"③。因此,在后殖民主义理论的研究范式中,东方舞包含并体现着殖民主义政治、性别、种族、性话语的交互作用④。"东方舞"(oriental dance)一词本身就带有强烈的欧洲中心论的"东方主义"色彩,西方观众和东方舞者的关系常被隐喻为殖民者与被殖民者的关系,观者把自身的欲望投射到舞者身上,暴露西方人的"窥视色情癖"(scopophilia)。⑤

萨义德还声称:"任何就东方进行写作的人都必须以东方为坐标替自己定位;具体到作品而言,这一定位包括他所采用的叙述角度,他所构造的结构类型,他作品中流动的意象、母题的种类所有这一切综合形成一种精细而复杂的方式,回答读者提出的问题,发掘东方的内蕴,最后,表述东方或代表东方说话。"⑥下面我们就叙述角度和作品母题两方面来探讨斯宾塞的诗歌创作理念及其在东方的"自我定位"。

《埃及舞者》1944年首次发表在《个人景观》杂志第3期。该杂志1942年6月曾刊登过斯皮尔(Ruth Speir)翻译的德语诗人里尔克的《西班牙舞者》("Spanische Tänzerin"),斯宾塞还对译者有过指导。⑦《西班牙舞者》是

---

① Bolton, "'The Historian with His Spade': Landscape and Historical Continuity in the Poetry of Bernard Spencer", p. 273.
② 萨义德:《东方学》,第4页。
③ 同上书,第260页。
④ Wynn, *Pyramids and Nightclubs*, p. 12.
⑤ Ibid., p. 21.
⑥ 萨义德:《东方学》,第27页。
⑦ Bernard Spencer, *Bernard Spencer Complete Poetry, Translations & Selected Prose*, ed. Peter Robinson, Tarset: Bloodaxe, 2011, p. 312.

对一场弗拉明戈舞（Flamenco）表演的完整呈现。① 弗拉明戈据说是9—14世纪吉卜赛人从印度西北部迁移到西班牙南部安达卢西亚地区的过程中，与犹太和阿拉伯文化融合而成载歌载舞的一种艺术形式。②那也属于具有异域特色的"东方舞"。从叙述角度来看，整首《西班牙舞者》处于单一的第三人称全知视角下，如萨义德批判的"东方被观看……而欧洲人则是看客，用其感受力居高临下地巡视着东方，从不介入其中，总是与其保持着距离"③。在这样的语境中，叙述角度不仅关涉文学策略，而且隐含着叙述者的意识形态。相比之下，《埃及舞者》中的叙述者和舞者并非单一的"看客"与"被观"的关系，诗中的叙述视角更加多元，并多次发生转换。诗篇开场用的是第一人称集体视角，叙述者站在观众的角度，身处观众之中，期待着舞者的出现；第二小节转为第三人称全知视角，对舞者和舞蹈做细致的描述；到了第三小节，作为"被观客体"的舞者成为主宰自己艺术行为的主体，叙述者逐渐与舞者合而为一，结尾处叙述者从舞者的视角看观众，同时也是一个更超脱的旁观者，既观看舞者也观看观众，甚至反观作为观众的自己，叙述者既参与其中又置身事外，叙述者与舞者达到艺术上的高度认同。

就其"作品中流动的意象、母题的种类"而言，在《斯宾塞全集》中，据笔者统计，有15首诗歌中有舞蹈和舞者的意象，如《响板》（"Castanets"）、《四月农夫菜园》（"Allotments：April"）等；此外，斯宾塞还翻译了希腊诗人塞菲里斯（George Seferis）两首有关古代舞蹈的诗篇。《埃及舞者》中对舞者身体的描写："不断摇摆的身体/如被吊起加以鞭打的身体"似乎证实了观者/叙述者的施虐心理④，但如果我们联系斯宾塞的诗歌创作理念，便可理解"自虐"的隐喻意义。斯宾塞深知"自虐"和艺术审美的辩证关系，他提出："我们生活在一个更加城市化、更讲究克制的社会里，当下的诗人比伊丽莎白时代的诗人心灵更柔软、承受力更脆弱，要写好诗歌，他必须从自己的成长背景中挣脱出来，学会自虐（brutalise himself）；否则，面对不公、暴力和肮脏的现实，他要么有可能变得麻木、冷淡、过于理智，要么变得软弱和多愁善感"；他

---

① 《西班牙舞者》的德文和英文版本参见 http://www.paularcher.net/translations/rainer_maria_rilke/spanische_tanzerin.html (accessed 2021/5/20)；中文译文参见里尔克：《西班牙舞女》，载《里尔克诗远》，林克译，成都：四川人民出版社，2017年，第68—69页。
② "Flamenco"，https://www.britannica.com/art/flamenco (accessed 2021/5/20)。
③ 萨义德：《东方学》，第135页。
④ 即萨义德在《东方学》中所批判的"施虐受虐趣味"（第233页）。

一再强调,"真正的诗歌是你能参与其中并自我享受的舞蹈"。①

斯宾塞以艺术的想象理解并超越现实生活的单调和烦闷。在1962年的一次访谈中,斯宾塞论及诗歌创作的灵感通常源于"我突然意识到自己身处某种境遇,心中有种不期而至的兴奋……就像有信号闪烁或铃声响起"。②他在诗作《凹槽纹饰盔甲》("Fluted Armour")中写道:日复一日的城市生活令人崩溃,让人厌倦和迷失,现代人应进入艺术馆去感受伟大艺术品中的细微之处(particular things),才能重新找到生活的意义③;他一再指出,现代人要用心观察,善于想象,一家简陋的餐馆也可能就是耶稣诞生地:"一间陋室,一座墓冢/一个征兆和一个险情可能会显示/一种神恩或意义"④。

在《埃及舞者》中,斯宾塞关注的不是"西方看客"与"东方舞者"的对峙或对立,他以埃及舞为隐喻,透视曾经与日常生活密不可分的艺术在城市化、商业化过程中与现实生活的日渐疏离,这是一个在现代社会具有普遍意义的问题。诗人通过舞蹈与诗歌艺术的结合和转换,表明只有"参与其中并自我享受",舞者才能从"被观客体"转变为"至尊无比"的艺术家主体;只有"参与其中并自我享受",观众/读者才能跟着舞者一起摆脱现实世界的束缚,达至对日常生活的审美超越。

余 论

1850年28岁的法国作家福楼拜(Gustave Flaubert)到达埃及,拜会了著名的埃及舞娘兼交际花库楚克·哈内姆(Kuchuk Hanem),他的游记充满对舞娘丰腴的身体和万种风情的浓墨铺陈,对二人一夜风流的长久回味,但对埃及舞蹈艺术则轻描淡写。⑤如萨义德所批评的,这位埃及舞娘对福楼拜来说,"是令人心烦意乱的欲望的象征,她无边无际的旺盛性欲特别具有东方的特征"⑥。无疑,福楼拜笔下的埃及舞者被简化为一个供其征服和占有

---

① Spencer, *Bernard Spencer Complete Poetry*, p. 256.
② Qtd. in Bolton, " 'The Historian with His Spade': Landscape and Historical Continuity in the Poetry of Bernard Spencer", p. 282.
③ Spencer, *Bernard Spencer Complete Poetry*, p. 99.
④ Ibid, p. 79.
⑤ Gustave Flaubert, *Flaubert in Egypt: A Sensibility on Tour*, with an introduction by Francis Steegmuller. London: Bodley Head, 1972, pp. 114—115.
⑥ 萨义德:《东方学》,第242页。

的"他者"。

　　相比之下,斯宾塞在《埃及舞者》中塑造了一个平凡而又"至尊无比"的舞者形象。他笔下的东方不是被占有,被编码,而是被体验,被作为一个充满丰富可能性的文化空间而加以美学和想象的处理;他的写作不是为了有效支配或控制东方,而是呈现其作为独立的和审美的"个人景观"(personal landscape)。如博尔顿所言,斯宾塞知道自己在东方是异乡人,文化性和地域性的调适不可避免地成为他写作的第一动因;他的"诗歌创作揭示他为了克服身处异乡的疏离感,超越英国性,与周围的环境融为一体而走过的艰辛之路"①。在《埃及舞者》中,斯宾塞通过"艺格符换",把代表埃及现代化进程的东方舞"调适"成"文字的律动"。就像那位在"身体的律动"中克服现代生活疏离感的埃及舞者,斯宾塞在"文字的律动"中克服身处异乡的疏离感,超越萨义德所批判的"东方主义"樊篱。

---

① Bolton, "'The Historian with His Spade': Landscape and Historical Continuity in the Poetry of Bernard Spencer", p.286.

第七章

当代诗歌的跨艺术转换

在战后的当代诗坛,很多欧美诗人传承着艺术转换再创作并呈现出新的特点。帕洛夫在《非原创的天才》中将"非原创性"的诗学传统和"引文型诗歌"(citational verse)创作追溯到现代主义时期,如艾略特的《荒原》。先锋派诗歌就是通过重组、重构、挪用、引用、转录、复制、拼贴、视觉化或听觉化现存的词汇和句子进行创作,丰富了"原创"一词的固有内涵。① 威廉斯(William Carlos Williams)的《帕特森》(*Paterson*,1946—1958)就是一部百科全书式的史诗性巨作,在这部"拼贴性"巨作中,威廉斯完成了一个从城市文本到诗歌文本的艺格符换。普拉斯(Sylvia Plath)在诗作《令人不安的缪斯》("The Disquieting Muses",1957)中以女性向母亲的告白叙事消解很多男性艺格符换诗中的性别对峙模式,"令人不安的缪斯"既隐喻着当代艺术家的创作困境,也预示着当代艺术家的创作转机,当他们/她们直面"不安"时,就可以将"不安"转化为文艺创作的动力,艺术的生命就在艺格符换的变形中存续。

---

① 聂珍钊:"译者序",IV。又参见本书第二章第四节。

在数字媒体时代,诗歌从单纯的文字符号变化为媒体作品,诗歌不只是概念性文字的组合,也是可视可听的媒介组合,互联网的传播也使得"世界文艺共和国"成为可能。在本章最后两节,我们把跨艺术诗学与传播学结合起来,分别以叶芝诗作的"东传"以及《木兰诗》的"西游"为例,探讨了多媒体和互联网时代文艺创作的跨文化跨媒介转换,为当代欧美跨艺术诗学增添中西文学文化互鉴的绚丽色彩。

第一节 《帕特森》与城市书写

史诗《帕特森》素被誉为"威廉斯政治—诗学工程的巅峰之作",[①]它以小城帕特森的微观世相烛照美国社会和个体生存之种种痼疾。也正由于这部史诗,威廉斯得以成功转型为"美国城市生活的密切观察者、一位'现实主义者'以及描述型作家,并且跻身于最优秀的作家行列"。[②]

在《〈帕特森〉附录》一文中,威廉斯曾明确言及:"《帕特森》致力于……寻求救赎语言。"[③]这样的"救赎语言",不仅"可预防一个人的夭折"[④],更重要的,它可治愈亘古以来困扰人类社会的种种顽疾,让世界通达美好。正如其权威论者迪杰斯特拉(Bram Dijkstra)的评说:"在威廉斯最好的诗作中,像他本人最崇拜的画家(如博施、勃鲁盖尔、塞尚),秘藏着他的意义:他非凡的眼睛中敏锐持久的视觉"。[⑤]落实到史诗《帕特森》,这种"敏锐持久的视觉"集中体现于威廉斯的跨艺术想象。是跨艺术想象,实现了史诗中游荡者帕特森的主体建构与角色转换,而在其碎片化的过往与现时时空游荡中,由艺术想象而生发的"联姻"更成为诗人对其"救赎语言"的终极作答。

---

① Carla Billitteri, "William Carlos Williams and the Politics of Form", *Journal of Modern Literature*, 2 (2007), p.42.

② Benjamin Sankey, *A Companion to Williams' Paterson*, Berkeley: U of California P, 1971, p.220.

③ William Carlos Williams, *Paterson*, ed. Christopher MacGowan, New York: New Directions, 1992, p.279.

④ Ibid.

⑤ Bram Dijkstra (ed.), *A Recognizable Image: William Carlos Williams on Art and Artists*, New York: New Directions, 1978, p.43.

一、跨艺术想象下的游荡者主体建构

与波德莱尔、本雅明(Walter Benjamin)笔下那些边缘人等的城市"游荡者"(flaneur)不同,《帕特森》中的游荡者是跨艺术想象的产物,他既是叙述者,又是被描述者,同时肩负着人城合一的重任。他穿行辗转于城市的场景与文本之间,从而承袭了自荷马史诗开始并在但丁《神曲》中得以强化的漫游主题,并据此建构了独具特色的城市书写模式。

早在该史诗创作伊始,威廉斯就着力规划了人城合一的结构模式:"长诗《帕特森》由四部分组成——一个人本身就是一座城市,开始、寻求、成就、终结他的一生,这也是一座城市所展现出的林林总总的生活方式"。[1]作为贯穿该史诗的重要主线,帕特森人城合一可谓无处不在。一方面,作为城市个体人的帕特森时而徘徊、时而疾奔,行进穿梭在由帕特森城的过往、现时与想象交会的漫漫时空中;另一方面,诗人笔下的城市——帕特森亦无时无刻不浸染着人的气息与举止。于是乎,作为人的帕特森常以城的形象呈现:

  哦帕特森!哦已婚男人!
  他是充塞着廉价旅馆和私密入口的
  城市 出租车守在门旁,小汽车
  矗立在路边餐馆的进门处
  长时间浸在雨中。[2]

反之,作为城的帕特森又常被描绘为人的形象。尤其史诗开篇处那段脍炙人口的帕特森城与帕塞克河/瀑布两性缱绻依偎的姿态,凸显了人的特性,显得惟妙惟肖:

  帕特森城倚躺在帕塞克瀑布下的峡谷里
  扬溅的水花勾勒出他的脊梁。他
  侧着右身躺着,头枕着那雷鸣般的
  瀑布满溢着他的梦想!永远地睡着了,
  他的梦遍游全城,而他自己始终

---

[1] Joel Conarroe, *William Carlos Williams' Paterson: Language and Landscape*, Philadelphia: U of Pennsylvania P, 1970, p.52.

[2] Williams, *Paterson*, p.154.

隐姓埋名。①

帕特森亦城亦人,同时他还是一个肩负着医生、作家、艺术家、朋友、父亲、情人等多重社会角色的男性个体。在史诗的不断推进中,该男性个体形象也随之频频转换着自身的社会属性与气质。尽管身份多元,这个男性形象帕特森的所为却非常近似于波德莱尔《现代生活的画家》(*Le Peintre de la vie moderne*)中的"游荡者"——画家居伊(Constantin Guys),既居于城市,是城市人群当中的一员,又游离飘忽于人群之外,在对城市不间歇的游荡与观察、入世与出世中道说着"这个世界的道德机制所具有的性格精髓和微妙智力"②。

其实,人城合一也好,角色转换也罢,离不开威廉斯基于跨艺术想象的视觉意识。威廉斯的最初构思就是尝试以画家的眼光来审视人城合一的帕特森。1943年,他在致好友麦克阿蒙(Robert McAlmon)的信中如是言及:"我正在创作一部作品,一部我已经苦思冥想了好几十年的以散文体与诗体相混合的作品:《帕特森》——将一个城市作为一个人,一个'帕特森人'来记叙,描绘其心理-社会的全景画。"③可见,他是想通过全景画的描绘方式来呈现"帕特森"的城市心理和社会图景。不仅总体构思如此,具体诗行也与视觉意识密切关联。威廉斯曾经向诗人金斯堡直截了当地承认:"我甚至不知道《帕特森》是否可以称之为诗。我没有讲究形式。我只是将诗行挤压成图像。"④

那么,威廉斯为何要以跨艺术想象来构建《帕特森》,甚至在具体描绘中也突出图像性等视觉艺术特质呢?因为威廉斯相信,诗歌所追求的目标与绘画相同。与同时期现代画派的密切交往,以及对塞尚等画家的推崇,使得威廉斯深深懂得以词作画的意义,并且坚持诗画融汇。因此,在《帕特森》的描绘中,自始至终凸显着诗人的视觉意识和画家的眼力。如在表现城市这一"集体"与人这一"个体"的辩证关系时,诗人写道:"就像露珠那样,一粒粒

---

① Williams, *Paterson*, 6.
② 波德莱尔:《波德莱尔美学论文选》,郭宏安译,北京:人民文学出版社,2008年,第481页。
③ William Carlos Williams, *The Selected Letters of William Carlos Williams*, ed. John C. Thirlwall, New York: New Directions, 1957, p.216.
④ Allen Ginsberg, *Journals: Early Fifties, Early Sixties*, ed. Gordon Ball, New York: Grove P, 1977, p.4.

分开,/朵朵阴雾飘扬空中,像雨滴从天而降/又重新汇成河流,缓延山间。"①跨艺术想象不单混合了"有形"与"无形",甚而打破了"词"与"物"的界限,连时间层面的"词"也具有了空间层面的"物"的特性:"是飘到海岸上的种子,一粒语词,一粒微小的、用显微镜方能看清楚的语词,才是拯救我们的唯一力量。"②即便在书写时代的顽疾"离异"(divorce)③,威廉斯也坚守跨艺术想象,以画家的眼光来进行描述:"花儿舒展开鲜艳的花瓣,/怒放在阳光下,/可蜜蜂的唇/却忽略了它们/花瓣返身沉入泥土/失声哭泣……"④

倘辩证地看,帕特森的多重主体性无疑赋予了该史诗丰饶而多变的意指。首先,城市是"物体",人是与物体相对的"思者",正是思者的漫游促成了人城合一即"思在物中"的理想状态;其次,城市也是"客体",人则是创造城市、书写城市的"主体";最后,城市是"集体",人是"个体"。综览全诗,人与物的融合,主体与客体的融合,集体与个体的融合,倚仗的是跨艺术想象。而人城合一,无论是像城市一样的人,或是像巨人一样的城市,都少不了跨艺术想象的联结。同时,我们还应记得,一向将自己视为艺术家的威廉斯始终坚信:"艺术家自始至终永远画着同一样东西:自我画像。"⑤由是,《帕特森》中人与城双重形象合一,亦可视为风景画与诗人个体肖像画的融汇。从这个意义上讲,《帕特森》可谓是一部以跨艺术想象而成就的集人与物、主观与客观、风景画与肖像画于一体的艺术杰作。

二、拼贴画式的过往与现时时空游荡

如果说跨艺术想象在游荡者人城合一的主体建构模式方面发挥了重要作用,那么,在《帕特森》卷一至卷四的章节设计方面,源自于现代绘画艺术的拼贴画(collage)式的设计理念同样显得独具一格。

威廉斯素来强调诗歌的整体"设计"(design),他认为"诗的设计"与"绘画的设计"是相通的:"诗的设计与绘画的设计多多少少应性质相同。……

---

① Williams, *Paterson*, p. 5.
② Williams, *The Selected Letters*, p. 292.
③ 关于《帕特森》中的"离异",详见梁晶:《现象学视阈下威廉斯诗歌美学研究》,上海:上海交通大学出版社,2015年,第190—194页。
④ Williams, *Paterson*, p. 82.
⑤ Vernon Hyles, "William Carlos Williams and the Process of Self-Discovery", *Contemporary Literature*, Vol. 32, 1(1991), p. 139.

在创作一首诗时,我不会介意它是不是已完成;只要部分与部分间的联系恰到好处,那它就是一首诗。诗的意义只能通过对设计的关注来把握。"①

除却诗中的各色人等与诸多事物的杂陈,《帕特森》卷一至卷四的一个鲜明"设计"是不时夹杂其间,看上去毫无章法而言的书信、逸事、新闻、传奇、情景短剧、历史故事、现实生活小插曲等。这令不少读者大呼头痛。在《帕特森》问世之初,即或是专业评论家譬如约瑟夫·贝纳特(Joseph Bennett)也干脆斥之为"毫无次序的胡言乱语"②。对《帕特森》的这一"整体结构"设计,霍尔特(Peter Halter)的评说可谓精当:"《帕特森》的整体结构,如果缺少了从现代主义绘画中汲取的拼贴画形式,简直是难以想象的。"③游荡者踽踽独行,其所见、所闻、所思、所感概莫以拼贴的方式呈现。换言之,游荡者更多是"以记录员的身份出场",④碎片化穿行在过往与现时交织的时空中。他时而忠实且"客观中立"地诉说着帕特森城地方志、旧报刊杂志、民间传说的种种趣事轶闻;时而又匿身于行进的车辆、医院、礼拜日的公园、图书馆的一隅,以疏离的姿态审视观照着芸芸众生。

这种"拼贴画形式"同样彰显在《帕特森》五卷本的标题"设计"上。⑤ 一个颇耐人寻味的现象是,除卷五,《帕特森》的其他四卷都有标题。倘进一步细察,会发现卷一至卷四的标题本身就蕴含着丰富的拼贴画特性,而卷五标题的缺失,更像是诗人在碎片化呈现帕特森过往与现时事件之后,对不确定未来的展望与转向。具体而言,卷一的标题为《巨人的轮廓解构》(*Delineaments of the Giants*)。这里,威廉斯生造了"Delineaments"一词,前缀"de"强调的正是全诗的主旨所在,即对帕特森这一巨人原本面部轮廓(lineaments)的消解和碎片化处理;卷二的标题是《公园里的礼拜日》。礼拜日的公园游人如织,充斥着各种支离破碎的场景。草地上有欲无情的半裸的情侣、迈进虚空的游人、面无表情弹着吉他的少年、禁止带狗入内的标牌等,所有这些都发生在带有神圣意味的礼拜日的特定时空里,这与人们心目

---

① Linda Welshimer Wagner, ed. *Interviews with William Carlos Williams*: "*Speaking Straight Ahead*", New York: New Directions, 1976, p. 53.
② Conarroe, *William Carlos Williams's Paterson*, p. 9.
③ Peter Halter, *The Revolution in the Visual Arts and the Poetry of William Carlos Williams*, Cambridge: Cambridge U P, 1994, p. 7.
④ Ralph Nash, "The Use of Prose in *Paterson*", *Perspective*, 6 (1953), p. 194.
⑤ 《帕特森》卷六为威廉斯的未竟之作,仅四页。故学界普遍持有的观点是《帕特森》共五卷。

中的期待显然迥异;卷三的《图书馆》则像一幅流动的描绘过往时空的拼贴画,游荡者将自己埋首于图书馆的各式报纸、书籍以及尘封的历史来展现帕特森城林林总总的历史。本是知识宝库的图书馆,在游荡者眼中代表的不过是过去和"死亡",尤其是漂浮在河面上的死狗以及对火灾的描写,更加深了这一拼贴画的死寂内涵。卷四的标题为《奔向大海》,所涉内容更为庞杂,也更具有碎片化的特性,似乎随手拈来,毫不连贯。譬如居里夫妇"镭"的发现、医院里病人的病例、女孩儿菲利斯的遭遇、与金斯堡的书信往来,还有关于"大海不是我们的家"的论争。

不难发现,卷一到卷四这些"拼贴画式"的光怪陆离的画面全由游荡者引领我们所见。犹如但丁《神曲》中引导但丁神游地狱与炼狱的维吉尔,游荡者为我们呈现出帕特森历史与现时时空的种种悲惨与不协和。追随游荡者的足迹,我们得以回顾数以百万计的人在 1857 年蜂拥至帕塞克河采凿河蚌,最终致使许多名贵的珍珠惨遭毁损,①以及 1817 年 9 月 3 日刊载于《卑尔根快讯与帕特森广告者》的报道,帕特森居民在盆地处发现数目庞多且身形巨大的欧洲鲈鱼,为了对付并捉到这些大鱼,人们想尽各种办法,不少人干脆用巨石将鱼的脑壳砸碎。②紧随其后,游荡者就引领着我们穿越时空,驻足于现时的帕塞克河岸。我们注意到,先前与帕特森城世代缱绻依偎的河流如今在机器工业、科学技术的摧残下,已然面目全非、污水四溢:

> 河流一半是红色,一半弥漫着紫色
> 从工厂的排水口,喷涌而出,
> 泛着热气、水花,漩涡状排出。僵死的河岸,
> 色彩缤纷的淤泥。③

在震惊于人类对自然的野蛮蹂躏和攫取之余,人类之间的自相残杀同样令我们触目与心悸。譬如在原始印第安部落的争斗中,胜利一方可以残忍剁去俘虏的四肢,剜去双目,将俘虏任意处置然后作为祭祀的供品;即便在美国建国后,帕特森城依然屡屡发生暴力、流血、枪击事件。年幼的孩童目睹父母被仇家残忍杀害,其惨状令人发指;还有为争抢地盘致使邻里之间

---

① Williams, *Paterson*, p. 9.
② Ibid., p. 35.
③ Ibid., p. 36.

反目成仇,最终导致火拼流血的惨剧。可以说,帕特森的历史在游荡者眼中就是一部充斥着不和谐与"离异"的血泪史。

追随游荡者的足迹,我们亦发现人与人之间的不协和在现时世界中同样存在,与过往的流血暴力不同,充斥其间的是极度的冷漠与"失语"。这尤为突出地体现在卷四第一小节帕特森与按摩女兼情人菲利斯以及富有的老女人克里顿三者的暧昧关系上。

女孩儿菲利斯为躲避酒徒父亲的骚扰和纠缠,从偏僻的小镇来到大城市纽约,成为一名按摩女。在为富有的同性恋老妇人克里顿做按摩时,菲利斯的"年轻"与"天真"深深吸引着克里顿,故作风雅的克里顿为菲利斯朗诵自创的仿叶芝诗风的诗歌,并以山林女神"俄瑞阿德"(Oread)来称谓菲利斯。但菲利斯根本无法理解克里顿的诗,也无法理解克里顿的种种"怪异"行为,这常常使她们的交谈陷于"失语"的境地。

同样的"失语"也彰显在菲利斯与有妇之夫帕特森的交往中。作为帕特森的地下情人,尽管菲利斯用尽各种努力,但结果依然是不管在心灵抑或肉体上,她都未能实现与帕特森真正意义上的契合和水乳交融。

引人深思的是,所有这些事件都以菲利斯的口吻,以戏剧的方式推进呈现:菲利斯与克里顿的对白、菲利斯与帕特森的对白还有菲利斯与酒鬼父亲的通信也即书面交谈,其间还交织着菲利斯的个人内心独白。这样的布局本身更像反讽,乏善可陈的交谈内容不过是情感空壳的外在衍伸,它们根本无法触及对话者的内心,达不成情感共鸣,从而无法实现真正意义上的精神交流。其实,这何尝不是现代人精神生活的真实写照?正如菲利斯在诗中所感:"我听不懂他们在说什么(那又有什么关系,我有我自己的语言)。"①

人与人之间无法达成真正意义上的合作与交流,人们的内心也变得极度荒芜,这正应了海德格尔的那句名言:"词语破碎处,无物可存在。"②由是,生活在《帕特森》现时世界中的人们活脱脱俨如马尔库塞笔下的那些"单向度的人",以赚取金钱为生活的终极目的,最终个性泯灭"成一个模子":

  识别不出的
  面部轮廓,僵硬、肥胖

---

① Williams, *Paterson*, p.167.
② 海德格尔:《在通向语言的途中》,孙周兴译,北京:商务印书馆,2010年,第150页。

毫无表情,面对面站着,所有的
脸庞(罐头鱼一般)成一个模子

向后移,请,面对着墙!

就这样赚钱
赚钱。①

显然,隐匿于这种"拼贴画式"的"设计"背后,正是《帕特森》卷一至卷四的意指所在。诚如威廉斯本人的表述:"看一看结构,你才会真正把握一首诗的意义所在。"②其实,早在1947年3月9日,威廉斯在致麦克阿蒙(Robert McAlmon)的信中就明确表示:"《帕特森》是松散的,但,我觉得,主线正在于此。换句话讲,松散的结构本身就是诗的主线。"③由是,我们是否可推断如下:这种"碎片化"的"结构",一方面表征的正是光怪陆离的过往与现时社会;另一方面,诚如威廉斯本人的诗学表述——"地方的才是唯一普遍的",彼时帕特森城的过往与现时事件更具有超越时空的普适内涵,是对现代人生存与生活方式的一记警醒。其实,利用地方志、民间故事、新闻报道等创作史诗的手法,某种程度上,从深度与广度上都是对特定时空的一种拓展。正如巴赫金所言:"利用地方的民间创作,……使故乡土地的空间获得集约化。地方的民间创作,在努力地理解空间时,给空间充填上时间,并把空间纳入历史之中。"④

三、作为"救赎语言"的跨艺术想象

如果说卷一至卷四仿若但丁《神曲》中地狱篇和炼狱篇,那么,卷五则是《神曲》的天堂篇了,它所指向的,是医生兼诗人的威廉斯,为我们开具的能够诊治过往与现时疾患的理想药方。在一次访谈中,威廉斯指出诗人应首先是一位"满怀憧憬的艺术家",诗人的工作就是运用语词,"创造出一些事

---

① Williams,*Paterson*,pp. 164—165.
② Williams,*The Selected Essays of William Carlos Williams*. New York:Random House,1954,p. 207.
③ Williams,*The Selected Letters*,p. 253.
④ 巴赫金:《巴赫金全集》(第三卷),钱中文、白春仁译,石家庄:河北教育出版社,1998年,第271页。

物",以"打造一个比看上去更为美好的世界"。① 似乎是为了印证自己的言说,威廉斯在晚年着力创作了《帕特森》卷五,以跨艺术想象的笔触与内容为我们呈现了他本人对"救赎语言"的终极作答。

根据威廉斯《帕特森》创作手稿的记载,这部史诗的原初构想是四个部分:"第一部分介绍这个地方的基本特征。第二部分是现代生活的摹本。第三部分寻求语言继而使之发出声音。第四部分,瀑布下的河流,追忆众多事件,也是对一个人一生的盘点。"②但到 1958 年,威廉斯又一改初衷,续写并出版了《帕特森》第五部分即卷五。前面提到,与前四卷都有标题不同,卷五无任何标题,但在扉页处却赫然印有诗人的题词:"致画家亨利·图卢兹·罗特列克"③。

事实上,倘细察卷五,不难发现不单卷首题词直指艺术,整卷诗都遍布着不同时期、不同国度的艺术家以及对诸多艺术作品的描绘,譬如 15 世纪德国雕刻家、画家丢勒及其代表作《忧伤》,15 世纪荷兰画家博施,20 世纪立体主义画家毕加索、格里斯,青骑士团体代表画家保罗·克利,以及文艺复兴时期的画家达·芬奇、勃鲁盖尔等不一而足。

更重要的是,在卷五中,先前笼罩历史与现时世界的种种不协和与无序几乎悉数荡尽,取而代之的,是一派为艺术"灵氛"所浸染的祥和气息。譬如陈列在纽约艺术博物馆中的独角兽系列挂毯、抽象表现主义大师波洛克的作画、萨提儿的舞蹈、女诗人萨福描写浓烈爱情的断章残简以及威廉斯对现代诗歌的诙谐厘清等不一而足。而所有这一切,无不以"想象"为轴心向四周弥散。正是在跨艺术想象的作用下,我们得以感受抽象表现主义大师波洛克灵感与激情并存的"滴墨"作画:

　　唯有想象的
　　世界经久不衰:

　　波洛克怀揣设计

---

① Wagner, *Interviews with William Carlos Williams*, pp. 77—78.
② Charles Doyle, *William Carlos Williams: The Critical Heritage*, London: Routledge, 1980, p. 213.
③ Williams, *Paterson*, 204. 另,亨利·图卢兹·罗特列克(Henry Toulouse Lautrec)是法国后印象派代表画家,尤擅长人物写实绘画,所绘对象多为妓女、舞者等社会底层人物。

挤出一滴滴的颜料！
颜料管中滴淌的纯净。无物
更真。①

以及彼得·勃鲁盖尔(Peter Brueghel)创作《耶稣诞生图》时的场景再现：

我赞美
画家勃鲁盖尔　他画
自己亲眼所见——
……
艺术家彼得·勃鲁盖尔
从两个方面看待它：
想象服务其间——
不动声色地
服务。②

对卷五如此之多的艺术描写，评论家们也纷纷对此给出各自的评说。譬如查尔斯·道尔在其专著《威廉·卡洛斯·威廉斯与美国诗歌》中曾慨言："在卷五中，威廉斯一直将缪斯视为艺术之母，而将艺术家视为养父。"③这是因为，无论诗人抑或艺术家，"想象"皆与其艺术创作须臾不分。因为，正是通过"想象"："艺术的世界/经年以来得以/幸存！"④评论家彼得·施密则结合前四卷，指出卷五是全诗的反"降格"或"希望"所在：

> 1958年，威廉斯在前四卷基础上，又续写了《帕特森 V》。这卷诗的面世，使第四卷结尾读起来与之前的效果完全不同。如果说不计卷五，那么，第四卷结尾意味着无须为这部史诗书写结局，因为帕特森博士的任何进一步冒险都将不可避免地转向降格(descents)，即失望递增、希望减弱。但，倘若将卷一到卷五视作一个整体，则结果似乎是，当帕特森博士在卷四结尾处行至沙丘上时，继之而起的，并非另一个降格，而是转向第五卷，

---

① Williams, *Paterson*, p. 211.
② Ibid., pp. 214—225.
③ Doyle, *William Carlos Williams*, p. 145.
④ Williams, *Paterson*, p. 207.

也就是说,《帕特森 V》彻底改写了这部史诗的降格式基调。①

不难看出,上述评论无一例外地指出卷五是整部史诗情感上的转折与突变,即藉由艺术想象使全诗基调由抑转向扬。而与此同时,上述评论家们似乎又语焉未详。到底卷五的跨艺术想象与前四卷有何关联?其所指又究竟为何?

在《反风气——对艺术家所做的研究》("Against the Weather: A Study of the Artist")一文中,威廉斯曾说:"如果没有艺术观念,那么,这个世界很可能,且通常来讲,已经走向分崩离析,……他们缺乏一种将自身聚合起来的力量……除了在感官、真实的艺术世界当中,这样一种凝聚力在任何其它地方都找不到。"②可见,在威廉斯心目中,"艺术观念"具有无上的伟力,它甚而可拯救世界,避免其"走向分崩离析"。

其实,无论波洛克的滴墨作画,抑或勃鲁盖尔"不动声色"的想象,威廉斯要传达的,无外乎他一贯信奉的"思在物中"(No ideas, but in things.):在"物"的无所指的自行言说中,主体之"思"亦得以自明显现。也即,主体情感断不可凌驾于客观物之上,应尊重物的自有规律,从而实现真正意义上的主客"联姻"或彼此交融、和谐共生。这种"艺术观念"尤为突出地体现在卷五中反复出现的"独角兽"意象。

根据《帕特森》"附录","独角兽"意象起因于威廉斯参观纽约大都会艺术博物馆时,看到回廊上以《捕获独角兽》("Hunt of the Unicorn Tapestries")命名的六张挂毯。挂毯上花团锦簇,一只受伤的独角兽被困笼中,与一名处女紧紧依偎。挂毯上描绘的场景源自印第安部落民间故事。作为印第安民间故事中常见形象之一,独角兽迅捷有力,印第安人相信只有处女可以降服它。当面对处女时,独角兽会将自己的头乖顺地倚靠在处女的膝盖上。之后,猎人就可轻松将其捕获。所以,在威廉斯看来,独角兽与处女是一对"天作之合"③。显然,"独角兽"挂毯在卷五的反复出现,强调的正是人类需尊重客体,与客体"联姻",而不能靠用蛮力征服、破坏进而毁损自然。

斗转星移,五卷本史诗《帕特森》问世至今,已走过半个多世纪的光景,

---

① Peter Schmidt, "Paterson and Epic Tradition", in *Critical Essays on William Carlos Williams*, eds. Steven Gould Axelrod & Helen Deese. New York: G. K. Hall, 1995, p.173.
② Williams, *The Selected Essays*, p.199.
③ Schmidt, "Paterson and Epic Tradition", p.209.

然而,这部史诗的光华却愈发璀璨、溢彩流金。正是跨艺术想象下游荡者主体建构与角色转换,以及借助跨艺术想象而实现的对"救赎语言"的寻求,使得威廉斯精心打造的人城合一的"帕特森"成为世界诗歌宝库中的现代经典。

第二节　缪斯为何"令人不安"?

西尔维亚·普拉斯(Sylvia Plath,1932—1963)被视为 20 世纪最具代表性的美国自白派诗人之一。《巨人及其他诗歌》(*The Colossus and Other Poems*,1960)和《爱丽尔》(*Ariel*,1965)是其代表性诗集,自传体《钟形罩》(*The Bell Jar*,1967)是她唯一的小说。她离世后出版的《普拉斯诗全集》(*The Collected Poems*,1981)于 1982 年获得普利策奖。作为自白派诗歌的重要代表,由于她的心理问题以及在诗歌创作中对个人经历和个人创伤的勾勒与强调,使得学者和普通大众,尤其是中国学者,主要关注其突出个人生活和精神状态的作品,如诗歌《爸爸》("Daddy",1965)、《拉撒路夫人》("Lady Lazarus",1965)、《爱丽尔》和小说《钟形罩》等。曾巍在《西尔维亚·普拉斯自白诗中的自我意识》一文中分析了普拉斯诗中强烈的自我意识,刘凤山关注普拉斯小说《钟形罩》中的疯癫叙事,杨国静则从精神分析的角度,用"暗恐"这一概念来揭示作家的后现代伦理意识以及她对召唤他者回归的伦理尝试。① 普拉斯在艺术上的造诣往往被国内学者所忽视,仅有曾巍关注过普拉斯对"基里科绘画的演绎"。②

国外学者不仅关注普拉斯诗歌中反映的心理问题,还将她的诗歌与艺术联系起来。克罗尔(Judith Kroll)较早关注到意大利超现实主义画家德·基里科(Giorgio de Chirico)对普拉斯的创作影响;麦克尼尔(Helen McNeil)和希加伊(Leonard Scigaj)研究发现除了德·基里科,还有卢梭(Henri Rousseau)、保罗·克利、高更和老勃鲁盖尔等艺术家为普拉斯的美学思想提供了更加多元和重要的灵感;在此基础上,格林(Sally Greene)以《神谕的

---

① 详见曾巍:《西尔维亚·普拉斯自白诗中的自我意识》,《外国文学研究》,2008 年第 6 期;刘凤山:《钟形罩下的疯癫——解读西尔维娅·普拉斯疯女人的故事》,《解放军外国语学院学报》,2008 年第 3 期;杨国静:《西尔维娅·普拉斯诗歌中的暗恐》,《国外文学》,2014 年第 1 期。

② 曾巍:《西尔维亚普拉斯诗歌对乔治·德·基里科绘画的演绎》,《湖北美术学院学报》,2018 年第 3 期。

衰落》("On the Decline of the Oracles",1959)等诗歌为分析文本,探索普拉斯对德·基里科的"个人神话"(personal myth)美学的借鉴。① 齐夫利(Sherry Lutz Zivley)也发现了普拉斯与艺术密不可分的联系,分析了普拉斯15首与艺术有关的诗,并将它们分为两类:一类是诗歌对于绘画的简单复制,另一类则是诗人融合生活中的社会、家庭和情感力量,对于绘画的主观转换。② 科洛索夫(Jacqueline Kolosov)和比尔曼(Emily Bilman)将普拉斯的部分诗歌归入"艺格符换诗"之列,包括《令人不安的缪斯》("The Disquieting Muses",1957)。③ 莫利·杜姆钦(Molly Doomchin)也关注普拉斯诗歌与绘画艺术的对话,分析了《令人不安的缪斯》和《百合丛中红沙发上的雅德薇嘉》("Yadwigha, On a Red Couch, Among Lilies",1958)两首诗。④

虽然上述学者均分析了普拉斯的诗歌与绘画的关系,却很少将其与艺格符换诗学的传统和发展相关联。本节从跨艺术诗学的角度出发,重点论述普拉斯作为当代女性诗人,她的艺格符换诗的独特性,如何与自白诗的创作相结合,从而说明她的诗不仅仅是自白,更包含了现代艺格符换的创新。

一、普拉斯的艺术之缘

普拉斯在文学方面的才能是毋庸置疑的。她八岁时便发表了诗歌处女作。之后她的诗作频繁见于地方杂志和报纸。除了写作,她很早就展现了艺术天赋。1947年,她的画作获得了"学业艺术与写作奖"⑤。普拉斯在大学期间转入英语专业之前,曾是艺术系的学生。即使在投身于写作之后,普

---

① 详见 Judith Kroll, *Chapters in a Mythology: The Poetry of Sylvia Plath*, New York: Harper, 1976; Helen McNeil, "Sylvia Plath," in *Voices & Visions: The Poet in America*, ed. Helen Vendler, New York: Random, 1987, pp.469—495; Scigaj, Leonard, "The Painterly Plath that Nobody Knows", *The Centennial Review* 23 (1988), pp.220—249; Sally Greene, "The Pull of the Oracle: Personalized Mythologies in Plath and De Chirico", *Mosaic: A Journal for the Interdisciplinary Study of Literature*, 1(1992), pp.107—120.

② Sherry Lutz Zivley, "Sylvia Plath's Transformations of Modernist Paintings", *College Literature*, 3(2002), pp.35—56.

③ Jacqueline Kolosov, "The Ekphrastic Poem: A Grounded Instance of Seeing", *The Writer's Chronicle*, 2(2012), pp.125—135; Emily Bilman, *Modern Ekphrasis*, Bern: Peter Lang, 2013.

④ Molly Doomchin, "Sylvia Plath: The Dialogue Between Poetry and Painting", *Journal of The CAS Writing Program*, 9(2016/2017), pp.48—57.

⑤ Connie Ann Kirk, *Sylvia Plath: A Biography*, London: Greenwood, 2004, p.32.

拉斯也从未停止过艺术创作。她创作了诸如《三面画像》("Triple-Face Portrait",1951)和《半抽象风格的自画像》("Self-Portrait in Semi-Abstract Style",1952,图 39)等作品。除了自己的视觉艺术创作,她对其他画家的作品也充满了兴趣。普拉斯是博物馆的常客,她在图书馆里仔细阅读那些"对绘画进行再创造的书"①,为自己的作品寻找灵感。她在日记中写道,绘画艺术给她带来了一种深沉的宁静和愉悦:"在喝过咖啡后,如果能沉浸在诗歌创作中,一首艺术诗(我必须得到卢梭、高更还有克利的书籍)和一首关于精神、充满光亮的长诗,使自己在艺术中表现出来……我的早晨将会是多么可爱……"②普拉斯喜欢的艺术家有不少,如法国后印象派高更和卢梭,立体派毕加索和超现实主义的德·基里科。添加了艺术元素的普拉斯的诗歌不再仅仅是一种自白或是自恋的表现,她对绘画的喜爱使她将两种艺术有机结合起来,将绘画融入诗歌中。

图 39　普拉斯:《半抽象风格的自画像》。现藏于美国印第安纳大学礼来图书馆

---

① Paul Alexander, *Rough Magic: A Biography of Sylvia Plath*, New York: De Capo P, 1999, p. 214.

② Sylvia Plath, *The Unabridged Journals of Sylvia Plath*, ed. Karen V. Kukil, New York: Anchor, 2000, p. 352.

绘画和诗歌向来都是表达情感的重要方式,关于艺术作品的现代诗歌充满了关于图像的复杂情感。艺格符换诗在作家和艺术家之间建立了桥梁并促成其对话。普拉斯的许多诗歌都是以艺术作品为原本或受其启发而创作的,其中一些她自己在日记或访谈中有所明示,还有一些艺术蓝本我们可以通过她在诗中的详细描述加以寻觅。她的诗作《雅德薇嘉》是对亨利·卢梭的画作《梦境》(*The Dream*,1910)的回应,《战况》("Battle-Scene:From the Comic Operatic Fantasy *The Seafarer*",1958)是基于保罗·克利的《海员》(*The Seafarer*,1923)而作,这些诗都是对绘画蓝本的简单描述。其他的艺格符换诗更复杂,其主题不同于绘画原作,注入了她的主观情感。普拉斯对德·基里科画作的再创作就是很好的例子。她至少有三首诗受到德·基里科的启发:《废墟中的对话》("Conversation Among the Ruins",1956)、《令人不安的缪斯》和《神谕的衰落》。普拉斯在日记中承认,基里科有能使她感动的独特力量,后两首是她最喜欢的诗歌,"因为它们张弛有度:兼备语言美和音乐美,即美丽与智慧并存"①。

德·基里科不仅是一位画家,也是一位作家。在1919年之前,他开始了形而上学艺术运动(Metaphysical Art),极大地影响了超现实主义者。之后,他又对传统绘画艺术产生兴趣,并以新古典主义或新巴洛克风格创作。在其形而上学时期的绘画作品中,德·基里科发展了一系列母题——空拱廊、塔楼、细长的阴影和人体模型——创造了与颜色、光影形成鲜明对比的具有神秘品质的"孤独和空虚的意象"②,有评论家称之为"看不见的画作"("painting that which cannot be seen")③。普拉斯在日记中描述说:"在基里科绘制的城市里,每个地方,被困在如迷宫般的沉重的拱顶、拱门和拱廊下的火车喷出云般的蒸汽。被遗忘的阿里阿德涅的雕像靠在空旷又落满神秘阴影的广场中心。由那些看不见的人像或石像投下的长长的阴影是无法分辨的。"④

---

① Plath,*The Unabridged Journals of Sylvia Plath*,p.359,371.
② Sanford Schwartz,*Artists and Writers*,New York:Yarrow Press,1990,p.22.
③ Roderick Conway Morris,"De Chirico:Painting Landscapes of the Mind-Culture-International Herald Tribune."*The New York Times*,9 Feb. 2007. www.nytimes.com/2007/02/09/arts/09iht-conway.4533707.html (accessed 2019/11/9)
④ Plath,*The Unabridged Journals*,p.359.

二、缪斯为何令人不安？

绘画《令人不安的缪斯》是德·基里科在第一次世界大战期间在费拉拉时创作的,该作品几乎完全颠覆了缪斯的形象。通常,缪斯女神被视为力量、美丽和智慧的象征。在希腊神话中,缪斯是文学、科学和艺术的灵感女神。在数量上,从最开始的三位发展到九位,她们分别司管不同的艺术:卡利俄珀(英雄史诗)、克利俄(历史)、欧忒耳佩(音乐和抒情诗)、忒耳普西科瑞(合唱与舞蹈)、墨尔波墨涅(悲剧与哀歌)、塔利亚(喜剧与牧歌)、厄剌托(爱情诗与独唱)、波林尼亚(颂歌与修辞学、几何学)和乌拉尼亚(天文学与占星学)。缪斯的神话,反映了古希腊人对艺术的高度重视。在大多数绘画和雕塑作品中,缪斯的形象都是美丽而优雅的,如厄斯塔什·勒·叙厄尔(Eustache Le Sueur)的《诗歌三女神》(*Les Muses*:*Melpomene*,*Polyhymnie et Erato*,1652—1655,图40)以及卡洛·弗兰佐尼(Carlo Franzone)的雕塑《历史之车》(*The Statue of Cleo*,1819,图41)所呈现的形象。而德·基里科创作的缪斯形象(图42)不仅令人不安甚至有些可怕。

图40　叙厄尔:《诗歌三女神》。现藏于法国卢浮宫

图 41　弗兰佐尼:《历史之车》。现藏于美国国会雕塑厅

图 42　德·基里科:《令人不安的缪斯》(*Le Muse inquietanti*，1916，1917 或 1918)。
仿作现藏于纽约意大利对外贸易委员会

基里科出生在希腊沃洛斯一个铁路工程师家庭,在德国慕尼黑接受大学教育,受到浪漫主义的熏陶,阅读了大量的德国经典哲学著作,特别对叔本华的"意志与表象"和尼采的"再现与表现"等观点有自己的理解和思考。经过这些哲学理论的洗礼,他用画笔创造了一个抹去了神或英雄的世界,即便画面中出现人的形象,也是消除了具体身份的人的符号。在他的画作中,古建筑常与现代时钟融合,光影造成不真实的透视效果,人物被模糊了身份形象,既写实又诡异,看似理性实则荒诞;他的作品给人一种莫名的不安和矛盾感,好像平静背后的暗潮涌动;他运用了大量的古典元素,却组合成或真或幻的超现实,因而被尊为超现实主义先驱之一。①

第一次世界大战期间,基里科住在意大利北部小镇费拉拉。在《令人不安的缪斯》中,基里科把他住所附近的卡斯泰罗·埃斯顿广场放在锈红色工业建筑群之中作为画作的背景。天空的颜色用了奇怪的深绿色,制造出厚重的阴影,加上尤为硬朗、锐利和棱角分明的线条,整幅作品产生了强烈的明暗对比,尽管一切都是静止的,但是不安的氛围却更加浓厚。两个"缪斯"在广场的最前面,穿着古典服装,有着气球一样的脑袋,没有五官,更像是木制的人体模型。一个坐着,另一个站着,她们被放置在各种物体中,包括红色面具和一根棍子。在右侧后方的背景中,一尊雕像伫立在基座上,即缪斯的领袖阿波罗。深受基里科影响的后现代艺术之父杜尚曾说:"过去的艺术都致力于取悦眼睛,而现在应该来取悦理智了。"②基里科的创作早期因此也被称为"形而上时期"③。

美国学者奥尔布赖特在《泛美学研究》中提出:艺术与艺术、艺术史和历史相关;任何艺术品都具有一定的叙事性(包括绘画和音乐),隐含着艺术的起源与结局,"每件艺术品都构成一部艺术史,本身可以追溯其本原,同时又预设了自身的毁灭"④。画作《令人不安的缪斯》即是这样的作品。西方古典艺术从缪斯赐予灵感而来,但工业革命和现代化的发展,艺术家们再也无法天真地相信缪斯女神的存在,那么艺术的源泉还能从何而来?

---

① 龚之允:《自由的坐标:通往而立之年的艺术家——基里科的形而上》,《中国艺术》,2017年第2期,第82—83页。
② 同上书,第86页。
③ Paolo Baldacci, *De Chirico: The Metaphysical Period*, trans. Jeffrey Jennings, Boston: Bulfinch, 1997.
④ Albright, *Panaesthetics*, p.4.

法国现代主义先锋作家莫雷亚斯(Jean Moréas)在《象征主义宣言》(*Manifesto of Symbolism*)一文中称,"每一种艺术表现形式最终不可避免地要逐渐失去其活力,变得越来越软弱无力。抄袭、模仿使所有原来充满活力与新鲜感的东西变得干枯、萎缩;那些原来是崭新的、发自肺腑的东西也会变成机械的、公式化的陈词滥调";当贝克特(Samuel Beckett)创作"荒诞派戏剧"时提出,"这只能表明需要有一种新的形式,这种形式能容纳混乱的生活而不试图改变混乱的性质……寻找一种能容纳混乱的形式是当前艺术家的任务"。① 二者都表达了现代主义艺术家对艺术形式"枯竭"的焦虑、对艺术形式革新的追求,也与基里科画作中的"艺术焦虑"相呼应。

奥氏指出,"最古老的绘画语言存在于象征领域中",因此"象征是观众可用于任何绘画的一种观看方式"。② 有评论家指出,"丧父"是基里科早期作品的一个常见的主题。铁路工程师被以白色雕塑、烟囱、大炮、大楼、火车等形象而投射,也许他聊以自慰的就是在画作中呈现最具父权制风格的图景——古希腊罗马遗迹。③ 由此,艺术创作焦虑与"丧父"主题巧妙地结合在一起。由基里科的画作转向普拉斯的诗歌,我们可以发现相似的艺术焦虑主题。

伦德阐释过图像转换型文本中"标记"(marker)的重要性,这些标记就是帮助读者联想到图像原本的"清晰的指示性符号或间接捕捉到文本图像性的隐含符号"④。我们在普拉斯的同题诗中几乎看不到基里科画作中的场景,更多的是叙述者的话语,但相同的标题,如同伦德所谓的"标记",帮助我们确定诗画之间的互文关系。

该诗共有七小节,每小节八行,诗歌始于"我"对"母亲"的呼唤与责备。"我"在整首诗中重复了九次"母亲"一词——突显了母亲这一形象的重要性。

母亲,母亲,你真不明智,
究竟忘了邀请哪个没教养的

---

① 转引自欧荣:《"后"掉现代主义非明智之举——对后现代主义小说的再认识》,《文艺报》,2007年3月3日。
② Albright, *Panaesthetics*, p.81.
③ Giorgio de Chirico, http://www.artchive.com/artchive/D/de_chiricobio.html.
④ Lund, *Text as Picture*, p.38.

> 姨妈或毁容的难看的表姐
> 来参加我的施洗礼,使得她
> 派这些女人来代替她,
> 她们的毛线球般的脑袋
> 点呀,点呀,在我小床的
> 床头、床脚和左侧一直点?①

在欧洲古典文学的开篇,缪斯常被诗人作为创作的灵感之源而召唤,如荷马在《奥德赛》开篇向缪斯祈求:

> 告诉我,缪斯,那位聪颖敏睿的凡人的经历,
> 在攻破神圣的特洛伊城堡后,浪迹四方。(陈中梅译)

但丁在《神曲·地狱》第二歌中也向缪斯求助:

> 啊!诗神缪斯啊!或者崇高的才华啊!现在请来帮助我;
> 要么则是我的脑海啊!请写下我目睹的一切,
> 这样,大家将会看出你的高贵品德。(黄文捷译)

而在普拉斯的诗中,开篇便是诗人对"母亲"(缪斯)的责备。"我"借用格林童话《睡美人》中给公主下咒的邪恶女巫的形象,质疑并指责母亲是导致"我"生命中出现邪恶力量的罪魁祸首,奠定了"我"和母亲之间关系紧张的基调。"母亲,母亲"的重复体现了说话者的愤怒和焦虑,而后伴随的五个负面词:"没有教养的""毁容的""难看的""不明智"和"未邀请的"增强了"我"对母亲的怨愤。虽然此处诗歌的表述不能反映画作,但令人焦灼的氛围却是一致的。

> 母亲,你定做了名字叫做
> "米歇"的短毛熊的英勇故事,
> 母亲,你的女巫每次,每次都
> 被烤进姜汁面包,我在想
> 你是否看见她们,是否念咒

---

① 普拉斯:《未来是一只灰色的海鸥:西尔维娅·普拉斯全集》,冯东译,上海:上海译文出版社,2013年,第74—75页,以下引文不再加注。冯东把诗题译为《不安的缪斯》,对照英文标题和诗歌内容,我们认为译为"令人不安的缪斯"更确切。

让那三个女人不加害于我,
夜里她们围着我的床点头,
没有嘴,没有眼珠,缝合的秃顶。

飓风来临,当父亲书房的
十二扇窗向内鼓胀,
如即将破碎的水泡,你给我
和我弟弟喂曲奇饼,喝阿华田,
教我们两个合唱:
"雷神发怒:轰轰轰!
雷神发怒:我们不怕!"
那些女人却打碎窗玻璃。

缪斯们在第一节中"毛线球般的脑袋"可能无法让我们想起基里科的画作,但是读到第二节最后一行,基里科画作的缪斯形象变得非常清晰。缪斯的形象是"没有嘴,没有眼珠,缝合的秃顶",对一个小女孩来说无疑是丑陋和可怕的,这正是画作中的缪斯。关于这些缪斯在诗中的寓意学界一直有争议。艾米莉·比尔曼认为这些缪斯形象暗指普拉斯的母亲和祖母。[①] 而普拉斯自己则指出,她们代表了"阴险的三女组合的20世纪翻版:命运三女神、《麦克白》中的三女巫,以及德·昆西的三疯女"[②]。

诗歌的第二小节,讲述了母亲教"我"如何面对生活中的危险,她编造了一只小熊的冒险故事。这个小熊(bear)叫米歇·布莱克肖特(Mixie Blackshort),而布莱克肖特熊是对黑风暴的友好隐喻:它可以承受(bear)风暴,因为风暴不会持久(short)。[③] 在诗歌的第三节,当飓风来临时,母亲教"我"唱雷神之歌。事实上,这首歌与普拉斯的父亲有关。她曾在一个自传性故事中描述了父亲如何教她唱雷神之歌[④]。所以,此处母亲可能是在模仿

---

① Bilman, *Modern Ekphrasis*, p. 67.
② Qtd. in Susan Bassnet, *Sylvia Plath: An Introduction to the Poetry*, London: Palgrave Macmillan, 2005, p. 80.
③ Julia Gordon-Bramer, "Sylvia Plath's 1957 Poems", *Plath Profiles*, Vol. 8 (2015), p. 41.
④ Sylvia Plath, *Johnny Panic and the Bible of Dreams*, London: Faber & Faber, 2001.

父亲安慰她的孩子。她用她想象中的明亮世界来关心她的孩子,试图转移孩子们的注意力,然而,她无法察觉邪恶缪斯的存在,英雄的故事或歌曲变得毫无用处。在那些女巫面前,母亲的保护对"我"来说就像那些就像面对飓风的窗户一样,变成了可以轻易打破的脆弱气泡。此时,德·基里科画中的缪斯打破了静止的状态,并在诗中采取了行动。

> 当女学生们踮起脚尖跳舞,
> 手电筒眨眼如萤火虫,
> 她们唱着流萤之歌,我
> 穿着闪亮的连衣裙,无法抬脚,
> 只能步履沉重地站在一旁,
> 站在我那些面色阴沉的教母们
> 投下的阴影里,你哭啊,哭啊:
> 阴影拉长,灯光熄灭。
>
> 母亲,你送我去练钢琴
> 称赞我的阿拉伯风格曲和颤音,
> 尽管每个老师发现我的弹奏
> 古怪如木头,且不论音阶
> 和我练习的许多钟点,我的耳朵
> 辨不出音调,是的,教不会
> 我学了,学了,从别处的缪斯那儿,
> 并非你雇的,亲爱的母亲。

在第四、五两小节中,"我"回忆了学习跳舞和弹钢琴的失败。在这里,诗中折磨"我"的复仇的"教母"分别是司管舞蹈和音乐的缪斯——忒耳普西科瑞和欧忒耳佩。在她们的指导下,"我"所能做的就是"站在我那些面色阴沉的教母们/投下的阴影里"和"步履沉重"静静地站在舞台上,就像她们在画作中的状态一样,这让母亲失望哭泣。然而,"我"仍然希望母亲能对这些女士有所了解。

> 某天我醒来看到你,母亲,
> 漂浮于我头顶的湛蓝天空,

乘着明亮的绿色气球,一百万枝
鲜花和知更鸟,从未,从未。
从未有人见过的。
但你刚喊:过来！小行星就迅速移动
消失如肥皂泡,
于是我面对我的旅伴。

她们身穿石头的衣袍,
站立于床头、床侧、床脚守夜,
空洞的脸如我出生的那一天,
她们的影子长长地拖在落日下
永不能变亮,永不会消逝。
这就是你将我送入的国度,
母亲,母亲。然而我绝不会皱起眉头
暴露我的同伴。

最后两小节诗歌描绘了两个相反的世界,对此学界有三种不同的解释。首先,齐夫利将其解释为"我"从母亲的束缚中解脱出来,尽管仍然受到她的代理人(缪斯)的影响,无论她走到哪里,她们都会跟随并折磨她。[①] 第二种解释是母亲想要带"我"去自己居住的世界并保护"我"不受威胁。正如在第六节的前五行中,呈现的一个脆弱、美丽、理想化的母亲所居住的世界,其中有"湛蓝天空""绿色气球""一百万枝鲜花和知更鸟"都是美好的意象。最后一种解释是母亲带走了"我"从未体验过的所有生活中的美好的事物,让"我"独自一人面对可怕的缪斯。[②] 三个重复的"从未"强调了母亲那美好的世界是不可能存在的。因此,"我"永远无法进入母亲的泡沫世界。"我"唯一的"旅伴"是那些在"我"出生时就已经存在的脸面空洞的女士们。"她们身穿石头的衣袍""她们的影子长长地拖在落日下",这些景象就是对德·基里科的画作的复刻与再现。无论是什么解释,显然,"我"憎恨母亲所带来的

[①] Zivley. "Sylvia Plath's Transformations of Modernist Paintings", p. 49.
[②] Study Guide. "Sylvia Plath 'The Disquieting Muses'", http://English. fju. edu. tw/lctd/asp/works/61/study. html(accessed 2021/5/22).

邪恶力量,以及她对"我"无力的保护:"永不能变亮,永不会消逝。/这就是你将我送入的国度,/母亲,母亲。"然而,"我"在最后两行中承诺,不会向母亲抱怨,暴露同伴。一方面,这具有讽刺意味:"我"遭受了太多苦难,但母亲从未了解,这是"我"最后的无助的哭泣。但另一方面,它表明虽然"我"对那些缪斯感到不安和沮丧,但"我"仍然决心在没有母亲帮助的情况下直面生活中的艰辛和挣扎。

"现代艺格符换通过意象将语言和图像元素结合起来",艾米莉·比尔曼认为,在"艺格符换诗中,画面的生动或逼真通过诗人笔下的意象和诗人个人情感的投射而传达"。① 潘诺夫斯基曾提出,要根据艺术家的意图和观众的审美价值重构艺术品,感知艺术。② 就此而言,艺格符换不仅是艺术形式的转换,也是情感体验的传递。

德·基里科画作的"丧父"主题在诗作中转化为"责母"主题,给读者带来了同样令人不安的感受。在整首诗中,普拉斯巧妙地借用德·基里科作品的绘画特征,吸收其风格元素并将其转化为口头叙事和告白。诗歌有双层结构和意义,母亲和"我"在生物学意义上的依附关系,缪斯和诗人在美学意义上的依附关系,两者并置并形成一种张力;缪斯女神,赐予诗人以创作灵感,因而也是母亲;"令人不安的缪斯"既反映了母女之间的紧张关系,也反映诗人创作的焦虑,并隐喻为所有艺术家或早或晚都会面临的创作焦虑和灵感匮乏的困境。基里科画中的人物拒绝成为观看的对象,画中的缪斯或是背向观者,或是没有面目,或者胸内空空,阿波罗也是被浑身包裹,当先锋派画作不再表征现实,与此相关的艺格符换诗亦无法以"语言再现之视觉表征",无法像济慈在《希腊古瓮颂》里那样自信:"美即是真,真即是美。"但普拉斯以女性的告白叙事消解男性艺格符换诗中的性别对峙模式,形成美国学者格拉维所谓"同性艺格符换"的模式:艺格符换不仅"有关观看(seeing),还涉及展示(showing)与分享(sharing)"。③

余 论

联系到西尔维娅·普拉斯的生平,这首艺格符换诗被许多读者视为诗

---

① Bilman, *Modern Ekphrasis*, p. 8.
② Ibid.
③ Glavey, *The Wallflower Avant-Garde*, p. 7.

人与母亲之间缺少沟通的母女关系的反映。确实,普拉斯曾在日记中多次向母亲表达了她的仇恨:"我的敌人是那些最关心我的人。第一个就是我的母亲……在我的内心深处,我认为她是一个敌人——她'杀死了'我的父亲,也就是我在这个世界上的第一个男性盟友。"①普拉斯的母亲把父亲去世的消息告诉了她,即便如此,母亲终归是母亲;她讨厌母亲,"但这不是全部。我也很怜悯和爱她……我的仇恨和恐惧源于我自己安全感的缺失。"②不幸的是,她的母亲未能保护她,所以她选择恨她。就此,我们可以发现诗歌中存在那些缪斯形象的原因。德·基里科画作中的缪斯给了普拉斯创作灵感。她用绘画中令人难以忘怀的恐怖形象来表现使她感到不安的黑暗力量。但在这首诗的最后,"我"接受了生命中黑暗面的存在,这似乎是普拉斯和生活之间的和解。欧文·豪(Irving Howe)曾批评"西尔维娅·普拉斯除了向我们展示她所有伤痛中的伤口,无法用她的主题做更多的事情。"③其实不然,这首诗不仅仅是伤痛的自白,更展现了诗人面对黑暗生活的勇气,令读者对诗人有了更全面的理解。从视觉艺术到语词表达,普拉斯不仅仅是借题发挥,更是巧妙地结合,从而产生新的意义。

被视为后现代主义发端人的美国作家约翰·巴思(John Barth)在其《枯竭的文学》("The Literature of Exhaustion")一文中称:"我所说的'枯竭',不是指物质、道德或知识等主题的耗竭,而是指某些形式被用尽,或者说某些可能性被穷尽了——不过这并不一定导致绝望……艺术及其形式和技巧随着历史的发展当然应该有所变化。"④缪斯仍在,但令人不安,这就是当代艺术家的创作困境,也是当代艺术家的创作转机,只要他们直面"枯竭",直面"不安",就可以将"枯竭"转化为"文学",将"不安"转化为诗作,艺术就在艺格符换的变形中再生。

第三节　西诗东传:从叶芝到赵照

美国学者丹穆若什(David Damrosch)以文学作品的跨文化传播界定"世

---

① Plath, *The Unabridged Journals*, p.121.
② Ibid, p.445.
③ Irving Howe, "Sylvia Plath", *Harper's Magazine*, harpers.org/archive/1972/01/sylvia-plath/(accessed 2019/10/15).
④ 转引自欧荣:《"后"掉现代主义非明智之举》。

界文学",他的世界文学观念"包括所有以翻译或源语形式（in translation or in their original language）……在源文化之外流通的文学作品",近年来对世界文学研究颇具影响。① 其实,"translation"在英文中既可以指"翻译"（跨语言转换）,也可以指"（形式或媒介的）转换"（跨艺术、跨媒介转换）②,但当代世界文学研究多关注世界文学流通中的翻译现象,而忽略世界文学传播中的跨艺术转换,包括丹氏本人在《什么是世界文学》（*What Is World Literature?* 2003）中的个案研究也有如此偏重。另一方面,欧美学界的"艺格符换"研究案例大多在西方文化语境内完成,而跨东西或中西文化视域的跨艺术研究有所不足。③

《当你老了》（"When You Are Old"）是叶芝（W. B. Yeats）为献给恋人莫德·冈（Maud Gonne）,于1893年翻译改写的一首情诗。④ 数百年前,已有法国诗人龙萨（Pierre de Ronsard）的"同题"诗作（"Quand vous serez bien vieille"）问世。作为一篇世界性的文学作品,《当你老了》影响广泛。中国歌手赵照于2015年正式发布中文单曲《当你老了》,歌词主要取自叶芝的中译诗,在其"艺格符换"中,出现了不少创造性叛逆。后经由网络大众化传播,赵照歌曲衍生了多个语种的翻唱版本,引发了新的"符换"演绎风潮。

不同于学界现有对叶芝及其作品、叶芝在中国等相关研究,我们将从世界文学生产和流通的视角探析《当你老了》"西诗东传"的国际旅行,考察创作主体从龙萨到叶芝,从叶芝到赵照再到其他翻唱者的演变,聚焦从叶芝的诗作到赵照的音乐作品之间的跨艺术转换及主题嬗变。当代欧美学界的"艺格符换"研究案例大多在西方文化语境内完成,对作品艺术形式的转换更为关注,而我们解读的"艺格符换"个案经历了中西跨文化语境的流转,超越了艺术形式的转换,更有其特殊的比较文学和世界文学的研究意义,也为

---

① David Damrosch, *What Is World Literature*, Princeton & Oxford: Princeton U P, 2003, p.4. 引文译文参考大卫·丹穆若什:《什么是世界文学》,查明建等译,北京:北京大学出版社,2014年,第5页,笔者有改动,以下引文不再加注。

② 参见"translation"词条,编译出版委员会:《新牛津英汉双解大词典》（*New Oxford English-Chinese Dictionary*）,上海外语教育出版社,2007年,第2251页。

③ 钱兆明是为数不多从事中西跨文化、跨艺术批评的旅美学者,参见欧荣:《跨文化、跨艺术、跨学科研究:钱兆明教授访谈录》,《英美文学研究论丛》,2019年第31辑,第1—9页。

④ 在国内,这首诗也译作《当你年老时》（傅浩）、《你老的时候》（李斯）,比较而言,译名以《当你老了》最为普遍,故笔者均以《当你老了》指涉该诗作。

新媒体时代的文艺创作与传播提供借鉴。

一、《当你老了》的"艺格符换"

在涉及文艺作品的艺术形式或媒介转换的问题上,国内研究往往使用"改编"一词加以指代,我们认为"改编"的意义过于笼统,只体现单向度的从甲媒介到乙媒介的静态描述,而"艺格符换"更加强调文艺符码之间"持续的、动态的双向/多向影响"。因此我们关注从叶芝的诗歌文本到赵照的音乐文本的"艺格符换",接近潘惜兰所谓的"音乐艺格符换",即"对语言表征的音乐再现"①。不过,潘惜兰的"音乐艺格符换"局限于器乐作品(instrumental music),而忽略了声乐作品(vocal music);但以声音来源论,音乐应包括器乐及声乐。因此,我们把赵照对叶芝诗歌《当你老了》的跨艺术转换看做音乐性"艺格符换"。

《当你老了》的"艺格符换"是一段跨越数百年的国际文艺之旅。丹穆若什曾指出文学作品进入世界文学的两重步骤:"首先被当做'文学'来阅读;其次,在源语文化之外的更宽广的世界里流通。"②虽然丹穆若什的"世界文学"包括以源语形式进行跨文化流通的文学作品,如维吉尔的作品很长时间以拉丁文形式被欧洲各国人阅读,但跨语际翻译对于世界文学的重要贡献是毋庸置疑的。《当你老了》的"艺格符换"是以跨语言转换为前提的。从龙萨到叶芝的"改写",呈现了叶芝英语诗歌不同于龙萨法语诗歌的风格;而后得益于中国学人的逐步译介,叶芝诗作衍生出广泛传播的中文译诗,成为歌曲的文本基础;从叶芝诗歌到赵照歌曲的跨艺术转换再创作,既表现在文本内部的"改作",更体现在文本外部的多媒介表征;从赵照到其他翻唱者,《当你老了》的互联网文艺传播形成了多元裂变。

1.《当你老了》的跨语言转换

叶芝的《当你老了》是对龙萨同名诗作的"改写"。英美高校文学主流教材《诺顿英语文学选集》(*The Norton Anthology of English Literature*, 2018)收录了该诗作,并加注说明该诗源于龙萨的一首十四行诗。③ 巴西学

---

① Bruhn, "A Concert of Paintiugs", p.551,潘惜兰的跨艺术音乐理论参见本书第二章第三节。
② Damrosch, *What Is World Literature*, p.6.
③ W. B. Yeats, "When You Are Old," in *The Norton Anthology of English Literature. Volume F The Twentieth and Twenty-First Centuries*, ed. Stephen Greenblatt: Norton, 2018, p.216.

者雷诺(Sigrid Rénaux)考察了二者的互文关联,指出龙萨诗是叶芝的"文学源头"("literary source")①;朱耀良在《西方文学点论》中也指出了这一点②。以下誊录龙萨法语诗、叶芝英语诗以及中文译文,以供多维语际的比较参照(表3)。

表3 《当你老了》龙萨法语诗、叶芝英语诗及中文译文

Quand vous serez bien vieille	When You Are Old
Quand vous serez bien vieille, au soir, à la chandelle,	When you are old and grey and full of sleep,
Assise auprès du feu, devidant et filant,	And nodding by the fire, take down this book,
Direz, chantant mes vers, en vous émerveillant:	And slowly read, and dream of the soft look
Ronsard me célébrait du temps que j'étais belle.	Your eyes had once, and of their shadows deep;
Lors, vous n'aurez servante oyant telle nouvelle,	
Déjà sous le labeur à demi sommeillant,	How many loved your moments of glad grace,
Qui au bruit de mon nom ne s'aille réveillant,	And loved your beauty with love false or true,
Bénissant votre nom de louange immortelle.	But one man loved the pilgrim soul in you,
	And loved the sorrows of your changing face;
Je serai sous la terre et fantôme sans os:	
Par les ombres myrteux je prendrai mon repos:	And bending down beside the glowing bars,
Vous serez au foyer une vieille accroupie,	Murmur, a little sadly, how Love fled
	And paced upon the mountains overhead
Regrettant mon amour et votre fier dédain.	And hid his face amid a crowd of stars. ④
Vivez, si m'en croyez, n'attendez à demain:	
Cueillez dés aujourd'hui les roses de la vie. ③	

---

① Sigrid Rénaux, "Ronsard and Yeats: An Exercise in Intertextuality", *Revista Letras*, Vol. 40 (1991), pp. 85—97.
② 朱耀良:《西方文学点论》,南昌:江西人民出版社,2015年,第167页。
③ Pierre de Ronsard, " Quand vous serez bien vieille " in *Sonnets pour Hélène*, London: Malcolm Smith, 1998, p. 148.
④ Yeats, "When You Are Old", p. 216.

续表

《当你衰老之时》	《当你老了》
当你衰老之时，伴着摇曳的灯①， 晚上纺纱，坐在炉边摇着纺车， 唱着、赞叹着我的诗歌，你会说： "龙萨赞美过我，当我美貌年轻。" 女仆们已因劳累而睡意朦胧， 但一听到这件新闻，没有一个 不被我的名字惊醒，精神振作， 祝福你受过不朽赞扬的美名。 那时，我将是一个幽灵，在地底， 在爱神木的树荫下得到安息； 而你呢，一个蹲在火边的婆婆， 后悔曾高傲地蔑视了我的爱。—— 听信我：生活吧，别把明天等待， 今天你就该采摘生活的花朵。（飞白译）②	当你老了，头白了，睡意昏沉， 炉火旁打盹，请取下这部诗歌， 慢慢读，回想你过去眼神的柔和， 回想它们昔日浓重的阴影； 多少人爱你青春欢畅的时辰， 爱慕你的美丽，假意或真心， 只有一个人爱你那朝圣者的灵魂， 爱你衰老了的脸上痛苦的皱纹； 垂下头来，在红光闪耀的炉子旁， 凄然地轻轻诉说那爱情的消逝， 在头顶的山上它缓缓踱着步子， 在一群星星中间隐藏着脸庞。 （袁可嘉译）③

这首诗是 1578 年龙萨发表的《埃莱娜十四行诗集》（Sonnets pour Hélène）中的一首。埃莱娜是法国瓦卢瓦王朝的王太后卡特琳娜·德·梅迪奇的侍女，因未婚夫阵亡，王太后派宫廷诗人龙萨去为埃莱娜作诗以表安慰，遂有此诗集。那么面对龙萨著名诗篇的"源头"，叶芝又是如何处理，使"源头"转化为"活水"的呢？

我们通过对比阅读，发现两首诗存在场景与意境的异同。龙萨以语言建构"炉边老妇"的想象性场景，如傅浩所言，龙萨诗"只描述了受话者坐在炉火旁秉烛纺线的行为；叶芝诗则对受话者的容貌和神情有所描摹"，更加

---

① 根据原文"à la chandelle"以及时代背景，应译为"烛火"。
② 飞白：《诗海——世界诗歌史纲（传统卷）》，桂林：漓江出版社，1989 年，第 181—182 页。
③ 叶芝：《当你老了》，《叶芝诗选》，袁可嘉译，长沙：湖南文艺出版社，2012 年，第 51 页。

生动细致,令人仿佛身临其境。① 与龙萨的写作对象不同,叶芝的诗是为他的缪斯——莫德·冈而作;龙萨诗中的老妇人困于纺织劳作,后者则是阅读回忆,二者的社会阶层不同,也在一定程度上影响了诗人的表达方式。龙萨以将来时态预言妇人的年老色衰,以标志双方预言式下场的"幽灵"(fantaume)、"婆婆"(une vieille)等语反向警示,借以求爱;叶芝的诗显得平等恳切,没有"恐怖"的预言,情感更宁静深远,像是冷静省思的心迹流露,而非激情澎湃的求爱致辞。相比龙萨诗的逐行"下行",变为魂魄,长眠树下,叶芝的改写,逐行"升华",将意境从屋内灯火引向群山星辰,卓然超群。基于同一场景上下离析,二者"上"与"下"的意境区隔,也体现出二者不同的爱情观。②

而叶芝之于龙萨的承继就在于"炉边老妇"场景的虚构设定,使之成为母题(motif)般的存在。正是这一关键场景的设定与想象,扣合了"当你老了"的题眼,这一场景也影响到中国歌手赵照的歌曲创作。后者也在歌曲开头采用了这一场景建构,至此,"炉边老妇"成为三个文本有效链接的意象之一。就《当你老了》这一同题诗歌而言,叶芝非常巧妙地完成了对龙萨诗歌的转化,使之成为了想象性的存在,既有继承,又有新创。而这也适用于赵照之于叶芝的艺格符换。

从叶芝的英文诗到赵照的中文歌,并非一蹴而就,它是百年中国现代诗译介的产物。在叶芝诗歌的诸多中译作品中,《当你老了》因其自身特性,逐步获得青睐并脱颖而出。译者是世界文学流通的第一批责任人,也是文学推广的生力军。叶芝作品在中国的传播,从文学翻译中获益,在翻译文学里生根发芽。傅浩把叶芝作品的译介分为早期(1919—1949)和近期(1980—2010)两大时期,如袁可嘉1946年完成大学毕业论文《论叶芝的诗》,也许是国人第一篇英文叶芝评论;1980年出版的《外国现代派作品选》(上海文艺出版社)第一卷上册收录了袁可嘉翻译的七首叶芝诗,标志着我国重新译介叶芝之始。③《当你老了》正在其中,后被上海译文出版社收入《英国诗选》(1988)。

现在网络上可检索到《当你老了》的中译版本多达十余种,虽良莠不齐,

---

① 傅浩:《〈当你年老时〉:五种读法》,《外国文学》,2002年第5期,第93页。
② 傅浩还对两首诗从意象、韵式、情绪等方面做了细致的比较分析,参见傅浩:《〈当你年老时〉:五种读法》,此处不再赘述。
③ 傅浩:《叶芝在中国:译介与研究》,《外国文学》,2012年第4期,第52—59页。

但客观上印证了译介对于诗作传播的贡献。在所有译本中,袁可嘉的译文最为普及,被收入高中语文教材及课外读本,如人教社高中语文教材《外国诗歌散文欣赏》及广西教育出版社的《新语文读本》高中卷,其广泛的读者基础可见一斑。

2. 从叶芝到赵照:西诗东传的多重转换

如果说从法语的龙萨到英语的叶芝还只是隔了一道英吉利海峡的话,从英语的叶芝到中文的赵照则是跨越欧亚的百年时空之旅,更加耐人寻味。

据互联网的公开资料显示,歌曲《当你老了》于2015年以专辑正式发布之前,赵照早于2012年发布歌曲音乐视频(MV)。2014年,赵照携作品参加多个音乐比赛节目,使歌曲进一步普及,经过知名歌手莫文蔚、李健等人演绎后,知名度大增,尤以莫文蔚2015年的春晚献唱,将热度推上新高。《当你老了》也是莫文蔚2015年由所属经纪公司环球音乐发行的EP单曲①,其MV也在全球网络上广泛传播,并有相当播放量。通过多位实力派歌手的流量加持,电视和网络媒介的双重合力,中文歌《当你老了》形成强劲的传播效应,成为近年华语流行歌曲中少有的现象级作品。

赵照的歌曲,开启了《当你老了》在华文艺界的热度之路,但赵照的歌曲改作并非直接基于英语原诗。歌曲经过赵照等人多次公开演唱,略有局部删改,但主要以赵照2012版MV歌词为基础,故此处列明以作比较(参见表4)。以袁可嘉译诗及赵照歌词对照来看,中文歌词明显借鉴了袁可嘉译文。

表4 《当你老了》袁可嘉译诗及赵照歌词对照表(粗体、下划线为笔者所加)

袁可嘉译诗	赵照歌词
当你老了,头白了,睡意昏沉, 炉火旁打盹,请取下这部诗歌, 慢慢读,回想你过去眼神的柔和, 回想它们昔日浓重的阴影; 多少人爱你青春欢畅的时辰, 爱慕你的美丽,假意或真心,	当你老了,头发白了,睡意昏沉 当你老了,走不动了,炉火旁打盹,回忆青春 多少人曾爱你青春欢畅的时辰 爱慕你的美丽,假意或真心 只有一个人还爱你虔诚的灵魂 爱你苍老的脸上的皱纹

---

① EP单曲,指慢速唱片(Extended Play),是CD的一种,每张EP所含曲目量较CD少,一般有1—3首歌左右。

续表

袁可嘉译诗	赵照歌词
只有一个人爱你那朝圣者的灵魂， 爱你衰老了的脸上痛苦的皱纹； 垂下头来，在红光闪耀的炉子旁， 凄然地轻轻诉说那爱情的消逝， 在头顶的山上它缓缓踱着步子， 在一群星星中间隐藏着脸庞。 (51)	**当你老了**，眼眉低垂，灯火昏黄不定 风吹过来，你的消息，这就是我心里的歌 **当你老了**，头发白了，睡意昏沉 **当你老了**，走不动了，炉火旁打盹，回忆青春 多少人曾爱你青春欢畅的时辰 爱慕你的美丽，假意或真心 只有一个人还爱你虔诚的灵魂 爱你苍老的脸上的皱纹 **当你老了**，眼眉低垂，灯火昏黄不定 风吹过来，你的消息，这就是我心里的歌 **当我老了**，我真希望，这首歌是唱给你的①

从表 4 可以看出，赵照的歌曲版本，延续了《当你老了》的抒情主调，并通过关键歌词的反复咏唱，强化了情感表达，富有感染力。据赵照第一次参加《中国好歌曲》采访镜头的自述：自己在漫长的"北漂"生活中不曾为母亲创作歌曲，而读到叶芝的《当你老了》，联想到母亲在昏黄灯光前坐在窗下的样子，因而产生创作冲动，并在比赛中演唱。② 赵照对叶芝诗作的"创造性误读"而产生的变异显而易见：罗曼蒂克式的爱慕转化为母爱感怀，细化为两个层次："你"的指涉，由"恋人"变为"母亲"；老的状态，从"假想的变老"变为"已经衰老的现实"，这一"变异"在后续多次传播中趋于定型，在赵照、莫文蔚的演绎中不断强化，在李健等翻唱者的演绎中出现新的"变异"和"歧义"。

媒介是艺术品存在的物质性基础，从叶芝的诗歌到赵照歌曲的"艺格符换"，不仅表现为艺术形式的转变，也体现为从文字的单媒介文本到文字、声

---

① "《当你老了》赵照 MV 版（2012 年）"，腾讯视频，2019－12－29，https://v.qq.com/x/page/b0530s6hr3m.html?（accessed 2021/5/22）。
② "《中国好声音》暖心金曲赵照《当你老了》"，腾讯视频，2020－03－11，https://v.qq.com/x/page/b0509yu4a6c.html?（accessed 2021/5/22）。

音、影像多媒介文本的转变。我们通过网络查找到相关影像资料,分析《当你老了》"艺格符换"的媒介配置与意义变化。

2012 年版赵照《当你老了》MV 实景拍摄,以一座老房子为场景,视觉表现到位。① 视频伊始,伴随蝉鸣声的浮云月影,风铃声声,透出昏黄灯光的老式隔栅窗户,窗边手抱吉他弹唱的赵照形象从模糊变为清晰。随后画面里出现了爷孙互动小狗随伴,昏黄发光的钨丝灯盏,戴眼镜的老人在烛光里看老照片,小女孩的脸部特写,指针走动的旧手表,手表边同行又分散的爬行蜗牛等情景,家庭、时间叙事意味明显。同时,泛黄色调的滤镜也渲染了怀旧情感。声音媒介层次丰富,有器乐,吉他弹奏,辅以口琴吹奏,也有非器乐的局部辅助,如蝉鸣声及风铃声,声音效果出彩。据此,歌曲完成了"再媒介化"的多媒介建构,音乐视频包含了歌词、声音和图像,是基于翻译后改作文本的多媒体融合。

2014 年 1 月,赵照参加《中国好歌曲》初选。甫一亮相,赵照即表明歌曲为母亲而作,画面配有字幕,"北漂'暖男'深情创作表达对家乡妈妈的愧疚",主题初步定调。凭借出彩的演绎,赵照加入音乐导师蔡健雅战队。同年 3 月,赵照参与蔡健雅原创大碟主打歌竞赛,除了四位音乐导师,节目主持人及赵照母亲也出现在录制现场。在赵照出演环节,首先由蔡健雅以歌词简短弹唱作引子导入,随后接入赵照演唱,最后加上赵照母亲的发言以及导师评论。这些主题围绕着作品形成复调话语,互动对话的艺术过程通过录播并存储于网络,形成《当你老了》的多元文本。同年 7 月,赵照三登《中国好歌曲》,在全球巡演澳门站献唱中,巨幕背景随歌放映"老妇人"及"母与子"动态沙画创作,辅助渲染歌曲的母子情感主题。② 赵照作品的四次展现,亲情主题成为主打亮点。2012 年 MV 影像展现了与亲情和怀旧主题的强关联,而后在赵照于央视平台的三次演绎中,前两次直接以故事言说介入艺术叙述,铺垫并确立母子情感主题,第三次以沙画影像辅助歌曲叙事,促成了赵照《当你老了》歌曲中母子亲情主题的最终定型。

---

① "《当你老了》赵照 MV 版(2012 年)",腾讯视频,2019－12－29,https://v.qq.com/x/page/b0530s6hr3m.html?(accessed 2021/5/22)。
② "《完美星开幕》20140726 2014 中国好歌曲全球巡演澳门站",央视网视频,2020－03－1.http://tv.cntv.cn/video/VSET100200284012/4fb3b2bbf2a34e809bf490d4a5ec4cb4(accessed 2021/5/22)。

3. 从赵照到翻唱者：网络空间里的裂变

2015年央视春晚的莫文蔚版借鉴了赵照各版本的表意特色，其舞美运用大量虚拟图像元素，包括时间齿轮、飘飞落叶以及金黄色相框，同时播映老年人家庭生活场景的真实照片及漫画。演唱后，晚会安排主持人对照顾植物人母亲三十余年的煤矿工人朱清章的故事采访，随后接入刘和刚《拉着妈妈的手》的歌曲演唱，共同形成对前序歌曲主题的呼应。

莫氏的演唱引发了《当你老了》的热度巅峰，但其传播并未就此止步，2015年李健在《我是歌手》节目中基于赵照版歌词改作，在后半段插入"我留不住所有的岁月/岁月却留住我/不曾为我停留的芬芳/却是我的春天"四句新歌词，混编法国香颂《玫瑰人生》（"La vie en rose"），将女性求爱与原诗中的男性求爱嫁接并置，形成了与叶芝诗歌主题的跨时空对话。白鸟编曲、太原耕二作词的日语版《当你老了》参照赵照编曲但使用钢琴弹奏，借鉴赵照歌词并进一步诗化。和李健版歌曲一样，日语版没有母子情感的创作语境，进一步明确"我"对"你"的表白与求爱动机，求爱表露更通俗，趋近一般的爱情歌曲。

对于一般欣赏者而言，如果只读歌词或只听人声演唱，往往以为歌曲主题仍是浪漫爱情，但正是通过"艺格符换"的多元符码配置和多媒介建构：赵照版歌曲在舞台演绎时图像符号、听觉符号的加持，歌曲创作背景的叙事介入，塑造了新主题；而借由多媒体融合，音乐作品的抒情性与表现性更加突出，引发观众广泛而强烈的共鸣。

将叶芝的英语诗歌"符换"为中文歌曲，赵照是第一人。高热度的中文歌曲，随着互联网的全球传播，布依族语、日语、西班牙语、芬兰语等版本相继出现，网络文艺作品容易被模仿与挪用、移用的特征也在《当你老了》的互联网传播中体现出来。在外语版本的歌曲再演绎中，以日语版最具代表性。据YouTube网站，由日本歌手白鸟编曲、太原耕二作词的一个在线音乐视频，与赵照歌曲有明确的模仿与再现关联，该视频明确标出了赵照为原编曲，并辅以中日双语歌词为字幕显示。在编曲上，日语版保留了赵照歌曲主干的旋律，用电子琴弹奏取代了原先的吉他弹唱，歌词部分也有较大变化。这里辑录如下：

　　当你老了，头发白了，睡意深沉

在暖炉前,慢慢的读着书
回忆起温柔的眼眸
＊多少人被人告白
＊你的魅力曾经那么的耀眼
＊你那遍布皱纹的脸和你的灵魂
＊爱着那老去的人 只有我一人
我的心乘着风
已经变成了歌 登上了山峰
变成了星星
只为着用星光照见你
＊ ＊ ＊ ＊
变成了风
变成了星星
都是为了你
＊这颗心已经不再年轻
＊它唱出这首歌 希望你能听
……①

通读歌词,我们发现这几乎是叶芝原诗与赵照歌词的综合体。在主题上,它进一步明确了表白与被表白的关系,用一系列的实词指涉点明了主客体对象,在"当你老了"的假设下,呈现了大胆且直白的求爱表露。歌词也有对赵照歌词明显的借鉴,一个是"风"的意象,"我的心乘着风""变成了风"明显与赵照歌词中"风吹过来,你的消息,这就是我心里的歌"有明显关联,"它唱出这首歌 希望你能听",几乎是对"当我老了,我真希望,这首歌是唱给你的"更为明显的改写。《当你老了》日语文本呈现出较于英语文本"爱情"主题保留,较于中文歌词遣词造句有借鉴,表意风格更直露的混合景观。

三、《当你老了》的"艺格符换"何以完成

《当你老了》的"艺格符换"并非一蹴而就,首先,蕴含在英语诗歌里的真

---

① 日文版《当你老了》,原唱:赵照,https://www.youtube.com/watch? v=N5q7B28fSSI&pbjreload=10 (accessed 2019/12/9)。

情实感,以挚爱的浓度,抵达"境界"的高度;其次,歌手赵照凭借自身的音乐才华,创作动听的歌曲,其情感结构既是当今社会的共时语境,也是传统文化代代相承的历史必然。歌曲《当你老了》根植于文学经典的深厚内涵,又契合时代的文化需求,故能深入人心,口耳相传。

1. 英语诗歌的真情实感

王国维在《人间词话》中阐释了诗词的"境界":"境非独谓景物也。喜怒哀乐亦人心中之一境界。故能写真景物、真感情者,谓之有境界。否则谓之无境界。"①王国维之"境界"是意象、构图和情感的有机统一。境界不独有景,还要有情,真情真景,才能感动人心。叶芝在"炉边老妇"及"群山星辰"等意象营造上可圈可点,凝聚了对恋人的真情实感,虽为英语诗歌,却遥相切合王国维考证中国古典诗词之"境界"。

《当你老了》是叶芝诸多情诗的代表,其背后"求而不得"的情感故事令人动容:"她(莫德·冈)一直是叶芝创作灵感的一个主要源泉,他对她的爱全都倾注到诗作里,为她写下了感情真挚,十分动人的诗篇。"②李小均则以"诗人不幸诗名幸"评价这首诗,肯定了诗人在爱情表达上的艺术创造。③ 爱情特质突出的《当你老了》,满足了普通读者的"期待视野",共情引发共鸣,使后者沉浸于诗作里的浪漫,容易产生"执子之手,与子偕老"式的爱情发愿。然而诗歌背后叶芝民族主义的沉重容易被忽略。高瑾认为以往对叶芝《当你老了》的分析往往着重于"坚贞不渝"直至老年的"灵魂之爱",掩盖了最终倾向保守的叶芝与逐渐成为爱尔兰独立运动共和派激进代表的冈之间的分歧与矛盾,以及上述分歧与矛盾在充满暴力冲突的英爱关系中的含义。④ 但此诗着眼爱情却又超脱一般的爱情,是大众共识。诗歌文辞的精良,与爱情的美好期盼,相得益彰,加之语篇精炼,使诗作更受欢迎,散见于国内外各类诗选文摘。

2. 时代语境的乐思触发

赵照是一个实力歌手,创作《当你老了》与其具备的音乐素养关系密切,

---

① 王国维:《蕙风词话 人间词话》,第 193 页。
② 陈恕:《爱尔兰文学》,昆明:云南人民出版社,2011 年,第 256 页。
③ 李小均:《感伤与超越——析叶芝名诗〈当你老了〉中的张力美》,《天津外国语学院学报》,2002 年第 2 期,第 60—62 页。
④ 高瑾:《老年、艺术与政治:〈当你老了〉与爱的逃离》,《外国文学评论》,2019 年第 1 期,第 164—179 页。

更与所处时代背景与特殊境遇有关联。赵照是中国改革开放后成长起来的一代人,时代背景值得关注。英国学者齐格蒙特·鲍曼(Zygmunt Bauman)在其著作《流动的现代性》(*Liquid Modernity*,2000)序言中指出:现代生活方式可能会在很多方面有所不同——但是,把它们联系在一起的恰恰是脆弱性、暂时性、易伤性以及持续变化的倾向。① 他还分析了中国的社会状况:中国正集中应对"资本原始积累"的挑战,即大量的社会错位、动荡和不满,并导致相当的社会分化。②此外,中国当下进入了人口老龄化社会,老人独居,儿女在外打拼漂泊已成社会生活的常态。

长辈渐老的事实,触发晚辈的感怀,赵照歌曲的一气呵成,既有个人感念的奔涌,也契合了时代的"情感结构"(Structures of Feeling)③。因此,赵照的情感抒发,并非孤例。这首传唱大江南北的现代游子吟,与相近时期的热歌《时间都去哪儿了》高度互文,后者近乎是赵照歌曲中的老妇人即"母亲"的心声自白:

  ……
  时间都去哪儿了
  还没好好感受年轻就老了
  生儿养女一辈子
  满脑子都是孩子哭了笑了

  时间都去哪儿了
  还没好好看看你眼睛就花了
  柴米油盐半辈子
  转眼就只剩下满脸的皱纹了。④

---

① 齐格蒙特·鲍曼:《流动的现代性》,欧阳景根译,北京:中国人民大学出版社,2017年,第4页。
② 同上书,第10页。
③ "情感结构"是英国文论家雷蒙·威廉斯提出了一个核心概念,指在特定的历史阶段,文艺作品中体现的大众情感,集中反映了一代人在日常生活中所体验到的意义与价值,参见 Raymond Williams, *The Long Revolution* (1961)。
④ 参见《时间都去哪儿了》,https://wenku.baidu.com/view/a3d95c7a172ded630b1cb6b5.html (accessed 2019/12/8)。

感情的触发，调动歌手的"乐思"，引发了音乐作品的创作。美国作曲家艾伦·科普兰（Aaron Copland）在著作《怎样欣赏音乐》（*What to Listen for in Music*，1984）中阐释音乐创作过程，他提到"乐思"的重要性：每个作曲家都从乐思开始创作，突然间来了一个主题（主题作为乐思的同义词使用），作曲家就从这个主题开始，而这主题是天赐的。他不知道它是从哪里来的——他控制不了它。主题的到来犹如无意识的书写。①《时间都去哪儿了》早于《当你老了》一年在春晚献唱，但创作语境高度相似。词作者陈曦在为母亲过完60岁生日后，看到母亲操劳一生，已是满脸皱纹，有感于岁月的流逝，他一气呵成写出歌词。②其感念母亲的创作发端，与赵照不谋而合，正是时代背景下"情感结构"的一种写照。此外，中华文化传统中的"孝道"，沉淀于当下的社会语境中，也对《当你老了》的主题嬗变产生影响。

但同样表达对父母长辈的感恩之情，赵照的《当你老了》能够一唱再唱，走向世界，而《时间都去哪儿了》却没有这般生命力与影响力。我们认为前者正是通过对文学作品的"艺格符换"，继承并部分转化了文学内涵，又加以充分表达，使得受众见其名，更愿闻其歌。正是其既是异国的、又是本土的丰富思想内涵，吸引了音乐界莫文蔚、李健等歌手的倾情演绎，艺术家的表演既成就了自我的舞台艺术，也为歌曲传播做出贡献。可见，《当你老了》并非一首简单的流行歌曲，源于文学作品的音乐艺格符换有着更广泛的文化及时代意义。

余论：文学经典的再流通

《当你老了》的"艺格符换"的传播媒介除了电视广播，主要依托网络，欣赏者听歌、看视频、搜索信息及参与评论主要通过搜索引擎、视频门户以及社交媒体等渠道完成。歌曲《当你老了》每次关键表演事件的时间节点，网络上都有即时同步的指数呈现（参见图43）。

---

① 艾伦·科普兰：《怎样欣赏音乐》，丁少良译，北京：人民音乐出版社，1984年，第13页。
② 王秒，"《时间都去哪儿了》受热捧 网友：歌曲太贴近人"，中国新闻网，http://www.chinanews.com/yl/2014/02-10/5819182.shtml（accessed 2021/5/22）。

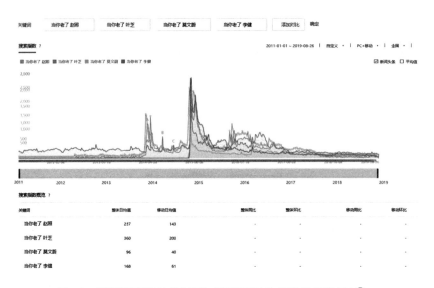

图 43　基于百度指数的"当你老了"四组数据搜索指数图)①

我们通过百度指数搜索查询"当你老了 赵照""当你老了 叶芝""当你老了 莫文蔚"以及"当你老了 李健"四组词汇在 2011 年 1 月 1 日至 2019 年 8 月 26 日全网(PC＋移动端)的搜索指数,图 43 显示,基于网络共时性特征,现实世界的文化传播事件通过网络指数得以即时反映:歌曲问世之前,"当你老了 赵照"的搜索数值(蓝色线条)呈直线状态,近乎为零,文学界知名词条"当你老了 叶芝"(绿色线条)总体保持着比较平稳的搜索量,有小幅的正常波动;莫文蔚春晚演唱(橙色线条),李健歌曲竞演事件(粉色线条)的发生,在各自指数突现并直线上升的同时,同步大幅拉升"当你老了 叶芝"以及"当你老了 赵照"搜索指数,三者呈现出几乎同步的规律波动。此外,网络受众通过"点赞""转发""评论"等技术赋权的网络表达,行使了快速直接的批评能力及文化权力,参与对作品的评判、传播与阐释,亦有力扩大了《当你老了》"艺格符换"的受众层面。

布鲁姆(Harold Bloom)在《西方正典》(*The Western Canon*,1994)中以

---

①　百度指数是以百度海量网民行为数据为基础的数据分享平台。是当前互联网乃至整个数据时代最重要的统计分析平台之一。用户可以研究关键词搜索趋势、洞察网民兴趣和需求、监测舆情动向、定位受众特征。四组搜索项分别为:"当你老了 赵照""当你老了 叶芝""当你老了 莫文蔚"以及"当你老了 李健",时间范围为 2011 年 1 月 1 日至 2019 年 8 月 26 日。http://index.baidu.com/v2/index.html? from＝pinzhuan＃/ (accessed 2019/12/8)。

对抗性批评贬低大众文学和文化研究,提出的忠告固然发人深省,但也容易陷入简单二分法的陷阱。由经典作品所衍生出的大众文学与文化,不该被摆在与母体分庭抗礼的位置,而应被纳入到动态的生产与流通语境中,参与并共同建构文学作品新的经典化。歌曲《当你老了》,完美衔接了"读"文化、"听"文化和"看"文化,既获得了传播成功,也无损叶芝诗歌的经典性;有兴趣的读者反而可能去追索原作,甚至去阅读叶芝其他的诗作,回溯歌曲背后的文学源头,扩大自己的文化视野,艺格符换文本与蓝本之间形成"持续的、动态的双向/多向影响"①。

因此,基于新媒介的大众文化传播,并不会撼动文学经典的地位;相反,大众文化传播的流量导引,能触发有心读者的深度阅读;大众文化传播构筑起新的微型文化景观,有助于文学经典的开放性建构。文学经典问世之后,读者如何在个体宇宙里,认知、体察并展演对文学经典的思考,从《当你老了》的跨文化、跨媒介传播中可见一斑,而这些读者反应也应被纳入经典的动态考察。丹穆若什在最新力作《比较文学:全球化时代的文学研究》(Comparing the Literatures: Literary Studies in a Global Age, 2020)已经关注到电子文本、电影、电子游戏、戏剧、绘画等跨媒介、跨艺术转换文本在文学经典的传播中所做的贡献。

《当你老了》的世界文学之旅,是一场跨国的文艺接力。从龙萨到叶芝的"改写",从叶芝到赵照的"艺格符换",再从赵照到其他演唱者的"翻唱",文艺作品之间不断的跨语言、跨文化、跨艺术转换,才能促进经典的生产与流通。此外,文学作品跨文化传播的成功与否,在于其意义迁移与移植能否满足本土化需求。从叶芝到赵照的"艺格符换"过程中,赵照借鉴了叶芝的文辞形式,但转变了思想内涵,将"恋人求爱"转变为"母爱感恩"主题,艺术家个人的情感抒发融入民族的文化传统和时代的情感结构,使得作品在中国本土大获拥趸并影响海外,这便是《当你老了》的"艺格符换"给当代文艺

---

① 笔者之前更熟悉叶芝的《第二次降临》和《丽达与天鹅》,确是因赵照的歌曲转而追溯叶芝的改写和龙萨的原作,最终促进此文的撰写。《当你老了》并非叶芝最有代表性的诗作,如黄宗英编《英美诗歌名篇选读》收录了叶芝的"Easter 1916""The Second Coming"及"Sailing to Byzantium"(高等教育出版社,2014年,第393—411页);杨金才、于建华编《英美诗:作品与评论》只收录了"Sailing to Byzantium",仅在补充阅读提到了"When You Are Old"等篇目(上海外语教育出版社,2008年,第68—73页);戴继国编《英国诗歌教程》也仅收录了"Sailing to Byzantium"(对外经济贸易大学出版社,2005年,第198页)。赵照的歌曲明显促进了《当你老了》的再流通。

创作的另一大启示。

第四节　中诗西游:《花木兰》之旅

媒介是人类文明得以保存与传承的物质根基,无论是古老的口传文化,过去的印刷文化,还是如今的电子文化,都是以媒介的更新进步带动的文化发展史。"媒介构造了我们的日常生活和意识形态,塑造了我们关于自己和他者的观念,也制约着我们的价值观、情感和对世界的理解。总之,媒介文化构成了我们当代日常生活的仪式和景观。"[1]故而媒介的更新与拓展,往往反映着文化载体的游移,而由此带来的文化思潮的嬗变,恰是比较文学研究的重要旨趣之一。

20世纪后半叶,计算机和互联网技术飞速发展,电子媒介成为文艺作品的重要载体,技术媒介的力量空前显现,文化产品的跨媒介生产、传播和接受日益突出,引起人文学者对"跨媒介性"(intermediality,亦称媒介间性)的关注。与此同时,文学与非文学、艺术与非艺术之间的界限愈发模糊,文学和艺术概念的本体论遭到解构,越来越多的学者意识到,文艺作品的跨媒介性是其基本的存在形态,现有的学科和文艺分类并非知识生产和文化研究的有效方式。文艺边界日益模糊,印刷文化范式向数字文化范式转型,以及跨艺术批评与媒介研究渐趋融合,促使跨艺术研究向着跨媒介研究拓展。另一方面,全球化进程打破了地域与文化的界限,"跨界"似乎就成为了这个时代的热门主题,跨民族、跨语言、跨文化的书写叙事层见叠出,跨行业与跨学科的交叉合作亦屡见不鲜。人类的现代文明正呈现出多样化交融的态势,而其背后的技术支撑点,便是媒介脉络的发展延伸。

从跨媒介的角度出发,以媒介的发展所映射出的文化观念的变迁为脉络,来审视演绎"木兰"故事的多种体式(小说、戏剧、影视、游戏等)之间的关联、差异及各自的特色,从而可以"勾勒出跨文化、跨时空边界的书写史和阅读史"[2]。不过,若是盲目地顺从这样的思路开展研究,结果必然也是空泛无益的。这就如同韦勒克和艾田伯(Rene Etiemble)曾经严厉批评当时的形象

---

[1] 周宪、许钧:《文化与传播译丛(总序)》,北京:商务印书馆,2000年,第3页。
[2] 苏珊·巴斯奈特、黄德先:《二十一世纪比较文学反思》,《中国比较文学》,2008年第4期,第2页。

学:主题的罗列,平淡的引文,历史和文学的混淆,一切被当作文献来研究。①同样,倘若对"木兰"的跨媒介追踪只是为了罗列主题、搜集形象、呈现种类,那么研究本身最多能体现出些许资料价值,却难以在学术的理论思辨或现实的实践效用上有所贡献。因此,要冲破窠臼,则需找到一个能够纵观其中,使"木兰"的跨媒介传播化零为整的"大统一理论",就文化趋势角度考虑而言,那或许就是——探究"木兰"实现跨媒介叙事的可能性。

跨媒介叙事实质上是一种"使每种媒体都可以用其独特的优势为故事的叙述做出贡献"②的传播学策略。早在 20 世纪 70 年代,美国的《星球大战》系列文本就运用了跨媒介叙事的思路,叙事活动从电影,发展到电视剧,继而转移到游戏、小说和漫画,故事的扩展无穷无尽。后来迪士尼旗下的漫威公司更是将这一策略运用得炉火纯青,将麾下一系列"超级英雄"品牌的媒介资源与内容资源融合成了完整的生态体系。在如今"媒介融合"的大势所趋之下,跨媒介叙事的模式在国内也开始备受关注。尤其是在国内一路高歌猛进的文化产业领域,文化资源的优化和配置极为依赖不同媒介之间的合作与联盟,而"跨媒介叙事"的模式恰好切中肯綮,为内容消费产业的联动发展提供了先进策略。

"木兰"这一文化原型之所以被选择作为跨媒介的追踪对象,其一是"她"的确衍生出了多种艺术形式,且广泛分布于各类媒介,从乐府民歌到文学文本,从戏曲舞台到歌剧大厅,有电影、动画、电视剧,甚至在电子游戏与数字出版领域也初露头角,是研究跨媒介传播的绝佳范本;其二,则是因为同"西游""三国"等同类古典文化题材相比,"她"的文化潜力还远远没有被开发到位,尤其是在数字平台上的表现有明显的滞后。作为研究者,与其束手等待开发者的出现,再亦步亦趋地加以分析,不如站在开发者的角度,大胆假设,小心论证,为未来可能的发展方向搭建理论先引。

在纷繁的"木兰"形象中把握她的精神核心,在多元的媒介载体之上寻求最佳的传播模式,让来自各方的声音汇流成和谐的复调,共同推进中华经典文化的传承与兴盛,这也是研究试图抵达的价值所在。

---

① 孟华:《比较文学形象学》,北京:北京大学出版社,2001 年,第 155 页。
② 亨利·詹金斯:《融合文化:新旧媒体的冲突地带》,杜永明译,北京:商务印书馆,2012 年,第 25 页。

一、深谷幽兰:《木兰诗》从口头到书面的文化变迁

木兰的最初原型是北魏民歌《木兰诗》,宋人郭茂倩将其收入《乐府诗集》,这是《木兰诗》最早的文字记载,与叙事诗《孔雀东南飞》合称为"乐府双璧"。《木兰诗》长为300余字,后有经隋唐文人加工润色的痕迹,但始终保留着易记易诵典型的民歌特色。①

作为木兰形象的起源,《木兰诗》是一切研究的出发原点。它从肇始到发展定型经历了遥远悠长的民间传唱过程,因此这三百余字并非某位文人一挥而就的独立创作,而是历时久远、众口相传、群智加工的民间作品。

在文字盛行之前,口传民间叙事是民众创造和传播精神文化的重要形式。在这个相对自由的叙事场域中,任何一位听众都有可能是下一次的讲述者,民间口头叙事就在故事讲述者和倾听者的对话和合作中得以保留和传承,这个过程赋予了民间叙事旺盛的生命力。在诸多木兰题材的文学作品诞生之前,人们在街谈巷闻的口头叙述中早已把这位女英雄的故事引为奇谈。因此,即使民歌《木兰诗》不论是句式的工整还是用词的别致,都让人怀疑它经过了后世文人的加工与润色,它仍然被认为是保持了民间叙事特色的集体创作。

从文本分析的角度来看,《木兰诗》开创了五言诗型,而且架起了与七言诗、歌行体乃至律绝之间的桥梁。诗中大量运用蝉联修辞,比如"军书十二卷,卷卷有爷名""壮士十年归。归来见天子,天子坐明堂""出门看伙伴,伙伴皆惊惶",以上三例都采用了顶真手法,又称"联珠",即前句的尾字(词)与后句的首字(词)相同,句意连贯相通,朗读起来抑扬顿挫、朗朗上口。再比如"问女何所思,问女何所忆。女亦无所思,女亦无所忆"这种形式是民间曲艺中常见的两人对唱的盘歌形式,它的特点就是以问句与答句来组成诗歌,体现了民间通俗文化的活泼气氛。

另外木兰诗还采用了互文修辞,在塑造人物形象、刻画人物心理、渲染气氛等方面发挥功能。比如"东市买骏马,西市买鞍鞯,南市买辔头,北市买

---

① (宋)郭茂倩编:《木兰诗二首》之一,《乐府诗集》,聂世美、仓阳卿校,上海:上海古籍出版社,2016年,第350—351页。

长鞭"几句,也运用了赋体的铺陈手法,这里的"东、南、西、北"都是虚位而非实指,诗句采用排比兼用互文形式,用来形容木兰出征前的紧张和跃跃欲试的气氛节奏。"开我东阁门,坐我西阁床"二句,上下文互文互补之后,内容可阐释为:"开我东阁门,坐我东阁床;开我西阁门,坐我西阁床。"互文手法的运用,从叙事上跨越时空,加快了情节的推进,使行文富于节奏感。木兰阔别十年再回故里,内心既充满喜悦,又有说不清的滋味,诗文含不尽之意于言外,通过动作细节的描写,人物心理刻画的栩栩如生、跃然纸上。还有"东西南北""爷娘阿姊小弟"欢迎归来的细致和重复性的列举描写,也形成了类似音乐上的反复性和节奏感。

再从叙事的角度来看,《木兰诗》的叙述里的确存在很多留白:全诗不仅对木兰的身材样貌、家世几何只字未提,仅仅模糊地交代了家有老父、目无长兄,这种"暗示性"的故事背景,连木兰替父征战十年,诗中都只用一句轻描淡写的"万里赴戎机"一笔带过。与此相对的,诗中对于木兰归来的场景却不吝笔墨,先是挨个介绍家中人物,再对木兰的细微动作进行悉心描写,这种洋溢着喜乐的家庭生活氛围的叙事笔触,也是其深受民间口头叙事影响的一个侧影。

而口传叙事一旦被文人用文本形式进行阐释和传播,不仅信息传播与接受的方式发生了转变,故事本身也随即有了确定性和权威感,使得文学文本故事不可能像口传叙事那样得以轻松自由地展开想象的翅膀,而是受到书面规范和价值诉求的制约。从北朝的《木兰诗》到唐宋元时期的诗歌、笔记,乃至明清的杂剧、传奇、小说等,木兰的故事在不同时期不同的文体中不断演变,其叙事规模、故事情节和人物形象也随之变化,但大部分作品都会选择和借用原先的叙事素材,只在原有的叙事框架下添减细节,使故事适应当下最具影响力的价值取向。

隋唐时期,木兰的故事在文人士大夫间广为流传,成为其争相表明君臣义节的得力素材,韦元甫、白居易和杜牧等都写过相关题材的诗歌。其中以全唐诗所收署名韦元甫的《木兰歌》最为著名。这首诗的问世标志着木兰故事的叙事历史出现了两个重要转折。首先,《木兰歌》第一次赋予了"木兰"强烈的叙事主旨和精神内涵。其最后两句"世有臣子心,能如木兰节。忠孝两不渝,千古之名焉可灭"①,首次挖掘出故事里"忠孝"的伦理意识,形成并固定了一个歌颂"忠孝"的叙事文本。同时,《木兰歌》还标志着木兰的故事正式脱离民间传闻而成为民众能够明确辨认的传奇故事,进而成为后世讲述木兰故事的重要参照材料。其次,《木兰歌》浓厚的道德训诫色彩奠定了木兰故事的基本特点,使得该故事成为一种功能性的叙事文本,承担明确的功能指向。自此,"木兰"开始脱离纯粹的民间身份,游走于君臣庙堂,被打造成为带有浓厚忠孝伦理意识的社会伦理典范。

木兰的故事在明清之际仍然深受欢迎,其间产生的戏剧和小说作品对故事加工的程度最大,各种文学形式在不断充实着木兰故事的叙事系统。以明朝徐渭的杂剧《四声猿》之《雌木兰替父从军》为例,剧中的花木兰唱着"休女身拼,堤紧命判,这都是裙钗伴,立地撑天,说什么男儿汉?"②,在故事中尽显英勇善战的女英雄形象。此外,敌人不堪一击,战争轻易取胜,皇帝公正严明,将军平易近人,家庭和谐完美,这些《木兰诗》中原有的理想化结局都在《雌木兰》中得到了更好的继承。该戏文首次引入了木兰重回闺阁、嫁与人妇这一结局,这可能是木兰故事情感戏的源头。此外,徐渭更是赋予了木兰为国建功的思想,"忠"的寓意第一次得以明确地展示出来。

通过对历代木兰形象简要而粗浅的罗列,我们已然可以看到,从口头传唱的乐府诗向文字形式的文学作品的转变,是媒介进化过程中的一个重要节点。得益于文学作品各种"文学性"的叙事方式,"木兰"故事有了更清晰的叙事结构和更生动的故事情节。故事人物在有名有姓的同时,也有了鲜明的性格特征和行为动机。而更重要的是,"木兰"故事的本事经由文人的改造,显示出鲜明的叙事主旨。作品中所包含的"男扮女装"和"忠孝两不渝"两大母题也作为中国文化的标识为人所知。

正如保罗·康纳顿(Paul Connerton)所言,"文字的影响取决于这样一

---

① 韦元甫:《木兰歌》,载《全唐诗》第9册,彭定求等编,北京:中华书局,1982年,第3055页。韦元甫的《木兰歌》被郭茂倩一并收入《乐府诗集》作为《木兰诗二首》之二,并附题注《古今乐录》曰:"木兰不知名,浙江西道观察使兼御史中丞韦元甫续附入"。(郭茂倩编:《乐府诗集》上,第350页)。也有学者提出署名韦元甫的《木兰歌》是北朝民歌,《木兰诗》是唐代文人加工润色的集体创作,详见龚延明:《北朝本色乐府诗〈木兰歌〉发覆——兼质疑〈全唐诗〉误收署名韦元甫〈木兰歌〉》,《浙江大学学报》(社科版),2010年第1期,第112—120页。

② 徐渭:《雌木兰替父从军》,载《四声猿 歌代啸(附)》,周中明校注,上海:上海古籍出版社,1984年,第44—57页。

个事实:用刻写传递的任何技术,被不可改变地固定下来,其撰写过程就此截止"①,这里的"截止"并不是说以木兰故事为题材的文学作品就此停止,而是指之后的故事往往受到强大的传统力量,比如"文以载道"、儒家伦理道德等和文人个体理想情怀因素的引导。木兰从口头到书面的媒介变迁,也是由民众百姓的信口传唱走向文人卿相崇高叙事的文化过渡。

二、经典传承:戏曲与歌剧的艺格符换

上文简要回顾了木兰的故事从口传叙事到书面叙事中的变迁历程。在高科技的记录手法被发明之前,很多口传文化都是借由文字传承下来。然而,除了狭义的文字之外,仪式、舞蹈、歌唱同样也是一种记录方式,而舞台则是传承这些文化的载体之一。舞台是一种集歌、舞、文于一体的综合艺术,它以面对面的呈现方式带来了极强的在场感,使受众获得感官与心灵的双重审美享受。因而舞台的传播具有强烈的情感渲染性,能够凝聚人心,产生共鸣。"木兰"所承载的民族传统、道德价值就在这种独特的舞台媒介中传承下去。

1912年京剧大师梅兰芳与齐如山合作,将《木兰词》改编成京剧《木兰从军》。梅兰芳既唱旦角,又反串小生,在戏路上进行了大量创新,成为其早期的代表作,影响十分深远,至今京剧及各剧种的演出,都多以梅兰芳的脚本为基础加以改进。其后,参照京剧《木兰从军》和《木兰词》故事的戏剧作品遍及各个不同剧种,除了京剧、豫剧、越剧、粤剧、桂剧、黄梅戏外,上演过花木兰戏剧的还有昆曲、秦腔、评剧、川剧、潮剧、沪剧、汉剧、楚剧、曲剧、壮剧、莆仙戏、龙江戏、怀调剧、山东梆子、广西彩调、河北梆子、古装乐剧等二十多个剧种。此外,还有李六乙的小剧场话剧《花木兰》、上海歌舞团推出的舞剧《花木兰》、校园小剧场话剧《花木兰》、河南二胡协奏曲《花木兰》等。

其中影响最广的要数豫剧《花木兰》。1951年,为配合抗美援朝运动,陈宪章、王景中根据马少波的京剧剧本《木兰从军》改编出豫剧《花木兰》,并由"豫剧皇后"常香玉演唱,引起了全国性轰动,而剧中的唱段"谁说女子不如男"也广为流传。常香玉塑造的花木兰形象深入人心,不仅引发了观众崇拜花木兰的热潮,也彰显了一种中国式的爱国主义情结,受到官方和民间的一

---

① 保罗·康纳顿:《社会如何记忆》,纳日碧力戈译,上海:上海人民出版社,2000年,第94页。

致推崇。在这部戏中,"木兰传说"本身内含的不公和悲剧继续消隐到幕后,捐赠支前的直接目标使得其充满同仇敌忾、保家卫国的火药味。例如在"机房"和"别家"这两出戏中,国家兴亡和家庭祸福紧密相连,二者之间没有矛盾。强拉壮丁不是问题,谁来应征——女儿还是老父才构成一个问题。"谁说女子不如男"这句对女性歧视的反驳并不是指向女权主义运动,而是服务于全民不分男女共同捍卫建设新中国的需要。这种对木兰故事价值观的改造部分原因是出于当代社会审美诉求的导向,但根本上是为了达到意识形态宣传的目的。

与此异曲同工的是 2004 年歌剧《木兰诗篇》的诞生,它集中了一批在音乐和舞台艺术方面都有卓越成就的艺术家和专家作曲编剧,由著名歌唱家彭丽媛出演花木兰一角,德国著名男高音米歇尔·奥斯汀(Michael Austin)出演花木兰男友刘爽将军,德国勃兰登堡国家交响乐团伴奏。这场由中外精英艺术家联袂打造的视听盛宴,在北京首演之后引起了热烈反响,继而远赴纽约,在联合国 60 周年活动上再度唱响,随后又在奥地利的维也纳金色大厅演出,成为中国首个登上世界顶级音乐圣殿的原创歌剧作品。2010 年,《木兰诗篇》作为中国共产党 89 周年生日献礼在人民大会堂上演,并拉开了该剧全国巡演的序幕。①

由此,"木兰"已经脱离了由民间文人创作、民间艺人演出的民间艺术形态,而演变为由精英知识分子创作,著名艺术家演出的高雅化艺术形态,成为中国走出国门,迈入世界的"名片"之一。此时的"木兰"已非民间意识形态的产物,而是国家和精英知识分子共同打造的民族史诗,被赋予了重大的和平使命。对战争的厌恶与对和平的呼唤,已成为全人类共通的情感。《木兰诗篇》的剧作者们在《木兰诗》的基础上,注入了全新的思想内涵,赋予历史文化题材以更高的时代理念,以现代人的视角和思维方式叙述历史,深入挖掘人物的内心世界,展示了花木兰内心深处对爱情的渴盼以及对和平的向往,深刻揭示了战争与和平的主题,表达了爱好和平的中国人民发自内心的和平宣言,从而使古老的故事放射出时代的光彩。至此,这部以生命与爱呼唤和平正义的民族史诗,已不再是纯粹的东方表达,而是运用西方的艺术

---

① 中国歌剧《木兰诗篇》,http://ent.sina.com.cn/f/y/mulan/,2015－3－15(accessed 2021/5/25)。

语言和制作规律诠释的中国故事,是能够被西方人理解和接受的一种文化形态。

"木兰"历经多年的舞台实践,从最初在民间被底层人民群众小范围地欣赏,到成为地方性经典剧目在大江南北传唱,再后来成为立足民族文化的代表接受世界的瞩目,"她"从民间舞台走进国家殿堂,迈入国际音乐圣殿。"木兰"的形象也经由舞台的拓展得到了升华,成为了担负着民族文化使命的审美符号。

三、东西合璧:影视媒介下的木兰域外延伸

"电影往往可以被看作是国家和社会在某一时期的文化缩影,观众持着自身不同的文化背景、教育程度、道德价值体系透过电影中的影像世界观察和感知另一个国家。"①影视艺术作为技术、艺术和传播的结合体,以其独特的表现方式和传播语言重构了文学中的经典形象,与此同时,"木兰"的内涵也得到了来自本土和域外的全新诠释。

"木兰"在中国原本是被作为教育的典范,一个为忠孝代言的崇高偶像而存在。而经过电影语言的艺格符换("cinematic ekphrasis"),"她"变成了一个更容易被大众理解与接受,更加世俗化的"木兰",顺利地完成了从精英文化到大众文化的过渡。下文所讨论的影视媒介对"木兰"的通俗化改写与商业化传播,并非揭露在大众文化商品化趋势下,影视文化在道德和美学上的失落,而是以包容开放的态度去探讨"木兰"在适应影视这一大众媒体表现形式中,自身的转变。

讨论"木兰"形象的域外延伸,不论是主动或是被动,都往往绕不开"全球化"这个语境前提。全球化是当今时代的基本特征。自1985年美国经济学家提奥多尔·拉维特(Theodre Levitt)在《市场全球化》("The Globalization of Markets")一文中首次明确提出这一概念至今,全球化已经成为一种客观现象和必然趋势,使得每个国家和民族都不可避免地卷入到这一历史进程之中,自觉或不自觉地处在全球化的风口浪尖。全球化可以说是人人都无法回避的当下现实和生存语境:信息、技术、商品、人员和资本

---

① 王天舒:《跨文化影像传播——中美电影跨文化的影像分析》(硕士论文),山东师范大学,2009年,第11页。

市场等等在全球范围内突破了国土、民族、文化、习俗和意识形态的疆界,频繁交流往来,逐渐连成一体。

全球化虽发端于经济学领域,但具有多维特征,涵盖经济、政治、文化、社会生活等领域的各个方面,目前学界对其定义众说纷纭。总体来看,它是一个以经济全球化为核心,包含各国各民族各地区在政治、文化、科技、生活方式、价值观念等方面多层次、多领域的相互联系、影响、制约的多维度复合概念。

全球化在科技、经济和制度等领域表现为某种一体化或趋同化的倾向,而在文化领域却同时含有共同发展和多元化发展或多样性等特征。全球化直接影响世界范围内文化互动的形式、特征和方向,使不同文化的对比、交流、整合和冲突更加错综复杂。文化交流已不再只是从一个国家向其他国家和地区的单向流动,一种经济和文化上纵横交错的互动局面正在逐渐形成。当然,并不能否认全球化过程中同质化现象的存在。但全球化并非是导致同质化现象的罪魁祸首,它迫使人们将民族特色与国际视野兼顾起来,"实质上创造了不同文化并存的'增量空间'。在这个空间中,不同文化的影响力和生存空间得到了空前的扩张机遇,跨文化的交际亦在时时激发各文化内部的独创性表达,人们的本土意识也会进一步增强而不是削弱"[①]。

因此,全球化的语境不仅没有抑制"木兰"形象的表达,反而为"木兰"的跨文化传播提供了更为广阔的空间,同时也带来了更为复杂、更为激烈的探讨与论争。如今"木兰"面临的是不同于以往任何一个时代的全新平台,"她"被置于世界文化大格局中,在不同国家、不同民族之间进行着文化交流,并接受不同文化理念、不同价值观的审视和批判。尤其是20世纪50年代以来,随着科技的发展和经济利益的驱动,不同文化之间的交流日趋频繁,不同的本土文化逐渐脱离了原有的话语体系,作为一种"浮动的符号"进入其他文化的语境中,继而融入巨大的全球化网络之中。"边缘文化与主流文化的抗争、回应和互动,从而出现了边缘文化渗入主流文化主体的现象。"[②]在这个背景之下,"木兰"首次漂洋过海跨出了国门。

1976年美籍华裔女作家汤婷婷出版传记性长篇小说《女勇士》(*The*

[①] 孙英春、孙春霞:《跨文化传播研究的全球场域与本土追问》,《浙江学刊》,2010年第4期,第43页。

[②] 王宁:《全球化与文化:对峙还是对话?》,北京:北京大学出版社,2002年,第4页。

Woman Warrior, Memoirs of a Girlhood Among Ghosts》以祖母讲故事的形式,第一次将"木兰"的传说介绍到海外。这部小说的文学成就和热销的程度在美国文学史上是空前的,至今仍是美国学生的必读书目,汤婷婷也因此蜚声美国文坛,成为第一个进入美国主流的亚裔女作家。1998年,美国迪士尼相中了这一中国民间文学资源,经过重新提炼和包装演绎,制作了一部带有轻喜剧和浪漫爱情色彩的动画电影《木兰》(Mulan),这个来自中国的女英雄"花木兰"在迪士尼动画师们的妙笔生花下焕发出别样的生机和魅力,并为迪士尼带来了超过3亿美元的收入,获得了票房与评价的双赢。故事依旧是原来的故事,人物仍然是中国人所熟知的人物,故事情节也基本沿袭了民间传说:女扮男装、代父从军、征战沙场、建立奇功、辞官归隐……而故事的精神内核却已被悄然置换。在迪士尼的《木兰》中,中国传统的孝道、家族责任被爱与荣誉取代,集体主义被个人英雄主义取代,爱国主义被自我实现取代,她已经不再是中国人的"木兰",而是承载着西方现代价值观念的美国人的"Mulan"。为了在国际市场上得到广泛接受,迪士尼并不标榜任何意识形态,但在观影完毕之后,人们可以真切感受到美国现代精神内涵的贯之始终。

在金融危机的背景下,迪士尼依然能够斩获高达3亿多美元的票房,这在当年堪称是一项奇迹。此外,该片还在美国公映时夺得了"全美电影票房排列榜"的冠军,获得1999年第71届奥斯卡最佳音乐/喜剧类原创配乐提名奖。美国权威刊物《亚裔杂志》评选1998年度在美国最有影响力的亚裔人物,结果荣登榜首的是一个有着中国古老名字的华裔女孩——"Mulan"。2003年迪士尼大张旗鼓推出"迪士尼公主"(Disney Princess)系列商品,"Mulan"赫然和白雪公主、睡美人、灰姑娘、海的女儿等一同列为迪士尼八公主。

Mulan的大获成功与声名远播,可以被视作国际间文化互相渗透的结果,也可以说是美国文化借着一个中国故事在全世界输出价值观的经典案例,更可以作为将民间文学资源创造性地转化为文化产业资本的典范。而这三者的实现都不得不归功于迪士尼在动画叙事领域的高超技艺及其全球化战略的独到眼光。

Mulan的创作意图显然不是为一个中国古代的孝女树碑立传,而是通过好莱坞式的大众文化生产方式将Mulan塑造成西方人所推崇的圣女贞德一样跨越民族和国家界限的传奇女英雄,该片骨子里仍然渗透着美国的价值观念，只不过借用了中国"木兰"故事的外壳，将原作中的中国传统儒家伦理道德思想偷梁换柱，完全变成西方资本主义价值取向下的因自我奋斗而取得成功的个人英雄主义精神，而且明显带有现代的女权主义思想。在美国式的叙事话语中，Mulan 的替父从军不再是忠孝之举，而是具有强烈自我意识、勇于追寻自我的个人奋斗行为，她独立自强、勇敢泼辣、追求个性解放和爱情自由，并充分利用个人力量和人格魅力化解险情、拯救国家，实现了自我价值。

作为商业动漫，迪士尼追求的是票房和商业利润的最大化。为了稳住已有的西方市场并最大限度扩张新的海外市场，它一方面必须满足长期以来在西方观众中培植起来的审美心理和期待视野；另一方面，它改编国际化题材而增加动画产品新奇感，将主题置换为绝大多数观众都容易理解接受的普泛化主题，将影片叙事始终纳入观众所熟悉的视野之内。于是，中国"木兰"传说的忠孝之道就被美国推崇的个人奋斗、浪漫爱情这些普泛的主题所取代，从而脱离了本土文化语境。

2020 年 9 月，迪士尼影片公司推出了真人演绎的 Mulan，剧本以动画版内容为核心，有所删减。电影由新西兰女导演妮基·卡罗（Niki Caro）执导，演员阵容基本由华裔或亚裔组成，如刘亦菲、甄子丹领衔主演木兰和董将军，李连杰出演被木兰救驾的皇帝。编剧还为巩俐增加了一个反派的"仙娘"角色，与木兰达成平衡，同时也为电影增添一层更丰富的主题：身份认同与归属感。由于受新冠疫情及其他因素的影响，真人版 Mulan 没有动画片那么成功，但就全球范围来看，还是产生了很大的反响。①

总体来说，Mulan 杂糅中西，中为洋用，成功地将中国本土化的古老民间传说转化为美式国际化的现代大众文化快餐，以多元文化认同的文化审美为基点重新构建了现代价值观和审美情趣，调和了各个种族和各种人群的口味而得以风靡全球。这的确是跨媒介与跨文化传播中饶有兴味并值得深思的现象。

---

① 该影片在全球 9 个国家上映第一周票房收入达 590 万美元，其中在泰国和新加坡位列年度之首；第二周在全球 27 个国家票房收入 2900 多万美元。最终全球票房总收入 7000 万美元（不含网上付费观看收入）。https://en.wikipedia.org/wiki/Mulan_(2020_film) (accessed 2021/5/25).

余 论

由此,影视与诗歌和文学的互动,犹如为彼此装上了翅膀,两者相得益彰。由于艺术形式的不同特点,也由于文学经典的超越性和开放性,文学经典在符换途中是一个不断被建构和重新解读的过程。文学的跨媒介传播,文本在跨媒体传播中获得了更大的生存空间。这不仅仅是艺术符码的转换,也是文学作品中的主题、情感、人生感悟、历史沉思在文学之外的艺术形式里的再现。纵观"木兰"在多种媒介形式下的纷呈演绎,"她"的世界文艺共和国的版图已然隐现。叶芝诗的东传和木兰诗的西游,体现了当代文艺创作的跨艺术想象,如何挖掘民族文化的媒介资源和内容资源创造一个相连共生的生态体系,从而实现联动传播,这条道路漫漫其修远,但它所指向的多媒介合力共融的未来图景,却值得我们上下求索。

参考书目

一、英文书目

Abrams, A. H. *A Glossary of Literary Terms*. Beijing: Foreign Language Teaching and Research Press, 2004.

——. *The Mirror and the Lamp: Romantic Theory and the Critical Tradition*. London: Oxford U P, 1953.

Albright, Daniel. *Panaesthetics: On the Unity and Diversity of the Arts*. New Haven: Yale U P, 2014.

——. *Untwisting the Serpent: Modernism in Music, Literature, and Other Arts*. Chicago: U of Chicago P, 2000.

Alexander, Paul. *Rough Magic: A Biography of Sylvia Plath*. New York: De Capo Press, 1999.

Alpers, Svetlana Leontief. "Ekphrasis and Aesthetic Attitudes in Vasari's Lives." *Journal of the Warburg and Courtauld Institutes*, 23 (1960): 190—215.

Arnold, Dana. *Architecture and Ekphrasis: Space, Time and the Embodied Description of the Past*. Manchester: Manchester U P, 2020.

Arrowsmith, Rupert Richard. *Modernism and the Museum*. New York: Oxford U P, 2011.

Arva, Eugene. "Word, Image and Cinematic Ekphrasis in Magical Realist Trauma Narratives." *Magical Realism and Literature*. Eds. C. Warnes &

K. Sasser. Cambridge: Cambridge U P, 2020: 262—281.

Altieri, Charles. *Painterly Abstraction in Modernist American Poetry: The Contemporaneity of Modernism*. Cambridge: Cambridge U P, 1989.

Babbitt, Irving. *The New Laokoon: An Essay on the Confusion of the Arts*. Boston and New York: Houghton Mifflin Company, 1910.

Baldacci, Paolo. *De Chirico: The Metaphysical Period*. Trans. Jeffrey Jennings. Boston: Bulfinch, 1997.

Baldwin, Charles Sears. *Medieval Rhetoric and Poetic*. Gloucester: Peter Smith, 1959.

Bassnet, Susan. *Sylvia Plath: An Introduction to the Poetry*. London: Palgrave Macmillan, 2005.

Bate, Jonathan. *The Romantics on Shakespeare*. Harmondsworth: Penguin, 1992.

Beaujour, Michel. "Some Paradoxes of Discription." *Yale French Studies*, 61 (1981): 27—59.

Belsey, Catherine. "Love as Trompe-l'oeil: Taxonomies of Desire in *Venus and Adonis*." *Shakespeare Quarterly*, 3 (1995): 257—276.

Benediktson, D. Thomas. *Literature and the Visual Arts in Ancient Greece and Rome*. Norman: U of Oklahoma P, 2000.

Bernstein, Charles. Ed. *Close listening: Poetry and the Performed Word*. New York: Oxford U P, 1998.

——. *Attack of the Difficult Poems: Essays and Inventions*. Chicago: U of Chicago P, 2011.

Berthoff, Warner. *Hart Crane: A Re-Introduction*. Minneapolis: U of Minnesota P, 1985.

Billitteri, Carla. "William Carlos Williams and the Politics of Form." *Journal of Modern Literature*, 2 (2007): 42—63.

Bilman, Emily. *Modern Ekphrasis*. Bern: Peter Lang, 2013.

Blake, William. *The Complete Illuminated Books*. Ed. David Bindman. London: Thames & Hudson, 2000.

——. *Songs of Innocence and Experience*. Ed. Geoffrey Keynes. London: Oxford U P, 1977.

——. *The Complete Poetry and Prose of William Blake*. Ed. David Erdman. New York: Anchor Press, 1982.

——. *The Marriage of Heaven and Hell*. Ed. Geoffrey Keynes. London: Oxford U P, 1975.

Bolter, Jay David. *Writing Space: The Computer, Hypertext, and the History of Writing*. Mahwah: Lawrence Erlbaum Associates, 1990.

Bolton, Jonathan. "'The Historian with His Spade': Landscape and Historical Continuity in the Poetry of Bernard Spencer."In *Personal Landscapes: British Poets in Egypt during the Second World War*. Basingstoke: Macmillan, 1997: 69—84.

Bradbury, Malcolm and James McFarlane. Eds. *Modernism: A Guide to European Literature 1890—1930*. Harmondsworth; New York: Penguin, 1976.

Bruhn, Siglind. "A Concert of Paintings: 'Musical Ekphrasis' in the Twentieth Century."*Poetics Today*, Vol. 22, 3 (2001): 551—605.

——. "New Perspective in a Love Triangle: 'Ondine' in Musical Ekphrasis." *Interart Poetics: Essays on the Interrelations of the Arts and Media*. Eds. Ulla-Britta Lagerroth, Hans Lund and Erik Hedling. Armsterdam: Rodopi, 1997: 47—60.

——. *Musical Ekphrasis: Composers Responding to Poetry and Painting*. Hillsdale: Pendragon, 2000.

Bryson, Norman. "Philostratus and the Imaginary Museum."*Art and Text in Ancient Greek Culture*. Eds. Simon Goldhill and Robin Osborne. Cambridge: Cambridge U P, 1994: 255—283.

Cardwell, Sarah. *Adaptation Revisited: Television and the Classic Novel*. Manchester: Manchester U P, 2002.

Cheney, Patrick. *Shakespeare, National Poet-Playwright*. Cambridge: Cambridge U P, 2004.

Clark, Donald Lemen. *Rhetoric in Greco-Roman Education*. Morningside Heights: Columbia U P, 1957.

Clüver, Claus. "Ekphrasis Reconsidered: On Verbal Representations of Non-Verbal Texts." *Interart Poetics: Essays on the Interrelations of the Arts and Media*. Eds. Ulla-Britta Lagerroth, Hans Lund and Erik Hedling. Armsterdam: Rodopi, 1997: 19—34.

Coleridge, S. T. *Biographia Literaria*. Ed. Adam Roberts. Edinburgh: Edinburgh U P, 2014.

Conarroe, Joel. *William Carlos Williams' Paterson: Language and Landscape*. Philadelphia: U of Pennsylvania P, 1970.

Crane, Hart. *Hart Crane's The Bridge: An Annotated Edition*. Ed. Lawrence Kramer. New York: Fordham U P, 2011.

——. *O My Land, My Friends: The Selected Letters of Hart Crane*. Eds. Langdon

Hammer and Brom Weber. New York: Four Walls Eight Windows, 1997.

Cunningham, Valentine. "Why Ekphrasis." *Classical Philology*, 1 (2007): 57—71.

Curtius, Ernst Rurtius. *European Literature and the Latin Middle Ages*. Tran. W. R. Trask. New York: Pantheon Books, 1953.

Damrosch, David. *What Is World Literature?* Princeton: Princeton U P, 2003.

D'Angelo, Frank J. "The Rhetoric of Ekphrasis." *JAC*, Vol. 18, 3(1998): 439—447.

Daugelat, von Friederike. *Rainer Maria Rilke und das Ehepaar Modersohn: Persönliche Begegnung und künstlerisches Verhältnis*. Frankfurt a. M: Lang, 2005.

De Man, Paul. *Allegories of Reading: Figural Language in Rousseau, Nietzsche, Rilke, and Proust*. New Haven: Yale U P, 1979.

Derrida, Jacques. "Différance." *Literary Theory: An Anthology*. Eds. Julie Rivkin and Michael Ryan. Oxford: Blackwell, 1998.

Dijkstra, Bram. Ed. *A Recognizable Image: William Carlos Williams on Art and Artists*. New York: New Directions, 1978.

Doebler, John. "The Reluctant Adonis: Titian and Shakespeare." *Shakespeare Quarterly*, 4 (1982): 480—490.

Doomchin, Molly. "Sylvia Plath: The Dialogue Between Poetry and Painting." *Journal of The CAS Writing Program*, 9(2016/2017): 48—57.

Doyle, Charles. *William Carlos Williams and the American Poem*. London: Macmillan, 1982.

——. *William Carlos Williams: The Critical Heritage*. London: Routledge, 1980.

Dubois, Page. *History, Rhetorical Description and the Epic*. Cambridge: D. S. Brewer, 1982.

Dubrow, Heather. *Captive Victors: Shakespeare's Narrative Poems and Sonnets*. Ithaca: Cornell U P, 1987.

Dundas, Judith. *Pencils Rhetorique: Renaissance Poets and the Art of Painting*. Newark: U of Delaware P, 1993.

Eisendrath, Rachel. *Poetry in a World of Things: Aesthetics and Empiricism in Renaissance Ekphrasis*. Chicago: U of Chicago P, 2018.

Elger, Dietmar. *Expressionism: A Revolution in German Art*. Köln: Taschen, 2017.

Ellmann, Richard and Robert O'Clair. Eds. *The Norton Anthology of Modern Poetry*. New York: Norton, 1998.

Elsner, Jas. *Art and the Roman Viewer*. New York: Cambridge U P, 1995.

——. "Art History as Ekphrasis." *Art History*, 1 (2010): 10—27.

Fairbanks, Arthur. "Introduction." *Imagines, Philostratus, Description, Callistratus.* Trans. Arthur Fairbanks. London: William Heinemann, 1931: xv—xxxii.

Flaubert, Gustave. *Flaubert in Egypt: A Sensibility on Tour*, with introduction by Francis Steegmuller. London: Bodley Head, 1972.

Frendo, Maria. "Review of *Panaesthetics: On the Unity and Diversity of the Arts*, by Daniel Albright." *Counter Text*, 1 (2016): 106—109.

Gaither, Mary. "Literature and the Arts." In *Comparative Literature: Method and Perspective*. Eds. N. P. Stallknecht and H. Frenz. Carbondale: Southern Illinois U P, 1961: 153—70.

Gass, William H. *Reading Rilke: Reflections on the Problems of Translation*. New York: Knopf, 1999.

Genette, Gerard. *Figures of Literary Discourse*. Trans. Alan Sheridan. New York: Columbia U P, 1982.

Gilpin, William. *Observations on the River Wye and Several Parts of South Wales, etc. Relative Chiefly to Picturesque Beauty; Made in the Summer of the Year 1770*. Cambridge: Cambridge U P, 2014.

Ginsberg, Allen. *Journals: Early Fifties, Early Sixties*. Ed. Gordon Ball. New York: Grove Press, 1977.

Glavey, Brian. *The Wallflower Avant-Garde: Modernism, Sexuality, and Queer Ekphrasis*. New York: Oxford U P, 2016.

Goehr, Lydia. "How to Do More with Words. Two Views of (Musical) Ekphrasis." *The British Journal of Aesthetics*, 4 (2010): 389—410.

——. *Imaginary Museum of Musical Works: An Essay in the Philosophy of Music*. Oxford: Oxford U P, 1992.

Goldhill, Simon. "What Is Ekphrasis For?" *Classical Philology*, 1 (2007): 1—19.

Gordon-Bramer, Julia. "Sylvia Plath's 1957 Poems." *Plath Profiles*, Vol. 8 (2015): 37—42.

Greenblatt, Stephen. "The Interart Moment." *Interart Poetics: Essays on the Interrelations of the Arts and Media*. Eds. Ulla-Britta Lagerroth, Hans and Erik Hedling. Amsterdam: Rodopi, 1997: 13—15.

Greene, Sally. "The Pull of the Oracle: Personalized Mythologies in Plath and De Chirico." *Mosaic: A Journal for the Interdisciplinary Study of Literature*, 1 (1992): 107—120.

Grosse, Ernst. *The Beginnings of Art*. New York: D. Appleton & Company, 1914.

Hagstrum, Jean H. *The Sister Arts: The Tradition of Literary Pictorialism and English Poetry from Dryden to Gray*. Chicago: U of Chicago P, 1958.

——. *William Blake: Poet and Painter*. Chicago: U of Chicago P, 1964.

Halter, Peter. *The Revolution in the Visual Arts and the Poetry of William Carlos Williams*. Cambridge: Cambridge U P, 1994.

Hammer, Langdon. *Hart Crane & Allen Tate: Janus-Faced Modernism*. Princeton: Princeton U P, 1993.

Hanna, Judith Lynne. *Dance, Sex and Gender: Signs of Identity, Dominance, Defiance and Desire*. Chicago: U of Chicago P, 1988.

Hawkes, Terence. *Metaphor*. London: Methuen Publishing, 1972.

Hazlitt, William. "Characters of Shakespear's Plays." *The Complete Works of William Hazlitt*. Ed. P. P. Howe. London: J. M. Dent & Sons, 1930—1934.

——. *Lectures on the English Poets & Spirit of the Age*. London: J. M. Dent & Sons, 1928.

Heffernan, James A. W. *Museum of Words: The Poetics of Ekphrasis from Homer to Ashberry*. Chicago: U of Chicago P, 1993.

——. "Ekphrasis and Representation." *New Literary History*, 2 (1991): 297—316.

Hill, Charles & Marguerite Helmers. *Defining Visual Rhetorics*. London: Routledge, 2004.

Hofmannsthal, H. V. *Sämtliche Werke. Kritische Ausgabe, Bd. XXXIII: Reden und Aufsätze 2, 1902—1909*. Frankfurt a. M.: Fischer, 2009.

Hollander, John. *The Gazer's Spirit: Poems Speaking to Silent Works of Art*. Chicago: U of Chicago P, 1995.

Hughes, Langston. "The Negro Artist and the Racial Mountain." *Art, Race, Politics and World Affairs*. Columbia: U of Missouri P, 2002: 31—32.

——. *Autobiography: The Big Sea*. Ed. Joseph McLaren. Columbia: U of Missouri P, 2002.

——. "The Weary Blues." *The Norton Anthology of Modern Poetry*. Eds. Richard Ellmann and Robert O'Clair. New York: Norton, 1998: 685.

Hughes, Langston and Carl Van Vechten. *Remember Me to Harlem: The Letters of Langston Hughes and Carl Van Vechten, 1925—1964*. Ed. Emily Bernard. New York: Knopf, 2001.

Hulse, Clark. *Metamorphic Verse: The Elizabethan Minor Epic*. Princeton: Princeton U P, 1981.

Hyles, Vernon. "William Carlos Williams and the Process of Self-Discovery." *Contemporary Literature*, 1 (1991): 139—145.

Irwin, John. "Hart Crane's 'Logic of Metaphor'." *Critical Essays on Hart Crane*. Ed. David Clark. Boston: GK Hall, 1982: 207—220.

James, Liz and Ruth Webb. "To Understand Ultimate Things and Enter Secret Places: Ekphrasis and Art in Byzantium." *Art History*, Vol. 14, 1 (1991): 1—17.

Kahn, Coppelia. *Roman Shakespeare: Warriors, Wounds and Women*. London: Routledge, 1997.

Kelley, M. Theresa. "Keats and Ekphrasis." *The Cambridge Companion to Keats*. Ed. Susan J. Wolfson. Cambridge: Cambridge U P, 2001:172—173.

Kirk, Connie Ann. *Sylvia Plath: A Biography*. London: Greenwood, 2004.

Kirsch, H-C. *Worpswede: Die Geschichte einer deutschen Künstlerkolonie*. München: Bertelsmann, 1987.

Kolosov, Jacqueline. "The Ekphrastic Poem: A Grounded Instance of Seeing." *The Writer's Chronicle*, 2(2012): 125—135.

Kramer, Lawrence. "Dangerous Liaisons: The Literary Text in Musical Criticism." *19th-Century Music*, Vol. 13, 2 (1989): 159—167.

——. *Music as Cultural Practice, 1800—1900*. Berkeley: U of California P, 1990.

—— Ed. *Hart Crane's The Bridge: An Annotated Edition*. New York: Fordham U P, 2011.

Krieger, Murray. "Ekphrasis and the Still Movement of Poetry; or *Laocoon* Revisited." *The Poet as Critic*. Ed. Frederick P. W. Macdowell. Evanston: Northwest U P, 1967: 3—26.

——. *Ekphrasis: Illusion of Natural Sign*. Baltimore: Johns Hopkins U P, 1992.

Kroll, Judith. *Chapters in a Mythology: The Poetry of Sylvia Plath*. New York: Harper Collins. 1976.

Lachman, Lilach. "Time, Space, and Illusion: Between Keats and Poussin." *Comparative Literature*, Vol. 55, 4 (2003): 293—319.

Land, Norman E. *The Viewer as Poet: The Renaissance Response to Art*. University Park: Pennsylvania State U P, 1994.

Lanham, Richard A. "The Electronic Word: Literary Study and the Digital Revolution." *New Literary History*, Vol. 20, 2 (1989): 265—290.

——. *The Electronic Word: Democracy, Technology, and the Arts*. Chicago: U of Chicago P, 1995.

——. *The Motives of Eloquence: Literary Rhetoric in the Renaissance*. New Haven: Yale U P, 1976.

Leavell, Linda. *Marianne Moore and the Visual Art*. Baton Rouge: Louisiana State U P, 1995.

Lessing, G. E. *Laocoon: An Essay on the Limits of Painting and Poetry* [1766]. Trans. with introduction and notes by Edward Allen McCormick. Baltimore: Johns Hopkins U P, 1984.

Lund, Hans. *Text as Picture: Studies in the Literary Transformation of Pictures*. Trans. Kacke Gotrick. Lewiston: Edwin Mellen, 1992.

Macleod, Glen. *Wallace Stevens and Modern Art: From Armory Show to Abstract Expressionism*. New Haven: Yale U P, 1993.

Makdisi, Saree. "The Political Aesthetic of Blake's Images." In *The Cambridge Companion to William Blake*. Ed. Morris Eaves. Cambridge: Cambridge U P, 2003.

Marlowe, Christopher. *Tamburlaine the Great in Two Parts*. Ed. U. M/Ellis-Fermor. London: Routledge, 2012.

McNeil, Helen. "Sylvia Plath." In *Voices & Visions: The Poet in America*. Ed. Helen Vendler. New York: Random, 1987: 469—495.

Mitchell, W. J. T. *Blake's Composite Art: A Study of the Illuminated Poetry*. Princeton: Princeton U P, 1978.

——. *Iconology: Image, Text, Ideology*. Chicago: U of Chicago P, 1986.

——. *Picture Theory*. Chicago: U of Chicago P, 1994.

Nancy, Jean-Luc. *The Muses*. Trans. Peggy Kamuf. Stanford: Stanford U P, 1996.

Nash, Ralph. "The Use of Prose in *Paterson*." *Perspective*, 6 (1953): 191—199.

Nieuwkerk, Karin van. *A Trade like Any Other: Female Singers and Dancers in Egypt*. Austin: U of Texas P, 1995.

Noyes, Russell. *Wordsworth and the Art of Landscape*. Bloomington: Indiana U P, 1968.

Oguro, Kazuko. "From Sight to Insight, Coleridge's Quest for Symbol in Nature." *The Coleridge Bulletin*, Vol. 29 (2007): 74—80.

Osterkamp, Ernst. *Im Buchstabenbilde: Studien zum Verfahren Goethescher Bildbeschreibungen*. Stuttgart: J. B. Metzler, 1991.

Otto, Peter. "Blake's Composite Art." In *Palgrave Advances in William Blake Studies*. Ed. Nicholas M. Williams. London: Palgrave Macmillan, 2006.

Paech, Joachim. *Film，Fernsehen，Video und die Künste：Strategien der Intermedialität*，Stuttgart/Weimar：J. B. Metzler，1994.

Panofsky, Erwin. *Problems in Titian：Mostly Iconographic*. London：Phaidon，1969.

Paris, Václav, "Poetry in the Age of Digital Reproduction：Marjorie's *Unoriginal Genius*，and Charles Bernstein's *Attack of the Difficult Poems*." *Journal of Modern Literature*，Vol. 35，3（2012）：183—199.

Parkes, Adam. "Putting Modernism Together：Literature，Music and Painting，1872—1927." *Review* 19，July 22，2015.

Paz, Octavio. *Zwiesprache：Essays zur Kunst und Literatur*. Frankfurt a. M.：Suhrkamp，1984.

Perloff, Marjorie. *Unoriginal Genius：Poetry by Other Means in the New Century*. Chicago：U of Chicago P，2010.

Pethő, Ágnes. "Media in the Cinematic Imagination：Ekphrasis and the Poetics of the In-Between in Jean-Luc Godard's Cinema." *Media Borders，Multimodality and Intermediality*. Ed. Lars Elleström. London：Palgrave Macmillan，2010：211—222.

Petzet, H. W. *Das Bildnis des Dichters：Paula Becker-Modersohn u. Rainer Maria Rilke；Eine Begegnung*. Frankfurt a. M：Societäts，1957.

Philostratus, *The Life of Apollonius of Tyana*，Vol. 2. Trans. Christopher P. Jones. Cambridge：Harvard U P，2005.

Plath, Sylvia. *The Unabridged Journals of Sylvia Plath*. Ed. Karen V. Kukil. New York：Anchor Books，2000.

Porter, Laurence M. "Review of *Panaesthetics：On the Unity and Diversity of the Arts*，by Daniel Albright." *Substance*，3（2017）：193—203.

Pound, Ezra. *A Memoir of Gaudier-Brzeska*. New York：New Directions，1970.

——. *Literary Essays of Ezra Pound*. Ed. with an Introduction by T. S. Eliot. New York：New Directions，1968.

Prince, Frank Templeton. "Introduction." *The Arden Shakespeare：The Poems*. Ed. Prince, F. T. London：Methuen，1960：xi—xvi.

Puttenham, George. *The Arte of English Poesie*. Cambridge：Cambridge U P，1936.

Qian, Zhaoming. *The Modernist Response to Chinese Art：Pound，Moore，Stevens*. Charlottesville：U of Virginia P，2003.

Raines, John M. "*The Sister Arts：The Tradition of Literary Pictorialism and English Poetry from Dryden to Gray* by Jean H. Hagstrum." *Books Abroad*，Vol. 34，3

(1960): 293.

Reber, Dierdra. "Visual Storytelling: Cinematic Ekphrasis in the Latin American Novel of Globalization." *Novel-a Forum on Fiction*, Vol. 43, 1(2010): 65—71.

Reed, Brian M. *Hart Crane: After His Light*. Tuscaloosa: U of Alabama P, 2006.

Remak, Henry H. "Comparative Literature, Its Definition and Function." *Comparative Literature: Method and Perspective*. Eds. N. P. Stallknecht and H. Frenz. Carbondale: Southern Illinois U P, 1961: 3—37.

Rénaux, Sigrid. "Ronsard and Yeats: An Exercise in Intertextuality." *Revista Letras*, 40 (1991): 85—97.

Ricketts, Matthew. "Review of *Panaesthetics: On the Unity and Diversity of the Arts*, by Daniel Albright." *Current Musicology*, 98 (2014): 135—144.

Rios, Rita. *Das Echo des Bilder bei Rilke: Jugendstil, Quattrocento und ägyptischer Totenkult in Rilkes poetischer Rezeption Hoffmans, Vogelers und Modersohn-Beckers*. Thèse de doctorat: Univ. Genève, no. L. 532, 2003.

Rippl, Gabriele. Ed. *Handbook of Intermediality: Literature-Image-Sound-Music*. Berlin: De Gruyter, 2015.

Roe, John. "Rhetoric, Style, and Poetic Form." In *The Cambridge Companion to Shakespeare's Poetry*. Ed. P. Cheney. Cambridge: Cambridge U P, 2007.

Rosand, David. "Ekphrasis and the Generation of Images." *Arion*, 1 (1990): 61—105.

Ronsard, Pierre de. "Quand vous serez bien vieille." *Sonnets pour Hélène*. London: Malcolm Smith, 1998: 148.

Saintsbury, George. *A History of Criticism and Literary Taste in Europe from the Earliest Texts to the Present Day*. New York: W. Blackwood and Sons, 1902.

Sankey, Benjamin. *A Companion to Williams' Paterson*. Berkeley: U of California P, 1971.

Scher, Steven Paul. "Melopoetics Revisited, Reflections on Theorizing Word and Music Studies." *Word and Music Studies: Defining the Field*. Eds. Walter Bernhart, Steven Paul Scher and Werner Wolf. Amsterdam: Rodopi, 1999: 9—24.

——. "Notes toward a Theory of Verbal Music." *Comparative Literature*, Vol. 22, 2 (1970): 147—156.

——. *Essays on Literature and Music* (1967—2004). Amsterdam: Rodopi, 2004.

——. *Verbal Music in German Literature*. New Haven: Yale U P, 1968.

Schmidt, Peter. "Paterson and Epic Tradition." In *Critical Essays on William Carlos Williams*. Eds. Steven Gould Axelrod and Helen Deese. New York: G. K. Hall, 1995: 170—178.

Schwartz, Sanford. *Artists and Writers*. New York: Yarrow Press, 1990.

Scigaj, Leonard. "The Painterly Plath that Nobody Knows." *The Centennial Review*, 3 (1988): 220—249.

Sidney, Lee. '*Prefatory Note*' *to Shakespeare*'*s* '*Venus and Adonis*': *Being a Reproduction in Facsimile of the First Edition*. Oxford: Clarendon Press, 1905.

Simonsen, Peter. *Wordsworth and Word-Preserving Arts*. New York: Palgrave Macmillan, 2007.

Skelton, Robin. "Britannia's Muse Awaking." *The Massachusetts Review*, 2 (1967): 352—366.

Smith, Mack. *Literary Realism and the Ekphrastic Tradition*. University Park: Pennsylvania State U P, 1995.

Söllner, Louisa. *Photographic Ekphrasis in Cuban-American Fiction*: *Missing Pictures and Imagining Loss* and *Nostalgia*. Leiden: Rodipi, 2014.

Spencer, Bernard. *Bernard Spencer Complete Poetry*, *Translations & Selected Prose*. Ed. Peter Robinson. Tarset: Bloodaxe Books, 2011.

Spencer, Patricia. "Dance in Ancient Egypt." *Near Eastern Archaeology*, 3 (2003): 111—121.

Spitzer, Leo. "The 'Ode on a Grecian Urn', or Content vs. Metagrammar." *Comparative Study*, 7 (1955): 203—225.

Stam, Robert and Alessandra Raengo. Eds. *Literature and Film*: *A Guide to the Theory and Practice of Film Adaptation*. Oxford: Blackwell, 2004.

Stechow, Wolfgang. "Lucretia Statua." *Essays in Honor of George Swarzenski*. Chicago: Henry Regnery, 1951.

Steiner, Wendy. *Pictures of Romance*: *Form against Context in Painting and Literature*. Chicago: U of Chicago P, 1988.

Sutton, Walter. "A Visit with William Carlos Williams." *Interviews with William Carlos Williams*. Ed. Linda Welshimer Wagner. New York: New Directions, 1976: 38—56.

Thomas, Sophie. "Spectacle, Painting and the Visual." *William Wordsworth in Context*. Ed. Andrew Bennett. Cambridge: Cambridge U P, 2015: 300—307.

——. *Romanticism and Visuality*: *Fragments*, *History*, *Spectacle*. New York: Routledge, 2008.

Tracy, Stephen. *A Historical Guide to Langston Hughes*. New York: Oxford U P, 2003.

——. *Langston Hughes and the Blues*. Urbana: U of Illinois P, 1988.

Valéry, Paul. "The Position of Baudelaire," *Baudelaire: A Collection of Critical Essays*, Ed. Henri Peyre. Englewood Cliffs: Prentice Hall, 1962.

Wagner, Linda Welshimer. Ed. *Interviews with William Carlos Williams: "Speaking Straight Ahead"*. New York: New Directions, 1976.

Wagner, Peter. *Icons-Texts-Iconotexts: Essays on Ekphrasis and Intermediality*. Berlin: Walter de Gruyter, 1996.

Ward, Geoffrey C. and Ken Burns. *Jazz: A History of America's Music*. New York: Alfred A Knopt, 2000.

Wargacki, John. "The 'Logic of Metaphor' at Work: Hart Crane's Marian Metaphor in the Bridge." *Religion and the Arts*, Vol. 10, 3 (2006): 329—354.

Webb, Ruth. *Ekphrasis, Imagination and Persuasion in Ancient Rhetorical Theory and Practice*. Farnham: Ashgate, 2009

Webb, Ruth Helen, and Philip Weller. "Enargeia." *The New Princeton Encyclopedia of Poetry and Poetics*. Eds. Alex Preminger and T. V. F. Brogan. Princeton: Princeton U P, 1993.

Wheelock, Jr. Arthur K. "Lucretia." *Dutch Paintings of the Seventeenth Century*. National Gallery of Art Online Edition (2014): 3—5.

Williams, William Carlos. *Paterson*. Ed. Christopher MacGowan. New York: New Directions, 1992.

——. *The Selected Essays of William Carlos Williams*. New York: Random House, 1954.

——. *The Selected Letters of William Carlos Williams*. Ed. John C. Thirlwall. New York: New Directions, 1957.

Winters, Yvor. "The Progress of Hart Crane." *Poetry*, 3(1930): 153—165.

Wolfson, Susan J. *Formal Charges: The Shaping of Poetry in British Romanticism*. Stanford: Stanford U P, 1977.

Woolf, Virginia. "Modern Fiction." In *The Essays of Virginia Woolf*. Volume 4: 1925 to 1928. Ed. Andrew McNeillie. London: The Hogarth Press, 1984.

Wordsworth, Dorothy. *Journals of Dorothy Wordsworth*. Ed. Mary Moorman. Oxford: Oxford U P. 1971.

Wordsworth, William. "Preface" to *Lyrical Ballads*, *The Norton Anthology of English Literature*, Vol. 2, New York: Norton, 2000.

——. *The Prelude* 1799, 1805, 1850. Eds. Jonathan Wordsworth, et al. New York: Norton, 1979.

Worseley, Robert. "Preface to Rochester's *Valentinian*." *Critical Essays of the Seventeenth Century*, Vol. 3. Ed. J. E. Spingarn. Oxford: Clarendon Press, 1909: 1—31.

Wynn, L. L. *Pyramids and Nightclubs*. Austin: U of Texas P, 2007.

Yacobi, Tamar. "Interart Narrative: (Un)Reliability and Ekphrasis." *Poetics Today*, Vol. 21, 4 (2000): 711—749.

——. "Pictorial Models and Narrative Ekphrasis in Poetics and Comparative Literature." *Poetics Today*, 4 (1995): 599—649.

Yeats, W. B. "When You Are Old." *The Norton Anthology of English Literature. Volume F The Twentieth and Twenty-First Centuries*. Ed. Stephen Greenblatt: Norton, 2018: 216.

Zhong, Bili, "The Muted Lover and the Singing Poet: Ekphrasis and Gender in the Canzoniere." *International Comparative Literature*, Vol. 2, 1 (2019): 59—74.

Zivley, Sherry Lutz. "Sylvia Plath's Transformations of Modernist Paintings." *College Literature*, Vol. 29, 3 (2002): 35—56.

二、中文书目

阿多诺:《美学理论》,王柯平译,成都:四川人民出版社,1998年。

M. H. 艾布拉姆斯:《镜与灯:浪漫主义文论及批评传统》,郦稚牛、张照进、童庆生译,北京:北京大学出版社,2004年。

爱德华·W. 萨义德:《东方学》,王宇根译,北京:生活·读书·新知三联书店,2007年。

艾略特:《艾略特文集·论文》,陆建德主编,卞之琳、李赋宁等译,上海:上海译文出版社,2012年。

艾伦·科普兰:《怎样欣赏音乐》,丁少良译,北京:人民音乐出版社,1984年。

艾珉:《狄德罗美学论文选·译本序》,《狄德罗美学论文选》,张冠尧、桂裕芳等译,北京:人民文学出版社,2008年。

爱默生:《爱默生集》,范圣宇主编,广州:花城出版社,2008年。

奥维德:《变形记》,杨周翰译,上海:上海人民出版社,2016年。

巴赫金:《巴赫金全集》第三卷,钱中文、白春仁译。石家庄:河北教育出版社,1998年。

班固:《汉书艺文志序译注》,马晓斌译注,郑州:中州古籍出版社,1990年。

保罗·康纳顿:《社会如何记忆》,纳日碧力戈译,上海:上海人民出版社,2000年。

彼特拉克:《歌集》,李国庆、王行人译,广州:花城出版社,2000年。

波德莱尔:《1846年的沙龙》,郭宏安译,桂林:广西师范大学出版社,2002年。

——《波德莱尔美学论文选》,郭宏安译。北京:人民文学出版社,2008年。
柏拉图:《理想国》,郭斌和、张竹明译,北京:商务印书馆,2015年。
——《文艺对话集》,朱光潜译,北京:人民文学出版社,1963年。
布莱克:《天堂与地狱的婚姻——布莱克诗选》,张德明译,北京:中国文联出版公司,1989年。
曹丕:《典论·论文》,(清)严可均辑:《全上古三代秦汉三国六朝文》(第二册),北京:中华书局,1958年,第1097—1098页。
查尔斯·伯恩斯坦:《语言派诗学》,罗良功等译,上海:上海外语教育出版社,2013年。
陈超敏:《沧浪诗话评注·前言》,北京:北京联合出版公司,2015年。
陈传席:《宗炳〈画山水序〉研究》,《美术大观》,2016年第1期,第37—41页。
陈铭道:《黑皮肤的感觉——美国黑人音乐文化》,北京:世界知识出版社,1999年。
陈恕:《爱尔兰文学》,昆明:云南人民出版社,2011年。
程雪芳:《莎士比亚两部长诗的文体研究》(博士论文),上海外国语大学,2012年。
迟轲主编:《西方美术理论文选》(上册),邵宏等译,南京:江苏教育出版社,2005年。
戴勉编译:《达·芬奇论绘画》,桂林:广西师范大学出版社,2003年。
丹穆若什:《什么是世界文学》,查明建等译,北京:北京大学出版社,2014年。
德拉克罗瓦:《德拉克罗瓦日记》,李嘉熙译,桂林:广西师范大学出版社,2002年。
邓亚雄:《维纳斯与阿多尼斯的性主题研究》,《英语研究》,2008年第3期,第30—38页。
狄德罗:《狄德罗美学论文选》,张冠尧、桂裕芳等译,北京:人民文学出版社,2008年。
董美含:《多元视角下的天才诗作——莎士比亚叙事长诗研究的述评》(硕士论文),吉林大学,2008年。
厄利希:《俄国形式主义:历史与学说》,张冰译,北京:商务印书馆,2017年。
恩斯特·R.库尔提乌斯:《欧洲文学与拉丁中世纪》,林振华译,杭州:浙江大学出版社,2017年。
飞白:《诗海——世界诗歌史纲·传统卷》,桂林:漓江出版社,1989年。
飞白主编:《世界诗库》,广州:花城出版社,1994年。
傅浩:《〈当你年老时〉:五种读法》,《外国文学》,2002年第5期,第91—94页。
——《叶芝在中国:译介与研究》,《外国文学》,2012年第4期,第52—59页。
弗吉尼亚·伍尔芙:《伍尔芙随笔全集》(II),王义国等译,北京:中国社会科学出版社,2001年。
傅雷:《世界美术名作二十讲》,北京:北京大学出版社,2017年。
弗里德连杰尔:《论莱辛的〈拉奥孔〉》,《现代文艺理论译丛》(第六辑),杨汉池译,北京:人民文学出版社,1964年,第40—78页。
傅毅:《舞赋》,载萧统:《昭明文选》(上),(唐)李善注,北京:京华出版社,2000年,第475—

480页。

高瑾:《老年、艺术与政治:〈当你老了〉与爱的逃离》,《外国文学评论》,2019年第1期,第164—179页。

高桥裕子:《西方绘画史② 巴洛克和洛可可的革新》(日),金静和译,北京:中信出版社,2017年。

葛加锋:《艺格敷词(ekphrasis):古典修辞学术语的现代衍变》,范景中、曹意强主编:《美术史与观念史》(第6辑),南京师范大学出版社,2007年。

格雷塞:《艺术的起源》,蔡慕晖译,北京:商务印书馆,1996年。

格林伯格:《走向更新的拉奥孔》,易英译,《世界美术》,1991年第4期,第10—16页。

耿占春:《隐喻》,北京:东方出版社,1993年。

[英]贡布里希:《艺术的故事》,杨成凯、范景中译,南宁:广西美术出版社,2008年。

——《艺术与错觉——图画再现的心理学研究》,杨成凯、李本正、范景中译,南宁:广西美术出版社,2012年。

龚延明:《北朝本色乐府诗〈木兰歌〉发覆——兼质疑〈全唐诗〉误收署名韦元甫〈木兰歌〉》,《浙江大学学报》(社科版),2010年第1期,第112—120页。

龚之允:《自由的坐标:通往而立之年的艺术家——基里科的形而上》,《中国美术》,2017年第2期,第80—87页。

(宋)郭茂倩编:《木兰诗二首》,载《乐府诗集》,聂世美、仓阳卿校,上海:上海古籍出版社,2016年,第350—351页。

海德格尔:《在通向语言的途中》,孙周兴译,北京:商务印书馆,2010年。

郝俊杰:《布鲁斯:美国黑人忧伤的音乐和文学诉说》,《河南师范大学学报》,2006年第5期,第169—171页。

贺拉斯:《贺拉斯诗选:中拉对照详注本》,李永毅译,北京:中国青年出版社,2015年。

荷马:《伊利亚特》,陈中梅译,上海:上海译文出版社,2016年。

赫士列特:《泛论诗歌》,袁可嘉译,载《古典文艺理论译丛》(第一册),北京:人民文学出版社,1961年,第58—76页。

赫谢尔·B.奇普编著:《艺术家的通信——塞尚、凡·高、高更通信录》,吕澎译,北京:中国人民大学出版社,2003年。

亨利·詹金斯:《融合文化:新旧媒体的冲突地带》,杜永明译,北京:商务印书馆,2012年。

洪振国:《论哈特·克莱恩的长诗〈桥〉》,《外国文学研究》,1994年第4期,第20—26页。

胡经之主编:《西方文艺理论名著教程》(上),北京:北京大学出版社,2017年。

胡易容:《符号修辞视域下的"图像化"再现——符象化(Ekphrasis)的传统意涵与现代演绎》,《福建师范大学学报》(社科版),2013年第1期,第57—63页。

华兹华斯:《序曲,或一位诗人心灵的成长》,丁宏为译,北京:北京大学出版社,2017年。

华兹华斯、柯尔律治:《华兹华斯、柯尔律治诗选》,杨德豫译,北京:人民文学出版社,
    2001年。
黄宗英:《史诗般的抱负与抒情式的灵感——读哈特·克兰的抒情史诗〈桥〉》,《欧美文学
    论丛》,2002年,第175—202页。
霍尔特胡森:《里尔克》,魏育青译,上海:上海三联书店,1988年。
济慈:《济慈诗选》,屠岸译,北京:人民文学出版社,1997年。
——《济慈书信集》,傅修延译,北京:东方出版社,2002年。
贾涵斐:《视觉图像中的内外关联——论里尔克的"物诗"》,《外国语文》,2016年第5期,
    第25—31页。
鞠惠冰:《文学卷序言》,载张冲编著:《里尔克论艺术》,长春:吉林美术出版社,2007年。
柯尔律治:《关于莎士比亚的演讲》,载《莎士比亚评论汇编》,杨周翰编选,北京:中国社会
    科学出版社,1979年,第123—158页。
——《华兹华斯、柯尔律治诗选》,杨德豫译,北京:人民文学出版社,2001年。
——《论诗或艺术》,载《十九世纪英国诗人论诗》,刘若端编,北京:人民文学出版社,1984
    年,第95—105页。
柯罗:《柯罗 米勒 库尔贝》,今东编译,天津:天津人民美术出版社,1983年。
孔德馨:《中国古代文学作品中的音乐艺格敷词》(硕士论文),上海师范大学,2017年。
拉曼·塞尔登编:《文学批评理论——从柏拉图到现在》,刘象愚、陈永国等译,北京:北京
    大学出版社,2000年。
莱辛:《拉奥孔》,朱光潜译,北京:商务印书馆,2013年。
朗吉努斯、亚里士多德、贺拉斯:《美学三论:论崇高论诗学论诗艺》,马文婷、宫雪译,北
    京:光明日报出版社,2009年。
老子:《道德经》,李正西评注,合肥:安徽文艺出版社,2003年。
里尔克:《里尔克抒情诗选》,杨武能译,成都:四川文艺出版社,1988年。
——《里尔克精选集》,李永平选编,北京:燕山出版社,2005年。
——《里尔克诗全集》,陈宁译,北京:商务印书馆,2016年。
——《永不枯竭的话题:里尔克艺术随笔集》,史行果译,北京:东方出版社,2002年。
李宏:《瓦萨里〈名人传〉中的艺格敷词及其传统渊源》,《新美术》,2003年第3期,第34—
    45页。
李建群:《欧洲中世纪美术》,北京:中国人民大学出版社,2010年。
李静:《神话·民族·文明——〈丽达与天鹅〉的民族观和文明观》,《外语研究》,2010年
    第1期,第100—103页。
李小均:《感伤与超越——析叶芝名诗〈当你老了〉中的张力美》,《天津外国语学院学报》,
    2002年第2期,第60—62页。

李泽厚:《美的历程》,北京:文物出版社,1981年。

李珍华、傅璇琮:《谈王昌龄的《诗格》——一部有争议的书》,《文学遗产》,1988年第6期,第85—97页。

梁晶:《现象学视阈下威廉斯诗歌美学研究》,上海:上海交通大学出版社,2015年。

廖内洛·文杜里:《艺术批评史》,邵宏译,北京:商务印书馆,2017年。

刘风山:《钟形罩下的疯癫——解读西尔维娅·普拉斯疯女人的故事》,《解放军外国语学院学报》,2008年第3期,第90—95页。

刘剑:《西方诗画关系研究:从19世纪初至20世纪中叶》,北京:中国文联出版社,2016年。

刘红莉:《从那喀索斯到俄耳甫斯——里尔克诗歌的诗学与哲学研究》,武汉:湖北人民出版社,2015年。

刘若端编:《十九世纪英国诗人论诗》,北京:人民文学出版社,1984年.

刘石:《西方诗画关系与莱辛的诗画观》,《中国社会科学》,2008年第6期,第160—172页。

刘晓晖:《狄金森与透视主义真理观》,《外国文学》,2011年第1期,第60—67页。

刘勰:《文心雕龙》,黄叔琳注,李详补注,杨明照校注拾遗,北京:中华书局,2012年。

卢奇安:《华堂颂——谈造型艺术美》,《缪灵珠美学译文集》第1卷,缪灵珠译,章安祺编订,北京:中国人民大学出版社,1987年,第139—147页。

陆机:《文赋并序》,载《全上古三代秦汉三国六朝文》,(清)严可均辑,北京:中华书局,1958年,第2013—2014页。

鲁迅:《魏晋风度及文章与药及酒之关系》,载《魏晋风度及其他》(上),吴中杰导读,上海:上海古籍出版社,2019年,第225—241页。

罗丹:《罗丹艺术论》,葛塞尔著,傅雷译,北京:中国社会科学出版社,1999年。

罗钢:《眼睛的符号学取向——王国维"境界说"探源之一》,《中国文化研究》,2006年冬之卷,第63—82页。

——《七宝楼台,拆碎不成片断——王国维"有我之境、无我之境"说探源》,《中国现代文学研究丛刊》,2006年第2期,第141—172页。

——《意境说是德国美学的中国变体》,《南京大学学报》,2011年第5期,第38—58页。

罗良功:《从社会符号学角度解读兰斯顿·休斯的诗歌形式》,《辽宁大学学报》,1999年第5期,第101—104页。

——《种族发现与艺术视角:哈莱姆文艺复兴时期兰斯顿·休斯的诗歌成长》,《世界文学评论》,2009年第2期,第74—77页。

马蒂斯:《论艺术》,载《画家笔记——马蒂斯论创作》,钱琮平译,桂林:广西师范大学出版社,2002年。

马言:《从用到体:赋体的自觉与变迁》,《中国韵文学刊》,2018 年第 2 期,第 95—106 页。
孟华:《比较文学形象学》,北京:北京大学出版社,2001 年。
米开朗基罗:《致瓦沙里——为〈艺术家的生活〉而作》,钱鸿嘉译,飞白主编《世界诗库》(第 1 卷),广州:花城出版社,1994 年,第 401 页。
米歇尔:《图像理论》,陈永国、胡文征译,北京:北京大学出版社,2006 年。
尼采:《善恶的彼岸》,魏育青等译,上海:华东师范大学出版社,2016 年。
聂薇:《解读〈抵达之谜〉形式之谜》,《华中师范大学学报》(社科版),2009 年第 5 期,第 111—115 页。
聂珍钊:"译者序",载帕洛夫:《激进的艺术:媒体时代的诗歌创作》,聂珍钊等译,上海:上海外语教育出版社,2013 年,第 III—VIII 页。
欧荣:《"后"掉现代主义非明智之举——对后现代主义小说的再认识》,《文艺报》,2007 年 3 月 3 日。
——《说不尽的〈七湖诗章〉和"艺格符换"》,《英美文学研究论丛》,2013 年第 1 期,第 229—249 页。
——《"恶之花":英美现代派诗歌中的城市书写》,北京:北京大学出版社,2018 年。
——《跨文化、跨艺术、跨学科研究:钱兆明教授访谈录》,《英美文学研究论丛》,2019 年第 31 辑,第 1—9 页。
帕洛夫:《激进的艺术:媒体时代的诗歌创作》,聂珍钊等译,上海:上海外语教育出版社,2013 年。
帕斯卡尔·卡萨诺瓦:《文学世界共和国》,罗国祥等译,北京:北京大学出版社,2015 年。
普拉斯:《未来是一只灰色的海鸥:西尔维娅·普拉斯全集》,冯东译,上海:上海译文出版社,2013 年。
普鲁塔克:《普鲁塔克全集》第 5 卷,席代岳译,长春:吉林出版集团股份有限公司,2017 年。
齐格蒙特·鲍曼:《流动的现代性》,欧阳景根译,北京:中国人民大学出版社,2018 年。
钱兆明:《东方主义与现代主义》,徐长生等译,欧荣校译,杭州:浙江大学出版社,2016 年。
——《中国美术与现代主义》,王凤元等译、欧荣校译,北京:中国社会科学出版社,2020 年。
——《艺术转换再创作批评:解析史蒂文斯的跨艺术诗〈六帧有趣的风景〉其一》,《外国文学研究》,2012 年第 3 期,第 104—110 页。
钱锺书:《七缀集》,北京:生活·读书·新知三联书店,2002 年。
——《管锥编》,北京:中华书局,1979 年。
——《谈艺录》,北京:中华书局,1984 年。
[意]乔尔乔·瓦萨里:《中世纪的反叛》,刘耀春译,武汉:湖北美术出版社/长江文艺出

版社,2003年。
——《意大利艺苑名人传 辉煌的复兴》,徐波等译,武汉:湖北美术出版社/长江文艺出版社,2003年。
(清)阮元:《十三经注疏》(全二册),上海:上海古籍出版社,1997年。
莎士比亚:《哈姆雷特》,卞之琳译:《莎士比亚悲剧四种》,北京:人民文学出版社,1988年。
——《维纳斯与阿都尼》,张谷若译,北京:人民文学出版社,2014年。
——《鲁克丽丝受辱记》,杨德豫译,北京:人民文学出版社,2009年。
邵大箴:《温克尔曼及其美学思想——〈希腊人的艺术〉中译本前言》,载《希腊人的艺术》,温克尔曼著、邵大箴译,桂林:广西师范大学出版社,2001年。
司空图:《司空图选集注》,王济亨、高仲章选注,太原:山西人民出版社,1989年。
司空图、袁枚:《二十四诗品 续诗品》,陈玉兰评注,北京:中华书局,2019年。
苏珊·巴斯奈特、黄德光:《二十一世纪比较文学反思》,黄德先译,《中国比较文学》,2008年第4期,第1—9页。
苏珊·朗格:《情感与形式》,刘大基、傅志强、周发祥译,北京:中国社会科学出版社,1986年。
——《艺术问题》,滕守尧、朱疆源译,北京:中国社会科学出版社,1983年。
苏轼:《东坡题跋》,屠友祥校注,上海:上海远东出版社,1996年。
孙多吉编著:《中国诗歌史》,西安:陕西人民出版社,2005年。
孙福轩、周军:《"源于诗"与"属于诗"——赋学批评的政治内涵和诗学维度之发覆》,《浙江大学学报》(社科版),2014年第6期,第153—165页。
孙英春、孙春霞:《跨文化传播研究的全球场域与本土追问》,《浙江学刊》,2010年第4期,第36—43页。
塔达基维奇:《西方美学概念史》,褚朔维译,北京:学苑出版社,1990年。
谭琼琳:《中国瓷:西方绘画诗学中"静止运动说"的诱发文化因子》,《外国文学》,2010年第2期,第75—83页。
——《重访庞德的〈七湖诗章〉——中国山水画、西方绘画诗与"第四维—静止"审美原则》,《外国文学评论》,2010年第2期,第18—29页。
唐霞:《维纳斯与阿都尼中的欲望与理性》(硕士论文),西南大学,2009年。
瓦尔特·赫斯编著:《欧洲现代画派画论选》,宗白华译,北京:人民美术出版社,1980年。
王昌龄:《诗格》,载张伯伟撰《全唐五代诗格汇考》,南京:凤凰出版社,2002年,第145—189页。
王国维:《蕙风词话 人间词话》,徐调孚、周振甫注,北京:人民文学出版社,1960年。
——《文学小言》,载《王国维文学论著三种》,北京:商务印书馆,2010年,第217—218页。
——《王国维全集》(第1卷),杭州:浙江教育出版社,2010年。

王珏:《中国叶芝译介与研究述评》,《外国文学》,2012第4期,第60—67页。

王柯平:《引言:阿多诺美学思想管窥》,阿多诺著《美学理论》,王柯平译,成都:四川人民出版社,1998年。

王宁:《全球化与文化:对峙还是对话?》,北京:北京大学出版社,2002年。

王齐洲:《〈礼记·乐记〉作者及其与〈荀子·乐论〉之关系》,《中山大学学报》(社科版),2019年第5期,第77—87页。

王士禛:《王士禛全集》,袁世硕主编,济南:齐鲁书社,2007年。

王天舒:《跨文化影像传播——中美电影跨文化的影像分析》(硕士论文),山东师范大学,2009年。

(清)王先谦撰:《荀子集解》,沈啸寰、王星贤点校,北京:中华书局,1988年。

勒内·韦勒克、奥斯汀·沃伦:《文学理论》,刘象愚等译,南京:江苏教育出版社,2005年。

韦元甫:《木兰歌》,载《全唐诗》第9册,彭定求等编,北京:中华书局,1982年,第3055页。

温克尔曼:《希腊人的艺术》,邵大箴译,桂林:广西师范大学出版社,2001年。

伍蠡甫、蒋孔阳主编:《西方文论选》(上卷),上海:上海译文出版社,1979年。

锡德尼:《为诗辩护》,钱学熙译;扬格:《试论独创性作品》,袁可嘉译,北京:人民文学出版社,1998年。

西塞罗:《西塞罗全集·修辞学卷》,王晓朝译,北京:人民出版社,2007年。

——《论演说家》,王焕生译,北京:中国政法大学出版社,2003年。

萧统:《昭明文选》(上),(唐)李善注,北京:京华出版社,2000年。

谢赫:《古画品录》,北京:中华书局,1985年。

熊辉:《论莎士比亚长诗——维纳斯与阿多尼斯在中国的翻译》,《广东社会科学》,2014年第3期,第154—161页。

许结主编:《历代赋汇》(校订本1),南京:凤凰出版社,2018年。

——《论题画赋的呈像与本义》,《江海学刊》,2019年第2期,195—204页。

——《赋体"势"论考述》,《湖南科技大学学报》(社科版),2018年第1期,第150—156页。

(汉)许慎撰:《说文解字》,段玉裁注,上海:上海古籍出版社,1988年。

徐渭:《雌木兰代父从军》,载《四声猿 歌代啸(附)》,周中明校注,上海:上海古籍出版社,1984年,第44—57页。

雪莱:《雪莱散文》,徐文惠、杨熙龄译,北京:人民文学出版社,2008年。

亚里士多德:《论灵魂》,王月、孙麒译,曾繁仁、章辉审校,北京:外语教学与研究出版社,2012年。

亚里斯多德:《诗学》,罗念生译,贺拉斯:《诗艺》,杨周翰译,北京:人民文学出版社,1962年。

(清)严可均辑:《全上古三代秦汉三国六朝文》,北京:中华书局,1958年。

严羽:《沧浪诗话校释》,郭绍虞校释,北京:人民文学出版社,2005年。
闫月珍:《器物之喻与中国文学批评——以〈文心雕龙〉为中心》,《中国社会科学》,2013年第6期,第167—185页。
杨国静:《西尔维娅·普拉斯诗歌中的暗恐》,《国外文学》,2014年第1期,第97—104页。
杨金才、于建华:《英美诗歌:作品与评论》,上海:上海外语教育出版社,2008年。
杨向荣:《图像的话语深渊——从古希腊和中世纪的视觉文化观谈起》,《学术月刊》,2018年第6期,第113—120页。
杨向荣、龙泠西:《温克尔曼的"诗画一致"论及其反思》,《阅江学刊》,2014年第1期,第98—104页。
杨新宇:《永远的布鲁斯——评兰斯顿·休斯的〈萎靡的布鲁斯〉》,《读与写杂志》,2007年第5期,第16—17页。
叶嘉莹:《王国维及其文学批评》,北京:北京大学出版社,2014年。
——《迦陵论诗丛稿》,石家庄:河北教育出版社,1997年。
——《词之美感特质的形成与演进》,北京:北京大学出版社,2007年。
叶维廉:《中国诗学》,北京:生活·读书·新知三联书店,1992年。
叶芝:《当你老了》,载《叶芝诗选》,袁可嘉译,长沙:湖南文艺出版社,2012年,第51—52页。
雍文昂:《试论宗炳〈画山水序〉与"法身说"的关联》,《美术》,2017年第12期,第116—119页。
袁行霈、孟二冬、丁放:《中国史学通论》,合肥:安徽教育出版社,1994年。
曾巍:《西尔维亚·普拉斯自白诗中的自我意识》,《外国文学研究》,2008年第6期,第42—47页。
——《西尔维亚普拉斯诗歌对乔治·德·基里科绘画的演绎》,《湖北美术学院学报》,2018年第3期,第4—11页。
詹志和:《王国维"境界说"的佛学阐释》,《中国文学研究》,2008年第4期,第64—69页。
张冲编著:《里尔克论艺术》,长春:吉林美术出版社,2007年。
张慧馨、彭予:《观亦幻:约翰·阿什伯利诗歌的绘画维度》,《外国文学研究》,2017年第2期,第12—19页。
张丽华:《莎士比亚与绘画艺术》,《天津外国语学院学报》,1998年第1期,第22—26页。
张少康:《诗品》,沈阳:春风文艺出版社,1999年。
张新科:《古代赋论与赋的经典化》,《陕西师范大学学报》(哲社版),2013年第2期,第72—78页。
章学诚:《文史通义校注·诗话》,叶瑛校注,北京:中华书局,1985年。
章燕主编:《永生的启示——英国浪漫主义诗歌名篇赏析》,屠岸译,武汉:湖北教育出版社,1970年。

赵毅衡编译:《美国现代诗选》,北京:外国文学出版社,1985年。

钟嵘:《诗品》,上海:上海古籍出版社,2020年。

周国平:《尼采:在世纪的转折点上》,北京:东方出版社,2014年。

周宪、许钧:《文化与传播译丛(总序)》,北京:商务印书馆,2000年。

朱迪思·瑞安:《里尔克,现代主义与诗歌传统》,谢江南、何加红译,上海:上海人民出版社,2011年。

朱光潜:《拉奥孔·译后记》,北京:人民文学出版社,1979年,第213—231页。

——《西方美学史》(上),北京:人民文学出版社,1979年。

——《西方美学史》(下),北京:中华书局,2013年。

——《诗论》,北京:中华书局,2013年。

朱维:《王国维"境界"的时间之维》,《中南大学学报》(社科版),2012年第4期,第48—53页。

朱熹:《诗经集传》,长春:吉林人民出版社,2005年。

朱耀良:《西方文学点论》,南昌:江西人民出版社,2015年,第165—169页。

朱玉:《"和声的力量使目光平静":华兹华斯与"视觉的专制"》,载《欧美文学论丛·第八辑 文学与艺术》,北京:人民文学出版社,2013年,第206—229页。

宗白华:《美学散步》,上海:上海人民出版社,1981年。

宗炳:《明佛论》,载《弘明集校笺》,(南朝梁)释僧佑撰,李子荣校笺,上海:上海古籍出版社,2013年。

——《画山水序》,载《中国古代画论类编·上卷》,俞剑华编,北京:人民美术出版社,2000年,第583—584页。

三、国内跨艺术批评文献汇总①

(1)硕博士论文

鲍远福:《新媒体语境下的文学图像关系研究》(博士论文),南京大学,2015年。

陈凤菊:《论威廉·卡洛斯·威廉斯的艺格敷词诗歌》(硕士论文),华中师范大学,2018年。

陈军:《抒情诗性的四个维度》(博士论文),上海外国语大学,2017年。

黄蓓蓓:《约翰·班维尔小说〈海〉中的双我和写画探讨》(硕士论文),浙江大学,2009年。

---

① 笔者以"ekphrasis"为主题词,通过CNKI和"超星发现"搜索整理,数据截止至2021年5月,包括中国台湾学者在台湾期刊发表和国外学者在中国大陆期刊上发表的文章,不包括本书作者已发表的与本著相关的前期成果。

黄桢桢:《纳博科夫后期小说中的空间叙事》(硕士论文),厦门大学,2019年。
孔德馨:《中国古代文学作品中的音乐艺格敷词》(硕士论文),上海师范大学,2017年。
李骁:《西方艺术史中的描述与阐释传统》(博士论文),上海大学,2019年。
刘月:《〈回视:历史想象与图像修辞〉(第一章)英汉翻译的反思性研究报告》(硕士论文),长春师范大学,2018年。
柳小芳:《艺格符换:庞德诗作与托姆布雷画作之间的一曲东方之舞》(硕士论文),杭州师范大学,2018年。
毛霞飞:《约翰·班维尔小说〈海〉的绘画叙事研究》(硕士论文),华中师范大学,2017年。
彭毓敏:《约翰·班维尔〈框架三部曲〉的语象叙事研究》(硕士论文),江西师范大学,2019年。
任玉娟:《丹尼尔·奥尔布赖特的跨学科研究:文学、音乐、视觉艺术与量子力学》(硕士论文),上海师范大学,2016年。
宋俊琴:《〈绿荫下〉的绘画诗学》(硕士论文),天津工业大学,2018年。
谭洁:《贝洛里的〈现代画家、雕塑家和建筑师传记〉研究》(博士论文),上海大学,2019年。
王安:《空间叙事理论视阈中的纳博科夫小说研究》(博士论文),四川大学,2011年。
王俪霏:《拜厄特小说中拉斐尔前派的文学再现与重构》(硕士论文),清华大学,2016年。
谢宏桥:《阐释人类学视角下的艺术史翻译研究》(硕士论文),浙江大学,2018年。
徐小文:《论安妮·艾尔诺〈悠悠岁月〉中个人记忆与集体记忆的交融书写》(硕士论文),厦门大学,2019年。
杨华:《恐怖和创伤在〈坠落的人〉中的再现》(硕士论文),南京师范大学,2015年。
杨佳楠:《日日新:威廉·卡洛斯·威廉斯在其艺格符换诗中的语言功能实验》(硕士论文),杭州师范大学,2018年。
叶芝:《伊丽莎白·毕肖普诗歌中的地理书写》(硕士论文),浙江师范大学,2019年。
赵敬鹏:《〈水浒传〉小说成像研究》(博士论文),南京大学,2015年。
赵卫行:《小说叙事的音乐性研究》(硕士论文),山东大学,2016。
钟碧莉:《但丁的视觉之旅:论〈神曲〉中的Ekphrasis》(硕士论文),中山大学,2014年。
周芩:《恶之花:〈荒原〉中城市生活的转换力量》(硕士论文),杭州师范大学,2016年。

(2) 期刊论文

包兆会:《论语图符号学视野中庄子的象》,载《文艺理论研究》,2017年第6期,第35—43页。
陈敏:《布洛克斯自然诗歌中风景的感知、"描绘"和意义》,《同济大学学报》(社会科学版),2017年第28期,第10—19页。
成芳霞:《诗歌可以没有文字——从声音诗"1—100"看语言派对诗歌声音和表演维度的追求》载《中美诗歌诗学协会第一届年会论文集》,2011年。
程锡麟:《〈夜色温柔〉中的语象叙事》,《外国文学》,2015年第5期,第38—46页。

邓珏:《比较艺术学视域下绘画与音乐跨门类转换的本体论基础——苏珊·朗格艺术幻象论对当下艺术学研究的启示》,《艺术百家》,2018年第5期,第43—48页。

丁礼明:《劳伦斯现代派诗歌城市书写的审美情趣与跨艺术风格》,《美育学刊》,2015年第6期,第78—83页。

杜雄、李维佳:《翟理斯译诗艺术的语际观照与符际阐释》,《外国语文》,2020年第4期,第113—121页。

段德宁:《试论语图修辞研究——兼谈两种语图互文修辞格》,《内蒙古社会科学》(汉文版),2017年第4期,第138—144页。

范云晶:《论希尼诗歌中的"声音诗学"》,《星星(诗刊)》,2016年第8期,第18—34页。

付骁:《论中国"如画"批评的历史形态与形成原理》,《天府新论》,2019第4期,第124—137页。

耿纪永、赵美欧:《论加里·斯奈德〈当下〉的诗学空间》,《复旦外国语言文学论丛》,2018年第1期,第86—91页。

龚黎:《鲍勃·迪伦诗歌中的声音诗学》,《卷宗》2017年第12期,第215—215页。

顾悦:《文学的未来与文学理论的出路——访哈佛大学丹尼尔·奥尔布赖特教授》,《英美文学研究论丛》第21辑,2014年第2期,第1—11页。

郭伟其:《作为风格术语的"风格"——一个关于"艺格敷词"与艺术史学科的中国案例》,《新美术》,2010年第31期,第18—26页。

郝富强:《〈到灯塔去〉中的语象叙事》,《广西科技师范学院学报》,2019年第2期,第34—37页。

胡易容:《符号修辞视域下的"图像化"再现——符象化(ekphrasis)的传统意涵与现代演绎》,《福建师范大学学报(哲学社会科学版)》,2013第1期,第57—63页。

黄蓓蓓:《从写画(ekphrasis)的角度看〈海〉中的女性角色塑造》,《浙江科技学院学报》,2015年第27期,第273—276页。

黄琼莹:《"Poetry, Painting, and Emotions: Synesthetics in Swinburne's "Before the Mirror"》,(台)《师大学报》,2018年第1期,第41—57页。

纪琳:《艺格敷词视角下〈查布克夫人的画像〉的图文关系研究》,《湖南科技学院学报》,2016年第37期,第28—31页。

杰瑞·沃德:《视觉呈现与娜塔莎·特里瑟维的诗歌》(Representation and Natasha Trethewey's Poetry),《外国文学研究》,2013年第2期,第20—26页。

金太东:《视觉感知与再现——里斯〈黑暗中的航行〉中的语象叙事》,《外国文学》,2020年第4期,第60—72页。

李倍雷:《作为学科的比较艺术学》,《民族艺术研究》,2016年第29期,第103—110页。

李宏:《瓦萨里〈名人传〉中的艺格敷词及其传统渊源》,《新美术》,2003年第3期,第34—

45 页。

李健:《论作为跨媒介话语实践的"艺格敷词"》,《文艺研究》,2019 年第 12 期,第 40—51 页。

李明:《"艺格敷词"诗歌的多重解读:析玛丽·乔·班恩的诗〈寓言〉》,《语文学刊》(高等教育版),2009 年第 21 期,第 135—36 页。

李顺春、王维倩:《〈坠落的人〉中的语象叙事》,《当代外国文学》,2021 年第 1 期,第 21—29 页。

李骁:《论古典艺格敷词中的生动叙述》,《美苑》,2015 年第 5 期,第 72—76 页。

——《艺格敷词的历史及功用》,《新美术》,2018 年第 1 期,第 50—61 页。

——《论古典艺格敷词的卡塔西斯作用》,《新美术》2020 年第 12 期,第 117—126 页。

李小洁:《威廉斯艺格敷词诗作〈盲人寓言〉中的"设计"表达》,《外国语文研究》,2018 年第 6 期,第 34—43 页。

李小洁、王余:《夏之颂:威廉斯的艺格敷词组诗〈收干草〉〈谷物收割〉的二度创作与二度设计》,《西安外国语大学学报》,2019 第 27 期,第 113—118 页。

李小洁、王征:《威廉斯的艺格敷词诗作:勃鲁盖尔〈三王来拜〉的转换与重构》,《外语教学》,2017 年第 38 期,第 100—104 页。

梁晶:《跨艺术想象:〈帕特森〉城市书写的"救赎语言"》,《外国文学研究》,2016 年第 38 期,第 124—132 页。

刘纪蕙:《故宫博物院 vs 超现实拼贴:台湾现代读画诗中两种文化认同之建构模式》,《中外文学》,1996 年第 7 期,第 66—96 页。

刘齐平:《谭恩美〈奇异山谷〉中的绘画诗学》,《外国文学研究》,2019 年第 1 期,第 112—121 页。

刘须明、Chen Yan:《文学与绘画的深度融合:拜厄特小说中的语图叙事》,《南京师范大学文学院学报》,2020 年第 1 期,第 129—136 页。

龙迪勇:《从图像到文学——西方古代的"艺格敷词"及其跨媒介叙事》,《社会科学研究》,2019 年第 2 期,第 164—176 页。

龙艳霞、唐伟胜:《从〈秘密金鱼〉看"语象叙事"的叙事功能》,《外国语文》,2015 年第 31 期,第 51—56 页。

罗良功:《论美国非裔诗歌中的声音诗学》,载《外国文学研究》,2015 年第 37 期,第 60—70 页。

罗文香:《鲁迅小说研究之新探究——评〈鲁迅小说的跨艺术研究〉》,《周口师范学院学报》,2013 年第 30 期,第 25—28 页。

吕寅、杨雪:《试论当代中国芭蕾舞剧的"跨艺术"表达》,《北京舞蹈学院学报》,2016 年第 2 期,第 62—67 页。

孟金花:《"艺格敷词"与意图的重构》,《艺术评论》,2019 年第 8 期,第 184—192 页。

欧荣:《国际跨艺术/跨媒介研究述评》,《文学跨学科研究》(Interdisciplinary Studies of Literature),2019 年第 4 期,第 713—726 页。

欧荣、拉斯·埃斯特洛姆:《跨媒介研究:拉斯·埃斯特洛姆访谈录》(英文),《外国文学研究》,2021 年第 2 期,第 15—30 页。

欧荣、柳小芳:《"丽达与天鹅":姊妹艺术之间的"艺格符换"》,《外国文学研究》,2017 年第 39 期,第 108—118 页。

钱兆明:《艺术转换再创作批评:解析史蒂文斯的跨艺术诗〈六帧有趣的风景〉其一》,《外国文学研究》,2012 年第 34 期,第 104—110 页。

钱兆明、欧荣:《〈七湖诗章〉:庞德与曾宝荪的合作奇缘》,《中国比较文学》,2012 年第 1 期,第 90—101 页。

裘禾敏:《〈图像理论〉核心术语 ekphrasis 汉译探究》,《中国翻译》,2017 年第 2 期,第 87—92 页。

沈亚丹:《"造型描述"(Ekphrasis)的复兴之路及其当代启示》,《江海学刊》,2013 年第 1 期,第 188—195 页。

苏梦熙:《历史中的反讽风景:奥登绘画诗研究》,《山花》,2016 年第 8 期,第 157—159 页。

谭琼琳:《〈宋人溪山无尽图〉与格雷·史奈德的"溪山无尽"绘画诗——兼论郭熙山水画论在美国现代绘画诗中的运用》,《外国语》,2010 年第 33 期,第 54—62 页。

——《绘画诗与改写:透视济慈的古希腊瓮在美国现代派诗歌中的去浪漫化现象》,《外国文学研究》,2010 年第 2 期,第 26—39 页。

——《西方绘画诗学:一门新兴的人文学科》,《英美文学研究论丛》,2010 年第 1 期,第 301—319 页。

——《中国瓷:西方绘画诗学中"静止运动说"的诱发文化因子》,《外国文学》,2010 年第 2 期,第 75—83 页。

童玉:《论〈弗兰德公路〉图像叙事的特征》,《淮海工学院学报》(人文社会科学版),2018 年第 16 期,第 44—48 页。

汪惠君:《文学作品的再创造性批评》,《文学教育》(上),2011 年第 5 期,第 95—97 页。

王安、程锡麟:《西方文论关键词:语象叙事》,《外国文学》,2016 年第 4 期,第 77—87 页。

王安:《纳博科夫小说中的空间叙事》,《俄罗斯文艺》,2012 年第 4 期,第 79—83 页。

——《语象叙事:历史、定义与反思》,《叙事(中国版)》,2015 年第 1 期,第 107—117 页。

王东:《抽象艺术"图说"(Ekphrasis)论——语图关系理论视野下的现代艺术研究之二》,《民族艺术》,2014 年第 3 期,第 89—93 页。

——《作为艺术学学科范畴的"说图"研究》,《新疆艺术学院学报》,2016 年第 14 期,第 81—85 页。

王豪、欧荣:《〈断背山〉中的"艺格符换":从小说到电影的张力地带》,《美育学刊》,2019 年第 3 期,第 63—68 页。

王欣、陈凡:《语象叙事与视觉寓言——再论〈黑暗的心〉主题的呈现方式》,《外国语文》,2020 年第 5 期,第 27—32 页。

王晓彤:《跨媒介视域下电影艺格敷词的概念与分类》,《电影艺术》,2021 年第 3 期,第 37—43 页。

王余、李小洁:《视觉图与话语图在诗歌中的并置联姻——以威廉斯的艺格敷词诗作"盆花"为例》,《外国文学研究》,2016 年第 38 期,第 112—120 页。

——《威廉斯的艺格敷词〈孩童之戏〉:勃鲁盖尔绘画的二度创作》,《湖北美术学院学报》,2018 年第 1 期,第 143—149 页。

王卓:《论丽塔·达夫诗歌中"博物馆"的文化隐喻功能》,《国外文学》,2017 年第 1 期,第 97—108,159 页。

——《论乔治·赫伯特宗教诗歌中的园林意象》,《淮海工学院学报》(人文社会科学版),2013 年第 11 期,第 44—46 页。

——《论尚吉"配舞诗剧"〈献给黑人女孩〉中舞蹈的多重文化功能》,《外语教学》,2018 年第 5 期,第 100—106 页。

王卓、刘唯:《乔治·赫伯特宗教抒情诗歌的音乐性探微》,《长江大学学报》(社科版),2015 年第 38 期,第 87—90 页。

魏磊:《西尔维亚·普拉斯前期诗歌中的"艺格敷词"》,《外国文学研究》,2021 年第 1 期,第 129—140 页。

薛金凤:《Ekphrasis 一词在中国的译名探究——以"艺格敷词"为切入点》,《大观》,2018 年第 4 期,第 25—26 页。

杨佳楠、欧荣:《〈贵妇人画像〉中的"艺格符换":诗歌与绘画的对话》,《美育学刊》,2016 年第 7 期,第 81—86 页。

杨群群、欧荣:《奥登诗作〈美术馆〉中的悲剧和艺术美》,《外文研究》,2017 年第 5 期,第 47—52 页。

张慧馨、彭予:《论约翰·阿什伯利"图说诗"的多元同构》,《当代外国文学》,2018 年第 2 期,第 113—119 页。

张跃军、周丹:《叶芝"天青石雕"对中国山水画及道家美学思想的表现》,《外国文学研究》2011 年第 6 期,第 118—125 页。

钟碧莉:《沉默的爱人和吟唱的诗人——〈歌集〉中的叙画诗和性别研究》(英文),《国际比较文学》(中英文),2019 年第 1 期,第 59—74 页。

左金梅、郑慧慧:《〈希腊古瓮颂〉中的语象叙事》,《湖北科技学院学报》,2017 年第 4 期,第 89—93 页。

后　记

　　《欧美跨艺术诗学研究》是《"恶之花"：英美现代派诗歌中的城市书写》(北京大学出版社，2018)的姊妹篇和延伸之作。感谢国际现代主义诗歌学界的泰斗钱兆明先生带我进入跨艺术诗学研究的殿堂。钱先生原是美国新奥尔良大学首席教授，2011年受聘为杭州师范大学钱塘学者特聘教授。2011年我有幸入选杭师大首届"师从名师培养计划"，钱先生便是我的结对导师。在2011年暑期杭师大外国语学院举办的外国文学讲习班上，听钱老师的讲座"艺术转换再创作批评：史蒂文斯的跨艺术诗《六帧有趣的风景》其一"，第一次听到ekphrasis这个词（钱老师译为"艺术转换再创作"）。之后与钱老师合作进行庞德研究，撰写《庞德与曾宝荪的合作奇缘》一文，对庞德的《七湖诗章》("Seven Lakes Canto")这首现代ekphrastic poem作出跨艺术的文本解读。我从中深受启发，发现跨艺术视角对英美现代主义诗歌研究大有助益，便在《恶之花》里专辟两章论述欧美现代派诗人如何运用"出位之思"（Anderssstreben）和"艺格符换"的跨艺术诗学策略，进行日常生活审美化的城市书写。这本书完成后，我又萌发对欧美跨艺术诗学进行系统研究的想法。

　　2014年我以"欧美跨艺术诗学研究"为题申报并获批国家社科

重点项目立项资助,2015年第一次参加国际跨媒介研究学会的第二届年会,2017年参加该学会第三届年会,在这两次年会上我都是唯一的东亚学者。2018年我组织杭师大比较文学团队承办了国际跨媒介研究学会的第四届年会,这也是该学会首次在亚洲举办国际会议。2019年5月我受邀赴英国里德大学参加跨艺术/跨媒介研究中英文化交流论坛。同年11月承办了中国外国文学学会比较文学与跨文化研究会首届双年会,其中跨艺术/跨媒介研究也是年会的重要议题。2020—2021年我们又主办了两届跨艺术/跨媒介国际研讨会暨研修班。

我从传统的英美文学研究转向比较文学和跨文化研究领域,尤其是跨艺术跨媒介研究,其间经历了一个艰难的转型过程。首先要恶补知识短板,包括中国文学、古代文论、美术史、音乐史、电影研究、戏剧研究等,其中没有捷径,只有博览群书,看网易公开课的相关视频,校内校外听讲座。在补课的过程中,我越来越感觉所谓学科、专业的划分都是人为的,我们原先讲"literacy",以为掌握文字的读写能力,就是一个文化人(literate),No!我们还需要具备欣赏其他艺术作品的能力,如欣赏图像的visual literacy,欣赏音乐的musical literacy等。反观中国的古典教育,的确是一种全人教育,所谓君子,要"通五经贯六艺"①;所谓文人,诗书画印或琴棋书画,均有所涉猎甚有很高的造诣。虽不能至,心向往之。

我也将自己的学术研究与人才培养相结合。首先,在比较文学与跨文化硕士点开设"跨艺术诗学原典选读"课程,已指导10多位研究生撰写硕士论文或发表相关文章。其次,面向全校本科生开设"跨艺术英诗赏读"通识课,对英语诗歌进行诗与乐、诗与画、诗与舞、诗与建筑、诗与电影等跨文化跨艺术的解读,深受学生欢迎,选课学生来自阿里巴巴商学院、美术学院、文创学院、哈尔科夫学院、人文学院、外国语学院、体育与健康学院、公共管理学院、经管学院、理学院等。此外,组织策划面向全校学生的国际语言文化节,包括诗歌朗诵大赛、电影配音大赛、英文歌曲大赛、戏剧之夜等,将外语学习与朗诵、配音、音乐、戏剧表演等有机结合,提倡将美育融于外语教学。

我亦将学术研究与社会服务和文化普及结合在一起。多次受邀参加浙

---

① 五经是指《诗经》《尚书》《礼记》《周易》《春秋》,简称为"诗、书、礼、易、春秋"。六艺指六种基本才能,包括礼、乐、射、御、书、数。

江图书馆举办的人文大讲堂,也进入企业公司进行公益讲座。① 在发表论文和专著之余,进行跨艺术跨媒介研究的译介工作,已合作出版译著《中国美术与现代主义》(中国社会科学出版社,2020),《缪斯之艺:泛美学研究》(南京大学出版社,2021)等。近期将与浙江大学出版社合作推出"跨艺术跨媒介研究丛书",包括《欧美跨艺术诗学选读》(*Interart Poetics: A Reader*)、《叙事文学的跨媒介性》(*Intermediality of Narrative Literature*)、《媒介的模态》(*The Modalities of Media*)等。

学术转型的道路充满艰辛,但我从中获益良多。在《教育与大学》(*Education and the University*,1943)一书中,英国学者利维斯(F. R. Leavis)提出:现代文明中大学教育的专业化发展不可避免,关键是如何培养一种"核心理解力",使不同学科的知识发生有意义的联系;大学教育要培养"专家",更要培养心智成熟的"慧民"(the educated man)。② 利维斯强调要在大学设立一个人文中心,联系不同的研究领域,而文学院可担此重任,因为文学研究不是纯粹的学术活动,而是对"理解力和感受力(intelligence and sensibility)"的训练,这些训练也是其他领域所需要的。③ 英国作家伍尔芙曾就现代小说创作,发出呼吁:

> ……小说艺术的地平线是决无止境的。除了虚假和做作以外,没有任何东西——没有任何"方法"、任何实验、甚或是最荒诞不经的实验——是禁忌。"恰当的小说材料"并不存在,一切都是恰当的小说材料……④

其实,就当代的文学研究而言,也是如此。"恰当的文学研究"并不存在,一切都是恰当的文学研究。我们应该秉持开放的心态,不固守专业和学科的人为限制,探寻自己的学术兴趣,砥砺前行。

---

① 相关讲座报道参见"科学与人文——中西'两种文化'之辩"(https://www.zjlib.cn/zxbghd/54947.htm);"欧荣教授腾讯·大浙网谈李叔同《送别》的跨文化、跨媒介之旅"(http://wgyxy.hznu.edu.cn/c/2020-12-04/2490384.shtml);"李叔同与送别"(https://www.zjlib.cn/wap/wap_showView.jsp?contentid=57440)等(accessed 2021/7/29)。

② F. R. Leavis, *Education and the University: A Sketch for an "English School"*, Cambridge: Cambridge U P, 1979, pp. 25, 28.

③ Ibid., pp. 34—35.

④ Virginia Woolf, "Modern Fiction", in *The Essays of Virginia Woolf. Volume 4: 1925 to 1928*, ed. Andrew McNeillie, London: The Hogarth Press, 1984, p. 164.

学术之旅一路走来,要感谢三位恩师对我的指导和栽培。硕士阶段殷企平老师引导我领略小说艺术的魅力,养成"与前人对话"的意识,时刻牢记前人研究的终点正是自己研究的起点。博士阶段李维屏老师引导我穿越现代主义文学的迷宫,指导我如何确立自己的学术面貌。博士后阶段钱兆明老师引导我进入跨艺术研究的百花园,通过与他的合作研究,我学会查找第一手材料,努力在研究中体现新材料、新观点或新方法。三位恩师的高尚人格、治学方法和学术热诚都深深地影响我,让我受益终身,也鞭策我不断努力,不辜负他们对我的信任和期望!

本书撰写人员和分工如前所示,感谢所有合作者!

在课题申报和撰写书稿的过程中,我们得到了许多老师和朋友的帮助。感谢殷企平、吴笛、刘建军、蒋承勇等老师对课题申报的指导。感谢杜卫、耿幼壮、周宪、张德明、王旭青、李庆本、李军等老师有关美学、绘画、音乐、建筑艺术的精彩讲座,让我受益良多。感谢课题结项时匿名专家指出研究中的不足,并就书稿提出宝贵的修改建议。感谢沈松勤老师就书稿中文引用文献的权威版本给予指导。感谢李婷婷、韩斯斯、徐洒洒、姚舜、鲍灵婕等研究生同学在"英美诗歌"和"跨艺术诗学原典选读"课程上的积极研讨,并帮助收集整理文献;感谢程清扬和杨歆漪同学协助整理索引。感谢本书中所有参考和引用到的研究者。

课题研究期间,本人还获得国家外专局和杭州市131人才专项经费资助,于2019年10月至2020年2月在瑞典林奈大学访学,完成部分章节的撰写。本书出版还受到杭州师范大学"外国语言文学"一流学科A类建设项目经费的资助。在此,向全国社科规划办、浙江省教育厅、国家外专局、杭州市人社局和杭州师范大学表示最诚挚的谢意。感谢国际跨媒介研究学会会长、林奈大学跨媒介和多模态研究中心主任Lars Ellerström教授对本人访学工作的支持和帮助。感谢北京大学出版社李颖女士认真细致的编辑和校核工作。最后,感谢一直支持和陪伴我的家人,先生做好后勤保障,儿子学业自主,成绩优秀,使我能在做好教学和行政管理工作之外专心学术,完成课题。

此刻,台风"烟花"袭击杭城,窗外风雨交加,枝叶飘摇,我不禁想到选修"跨艺术英诗赏读"课程的王茹慧同学在课程反馈中写下的一首小诗:

万物就这样相融,

音乐、诗歌、大自然,
在诗性降临的时刻,
我们就这样相融……

愿欧美跨艺术诗学研究让我们跨越学科和专业的藩篱,相会相融在美好的文艺世界。

由于作者学识有限,疏漏之处,望各位读者和同人不吝赐教。

欧 荣

2021 年 7 月 25 日